LE TEINTURIER DE LA LUNE

VIOLETTE CABESOS

LE TEINTURIER
DE LA LUNE

roman

ALBIN MICHEL

Pour Anne et Vanda
qui m'ont fait découvrir
le « seuil ».
Pour Laurent
qui l'a franchi avec moi.

« Car l'or n'est pas un métal, l'or est la lumière…
L'or, c'est le soleil ; faire de l'or, c'est être un dieu. »

Victor Hugo, *Notre-Dame de Paris.*

Première partie

NIGREDO

« Souvent, dans l'être obscur, habite un dieu caché,
Et comme un œil naissant couvert par ses paupières,
Un pur esprit s'accroît sous l'écorce des pierres. »

Gérard de Nerval, « Vers dorés »

1

Dressé face au Louvre comme un défi au Roi-Soleil, de l'autre côté de la Seine, le temple des immortels élevait ses colonnes corinthiennes jusqu'à un fronton gravé de lettres d'or, sous la coupole noyée dans une vapeur blême. Elle sauta de l'autobus quai de Conti, à côté du pont des Arts, alluma une gauloise, jeta un coup d'œil aux boîtes métalliques des bouquinistes et s'avança vers la porte principale. La grandiloquence des bâtiments la toucha moins que le froid humide : la bruine lui faisait regretter, une fois encore, de ne pouvoir emprunter aux hommes leurs pantalons de laine et d'être obligée de grelotter sous sa jupe. Lorsqu'elle sonna, un appariteur en uniforme la fit entrer dans une pièce où fumaient tasse de café et cigarette, à côté de la presse du matin. Pendant que l'huissier vérifiait son identité, elle examina les titres de ce samedi 23 novembre 1935. Éternels débats parlementaires sur la défense du franc et l'opportunité d'une discussion sur les Ligues. Au procès Stavisky, Arlette, l'épouse de l'escroc «suicidé», défaille à la barre, en jurant qu'elle ignorait tout des agissements de son mari. Dans le Gard, deux lionnes échappées d'une ménagerie dévorent un boucher. Elle ne put réprimer un sourire. Le portier lui fit signe d'entrer dans la cour d'honneur. La demeure des académiciens était volumineuse et solennelle. Des armoiries et inscriptions rappelaient que le fondateur de l'auguste institution était l'ancien ministre de Louis XIII, le cardinal de Richelieu. Un homme d'une cinquantaine d'années arborant monocle, collier de barbe blanc et costume trois pièces orné d'une lavallière s'avança.

– Jean-Paul Lalande, conservateur général et directeur de la bibliothèque Mazarine, annonça-t-il en tendant la main.

– Victoire Douchevny, du journal *Le Point du jour*, répondit-elle en serrant les doigts mous de l'administrateur.

– Je m'attendais à recevoir Mathias Blasko, dit-il avec un air pincé.

– Vous n'êtes pas sans savoir que M. Blasko est aussi juré Goncourt et qu'aujourd'hui se tient l'ultime réunion avant l'attribution du prix. Mais n'ayez crainte, c'est lui qui rédigera l'article, dont je ne fais qu'apporter le matériau.

C'était faux. Elle écrirait le papier et Mathias Blasko, le chef de la rubrique littéraire, le signerait. Mais il valait mieux que le conservateur l'ignore. Victoire devinait ce que le haut fonctionnaire pensait : «Comment le célèbre Blasko a-t-il osé envoyer une femme, jeune de surcroît, donc incompétente, plutôt jolie, donc stupide ? Cette journaleuse béjaune est probablement l'une des maîtresses du fameux critique…»

Elle supportait ce mépris sexiste en imaginant la tête que feraient ses interlocuteurs s'ils savaient que non seulement elle n'entretenait aucune relation intime avec son patron, mais surtout qu'elle n'avait pas de carte de presse, aucun statut officiel au journal et que le seul titre dont elle pouvait se prévaloir était celui d'étudiante en lettres… Pourtant, c'était elle qui posait les questions, et les puissants mâles étaient obligés d'y répondre, pour avoir leur nom dans l'un des plus grands quotidiens de la capitale. Comme les autres, celui-là n'échapperait pas à la tentation de la notoriété et allait vite oublier qu'une femme l'interviewait.

Jean-Paul Lalande traversa la cour pavée et Victoire le suivit jusqu'à un porche derrière lequel s'ouvrait un gigantesque escalier.

– Vous devez savoir que la bibliothèque Mazarine est la plus ancienne bibliothèque publique de France, avertit le directeur en gravissant les marches.

Elle sortit un bloc, un stylo, et nota l'information bien qu'elle la connaisse déjà.

Avec ses degrés de pierre, ses balustres et ses niches garnies d'antiques bustes de marbre, le péristyle ressemblait à un temple romain.

– Le cardinal Mazarin était le plus grand bibliophile de son temps, ajouta l'administrateur. Toute sa vie, il a constitué une impressionnante collection, la plus vaste bibliothèque privée d'Europe, riche de quarante mille manuscrits, incunables et ouvrages imprimés. Pardonnez-moi : un incunable est un livre datant des origines de l'imprimerie, donc entre 1450 et 1500.

Elle se retint pour ne pas répondre que le mot venait du latin *incunabula* qui signifie «berceau». Mais elle se souvint des conseils de ses collègues chevronnés du *Point du jour*, pour qui un bon intervieweur doit paraître ignare face à son interlocuteur, afin d'obtenir un maximum de renseignements. Elle ne souffla mot et admira la majestueuse entrée de la bibliothèque. Dans l'atrium, sous un plafond à caissons, les parois étaient couvertes de petits tiroirs de bois clair contenant les fiches.

Le parquet à damier craquait sous les pas, et une délicieuse odeur de vieux cuir et de cire enchantait ses narines.

– Au soir de sa vie – il s'est éteint en 1661 – afin d'assurer la pérennité de son nom et de ses précieux volumes, poursuivit Jean-Paul Lalande, le cardinal fonda le collège des Quatre-Nations, à qui il légua sa bibliothèque. Quand ce bâtiment fut construit, on y transféra non seulement les livres de Mazarin, mais également les boiseries de son hôtel particulier parisien.

Victoire pénétra dans la galerie, subjuguée par sa splendeur : en forme de L, la salle de lecture était haute d'au moins huit mètres. Des fenêtres à petits carreaux offraient une vue magique sur la Seine et le Louvre. Derrière des bustes classiques juchés sur des piédestaux d'albâtre, des colonnes sculptées en bois ocre soutenaient une coursive en fer forgé. De bas en haut, tous les murs étaient tapissés de livres à dos de cuir frappés de caractères d'or, rangés derrière des échelles aux dimensions impressionnantes. Sous de monumentaux lustres dorés étaient alignées une douzaine de tables recouvertes de cuir fauve, vides en ce jour de fermeture.

Le conservateur entraîna Victoire vers une horloge à trois aiguilles, qui égrenait un son argentin.

– Elle a appartenu à Louis XVI, dit-il avec fierté. En 1789, la bibliothèque est devenue propriété de la Nation et non seulement elle n'a pas souffert, mais elle a bénéficié des confiscations révolutionnaires. Son fonds s'est beaucoup enrichi à cette période.

Sur l'une des cloisons, les dos des livres n'étaient pas réels mais peints en relief, dans un trompe-l'œil parfait.

– Cette illusion d'optique sert à ne pas rompre la continuité esthétique des rayonnages, expliqua le directeur, et à cacher la porte qui mène à la mezzanine et aux réserves, dans lesquelles sont rangés les ouvrages rares.

– J'aimerais beaucoup visiter ces réserves, répondit Victoire.

– Je suis désolé mademoiselle, mais l'accès est interdit à toute personne étrangère au service.

Au lieu d'être découragée par ce refus, elle suivit un autre conseil, donné cette fois par Blasko : se servir de son charme et de sa jeunesse pour émouvoir ses locuteurs. Elle répugnait à jouer ce numéro qui flattait l'orgueil des phallocrates et desservait la cause féministe. Mais elle voulait devenir une vraie journaliste. Pour cela, elle devait faire ses preuves. C'est-à-dire rendre au directeur littéraire des articles qui intéressaient les lecteurs. Ces derniers adoraient les lieux interdits et secrets. Il fallait donc pénétrer dans ce sanctuaire. Elle ôta écharpe et béret, découvrant une chevelure blond cendré taillée au carré, qui ondulait en crans artificiels jusqu'à son cou blanc. Lâchant un soupir navré, elle affaissa son corps plantureux sur une chaise et croisa ses jambes gainées de soie chair. Elle baissa la tête, jeta bloc et stylo sur la table, tordit ses longues mains puis tendit un visage affligé au quinquagénaire : son grand front pâle était plissé, faisant saillir ses pommettes hautes, typiques des beautés slaves. Elle entrouvrit ses lèvres peintes en rouge baiser, espéra que son nez ne brillait pas et leva vers l'homme ses yeux gris en forme d'amande, qui dégageaient un désespoir de circonstance.

— Votre réaction est naturelle, monsieur, murmura-t-elle d'une voix tremblante. Sans doute en aurait-il été autrement si Mathias Blasko avait pu se déplacer aujourd'hui... J'ai pleinement conscience de mes lacunes et de mes insuffisances...

— Vous exagérez...

— J'ai l'habitude, vous savez. C'est chaque fois la même histoire : son talent est tel qu'il est sans cesse sollicité et ne peut honorer tous ses engagements... alors, au dernier moment, il m'envoie à sa place... Mais comment puis-je le remplacer ? Je vois bien que vous êtes déçu, comme les autres... Vous attendez le grand Blasko et vous vous retrouvez avec une gamine sans nom, sans plume, une néophyte ignorante, qui...

— Allons, mademoiselle, vous ne devez pas dire ça...

Cinq minutes plus tard, Victoire suivait Jean-Paul Lalande derrière la porte en trompe-l'œil, en essuyant ses fausses larmes avec un petit mouchoir de batiste. L'étroit escalier en colimaçon semblait ne pas avoir de fin. De chaque côté, des tours de livres montaient vers le ciel des bibliophiles. Cet éther était un labyrinthe sentant le cuir, la poussière et l'odeur de feuille morte du parchemin. Sous le plafond bas, les étagères remplies à ras bord se succédaient le long de couloirs de moins d'un mètre de large, qui créaient une atmosphère oppressante.

— Six cent mille volumes, détaillait le conservateur, spécialisés en « humanités » : histoire, théologie, droit, littérature... textes sacrés médiévaux, dont notre trésor : des manuscrits enluminés du XIe au XVIe siècle, notamment le fameux bréviaire du Mont-Cassin...

Victoire était à la fois éblouie et angoissée par l'accumulation des ouvrages. Depuis toujours elle adorait les livres ; ils avaient remplacé les frères et sœurs qu'elle n'avait pas eus, égayé son enfance d'orpheline de guerre, peuplé les absences et les carences affectives. Elle tendit la main vers un petit volume à dos lisse, qui ne portait aucune inscription.

– Sans compter le fonds de « mazarinades », ces pamphlets du XVIIe siècle diffusés pendant la Fronde, dont nous détenons la plus importante collection.

Elle ouvrit l'opuscule et constata qu'il s'agissait d'un manuscrit. Les pages étaient couvertes d'une écriture stylisée, noire et ancienne, bien qu'il soit impossible de la dater a priori. Elle porta le cahier à ses narines. Il exhalait une curieuse senteur de fleurs, mêlée à une odeur de cuir, de bois ciré et de vélin, cette peau de veau mort-né soigneusement tannée. Elle tenta de déchiffrer quelques mots :

Je suy le jardinier des estoilles
Saturne, playse levez le voile
De la robe de cendres enclose
Et Rosarius engendrera la Rose.

– Vous avez perdu la tête ! s'exclama Lalande en lui arrachant le livre. Vous osez le toucher sans gants !

Furieux, il remit le volume dans son minuscule tombeau.

Il était plus de midi quand Victoire sortit du métro et arriva dans les locaux du *Point du jour*, rue de Richelieu, sur la rive droite. Le journal avait été créé en 1920 par une famille industrielle lorraine qui avait fait fortune dans l'acier et cherchait à diversifier ses activités, puisque la manne liée à la guerre ne tombait plus. Le bâtiment du quotidien, près du boulevard Montmartre, était une gigantesque usine de style haussmannien qui tournait jour et nuit, toute l'année. Après le silence noble et majestueux du palais de Mazarin, Victoire goûta au vacarme populeux de la rue de Richelieu. Aux antipodes du musée des mots, ici l'on fabriquait, sur sept étages, des phrases éphémères qui finissaient dans un cabinet d'aisances ou autour d'une tranche de foie de veau. Le nom du canard s'étalait en lettres grasses sur toute la largeur de la façade. Dans le hall à moquette rouge et rosaces de stuc, des banquettes accueillaient le public venu souscrire un abonnement ou consulter les anciens numéros. Sous ses escarpins, Victoire sentait frémir un monde souterrain qui la fascinait : reposant sur un épais socle de béton, invisibles de la rue, les sous-sols recelaient une centrale électrique et un moteur Diesel qui alimentaient d'énormes rotatives crachant trente-six mille exemplaires à l'heure, aussitôt enfournés dans des camions patientant dans la cour intérieure.

Dans cette salle des machines, plusieurs centaines d'ouvriers constituant l'aristocratie des travailleurs manuels s'activaient dans un tintamarre tel que Victoire avait surnommé cette partie du bâtiment «le haut-fourneau». Hélas, elle avait peu l'occasion de s'y rendre, ses fonctions l'appelant dans les étages.

Elle monta dans l'un des ascenseurs de fer forgé. Premier : la cantine des ouvriers et le bar des journalistes, ce qui permettait de les avoir toujours sous la main. Deuxième : les services administratifs et techniques. Troisième : le marbre, les ateliers de composition et les archives. Quatrième : le cerveau du journal, la rédaction. Au-dessus s'échelonnaient la salle du conseil d'administration, les salons privés des propriétaires et au septième, sous les toits, la salle de réception et l'appartement du rédacteur en chef. En sortant de la cage de fer, Victoire chercha ce dernier et ne tarda pas à l'apercevoir dans un nuage de fumée âcre, la pipe à la main, vociférant contre l'un de ses principaux concurrents, le journal *Paris-Soir*.

— Prouvost et Lazareff ont encore eu le nez creux avec leur horoscope quotidien ! clamait-il en brandissant la gazette. Sans compter le courrier du cœur, les jeux et les pages sport, un vrai

19

triomphe, un million cinq cent mille exemplaires-jour, leurs recettes publicitaires s'envolent ! Et nous, que fait-on ? On suit bêtement ce qu'ils inventent et on plafonne à un million d'exemplaires, dans le meilleur des cas ! Qu'attendez-vous pour avoir des idées originales ? Qu'ils nous fassent la peau comme à *L'Intransigeant* et au *Journal* ?

Coutumiers des colères de leur patron, les collaborateurs attendaient que l'orage passe. Malgré son nom, le rédacteur en chef du *Point du jour*, Ernest Pommereul, était en forme de poire : une petite tête à moitié chauve, jaunie par les nuits de veille, le cognac et le tabac, un buste régulier, des jambes courtes, mais un ventre et un postérieur si proéminents qu'on le surnommait «Culbuto». Comme le jouet, même touché par les coups de ses adversaires, Pommereul revenait toujours à la verticale en oscillant et en vitupérant. Mais il ne tombait jamais.

– Au lieu de suivre le public, il faut le pré-cé-der ! bramait-il. Lui proposer ce qu'il désire alors qu'il ne sait pas encore qu'il le désire !

Amoureux du journal comme beaucoup de ses collègues et rivaux, Pommereul y consacrait sa vie. Originaire de Sarreguemines, il avait fui l'Alsace-Lorraine annexée par l'Allemagne et s'était réfugié à Paris où il avait commencé comme coursier au *Figaro*, avant de gravir les échelons et d'être appelé par les propriétaires du *Point du jour* à la création du quotidien. Expert de l'échiquier politique et mondain, connaissant chaque rue de Paris, chaque député ou magistrat, il se rendait aux grandes séances parlementaires, aux dîners protocolaires et aux premières de spectacles dont il était obligé de s'éclipser avant le troisième acte, pour rentrer assister à la sortie de la première édition. On ne lui connaissait aucune maîtresse, aucune passion autre que le journal.

Alors que les organes de presse faisaient aménager le dernier étage de leur immeuble en salle de bal, restaurant, théâtre ou jardin-terrasse où se pressait le Tout-Paris, il avait obtenu qu'à côté de l'inévitable salon de réception lui soient réservées trois pièces d'habitation. Ainsi, il ne quittait quasiment jamais son cher vaisseau amiral.

– Conférence de rédaction ! dit-il en regardant sa montre.

Le directeur de la politique étrangère, celui de la politique intérieure, le patron des faits divers et celui de la culture se levèrent et suivirent le rédacteur en chef, responsable de l'information, afin de lui rapporter les affaires du jour et de se disputer sur le nombre de colonnes affectées à leurs échos dans la prochaine publication. Victoire contourna la sacro-sainte salle de rédaction, lança quelques timides « bonjour » à travers les portes ouvertes de bureaux enfumés et rallia sa place : une minuscule table où étaient posés une machine à écrire et un cendrier, dans un coin près des toilettes. Loin de s'offusquer de la proximité avec les lavabos, l'apprentie considérait l'endroit comme stratégique puisqu'il lui permettait de croiser les grandes signatures du journal, naturellement masculines. Souvent ces dernières s'arrêtaient près d'elle, faisaient mine de s'intéresser à cette gracieuse bleusaille recluse dans son encoignure, et Victoire en profitait pour faire sa récolte de recommandations et de confidences.

Elle ôta sa pelure, alluma une gauloise, sortit ses notes sur la Mazarine et contempla avec satisfaction son écriture en pattes de mouche, envahie d'abréviations et de symboles de son invention : grâce à cette calligraphie spéciale, que Mathias Blasko ne parvenait pas à déchiffrer, elle avait obtenu non seulement la machine pour transcrire sa glose, mais surtout ce « bureau » rue de Richelieu.

Victoire s'assit, plaça une feuille de papier autour du rouleau. Brusquement prise de vertige, elle s'agrippa à la table, livide. Une nausée envahit son corps qui se mit à transpirer. Elle jeta sa cigarette, sortit son mouchoir et se tamponna le visage. Elle bascula en arrière, ferma les yeux et respira profondément mais les voix, les bruits lui parvenaient étouffés. Elle sentit qu'elle allait s'évanouir, happée par un trou noir.

– Ah, elle revient à elle ! Mon petit, vous vous sentez mieux ?

Une femme se tenait près de son visage, un flacon de sels à la main. Elle reconnut l'une des secrétaires de Pommereul.

– Tenez, dit-elle en tendant un verre d'eau à Victoire.

Elle but.

– À la bonne heure, vous reprenez des couleurs, constata l'assistante.

Victoire remercia et expliqua qu'elle ignorait l'origine de son malaise.

– Je comprends que vous préfériez rester discrète, vu votre situation, chuchota la secrétaire en regardant la main gauche de Victoire.

Cette dernière observait la quadragénaire blond platine sans comprendre un mot de ses paroles sibyllines.

– Il faut se réjouir, reprit-elle, car il s'agit toujours d'un cadeau de Dieu. Néanmoins, ajouta-t-elle en chuchotant, si vous aviez besoin d'aide… Je connais quelqu'un…

Victoire écarquilla ses yeux gris et finit par saisir les sous-entendus.

– Vous vous trompez, répondit-elle sèchement. Je ne porte aucun cadeau de Dieu, ni du diable, d'ailleurs. J'ai sauté le petit déjeuner et j'ai oublié de déjeuner, voilà tout. Je descends au bar prendre quelque chose. Merci de vous être occupée de moi.

Elle empoigna son sac et se rua jusqu'au premier étage. Par la baie vitrée, elle constata que le réfectoire des ouvriers du livre était bondé. De l'autre côté, elle ouvrit une double porte capitonnée et pénétra dans un endroit feutré, qui ressemblait à l'intérieur d'une boîte à cigares : bois blond, tentures grenat et odeur de havane.

Elle contourna les tables désertes – à cette heure, les journalistes étaient tous au quatrième, à attendre l'issue de la conférence de rédaction –, fit un détour aux toilettes pour se rafraîchir et se repoudrer le visage puis s'installa au bar, où elle commanda une assiette de charcuterie et un verre de blanc. Elle trempa ses lèvres dans le vin, et sa colère réapparut. Comment cette femme avait-elle pu la croire enceinte ? C'était ridicule... et impossible. Non seulement elle était vierge, mais elle le resterait. Victoire avait choisi de fuir le mariage, cette prison où l'on était enfermée à perpétuité, et avait résolu d'éviter à tout prix l'amour, cette aliénation mentale. Si elle avait été un homme, elle eût sans doute pensé différemment. Mais elle avait la malchance d'être femme, en un temps et dans un pays où elles ne comptaient guère plus qu'un animal. Elle avait eu vingt et un ans le 13 septembre dernier, mais ne pouvait se réjouir de voter, de travailler librement ni d'exercer des droits. En France, le Sénat refusait obstinément le droit de vote aux femmes alors que l'Amérique, l'URSS et la plupart des pays d'Europe le leur avaient accordé. Même à l'âge légal de la majorité, une Française demeurait sous tutelle, passant juste de l'égide de ses parents à celle de son époux. Elle ne pouvait gérer ses propres biens, ni détenir un compte en banque, ou exercer une quelconque profession sans autorisation expresse du mari. Le divorce était un parcours du combattant réservé aux cas d'adultère, de sévices graves ou de condamnation à une peine infamante.

Après la guerre, les femmes s'étaient débarrassées du corset, cette geôle terrible qui leur brisait les côtes, mais leur corps était toujours captif dans des gaines rigides et des robes malcommodes, les pantalons restant interdits sauf si l'on avait dans la main les rênes d'un cheval, un guidon de bicyclette ou si l'on s'appelait Marlène Dietrich ou Greta Garbo. Une âme ? Elles en possédaient une, dévouée à l'Église et à leur mari. Un esprit ? C'était le nœud du problème.

Victoire était persuadée que l'origine de l'exécrable condition féminine venait de ce que la société leur déniait la faculté de penser, de raisonner avec intelligence et créativité. En s'arrogeant le monopole de l'esprit, les hommes les empêchaient de réfléchir en individus autonomes, déjouant leurs tentatives de devenir des êtres responsables et de passer du statut d'objet à celui de sujet.

Les femmes elles-mêmes doutaient de leurs facultés cérébrales :

23

la majorité de ses camarades ne fréquentaient l'université que pour rencontrer un futur époux ou pour acquérir un vernis culturel susceptible de leur faire réaliser un beau mariage. Pourquoi ne comprenaient-elles pas que seule leur tête pouvait délivrer leur corps et leur âme ?

Victoire n'accorda aucune attention à un petit homme fluet d'environ trente-cinq ans, au visage rouge, feutre gris et moustaches luisantes de brillantine, qui s'installa dans un fauteuil club près de l'entrée.

— Et pour vous, monsieur Jardel, un whisky, comme d'habitude ? demanda le barman en s'adressant à la brindille.

Victoire sursauta et se retourna. Hans Jardel, le grand reporter ! Elle ne l'imaginait pas si malingre. Néanmoins, son cœur s'emballa. Elle l'admirait tellement ! Il était l'égal de Kessel, de Saint-Exupéry, de Cendrars, d'Albert Londres ! Dans un effort surhumain, elle parvint à détacher son regard du journaliste et à retourner à son assiette. Elle alluma une cigarette et observa discrètement Jardel dans le reflet du miroir du bar. Jamais elle n'oserait l'aborder… et pourtant, elle avait tellement de choses à lui demander ! Ce n'était pas l'individu qui ensorcelait Victoire, mais sa profession. Devenir grand reporter. C'était son rêve ultime et secret, son désir le plus intense. Le plus fou, aussi. Une seule femme exerçait ce métier en France : elle s'appelait Andrée Viollis et travaillait au *Petit Parisien*. Tous les autres étaient des hommes et la branche était très misogyne. Mais elle, elle y parviendrait. Elle avait déjà tellement progressé !

Quand Mathias Blasko l'avait engagée, il s'agissait juste de gagner de l'argent de poche en préparant les fiches de lecture d'ouvrages que le chroniqueur n'avait pas le temps d'ouvrir. Très vite, les résumés de Victoire s'étaient transformés en rapports, les rapports en critiques, et les critiques en articles. Il y a six mois, elle avait obtenu son premier succès : un bureau au *Point du jour*. Quelle allégresse lorsqu'elle avait pénétré dans le repaire de ses ambitions ! Début septembre, deuxième étape vers l'émancipation : grâce aux émoluments que lui versait l'écrivain-publiciste, elle avait quitté l'appartement familial pour emménager, seule, dans une mansarde dont elle assumait le loyer. Enfin, le 7 septembre, troisième triomphe : Blasko l'avait emmenée à l'enterrement d'Henri Barbusse et l'avait laissée rédiger le compte rendu, même si c'est lui qui l'avait signé. C'était la première fois que Victoire assistait à des funérailles et qu'elle écrivait sur un sujet si important : des obsèques nationales.

Jamais elle n'oublierait l'arrivée du train spécial qui ramenait la dépouille de l'écrivain mort à Moscou, ni la foule conduisant le cercueil de la gare de l'Est au Père-Lachaise... quel cortège ! À sa tête, les amis du défunt arboraient un slogan tiré du *Feu*, le grand roman de Barbusse, le livre de la Grande Guerre : *Combien de crimes dont ils ont fait des vertus en les appelant nationales.* Victoire avait titré son papier sur ces mots, mais Blasko avait choisi une manchette neutre. *Le Point du jour* n'était pas un journal d'opinion, sa seule politique était de plaire au lecteur et de ménager le gouvernement. Victoire avait donc appris à modérer ses élans de jeunesse. Sa jeunesse, pourtant, était un atout. Elle lui permettait de ne pas brûler les étapes pour parvenir à son but. Sous l'aile du directeur littéraire, elle apprenait le métier. En même temps, elle poursuivait ses études, avait brillamment réussi sa licence et venait d'entrer en doctorat. La culture, pour Victoire, n'était pas une écorce mais une sève. La connaissance était essentielle à son épanouissement. Tant qu'elle parvenait à concilier les cours avec les piges pour Blasko, elle demeurait sur le chemin qu'elle s'était tracé. Une fois qu'elle aurait présenté sa thèse et obtenu son diplôme, dans trois ans, elle se consacrerait à sa passion pour le journalisme. Elle disposait donc de trois années pour assimiler les ficelles de la profession, tisser un réseau de relations et obtenir la confiance de personnages influents, qui lui permettraient d'accéder à son rêve.

« J'y arriverai, pensa-t-elle en regardant son reflet dans le miroir. Je serai grand reporter et je vivrai comme un homme, libre, sans attaches, indépendante. J'y parviendrai parce que j'ai foi en les forces de l'esprit. J'irai dans des pays où aucun journaliste n'est jamais allé. Je témoignerai pour ceux qui ne peuvent pas s'exprimer. Je raconterai la guerre, la paix, les femmes. Les mots libèrent les êtres et peuvent soulever le monde. »

2

Il trempe sa plume d'oie dans le petit encrier de voyage posé sur l'herbe et l'approche de la page de garde. Sur le vélin de première qualité, il trace les mots de sa belle écriture noire, pleine de courbes et d'entrelacs, légèrement penchée :

Théogène Clopinel
An de restitution de l'humain lignage 1584.

Il attend sans impatience que l'encre sèche, tourne la page et note avec application au centre de celle-ci :

Lege, ora, labora, et linguam comprime[1].

Cette formule latine, la devise de son maître, constitue sa vie : une existence d'étude, de prière, de labeur et de silence. Pourtant, Théogène n'est pas moine. Au lieu d'une robe de bure, il porte un pourpoint d'étoffe grossière rembourrée de coton, sombre, dénuée de broderie et de parure. Bien que ce soit le seul habit qu'il possède, il n'est pas trop usé grâce aux vieilles blouses qui le couvrent d'ordinaire. Aujourd'hui, Théogène a délaissé blaude et sarrau au profit d'une cape fourrée : malgré le mois d'avril, le

---

1. Lis, prie, travaille, et tiens ta langue.

froid est encore vif sur les terres occidentales du Saint Empire romain germanique. La brise fraîche qui caresse les champs et chante des odes aux forêts fait le bonheur de l'homme de vingt ans. Il s'adosse à un arbre, ôte sa toque de fourrure et laisse le vent embrasser ses cheveux noirs et bouclés, frôler sa courte barbe et ses moustaches mal taillées. De contentement, il clôt ses yeux aux prunelles brun doré. Après les fumées et les vapeurs toxiques dans lesquelles il séjourne constamment, l'air pur lui tourne la tête dans un délicieux vertige. Le printemps l'emplit d'allégresse, ainsi que son escapade d'une dizaine de jours sans son vénéré maître. Il ouvre les paupières et, en souriant, saisit à nouveau son ami de vélin, afin de lui confier sa liesse. De format in-12, contenant une centaine de feuillets, le livre se glisse facilement dans une poche ou dans la musette empruntée aux vilains, dans laquelle Théogène range ses modestes effets.

La peau des pages est très fine, d'une douceur et d'une blancheur remarquables, qui contrastent avec les cicatrices et les traces de brûlures qui couvrent ses mains rongées par les acides et prématurément vieillies.

> *Moy Théogène, enfant de la sapience*
> *Fils d'Hermès et de la seule vraye science*
> *Je vouldroie escrire la langue d'Adam*
> *Des maistres Ronsard et Peletier du Mans*
> *Pour chanter joi et gloyre au primevere*
> *Loin des vaisseaulx des charbons et des brandes, j'erre*
> *Dans la nature de Dieu pleine de liz et de fleurs*
> *À l'adventure dans les prees aux mille couleurs.*

Fervent admirateur des poètes de la Pléiade qui osent délaisser le latin pour écrire en langue vulgaire, Théogène a également choisi de composer en français, sa langue natale, bien qu'il maîtrise parfaitement le latin, l'allemand, l'italien, et possède des rudiments d'espagnol, de grec et d'hébreu. Il contemple ses vers posés sous la maxime de son maître et sa griserie cesse d'un coup. Ce volume en parchemin représente plus qu'un simple cadeau du vieil Athanasius Liber à son jeune disciple. Ce présent est un signe. Il annonce que l'apprenti alchimiste sera bientôt mûr pour écrire son propre traité, et tenter de s'inscrire dans la descendance des prestigieux philosophes du feu qui l'ont précédé. Cette offrande présage que son maître va lui permettre de réussir le magistère. À cette fin, celui qui possède l'Art va sans doute révéler l'ultime secret à son élève.

Il se coiffe, referme le volume et le range dans sa besace avec l'encrier, la plume, une boule de pain noir, quelques harengs séchés, une croûte de fromage, un couteau, une gourde avec un fond de vin d'Alsace, trois petites fioles de remèdes spagyriques, un condensé des tables d'astrologie alphonsines et pruténiques permettant de lire le ciel, une chemise de rechange plus la bourse contenant les thalers d'argent que lui a donnés Liber afin de subvenir aux besoins du voyage. Avec difficulté il se relève, empoigne un bâton qu'il a taillé dans une branche et il reprend sa route en claudiquant. Comme François Villon, le poète des temps anciens, Théogène est « bestorné », il a la jambe gauche de travers. Cette patte qui louche est due à un pied à rebours, rentré vers l'intérieur. Théogène s'accommode de cette infirmité de naissance. Mais il répugne à croiser le peuple ignorant pour qui la boiterie est signe du Malin, et qui lui jette pierres et injures. Heureusement, chez les initiés, cette disgrâce est signe d'une puissance occulte. Le maître a gentiment affublé son épigone du surnom Vulcanus, Vulcain, ce fils de Jupiter et de Junon, divin forgeron et dieu alchimique, qui clopinait à cause de sa chute de l'Olympe. Vulcain l'impotent, poussé hors des cieux par sa mère qui le trouvait trop laid, n'a-t-il pas épousé Vénus, la plus belle des déesses, n'a-t-il pas façonné dans sa forge souterraine les flèches d'Apollon, le carquois de Diane, la cuirasse d'Hercule, la faucille de Cérès, l'armure d'Achille et surtout le sceptre d'or de Jupiter ?

Sur le chemin, Théogène le bestorné songe que, tel Vulcain,

il accomplira de grandes choses. De mariage, d'amour pour une femme il ne saurait être question, car parmi les règles transmises par Liber figurent la solitude, la pauvreté, le célibat et la chasteté. Malgré sa jeunesse, Théogène n'en ressent aucune frustration. Que représente une toquade terrestre pour une simple mortelle quand, du fond de la forge sacrée, il progresse vers ce que recherchent tant d'hommes depuis des millénaires : le divin cinabre, l'Escarboucle, la Pierre philosophale ?

Théogène interrompt sa marche lorsque le soleil se couche. Il pourrait se reposer dans une auberge ou se réfugier dans la grange d'un paysan. Mais son corps rompu par les longues nuits de veille devant le fourneau alchimique – l'athanor –, confiné dans l'étroitesse et le souffle vicié du laboratoire, demande à rester à l'air libre malgré la froidure et les périls liés aux ténèbres. Dans ce paysage vallonné et boisé, il n'a aucun mal à trouver un abri dans un fourré garni de broussailles qui l'isolent des frimas autant que du coutelas des écorcheurs. Il avale ses maigres provisions, demande à l'archange Michel de le protéger durant la nuit et s'allonge en pelotonnant sa carcasse dans la houppelande. Ce matin, à l'aube, il a quitté la ville impériale de Worms et le Rhin qu'il longeait depuis trois jours, pour bifurquer vers l'est. Il doit donc être aux alentours de Darmstadt, la capitale des princes du landgraviat de Hesse-Darmstadt. S'il ne meurt pas gelé sous les étoiles, il arrivera demain à destination. Cette pensée le réjouit et après avoir contemplé les constellations du ciel, il s'endort en souriant.

Le lendemain, Théogène reprend sa route dès les premiers feux de l'aurore. Il n'écoute pas son corps qui réclame une soupe chaude et en boitant il chemine vers le septentrion, le ventre vide. Peu avant none[1], il parvient au but de son voyage : Francfort-sur-le-Main, l'une des plus éblouissantes métropoles de l'Empire. Ayant le statut envié de ville libre impériale, bénie par

---

1. Quinze heures.

Charlemagne qui s'y est fait édifier un palais, lieu de couronnement du roi des Romains, l'opulente cité est connue depuis quatre
siècles dans toute l'Europe pour sa foire aux livres. Encouragé par
son maître, c'est cette « foire des muses » que Théogène est venu
découvrir. Il déambule sous les halles et au bord des étals exhibant les précieux volumes. Jamais le jeune homme n'a vu autant
de livres. Il en oublie la foule à laquelle il n'est pas habitué, le
bruit, les odeurs fortes de la cité. C'est comme si toute la connaissance du monde était ici rassemblée. Les manuscrits enluminés
des moines des temps anciens côtoient les bibles et les imprimés
traitant de théologie, d'astronomie, de philosophie, d'histoire,
d'art culinaire, de poésie, tous les sujets chers aux hommes que
l'un d'entre eux, un certain Gutenberg, a permis de diffuser grâce
à la prodigieuse invention qu'il a mise au point voilà plus d'un
siècle à quelques lieues d'ici, dans la ville de Mayence, et qu'il a
léguée, à sa mort, à toute l'humanité.

Jubilant tel un enfant, le regard brillant comme l'or le plus pur,
Théogène ose à peine effleurer les pages de peau ou de papier qui
parlent toutes les langues. Dans sa grande générosité, son maître
l'a autorisé à faire l'acquisition de plusieurs ouvrages mais devant
une telle profusion, le jeune homme se sent incapable de choisir.
Tout en baguenaudant, il se félicite d'être venu à pied, puis d'avoir
dormi à la belle étoile, économisant ainsi le prix des gîtes et de la
barge pour remonter le Rhin. Son désir d'acheter quelques-uns
de ces trésors ne doit pas lui faire oublier de garder de l'argent
pour son séjour à Francfort et son voyage de retour… Ce disant, il
s'extasie devant un *Pantagruel* de Rabelais pourvu d'illustrations,
hésite face un exemplaire italien d'*Il Principe* – *Le Prince* – de
Machiavel, avant de saisir *Les Regrets* de l'un de ses chers poètes
de la Pléiade, Joachim du Bellay. Le marchand se frotte les mains
et commence à négocier.

Soudain, les alexandrins qu'il connaît par cœur dansent devant
les yeux voilés de Théogène.

Heureux qui, comme Ulysse, a fait un beau voyage,
Ou comme cestuy là qui conquit la toison,
Et puis est retourné, plein d'usage et raison,
Vivre entre ses parents le reste de son age !

Le sonnet résonne dans sa tête, frappe ses tempes comme une injonction ou un présage. Théogène lâche le recueil de poèmes et s'agrippe à la table, menaçant de faire choir l'éventaire. Le libraire le saisit par les bras avant qu'il ne défaille.

Lorsqu'il revient à lui, il est assis contre un mur de la grande halle, le ventre à l'air. Un homme en robe noire s'approche avec une cuvette et une lancette de métal ; il s'apprête à lui inciser le côté gauche. Théogène sursaute et arrête le bras du chirurgien-barbier.

– Holà, du calme, damoiseau, proteste le médecin, il faut rétablir l'équilibre de vos humeurs ! Vous êtes de complexion mélancolique et souffrez d'un excès de bile noire, comme tous les boiteux et les impotents. Je dois entailler la rate pour évacuer l'atrabile.

– Arrière, vulgaire administrateur de saignées et de clystères ! hurle Théogène en saisissant son bâton. Vous ne me toucherez pas !

– Je suis détenteur de la science et vous devez vous fier à moi, répond l'esculape.

– Je réfute votre science, monsieur, affirme Théogène en le regardant droit dans les yeux, car n'importe quel manant en sait autant que vous. Les boucles de mes souliers renferment plus de sagesse que Galien et Avicenne réunis et ma barbe a plus d'expérience que toute votre académie !

Interloqué par tant d'arrogance, le médecin remballe ses instruments et détale, le regard plein de morgue. Théogène se rhabille, se frotte les tempes et se met debout en s'appuyant sur sa canne. Il regrette de s'être laissé emporter. Même si son maître a rompu avec les thèses et les méthodes de la médecine officielle, il

32

n'aurait pas apprécié l'insolence de son élève. Pourquoi se faire remarquer et risquer de s'attirer les foudres des autorités ? Sans la présence calme et rassurante de Liber, Théogène se comporte comme un chiot fou alors qu'il doit, en toute circonstance, se montrer digne de l'enseignement qu'il a reçu. Il baisse les yeux et adresse une prière muette à la Vierge Marie, en gage de componction. Puis il réalise qu'il s'est évanoui, pour la première fois de sa vie. Quelle peut être l'origine de cette défaillance ? Certes, il n'a rien mangé ni bu depuis la veille, mais son corps est rompu au jeûne et à l'ascèse. Souffrirait-il d'une maladie ? Il ne ressent aucune douleur, toute trace de malaise a disparu. Cependant, dès ce soir, il interrogera les astres pour savoir s'il est opportun de prendre quelques gouttes de la quintessence d'or qu'il porte dans sa besace et dès son retour, avec l'aide de son maître, il soumettra ses urines à des examens chimiques, afin qu'elles lui révèlent un possible déséquilibre caché. En attendant, il juge prudent de déjeuner et se dirige vers l'un des étals consacrés aux nourritures terrestres.

Derrière des chaudrons fumants, une femme nu-tête, le corsage mal lacé, vante les mérites d'une spécialité locale, des saucisses de porc fumées. Théogène lance un regard dégoûté à la nourriture : sur cette terre protestante, on suit les préceptes de Martin Luther, pour qui les prescriptions alimentaires de l'Église romaine sont une aberration, et qui autorise une libre consommation de viande. Même s'il s'efforce de ne pas juger les partisans de la Réforme et de rester à l'écart des dissensions religieuses, Théogène demeure un bon catholique, fidèle au pape : il ne saurait manger gras et carné en plein carême.

Quant à cette ribaude dépoitraillée, elle n'éveillera pas en lui de concupiscence car non seulement ce sentiment est péché mais il est, comme chez les moines, un obstacle à la contemplation de Dieu. Or, sans l'inspiration et le secours divins, sans une âme pure et illuminée par les cieux, aucun alchimiste ne saurait parvenir au but. Il se détourne des suspects charnages et se contente d'un brouet de seigle, de fruits cuits et d'une chopine de bière. Puis il reprend sa flânerie parmi les livres.

Avec admiration, Théogène effleure la couverture des ouvrages de mythologie, philosophie, astrologie, alchimie et sciences occultes, tous écrits en latin ou traduits dans cette langue sacrée. Ces volumes, il les a étudiés et il sourit face à la promesse que recèlent les titres des grimoires relatifs au Grand Œuvre : *Traité de l'or*, *Le Secret des secrets*, *Le Lever de l'aurore*, *Le Chemin du chemin*, *Le Miroir d'alchimie*, *Le Livre de la lumière*, *Le Grand Éclaircissement*, ou plus simplement *De la Pierre philosophale*... Théogène rit en son for intérieur car il sait, lui l'initié, qu'aucun de ces recueils ne révèle a priori ce que son intitulé laisse espérer. Tous ces textes sont codés, soit qu'ils s'expriment en langage voilé par le cryptage direct des lettres ou parce qu'ils sont constitués d'allégories mystérieuses, de paraboles sibyllines, soit que l'ordre des opérations du magistère décrit est perturbé ou inversé. Tous ont en commun de ne dire, à travers cette langue symbolique et ces images hermétiques, qu'une infime partie de la vérité car le savoir secret n'est jamais contenu dans un seul traité : les livres se répondent les uns aux autres à travers l'Histoire, et un long travail est nécessaire pour recueillir, sous les mots obscurs, la sève qui se cache derrière l'écorce de l'énigme.

De même, nul opus ne confesse le plus important des secrets : la nature de la *materia prima*, la matière première de l'œuvre, la substance de laquelle il faut partir pour effectuer les opérations et obtenir, au terme du processus, la Pierre des sages qui transformera les métaux vils en or.

Observant un bourgeois obèse et rubicond, paré de velours, de taffetas, de bijoux et de plumes, qui bourdonne comme un frelon autour des ouvrages d'alchimie, Théogène se félicite de ce culte du secret : qu'adviendrait-il si n'importe qui détenait le pouvoir de transmutation ? L'ordre du monde serait brisé par cette connaissance : les faibles deviendraient fous et les méchants en feraient des armes de destruction. Le cryptage des livres est donc nécessaire, afin de protéger la sagesse sacrée qu'est l'alchimie, directement issue de Dieu, que seule une élite éclairée est susceptible de comprendre et de maîtriser. Car cette Haute Science n'est pas ce que les ignorants croient.

Les vrais alchimistes, les sages, savent que l'or n'est pas le véritable but de la science cachée. Au contraire, les fils de l'Art méprisent l'or, l'argent, ainsi que toutes les richesses matérielles. L'or est un symbole, celui du métal parfait, incorruptible, divin, immortel. La métamorphose du mercure en or n'est qu'un essai empirique dont le but est de vérifier que l'on a réussi le Grand Œuvre, et que le corps obtenu au terme d'opérations compliquées, longues et périlleuses est bien la Pierre philosophale.

Avec émotion, Théogène se souvient de l'unique fois où Athanasius Liber lui a permis de procéder à ce test : c'était il y a trois ans. Sous l'œil du maître, le jeune homme de dix-sept ans a enveloppé trois grains de la Pierre réduite en poudre dans une boulette de cire pour la protéger des vapeurs du plomb dont les émanations peuvent lui ôter tout pouvoir transmutatoire. Ensuite, il a procédé à la projection : il a jeté la boulette dans le creuset rempli de plomb et de mercure vulgaire, attisé par les flammes : la cire a fondu et une écume bouillonnante s'est formée, avec des bulles d'un rouge écarlate, tandis que le feu, sous le creuset, prenait la couleur de l'arc-en-ciel. Au bout de quelques instants, le contenu de la coupelle s'est paré de reflets jaunes et brillants comme le soleil : le creuset était rempli d'or en fusion. Une fois le roi des métaux refroidi, Liber l'a discrètement échangé contre des pièces de monnaie sonnantes. Il en a donné la majeure partie aux pauvres et aux organisations charitables, et n'a conservé que le strict nécessaire pour assurer sa survie. Puis, il a procédé à l'ultime opération, qui constitue la vraie finalité de l'art du grand secret : il a dissous et liquéfié le reste de la poudre rouge rubis afin d'obtenir le divin cinabre, le fils du soleil, l'or potable, l'élixir capable de guérir toutes les maladies : la Panacée.

De toutes ses forces, de toute sa foi, Théogène espère que bientôt il saura, lui aussi, fabriquer le philtre de longévité. Sa formation théorique et pratique, qui a duré quinze ans, est presque terminée. Le maître lui a enseigné l'arithmétique, la géométrie, l'astronomie, la physique, la métaphysique, la dialectique, la musique, la magie, le langage voilé des livres, les exercices spirituels, la langue secrète réservée à eux seuls, la fabrication des instruments, les étapes du délicat et hasardeux magistère, les tours de main. Il lui a montré la voie et lui a appris à marcher sur le chemin de perfection qu'est l'alchimie où, s'il avait été seul, comme tant d'autres, il se serait perdu. Pourtant, il lui manque une chose pour devenir un adepte : la matière première. Cette *materia prima* absente des écrits est transmise oralement de maître à élève.

Quelle est cette mystérieuse substance à laquelle tant de philosophes du feu ont consacré leur existence ? Théogène maudit son impatience. Seul Athanasius Liber est susceptible de juger s'il est prêt à recevoir l'ultime secret. Liber, et Dieu.

Il continue d'avancer dans la foule, parmi les éventaires, et s'arrête devant l'un d'eux, bouche bée : il a face à lui les ouvrages de celui qu'il tient pour le plus grand maître de ce siècle, avec son propre maître, évidemment : Aureolus Philippus Theophrastus Bombast Von Hohenheim, connu sous le nom de Paracelse. C'est la première fois qu'il voit rassemblés autant de volumes du docteur suisse allemand, que beaucoup vilipendent. Théogène s'approche avec autant de déférence que de convoitise. « Le médecin maudit », cet esprit rebelle et mystique, a osé s'attaquer à la pseudo-médecine de ses contemporains, figée depuis l'Antiquité, a brûlé la théorie des humeurs de Galien et Avicenne, fustigé les saignées, sangsues, purgations, lavements et les drogues douteuses aux soixante ingrédients. Le grand savant, ami d'Érasme et de Dürer, chirurgien militaire et poète, est mort à Salzbourg en 1541, il y a quarante-trois ans, dans des circonstances troubles, après une vie de voyages, d'aventures étonnantes, d'ivrognerie mais aussi d'étude, d'ascèse et de traits de génie.

Liber l'a rencontré au cours de ses pérégrinations et il s'est converti à sa philosophie et à ses méthodes. Paracelse revenait de l'une de ses extraordinaires péripéties : il avait été kidnappé, en Pologne, par des Tartares et des chamanes russes qui l'avaient initié à leurs mystères magiques. Il a toujours soutenu qu'il avait plus appris de ces prétendus sauvages, des paysans et des brigands que de l'académie de médecine. Il a uni thérapeutique, occultisme, philosophie et alchimie jusqu'à un degré jamais atteint. Néanmoins, à l'instar des vrais teinturiers de la lune, il a toujours honni l'or et les biens matériels au profit de la seule quête cruciale : la liqueur de Vie.

Théogène se penche sur les livres de son mentor posthume. Il est loin de les connaître tous. La plupart ont été interdits du vivant de Paracelse, tant l'opposition au grand maître a été véhémente. Néanmoins, après sa mort, des disciples de plus en plus nombreux ont vu le jour, et depuis quelques années, ils publient son œuvre après l'avoir traduite en latin. En effet, Paracelse enseignait et écrivait dans un dialecte alémanique. C'est décidé : Théogène est prêt à se priver de nourriture et à séjourner dans l'hostellerie la moins chère de la ville, dût-il dormir avec les rats et la vermine, afin d'acquérir un maximum d'ouvrages du souverain de la suprême médecine. Le marchand flaire la bonne affaire et tend un gros volume à l'alchimiste.

– Tenez, clame-t-il, il s'agit d'un commentaire de Paracelse par l'un de ses plus grands zélateurs : Gerhard Dorn ! C'est une nouveauté, l'ouvrage vient juste de sortir des presses. Dorn y décrypte la pensée du maître, prenez, lisez, et tel saint Paul sur le chemin de Damas, vous serez aveuglé par la Vérité !

Théogène s'empare du livre en latin et le parcourt. L'exégète déchiffre le sens caché du mot «vitriol» employé par le savant

LE TEINTURIER DE LA LUNE

allemand, comme un acronyme : en prenant la première des lettres de chaque mot de la phrase « *Visita interiora terrae rectificandoque invenies occultum lapidem*[1] », on trouve le mot V.I.T.R.I.O.L. L'apprenti est dubitatif : cette hypothèse est intéressante, mais comme d'habitude, elle ne dévoile en rien la nature de la matière première.

Chacun sait qu'un esprit est caché dans les pierres et les métaux et que ces derniers poussent dans les entrailles de la terre, comme les plantes ! La *materia prima* souterraine ne saurait être le vitriol ordinaire, sulfate métallique, et encore moins ce qu'on appelle huile de vitriol, soit l'acide sulfurique. Quel est donc ce mystérieux vitriol philosophique, qui serait la source de la Pierre des sages ? Il repose doucement le livre.

Soudain, une pensée le traverse avec la fulgurance de l'éclair : si son malaise de tantôt n'était pas le fruit d'une maladie ? S'il avait été délibérément provoqué par une volonté extérieure, un esprit éminent capable d'entrer en communication avec lui ? Il songe aux vers de Joachim du Bellay qu'il était en train de lire au moment de sa pâmoison, et il acquiert la certitude que son trouble était en réalité un appel de son maître, l'exhortant à rentrer sans délai. Le vieil artiste est un adepte paré de supraconscience, un archimage, un être supérieur doté de pouvoirs inaccessibles aux individus normaux. Mais pourquoi Liber le requiert-il ? Lui serait-il arrivé quelque chose pendant son absence ? Théogène est très inquiet. Il fouille sa bourse et constate qu'il lui reste suffisamment pour payer le bateau descendant le Main puis le Rhin, et ainsi rejoindre son maître au plus vite. Cependant, le soir est en train de tomber et il ne pourra se mettre en route avant demain. En même temps, face aux livres auxquels il devra renoncer, il hésite. Interprète-t-il convenablement le signe qu'il a reçu ? Liber serait-il en danger ? C'est impossible... Rien de funeste ne peut advenir à son maître. Car Athanasius Liber est

1. Visite l'intérieur de la terre, et en rectifiant tu trouveras la pierre cachée.

un élu, il connaît le secret des secrets. Il possède le *donum Dei*, le don de Dieu : désigné par le Saint-Esprit, il a confectionné la Pierre philosophale. Il a donc bu l'élixir de la vie éternelle : c'est un immortel.

3

– *Cogito ergo sum*, « Je pense donc je suis » : cette célèbre formule que le philosophe René Descartes a édictée dans *Le Discours de la méthode*, en 1637, peut aujourd'hui sembler banale ; cependant elle contient une révolution : l'opposition à la scolastique médiévale telle qu'elle était enseignée, ici même, au Moyen Âge mais aussi à la Renaissance et…

Marguerite Hervieu quitta des yeux la chaire de la Sorbonne pour regarder les murs de l'amphithéâtre Turgot. Mais les boiseries et les peintures allégoriques de style classique ne laissaient rien deviner de l'archaïsme de la scolastique médiévale.

– Tu sais que j'ai cru louper le cours ? chuchota-t-elle à sa voisine. Si tu avais vu la pagaille place de l'Opéra ! Tout était bloqué par une manif. Les amputés de guerre et les gueules cassées qui veulent une réévaluation de leur pension. Quel tableau, une authentique galerie de monstres ! Pauvres gars, c'était affreux… j'ai eu pitié d'eux… de vrais remèdes à l'amour. Il y en avait un à qui il manquait tout le côté gauche : la nageoire, la patte et je ne te raconte pas la trogne… On aurait dit qu'on avait voulu le couper en deux par le milieu…

Elle se mordit la langue et se tut en louchant sur son amie. Mais Victoire faisait mine de ne pas entendre, penchée sur le pupitre, s'appliquant à noter le cours magistral de philosophie. Margot regretta sa gaffe. Certes, les mutilés de la place de l'Opéra étaient horribles à voir, mais ils étaient vivants. Son propre père avait été gazé dans les tranchées mais il était rentré, et avec un corps entier. Le père de sa voisine d'amphi n'avait pas eu cette chance. Il y était resté. Et encore, c'était pire que s'il était mort : il était porté disparu au combat. Ça s'était passé fin 1917 à l'autre bout du monde, en Russie. Pas de corps, pas de tombe. Soufflé, envolé comme s'il n'avait jamais existé. Le «porté disparu» était l'une des atroces inventions de cette guerre, des pires angoisses du poilu et des familles. Margot ne parvenait pas à imaginer situation plus cruelle. Car sans cadavre à enterrer au cimetière, sans cérémonie d'adieu, sans plaque de marbre avec le nom du défunt, sans sépulture sur laquelle faire son deuil, comment ne pas mettre en doute le décès ?

Comment ne pas espérer que l'armée s'était trompée, en attendant sans fin qu'il revienne, un jour ou l'autre, disloqué, amnésique, fou, mais en vie ? La jeune femme était certaine que c'est ainsi qu'aurait réagi sa mère, qu'elle-même se serait comportée, si son père avait fait partie des trois cent mille Français portés disparus de la guerre. La mère de Victoire s'était conduite différemment : elle avait épousé un autre homme. Margot se défendait de juger, peut-être l'avait-elle fait pour protéger sa fille unique, qu'elle ne se sentait pas capable d'élever seule. Son nouveau mari était un superbe parti, c'était un carabin, un ponte de la médecine. Laurette Douchevny avait tant tiré le diable par la queue qu'on ne pouvait lui reprocher de vouloir se mettre à l'abri du besoin. Puis elle n'était plus très jeune, le pays manquait d'hommes, ses noces étaient inespérées. Cependant, il y avait quelque chose de déloyal, voire d'immoral dans ce mariage : avant d'être envoyé sur le front de l'Est, Karel Douchevny s'était battu à l'Ouest et avait été grièvement blessé à la face, en 1916, à la bataille de la Somme. Rapatrié au Val-de-Grâce, il avait été réparé par un spécialiste des gueules cassées, le docteur Renaud Jourdan. C'est ce chirurgien que la veuve avait épousé au début de 1919.

Margot observa à la dérobée sa meilleure amie. Victoire ne semblait pas souffrir de la mort de son père : elle s'entendait bien avec son beau-père et si la relation était tendue avec sa mère, c'était pour d'autres raisons. Elle n'avait jamais connu Karel Douchevny, parti à la guerre peu après sa naissance survenue le 13 septembre 1914, au soir de la victoire française sur la Marne, d'où son prénom. Elle ne conservait aucun souvenir de l'hospitalisation de son père au Val-de-Grâce, elle était trop petite et Laurette évitait que l'enfant l'y accompagne, afin de la préserver de la vue terrifiante des blessés. Pour sa fille, Karel Douchevny n'avait donc aucune consistance physique. Il n'existait que sur quelques photographies. Comme tant d'autres, l'orpheline avait été élevée dans le culte du héros mort sur l'autel de la patrie. Mais ce demi-dieu n'était qu'une image abstraite et floue.

– *Quod vitae sectabor iter?*, «Quel chemin suivrai-je en cette vie?» C'est ce vers du poète latin Ausone que Descartes vit en l'un de ses rêves, qu'il considérait comme prémonitoire, le 10 novembre 1619…

Margot détailla l'homme qui, debout sur l'estrade, prodiguait ses lumières, sans papier, sans crayon, d'une belle voix grave qui résonnait dans l'amphi.

Âgé de quarante-six ans, Aurélien Vermont de Narcey était de taille moyenne, svelte et distingué dans son costume rayé. L'aristocrate aux tempes grises, aux cheveux bruns soigneusement lissés, aux lunettes rondes à monture d'écaille, aux longues mains fines, dégageait une élégante prestance et était l'un des professeurs les plus brillants de la faculté. Pourtant, derrière les apparences, le gentilhomme cachait des séquelles invisibles héritées de la guerre. Blessé au bras et à la tête, il avait été trépané et souffrait d'atroces migraines. Une rumeur disait qu'il était dépendant de la morphine, la seule substance qui le soulageait lorsqu'il était en crise. On racontait également qu'il était victime de cauchemars, d'insomnie et de neurasthénie. Margot n'osait pas demander à Victoire si tout cela était vrai. Car son amie était très attachée au professeur qui avait bien connu son père. Les deux hommes s'étaient rencontrés au front. Le jeune agrégé de philosophie était officier de réserve dans l'infanterie, capitaine d'une compagnie de zouaves se battant aux côtés de la Légion dans laquelle Karel Douchevny, ressortissant étranger, s'était engagé. Ils étaient devenus comme des frères. Vermont de Narcey avait été très affecté par la mort de son ami. À la fin de la guerre, promu colonel, bardé de médailles et de la Légion d'honneur, il était venu présenter ses condoléances à la veuve et avait tenu, comme un devoir dû au défunt, à garder un œil sur l'orpheline.

Si le docteur Jourdan était le tuteur officiel de Victoire et pourvoyait à tout sur le plan matériel, le philosophe assurait une tutelle intellectuelle sur l'enfant et avait persuadé Laurette de laisser sa fille s'inscrire en Sorbonne, l'école de l'excellence, alors que sa mère n'en voyait pas l'utilité. Il suivait de près le déroulement de ses études et lorsque Victoire avait débuté son doctorat de lettres, Vermont de Narcey était naturellement devenu son directeur de thèse. Victoire buvait ses paroles et continuait à noter chaque mot qu'il prononçait.

– Je suis scandalisée qu'on n'ait pas donné le Goncourt à Maxence Van der Meersch ! murmura Margot. Ton Blasko n'a pas fait son boulot. Je ne dis pas que *Sang et Lumières* de Joseph Peyré est un mauvais roman, mais cette histoire de torero qui ne veut plus toréer m'a laissée complètement indifférente. Et puis Van der Meersch était favori ! Décidément, ce prix ne veut plus rien dire, tout est pipé…

– Mm…

– En revanche, bravo au jury Nobel ! poursuivit-elle à voix basse. Distinguer Irène et Pierre Joliot-Curie et, à travers eux, la Sorbonne, était une idée excellente. Même si je ne comprends goutte à leur radioactivité artificielle. Quelle famille de génies, tout de même ! La mère, Marie, est la seule à avoir reçu deux fois le prix Nobel, et la fille, Irène, l'obtient aussi.

– Mm…

– Il paraît que la radioactivité a des pouvoirs miraculeux et qu'elle va guérir toutes les maladies. Il faudrait demander à ton beau-père, mais cela doit être vrai car on trouve de plus en plus de préparations à base de radium. Je viens de m'acheter une crème de beauté et une poudre irradiantes.

Comme la majorité des jeunes femmes, Margot se trouvait disgracieuse, trop mince – elle enviait les formes féminines de Victoire –, trop grande – elle dépassait d'une tête les garçons – et complexée par une tignasse rousse et frisée qui refusait de se plier aux coiffures disciplinées de l'époque, à la brosse et à la plupart des chapeaux. Le corollaire de cette chevelure était de multiples taches de son, qui, selon elle, la défiguraient et qu'elle tentait, en vain, de cacher sous des monceaux de poudre. Elle espérait que le maquillage radioactif les effacerait. Naturellement, Victoire la trouvait splendide et aurait volontiers échangé sa silhouette – elle s'estimait trop grosse – contre celle de son amie, et ses cheveux lisses au ton fade contre cette rutilante masse fauve.

Victoire restait muette. La rouquine soupira, renonçant à la distraire du cours. Elle se renfrogna sur son banc. Les études l'ennuyaient. Sans son amie, elle aurait abandonné depuis longtemps. Mais Victoire lui avait tellement farci la tête avec ses idées sur les femmes qu'elle s'accrochait. Ses parents n'y trouvaient rien à redire, au contraire, ils étaient très fiers d'elle, la seule, dans la famille, à avoir réussi le bachot et continué jusqu'au doctorat, le plus haut grade de l'université. Ses frères n'étaient pas allés plus loin que le certificat d'études. Pourtant, elle savait que jamais elle ne serait docteur ès lettres, malgré l'aide et les encouragements de Victoire. Rattraper son retard en bûchant jour et nuit avant les examens, soit. Elle possédait une excellente mémoire et avait des facilités pour le latin et le grec. Mais rédiger une thèse, un pavé de plusieurs centaines de pages sur un auteur abscons ou un épisode inconnu de l'histoire de la littérature était au-dessus de ses forces. Elle adorait lire mais détestait écrire.

Nous étions en décembre et elle n'avait toujours pas choisi son sujet. Après tout, sa licence suffirait pour devenir enseignante au collège ou cadre administratif dans une prestigieuse maison de couture, à moins qu'elle ne trouve un emploi dans un musée, voire dans une bibliothèque. Contrairement à Victoire, elle n'avait pas encore choisi son avenir. Si elle se sentait obligée de soutenir son amie dans son projet téméraire, elle ne partageait pas ses idéaux de gloire et de voyages lointains. Surtout, elle n'avait pas sa foi dans le pouvoir des mots.

Margot était la seule à connaître le rêve secret de sa camarade : devenir grand reporter. Sans doute Victoire avait-elle peur de décevoir le comte Aurélien Vermont de Narcey, descendant de l'une des plus vieilles familles de France. Fervent catholique, conservateur nationaliste un brin royaliste – il ne cachait pas ses sympathies maurrassiennes –, au contact de Victoire il s'était délesté de sa misogynie : il désirait qu'elle bouleverse l'ordre établi en devenant la première femme professeur de lettres titulaire en Sorbonne. Si les étudiantes étaient de plus en plus nombreuses sur les bancs de la faculté depuis la fin de la guerre, les chaires restaient l'apanage des hommes. Marie Curie avait été la première à enseigner ici, en 1906, pour remplacer son mari décédé, mais elle dispensait ses cours à l'amphithéâtre de physique. Vermont de Narcey s'offusquait que dans l'une des plus anciennes et prestigieuses universités du monde, les femmes aient grimpé sur l'estrade des sciences dures avant de monter sur celle des lettres, qui les avaient tant chantées. Sa protégée devait corriger cet accident de l'Histoire. Margot se tourna vers elle et l'enroba d'un regard doux.

« Jamais la pauvre enfant n'aurait pu se douter qu'en perdant son père elle en gagnerait trois », songea-t-elle.

Hormis aux anniversaires de Victoire, Vermont de Narcey et Blasko ne se croisaient pas. Mais ils se détestaient. Le maître du savoir académique méprisait les œuvres futiles de l'écrivain à la mode et regardait d'un œil soupçonneux le mondain planqué qui s'était soustrait à son devoir en ne montant pas en ligne. Quant au romancier-journaliste, il honnissait le mandarin à particule et se méfiait de l'ancien combattant réactionnaire.

45

Le docteur Jourdan volait au-dessus de la mêlée, payait tout ce qu'on voulait mais répugnait à intervenir dans l'éducation et les affaires de sa pupille, qu'il maintenait à distance en s'efforçant de ne jamais la contrarier. Entre les trois hommes, Victoire tournoyait, s'employant à prendre ce qu'ils voulaient bien lui donner.

Si l'un représentait un porte-monnaie, l'autre symbolisait les trésors de l'intellect, le troisième un tremplin vital pour accéder à son rêve. Cependant, aucun ne lui montrait les signes d'une affection tendre, inconditionnelle et désintéressée. Sa mère ? Oui, sa mère l'aimait, sans aucun doute. Mais il fallait chercher ce sentiment sous les gémissements, les angoisses et les crises de nerfs dont elle nourrissait la relation avec sa fille. Marguerite se disait qu'avec un tel entourage, il n'était pas étonnant que son amie soit terrorisée par l'amour et refuse de fonder une famille. Il n'était pas non plus anormal qu'elle souhaite s'échapper au bout du monde, seule avec un bloc et un crayon.

Margot regarda encore une fois autour d'elle et découvrit, à quatre mètres, un jeune homme qu'elle n'avait pas remarqué auparavant. Il lui sourit et elle rougit en baissant ses yeux noisette. Elle sentit son cœur battre plus fort et leva le regard en esquissant, à son tour, un sourire. Il ne se passait pas une semaine sans qu'elle ait un nouveau béguin. Victoire se moquait d'elle, la traitait d'artichaut ou de fleur de petit pois. La rouquine n'en avait cure : si elle s'enflammait souvent, cet élan demeurait platonique et son ardeur s'éteignait aussi vite qu'elle s'était allumée. Ce qu'elle attendait était la déflagration unique, l'embrasement qui la transformerait de l'intérieur, ce sublime incendie qui ravagerait tout sur son passage. Seul le grand amour donnerait un sens à son existence, n'en déplaise à sa meilleure amie. S'il était là, à quelques mètres ? Elle observa l'étudiant blond, qui chuchotait avec ses camarades.

Elle aperçut un objet qui dépassait d'un sac, sur leur banc, et elle comprit qui étaient ces étudiants : la canne à bout ferré et le nerf de bœuf étaient les attributs des Camelots du roi, une ligue de jeunes monarchistes rattachée à l'Action française, intolérants, violents et antisémites, qui après avoir participé à la tentative de coup d'État du 6 février 1934 faisaient le coup de main contre les étudiants étrangers, les communistes, les professeurs et les élèves juifs, organisaient des grèves, manifestaient et perturbaient le Quartier latin. Marguerite se détourna. La politique ne l'intéressait guère. Mais jamais elle n'épouserait un fanatique qui hurlait «Dehors les métèques» ou «À mort les juifs». Comme la majeure partie de la population, elle voulait que la Grande Guerre soit «la Der des Ders». Après les sacrifices consentis, elle n'aspirait qu'à une chose : vivre en paix.

Elle songea à la neige que la météo promettait pour demain, 11 décembre 1935, et à ses projets pour les prochaines vacances de Noël. Margot allait demander à Victoire quel était son programme pour les fêtes lorsqu'elle réalisa que le cours allait prendre fin. Elle se tut.

– En conclusion, je répète que chez Descartes, les règles pour la direction de l'esprit sont au nombre de quatre…

Aurélien Vermont de Narcey les énuméra. Un léger brouhaha commença à poindre dans les rangs. Comme d'habitude, Marguerite se prépara à récupérer le mémento de Victoire. Son amie plaçait un papier carbone entre deux pages : ainsi, sa camarade – qui était l'une des rares à déchiffrer son écriture – bénéficiait, en temps réel, d'une copie du cours. Victoire le faisait par amitié, et parce que Margot ne se dispensait pas d'assister à la leçon. De son côté, Marguerite – qui lisait à toute vitesse – dépannait Victoire en lui commentant les ouvrages universitaires que l'apprentie journaliste n'avait pas le temps de parcourir à cause de ses piges pour Blasko.

Le professeur cessa de parler. Les sorbonnards se levèrent et quittèrent bruyamment l'amphithéâtre. Victoire ne bougeait pas d'un pouce, penchée sur le pupitre, le bras gauche replié sur la feuille, la main droite immobile autour du stylo.

– Victoire, appela Margot. Tu dors ?

Pas de réponse.

– Victoire ! répéta-t-elle, inquiète, en posant la main sur l'épaule de son amie. Tout va bien ?

La jeune femme s'éveilla de sa torpeur. Ses yeux gris regardaient dans le vide et elle semblait, en effet, sortir d'un rêve ou d'un cauchemar.

– Ça va ? C'est Descartes qui te met dans cet état ?

Marguerite fronça ses sourcils roux, tandis que Victoire se redressait. Elle se frotta les tempes.

– J'ai très mal à la tête, dit-elle.

– J'ai de l'aspirine dans mon sac. Allons aux lavabos chercher un verre d'eau.

Avant de se lever, Margot rassembla les feuilles étalées sur le pupitre, ôta le carbone, tendit les notes originales à sa camarade et conserva la copie. Soudain, elle suspendit son geste, les yeux rivés sur une page.

– Mais… lâcha-t-elle, interloquée. Qu'est-ce que cela signifie ?

Victoire se pencha sur sa calligraphie serrée et parcourut le feuillet que Margot glissait vers elle :

Quand Saturne respandra son humysde radical
Le soleil chevauchera le taureau regal
Le sang du dragon jaillira du miroir
Pour qu'en Adam faultif brilloit le soleil noir
Le chevalier sueux de la rosee du ciel
Jouste contre l'aigle à trois testes dessans aelles
L'espee sanglante ouvre en la terre le tombeau
Qu'il soye l'escuelle des loups et des corbeaux
L'homme et la beste roidis de mort puanteuse
Descharpis au sepulcre de la peste merveilleuse
Son traisnes au lavoir par les dames de vertu
De l'estrange rivage leur ame perce la nuë
Sous la doulce rudesse des mains feminines
La chair flanc a flanc prend la blancheur du cygne
Puis l'ame purifiee par le regard de Dieu

Redescend lentement des lointains cieux
Et entre dans le corps uni aux espritz
De l'homme et de l'oyseau pour resordre en phenix.

– Cela n'a rien à voir avec ce qu'a dit Vermont de Narcey, dont il manque plus de la moitié de l'exposé ! constata Margot. On dirait de l'ancien français... Tu travailles à ta thèse pendant les cours ?

Victoire, elle, avait un sujet, qui portait sur un célèbre manuscrit en vieux français et en vers, best-seller composé au XIIIᵉ siècle : *Le Roman de la rose*. La doctorante bûchait sur une querelle littéraire qui opposa, au début du XVᵉ siècle, des secrétaires du roi et des clercs à la féministe Christine de Pisan, première femme française à vivre de sa plume, qui dénonça *Le Roman de la rose* comme un ouvrage immoral, obscène et misogyne.

Victoire fixait la page, aussi ébahie que son amie.

– Ces vers n'appartiennent pas au *Roman de la rose*, observat-elle, ni aux recueils et épîtres de Christine de Pisan. Et je dirais qu'il s'agit non pas d'ancien français, mais plutôt de moyen français, tel qu'on l'employait au Moyen Âge tardif et surtout à la Renaissance, juste avant le français classique...

– Si tu le dis, admit Margot avec ironie. Peux-tu m'expliquer pourquoi tu t'amuses à écrire des vers en français moyen pendant le cours de philo, au lieu de noter l'exposé du prof ?

Victoire était très pâle.

– Je... bafouilla-t-elle. Je n'en ai aucune idée. J'ignore pourquoi j'ai fait ça... Je ne me souviens pas d'avoir écrit ces mots... Je ne les reconnais pas... Je ne sais absolument pas d'où ils viennent... de qui, je veux dire... Pas de moi, en tout cas, c'est impossible, je ne peux pas les avoir inventés... C'est forcément une réminiscence... Un souvenir de lecture... Pourtant... Je ne les ai jamais lus avant aujourd'hui !

4

Au paradis terrestre, Adam et Ève ne faisaient qu'un. Un seul corps, une seule âme, un seul esprit. Dieu a créé cet androgyne pour qu'il gère l'univers à la place de Lucifer et de ses anges déchus, chassés du ciel et emprisonnés dans la matière à cause de leur révolte contre le Créateur. Le Très-Haut a conçu l'herma-phrodite primordial pour garder ces rebelles. Cette créature était parfaite : elle était belle, son esprit possédait toutes les sciences naturelles et surnaturelles, elle se sentait de la condition des anges et ne mangeait pas, n'avait ni sexe ni intestin, engendrait magi-quement, régnait au nom de Dieu sur les êtres et les choses de la création et avait tout pouvoir sur la Nature. Le fruit de l'arbre de Vie l'empêchait de vieillir et de mourir. L'homme adamique était donc jeune et immortel. Mais tenté par un ange déchu déguisé en serpent, il a goûté au fruit de l'arbre défendu, celui de la connais-sance du bien et du mal, et cette violation de la loi divine a provo-qué sa chute. Avant de le bannir du jardin d'Éden et de l'enfermer, à son tour, dans la matière vile, le Tout-Puissant a rompu l'unité originelle et a séparé l'hermaphrodite en deux entités sexuées : l'homme et la femme, le premier couple, à qui il a ôté tout pou-voir. Dépouillés de la perfection spirituelle et corporelle, Adam et Ève, ainsi que leurs descendants, sont désormais soumis à la maladie, à la souffrance, à l'ignorance, à des instincts animaux, à la nécessité de gagner leur vie de leurs mains, de manger et de boire, d'enfanter charnellement et dans la douleur, à la révolte de la Nature qui n'obéit plus. Ils sont dorénavant assujettis au vieillissement et à la mort. Depuis la Faute, tout est corruption, crasse et pourriture, et l'homme a contaminé la Nature de son péché. Affecté par la nostalgie du paradis perdu et l'aspiration au Salut, le plus cher désir de l'homme est de reconquérir ses anciennes prérogatives et de retourner à l'âge d'or originel. Un jour, tombés amoureux des filles des hommes, des anges déchus ont donné à ces femmes le moyen de combattre la Chute, cette tache héréditaire de l'humanité, et de purger la création de la souillure : cette science céleste, ce savoir secret capable de régénérer l'homme et la Nature est l'alchimie.

Sur la barge qui descend le Rhin, Théogène serre contre son cœur l'unique ouvrage dont il n'a pu s'empêcher de faire l'acquisition à la foire aux livres de Francfort : *L'Archidoxe magique* de Paracelse, un recueil de remèdes destinés à lutter contre les principales maladies, des considérations sur les astres et la transmutation des métaux mais aussi des secrets servant à fabriquer sceaux de protection et objets magiques pour communiquer avec les médiateurs du ciel et de la terre : les anges. Inspiré par les muses, le jeune homme sort son cahier de vélin et écrit un poème en images allégoriques et codées sur les trois étapes du magistère : *nigredo*, l'œuvre au noir, c'est-à-dire la putréfaction des éléments de la matière, la séparation des corps et leur mort symbolique, *albedo*, l'œuvre au blanc, leur purification physique et spirituelle, enfin *rubedo*, l'œuvre au rouge : leur union finale dans la résurrection.

Théogène pense naturellement à son maître. L'adepte a souvent raconté à son élève sa prime expérience de la liqueur de Vie. La première fois que Liber a bu la Panacée née de la Pierre philosophale, il a cru trépasser : pendant vingt jours, il a été victime de sueurs froides, puis de fortes fièvres, son corps s'est mis à peler, il a perdu sa peau, ses cheveux, ses dents, ses ongles, dans des douleurs atroces. Les vingt jours suivants tout a repoussé, rajeuni de plusieurs décennies. Au terme de ces quarante jours, il a constaté qu'il était devenu polyglotte, invincible, qu'il pouvait se rendre invisible, se déplacer dans le temps et dans l'espace, communiquer avec les animaux et tous les êtres de la création, y compris les morts, qu'il n'avait plus besoin de manger ni de boire – même s'il continuait à prendre un peu de nourriture, par habitude – et qu'il éliminait uniquement par sudation. Il savait que cette reconquête des pouvoirs perdus de l'androgyne divin s'accompagnait de stérilité : Nicolas Flamel, le plus grand alchimiste de tous les temps, et son épouse Pernelle n'avaient jamais eu d'enfant. Chaste depuis toujours, Athanasius Liber n'en avait cure : il avait pris sous son aile un jeune disciple, Théogène Clopinel, un orphelin de Paris qu'il avait sauvé de la peste, en 1569. Depuis qu'il a été recueilli par l'adepte, à l'âge de cinq ans, l'apprenti s'acharne à ouvrir les yeux du dedans, pour voir avec le regard de l'esprit et non celui du corps, cette prison de matière grossière. Car seul l'esprit permet de contempler le monde au-delà des apparences sensibles et de faire éclore l'âme sur un plan supérieur, afin que s'ouvre, un jour prochain, la porte du paradis perdu qui le fera passer de la nuit obscure à l'aube d'or.

Quand il aura fabriqué de ses mains puis bu le philtre de jouvence et d'éternité, au terme des quarante jours de régénération le nouveau Théogène ne boitera plus, ne vieillira plus. Comme Athanasius Liber, il lui suffira ensuite de prendre, à chaque équinoxe, trois gouttes de la liqueur magique afin de se préserver, jusqu'à la fin du monde et le retour du Christ, de toutes les maladies et infirmités. Ainsi que l'ont fait avant lui son maître et tous les adeptes, il délaissera son identité profane pour un *nomen mysticum*, un pseudonyme alchimique : il y a déjà réfléchi et a choisi Rosarius, «le marchand de roses», car la rose, pour les initiés, est le symbole occulte de la réussite du Grand Œuvre. Ensuite, jusqu'au Jugement dernier, Liber et Rosarius, le père et le fils poursuivront ensemble leurs voyages et leurs travaux, servant Dieu et ses desseins. Soustraits à la corruption, ayant accédé à la rédemption, les grands élus hermétiques continueront, pour l'éternité, à soulager l'humanité souffrante en secourant matériellement les pauvres ainsi que l'ont fait Nicolas Flamel et dame Pernelle, en soignant gratuitement les indigents, suivant l'exemple de Paracelse, mais ils se réserveront l'élixir de longue vie et ne révéleront à personne leurs secrets sauf si Rosarius décide de choisir, à son tour, un disciple pour lui transmettre les mystères de la science cachée.

Un brutal coup au cœur interrompt les projets de l'alchimiste. Il observe le paysage alentour : la barge de bois glisse sur le Rhin, l'air est doux, un souffle léger caresse les forêts, de chaque côté de la rive. Nul signe d'orage ou de catastrophe. Il pose la main sur sa poitrine et attend. Un nouveau coup le frappe, plus violent que le premier. Théogène est persuadé qu'il s'agit d'un appel de son maître. Il ferme les yeux, écoute son âme et tente d'apercevoir à distance le magister Liber. Mais son esprit accaparé par ses rêves d'avenir ne discerne qu'un flacon de verre posé sur une étagère : la fiole contenant le Grand Élixir. Où est son maître ? Serait-il en danger ? Comme l'avant-veille, à Francfort, l'élève est certain que la voix surnaturelle de Liber l'adjure de rentrer ; l'instant d'après il doute et croit qu'il a mal interprété sa prémonition. Le mage suprême est, grâce au divin sérum, protégé de tous les périls terrestres. Soudain, une autre idée le traverse : si la menace que Théogène sent peser sur son maître n'émanait pas de ce monde mais du monde astral, voire du monde supérieur et de Dieu lui-même ?

Athanasius Liber est un démiurge et un immortel, mais il ne saurait outrepasser la puissance divine : si l'Apocalypse survient et que le cycle terrestre prend fin, il sera soumis au Jugement, comme tous les êtres humains, vivants et défunts.

De même le Créateur peut, à tout moment, le rappeler à lui, s'il juge que la charitable mission du surhomme est, ici-bas, accomplie. Alors, le corps de l'adepte disparaît, il abandonne la terre et monte au ciel sans passer par la mort. Si Liber tentait de l'avertir que la fin du monde approche ou que le Très-Haut souhaite sa présence auprès de lui ? Théogène est pris de panique : son père adoptif ne peut pas le quitter, pas maintenant, pas avant de lui avoir révélé la *materia prima* et de l'avoir aidé à accéder, lui aussi, à l'incarnation nouvelle, au bonheur parfait de la vie éternelle !

Sur les rives du fleuve, Théogène aperçoit des champs de garance, cette fleur dont les racines teignent les étoffes en rouge, la couleur de la Pierre et de l'Élixir. Ces prairies indiquent qu'il est aux environs de la ville de Spire, dont la spécialité est le drap garance. Son maître n'est plus très loin. Hélas, le soleil pâlit à l'horizon et le bateau va faire halte pour la nuit. S'il marchait dans les ténèbres, pour arriver plus vite ? Rien n'est moins prudent. Il doit se résoudre à attendre l'aube pour poursuivre sa route.

Le lendemain matin, Théogène reprend son chemin vers le sud à bord de la bélandre. À la confluence du Rhin et de la rivière Lauter, il quitte le bateau et poursuit à pied, en direction de l'ouest.

Il lui reste cinq lieues à parcourir ; s'il presse le pas malgré sa jambe folle, il devrait arriver avant vêpres. En hâte il traverse des vignes, des bois qu'on dit saints car ils abritent des ermites et des monastères. Au loin se dressent les montagnes bleues des Vosges. Les autochtones appellent cette partie du Saint Empire romain germanique «l'Outre-Forêt», car elle est enclavée entre des sylves au sud et au nord, le Rhin à l'est et les Vosges à l'ouest. Cet isolement au sein des terres d'Alsace n'est pas pour déplaire aux alchimistes qui préfèrent travailler loin des bruits du monde et de la curiosité des hommes. Particulièrement méfiant, austère et misanthrope, Athanasius Liber a choisi cette contrée retirée pour y installer le laboratoire et procéder aux futures opérations du grand magistère, qui durent trois ans.

Appuyé sur sa canne, Théogène presse le pas en imaginant l'accueil moqueur que le maître va réserver à l'élève qui rentre avec trois jours d'avance, sur la foi d'un pressentiment erroné. Au moins pourra-t-il mettre à profit ce temps pour nettoyer et vérifier les instruments avant le début du travail, qui doit s'effectuer sous le signe astrologique du Taureau.

En Bélier, avant de partir à Francfort, l'apprenti a récolté l'un des principaux ingrédients de l'*Opus Magnum* : quand la lune était pleine, juste avant l'aube, il a étendu des linges blancs sur une colline, qu'il a ensuite tordus afin de recueillir l'eau d'en haut, la sueur du ciel aux vertus purificatrices. Cette rosée céleste et magique, ces pleurs de l'aurore que Théogène conserve dans des flacons de verre au fond d'une malle obscure, servira à préparer de nombreux remèdes alchimiques mais surtout à laver la mystérieuse matière première, avant que cette dernière ne soit soumise au feu.

Contournant Wissembourg, la capitale à colombages et grès des Vosges de l'Outre-Forêt, l'aspirant s'efforce de ne pas songer à la *materia prima* et de calmer son avidité à son sujet. À l'écart de la ville, il s'enfonce dans un bois touffu, qui laisse à peine entrer la lumière du jour. Son cœur cogne dans sa poitrine. Il transpire à grosses gouttes à cause de sa marche et de l'angoisse qui, à nouveau, le taraude. Enfin, rougi par l'effort et l'inquiétude, il pénètre dans une clairière où se dresse une cahute en bois au toit de chaume. Avec soulagement, il constate que de la fumée s'échappe de la cheminée. Le maître est donc là. Théogène ouvre la porte et entre précipitamment dans la cabane.

La pièce est illuminée par de grands chandeliers. Au centre, près d'un grabat de paille, ronronne l'athanor que Liber a fabriqué de ses mains, aux dimensions de son propre corps : en forme de tour, fait de briques rouges, d'argile, et relié au conduit de la cheminée, le fourneau cosmique est posé sur des coussins de crin de cheval. À côté sont rangés pinces, tisonniers, soufflets, éventails. Une table massive porte un sablier, une balance, des mortiers d'agate, vases de grès et de verre, fioles, cornues, pots, chaudrons, aludels, matras, cucurbites, astrolabes, compas, tables d'astrologie, boussole, bain-marie et miroir circulaire pour capter les rayons des deux luminaires, le soleil et la lune. Un pan de mur est tapissé de livres, un autre de flacons. Près de la fenêtre sans vitre aux volets fermés, est pendu un écusson avec un croissant lunaire répété trois fois, symbole du surnom des alchimistes : les teinturiers de la lune. À droite de l'athanor, qui signifie four en hébreu et en arabe, mais aussi immortel en grec, trône l'alambic de verre, qui est éteint. Théogène s'approche du fourneau : il est chargé de bois rougeoyant, mais l'ouverture réservée au vase contenant la matière première est vide.

En revanche, sur la tour est posé un creuset ouvert rempli d'une substance noirâtre qui se consume dans une odeur âcre. L'apprenti n'y prête pas attention : où est son maître ? À Wissembourg ? Il n'a pu partir en laissant l'athanor sans surveillance ! À moins d'une urgence...

Théogène perçoit un faible gémissement, quasiment un murmure. D'un geste il ouvre le rideau qui sépare le laboratoire de l'oratoire et découvre Liber dans la chambre réservée aux prières, aux invocations et aux exercices spirituels. Allongé sur une paillasse, suant, tremblant, livide et immobile, l'adepte paraît avoir vieilli d'un siècle : ses cheveux noirs ont blanchi, ses mains et son visage sont couverts de rides et de taches violacées, son regard cerné et vitreux est perdu dans le lointain. De grandes taches de sang maculent son sarrau de toile bise. Dès qu'il aperçoit son disciple, il tend ses bras décharnés :

– Vulcanus ! s'écrie-t-il d'une voix caverneuse que Théogène ne reconnaît pas. Tu as enfin entendu mon appel ! Loué soit le Seigneur...

– Maître, qu'est-il arrivé ? répond le jeune alchimiste en s'agenouillant et en saisissant les mains brûlantes du vieil homme. Par tous les saints, vous êtes blessé ! Et vous avez la fièvre !

Il ne remarque pas que gît sur le sol un ustensile à clystère, une seringue à lavement en étain souillée de sang. Il se précipite sur une cuvette remplie d'eau et tamponne le visage méconnaissable avec un linge humide. Il tente d'écarter les pans de la blouse afin d'examiner la plaie du maître, mais ce dernier s'empare de ses mains et les étreint avec angoisse.

– Il est revenu me chercher, bafouille le vieillard. Je l'ai vu !

– Qui donc, maître ?

– L'ange ! Je me suis trompé… J'ai violé la loi divine, comme l'hermaphrodite primordial… Je pensais le duper, mais on ne dupe pas le démon. Je n'en avais pas conscience jusqu'à ce qu'il apparaisse à nouveau… Je le croyais ange de Dieu mais il s'agit d'un ange déchu, une créature du Malin. Désormais, le paradis céleste m'est interdit, mon âme est perdue ! Tu dois me sauver, toi seul peux me sauver ! Sans toi, je suis damné, tu comprends ? Condamné aux enfers ou à errer sans fin entre le ciel et la terre, il me l'a dit, il est là, il rit dans ma tête, je l'entends ! Il rit ! Seigneur tout-puissant, venez-moi en aide…

Liber lâche les mains du jeune homme et serre son crâne de toutes ses forces. Théogène ne comprend rien aux propos du grand initié. Il s'agit sans doute d'un délire provoqué par la fièvre. Mais pourquoi son maître est-il souffrant ? C'est incohérent… comme ce sang sur ses vêtements !

– Maître, montrez-moi votre blessure, adjure-t-il.

– Nenni… Ce n'est rien… J'ai tenté de me lever et d'accéder aux flacons spagyriques mais le démon m'en a empêché, je suis retombé sur cette paillasse… alors, en dernière extrémité, je me suis saigné pour évacuer la fièvre… mais Paracelse avait raison… Cela n'a fait qu'altérer mes dernières forces et envenimer le mal…

– Père, prenez quelques gouttes du supérieur remède. Je vous en prie !

– C'est ma faute, j'ai raccourci les opérations, j'avais si peur de lui ! J'étais terrorisé, je craignais qu'il m'emmène avant que j'aie terminé la première voie… Je n'ai pas respecté l'ordre… J'ai rompu l'ordre du monde et j'ai introduit le chaos, la maladie et la mort… Les premiers frissons ont commencé dans la nuit d'avant-hier… Depuis, je ne peux plus bouger… Mon corps est brusquement devenu vieux, il n'obéit pas… Je souffre… Quand je n'ai pas pu atteindre l'étagère, je t'ai appelé… Aide-moi… Va chercher la Médecine universelle… Elle seule peut restaurer ma condition perdue…

Théogène se lève d'un bond et repasse dans le laboratoire. Caché parmi des fioles de verre identiques, un flacon d'apparence anodine contient un liquide rouge rubis : la Panacée capable de renvoyer l'homme à l'état mythique d'avant la Chute, de réparer la Faute, de guérir tous les maux et de ressusciter les morts.

Au moment où le jeune homme s'empare de la précieuse ampoule, éclate un vacarme d'une puissance prodigieuse : projeté dans les airs par la déflagration, il se retrouve par terre, à moitié sonné. L'athanor ! L'athanor au feu incontrôlé a explosé ! Dans sa chute, Théogène a lâché la fiole de verre, qui s'est brisée. Il tente en vain de récupérer un peu de liquide écarlate, que la terre de la cahute boit goulûment. Vociférant, éperdu, il regarde autour de lui : la détonation a fait éclater l'alambic et les récipients du laboratoire. Les briques fumantes du four sont dispersées aux quatre coins de la pièce. Quelques flammèches lèchent le bois de la grande table et s'attaquent avec ferveur au grabat de paille et aux livres de la bibliothèque. Il se relève et rejoint le vieillard moribond.

— Maître, sanglote-t-il, le four a explosé… l'Élixir s'est répandu sur le sol… Il n'en reste rien… je… Je suis désolé, je… Le laboratoire brûle, vite, il faut sortir d'ici !

Le vieil alchimiste lui prend la main.

— Non, mon fils, lâche-t-il dans un soupir. Ce n'est plus la peine… Sans le Sérum, je suis perdu, comme mon âme. Mais toi, tu dois t'enfuir…

— Non maître, non ! Je vous en supplie, vous n'avez pas le droit de m'abandonner, vous ne pouvez pas périr ! Vous êtes exempt de la mort humaine !

— Plus maintenant… Hélas… Il avait deviné que, s'il se montrait, je serais saisi par la panique, je chercherais à gagner du temps et j'oblitérerais certaines opérations… J'ignorais qu'ainsi, je perdrais mes prérogatives et mon invulnérabilité… mais lui, il le savait… il l'a fait pour m'affaiblir et pouvoir me prendre… il m'a vaincu par la ruse… l'ange déchu s'est, une fois encore, vengé de la race humaine…

– Magister Liber, père, adjure Théogène. Je vous en conjure, venez, agrippez-vous à mon cou, je vais vous porter… Nous serons à l'abri dans la forêt…

– N'insiste pas, mon fils… L'heure est venue. Il vient me chercher. Je le vois qui approche. Il vient dérober mon âme. Il l'a chèrement gagnée… elle est à lui…

Une fumée emplie de vapeurs toxiques envahit l'oratoire, les flammes grignotent le rideau. On entend de petites déflagrations nées de l'explosion des flacons d'acides. Le souffle du vieillard ralentit, ses yeux se ferment. Soudain, il se dresse comme un diable.

– Mon fils, le livre ! Tu dois prendre le livre ! Il est pour toi…

Du regard, il indique un volume posé près de la croix du Christ. Théogène se lève et empoigne le manuscrit.

– Vulcanus, promets-moi… supplie-t-il encore. Promets-moi de poursuivre mon œuvre, de fabriquer la liqueur de Vie en respectant l'ordre des opérations. Ne cède ni à la peur ni à la facilité, reste loin des hommes et travaille : préserve l'harmonie du monde, ne la romps jamais… Prends garde à ton âme, et rachète la mienne. Accomplis l'*Opus Magnum* et viens chercher mon âme, où qu'elle se trouve…

En larmes, déchiré par le spectacle qu'il a sous les yeux, Théogène promet tout.

– Donne-moi encore ta parole, lâche Liber dans un souffle. De ne jamais te rendre à Prague, en Bohême. C'est la ville du diable et de ses sortilèges.

Théogène sanglote en se tordant les mains, tandis que l'incendie gagne la pièce. Il parvient à grand-peine à éteindre les flammes qui embrasent l'extrémité du matelas de paille sur lequel gît Liber.

– La *materia prima* ! hurle soudain l'agonisant. Dans le creuset !
Dans le creuset…

Sa tête retombe lourdement sur sa poitrine. Il ne bouge plus.
Théogène se penche, écoute le cœur qui a cessé de battre et ne
trouve pas le pouls de son maître. Il place un petit miroir devant
sa bouche mais la glace ne montre aucune buée qui pourrait indiquer un souffle. L'adepte ne respire plus. Abasourdi, le disciple ne
sait plus que croire.

« Athanasius Liber ne peut pas trépasser, persiste-t-il à penser.
C'est un mauvais rêve, je vais me réveiller… »

Le crépitement des flammes, l'épaisse fumée qui le fait tousser
et la chaleur insupportable le ramènent à la réalité. Dans un réflexe
de survie, il gagne le laboratoire où se trouve l'unique fenêtre de
la cahute. Il parvient à l'ouvrir mais l'appel d'air attise l'incendie.
Jusqu'au plafond l'atelier est un brasier. La masure de bois et de
chaume menace de s'effondrer. Théogène saisit l'un des linges qui
a servi à récolter la divine rosée et y enveloppe le noir contenu du
creuset répandu sur le sol, près de la porte en flammes. D'un geste
il le fourre dans sa musette, avec le livre de son maître. Puis il
saute par la fenêtre et détale dans le bois, au moment où la cabane
incandescente s'écroule dans un assourdissant fracas.

Une fois à l'abri, il fait volte-face. Le feu de l'enfer dévore ce qui
fut sa maison, son rêve et la quête de toute son existence. Alors, il
réalise l'impensable : Athanasius Liber, son père d'adoption, son
maître vénéré et immortel est mort.

5

– Chers auditeurs, en ce samedi 18 janvier 1936, nous apprenons avec tristesse et accablement la mort de Rudyard Kipling, le grand écrivain britannique, auteur illustre du *Livre de la jungle*. La nuit dernière, à Londres, Joseph Rudyard Kipling, Prix Nobel de littérature, s'est éteint des suites d'une hémorragie provoquée par un ulcère à l'estomac.

Victoire ne leva pas la tête. L'énorme poste de TSF que sa mère et son beau-père lui avaient acheté pour Noël était à même le sol de la chambre de bonne, sous l'unique fenêtre qui offrait une vue splendide sur les jardins de l'Institut des sourds-muets de la rue Saint-Jacques, dans le Ve arrondissement. La mansarde était sommairement meublée : un lit bateau en noyer, un lavabo surmonté d'une glace au cadre de pitchpin, un réchaud à gaz posé sur un buffet parisien, une armoire de dimensions modestes, le tout sous un papier peint à fleurs qui avait dû être bleu dans les années 1900. La chambre était encombrée de livres. Il y en avait partout : rangés sur des étagères, empilés sur le vieux parquet et sur la petite table qui trônait au centre de la pièce, face à la fenêtre, derrière laquelle la jeune femme était assise ou plutôt prostrée.

– Ce n'est pas diantre possible, murmura-t-elle. Je suis bonne pour l'asile…

Les yeux rivés sur un cahier de brouillon à gros carreaux, elle observait la page couverte de son écriture en pattes de mouche : sa main avait tracé un poème en vieux français, des vers inconnus et mystérieux qui la plongeaient dans un trouble extrême.

Ay adiré la clef du jardin des roses
La huisse du sanctuaire est close
Jamay ne beuvra le vin des estoilles
Pour verseiller l'hymen du couple royal
J'erre dessans piedz dedans la froit ordure
Mon ame est vallon de tryste pourriture
Cognoissant du feu la semence divine
Avoit enfondrez la celeste origine
Comme Œdipe ay fait mourir mon pere
En deshonneur damage et vitupere
Disciple de l'astre ay chu dedans l'abisce
Puysse l'Enfer enventrer le cruel fils.

«Pas de panique. Tentons d'être logique, pensa-t-elle. Premièrement : qui a écrit ces mots ? Ce ne peut être que moi, ma calligraphie est inimitable et à moins qu'un fantôme ou un double n'erre en ces murs, je vis seule ici ; personne n'est entré. Deuxièmement : quand ai-je commis cette chose ? La nuit dernière, puisque j'ai acheté ce cahier vierge hier après-midi. Troisièmement : pourquoi ?»

Il s'agissait de la question cruciale, à laquelle elle était incapable de répondre. Elle ne conservait aucun souvenir de s'être levée durant la nuit, de s'être assise derrière ce bureau, pas même de s'être réveillée.

«J'écris pendant mon sommeil, constata-t-elle. Comme dans un rêve ou… en état de somnambulisme, c'est cela, je suis à nouveau somnambule !»

Enfant, elle était sujette à ce genre de crises : elle quittait subitement son lit, les yeux ouverts, et déambulait dans l'appartement sans s'éveiller, tandis que sa mère la suivait pas à pas, rongée par l'angoisse. Une fois, elle était sortie dans la rue en pyjama, son cartable sur le dos, pour prendre le chemin de l'école. Laurette l'avait rattrapée in extremis et depuis, chaque soir sa mère fermait la porte d'entrée à double tour, avant de cacher la clef sous son oreiller. Ses promenades nocturnes avaient cessé à la puberté.

« Mais pourquoi écrire des poèmes, au lieu de me balader sur les toits ? Et pour quelle raison le somnambulisme recommencerait-il maintenant ? »

Ses travaux sur sa thèse n'étaient sans doute pas étrangers au phénomène. Au cours des derniers mois, elle avait avalé les vingt-deux mille octosyllabes du *Roman de la rose*, l'œuvre poétique de Christine de Pisan et d'autres auteurs du Moyen Âge et de la Renaissance, afin de saisir les éléments de contexte du débat littéraire. Tous écrivaient dans cette langue surannée, qu'elle avait appris à décoder à l'aide de dictionnaires spécialisés.

« Je suis imbibée de français ancien, admit-elle. Je maîtrise l'orthographe et le vocabulaire, donc la forme de la langue dans laquelle je me suis exprimée cette nuit : "adirer" signifie égarer, "huisse" porte, "enfondrer" détruire, "vitupere" honte, "enventrer" dévorer. "Le jardin des roses" et le sanctuaire font référence à la première partie du *Roman de la rose*. Pourtant, je ne vois pas le lien avec les vers du XIIIe siècle, qui chantent l'amour courtois ! Ce poème est le cri de culpabilité d'un fils face au décès de son père, mais le sens profond de ces mots demeure obscur… Que veulent dire ces images de mariage d'un roi et d'une reine, et tout ce fourbi astral ? Je n'entends rien à ce charabia ! »

Elle soupira. Ses yeux tombèrent sur une pile d'ouvrages qui se dressait près de l'armoire. Les couvertures des livres portaient les noms de Breton, Aragon, Desnos, Éluard, Soupault, Reverdy.

– Les surréalistes ! s'exclama-t-elle à voix haute. Bien sûr… l'écriture automatique !

Ce mouvement artistique qui faisait fureur depuis les années 1920 avait développé un nouveau style poétique : le principe était d'écrire sans réfléchir, dans un état quasi hypnotique, afin de libérer l'esprit des entraves de la raison et de la logique, pour retrouver les images perdues de l'enfance, les désirs refoulés et accéder, sans contrôle, aux tréfonds de l'être. Ce courant unissait réel et imaginaire, réalité et rêve, éveil et sommeil. Le résultat prenait la forme de délires oniriques, d'allégories symboliques qui ne déplaisaient pas à Victoire, même si elle préférait des auteurs plus classiques.

La perplexité reprit le dessus.

« Je dois admettre que ces vers sont de mon cru... même si je ne discerne aucun rapport avec mon histoire personnelle. Mon père est mort, certes, mais je ne me sens aucunement responsable de sa disparition... Ce désespoir m'est étranger... par ailleurs, je suis une fille, pas un fils ! »

L'argument était fallacieux car à la demande de Blasko, elle rédigeait tous ses papiers au masculin. Ajouté à son regret d'appartenir au beau sexe, il n'était pas inconcevable que son subconscient réagisse en homme et non en femme.

« Une part enfouie et cachée de moi-même, qui est masculine, résuma-t-elle, a donc noté ces mots la nuit dernière et l'autre jour aussi, pendant le cours de philo... pourtant, dans l'amphi, je n'ai pas eu l'impression de dormir... Comment expliquer ces pertes de conscience, cet état second dans lequel je bascule sans prévenir, et dont je ne garde aucun souvenir ? Se pourrait-il que j'aie été hypnotisée à mon insu ? »

Ces décrochages du réel étaient ce qui tourmentait le plus la jeune femme.

« Il reste cette dernière possibilité, se força-t-elle à avouer. C'est la plus rationnelle, donc la plus probable : je suis sans doute atteinte d'une maladie mentale. »

Son regard se perdit dans les jardins de l'Institut des sourds-muets puis dans le ciel laiteux de l'hiver. Elle savait que la raison lui commandait de dévoiler ses symptômes à son beau-père, le docteur Renaud Jourdan. L'aliénisme n'était pas son domaine, mais il devait connaître un spécialiste. Pourtant, elle ne pouvait s'y résoudre. Le chirurgien était si cartésien, si empreint de science positiviste qu'elle se voyait mal lui raconter qu'elle souffrait de pertes de conscience durant lesquelles elle se prenait pour un homme et écrivait des vers sans queue ni tête en français de la Renaissance. Il se moquerait d'elle. Surtout, il en parlerait à sa mère et cette dernière s'alarmerait à grands cris, transformant l'affaire en tragédie. Ce n'était pas une bonne idée. Elle devait attendre. Après tout, le phénomène n'était peut-être qu'une conséquence singulière de la fatigue, et il cesserait si elle se reposait.

– Le grand écrivain, romancier et poète, est décédé à minuit dix à l'hôpital de Middlesex, à Londres, où il était entré lundi dernier pour y subir une opération. Cette mort brutale et inattendue, qui suit de quelques jours le magnifique jubilé de ses soixante-dix ans, met l'Angleterre et le monde entier en deuil. Rudyard Kipling était né à Bombay, aux Indes britanniques, en 1865. Grand ami de la France, il avait été fait docteur honoris causa de l'université de Paris et de celle de Strasbourg.

«Kipling est mort, réalisa-t-elle enfin. Fichtre, je dois passer à l'action et appeler Blasko tout de suite!»

Elle se débarbouilla en hâte au-dessus du lavabo, enfila les vêtements de la veille, négligea de se cranter les cheveux mais se poudra le visage, dessina ses sourcils au crayon et coloria ses lèvres en rouge, avant de descendre en trombe les six étages de l'immeuble.

Au troquet de la rue de l'Abbé-de-l'Épée, elle commanda un café, des croissants et un jeton de téléphone. Elle regarda sa montre: huit heures trente du matin. Le journaliste-romancier devait être chez lui. Elle le joignit, en effet, à son domicile.

– Victoire, je ne veux plus entendre parler du *Livre de la jungle*. Le décès de Kipling nous a pris au dépourvu: notre correspondant à Londres était bloqué au château de Sandringham, dans le Norfolk, à presque deux cents kilomètres de la capitale, pour attendre des nouvelles du roi d'Angleterre malade; pour ma part j'étais à la première de *La Traviata* à l'Opéra, injoignable, et la nécro a été faite sur le fil par Romanet: il n'a rien trouvé de mieux

65

que singer Mowgli, Bagheera, Baloo et les autres personnages du bouquin, en grand deuil face à la mort de leur créateur. Ridicule ! Je te charge d'un papier de fond, pas d'une farce ni d'une viande froide. Trouve un angle original, une info inédite.

— J'ai compris. Combien de temps ?

— Je te laisse deux jours.

Elle soupira. Son week-end serait donc consacré à Rudyard Kipling, n'en déplaise à Christine de Pisan. En raccrochant, elle réalisa qu'elle connaissait mal l'auteur britannique. Elle devait donc agir avec ordre et discipline. L'étudiante en lettres aurait fouillé son œuvre, mais la journaliste devait éplucher sa vie. Elle écrasa sa cigarette, termina son petit déjeuner et marcha rapidement jusqu'à la bouche de métro.

Parvenue rue de Richelieu, elle attrapa la presse du jour au rez-de-chaussée avant de monter au troisième étage et de pousser la porte des archives.

— Bonjour Victoire, la salua l'une des documentalistes. Blasko m'a prévenue, je vous ai mis de côté ce qu'on a sur Kipling.

— M. le directeur littéraire est trop bon, murmura-t-elle. Merci, Émilienne.

Elle se dirigea vers le fond de la salle. Sur un bureau métallique, une douzaine de cartons l'attendaient.

« À l'attaque, ma vieille, se dit-elle pour se donner du courage. Tu n'iras pas guincher au bal Bullier ce soir avec Margot et les sorbonnards, mais avec un peu de chance, tu échapperas demain au déjeuner dominical en famille, donc il te reste quand même l'espoir de perdre quelques grammes… »

Elle ôta manteau et béret, s'installa confortablement, sortit son bloc, son crayon, ses gauloises, et lut attentivement la nécro de tous les canards avant de soulever le couvercle du premier carton.

Le crépuscule tombait lorsqu'elle trouva enfin ce qu'elle cherchait. Dès le milieu de la matinée, un fait qu'elle ignorait l'avait interpellée : le fils unique de Kipling était porté disparu au combat, à l'âge de dix-huit ans, à Loos-en-Gohelle, dans le Pas-de-Calais.

Le plus étonnant était que Kipling junior avait été réformé à cause de sa myopie, mais son père va-t'en-guerre l'avait poussé à s'engager dans les Irish Guards, la garde irlandaise. Blessé à la bouche le 27 septembre 1915, le second lieutenant Kipling avait été abandonné par un sergent dans un trou d'obus. Puis son corps fut perdu, comme celui de vingt mille soldats britanniques de la bataille de Loos. Jusqu'à la fin du conflit, Rudyard et son épouse Carrie refusèrent d'accepter la mort de leur fils. Après la guerre, le nom du lieutenant John Kipling fut gravé sur un ossuaire bien que sa dépouille n'ait jamais été retrouvée. Désespéré, reclus dans la culpabilité, le romancier devint pacifiste. Il inventa l'épitaphe qui fut sculptée sur la tombe de tous les soldats inconnus de l'Empire britannique : *Known Unto God*[1], écrivit l'histoire du régiment où servit son fils, une nouvelle, des poèmes en hommage au soldat disparu.

Puis il commença à écumer les champs de bataille et les cimetières militaires du nord de la France – toutes nationalités confondues – à la recherche de la dépouille de John. Victoire avait eu du mal à maîtriser son émotion face à un article de mars 1925 : il s'agissait de l'interview du jardinier d'une nécropole française. Ce dernier racontait comment le lieu était hanté par une Rolls-Royce noire conduite par un chauffeur, à bord de laquelle semblait vivre un vieil Anglais distingué et excentrique, qui scrutait une à une chaque tombe, interrogeait les paysans sur les cadavres que leur charrue remontait quotidiennement, allant jusqu'à examiner les pauvres restes. Les larmes aux yeux, la jeune femme s'était dit que cette histoire ne manquerait pas de susciter l'empathie des lecteurs.

Elle avait naturellement songé à son père. Personne n'avait

---

1. Connu de Dieu seul.

cherché son corps dans la lointaine Russie devenue Union soviétique, pour le rapatrier en France. À quoi bon ? Après la révolution de 1917 et la guerre civile, ce pays s'était fermé. De toute façon, un défunt se fichait pas mal que ses os soient à Vladivostok, à Tombouctou ou à Paris. Même si aucun nom n'était gravé sur sa tombe, Victoire espérait qu'il avait été décemment enterré, là-bas. Ici, sa mère avait transformé une chambre en oratoire à sa mémoire, en tombeau symbolique. Sur une commode rassemblant les vêtements civils de Karel Douchevny, sous un grand voile noir, elle avait disposé photos encadrées, croix et cierges.

La petite Victoire détestait cet endroit lugubre, qui l'effrayait. L'homme sur les clichés était pour elle un étranger. Son papa n'était pas là, d'ailleurs il n'avait jamais été là, il l'avait laissée pour aller se battre dans la terre puis il était parti au ciel. Pas la peine de pleurer, elle n'était pas toute seule, elle avait sa maman, ses poupées, ses livres et puis d'autres papas qui n'étaient pas dans les nuages.

À dix-sept heures, alors que la nuit gelée embuait les vitres, Victoire découvrit l'angle original que réclamait Blasko. Il ne s'agissait pas seulement de faire larmoyer les lecteurs du *Point du jour* avec la tragédie Kipling père et fils, puisque la majorité d'entre eux vivaient déjà dans leur chair les drames de la guerre. Elle devait dégoter l'info que les autres journaux n'avaient pas sortie. Ça y était, elle tenait son futur papier. Dans un entrefilet découpé au sein d'un journal londonien de 1934, elle lut le nom et les coordonnées de la personne qu'elle poursuivait depuis des heures.

Rudyard Kipling ne s'était pas contenté de chercher, en vain, le cadavre de son fils. Il s'était aussi ingénié à entrer en communication avec l'esprit du disparu. Il avait consulté nombre de nécromants et de magiciens plus ou moins douteux. Mais depuis plusieurs années, il était convaincu qu'il conversait avec John par l'intermédiaire d'un médium.

L'interview du médium londonien de Kipling, un entretien

exclusif avec le spirite de l'écrivain relatant leurs étranges séances, voilà qui plairait à Ernest Pommereul, à Mathias Blasko et aux lecteurs du journal.

Elle recopia l'adresse du médium, se leva, sourit en songeant que le correspondant du *Point du jour* à Londres ne pouvait quitter le palais de province où se mourait le monarque George V, que Blasko était heureusement trop occupé pour traverser la Manche et qu'on l'enverrait sans doute là-bas.

Avec les plus grandes enjambées que permettait sa robe serrée, elle grimpa au quatrième étage, en quête du directeur littéraire et du rédacteur en chef.

6

À genoux dans la forêt obscure de Wissembourg, Théogène observe la fumée qui s'échappe des décombres et monte vers l'aurore en longues colonnes noires. Toute la nuit le brasier a dévoré la cabane, attisé par le bois des cloisons, le chaume du toit et les substances chimiques du laboratoire. Toute la nuit le jeune homme a gardé les yeux rivés sur le désastre, incapable de penser, subjugué par la violence du feu. Il savait qu'il était inutile de se battre contre l'incendie, comme de fuir vers le bourg. L'humidité des ténèbres et la circonférence de la clairière ont empêché les flammes d'atteindre les futaies alentour. Pourquoi partir, quitter ce lieu où se trouve son maître ? Sa place est ici, avec lui. À chaque instant il s'attend à le voir sortir, sain et sauf, des gravats fumants. Mais Athanasius Liber ne se montre pas.

Les cheveux, la barbe et les sourcils roussis, les yeux rougis et les poumons encombrés par les exhalaisons de la fournaise, l'alchimiste patiente. Son père adoptif ne va pas manquer de surgir. Il éclatera de rire, de cette étincelle tellurique si rare et si puissante qu'on la croirait sortie des entrailles de la terre. Il s'avancera vers son disciple et lui expliquera qu'il s'agissait d'une épreuve à son intention, l'ultime examen infligé à l'aspirant avant de lui révéler le secret des secrets et de faire de lui un adepte, un grand initié détenteur des mystères de la création. Théogène se prépare à la confrontation. Il invoque Hermès-Thot, le souverain des teinturiers de la lune, le prince des puissances occultes. Il récite la *Tabula Smaragdina, La Table d'émeraude*, texte magique écrit par Hermès Trismégiste ou trois fois grand, car il était à la fois pharaon, législateur et prêtre de l'Égypte antique.

– *En vérité, certainement et sans aucun doute*, psalmodie-t-il, *tout ce qui est en bas est comme ce qui est en haut, et ce qui est en haut est comme ce qui est en bas, pour accomplir les miracles d'une seule chose...*

Un bruit l'interrompt. Il lève les yeux vers la cahute en ruines mais au lieu de Liber, c'est un groupe de paysans qui déboule au milieu de la clairière. Les vilains brandissent des gourdins, des bâtons et vocifèrent en un dialecte grossier que l'érudit ne comprend pas. Il se cache dans les broussailles.

Les manants enjambent les noirs débris et semblent chercher quelque chose parmi les vestiges. Puis ils repartent comme ils sont venus.

L'apprenti songe que ces aigrefins ont sans doute aperçu le feu, au loin, et qu'ils fourrageaient en quête d'un objet à dérober pour le revendre. Leur misérable chasse a été vaine... C'est alors qu'il se souvient du mulet, une bête âgée mais robuste qui traîne fours, flacons, livres et instruments sur le chemin de leurs exils volontaires. Il quitte sa cachette et se dirige vers l'arbre auquel il attache l'animal, derrière le puits : le cadavre carbonisé du bardot gît sur le flanc. Devant la pitoyable scène, le jeune homme ne peut retenir ses larmes. La peine et la douleur affleurent enfin. Il s'éveille à la réalité.

Il se retourne et, à son tour, inspecte avec soin les ruines brûlantes, un mouchoir sur le visage. Du pied il dégage quelques tessons de verre, la croix en argent de l'oratoire, un tisonnier en métal à moitié fondu, les briques intactes de l'athanor et le triple croissant noirci des teinturiers de la lune. Il ne reste rien des précieux livres, des pots en bois contenant onguents et produits divers. Une odeur malsaine et corrosive flotte au-dessus des poutres calcinées qui jonchent le sol. Où est son maître ? Il se dirige avec

LE TEINTURIER DE LA LUNE

appréhension vers ce qui était l'oratoire et fouille méthodiquement chaque pouce de terre, chaque résidu de matière. Las, il ne trouve aucune trace de l'adepte, nul reste de cadavre, pas de dent ou le moindre ossement, comme si le corps de Liber s'était envolé ou n'avait jamais existé.

Perplexe, Théogène rejoint son abri de fortune, dans les buissons.

« Cette absence physique est-elle de bon ou de mauvais augure ? se demande-t-il. Tentons de ne pas céder à la panique et de réfléchir sereinement. Il n'y a que deux possibilités pour expliquer la disparition de mon maître. Soit il est mort et sa dépouille a été entièrement rongée par le feu, les acides et les caustiques quintessences du laboratoire, ce qui explique que je n'en trouve nulle empreinte. Soit il n'est pas mort… donc mon père s'est transporté de lui-même ailleurs, grâce à ses pouvoirs surnaturels. »

Théogène voudrait éliminer la première hypothèse. Car si l'élu est décédé comme n'importe quelle créature mortelle, le jeune alchimiste en est responsable : s'il n'avait pas quitté le maître pour se rendre à Francfort, s'il n'avait pas fait tomber la fiole contenant l'Élixir de la vie éternelle, le vieillard aurait recouvré vigueur et santé et il serait là, près de lui.

La culpabilité le ronge. Aussi, il s'attarde sur sa seconde supputation. Mais bien qu'il s'efforce de raisonner avec calme, cette dernière introduit en lui une autre bête hideuse : le sentiment d'abandon.

Pourquoi son père se serait-il évaporé en laissant seul son unique fils, l'enfant qu'il a élevé après l'avoir sauvé du grand fléau ? Se peut-il que Théogène l'ait déçu ? Que le sage ait estimé que son disciple ne méritait pas d'entrer dans le sanctuaire pour y cueillir la Rose, et que le mage ait préféré fuir, peut-être dans un autre temps, en quête d'un élève plus doué et plus vertueux ? À nouveau, la culpabilité l'étreint. Toutes ses théories le renvoient à cette sensation atroce d'avoir commis une faute et d'être à l'origine de la disparition de son père.

« À moins que… songe-t-il en se souvenant des derniers mots de Liber et de leur incohérence. S'il n'avait pas eu le choix, s'il devait partir, non pas à cause de moi mais pour répondre à Dieu qui le rappelait à lui dans son intègre condition d'immortel ? Ou s'il s'était esquivé pour échapper à quelqu'un ? »

Jamais, jusqu'à présent, il n'avait vu le magister en proie à ce sentiment nauséabond : la peur. Pourtant, le grand élu était épouvanté dans ses ultimes instants. Il tente de se souvenir des termes exacts qu'il a employés, ne comprend goutte à cette histoire d'ange qui effrayait tant l'initié et soudain, comme s'il émergeait d'un songe, il se souvient du livre que lui a confié le vieux philosophe, avant que son cœur ne cesse de battre. En tremblant, il saisit sa musette.

« Il a dit que ce volume m'était destiné, se rappelle-t-il en extirpant l'ouvrage. C'est donc qu'il me gardait un peu de son estime… »

Le recueil in-quarto est plus grand que celui dans lequel le jeune homme consigne ses pauvres rimes, et il compte environ deux cent quatre-vingts pages. Le vélin est de première qualité. De ses doigts jaunes, Théogène caresse la couverture de cuir. Doucement, il ouvre le volume. Il reconnaît l'écriture familière, droite, tracée à la plume d'oie et à l'encre noire. Puis il constate que Liber s'est exprimé dans un langage codé et qu'il a utilisé un alphabet singulier que seuls le démiurge et son disciple savent décrypter : la langue des oiseaux, un idiome que le grand sage a appris à son fils dès son plus jeune âge, un jargon oublié qu'il a hérité de ses ancêtres et dont il lui a conté l'origine avec fierté : Athanasius Liber est né à Strasbourg, au sein d'une prestigieuse famille de compagnons bâtisseurs, d'un père alchimiste et maître verrier, alors que ce dernier créait les vitraux de la cathédrale alsacienne. Sur les chantiers, les loges parlaient une langue secrète qui remontait à Jason, au navire *Argo* et à la conquête de la Toison d'or par les Argonautes : elles l'appelaient donc « argot », « argonautique » ou « art gothique ». Lorsque le roi Philippe le

Bel a arrêté et fait exécuter les Templiers en 1307, il a interdit aux bâtisseurs l'usage des parlures occultes. Mais la langue des oiseaux a survécu, clandestine, notamment dans la famille de Liber, et elle s'est transmise jusqu'à lui, qui l'a ensuite enseignée à Théogène.

Ce dernier n'a donc aucun mal à comprendre le sens de ce qu'il a sous les yeux : il s'agit d'un traité, qui rassemble les connaissances médicales du grand maître. Illustré de dessins aux couleurs éclatantes, le grimoire étudie la botanique, l'astronomie, l'alchimie, dispense des recettes de remèdes pour différentes maladies. Ému de retrouver une trace de son père, le jeune homme tourne les pages, s'extasie devant les illustrations de racines, feuilles et fleurs aux pigments verts, rouges, bleus et jaunes, s'émerveille de la précision des planches cosmogoniques : le manuscrit contient même une double page, ce qui est rarissime.

Soudain, sa respiration s'accélère, son cœur cogne dans sa poitrine : il est face au procédé permettant de fabriquer le philtre de longévité, la Panacée. Naturellement, outre le voile du langage, le maître a dissimulé le trésor des trésors derrière des images hermétiques : sous les douze signes du zodiaque, des nymphes s'ébattent dans des bassins d'eau verte reliés par des tubulures, des cylindres et des plantes mythiques. L'apprenti est trop rompu aux stratagèmes des alchimistes et aux finesses de Liber pour ne pas traduire les mots disséminés de chaque côté des dessins, et transposer les symboles en actes. Il en a déjà effectué quelques-uns, surveillé par le sage, mais c'est la première fois qu'il voit, détaillées, toutes les étapes du grand magistère, qu'il convient de réaliser avec l'athanor durant trois années, selon la voie royale privilégiée par tous : la voie humide.

Malgré quelques arcanes que l'aspirant ne parvient pas à saisir et même si Liber ne dit rien de la nature de la matière première, il lit avec attention les clefs du Grand Œuvre. Cet ouvrage dont il ne soupçonnait pas l'existence est son héritage. Le maître ne s'en serait pas séparé s'il n'avait su qu'il devait aussi se séparer de son fils. Théogène sent, désormais, que son père ne reviendra pas. Une profonde tristesse succède au déni.

Quoi qu'il lui soit arrivé, qu'il soit mort ou vif, avant de disparaître il lui a légué ce livre, qui résume son existence et dévoile la somme de ses recherches. Ce manuscrit sera le soleil de Théogène, la lumière qui le conduira dans le jardin, vers la Rose. Le jeune homme lève les yeux sur les ruines.

– Maître, où que vous soyez, je poursuivrai votre œuvre, murmure-t-il. Toujours je m'interrogerai sur votre mystérieux départ et souffrirai de votre absence. Mais si votre deuil m'est impossible, ce livre sera votre double, l'esprit lumineux qui me dirigera dorénavant, ainsi que vous m'avez éduqué et orienté durant quinze ans...

Évoquant son avenir, le jeune homme se trouble. C'est la première fois qu'il est livré à lui-même. Il aurait préféré poursuivre sa route avec le maître, mais il ne redoute pas la solitude. Cependant, si ce volume est son guide, comment mener à bien des travaux alors qu'il n'a plus ni maison, ni four, ni instruments, ni argent ? Effrayé par ce nouveau problème, il l'élude en revenant aux pages de peau remplies de l'écriture et des esquisses de son père. Avec nostalgie il effleure les grands diagrammes astrologiques, les figures de plantes et d'étoiles.

Au détour d'un feuillet dénué de dessin, il fronce ses sourcils noirs. Son regard doré s'obscurcit. Les dernières pages du livre lui sont personnellement adressées. Leur graphie est irrégulière et certains mots sont raturés : elles portent les traces du sentiment d'urgence et de l'effroi qui opprimaient son père. Contrairement au reste du traité, consigné durant neuf décennies, la date indique qu'il a écrit ces feuillets hier matin, à la hâte, quelques heures avant le retour de Théogène. Sa gorge se noue, ses yeux s'embuent. Sous le jour voilé de ce matin de printemps, bouleversé, il poursuit sa lecture.

Brusquement, il pâlit. Stupéfait, il relit quelques phrases. Mais il ne s'est pas trompé dans le décodage. Il vient enfin de comprendre ce qu'a tenté de lui dire Athanasius Liber et qu'il a pris, à tort, pour de la confusion mentale inhérente à la fièvre. Au contraire, le grand élu n'a jamais été aussi lucide. Chaque mot prononcé fait sens dans l'esprit de Théogène. À mesure qu'il déchiffre la missive, l'embarras, puis un sentiment d'horreur succèdent à la stupeur.

Au terme de sa lecture, le jeune homme tremble de tous ses membres. Livide et suant, il est incapable de bouger. L'épouvante clôt ses lèvres blanches.

Aussi brutalement qu'il s'est figé, il tend le bras en direction de la musette. Délicatement, presque tendrement, il en sort le linge blanc contenant la *materia prima* recueillie dans le creuset.

Il étend le drap sur le sol et écarte les pans du tissu. Une matière noire et charbonneuse brille sous le soleil tamisé par les arbres. Théogène l'examine et la renifle : il ne s'agit pas d'un métal fondu ou d'un quelconque minerai né au tréfonds de la terre. D'un doigt hésitant il touche le matériau et se rend compte qu'il s'agit de cendres. Il les fouille. Au milieu de ce qui ressemble à des restes de chair calcinée, il dégage de minuscules particules poreuses et noircies : des ossements brisés.

Hagard, l'alchimiste les prend dans ses mains et les observe avec suspicion. Mais pour un savant tel que lui, le doute n'est pas permis. Ce sont bien des os, d'infimes os humains.

7

Intriguée et dégoûtée à la fois, Victoire contemplait le crâne humain de l'époque baroque gravé d'arabesques et des mots latins «*Memento mori*[1]». Dubitatifs face aux goûts esthétiques de Mathias Blasko, ses yeux se détachèrent de la vanité et se posèrent sur d'autres œuvres macabres telles qu'un orang-outang empaillé, un scalp indien, un vase canope de l'Égypte antique contenant les viscères embaumés d'un défunt, des gris-gris en os de sorciers africains et la tête d'un missionnaire blanc, que des nègres anthropophages avaient réduite.

– Quelle horreur, murmura la jeune femme en s'éloignant de la vitrine.

L'appartement du romancier-journaliste, dans le quartier des antiquaires du faubourg Saint-Germain, était vaste, cossu et disposait d'une antichambre, mais il la faisait toujours attendre dans cette pièce, son cabinet de curiosités. Elle savait pourquoi : sur les murs rouges, parmi les gravures anciennes et les estampes japonaises, étaient accrochées cinq toiles de son père : un sombre paysage de forêt, une scène de la mythologie slave représentant la prophétesse Libuše sous un tilleul, un nu de dos dont Victoire savait que le modèle était sa mère, et deux portraits de Blasko qui avait, comme Karel Douchevny, quitté l'Empire austro-hongrois

_____

1. Souviens-toi que tu vas mourir.

pour tenter sa chance à Paris et était devenu l'ami de jeunesse du peintre, frère de misère dans la bohème de Montparnasse.

L'artiste peignait selon la facture caractéristique des années 1900 que les Français appelaient « Art nouveau » et les médisants « style nouille ». Chargés de courbes, de motifs végétaux et d'ornementations sophistiquées, ses tableaux dégageaient une grande maîtrise technique et une pointe de nostalgie. Lorsqu'on se laissait pénétrer par eux, ce vague à l'âme se transformait en angoisse. Victoire admirait les œuvres de son père mais elle avait toujours invoqué cette sensation de malaise pour refuser d'avoir l'une de ses toiles dans sa chambre.

De son vivant, le peintre n'avait guère suscité l'enthousiasme. Après sa mort, sa cote avait monté, mais détrôné par l'Art déco, l'Art nouveau passa de mode et Karel Douchevny fut oublié.

Il n'avait pas l'originalité d'un Klimt ou d'un Mucha, ni le génie ravageur d'anciens confrères de Montparnasse comme Soutine, Chagall ou Modigliani. Victoire espérait qu'un jour il serait redécouvert, et que ses tableaux entreraient au musée d'art moderne que l'on était en train de construire dans le XVIᵉ arrondissement. En attendant, elle se recueillait devant les huiles en songeant que l'esprit de son père n'était ni en Russie ni sur la commode de sa mère mais ici, sous ses yeux, dans ces magnifiques et inquiétants tableaux.

– Bonjour, Victoire. Tu as fait bon voyage ?

Mathias Blasko frôla plus qu'il n'embrassa le front de la jeune femme. Comme d'habitude, sa mise était étudiée : un costume brun sur mesure couvert d'un peignoir de soie verte, les cheveux teints en châtain clair enduits de brillantine, la peau rose et rasée de près, les yeux noirs cerclés de lunettes à monture d'or, la main manucurée tenant une longue cigarette turque. Bien que son corps accusât un embonpoint soigneusement dissimulé, son visage poupin ne trahissait pas ses cinquante-cinq ans.

– Oui, merci, répondit-elle. Tenez, je vous ai rapporté ceci.

Elle lui tendit un paquet contenant du thé.

– Quelle délicate attention ! s'écria-t-il avec emphase. Je vais demander à Max de nous en préparer tout de suite.

Victoire détestait le thé mais elle n'osa refuser.

– À moins, ajouta-t-il en regardant sa montre en or qui indiquait midi, que tu ne préfères une coupe de champagne. Je ne te garde pas pour déjeuner, j'ai rendez-vous à treize heures avec Gide à la brasserie Lipp.

– Je n'en ai pas pour longtemps, je voulais juste vous faire mon rapport.

– Assieds-toi. Pas trop souffert de la cuisine d'outre-Manche ?

– Si ! s'exclama-t-elle en riant et en s'installant sur un divan oriental. Pourtant, je ne suis restée que deux jours… Les Anglais mangent vraiment des choses bizarres. Mais le plus étrange était l'atmosphère de Londres à l'annonce de la mort du roi George V.

Après de longues souffrances, le monarque s'était éteint le lundi 20 janvier 1936, à vingt-trois heures cinquante-cinq, deux jours après Kipling. Une rumeur disait que son médecin avait précipité sa mort afin que cette dernière paraisse en premier dans le *Times* du lendemain matin et non dans la presse populaire de l'après-midi.

– Et ce médium ? interrogea Blasko.

– Très intéressant, affirma-t-elle en blêmissant. Soixante ans, une vague ressemblance physique avec Conan Doyle, courtois et affable, parlant bien le français, habitant une maisonnette typique…

– Bien, tu camperas son portrait dans le papier. Cela plaira aux gens. T'a-t-il raconté ses séances avec Kipling ?

– Oui, bredouilla-t-elle. Enfin… Il n'a pas voulu tout me dire… Secret professionnel et respect dû aux défunts, paraît-il. Mais…

– As-tu suffisamment de matière pour écrire un article original, narrant le dialogue d'outre-tombe entre un père et son fils disparu, de surcroît par sa faute ?

– Je crois… Mais la notion de faute n'est pas… Je veux dire… Voyez vous-même, tout est là.

Elle lui tendit ses notes.

– Victoire, tu te moques de moi ? dit-il en jetant un œil navré sur les pages. Tu sais bien que ton écriture de cochon est illisible !

– Excusez-moi… Je pars tout de suite au journal et vous aurez le papier tapé ce soir, balbutia-t-elle en se levant.

– Qu'as-tu ? répondit-il en l'arrêtant. Tu ne sembles pas dans ton assiette. Rassieds-toi.

– En fait, je ne suis pas à l'aise avec un tel sujet. J'ai un tempérament rationnel et j'ai du mal, sans mauvais jeu de mots, à retrouver mes esprits au milieu de ces histoires rocambolesques de morts qui parlent aux vivants par l'intermédiaire d'un médium… Je sais que, jadis, vous fréquentiez les cercles spirites avec mes parents… J'aimerais, si vous n'y voyez pas d'inconvénient, que vous m'éclairiez sur ces… ces pratiques, afin que je puisse rédiger quelque chose d'à peu près cohérent.

– Il est vrai qu'aujourd'hui, admit-il en allumant une cigarette à bout doré, à part feu Kipling et quelques groupuscules exerçant dans l'ombre, plus personne ne s'adonne au spiritisme. Pourtant, quand nous étions jeunes, tout le monde faisait tourner les tables ! Le plus inouï est que ce jeu passionnant n'est pas né dans la vieille Europe mais nous est arrivé d'Amérique…

– D'Amérique ? répéta Victoire, étonnée.

– N'as-tu jamais entendu parler des sœurs Fox ? demanda-t-il en souriant.

– Non…

– En 1848, dans leur ferme de Hydesville, dans l'État de New York, les sœurs Fox, deux filles de pasteur, entendent des bruits étranges. Elles ont l'idée d'établir un contact avec le fantôme au moyen de coups frappés correspondant à des lettres de l'alphabet. En cognant, l'esprit donne son nom et raconte qu'il était colporteur, qu'on l'a assassiné et que son corps est enterré à la cave. Des fouilles sont entreprises au sous-sol et on découvre, en effet, des cheveux et des ossements humains. Les faits, vite connus, suscitent l'engouement dans le monde entier. Les sœurs Fox voyagent et répandent leur méthode. Le phénomène des tables tournantes est lancé et il se propage comme une épidémie.

Victoire avala sa salive avec difficulté. Elle aurait volontiers bu un verre d'alcool ou d'eau de Seltz. Elle se contenta d'une gauloise Maryland.

— Selon le Français Allan Kardec, poursuivit Blasko, le grand théoricien de la doctrine spirite, ces manifestations s'expliquent par le fait que l'âme et l'esprit sont non seulement immortels, mais soumis à la réincarnation ascensionnelle. À chaque existence terrestre, on fait des progrès, et grâce aux épreuves franchies ici-bas, l'esprit avance vers un monde plus élevé, jusqu'au monde supérieur où règnent Dieu et le Bien. Les bons esprits se purifient après chaque incarnation, se perfectionnent et s'élèvent de monde en monde jusqu'à la sphère divine. Les mauvais viennent satisfaire post mortem des rancunes nées sur terre. Les anges seraient des esprits désincarnés arrivés au sommet de la perfection. Dans tous les cas, les fantômes sont de bons ou de mauvais esprits qui flottent entre deux incarnations.

— Pourquoi s'adressent-ils aux vivants ?

— Afin de progresser sur le chemin ascensionnel des âmes, ils doivent libérer leurs sentiments et résoudre leurs problèmes : ils cherchent donc à communiquer, non pas avec n'importe quel vivant, Victoire, mais avec un catalyseur humain, un médium, seul habilité à recevoir les épanchements et les doléances des esprits.

— Comment devient-on médium ? interrogea-t-elle en pâlissant.

— Ce n'est pas un sacerdoce qu'on décide, ma petite ! C'est l'esprit qui choisit son intermédiaire et le contraint ! D'ailleurs, il s'adresse souvent à une femme...

— Le contraint ? répéta-t-elle d'une voix tremblante. Que voulez-vous dire ?

— Que c'est l'esprit qui désigne son médium, et qui décide aussi de son mode de communication : le mort pénètre dans le vivant et peut le faire parler, chanter, dessiner, écrire, etc. Deux esprits peuvent incorporer simultanément un même médium, qui se met par exemple à écrire anglais de la main droite, et allemand de la main gauche !

Victoire blêmit de plus belle.

– Écrire... bredouilla-t-elle. Mais... Et la langue ? Quelle langue parle l'esprit après la mort ?

– La même que celle qu'il utilisait de son vivant. Aucun esprit ne change de langue au-delà de la tombe, c'est le médium qui devient polyglotte à son insu.

– Vous y croyez ?

– Victoire, répondit-il sur un ton paternaliste. Tu es jeune donc naïve, mais pas au point de penser que pour connaître, il faut nécessairement croire... Je te l'ai dit, il s'agissait d'un passe-temps ludique qui me donnait la chair de poule, rien de plus. Certes, je suis un Magyar de Budapest, et dans mon pays nous sommes friands de surnaturel... je ne dénigre pas l'existence des fantômes, mais je crois avant tout à ceux qui vivent dans les livres, en particulier dans les fictions romanesques.

Elle laissa passer un silence et se redressa sur son siège avant de poser la question la plus embarrassante :

– Et pour mon père, il s'agissait aussi d'un divertissement ?

Le visage du Hongrois changea de couleur. Passant du rose au rouge, il examina Victoire d'un regard venimeux. Un accord tacite voulait que jamais ils n'évoquent ouvertement Karel Douchevny.

La jeune femme n'ignorait pas que le peintre et l'écrivain s'étaient brouillés peu après sa naissance, lorsque son père s'était enrôlé dans la Légion étrangère et que son ami avait refusé de le suivre. Sa nationalité française, Blasko la devait au succès d'un roman publié en 1919 et non au sang versé pour son pays d'accueil.

Victoire devinait que ce conflit entre les deux hommes, puis la mort de son père avaient provoqué, chez le survivant, une

culpabilité qui l'avait poussé à s'intéresser à elle puis à lui proposer du travail, lorsqu'il avait su qu'elle étudiait les lettres et aspirait
à l'autonomie.

– Chez ton père, c'était différent, finit-il par répondre.

Il alluma une énième cigarette à l'odeur suave et regarda par la
fenêtre.

– Karel y croyait vraiment… Il fréquentait Camille Flam-
marion, qui étudiait les maisons hantées, et surtout Papus, qui
était beaucoup plus qu'un spirite. Papus s'adonnait à l'occultisme, un domaine complexe et caché, une sorte de mysticisme
élitiste qui dépasse la simple communication avec les esprits. Au
départ médecin, il touchait à tous les domaines de l'ésotérisme :
la voyance, l'alchimie, la cabale, la magie, l'astrologie. Il a même
été mage du tsar Nicolas II, avant d'être évincé par Raspoutine.
Il est mort en 1916 à la suite d'une maladie contractée au front,
ajouta-t-il en baissant la voix. À cause de lui, ton père s'était mis
en tête de faire de la « peinture ésotérique ». Je n'ai jamais su ce
qu'il entendait par là… Je dois te laisser, trancha-t-il en se levant
et en regardant sa montre. Il est inconcevable de faire attendre le
patron de la NRF !

Sur le chemin du *Point du jour*, Victoire fit un détour et sauta
de l'autobus avenue de l'Opéra. Elle entra dans un immeuble
bourgeois dont le rez-de-chaussée était occupé par la boutique
Hervieu père et fils, chausseurs sur mesure, et monta au premier
étage. Derrière la porte de l'appartement, elle entendait le joyeux
tohu-bohu de la famille de Margot. Le frère cadet de son amie lui
ouvrit, une serviette de table nouée autour du cou.

– Bonjour, François ! Oh, je vous dérange en plein déjeuner,
balbutia-t-elle.

– Et alors ? Tu vas te joindre à nous ! ordonna la voix de
Mme Hervieu. Entre, Victoire, dépêche-toi, avant qu'il ne reste
plus de rouelle de veau aux lentilles !

Trois quarts d'heure plus tard, Victoire et son amie purent

s'échapper de la salle à manger et se réfugier dans la chambre de Margot. Comme deux petites filles cachottières, elles sautèrent sur le lit à barreaux de cuivre et s'y assirent en tailleur.

– Maintenant, raconte ! ordonna la rouquine. Je veux tout savoir de Londres ! Au passage, ne t'inquiète pas pour les cours, j'ai fait un effort surhumain, tout est consigné là, dit-elle en montrant des feuillets rangés sur le bureau.

– Bravo ! Je te revaudrai ça.

Victoire ouvrit sa petite valise et donna son cadeau à sa camarade : un pot de marmelade d'oranges et une boîte de fer rouge en forme de bus à étage, remplie de biscuits au gingembre.

– Tu verras, ce n'est pas mauvais, dit-elle.

– Merci, ma grande. Qu'as-tu rapporté à ta mère ?

– Des mouchoirs brodés.

– Tu exagères, répliqua Marguerite avec un clin d'œil mutin. Offrir un prétexte à ses crises de larmes...

– Tu ne crois pas si bien dire, répondit Victoire. Si maman savait ce que m'a déclaré le médium de Kipling, tout Paris résonnerait de ses lamentations ! Mais je n'ai pas l'intention de le répéter à quiconque, sauf à toi...

Elle baissa la tête, s'assombrit et fixa le couvre-lit à fleurs. Inquiète, Margot posa sa main sur le bras de son amie.

– Victoire... Que s'est-il passé ? Parle ! Je te promets que cela ne sortira pas d'ici...

La jeune femme saisit la main de Margot.

– Il a dit... Il a dit que j'étais infestée, lâcha-t-elle dans un souffle.

– Infectée ? Par un microbe ?

– Non, infestée par un esprit de l'au-delà !

Bouche bée, Margot observait sa camarade avec stupeur.

– Ça paraît dingue, poursuivit Victoire, au comble de l'agitation. Mais cela expliquerait tout, tu comprends ! Les pertes de conscience et surtout les poèmes ! C'est moi qui les écris et en même temps ce n'est pas moi ! Quelqu'un, l'esprit d'un mort, est entré en moi à mon insu et c'est lui qui me dicte tous ces trucs ! Sans le savoir je suis médium ! Il m'a choisie comme intermédiaire, je ne sais pas pourquoi, et il s'exprime par ma bouche, enfin plutôt par ma main ! J'ignore son nom, son âge, d'où il vient, ce qu'il veut ! Si tu ne me crois pas, regarde, ordonna-t-elle en sortant un cahier de brouillon de son sac. Ce n'est plus mon écriture ! C'est la sienne, oui, c'est la sienne !

Interloquée, Marguerite examina les pages que lui montrait Victoire et constata que la graphie caractéristique de son amie avait fait place à une écriture souple, inclinée, pleine de courbes et d'entrelacs mais parfaitement déchiffrable.

– C'est incroyable, murmura la rouquine.

– Tu vois ? Tu sais que je serais incapable d'écrire ainsi, même si je le voulais ! Je tiens la plume, mais ce n'est pas moi qui agis… C'est lui, c'est l'esprit !

Margot finit par murmurer :

– Un dibbouk… Tu as en toi un dibbouk !

– Un quoi ?

– Le mot et le concept viennent du folklore juif ashkénaze. Il s'agit de l'âme d'un mauvais mort, une personne assassinée ou décédée violemment, un défunt en colère ou simplement un démon, qui pénètre l'âme d'un vivant et lui fait faire des choses malsaines. Le rabbin doit alors exorciser la personne possédée afin de séparer les deux âmes.

– Oui, ça se rapproche de l'« infestation » que m'a décrite le médium, le rabbin en moins, et si l'on considère que la poésie est nocive… Mais, dis-moi, depuis quand t'intéresses-tu aux légendes juives d'Europe de l'Est ? s'étonna Victoire.

Margot sourit avec espièglerie.

– Depuis toujours, ma grande, puisque je baigne dedans depuis toute petite ! Avant de fuir la Pologne et de se réfugier à Paris, mon grand-père était cordonnier dans un *shtetl*. Il s'appelait Herszkowicz. Quand il a obtenu la nationalité française, il a heureusement transformé ce nom en Hervieu…

– Tu ne m'avais jamais dit que tu étais juive !

– Parce que cela n'a aucune importance ! On ne pratique pas, on mange comme tout le monde et puis avant d'être juifs, nous sommes français, répondit-elle en levant le menton. Ma mère est née rue du Bourg-Tibourg, mon père rue des Rosiers, il s'est battu pour la France, nous avons été élevés à l'école républicaine et laïque. Il n'y a aucune différence entre toi et moi.

– Évidemment, Margot ! Néanmoins, toi, tu sais ce qu'est un dibbouk… Cette histoire est préoccupante… tu crois que je devrais voir un rabbin ?

– Je n'en sais rien… Un curé exorciste, un rabbin ou bien… as-tu déjà entendu parler d'un certain Sigmund Freud ?

– Mon beau-père l'appelle « l'obsédé sexuel de Vienne », répondit Victoire en souriant. Il dit que ses théories sont pornographiques, scabreuses, aberrantes et qu'elles insultent la science. Tu penses que je suis folle et devrais consulter un psychanalyste ou un psychiatre ?

– Je n'ai pas dit cela, Victoire. Mais tu ne peux pas continuer ainsi.

– Je ne te cache pas que j'ai peur, dit-elle en pâlissant. Que je sois ou non habitée par un esprit. C'est intolérable, cette sensation de ne plus s'appartenir, d'être soumise au contrôle de quelqu'un d'autre, une entité étrangère comme un mort ou une maladie, qui prend le pas sur ma conscience et sur ma volonté… S'il s'agit d'une pathologie mentale, c'est déjà affreux… Mais si c'est l'action d'un esprit… Qui est-il ? Pourquoi m'avoir choisie ? Que cherche-t-il ?

– Qu'a dit le médium londonien ?

– Il m'a expliqué qu'il n'y avait pas de hasard : en général le défunt cherche de l'aide auprès des vivants, ou vient secourir des vivants en difficulté… il s'adresse en priorité aux personnes qu'il connaît : ses amis, sa famille… Bref, le médium m'a longuement interrogée et il pense qu'il pourrait s'agir du fantôme de mon père.

– Et toi, quel est ton avis ?

– Je n'en sais rien. J'ai tenté de faire parler Blasko tout à l'heure… Mon père s'adonnait à l'ésotérisme et au spiritisme. Mais il y a deux points qui ne collent pas : d'une part, il paraît qu'un esprit conserve sa langue et sa vision du monde par-delà la mort. Or, non seulement mon père n'a jamais écrit de poèmes – sinon ma mère me les aurait fait apprendre par cœur – mais s'il parlait couramment plusieurs langues, il ne connaissait certainement pas le français de la Renaissance.

– Il aurait pu l'étudier, objecta Margot.

– À l'académie de peinture de la rue de la Grande-Chaumière ?

– Non, tu as raison. C'est improbable. Deuxième argument ?

– Ceci, répondit Victoire en tournant les pages du cahier. «Il» m'a fait noter cela la nuit dernière, à Londres, dans ma chambre d'hôtel.

Pour la première fois, il ne s'agissait pas de vers. Sur une colonne s'étalaient des nombres, des chiffres, et des noms de villes ou de pays.

– C'est de plus en plus étrange ! reconnut Margot. *1463, 1, Prague*, cita-t-elle. *1466, 2*, suivi d'un point d'interrogation, *1469, 3*, à nouveau un point d'interrogation, *1472, 4*, point d'interrogation, ainsi de suite jusqu'à *1569, 36, Paris*; *1572, 37, Saragosse, 1575, 38, Milan, 1578, 39, Vienne, 1581, 40, Saxe* et la colonne s'achève avec *1584, 41, Wissembourg*. Ensuite il y a une addition : *41+41 = 82*. Qu'est-ce que cela signifie ?

– J'aimerais le savoir. Ce ne sont probablement pas les numéros gagnants de la Loterie nationale. Une liste, apparemment. De quoi ? Aucune idée. Mais les nombres, sur la gauche, pourraient être des dates.

– Oui, c'est possible, acquiesça Marguerite.

– Dans ce cas, le seul point commun avec mon père est qu'il est né à Prague. Mais pas en 1463 !

– Évidemment. Donc nous retombons sur l'hypothèse d'un poète inconnu du XVe ou du XVIe siècle.

– Exact. Et je ne suis pas plus avancée.

Elle fixa son amie et des larmes d'impuissance montèrent dans ses yeux gris.

– Victoire, chuchota Margot d'une voix douce. Je comprends ton désarroi, mais ne cède pas à l'affolement. Au lieu de pleurer, réfléchissons : pour contrer l'esprit, utilisons le nôtre !

Victoire se força à sourire.

– Récapitulons, continua Margot. Nous ignorons qui est cet ectoplasme et ce qu'il veut. Pas de réponse à « qui » et à « pourquoi ». En revanche, nous savons « comment » : des vers en ancien français, des dates, des lieux. Maintenant, demandons-nous « quand ».

– Quand ? Mais... n'importe quand, Margot, quand il le décide ! La nuit, principalement...

– Je veux dire : quand le phénomène a-t-il commencé ?

Victoire réfléchit.

– Il y a un mois, en décembre dernier, dans l'amphi... Tu en as été le témoin, ma belle.

– Soit. Signes avant-coureurs ?

Victoire soupira de dépit.

– Aucun !

– Écoute-moi, Victoire. Comme le médium anglais te l'a expliqué, un esprit ne s'introduit pas en toi gratuitement, parce qu'il fait chaud là-dedans ou qu'il aime bien la couleur de ta robe. Il y a forcément une raison. Donc des indices. Fais un effort de mémoire. Tâche de te souvenir. Ce jour-là, avant le cours de philo, ne s'est-il pas passé quelque chose d'étrange ?

La jeune femme se gratta la tête et la secoua de gauche à droite.

– Non, rien.

– La veille ? L'avant-veille ?

– Je ne vois pas, Margot. Arrête de jouer à Sherlock Holmes, c'est énervant et inutile.

– Je ne joue pas, je veux t'aider. Remontons plus loin. Au cours des semaines précédentes, il ne s'est rien produit d'extraordinaire ? Un événement insolite, même mineur, auquel tu n'as pas attaché d'importance : une rencontre louche, une pensée ou une émotion inhabituelle, une sensation bizarre, dans ton corps…

— Une sensation bizarre… comme un malaise, une perte de connaissance ?

— Par exemple ! Cela t'est arrivé ces derniers temps ?

— Oui, au journal, se souvint Victoire. Pour la première fois de ma vie je suis tombée dans les pommes. C'était cocasse, une secrétaire a cru que j'étais enceinte ! Mais en fait, il n'y avait pas de cause objective, si ce n'est l'hypoglycémie parce que je n'avais pas mangé le matin.

— Hypoglycémie ? répéta Margot. Tu n'es pas diabétique et pardonne-moi, mais tu as des réserves qui te permettent de sauter un repas sans t'évanouir. Qu'avais-tu fait ce jour-là ?

— Attends, laisse-moi regarder, répondit Victoire en sortant son petit agenda en cuir d'autruche. Samedi 23 novembre… Ah oui, je suis allée interviewer le conservateur de la bibliothèque Mazarine, et…

Elle s'interrompit et plaqua sa main sur sa bouche.

— Par Belzébuth et toutes les bestioles de l'enfer ! s'écria-t-elle.

— Quoi, Victoire, quoi ?

— Rien, c'est impossible. Mon hypothèse est délirante. Totalement brindezingue !

— Victoire, nous y sommes, dans le saugrenu et le loufoque. Donc raconte ! Qu'est-il arrivé à la bibliothèque ?

— Ce matin-là, dans les réserves, j'ai ouvert et respiré à plein nez un vieux manuscrit rempli de poèmes en ancien français…

— Stupéfiant ! s'extasia Margot. Tant pis pour le cours de grec, et au diable ton papier à taper, conclut-elle en regardant sa montre. Dépêche-toi, on y va.

— Où ça ?

— À ton avis ? À la bibliothèque Mazarine !

8

Adossé à un chêne, son cahier sur les genoux, Théogène vérifie qu'il ne s'est pas trompé. Encore une fois, il calcule, contrôle les dates, refait ses comptes.

Il soupire en jetant un coup d'œil à sa musette, de laquelle dépasse le manuscrit de Liber. Il se remémore la confession que l'élu y a rédigée à son intention, en langage codé, sur une quarantaine de pages. D'après ce testament, l'adepte est né en l'an 1400, dans le Saint Empire, à Strasbourg. Son père lui a enseigné la philosophie, l'astronomie, l'alchimie, les secrets des compagnons bâtisseurs. Puis il l'a envoyé dans le royaume de France, à la prestigieuse faculté de médecine de Montpellier, creuset de la science alchimique européenne.

Là-bas, alors qu'il étudiait Galien, Avicenne, Hippocrate et Aristote, le jeune homme s'adonnait à des expériences hermétiques, comme la majorité de ses comparses de l'université, les hommes d'Église de l'époque, les monarques et le pape en personne. Mais sa quête de la Pierre philosophale restait vaine.

Un soir, dans une taverne, il croisa un teinturier de la lune très âgé qui avait, sans résultat, consacré son existence à la recherche du divin cinabre. Le vieillard, un Parisien, lui parla d'un homme qui, en ce temps-là, était inconnu : Nicolas Flamel, libraire, écrivain public, copiste et enlumineur de manuscrits. Flamel était devenu riche du jour au lendemain. L'écrivain et sa femme

Pernelle ne disposaient d'aucune fortune personnelle, n'avaient pas touché d'héritage. Le métier de libraire pouvait rapporter nombre d'ennuis avec la censure, mais guère d'argent. Or, Flamel et sa femme avaient acheté trente maisons à Paris, logeaient, nourrissaient, faisaient soigner à leurs frais une armée de pauvres et d'indigents, finançaient églises, fondations et œuvres pieuses. D'où venaient leurs ressources ? Certains disaient qu'ils avaient trouvé un trésor dans la cave de leur masure. Le vieux sage pensait que ce magot d'or, Flamel l'avait fabriqué car il avait découvert le secret de la Pierre philosophale. À ces mots, le fougueux Athanasius s'était emballé, mais le patriarche épuisé l'avait congédié pour aller se reposer. Le lendemain matin, lorsque le novice revint à l'auberge, le vieillard était mort : il avait passé durant la nuit. Liber y vit un signe du destin. Derechef il noua son ballot, quitta le Languedoc et la faculté de médecine pour se rendre à Paris.

Lorsqu'il arriva, au printemps 1420, il était trop tard : Flamel était mort deux ans auparavant, le 22 mars 1418, dame Pernelle quelques années plus tôt. Déçu, le jeune alchimiste se renseigna auprès des proches du libraire : persuadés que ce dernier avait trouvé la Pierre donc qu'il avait bu le philtre de jouvence et de longévité, beaucoup ne croyaient pas à son trépas. L'adepte aurait mis en scène le décès de Pernelle et le sien car sa renommée finissait par lui nuire ; les bruits selon lesquels il possédait l'Escarboucle le mettaient en péril : il craignait d'être arrêté et interrogé par les autorités du roi. L'immortel aurait donc choisi de s'éclipser, il se serait dématérialisé et transporté en Asie, où l'attendait son épouse.

Prêtant foi à ces racontars, le jeune Liber usa de charme et de patience et s'attira les bonnes grâces de l'ancienne gouvernante des Flamel, une vieille femme de cinquante ans. Entre les lignes, Théogène a cru déceler qu'à cette occasion, la légendaire chasteté de son maître avait été écornée. Il ne s'est pas attardé sur cette licencieuse spéculation, préférant décrypter l'incroyable révélation que la dame avait confiée à l'apprenti : Nicolas Flamel était le premier Européen à avoir retrouvé le chemin d'accès au paradis perdu. Certains, ailleurs, l'avaient su, d'autres, sur ce continent, s'en étaient approchés, mais cela faisait longtemps que la clef d'Hermès Trismégiste l'Égyptien était égarée. Seul son ancien maître l'avait trouvée.

Athanasius quitta la gouvernante et la France pour la belle ville de Strasbourg, où il se confia à son père. Il n'eut guère de mal à le persuader qu'il devait se rendre en Asie, sur les traces de Nicolas Flamel. Le maître verrier lui remit tout l'argent que la famille possédait, s'endetta pour son fils et le jeune alchimiste partit à l'autre bout du monde. Pendant trente années, il écuma le continent asiatique, parcourant déserts, steppes, mers, montagnes, villes, de Constantinople à l'ancien empire de Gengis Khan, à la Moscovie, aux Indes, en passant par la Chine et le Tibet.

Là-bas, il rencontra nombre de philosophes du feu qui cherchaient la même chose que lui : des chamanes demandaient conseil aux esprits des morts, des brahmanes et des lamas bouddhistes avaient inventé des techniques propices à la purification de l'âme et à la transsubstantiation du corps, qu'ils appelaient tantrisme et yoga, des sages chinois lisaient Lao-Tseu, un penseur né six cents ans avant le Christ, qui prônait la perfection physique et spirituelle par un élixir d'immortalité nommé « la fleur d'or », constitué d'or et de jade. De tous Athanasius apprit, mais rien concernant Nicolas Flamel et dame Pernelle. Les deux immortels parisiens demeuraient introuvables.

Au bout de trois décennies d'errance, en l'an 1450, l'alchimiste âgé de cinquante ans décida de rentrer en Europe. À Strasbourg, il ne trouva nulle trace de sa famille. Il la chercha sur plusieurs chantiers du Saint Empire jusqu'à ce qu'enfin, à Verdun, un maître de la loge des tailleurs de pierre lui apprît que ses parents s'étaient éteints en 1425, cinq ans après son départ en Asie, perclus de dettes et taraudés par les créanciers. Son père n'avait même pas pu achever les vitraux de la cathédrale alsacienne, l'œuvre de son existence. Contraints à la mendicité, ses frères et ses sœurs s'étaient dispersés, le compagnon ignorait où, et s'ils étaient encore en vie. À ces mots, Athanasius Liber réalisa que sa quête de la Pierre était non seulement un échec, mais qu'elle avait provoqué la ruine, le déshonneur et la déchéance des siens. Pourquoi avait-il écouté ce vieux fou, jadis, à Montpellier ? Pourquoi s'était-il acharné durant si longtemps, avant de comprendre que ses espoirs étaient chimériques ? S'il avait été sensé, il serait devenu un respectable médecin issu de la faculté, un honnête praticien à la clientèle urbaine et aisée, obsédé par les humeurs corporelles. Au lieu de cela, il avait sacrifié sa vie et celle de ses proches à la poursuite d'une vaniteuse illusion… Rongé par le chagrin et les remords, le vieil alchimiste décida de se retirer en Égypte et d'y terminer sa misérable existence.

Dans le mythique pays d'Hermès Trismégiste, il fut émerveillé par la beauté des pyramides, par les divins mystères cachés dans les hiéroglyphes, les fresques des temples et les pierres des anciens sanctuaires : sa passion pour l'Art royal revint, redoublée par l'envoûtante influence du Nil et l'appel occulte du premier redécouvreur de la sublime science : Hermès-Thot.

Liber parcourut en tous sens la terre des pharaons, qui était colonisée par les sultans mamelouks. À la recherche des secrets du dieu à tête d'ibis, il construisit un fourneau et reprit ses expériences. Hélas, le continent africain ne lui fut pas plus favorable que l'Asie et au bout de six années, il dut convenir que le chemin du paradis d'Adam lui demeurait barré.

Il s'en fut dans l'Empire byzantin, car tout alchimiste sait que Démocrite, Platon et Pythagore ont recueilli l'antique sagesse des Égyptiens et l'ont transmise aux initiés grecs. Il parvint à Athènes en 1456, quelques jours avant que la ville ne tombât aux mains des Turcs ottomans. Il s'échappa à Thèbes, puis à Delphes. Enfin, il marcha jusqu'à Sparte, mais les envahisseurs mahométans étaient aux portes de la cité : à nouveau, il dut s'enfuir et il décida de rentrer sur les terres du Saint Empire romain germanique, sa patrie. Épuisé, découragé, le vieillard de soixante ans choisit la route la plus courte, par les Balkans. Il savait qu'il effectuait son ultime voyage ici-bas ; désormais, son corps usé n'aspirait qu'à s'endormir dans le Seigneur. Il ignorait jusqu'où ses pieds en loques le conduiraient avant de s'immobiliser dans la mort mais tant qu'il le pouvait, il avançait vers le septentrion.

Un matin de novembre 1460, il arriva à Prague, en Bohême. Persuadé que son trépas était proche, il loua une maison dans le quartier de Nové Město, la Nouvelle Ville, afin d'y mourir. Bien que la cité et le royaume soient dominés par les hussites, des protestants avant l'heure, il trouva un prêtre catholique à qui il confessa ses fautes et qui recommanda son âme à Dieu. Éreinté et malade, il se cloîtra dans son logis où il attendit que la camarde vienne, en priant jour et nuit.

Au soir de Noël de cette même année, épuisé par les fièvres contractées lors de ses périples, il s'endormit et fit un rêve : un ange apparut, tenant à la main un petit flacon de verre rempli d'un liquide rouge rubis. L'ange dit au vieillard moribond :

– Voici ce que toute ta vie tu as cherché sans le voir. Cette nuit, dans les ténèbres magiques de la naissance du Seigneur, je te l'offre. À ton réveil tu en prendras cinq drachmes, puis trois gouttes à chaque équinoxe. Lorsque l'ampoule sera vide, je reviendrai te chercher et je te conduirai vers le Créateur sur un char de feu étoilé, à travers les sept ciels, et tel le prophète Élie, tu ne passeras pas par la mort.

Liber interrogea l'ange sur le breuvage d'éternité, et la créature céleste l'autorisa à lui poser trois questions. L'esprit lui prodigua trois réponses. Puis il s'éleva et disparut dans un nuage doré.

Lorsque le vieil alchimiste s'éveilla, le matin de Noël, le plafond de la pièce était percé d'un trou noir, signe du passage de l'ange. Le flacon était là, bien réel, posé près de sa couche. Abasourdi, il en but cinq drachmes et commencèrent les quarante jours terribles de la grande métamorphose. Au terme des quarante jours, Liber avait rajeuni et rejoint Nicolas Flamel, Hermès et l'androgyne divin au paradis terrestre ressuscité : il était devenu immortel, exempt de tous les fléaux et maladies.

Comme l'adepte parisien, il aurait dû consacrer sa nouvelle condition à dispenser le bien et à secourir l'humanité, jusqu'à ce que le divin messager réapparaisse pour convoyer son âme régénérée au paradis céleste, près du Tout-Puissant, tandis que son corps incorruptible disparaîtrait sans connaître la pourriture du trépas. Pourtant, le surhomme ne pouvait se résoudre à utiliser ses pouvoirs sans savoir le fond des choses, le secret qu'il avait cherché durant quatre décennies. Il venait de recevoir un don du ciel. De ce cadeau, il remerciait Dieu à chaque instant. Mais cette providentielle faveur était limitée dans le temps : le mage devrait quitter la terre dès que le sublime liquide serait épuisé. De plus, l'initié n'avait pas conquis la Panacée par lui-même, il ne l'avait pas confectionnée de ses mains : il possédait la médecine universelle, en ignorant toujours la nature de la matière première et le moyen d'obtenir la Pierre. Guidé par la vanité et l'orgueil inspirés par le Malin, Liber fabriqua un athanor, un alambic à distillation, acheta outils et instruments, creusa dans la maison une pièce secrète et souterraine, où il installa son laboratoire. Puis il chercha à connaître la composition du divin sérum. Il dut en prélever une grande partie à des fins d'analyse, mais il estima que le sacrifice en valait la peine : s'il découvrait la formule de la liqueur de longue vie, rien ne lui interdirait d'en fabriquer, de renouveler la provision laissée par l'ange, donc de retarder autant qu'il le voudrait sa montée au ciel ! Après tout, la créature céleste n'avait rien exigé en échange de son offrande, et Liber n'avait rien promis…

À l'époque, il n'avait pas réalisé que cette démarche était diabolique. Emporté par sa curiosité frénétique, les capacités intellectuelles et physiques décuplées par l'Élixir, guidé par ses connaissances, les explorations chimiques et les réponses que l'ange avait apportées à ses interrogations, le fils du feu travailla avec acharnement, couvrant les murs de l'antichambre de fresques, de calculs arithmétiques, de symboles hermétiques, de suppliques à Dieu, rédigées en rouge et en langage des oiseaux. Il perça les mystères cachés dans l'angélique liquide. Durant trois années il fit des expériences, testa, vérifia, mit au point ses travaux. En 1463, à Pâques, le jour de la résurrection du Christ, certain de l'issue de ce qu'il allait accomplir, il débuta les opérations du grand magistère.

Trois ans plus tard, en 1466, alors qu'il ne restait presque rien du philtre laissé par l'ange, Liber obtint la Pierre philosophale. Il la réduisit en poudre, dont il projeta trois grains dans un mélange de mercure et de plomb vulgaires, qui se transforma en or. Il dilua et liquéfia le reste, puis il remplit la fiole avec son sérum. L'ampoule était à nouveau pleine, et elle brillait d'un rouge surnaturel. Le messager de Dieu ne se montra pas. L'adepte changea de nom, troqua l'or alchimique contre des pièces de monnaie, laissa son laboratoire en l'état et quitta discrètement Prague, pour n'y jamais revenir. Il installa un nouveau laboratoire loin de la Bohême, dans une contrée isolée, où il réitéra les opérations de l'*Opus Magnum* et commença à rédiger son traité, qu'il acheva quatre-vingt-dix ans plus tard, en 1556. Puis il ne toucha plus au grimoire, jusqu'à ce funeste jour de 1584, où, dans l'urgence, il y consigna son histoire et ses secrets.

Théogène ferme son cahier, le range dans la besace, saisit un bâton et se redresse. Grâce à sa découverte, le maître a prolongé son existence terrestre de cent vingt-quatre ans, et a vécu cent quatre-vingt-quatre ans. Désormais, le disciple espère que le grand initié a trépassé dans l'incendie de la cabane. Car seule la mort l'empêchera de renouveler, tous les trois ans, sa provision d'Élixir. Donc de tuer. Le sang que l'aspirant a vu sur la blaude de l'adepte, ce soir-là, ne résultait ni d'une blessure contractée par son maître ni d'une saignée : c'était celui de la personne qu'il venait d'assassiner.

Sa dernière victime gît à Wissembourg.

Sa première proie, Liber l'a massacrée à Prague, en 1463.

Sans compter celles qui ont servi ses essais préliminaires, et que le jeune homme ne peut quantifier. De 1463 à 1584, le nombre de victimes s'élève à quarante et une. En fait, si l'on veut comptabiliser tous les martyrs du maître, il convient de doubler ce chiffre. Au total, Liber a fait quatre-vingt-deux victimes !

Théogène esquisse un rictus.

« Liber ! songe-t-il. Liber, qui signifie "livre" en latin, est le pseudonyme dont il s'est doté, à Prague, en hommage à Nicolas Flamel et au livre d'Abraham le juif, qui a permis à l'adepte parisien de percer le secret de l'immortalité. Mais Liber n'est pas son nom de naissance. Son identité profane, qu'il a indiquée dans ses confessions, est Faustus. Docteur Johannes Faustus. »

Quel que soit le nom qui le cache, le vrai visage de son maître est celui d'un assassin. Un infâme meurtrier. La vengeance divine ne peut qu'être terrible.

Théogène s'appuie sur sa canne et clopine en direction de l'ouest. Dans son chemin à rebours, il doit se rendre là où tout a commencé pour lui, avant Wissembourg, la Saxe, Vienne, Milan et Saragosse, où son maître et lui ont séjourné. En cette fin août 1584, tandis que l'été se meurt et que les feuilles des arbres se teignent de jaune d'or, le jeune homme remonte le fil de son histoire. Il se dirige vers le couchant et prend la route de Paris, cette ville dans laquelle, un jour de 1569, son destin a croisé celui d'Athanasius Liber, son père adoptif, l'un des plus grands criminels de tous les temps.

9

– Adolf Hitler n'est pas un criminel ! objecta le docteur Jourdan en regardant par-dessus son journal. Certes, il prend son pays en main et sa poigne est rigide, mais nous ne devons pas perdre la raison sous prétexte que le chancelier restaure un peu de discipline chez lui. Pourquoi diable voudrais-tu qu'il nous fasse la guerre ?

– L'autre jour, au club de bridge, répondit son épouse en posant son porto flip sur la table basse, Odile de Saint Thècle m'a raconté qu'elle hébergeait, dans son manoir du Vésinet, deux réfugiés allemands… des gens très convenables, un chef d'orchestre et sa femme, qui ont été obligés de fuir leur pays… Eh bien, ces personnes disent que le Führer est un fou dangereux, que son goût du pouvoir n'a pas de limites et que lorsqu'il sera prêt, il mettra l'Europe à feu et à sang !

– Des gens convenables, tu parles… des musiciens, des artistes ! Du même genre que Kurt Weill ou Bertolt Brecht, des rouges à la solde de Staline, qui ne cherchent qu'à déstabiliser notre démocratie ! Tu prêtes l'oreille à ces odieuses tentatives… Hitler a jeté ces gens dehors, on ne peut pas le lui reprocher. Il fait le ménage et balaye devant sa porte. On ferait bien de l'imiter, sinon Léon Blum va gagner les élections et la France sera aux mains des communistes et des juifs.

– Très cher, rétorqua Laurette, tu sembles oublier l'invasion de la Rhénanie, pourtant les gazettes ne parlent que de cela. Pas plus tard qu'hier, les troupes de ton pacifique Hitler sont entrées en zone démilitarisée et ont pénétré dans Francfort, Mayence, Coblence, Cologne, Düsseldorf et Mannheim, bafouant les accords de Locarno et le traité de Versailles.

– C'est vrai, et ce coup de force est intolérable, convint-il en déposant la cendre de son havane dans une coupelle en cristal. Sur cette question, je ne soutiens pas le chancelier. Mais tu as entendu comme moi, à la radio, les foules rhénanes acclamant l'arrivée de l'armée du Reich, leur propre armée ! Regarde cette manchette du *Canard enchaîné* : « Hitler envahit l'Allemagne ». Ma chérie, il ne faut pas paniquer, Hitler a envahi l'Allemagne, pas la France ! D'accord, il a violé les traités, nous devons donc protester, c'est une question d'honneur. Sarraut a bien réagi, quand il a dit « Nous ne tolérerons pas que Strasbourg soit placée sous le feu des canons allemands » et qu'il a porté l'affaire devant le Conseil de la Société des Nations. Que veux-tu que fasse le gouvernement ? Qu'il mobilise, à six semaines des législatives, et que tout recommence comme en 14 ?

– Non, évidemment, balbutia Laurette. Nous avons trop souffert de la guerre pour risquer d'en déclencher une autre…

– Voilà une parole lucide ! conclut-il en brandissant son bloody mary. Ne t'inquiète pas. Laissons Hitler régler seul ses problèmes internes. Pour le reste, faisons confiance aux sages de la SDN, et nous continuerons à vivre en paix. Quant à toi, je n'ai rien contre ton Odile de Saint Thècle ni tes parties de bridge, mais si tu veux préserver tes nerfs fragiles, tu serais avisée de ne pas te mêler de politique.

– Tu as raison, Renaud. À propos, as-tu répondu à l'invitation des Clément-Chevalier pour leur bal annuel ?

« Les nerfs des femmes ont bon dos », songea Victoire, qui sirotait un verre de riesling dans un inconfortable siège Louis XV. Elle avait en horreur les cocktails à la mode, dont l'excès de sucre l'écœurait autant que la misogynie ambiante. Néanmoins, face à son beau-père, elle se taisait. Tant qu'il continuait à la laisser libre de ses choix et de ses mouvements, elle n'avait aucun intérêt à provoquer une confrontation. Depuis ses cinq ans, âge qu'elle avait lorsque sa mère avait épousé le médecin, elle savait que cette union était un mariage de raison. Le seul homme que sa mère avait aimé était son père. La dévotion qu'elle prodiguait à Karel Douchevny n'était pas uniquement posthume. Les deux hommes étaient si différents, presque antagonistes ! Son père était un artiste, un être libre et courageux qui méprisait les conventions. Sa fille l'imaginait préoccupé par les choses de l'esprit, comme une idole désincarnée, presque un ange. Dans son idéalisation de la Belle Époque et de l'effervescence artistique d'avant 1914, elle n'envisageait pas les affres que ses parents avaient connues, crevant de faim dans un atelier non chauffé. Elle ne s'attardait pas sur la détresse qu'avait éprouvée sa mère lorsque son père s'était engagé et qu'elle s'était retrouvée seule, sans ressources, avec un bébé de quatre semaines.

Victoire termina le vin et laissa son regard errer par la fenêtre, sur les arbres du parc Monceau, tandis qu'un domestique remplissait son verre à nouveau. Comme chaque dimanche, elle examina l'immense portrait qui occupait un pan de mur, et auquel le docteur Jourdan tournait le dos : ce tableau était le chef-d'œuvre de son père. Il représentait sa muse en déesse Vénus. Laurette avait dix-sept ans lorsque, débarquant de son Morvan natal, elle avait accepté de poser pour Karel Douchevny. Ils s'étaient croisés dans la rue. Ébloui par sa plastique, l'artiste l'avait persuadée de monter dans son atelier, chaperonnée par une camarade qui, comme elle, usait sa beauté à faire des ménages. Six mois plus tard, le tableau terminé, le peintre épousait son modèle. Parée de vertus quasi magiques, la toile était devenue le repère absolu de sa mère : malgré ses quarante-six ans, elle s'ingéniait à ressembler à l'envoûtante Vénus. Fuyant le soleil comme la peste, elle avait conservé ce teint laiteux qu'elle entretenait à grand renfort de crèmes et de soins dispendieux. Elle teignait ses cheveux du ton châtaigne aux reflets cuivrés dont brillait sa toison dans sa jeunesse, et la remontait en un chignon qui tendait son visage et dégageait ses épaules frêles. Chaque matin, elle contraignait son corps à d'interminables exercices de gymnastique et picorait plus qu'elle ne mangeait, afin de conserver une taille fine. Ses splendides yeux verts, ourlés de fard sombre, dégageaient la même lueur grave que sur le portrait. Mais sa plus belle capture du temps, elle la devait à son nouveau mari : à la fin de la guerre, le docteur Jourdan avait abandonné la médecine militaire au profit d'un secteur moins honorable mais plus lucratif : la chirurgie esthétique. Troquant les gueules cassées contre de riches rombières vieillissantes, il avait fait fortune en retouchant des seins, des nez, en effaçant des rides et en remodelant des silhouettes. Laurette était son cobaye, son modèle et son chef-d'œuvre : il l'opérait, expulsait la graisse, corrigeait un affaissement de chair. Avant de les proposer à sa clientèle, il expérimentait sur elle les nouvelles techniques de cette science balbutiante mais promise à un bel avenir. Bien que ces interventions provoquent des douleurs postopératoires insupportables, entraînent un confinement de plusieurs semaines à la maison, malgré l'aspect statufié et légèrement boursouflé de son visage, Laurette était ravie du résultat. La vieillesse la terrorisait autant que le manque d'argent et la solitude. Avec Jourdan, elle avait conjuré ses trois angoisses principales. Mais il en restait d'autres.

– Madame est servie, annonça un domestique.

À regret, Victoire se leva et quitta des yeux le tableau. Si du fond du royaume des ombres, son père pouvait voir sa femme, que penserait-il d'elle ? Considérerait-il sa volonté de conserver à tout prix l'image de ses dix-sept ans comme un acte d'amour et de fidélité par-delà la mort ? Ou raillerait-il la vaniteuse futilité de cette entreprise ? Victoire s'était juré qu'elle se laisserait mûrir et décliner sans avoir recours au bistouri. Son père n'avait jamais eu l'occasion d'effectuer son portrait : elle le regrettait, tout en se félicitant que le destin lui ait épargné de posséder un si périlleux miroir.

Elle suivit sa mère et son beau-père dans la plus petite des trois salles à manger que comptait l'hôtel particulier de l'avenue Ruys-daël. La clinique privée du chirurgien occupait les sous-sols, le rez-de-chaussée et le premier étage. Il avait acquis ce somptueux bâtiment dix ans auparavant. Victoire s'y était toujours sentie mal à l'aise. Elle trouvait lugubre le quartier de la plaine Monceau, et tandis qu'elle jouait au deuxième étage, elle imaginait sous ses pieds des femmes souffreteuses, couvertes de bandages, à qui l'on entaillait les seins et les joues. En frissonnant, elle pensait à la créature du docteur Frankenstein.

Aujourd'hui, elle savait que son beau-père jouissait d'une solide réputation, amplement méritée. Contrairement à nombre de ses confrères, il n'avait jamais été mis en cause dans un procès ou une affaire louche. Membre émérite de l'Académie de médecine, il était convié à des congrès dans le monde entier, où il donnait des conférences sur sa spécialité dont il était le chef de file français. Décoré de la Légion d'honneur pour services rendus pendant la guerre, une fois par semaine il retournait au Val-de-Grâce examiner ses anciens patients; au début il les recevait à la clinique, où il les opérait gratuitement. Mais ce sens du devoir et cette géné-rosité avaient suscité la désapprobation de ses clientes fortunées, qui n'entendaient pas payer des sommes aussi considérables pour respirer un air souillé par la soldatesque, ni exposer leur luxueuse cellulite au même scalpel que cette chair à obus.

– Que dit Pommereul au sujet de Hitler? demanda-t-il tandis que le maître d'hôtel servait le potage. Et toi Victoire, que penses-tu de l'affaire rhénane?

Elle le regarda. À cinquante-sept ans, Jourdan ne s'était pas appliqué son art à lui-même. Courtaud, trapu et rondouillard, il était chauve et son crâne semé de taches brunes luisait comme une boule de billard. Ses dents étaient gâtées par les cigares et même au cœur de l'hiver il suait, contraignant les infirmières à lui tamponner sans cesse le visage au cours des interventions, et la femme de chambre à disposer sur son lit plusieurs chemises chaque matin. Seul son regard bleu pâle, qui dégageait une vive intelligence derrière ses lunettes en demi-lune, avait un semblant de charme. Jusqu'à sa rencontre avec Laurette il était resté célibataire, happé par son travail. Le contraste avec la beauté de son épouse étonnait ceux qui rencontraient le couple pour la première fois. Puis ils comprenaient. Victoire se racla la gorge et choisit ses mots.

— Je n'ai pas eu l'occasion d'assister à la colère du rédacteur en chef sur cet événement, répondit-elle. Hier, j'ai travaillé à ma thèse et ne suis pas allée au journal. Mais vous avez lu *Le Point du jour* de ce matin ? Dans son édito, Pommereul vous donne raison : il s'en remet au gouvernement et à la SDN. Quant à moi... je me pose une question : pour envahir la Ruhr, le chancelier du Reich a-t-il délibérément choisi la date symbolique d'hier, 7 mars 1936, c'est-à-dire le jour anniversaire de la mort d'Aristide Briand, auteur du traité de Locarno et artisan de la paix, ou bien n'est-ce que le fruit du hasard ?

— Ton interrogation est pertinente, convint-il en découvrant ses dents noircies. Hitler est-il cynique ou simplement brutal ? Machiavélique, donc dangereux, ou juste grossier ? Hélas, je crains qu'en France personne ne puisse, pour l'instant, établir un diagnostic...

— Demande à Blasko ! s'écria Laurette avec amertume. Depuis qu'il a intégré le Comité France-Allemagne d'Otto Abetz, il est toujours fourré à Berlin ! Sans doute a-t-il déjà rencontré le Führer !

Elle n'avait jamais apprécié l'ancien ami de son premier mari. À Montparnasse, il s'arrangeait pour débarquer quand elle avait trouvé de quoi manger, et ils devaient partager leur maigre pitance avec ce parasite prétentieux et cossard. Elle ne lui avait jamais pardonné d'avoir échoué à dissuader Karel de s'enrôler, puis de les avoir tous abandonnés à leur sort. Lorsque, après des années de silence, fort de son premier succès littéraire, il avait eu l'outrecuidance de venir se pavaner sous prétexte de prendre des nouvelles de sa fille, elle lui avait claqué la porte au nez. Le moins que l'on pouvait dire était qu'elle voyait d'un très mauvais œil les piges que Victoire effectuait pour lui.

– Maman, tu ne vas pas recommencer ! intervint Victoire, excédée. Le Comité France-Allemagne est une association culturelle qui vise à favoriser les échanges entre les artistes français et allemands dans un but pacifique : la réconciliation des peuples. Ce n'est pas parce que Blasko a accepté d'y participer qu'il est nazi ! Il se rend parfois en Allemagne mais il y rencontre des écrivains, pas des politiques et encore moins le Führer ! Idem lorsqu'il accueille des poètes et des romanciers d'outre-Rhin à Paris…

– Balivernes ! persifla la mère. L'amitié est une valeur morale qui a toujours échappé à Blasko. C'est un égocentrique et surtout un opportuniste. Il n'y a qu'à voir comme il t'exploite. Il se décharge sur toi des basses besognes.

– Je t'en prie, maman, supplia Victoire. Nous avons déjà abordé cette question des milliers de fois…

– Je te préviens : je ne tolérerai pas que tu parles à des Boches, écrivains ou pas. Ce serait bafouer la mémoire de ton père !

– Laurette, intervint Jourdan en se tamponnant le front. Victoire n'est plus une enfant et de surcroît et elle n'est pas sotte. Tu devrais lui faire confiance…

– Quand cesseras-tu de prendre constamment sa défense ? se plaignit-elle.

La sonnerie du téléphone interrompit la dispute.

– C'est pour vous, mademoiselle, annonça le domestique. M. Pierre-Marie Vermont de Narcey.

Le visage de Laurette s'illumina. Pierre-Marie Vermont de Narcey était le fils aîné du professeur de philosophie. Le jeune homme poursuivait de brillantes études de droit. Il deviendrait probablement avocat. Ou juge. Et il hériterait du titre de son père. Il n'était un secret pour personne que la mère caressait le rêve d'un mariage entre le futur comte et sa fille. Fidèle à des opinions universellement répandues, elle était incapable de concevoir qu'une femme puisse exister sans mari, sans le regard et la protection d'une figure tutélaire masculine. Passe encore que Victoire s'amuse à étudier des bouquins vieux de plusieurs siècles et qu'elle gaspille ses forces au service d'une sangsue comme Blasko. Tant que Jourdan tolérait ces enfantillages... Il était si indulgent avec elle... Mais son mari n'allait pas entretenir sa belle-fille ad vitam aeternam. Bientôt, Victoire devrait revenir aux réalités de la vie et cesser ses divertissements de jeunesse. Alors, elle réaliserait quel magnifique parti était Pierre-Marie. «Comtesse Victoire Vermont de Narcey», cela sonnait bien. Et quelle revanche pour la petite-fille d'un fermier du Morvan !

La jeune femme se moquait de cet agaçant projet, considérant son ami d'enfance comme un frère. En l'occurrence, elle devinait que le jeune homme l'appelait pour l'inviter à son prochain anniversaire : il aurait vingt et un ans dans quelques jours. Avant que sa mère ne bondisse vers le combiné, elle se leva et prit la communication dans le long corridor.

Après avoir raccroché, elle observa, sidérée, ce que sa main avait machinalement tracé sur le bloc du téléphone, tandis qu'elle conversait avec Pierre-Marie : un énigmatique dessin représentait trois femmes obèses reliées entre elles par des tubes. Elles barbotaient dans des baignoires ou des cuves pleines d'eau. Sous le croquis, elle avait écrit trois vers de onze pieds, des hendécasyllabes, dans lesquels elle reconnut le style et la graphie élégante de l'esprit d'outre-tombe :

Le sang de Saturne est la clavicule
L'ambroysie du Paradis ressuscité
Et le breuvage de l'immortalité.

– Victoire, as-tu terminé ? Le rôti de bœuf refroidit...

D'un geste vif, elle arracha le feuillet et le glissa dans sa poche avant que le chirurgien puisse le voir.

– Comme tu es pâle ! constata-t-il en s'approchant. Un ennui avec Pierre-Marie ?

– Je suis épuisée… je dors très mal en ce moment, lâcha-t-elle. Rien de grave.

– Souhaites-tu que je t'examine ?

– Ce n'est pas nécessaire. Il s'agit de fatigue, et d'un peu de nervosité.

– Attends un moment, je reviens.

Il se dirigea vers sa trousse et en sortit un petit flacon rempli d'un liquide jaunâtre.

– Avant de te coucher, tu en prendras cinq à six gouttes diluées dans un verre d'eau. Jamais plus.

– Qu'est-ce que c'est ?

– Du laudanum. Ça calme les désordres intérieurs et facilite le sommeil.

– « Teinture d'opium », lut-elle sur l'étiquette. Les romans anglais de la fin du XIXe siècle le mentionnent souvent. Mais je n'en avais jamais vu. Vous êtes sûr que ce n'est pas trop fort ? Je n'ai pas l'habitude de me droguer…

– Ce n'est pas une drogue mais un médicament, Victoire. C'est Paracelse, un médecin de la Renaissance qui a écrit beaucoup d'âneries mais aussi inventé des choses, qui l'a le premier utilisé et baptisé ainsi, en hommage à ses remarquables vertus calmantes et analgésiques. On le prescrit depuis le XVIe siècle, donc ce remède a largement fait ses preuves. Si tu n'en prends pas tous les soirs et que tu ne forces pas la dose, tu ne risques rien.

– D'accord. Merci, bredouilla-t-elle. Inutile d'en parler à maman…

– Naturellement.

En sortant du métro place Maubert, Victoire pensa que son beau-père était un médecin exceptionnel. Sans connaître la véritable cause de son asthénie, il avait convenablement choisi la thérapeutique : un remède inventé au XVIe siècle pour soigner le désordre intérieur provoqué par un personnage du XVIe siècle. Si le laudanum pouvait faire disparaître l'esprit qui vivait en elle !

L'expédition à la bibliothèque Mazarine avait confirmé son hypothèse insensée : les poèmes que le dibbouk lui dictait correspondaient, mot pour mot, trait de plume pour trait de plume, à ceux du vieux cahier rangé dans les réserves, qu'elle avait humé en novembre dernier.

Espérant que Jean-Paul Lalande, le conservateur, ne se montrerait pas, les deux amies avaient perdu beaucoup de temps à remplir les formalités d'inscription, puis à identifier l'ouvrage parmi les fiches de l'atrium. Ignorant le nom de l'auteur, le titre du manuscrit et à quelle date il avait été rédigé, elles avaient fini par convoquer une dizaine de volumes du XVe et du XVIe siècle. Une employée leur avait prêté des gants blancs, un lutrin de bois couvert de tissu vert, mais Victoire n'eut pas besoin de feuilleter les livres pour constater que celui qu'elle cherchait ne figurait pas dans sa sélection. Elle les renvoya, avant d'en demander d'autres. Elles réitérèrent l'opération quatre fois, sous l'œil médusé, méfiant puis irrité du personnel. Enfin, peu avant l'heure de la fermeture, Victoire reconnut le cahier. Il était là, sur la table couverte de cuir fauve, posé sur une pile. Émue et tremblante, elle fit signe à Margot, le saisit et l'ouvrit. Ce fut un choc. Elles ne s'étaient pas trompées : toutes les phrases en moyen français que Victoire transcrivait depuis trois mois, dans un état second, s'étalaient sous leurs yeux. La jeune femme n'avait rien inventé. Elles avaient découvert la source de l'étrange manifestation.

Le soulagement d'avoir vu juste ne dura guère. Côte à côte, elles parcouraient, sans comprendre, les pages manuscrites couvertes de vers sibyllins, de schémas, de colonnes de chiffres et de noms, de dessins. Que signifiait tout cela ? Pourquoi la main de Victoire recopiait-elle, de façon sporadique, le contenu de ce livre ? Comment le fait d'ouvrir et de respirer l'ouvrage avait-il pu amorcer le phénomène ? À moins que le déclencheur de cette « possession » ne soit les quatre vers qu'elle avait lus ce jour-là, des décasyllabes dans lesquels il était question de roses et de la planète Saturne ? Ces quatre vers étaient peut-être une formule magique, une locution incantatoire qui avait libéré le fantôme de sa prison de parchemin ?

Victoire était trop rationnelle pour accepter cette hypothèse. Depuis longtemps elle ne croyait plus au prince charmant ni au Père Noël. Alors, aux livres hantés ! Cependant, elle se rappelait ce qu'avaient dit le médium britannique puis Mathias Blasko : à supposer qu'elle admette la métempsychose, ce qui était difficile au regard de son athéisme, elle devait concéder qu'entre deux incarnations, l'ombre cherchait à communiquer avec elle. Dans quel but ? Pourquoi ne pas s'adresser à un médium professionnel ? Pourquoi ne pas lui faire écrire simplement ce qu'il voulait, comme le fantôme des sœurs Fox ?

Quoi qu'il en soit, Victoire s'inquiétait de plus en plus pour sa santé physique – ses séances de spiritisme involontaire l'éreintaient – et surtout mentale. Il fallait que l'esprit du poète retourne dans son bouquin, dans le ciel, le néant ou ailleurs et qu'elle recouvre la pleine possession de *son* esprit.

Le manuscrit lui avait peu appris sur son auteur, si ce n'est qu'il avait écrit ces pages à la fin du XVIe siècle. Selon les feuillets, il portait trois noms différents : Théogène Clopinel, Théogène Castelruber, ou Rosarius, « marchand de roses » en latin. Était-ce la même personne ou trois individus distincts ? La calligraphie ne variant pas, Victoire en déduisit qu'il s'agissait du même individu. Mais pourquoi changer d'identité ? En l'absence de réponse, la jeune femme appelait le revenant par son prénom : Théogène, qui voulait dire « né des dieux » selon l'étymologie grecque. Le nommer avait apaisé sa peur, et induisait un début de pouvoir sur lui. Pourtant, Victoire ne dirigeait pas l'esprit, c'était le contraire : il continuait à lui dicter des fragments de son manuscrit quand il le décidait, dans un ordre qui ne respectait pas la chronologie du cahier. Quand allait-il s'arrêter ? Lorsque Victoire aurait recopié le volume en entier ? Il y en avait pour des mois, des années, et d'ici là, soit elle serait morte d'épuisement, soit on l'aurait enfermée dans une maison de fous !

À l'effroi avait succédé la révolte : de quel droit Théogène s'emparait-il d'elle, à sa guise, comme d'une poupée de chiffon ? Elle se battait pour être une femme libre et elle refusait d'être la marionnette de quiconque, vivant ou mort ! L'inconnu s'immisçait en elle, il violait son intimité, lui volait son être et une partie de sa vie. Elle ne le craignait plus, elle le haïssait.

Pourtant, depuis une semaine, un autre sentiment était né : la curiosité. Ces dernières nuits, Théogène avait délaissé ses délires astraux, bestiaires fantastiques et allégories opaques, pour lui faire transcrire des poèmes d'amour dédiés à une femme. Touchée par la vénération dont il entourait son aimée, la pureté de son cœur et la beauté du texte qu'enfin, elle comprenait, l'auteur l'intriguait. Même si elle savait que cette déclaration en vers ne lui était pas adressée, elle se plaisait à songer que le fantôme lui confessait personnellement sa flamme, à trois siècles et demi de distance.

– Ma vieille, tu devrais filer à l'hôpital Sainte-Anne, avait-elle murmuré ce matin-là, dans sa chambre. Penser qu'un revenant invisible, tapi dans les profondeurs de ton âme, tombe amoureux de toi et te dévoile sa passion par-delà le temps… Au moins, cet ectoplasme ne risque pas de te demander en mariage ni de t'empêcher de devenir grand reporter !

De la place Maubert elle grimpa sur la montagne Sainte-Geneviève, puis longea l'église Saint-Étienne-du-Mont et le Panthéon. Elle prit la rue Soufflot et tourna à gauche dans la rue Saint-Jacques, sa rue, l'une des plus anciennes et des plus longues de Paris, qui allait de la Seine au boulevard de Port-Royal, en traversant tout le Ve arrondissement. Elle parvint à l'embranchement avec la rue Curie où se trouvaient l'École supérieure de chimie, l'Institut du radium et les anciens laboratoires des Prix Nobel. Comme de coutume, elle tendit un poing rageur à la plaque qui indiquait « rue Pierre-Curie », sans aucune mention pour son épouse.

– Marie Sklodowska-Curie, murmura-t-elle, les misogynes qui

dirigent ce pays refusent de te rendre hommage, mais moi je ne t'oublie pas !

Un soir d'ivresse, l'année dernière, elle avait réparé l'injustice en barbouillant «avenue Marie-Curie» en grosses lettres rouges sur le mur. Hélas, deux hirondelles en patrouille l'avaient vue et elle avait passé la nuit au poste avec les clochards du quartier. Son beau-père était venu la délivrer le lendemain et avait payé le nettoyage de la façade. Margot et elle riaient encore de ce fait d'armes, mais sa mère en était tombée malade : elle imaginait sa fille fichée au grand banditisme, interrogée quai des Orfèvres et recluse à la prison de la Petite Roquette, comme Violette Nozière la parricide.

Victoire poursuivit son chemin, longea l'église Saint-Jacques-du-Haut-Pas avant d'arriver à l'Institut des sourds-muets et à son immeuble, le numéro 241. Elle grimpa deux à deux les marches de l'escalier ciré en se demandant quel effet aurait le laudanum sur Théogène, et quelles tendres phrases il lui réservait pour cette nuit.

10

En ce matin d'automne 1584, Théogène approche de Paris. Il aurait dû arriver par l'est. Superstitieux, il a fait un détour afin d'entrer dans la capitale par le sud et la porte Saint-Jacques, qui arbore le nom du patron des alchimistes. Cet hommage doit lui porter chance. Le cœur battant, le sujet du roi de France constate que c'est la première fois depuis douze ans qu'il foule le sol de sa patrie.

Plus Théogène avance, plus sa boiterie s'accentue. Ces derniers mois, il a beaucoup marché et son pied bestorné est douloureux. L'émotion comprime sa poitrine : après le couvent des chartreux, il aperçoit le fossé et les fortifications de la ville, la ville de Nicolas Flamel, sa propre ville. De sa prime enfance, de sa vie précédant sa rencontre avec le maître, il a tout oublié à part un cauchemar qu'il a toujours fait, aussi loin qu'il s'en souvienne : il est seul au sommet d'une montagne. Sur le piton rocheux se dresse un château. Théogène y pénètre, et soudain la forteresse ruisselle de sang, les cloisons se fissurent, s'effondrent sur lui et l'écrasent. Alors il s'éveille, suant de peur.

Le jeune homme passe la porte Saint-Jacques et entre dans la métropole en récitant trois vers de Ronsard :

C'est toy Paris, admirable cité,
Grand ornement de ce monde habité,
Tu as le doz fendu d'une rivière…

Du regard, il embrasse le sommet de la montagne Sainte-Gene-viève et sa majestueuse abbaye, puis l'église Saint-Étienne-du-Mont, et les prestigieux collèges. D'après ce que lui a raconté Liber, ses parents étaient libraires-imprimeurs dans ce secteur de la rive gauche, où partout souffle l'esprit : le quartier de l'Université, qu'on appelle aussi Quartier latin. Venant acquérir quelques ouvrages, l'initié les aurait trouvés agonisant de la peste, et ils l'auraient supplié d'emmener leur garçon afin de le préserver de l'épidémie. L'immortel aurait vu un heureux présage dans les prunelles de l'enfant, qui avaient la couleur de l'or, et il a accepté. Ils ont quitté le cœur de la cité par le nord et franchi l'enceinte pour rallier un faubourg pauvre et tranquille où le mage l'a soigné avec des remèdes spagyriques – le marmot commençait à développer les symptômes de la mort noire – puis son apprentissage a débuté.

Trois années plus tard, sans qu'ils soient retournés à Paris, l'homme et l'enfant sont partis pour l'Espagne. Telle est la version du maître, que l'orphelin n'a jamais remise en cause avant de lire la confession du docteur Johannes Faustus, alias Athanasius Liber. Désormais, Théogène s'interroge. Comment croire un assassin qui, de sang-froid, a occis au moins quatre-vingt-deux personnes, semant tous les trois ans un cadavre dans un lieu où il ne passait qu'une fois ? Pourtant, en l'absence d'autre piste, il est obligé de s'appuyer sur ce récit. Il doit donc retrouver la librairie que possédaient ses parents.

Théogène clopine sur la grande rue Saint-Jacques, l'artère principale du quartier, parmi une foule d'étudiants et de professeurs, de religieux, d'artisans, de bourgeois, de mendiants, de charrettes, de chevaux et de bétail que l'on amène sur pied à l'abattoir. L'angoisse supplante l'émerveillement. Dans ce temple du savoir, même les ruelles les plus étroites sont dévolues aux libraires, imprimeurs, fondeurs de lettres, relieurs, doreurs, tailleurs d'histoires, papetiers et parcheminiers, dont les échoppes s'agglutinent côte à côte. Les volumes s'empilent et s'étalent jusque sur la chaussée. Certains bouquinistes vendent aussi du vin et font commerce de beuverie. Même à Francfort-sur-le-Main, la densité des livres n'était pas si importante. Comment reconnaître une boutique qu'il ne se rappelle pas, parmi des centaines de commerces identiques ?

Ne sachant par où commencer, il bifurque dans la rue du Mont-Saint-Hilaire, près du renommé collège Sainte-Barbe, et entre dans une échoppe choisie au hasard. En bafouillant, il explique qu'il recherche l'officine des Clopinel, décédés de la peste en 1569. Le marchand dit qu'il n'est installé que depuis deux ans et l'envoie près de l'église Saint-Séverin, chez un confrère qui exerce depuis cinquante ans. Plein d'espoir, Théogène se précipite à l'endroit indiqué.

Derrière le comptoir, un homme hors d'âge compte sa monnaie de sols tournois. Théogène s'approche et réitère sa demande.

– En 1569 ? répète le libraire en grattant son crâne dégarni. Il me semblait que le fléau avait frappé l'année d'avant, en 1568… Bah, je peux me tromper, vu qu'il revient toujours, le mal sans nom ! Il y a quatre ans, il a même frappé le roi. Il en a réchappé, mais l'épidémie a fait trente mille morts dans la ville… un Parisien sur sept ! On dit que la malédiction est réapparue tantôt, et que trois demoiselles de la reine sont atteintes.

– Je viens d'arriver dans la cité, je n'ai pas ouï cette nouvelle. Et les Clopinel, vous vous souvenez d'eux ?

– Jean Clopinel, parfaitement, l'un des deux auteurs du *Roman de la rose*, avec Guillaume de Lorris ! Ah, quel merveilleux livre ! Je le vends toujours très bien, tenez, j'ai là un splendide exemplaire illustré, je peux vous faire un bon prix…

Théogène décline et quitte la boutique en traînant la patte, déçu. Ce vieillard est un peu sénile, mais il se serait rappelé si des libraires du quartier avaient porté son nom. Clopinel n'est sans doute pas son patronyme, pas plus qu'il n'est parent avec le célèbre poète du *Roman de la rose*. Ainsi qu'il le soupçonnait, le maître l'a affublé de ce nom en référence à son infirmité et en hommage au *Roman* qui pour les initiés raconte, à travers la quête de la Rose, la recherche de la Pierre philosophale.

Perdu, Théogène erre dans le quartier. Les habitations sont anciennes, hautes et serrées, en pans de bois à pignons saillants. Les façades décrépites sont serties de fenêtres à meneaux dont certaines ont encore du papier huilé en guise de vitres. Les rues pavées sont couvertes de boue et d'ordures : la puanteur qui s'en dégage est abominable. Certains passants portent des fleurs, sans doute pour se préserver de l'odeur de margouillis qui infecte tout. La Seine est un cloaque sombre et nauséabond semé d'immondices. Des équarisseurs y lavent leurs seaux de tripes, des porteurs d'eau y remplissent leurs bassines et plusieurs femmes y puisent une lavasse brune qu'elles donnent à boire à leurs enfants. Près du Petit-Pont sur lequel sont construites deux rangées de maisons, harengères et maquerelles vident les entrailles des poissons dans le fleuve. Dégoûté, Théogène remonte jusqu'à la place Maubert, où jabotent palabreurs, larrons, ruffians et filles de joie dans une pestilence inimaginable, car un égout à ciel ouvert borde la place.

— Arrière, le bestorné ! lui lance une ribaude édentée, couverte de croûtes et de scrofules. Boiteux, bègues, bossus, bigles et borgnes sont des sorciers ! Retourne en enfer, créature du Malin ! ajoute-t-elle en faisant le signe de la croix.

Évitant le crachat de la trimardeuse, Théogène se détourne et va au hasard des venelles, un mouchoir sur le nez.

— Voilà le joyau du monde dans lequel je suis né ! s'exclame-t-il avec colère. Ville et habitants, tout n'est que fange !

L'alchimiste fait un suprême effort pour ne pas laisser couler des larmes de fiel et de désespoir. Il se sent humilié. Instinctivement, il se dirige vers la grande rue Saint-Jacques et la porte fortifiée.

«Revenir ici était une erreur, pense-t-il. Je suis un étranger chez moi. Je ne puis connaître mon histoire. Trop de temps s'est écoulé. Je n'ai plus qu'à quitter ma patrie et cette fois, mon départ sera définitif.»

Près de l'hôtel des abbés de Cluny, non loin de la Sorbonne, il rejoint la voie par laquelle il est arrivé. Machinalement, il regarde la devanture des librairies et soudain, il sursaute. Face à l'église des Mathurins, se balance une enseigne en fer qui représente un château sur une montagne, un château peint en rouge.

Le jeune homme se fige, ébahi par l'écusson : c'est elle, c'est la forteresse de son cauchemar ! Il se tamponne le front avec le mouchoir. Un fol espoir inonde son âme : si Liber avait menti sur la mort de ses parents ? Se pourrait-il que son père et sa mère soient encore en vie et qu'ils exercent dans cette boutique ? Enlevé par l'adepte, il aurait conservé la mémoire de l'enseigne, déformée par ses rêves ? Théogène attend que son cœur s'apaise et il entre dans la librairie.

Aussitôt, l'odeur du magasin le saisit à la gorge : cette senteur de parchemin, de cuir, de bois ciré, d'encre et de fleurs est familière. Elle est différente de celle qu'il a respirée chez les autres libraires. Il regarde autour de lui et remarque qu'aux quatre coins de la pièce sèchent d'énormes brassées de fleurs des champs. Derrière le comptoir, un inconnu d'environ trente-cinq ans s'affaire : est-ce le propriétaire ou un employé ? Il ne peut s'agir de son père... un frère aîné, peut-être ? L'homme salue Théogène qui répond d'un signe de tête et ôte sa toque comme s'il était dans une église. Bouleversé, il s'approche des tables où sont posés les ouvrages. Au frontispice des livres est inscrite la marque typographique du libraire-éditeur : autour d'un château rouge identique à l'enseigne, il lit : *À Paris, chez Hieronymus Aleaume, grande rue Saint-Jacques, en face couvent des Mathurins, avec privilège du Roy*, et la devise latine : *In me mors, in me vita*[1]. Ce nom et cette formule n'évoquent rien. Cependant, l'effluve caractéristique de la boutique lui laisse croire qu'il est au bon endroit. Au fond de lui, il en est sûr. Timidement, il s'avance vers le comptoir. Son cœur recommence à cogner et il a l'impression qu'il va s'effondrer avant d'avoir prononcé un mot.

---

1. En moi la mort, en moi la vie.

– Maître Aleaume ? s'enquiert-il en rougissant.

– Tout juste ! répond le libraire. Que puis-je pour vous ?

Court et râblé, serré dans un pourpoint de velours lie-de-vin orné d'un collier d'or, il semble d'une grande puissance physique. Ses longs cheveux d'un blond presque blanc sont ramenés en catogan sur la nuque. Son visage carmin est grevé de petite vérole, son bouc est d'un vilain ton jaunasse. Dilatés par des pierres de vue aux verres concaves pincés sur le nez, ses yeux clairs lui donnent un air de poisson. Malgré ce visage ingrat, Hieronymus Aleaume dégage force de caractère et vivacité. Son regard est franc et il sourit. Théogène décide de se jeter à l'eau.

– Avant vous, ici… marmonne-t-il.

– Cet endroit a toujours été une librairie, même du temps où l'on copiait les manuscrits. On raconte qu'au siècle dernier, aurait exercé en ce lieu un enlumineur qui était l'ami de Nicolas Flamel.

L'alchimiste tressaille.

– Fort bien… Je voulais dire… il y a une vingtaine d'années…

– Il y a vingt ans cette échoppe était tenue par mon vénéré maître, le libraire-imprimeur Arnoul Castelruber, d'où l'enseigne. J'étais son apprenti, puis son compagnon. Lorsque j'ai accédé à la maîtrise et pris la succession, j'ai conservé sa marque et sa devise.

– Castelruber ! répète Théogène, au comble de l'émotion. «Château rouge», en latin. Je comprends, maintenant !

Hieronymus Aleaume le toise derrière ses lunettes. Il observe avec suspicion la houppelande élimée, la musette de manant et le pourpoint décoloré, couvert de la poussière des chemins.

– Vous semblez trop jeune pour avoir connu mon maître, dit-il sèchement.

– Est-il mort ?

– Hélas ! Il y a quinze ans. Puisse-t-il reposer en paix.

– L'épidémie de peste ?

Le libraire fronce les sourcils avec méfiance.

– Pourquoi vous intéressez-vous à mon ancien patron ?

– Parce que je crois que je suis son fils, lâche Théogène dans un souffle.

Abasourdi, le libraire dévisage son interlocuteur : le grand front, les joues émaciées, les cheveux noirs et bouclés, le bouc et les moustaches sombres, le maladif teint grisâtre, et surtout les yeux aux prunelles mordorées… Ce regard, cette couleur singulière… l'image d'une personne chère apparaît à sa mémoire.

– Mon prénom est Théogène, mais j'ignore qui je suis. Tout ce que je sais, c'est qu'à l'âge de cinq ans, j'ai été recueilli ou enlevé par un alchimiste qui se faisait appeler Athanasius Liber.

– Ce nom me dit quelque chose… Il me semble qu'il figurait parmi nos clients. Quant au fils de mon maître… il se prénommait ainsi, en effet. Il a disparu il y a quinze ans, et il avait les mêmes yeux que vous.

Le libraire hésite. Il fixe intensément son interlocuteur.

– Je n'arrive pas y croire, dit-il. Pourtant, vous lui ressemblez tellement ! Nous pensions que vous étiez mort… C'est toi ? C'est bien toi ?

Théogène acquiesce et s'effondre en sanglots dans les bras de l'ancien apprenti de son père.

Ce soir-là, grande rue Saint-Jacques, au-dessus de la boutique à l'enseigne du château rouge, on fête le retour du fils prodige.

– Tu t'habitueras ! affirme Hieronymus Aleaume en remplissant les gobelets d'étain. On dit qu'au terme de trois jours, on ne sent plus la pestilence de notre belle cité, la capitale du monde. Au besoin, je t'emmènerai chez un parfumeur, car les artisans parisiens excellent dans l'art de la mode et des élégances.

L'austère teinturier de la lune pouffe en s'imaginant embaumer comme une courtisane. Quelle ville étrange, qui fabrique colifichets et senteurs mais néglige de nettoyer ses boues !

– D'ailleurs, ajoute le libraire, c'est pour complaire au nez délicat des clients étrangers que ta mère disposait des fleurs dans l'officine. J'ai conservé cette habitude.

117

— Comment se prénommait ma mère ?

— Brunehilde. Tu as sa chevelure, et la grâce de ses traits.

L'orphelin laisse son regard errer sur les tapisseries qui ornent les murs, avant de le plonger dans les flammes de la cheminée. Tel Bacchus né de la cuisse de Jupiter, il a toujours eu l'impression d'avoir été engendré par un surhomme qui était à la fois son père, sa mère, son mentor et son dieu sur terre. Ce soir, il prend conscience de son ascendance humaine : il voit ses géniteurs en êtres de chair dotés de pensée et de sentiments, non comme des créatures désincarnées évanouies dans le temps. Il a la sensation qu'un arbre pousse sous ses pieds et l'entoure de ses branches.

— Mes agneaux, voici le rôt !

Escortée par six mouflets de deux à onze ans, Ermengarde, l'épouse de Hieronymus, une femme aussi courte que large, entre en portant un plat sur lequel fume une volaille plus grosse qu'une oie. S'agit-il d'un canard engraissé avec les immondices de la Seine ?

— C'est une poule d'Inde[1], explique fièrement le libraire. Un animal du Nouveau Monde.

— Extraordinaire ! s'enthousiasme le jeune homme.

Au premier service, ses hôtes lui ont servi des fruits crus, denrées froides qui, selon la théorie des humeurs, doivent être consommées en début de repas pour se réchauffer dans l'estomac. En entrée, il a goûté pour la première fois à des huîtres. Ont suivi bécasses rôties, compote de pigeons et ris de veau en crépine, accompagnés d'un pain si blanc que Théogène l'a confondu avec une brioche.

Cela fait longtemps qu'il n'a plus faim. Mais face au volatile des Amériques, la curiosité est la plus forte. Avec dextérité, la maîtresse de maison découpe le monstre farci de truffes, d'œufs et d'épices. À l'aide de l'outil posé près de son assiette d'étain, Théogène tente de piquer la viande et de la porter à sa bouche mais

---

1. Une dinde.

118

le morceau tombe sur ses chausses. La famille Aleaume éclate de rire.

– Je ne parviens pas à me servir de… murmure-t-il en rougissant, comment dites-vous déjà ?

– Une fourchette ! braille un petit garçon.

– Rassure-toi, intervient le père, même le grand Montaigne ironise sur cet art de manger et de boire, qu'il qualifie de «science de gueule».

– D'où viennent ces pratiques ? De la cour du roi Henri III ?

– D'Italie. En arrivant en France, Catherine de Médicis a introduit de nouvelles modes qui ne sont pas toutes mauvaises. Regarde !

Ermengarde pose sur la table un plat de légumes inconnus.

– Fricassée de culs d'artichauts, détaille le Parisien, asperges braisées, chou-fleur et épinards à la florentine. Au nom de l'idéal humaniste de Pythagore et de Plutarque, désormais nos aristocrates mangent aussi des verdures, afin de rendre un culte à la nature… Tu m'as bien dit que tu avais vécu en Italie, je m'étonne que tu n'y aies jamais vu ces produits !

– Entre mes onze et mes treize ans, j'ai séjourné près de Milan, dans le fief du Saint Empire de Philippe II d'Espagne, mais je ne suis jamais allé à Florence, dans le grand-duché de Toscane des Médicis, précise l'alchimiste. Nous vivions à l'écart du monde, dans la solitude et la tempérance. La frugalité volontaire libère l'esprit des contraintes du corps. Néanmoins, ajoute-t-il en souriant, j'apprécie le premier festin de mon existence, dussé-je être malade de tant d'abondance ! Merci, Ermengarde, vos talents de cuisinière sont exceptionnels…

– Que nenni, proteste-t-elle, où veux-tu que je prépare toute cette mangerie, sans four, avec une seule cheminée ? Les plats du quotidien viennent du cabaret ou du rôtisseur, les repas raffinés sont l'œuvre de la corporation des maîtres pâtissiers-traiteurs. Mange, mon petit, tu es maigre à effrayer un mendigot ! Et garde de la place pour la tourte de frangipane, les confitures, l'échaudé, les gaufres et le massepain…

À la fin du souper, l'estomac alourdi par la nourriture trop riche, l'esprit embrumé par le vin blanc de Bourgogne – Hieronymus a refusé de lui servir le vin ordinaire d'Argenteuil, de Vanves ou de Suresnes –, Théogène ose demander ce qui lui brûle les lèvres.

– Mes chers amis… Me raconterez-vous enfin ce qui est arrivé à mes parents ?

Les libraires échangent un regard affligé. Ermengarde se lève et va coucher les enfants. Les deux hommes restent seuls dans la pièce.

– Quoiqu'il m'en coûte, je vais te le dire, lâche Hieronymus en versant le vin. Mais avant cela, je dois te parler de ta sœur… ma première femme.

De surprise, le jeune homme entrouvre la bouche.

– Tu as les mêmes prunelles dorées qu'Eudoxie, poursuit le maître de maison. C'est grâce à tes yeux que je t'ai reconnu, j'avais l'impression de voir les siens. J'ai épousé ta sœur en 1571, deux ans après… après le drame. Mes deux aînés que tu as vus tout à l'heure… Pépin et Hermine… sont tes neveux.

– Qu'est devenue ma sœur ?

– Il y a quatre ans, elle a succombé à la grande peste… ainsi que nos deux fils cadets… ce fut une hécatombe…

– Je sais.

– Je ne m'en sortais pas, seul avec la librairie, l'atelier, et les deux enfants… Alors, j'ai épousé Ermengarde.

– Je comprends, mon frère, dit Théogène, ému.

– Ta sœur Eudoxie était l'aînée. Elle a vu le jour en 1549, peu après que les Castelruber se sont établis grande rue Saint-Jacques.

– D'où venaient-ils ?

– Ton père était le fils d'un facteur d'orgues de Bagnolet. Passionné par les livres, il a décidé d'embrasser notre prestigieuse profession. Après avoir été apprenti et compagnon chez Robert Estienne, l'un des plus illustres marchands-éditeurs du quartier, imprimeur officiel du roi François Ier, il a été reçu maître.

Ta mère était la fille d'un opulent tailleur de caractères de la rue de la Harpe. Avec sa dot, ton père a acheté cette librairie, l'atelier et deux presses. Les affaires marchaient plutôt bien, malgré la concurrence. Ton père était très apprécié de ses ouvriers et de ses confrères. Après Eudoxie, sont venus quatre enfants morts en bas âge et puis toi, en 1564. Je me souviens de ta naissance, car j'étais entré comme apprenti au service de ton père trois ans avant, à l'âge de douze ans. Tu étais le petit prince de la maisonnée, l'héritier qui succéderait au maître. Après toi, un autre fils est arrivé mais il a défunté à un an, de la rougeole.

Le libraire vide son gobelet. Il est très mal à l'aise.

– Au printemps 1569 – j'avais vingt ans, je m'en souviens comme si c'était hier – ta mère était grosse à nouveau, la délivrance était prévue pour le mois suivant. Eudoxie avait la fièvre, le maître et moi étions occupés à l'imprimerie, aussi t'a-t-elle emmené pour l'aider à porter ses paniers. C'était le matin de la Saint-Ambroise, peu après laudes. Le soir, à vêpres, quand nous sommes rentrés, vous n'étiez pas revenus. Très inquiet, ton père a alerté les sergents à verge, les chevaliers du guet, ses ouvriers, les voisins de la corporation des libraires, la milice bourgeoise, la police du Châtelet… Jusqu'au lendemain matin nous vous avons cherchés dans tout le quartier. En vain. Brunehilde Castelruber et son fils Théogène s'étaient volatilisés.

L'orphelin blêmit. Le libraire exhale un douloureux soupir.

– Ton père t'adorait, mais il vénérait ta mère. Leur union était un mariage d'amour. Sans elle, il n'était plus lui-même. Il errait comme une ombre dans sa propre maison, négligeait ses affaires. Chaque jour, dès l'aube, il partait à votre recherche jusqu'à la tombée de la nuit, écumant la ville et ses faubourgs, cognant aux portes, demandant à qui voulait l'entendre s'il n'avait pas aperçu une femme enceinte et un garçon de cinq ans aux pupilles d'or… Dans le quartier, les commères colportaient le bruit que Brunehilde s'était enfuie avec un riche client de son mari, son amant, qui l'avait engrossée. Pourtant, tous ceux qui la connaissaient savaient que c'était impossible…

Des larmes affleurent au bord des yeux du libraire. Il ôte ses verres et remplit à nouveau les gobelets.

– Et puis, murmure-t-il en essuyant ses paupières d'un revers de manche. Et puis, quinze jours après la mystérieuse disparition, à la Saint-Georges, les tanneurs ont repêché un cadavre dans la Bièvre, non loin de la place Maubert… Le visage boursouflé par son séjour dans l'eau était méconnaissable mais c'était celui d'une femme… Elle ne s'était pas noyée. Elle avait deux grandes entailles : une à la gorge, et l'autre…

Il vide son verre et dégrafe son pourpoint. Il suffoque.

– Une autre… au ventre, finit-il par lâcher. Quelqu'un l'avait égorgée et éventrée, lui arrachant le bébé qu'elle portait. On voyait encore un morceau du cordon qui l'attachait au petit. Grâce aux bagues que la dépouille avait aux doigts, et qui bizarrement n'avaient pas été volées, les autorités identifièrent Brunehilde Castelruber. Quand ton père débarqua sur la berge où gisait son épouse…

Il s'interrompt, à bout de forces. Théogène tremble de tous ses membres, mais les larmes restent bloquées dans sa poitrine.

– Ce crime abominable épouvanta tout Paris et le roi lui-même, mais on ne retrouva jamais le scélérat qui l'avait commis, conclut Hieronymus, ni le corps du bébé, ni celui de l'enfant qui accompagnait sa mère ce jour-là… Arnoul Castelruber dépérit, s'alita, et au matin de la Saint-Michel 1569, cinq mois après la tragédie, il mourut de chagrin.

Malgré la nuit, des charlatans et de faux alchimistes baguenaudent près du pont Neuf en construction, s'échangeant des mixtures et des potions improbables, qu'ils tentent de vendre aux rares passants avec des airs de conspirateurs. L'un d'eux propose à Théogène un philtre de longévité extrait de l'anguille des bois et des montagnes, donc à base de venin de vipère. Le jeune homme ne lui adresse pas un regard, serre son bâton et brandit la lanterne que Hieronymus lui a prêtée, puisqu'il a refusé que le libraire le conduise. Il fallait qu'il soit seul.

« Si ces souffleurs savaient, pense-t-il tristement, que je possède la formule du véritable breuvage d'éternité ! »

La première question que le docteur Faustus a posée à l'ange à propos de l'Élixir concernait, évidemment, la nature de la *materia prima*.

– La Semence réunit les quatre éléments, a répondu le personnage céleste. Engendrée par le feu, elle vient du ciel et grandit dans l'eau avant de naître sur terre. Elle est la seule substance qui ne soit pas encore contaminée par la Chute et le péché originel.

– Quand la cueillez-vous ? a interrogé le vieillard pendant son sommeil.

– Lorsqu'elle obéit à Saturne, a expliqué l'esprit, car Saturne est la planète la plus éloignée de la Terre, l'ultime frontière entre le monde d'en bas et le paradis céleste, entre l'homme et Dieu.

– Quelle voie utilisez-vous pour fabriquer la Pierre ? a été l'ultime énigme que l'humain fut autorisé à soumettre à l'ange.

– Toutes, a déclaré le détenteur de la Science, car le trois est le chiffre parfait, celui d'Hermès Trismégiste. La voie directissime permet d'extraire la vertu du ciel, la voie sèche de purifier la gangue terrestre, avant de la soumettre à la voie humide et aux métaux qui transforment la matière et achèvent le Grand Œuvre.

La seule matière première qui réponde à la description de l'ange n'est pas un minéral, mais un fœtus humain dans le ventre de sa mère, exempt de la souillure d'Adam tant qu'il n'est pas venu au monde. C'est en naissant qu'il sera contaminé par la Faute héréditaire.

Le développement de l'embryon est régi par les astres. Or, après la Lune présente au septième mois de grossesse, et avant Jupiter qui guide la délivrance, Saturne préside le huitième mois de la gestation. C'est donc à ce moment-là que l'embryon doit être récolté. Dans ces confessions codées, Liber a écrit que la mise à mort de la mère devait être rapide et sans danger pour l'avorton : il bannit poison, poignard, strangulation, armes à feu et, naturellement, les coups. Il a conclu que trancher la gorge de la femelle avec un scalpre, couteau tranchant à lame fixe dont se servent les chirurgiens-barbiers, est le moyen le plus sûr. Il faut ensuite maintenir ouverte la bouche du cadavre, afin que l'air parvienne au fœtus. Puis, avec le même outil, il suffit de pratiquer une incision au bas de l'abdomen et d'en sortir le fruit vivant, en ayant soin de trancher le cordon qui le relie à sa génitrice.

Jusque-là, l'interprétation des paroles de l'ange n'a pas soulevé de problème pour un savant tel que le docteur Faustus. En revanche, plus délicate a été l'étape suivante. La vertu du ciel, siège de l'âme chez Hermès et les Égyptiens, c'est le sang. Nombreux sont les teinturiers de la lune qui, avant lui, ont pressenti le mystère magique lié au sang et ont pratiqué des expériences avec la sève rouge. En 1460, l'ange a révélé qu'il convenait d'extraire la vertu du ciel, donc de saigner à blanc l'embryon, mais il n'a donné aucune indication sur l'emploi de ce sang, qui ne participe pas aux opérations du futur magistère. Pourtant, Faustus était certain que cette sève cosmique devait avoir un occulte usage.

Ce problème l'a préoccupé une année durant dans son laboratoire de Prague. Une nuit de pleine lune, tandis qu'il relisait *Les Métamorphoses* d'Ovide, une intuition surnaturelle le saisit en parcourant les pages dans lesquelles la magicienne Médée rajeunit de quarante ans le vieil Eson, père de Jason, le conquérant de la Toison d'or : elle vide Eson de tout son sang, qu'elle remplace par des sucs de jouvence, et le miracle se produit. Que se passerait-il s'il laissait couler son vieux sang et qu'il se remplissait les veines avec le liquide pur et sans péché du fœtus ? Personne, à la connaissance du médecin, n'a jamais tenté l'expérience.

Une fois le sang de l'embryon collecté, Liber y ajoute de la rosée céleste, de l'eau ardente[1] qui prolonge la vie, de la liqueur d'or et il distille le tout dans l'alambic, afin d'en extraire la quintessence, la concentration spirituelle. Après une saignée préalable, on introduit dans sa veine entaillée le sang sublimé, à l'aide d'une seringue à lavement. Voilà pour la première voie, la voie directissime.

La suite est limpide : «la gangue terrestre», la dépouille du fœtus vidé de la vertu du ciel, doit être lavée à la rosée et soumise à la voie sèche, c'est-à-dire au creuset ouvert : Liber recommande de l'y cuire pendant six jours, le temps de la Genèse. Puis les cendres obtenues sont utilisées comme matière première de la voie humide, à l'athanor, qui fait intervenir minéraux et substances métalliques, dure trois ans et permet de réaliser la Pierre, donc l'Élixir.

Tout en se remémorant les détails de la recette laissée par l'adepte dans ses confessions, Théogène traverse le pont Saint-Michel et l'île de la Cité. Il clopine sur le pont au Change saturé de boutiques d'orfèvres, de joailliers et de changeurs, qui s'agglutinent de façon si dense qu'il ne voit plus la Seine. Il réalise qu'il est à bout de souffle et trempé de sueur.

Il s'arrête près d'une échoppe close, s'assoit sur le seuil, pose la lanterne, la canne, sort son cahier, l'encrier et sa plume d'une poche de son manteau. Il reproduit un dessin hermétique tracé par le maître dans la partie du grimoire précédant ses aveux, une figure qui résume les étapes du Grand Œuvre, et que le disciple n'avait pas comprise sur le moment : d'un trait, Théogène esquisse trois femmes au ventre proéminent, reliées entre elles par des tubes, et qui se baignent dans des cuves remplies de liquide. Les parturientes trempant dans un bain de jouvence cachent en leur sein la matière première. Le tuyau qui les raccorde figure à la fois le transvasement du sang et la liqueur de Vie, la suprême médecine, le trésor d'Hermès trois fois grand. Le lien magique unit la

---

1. Eau-de-vie très concentrée obtenue à partir du vin, issue de dix distillations au moins, donc «esprit de vin».

triade comme les trois principes alchimiques – soufre, mercure, sel – les trois voies alchimiques – directissime, sèche, humide – les trois parties du Grand Œuvre – *nigredo, albedo, rubedo* – les trois mondes – terrestre, astral, divin – la Sainte Trinité – père, fils, Saint-Esprit – les trois éléments de l'homme – esprit, âme, corps – et les trois temps – passé, présent, avenir. Sous le croquis, Liber a précisé sa figure par trois vers en langue des oiseaux, que Théogène recopie en français :

> *Le sang de Saturne est la clavicule*
> *L'ambroysie du Paradis ressuscité*
> *Et le breuvage de l'immortalité.*

« L'éternelle jeunesse, songe-t-il. Vaincre la mort, reconquérir le paradis perdu… l'immortalité d'un seul vaut-elle le sacrifice de tous ces êtres innocents ? Que pèsent les cent vingt-quatre années de vie supplémentaire que s'est octroyées le maître, face à ses meurtres ? Cent vingt-quatre ans d'existence surnaturelle, en échange de l'existence terrestre d'au moins quarante et une femmes et quarante et un bébés… C'est effroyable ! Mais Dieu seul peut punir ou pardonner… Il ne m'appartient pas de juger Liber… Je ne dois pas… »

Avant de s'attaquer à sa victime, l'assassin organisait l'absence de son disciple en l'envoyant à la foire des livres de Francfort ou, trois ans auparavant, à Wittenberg, pour y acheter de nouvelles cornues et divers outils. Trois années plus tôt, il avait prétexté de périlleux exercices spirituels en lien avec l'au-delà pour éloigner l'aspirant. Lorsque Théogène rentrait, tout semblait normal, et les opérations du grand magistère débutaient sans qu'il puisse voir la matière première miraculeusement apparue durant ses vacances forcées, cachée dans l'œuf philosophique scellé.

Mais sur les terres alsaciennes de l'Outre-Forêt, après cent vingt-quatre ans de silence, l'ange déchu est réapparu. Le messager du diable n'a pas empêché Liber de tuer la jeune femme enceinte de huit mois et d'extirper son bébé. Mais le démon a effrayé le meurtrier afin que ce dernier bouleverse son rituel. Liber avait cru tromper Lucifer mais il avait échoué : l'esprit machiavélique venait chercher son dû, l'âme de Faustus. Paniqué, l'alchimiste a négligé de chauffer et de distiller le sang de l'embryon avec les trois ingrédients. Il s'est saigné et à l'aide de la seringue d'étain qui gisait sur le sol, il s'est injecté la sève brute. Le protocole magique était rompu, l'ordre des éléments brouillé : il a perdu la condition d'immortel qui le mettait à l'abri des infernales représailles, et il a été contaminé par une fièvre vengeresse.

« Comment un savant tel que lui, pense Théogène en accostant rive droite, qui a étudié la Haute Science durant plus de quarante ans, qui a parcouru le monde entier, n'a-t-il pas soupçonné une manœuvre de Satan ? Pourquoi a-t-il cru à un cadeau du ciel, en ce Noël 1460, alors qu'il m'a toujours appris que la Pierre se gagnait à force de labeur, de prière et de volonté, et qu'elle n'était jamais offerte ? Certes, toute son existence il l'avait cherchée en vain, il était désespéré et au bord du trépas. Comme chaque humain, il voulait retarder l'heure de sa fin. Il a compris trop tard… Le pacte était signé depuis plus d'un siècle. En acceptant la fiole, il avait vendu son âme au Malin. Il était donc au-delà du bien et du mal. Peu lui importait de mettre à mort ces femmes et tous ces enfants avant même leur naissance… »

Il arrive aux alentours de la forteresse du Grand Châtelet, qui abrite police et prison. Hieronymus l'a mis en garde : ce quartier est le plus mal famé de la capitale. Théogène observe les ombres inquiétantes qui se découpent dans la faible lueur de sa lanterne et se félicite d'avoir laissé son bissac au libraire. Ce qu'il contient est sans prix et beaucoup n'hésiteraient pas à tuer pour s'en emparer. Le teinturier de la lune frémit : il est le seul à savoir décrypter le manuscrit du maître. Loin d'être un privilège, c'est un fardeau supplémentaire qu'il va devoir porter. Pour la première fois de sa vie, il se rend compte que la connaissance, ce suc vital de l'esprit, peut constituer un mortel danger.

« À jamais je devrai me taire, comprend-il, cacher l'existence du traité, ne pas révéler ce que je sais, ce que j'ai vécu... je ne pourrai dévoiler mon histoire à personne, pas même à Hierony-mus. Ce secret auquel j'ai tant rêvé, ce mystère auquel j'ai consa-cré mon existence est un châtiment : il me condamne à la crainte, à la méfiance et à la solitude perpétuelles... il me contraint à vivre comme mon maître... »

Il accélère le pas. Empruntant son geste aux médecins qui visitent les pestiférés, il noue un mouchoir sur sa nuque après avoir placé sous ses narines un bâton de cannelle, des clous de girofle et une noix de muscade. Malgré les épices, son nez capte l'intolérable remugle du site, plus fétide et sournois que celui du reste de la cité.

Il entre par l'une des portes de la rue de la Ferronnerie. Sur sa droite, le long de la rue Saint-Denis se dressent l'église et la fontaine Jean-Goujon, derrière le prêchoir et la tour Notre-Dame-des-Bois. Des reclusoirs abritent des pénitentes ayant quitté le monde pour ces loges minuscules, où elles sont constamment en oraison. Des chapelles et des croix parsèment le grand terre-plein, où plusieurs fosses ouvertes répandent une odeur de charogne. L'une d'elles est réservée aux noyés de la Seine et aux inconnus trouvés sur la voie publique. Lorsqu'elles seront pleines, elles seront recouvertes et on ouvrira à côté d'autres pourrissoirs. On dit que la terre du cimetière des Innocents mange les cadavres en neuf jours. Certains corps affleurent. Au-dessus, les vivants déploient une intense activité, même en pleine nuit : des écrivains publics côtoient des racoleuses, des prêcheurs, des vagabonds, des tire-laine et des receleurs qui vantent leur marchandise.

Théogène se détourne et se dirige vers l'une des galeries voûtées qui ceignent la muraille de la nécropole : le charnier des lingères. Un rayon de lune éclaire les ossements retirés des tranchées et entassés dans le grenier du toit, où ils sèchent grâce à de grandes ouvertures. Bordée d'échoppes de merciers et de boutiques de mode, la galerie est sombre et humide. Une danse macabre est peinte sur le mur. Théogène pénètre dans le corridor qui abrite des tombeaux et des monuments funèbres. La mythique sépulture de dame Pernelle est là, sous le halo de sa lampe, mais il ne s'y attarde pas. Il brandit sa lanterne et examine les épitaphes. Au bout du charnier, il trouve enfin ce qu'il cherche.

Il pose sa canne, la lumière, et s'agenouille sur le caveau de la famille Castelruber. Sous son corps roide gisent sa sœur Eudoxie, ses cinq frères et sœurs morts en bas âge, son père, et sa mère, qui n'a dû qu'à ses bijoux le privilège d'échapper à la fosse des macchabées sans identité pour être inhumée dans un cercueil, comme les bourgeois. Il lit les noms gravés sur la pierre. Il prie pour leur salut, espère que leur âme a atteint la sphère divine et que les siens vivent désormais auprès du Très-Haut. Il murmure les prénoms de sa mère, de son père, de sa fratrie éteinte. Il tente de poser un visage sur les disparus, mais son imagination ne parvient pas à pallier sa mémoire absente.

— Christ revenu d'entre les défunts, je vous en conjure, aidez-moi, supplie-t-il.

Mais les traits de son père adoptif dansent devant ses yeux et supplantent toute réminiscence antérieure.

— Seigneur, pourquoi ne puis-je me souvenir des miens ? Pourquoi est-ce la figure de ce monstre sanguinaire qui vient à moi, et non celle de mes parents légitimes ?

Comme une vague tempétueuse, un sentiment inédit naît en son âme : la colère. Une rage inextinguible s'abat contre lui-même et contre son maître, ce criminel, cette canaille qui a massacré sa mère, l'enfant qu'elle portait, et qui a anéanti son père. Une douleur insoupçonnée lui montre l'horreur des actes de l'alchimiste et l'affranchit de toute distance. Désormais, il voit les meurtres de Liber avec les yeux du cœur et non avec ceux de l'esprit. Il ôte son masque qui l'empêche de respirer. Sa révolte se libère en sanglots sauvages entrecoupés d'invectives haineuses contre son père adoptif, qui non content d'avoir trucidé ses parents, lui a volé sa propre vie.

Il hurle, vocifère en tendant le poing devant lui. D'un geste brusque, il arrache l'ankh, la croix ansée égyptienne en or qu'il porte autour du cou et qui symbolise l'éternité. Il jette le cadeau de Liber au-delà du charnier, aux ténèbres. Épuisé par sa bourrasque intérieure, il ferme les yeux en haletant.

C'est alors qu'il a une vision. Il est dans une ruelle sombre. Une masse énorme et sanguinolente lui tombe dessus et écrase sa jambe gauche. La souffrance lui coupe le souffle. Puis il ne sent plus sa jambe. Comprimé par la montagne en sang, il ne peut plus bouger. Tout est noir. Soudain, il perçoit un cri de bébé. Puis une longue main le tire de sous le cadavre de sa mère et le porte car il est incapable de marcher : sa jambe est disloquée, son pied gauche est de travers, sous le choc il s'est tourné vers l'intérieur.

Voilà pourquoi il est boiteux ! Il n'est pas infirme de naissance mais depuis qu'il a perdu sa véritable existence, en perdant sa mère. Brunehilde Castelruber. Château rouge. La forteresse en sang qui s'effondrait sur lui dans son cauchemar, c'était elle. Cette nuit, enfin, il a recouvré la mémoire, un nom, et une famille.

Désormais, il refuse de subir la vie dans laquelle l'assassin des siens l'a emprisonné. Il réfute tout ce que son démoniaque maître lui a appris. Plus jamais il ne se préoccupera d'alchimie.

Dès son retour chez Hieronymus Aleaume, il brûlera le manuscrit d'Athanasius Liber. Il détruira ces quinze dernières années, qui n'ont été qu'une imposture dirigée par le diable. Alors, il reprendra le cours de sa vie, celle qu'il n'aurait jamais dû quitter.

Prosterné sur le tombeau, Théogène laisse sourdre sa douleur. Toute la nuit, déchiré par le deuil, il pleure sa famille. À l'aube, il se relève et quitte le cimetière des Innocents pour rentrer chez lui, grande rue Saint-Jacques, à la librairie.

11

La cave était dans un vieux bâtiment de la rue de la Tombe-Issoire, dans le XIVe arrondissement. Le quartier était désert et inquiétant. En ce samedi 21 novembre 1936, le froid et l'épidémie de grippe faisaient frissonner les corps. Mais dans le sous-sol de l'immeuble il faisait bon comme dans un ventre : exhalant un ronronnement de matou couché près d'un poêle, l'athanor dispensait une chaleur douce et rassurante tel le feu de bois d'une maison de campagne.

– Il est impossible d'utiliser les trois ! rétorqua en souriant un jeune homme en blouse blanche, qui ouvrait une bouteille de crozes-hermitage. Tu dois choisir une voie : soit la voie directissime, qui consiste, lors d'un orage, à capter le feu du ciel en se faisant frapper par la foudre pour conquérir d'un coup l'immortalité triomphante – je ne te le conseille pas – soit la voie sèche ou voie brève, au creuset ouvert, qui ne prend que quelques jours mais est réservée aux adeptes supérieurs en raison des très hautes températures, de la dextérité nécessaire et du danger constant d'explosion, soit la voie humide ou voie longue qu'on appelle aussi voie royale, à l'athanor, que nous privilégions tous depuis des siècles, et qui dure, selon les auteurs, de neuf mois à quarante ans...

– Quelle que soit la voie, je ne peux pas croire à ces billevesées, affirma Victoire en allumant une gauloise Maryland.

– Billevesées ? Pas plus que la logique mécaniste de Descartes, la philosophie matérialiste et athée des Lumières, le scientisme positiviste d'Auguste Comte et le rationalisme étriqué de la Sorbonne dont tu es pétrie.

– Tout de même, insista-t-elle en tranchant le saucisson. Tu ne peux pas qualifier de science la croyance absurde selon laquelle on pourrait transformer du plomb en or ou devenir immortel en buvant une potion magique !

– Victoire, ne t'en déplaise, répondit-il en remplissant deux verres ébréchés, l'alchimie est la plus ancienne des sciences connues... C'est un art universel qui remonte à la nuit des temps et que l'on retrouve chez tous les peuples, aux quatre coins de la planète, car il répond à la plus grande aspiration humaine : vaincre la mort et acquérir la jeunesse éternelle.

Ils trinquèrent. Âgé de vingt-six ans, très grand, maigre, Gustave Meyer avait des cheveux blonds taillés en brosse, un teint jaunâtre, un visage hâve et des lunettes rondes à monture d'acier qui lui conféraient une apparence rigide. Cette sévérité était pondérée par un long corps maladroit dont son propriétaire ne savait que faire, et un chaleureux regard bleu foncé qui s'enflammait chaque fois qu'il était question de l'art d'Hermès.

– Ce n'est pas parce que l'alchimie s'est développée partout que ses partisans ont raison ! protesta-t-elle. Dans le domaine scientifique, la majorité numérique a souvent tort... Jusqu'au XVIIIe siècle, n'a-t-on pas cru que le Soleil tournait autour la Terre, bien que Copernic et Galilée aient montré le contraire ?

– Tu te fais de fausses idées sur l'héliocentrisme qui est une théorie remontant à l'Antiquité grecque, répondit-il, mais d'accord, allons sur le terrain de la science. L'un des fondements doctrinaux de l'alchimie est que la matière est une et divisible. Une, car le monde est l'œuvre d'un seul Dieu, et qu'elle surgit du chaos, masse confuse originelle, lorsque le Grand Un prononce les mots de la Création. Divisible, car elle peut être fragmentée jusqu'à une particule infime, la plus petite de toute substance, que Démocrite, philosophe de la Grèce antique, appelle « atome », ce

qui signifie « insécable ». En variant les combinaisons de ces cor-
puscules élémentaires, il est possible de créer de la matière. Base
du Grand Œuvre, cette théorie prévaut deux mille ans jusqu'à ce
qu'au XVIIIᵉ siècle, un chimiste français nommé Lavoisier déclare
que les métaux sont des corps indécomposables et irréductibles
à des éléments plus simples... ainsi, il croit démontrer l'impos-
sibilité physique de la transmutation et donne le coup de grâce à
l'alchimie, ravalée au rang de superstition médiévale. Désormais,
comme Descartes a séparé philosophie du feu et philosophie,
comme Colbert a disjoint astrologie et astronomie, alchimie et
chimie se scindent... la première étant réduite à une infâme sorcellerie charlatanesque.

– Soit, mais où veux-tu en venir ? demanda Victoire en ôtant
avec les dents la peau d'une tranche de saucisson.

– Aux atomes ! s'échauffa-t-il en parcourant la pièce de long en
large. À la découverte scientifique de l'atome et de la structure de
la matière, qui montre que Lavoisier se trompait ! Les alchimistes
avaient vu juste ! Les métaux, comme tous les autres corps, sont
décomposables et divisibles !

– Et alors ? Cela prouve que la science est en perpétuelle évo-
lution et...

– N'as-tu jamais entendu parler de Pierre et Marie Curie, du
radium et de la radioactivité ? l'interrompit-il en s'immobilisant.

Il avait touché un point sensible.

– Je sais que je suis une littéraire, répondit-elle dans un sourire,
mais parfois tu me prends pour un légume de la famille des cucur-
bitacées...

Gustave était diplômé en physique-chimie de l'université de
Strasbourg. Il avait intégré la Sorbonne en 1934 pour y clore sa
dernière année de doctorat. Mais son sujet de thèse expérimentale avait tant décontenancé les professeurs qu'aucun d'entre eux
n'avait accepté d'en assumer la direction ni de l'admettre dans son
labo. Après une année universitaire houleuse et chaotique, il avait
quitté la faculté. Il avait néanmoins refusé de rentrer en Alsace

et, puisque leur fils avait abandonné ses interminables études, ses parents en avaient profité pour lui couper les vivres. Il avait survécu en portant des cageots aux halles et en faisant la plonge dans des restaurants, jusqu'à ce qu'une petite annonce dans une revue confidentielle change le cours de sa vie.

– Je ne me le permettrai pas ! s'offusqua-t-il en riant. À la rigueur, ajouta-t-il, le visage pourpre, pour une belle plante de la famille des solanées, genre belladone…

Victoire avait suffisamment lu de poésie médiévale pour savoir que l'*Atropa belladona* avait des propriétés stupéfiantes et psychotropes : elle accélérait le rythme cardiaque, provoquait des hallucinations et pouvait rendre fou. Elle préféra ignorer la maladroite allusion de son soupirant et se mit à écaler les œufs durs du déjeuner.

– Bref, reprit Gustave en constatant que son sous-entendu tombait à plat. Qu'est-ce que la radioactivité sinon une transmutation naturelle ? C'est la transformation d'un atome en un autre, la régénération spontanée d'un noyau atomique instable, qui se désintègre en dégageant de l'énergie et se métamorphose en noyau plus stable. La science officielle veut nous faire croire que la première transmutation artificielle a été réalisée en 1919 par Ernest Rutherford, qui a transformé un noyau d'azote en oxygène en le pilonnant avec les rayons alpha du radium. Moi, je suis persuadé que d'autres, auparavant, avaient déjà réussi la transmutation des éléments…

– Tu veux dire que tes alchimistes auraient découvert et maîtrisé la radioactivité avant Marie Curie ?

– Sans doute.

– Avec ça ?

Elle jeta un œil circulaire à ce qui l'entourait. Sous un soupirail dont la vitre était bâchée afin que nul ne puisse voir l'intérieur de la cave, se cachait un laboratoire identique à ceux dans lesquels travaillaient les teinturiers de la lune du Moyen Âge et de la Renaissance. Outre l'athanor en céramique en forme de tour, pour la cuisson lente, l'alambic à marmite destiné aux distillations, un appareil constitué de vaisseaux de verre superposés appelé aludel servant à la sublimation de la matière et un creuset de terre réfractaire utilisé pour la fusion des métaux, la pièce de vingt-cinq mètres carrés, au plafond bas et aux murs passés à la chaux, contenait un impressionnant assortiment d'outils et d'instruments aussi étranges que des cornues, retortes, écuelles, mortiers, pélicans, matras, crochets, tisonniers, balances, compas, sabliers, miroirs. Des livres récents et d'anciens grimoires en français, en latin et en allemand étaient rangés sur une étagère et, pour les plus fragiles, dans un coffre, près duquel le scientifique avait improvisé un oratoire œcuménique : un petit Christ en croix côtoyait une icône orthodoxe de saint Jacques, des mantras hindous, un bouddha en plâtre, un portrait de Luther, une inscription en hébreu, une autre en arabe, et une statuette d'Hermès Trismégiste en vieux sage barbu, vêtu d'une toge à grands plis et coiffé d'une tiare, qui tenait dans sa main droite le globe de l'univers.

Malgré l'apparence de désordre, tout était propre et rangé : pour Gustave comme pour ses prédécesseurs, l'accumulation anarchique était le signe des souffleurs et des sophistes qui ne s'intéressaient qu'à l'or. Son unique concession à la modernité était une horloge Art déco posée sur la table rustique, près des éphémérides, ouvrages d'astrologie, prédictions de Nostradamus et diverses tables d'astronomie, de Ptolémée à Delambre et Damoiseau, en passant par celles d'Alphonse X, de Copernic, de Kepler et du Bureau des longitudes.

– Avec « ça », répéta l'artiste en désignant le laboratoire, mes alchimistes, comme tu dis, ont découvert l'alcool et la distillation, la composition du cinabre, de la céruse, du minium, l'antimoine, les acides chlorhydrique, sulfurique, citrique, muriatique, nitrique et acétique, le zinc, les gaz, le sulfate de soude, l'huile de soufre, l'acétate d'ammoniaque, le phosphore, l'éther… mais aussi le bien nommé bain-marie…

– Pourquoi bien nommé ?

— Parce que l'on doit ce procédé à Marie la Juive, l'une des fondatrices de la science sacrée, qui vécut aux environs du IIIe siècle avant Jésus-Christ en Égypte hellénisée. Je devine ta pensée… C'est vrai, on trouve peu de femmes alchimistes, pourtant certaines ont eu une importance cruciale comme Marie la Juive, Théano l'épouse de Pythagore, ou dame Pernelle…

Ce fait n'étonna pas Victoire. Pourquoi le sort des femmes serait-il différent chez les hermétistes de celui qu'elles subissaient partout ailleurs ? Elle avait cru que la victoire du Front populaire aux élections du printemps 1936 allait changer les choses. Pour la première fois, trois femmes avaient intégré le gouvernement, dont Irène Joliot-Curie, que Léon Blum avait nommée sous-secrétaire d'État à la recherche scientifique. Mais en juillet, alors que pour la sixième fois depuis 1919, la Chambre des députés s'était prononcée à l'unanimité en faveur du vote et de l'éligibilité des femmes, le gouvernement s'était abstenu et le Sénat, comme d'habitude, avait bloqué la procédure : il n'avait toujours pas inscrit le texte à son ordre du jour, et beaucoup craignaient qu'il ne le fasse jamais. La Turquie avait voté l'égalité des droits politiques mais la France serait bientôt un des seuls pays d'Europe – avec la Suisse, la Bulgarie et la Yougoslavie – où la moitié de la population était considérée comme des particules infimes et primaires, des atomes qui, pour être à la source de toute matière, demeuraient invisibles à l'œil nu. Fallait-il tenter une transmutation ou équiper les sénateurs de microscopes ?

— Les alchimistes ont aussi découvert le cristal de Bohême, ajouta Gustave, la poudre dentifrice, la poudre à canon, la porcelaine…

— Ce sont les Chinois qui ont inventé la poudre à canon et la porcelaine ! objecta la jeune femme.

— C'est exact, convint-il, les alchimistes taoïstes chinois les ont confectionnées en premier. Là-bas aussi, la Haute Science était très considérée. Mais la Chine gardait jalousement le secret de fabrication, afin de préserver son monopole commercial. Alors les hermétistes occidentaux ont redécouvert ces deux substances. Si les gens savaient ce qu'ils doivent aux alchimistes, ils cesseraient de nous prendre pour des marabouts ou des clowns ! éructa Gustave en s'asseyant en face d'elle et en salant un œuf dur.

— C'est que tout le monde ne boit pas son thé dans des tasses de porcelaine fine, plaisanta la jeune femme.

— Mais tout le monde a besoin de médecine, répondit-il.

— Nous y voilà, le coupa-t-elle. Ta marotte favorite : Paracelse, l'ivrogne tempétueux, le pochard génial !

— Tes railleries sont celles d'une ignorante, observa-t-il, piqué au vif. Même ton beau-père lui reconnaît certains mérites ! Songe qu'au XVIe siècle, la plupart des enfants n'atteignent pas l'âge de cinq ans et que l'espérance de vie est de trente ans. La médecine de l'époque est en partie responsable de cet état sanitaire désastreux : saignées, sangsues, lavements et la fameuse thériaque, en vogue depuis l'Antiquité et censée tout guérir, à base de soixante ingrédients dont des crânes de vipère séchés, de la mie de pain et des rognons de castor...

— Beurk !

— En un temps où les apothicaires se bornent à réduire en poudre ou à diluer dans l'eau des plantes séchées pour en faire des onguents ou des purges, Paracelse distille les principes actifs non seulement de végétaux mais aussi de minéraux et de métaux. Il obtient ainsi les premiers médicaments chimiques, des remèdes très concentrés qu'il appelle arcanes, «spagyrie», «iatrochimie» du grec *iatros* «médecin» ou quintessences, et qu'il administre par voie orale. La médecine galénique de son temps les considère comme sataniques mais grâce à ces teintures, il guérit des maladies jusqu'alors incurables.

— Et il invente le laudanum... murmura-t-elle en contemplant le rouge sombre du côtes-du-rhône.

La teinture d'opium n'avait pas fait fuir Théogène. Elle ne l'avait même pas endormi. Il continuait à lui dicter ses poèmes, chaque nuit. En revanche, la drogue avait eu des effets indésirables sur la jeune femme. Au matin, elle était fourbue et nauséeuse comme si elle s'éveillait d'un coma, et se rappelait avec angoisse le cauchemar récurrent qui la hantait longtemps après son réveil : elle était seule dans une ville inconnue. Sur une colline, se dressait un château. Elle grimpait jusqu'à la forteresse. À l'intérieur, les murs suintaient d'humidité. Elle les touchait, mais c'était du sang que pleuraient les cloisons. Terrorisée, elle se mettait à courir. Alors, un bruit de pas lui parvenait, amplifié par l'écho des murailles ; quelqu'un la poursuivait avec un bistouri pour lui ouvrir le ventre. Elle hurlait, tentait de s'échapper par les fenêtres qui se transformaient en meurtrières, par les portes qui disparaissaient, mangées par les pierres rouges. Acculée, elle prenait un étroit escalier qui descendait sous terre et se retrouvait dans un cimetière dont les sarcophages s'ouvraient : les tombeaux étaient remplis de vieux livres qui s'envolaient, dégageant des nuées d'oiseaux multicolores tapis dans les pages. Aveuglée par les battements d'ailes, elle se protégeait le visage avec les mains, et ne voyait pas l'homme s'approcher. Lorsqu'elle ouvrait les paupières, une lame était plantée dans son abdomen. Elle s'éveillait en nage.

Convaincue que le laudanum était responsable de son rêve, elle avait cessé d'en prendre. Le cauchemar avait disparu, mais pas le dibbouk.

– C'est exact, Paracelse utilise le laudanum, approuva Gustave, son arcane secret qu'il cache dans le pommeau de sa canne, mais aussi le mercure et l'arsenic dont il maîtrise la toxicité par des dosages minutieux, l'esprit de vitriol ancêtre de l'éther – je te rappelle que jusqu'au milieu du XIXe siècle, on opère sans anesthésie – l'antimoine, dont le Parlement et l'université de Paris interdisent l'usage médical jusqu'à ce que Louis XIV guérisse de la typhoïde grâce à un émétique à base de cet élément. Loin de s'arrêter là, il découvre l'albumine en analysant chimiquement les urines – que les autres médecins se bornent à goûter –, initie l'homéopathie, a l'intuition que certaines pathologies ont des facteurs héréditaires, s'intéresse aux maladies mentales, considère la fièvre comme un symptôme et non plus comme une cause, révolutionnant la conception de la maladie. Plus fort encore : sans connaître l'existence des microbes découverts par Louis Pasteur, il parle de germes présents dans l'air qui engendrent des pathologies, invente l'asepsie et demande d'aérer les salles de chirurgie... ce que ses confrères s'empressent d'oublier jusqu'à la fin du XIXe siècle...

Victoire tendit son verre.

– Tu as gagné ! Je reconnais les exceptionnels talents de maître Paracelse, dit-elle en s'inclinant. Je bois à sa santé posthume ! Néanmoins, ses fulgurances visionnaires baignent dans une sauce astrologique douteuse : prescrire un remède selon la conjonction des astres n'est pas rationnel !

Gustave soupira en secouant la tête d'un air désabusé.

– *Celui qui fait confiance à la raison, se dresse contre l'esprit,* cita-t-il.

Elle se tut en méditant la phrase du médecin suisse allemand. Elle songea à l'esprit qui vivait en elle et constata qu'en effet, jugeote et bon sens étaient impuissants à le maîtriser. Cela faisait presque un an qu'elle était hantée par cette présence que rien de rationnel ne semblait pouvoir expliquer, ni chasser.

– *Celui qui parmi vous ignore l'astronomie, n'arrivera à rien dans la médecine,* compléta l'alchimiste. En cela, Paracelse est un homme de son temps car au Moyen Âge et à la Renaissance, tout thérapeute est avant tout astrologue. Pourquoi ? Parce que selon un concept antique, l'homme est un microcosme où l'on peut lire les merveilles du macrocosme. Rappelle-toi *La Table d'émeraude : Ce qui est en bas est comme ce qui est en haut...* L'homme est un miroir de l'univers, et inversement, dans une analogie parfaite. D'où l'influence des astres et des saisons. À chaque partie du corps humain correspondent une planète et un signe zodiacal. La rationalité est en conséquence un obstacle ; seule la communion, l'osmose avec les forces de la nature permet d'en pénétrer l'esprit, la vertu cachée, et de révéler le lien de sympathie entre microcosme et macrocosme. Donc le thérapeute doit faire concorder le ciel macrocosmique avec le ciel microcosmique, les mondes intérieur et extérieur : le ciel dirige la drogue, le médecin fabrique et prescrit la drogue adaptée à la nature des astres donc à celle de l'homme. *Le remède doit être préparé en l'étoile et devenir une étoile*, a écrit Paracelse.

– C'est très beau, admit Victoire en tentant de sortir les pommes de terre des cendres de l'athanor.

– Laisse, tu vas te brûler, dit-il en bondissant vers elle.

Ses expériences semblaient l'avoir rendu insensible au feu : il attrapa les tubercules fumants sans protection et les posa tranquillement sur la table.

– J'espère que lorsque tu connaîtras mieux Paracelse, tu l'aimeras, répondit-il le dos tourné, en tisonnant les flammes et en rajoutant du bois. Car, au fond, c'est grâce à lui que nous nous sommes rencontrés.

Victoire plongea le nez dans son verre pour ne pas répondre aux propos ambigus de celui qu'elle considérait comme un camarade.

La première fois qu'ils s'étaient croisés, au journal, les grèves qui avaient suivi le triomphe électoral du Front populaire paralysaient Paris, mais *Le Point du jour* tournait à plein régime. Gustave avait été attiré par cette séduisante femme gironde qui avait l'air aussi volontaire que perdue. La pigiste, en revanche, avait été rebutée par la silhouette haute, raide et cachectique du nouveau venu : il n'était sans doute pas grand reporter. Son attitude avait changé lorsqu'un chroniqueur lui avait dévoilé que le grand blond dégingandé était Ariès, la nouvelle coqueluche d'Ernest Pommereul.

Un mois et demi plus tôt, le rédacteur en chef avait fait insérer une annonce dans les revues d'astrologie et de sciences occultes : «Entrepreneur parisien cherche astrologue confirmé.» Pommereul avait vu défiler tout ce que la capitale comptait de Madame

Irma et de Docteur Héliotrope, jusqu'à ce jeune homme à la rigoureuse formation, qui l'avait entretenu de sa passion pour l'alchimie. Inspiré par Paracelse, Gustave Meyer avait eu une idée qui avait conquis le timonier du *Point du jour* : proposer aux lecteurs non pas leur nativité, c'est-à-dire l'horoscope de naissance, ainsi que le faisaient les astrologues qui officiaient dans tous les journaux, mais l'horoscope de leur conception dans le ventre de la mère. En effet, selon le Cicéron de la médecine, les astres influaient sur la nature de l'homme dès la fécondation, selon une secrète alliance qui, au moment de la création de l'embryon, scellait en lui l'union de l'élémentaire et de l'astral. Gustave suggérait de dévoiler, signe par signe, ce que l'alliance originelle du ciel et de la terre avait inscrit en chacun.

Pommereul se félicitait d'avoir engagé le jeune homme : la rubrique hebdomadaire que Meyer signait du pseudonyme Ariès remportait un vif succès : les ventes du *Point du jour* bondissaient ce jour-là, les lecteurs enthousiastes lui adressaient un abondant courrier et les concurrents du quotidien étaient stupéfaits par tant d'originalité.

Victoire ne s'était jamais intéressée à l'astrologie et elle tournait en dérision les femmes – dont sa mère et Margot – qui accordaient du crédit aux prédictions de ces bonimenteurs. Cependant, elle brûlait de décrypter le baragouin astral de Théogène. Cet Ariès ressemblait à un honnête scientifique, peut-être pouvait-elle lui montrer quelques vers ?

Le jeudi 4 juin 1936, les grèves rendirent impossible le transport et la mise en vente des journaux ; le syndicat de la presse parisienne avertit qu'il ne publierait pas l'édition du 5 juin. C'était la première fois que *Le Point du jour* était empêché de paraître, et même si les autres feuilles n'étaient pas mieux loties, Pommereul s'arracha le peu de cheveux qu'il lui restait. Ce soir-là, imitant l'ambiance de kermesse des usines, ouvriers du livre et journalistes improvisèrent un bal populaire dans la salle de réception du septième étage. Victoire en profita pour s'approcher de l'astrologue courtisé par les secrétaires et méprisé par les grandes plumes. Il rougit et la conversation s'engagea.

Une semaine plus tard, alors que cafés, brasseries et boucheries parisiennes cessaient le travail, ils se retrouvèrent au bar des journalistes du *Point du jour*. Victoire exhiba, sur une feuille volante, le premier poème que Théogène lui avait adressé, un an auparavant, dans l'amphithéâtre de la Sorbonne. Elle dit qu'elle l'avait recopié dans un vieux livre échoué dans son grenier.

– Votre écriture n'est pas très lisible, avait diagnostiqué Gustave, le regard brillant. Mais j'ai l'habitude de déchiffrer les énigmes et de surcroît, en ancien français ! Il s'agit, sans doute possible, des vers d'un *AHS*.

– Un *AHS* ? C'est-à-dire ?

– *Apostolus Hermeticae Scientiae* : un apôtre de la science hermétique. Plus précisément, un alchimiste. Je dirais… à première vue, du XVIe siècle. La signification du poème est limpide : il raconte le Grand Œuvre. L'humide radical est la semence, le soleil le soufre, le taureau régal le mercure, le sang du dragon la matière première, le soleil noir d'Adam et Saturne symbolisent la première phase, *nigredo*, la mort nécessaire à toute renaissance, puis on a l'image classique du tombeau et de la phase blanche, *albedo*, celle du cygne qui succède au corbeau, où l'on nettoie la matière qui monte dans le col du vase scellé, comme vers le ciel et Dieu, pour redescendre jusqu'à la nouvelle vie de la phase rouge, *rubedo*, le sel, le corps régénéré du phénix, l'oiseau mythique qui brûle à sa propre flamme avant de renaître de ses cendres et de s'incarner dans l'immortalité de la résurrection. Ce texte n'est pas très original mais je ne le connaissais pas. J'aimerais beaucoup examiner ce vieux grimoire…

Atterrée par les paroles de l'astrologue qui n'éclairaient rien des mots obscurs, Victoire avait observé Gustave, bouche bée. La seule chose qu'elle avait comprise était que Théogène était un alchimiste, ce qui signifiait un charlatan abusant les crédules en prétendant pouvoir changer le mercure en or. L'occultiste avait souri, avant de dispenser à la jeune femme son premier cours d'alchimie. Un monde inconnu et complexe, loin de ses préjugés, était apparu. Exalté, Gustave avait dévoilé qu'il s'adonnait à la science sacrée et il avait convié la jeune femme dans son repaire afin de lui faire une démonstration. Curieuse d'embrasser l'univers de Théogène et sentant qu'elle n'avait rien à craindre de cet escogriffe rougissant, Victoire avait accepté.

Face au pittoresque fatras d'un autre âge, elle n'avait pu cacher ses doutes ni ses sarcasmes. N'en prenant pas ombrage, Gustave avait décidé de relever le défi. Avec autant de patience que de fougue, il tenta d'initier la pigiste rétive à la philosophie du Grand Art. Une amitié était née, même s'ils n'étaient pas d'accord sur le fond des choses. Le 14 juillet, le jeune homme avait accompagné Margot et Victoire au grand rassemblement du Front populaire auquel participaient André Malraux et Paul Nizan. La foule brandissait des portraits de Barbusse, Gorki, Lénine et Staline. On vendait des pantins du colonel de la Roque et de Doriot. Après le bal, Victoire avait dormi chez son amie et cette dernière n'avait pas tari d'éloges sur Gustave. Certes, il n'était pas beau, il n'était pas millionnaire, mais avec un tel énergumène elle ne s'ennuierait jamais. Surtout, il était aux antipodes du petit-bourgeois dominateur qui lui passerait la bague au doigt avant de la confiner à la maison. Victoire avait protesté, arguant qu'elle ne ressentait pour lui qu'une franche sympathie.

– Je n'en doute pas, mais lui, il est raide amoureux de toi, ça crève les yeux ! avait rétorqué la rouquine en se demandant comment son amie pouvait être aussi aveugle et insensible.

Dès lors, Victoire avait regardé le scientifique d'un autre œil. Elle se tenait sur ses gardes, mais Gustave était trop timide et pudibond pour oser autre chose que des insinuations pataudes. Cette attitude la rassura. Au retour des vacances d'été, elle lui montra le cahier dans lequel Théogène s'épanchait, et elle dévoila la véritable origine des poèmes. L'hermétiste était subjugué.

– C'est prodigieux ! s'était-il exclamé. Même ton écriture change ! C'est la sienne, à partir d'ici ?

– Oui.

– Quelle chance tu as ! Je donnerais n'importe quoi pour que l'esprit d'un alchimiste de la Renaissance prenne possession de mon âme et me dévoile ses secrets !

– Crois-moi Gustave, si je le pouvais, je te céderais Théogène… Je pense aussi qu'il serait mieux chez toi… Comment expliques-tu ce phénomène ?

– Je ne sais pas encore, avait-il répondu, surexcité. Laisse-moi d'abord étudier ce qu'il t'a confié.

– Regarde ces vers-ci : ce sont mes préférés, des poèmes d'amour. Notre teinturier de la lune soupirait pour une femme, avait-elle avoué en piquant un fard.

– Pas du tout, avait tranché l'occultiste.

– Comment ? Mais… L'union du soleil et de la lune… conquérir le cœur de la reine, boire avec elle la lumière du milieu de la nuit, cueillir la rose ! Le message est clair !

– Ces métaphores sont des allégories alchimiques universelles. Faire la Pierre, c'est unir les contraires, opérer la conjonction des opposés : le jour et la nuit, la terre et le ciel, l'homme et la femme, le roi et la reine, le soleil et la lune, la lumière et les ténèbres. Ces images désignent les deux principes de la matière : le soufre et le mercure, auxquels Paracelse a adjoint le sel.

– Il ne manque qu'un peu de poison dans cette cuisine abracadabrante, avait-elle répondu, amère de s'être trompée sur la signification des vers.

– Laisse-moi t'expliquer, avait-il répliqué avec douceur. Pour les alchimistes, chaque chose, chaque être est constitué, en des proportions diverses, de soufre, de mercure et de sel. Évidemment, tu ne dois pas prendre ces mots au pied de la lettre.

– Évidemment, avait-elle ironisé, ce serait trop simple et les alchimistes honnissent la simplicité.

– C'est normal, avait rétorqué Gustave dans un large sourire, pour un art placé sous le sceau du secret ! En fait, le soufre symbolise le feu, le soleil, le principe masculin, la fixité, la permanence, la force, mais aussi l'esprit et le monde divin. Le mercure représente l'eau, la lune, la femme, le volatil, la mobilité, l'âme et le monde astral. Le sel figure la terre, le corps et le monde matériel. Il incarne aussi la sagesse puisqu'il assure l'union du soufre et du mercure, dont les forces contraires les poussent à la confrontation. Le but de l'alchimiste, que résume la célèbre formule *Solve et coagula*[1], est de séparer ces trois principes imparfaitement amalgamés et de les purifier, en les faisant mûrir et en les régénérant, avant de les amener à une nouvelle unité, dans l'hymen suprême, les noces chimiques – le mariage du soleil et de la lune – qui engendrent un nouveau corps, l'enfant parfait que constitue la Pierre philosophale, capable de transformer les métaux et les hommes. Quant à la rose, elle symbolise justement la Pierre, la pourpre royale, qui est rouge.

Victoire était abasourdie.

– Donc selon toi, les vers de Théogène ne chantent pas l'amour ? Ils sont un traité d'alchimie et rien d'autre ?

– En effet, comme ton fameux *Roman de la rose*. Pourquoi as-tu l'air si déçue ? C'est merveilleux, au contraire ! À part quelques chercheurs ayant consulté cet ouvrage à la bibliothèque Mazarine – je doute qu'ils soient nombreux – personne ne connaît ce traité… et toi, tu le reçois directement du ciel ! C'est inouï !

Ravalant ses larmes, Victoire avait abrégé l'entretien et s'était dépêchée de rentrer chez elle, non sans avoir récupéré son cahier, au grand regret de Gustave. Elle était encore plus désappointée que le jeune homme le pensait. Avec le temps et la récurrence de ses nuits déconcertantes, elle avait non seulement fini par accepter la présence de Théogène, mais par espérer ses phrases. Chaque matin, elle se levait d'un bond et se jetait sur les pages, pour lire avec avidité ce que son spectre intérieur avait tracé, de sa belle écriture surannée : elle était comblée quand il lui disait des mots doux. Elle avait presque oublié que ces vers avaient été forgés

---

1. Dissous et coagule.

trois cent cinquante ans plus tôt pour une autre femme, et qu'elle les avait déjà lus dans l'ouvrage original conservé à la Mazarine. Une partie d'elle-même, jusque-là étouffée, s'épanouissait et voulait croire que quelqu'un l'aimait d'une flamme si ardente qu'il lui écrivait chaque nuit, tel un chevalier chantant pour une princesse enfermée dans une tour. Elle avait caché à Margot cette effusion romantique, par crainte que cette dernière ne la ramène à la réalité. Victoire n'était ni aveugle ni insensible, mais elle préférait tomber amoureuse d'un fantôme que d'un être de chair et d'os.

C'était une parenthèse enchantée hors du temps et du réel périlleux, une histoire magique loin des méfiances et des vigilances dont elle se parait avec les autres hommes.

Or, Gustave avait rompu le charme. Victoire se mit à le détester autant qu'elle haïssait l'alchimie, ce ramassis archaïque de superstitions et de calembredaines. Mais il ne se laissa pas décourager par sa mauvaise humeur. Il s'obstinait à la convertir à l'ésotérisme, autant qu'il voulait percer le mystère de son énigmatique possession. Il déploya humour, calme et opiniâtreté afin de la convaincre de lui confier le cahier, puis de l'écouter.

– J'ai examiné l'ensemble des poèmes, avait-il dit un soir d'automne, et je pense que nous tenons là quelque chose de très important. Théogène n'était pas un souffleur mais un fils du feu chevronné, donc à l'esprit extrêmement puissant.

– C'est-à-dire ? avait-elle soupiré.

– L'alchimie est la quête d'une totalité, une recherche mystique et spirituelle, une philosophie qui vise à délivrer la matière par l'esprit et l'esprit par la matière. La reconquête du paradis perdu s'effectue dans l'athanor mais aussi chez l'opérateur : c'est la grande métamorphose, le passage à autre degré de conscience. L'esprit est à la fois matériau, arme et finalité, l'alchimiste est un ascète qui œuvre au renouveau spirituel de lui-même, de l'humanité et de la Nature.

– Je comprends : l'alchimie est un idéal, un rêve absolu, sublime et orgueilleux dans lequel l'homme se prend pour Dieu car il répète l'acte de création du monde en fabriquant la Pierre, ainsi que pour le Christ puisqu'il prétend être le rédempteur du monde grâce à l'Élixir né de la Pierre.

— L'alchimiste, avait souri Gustave, ne s'assimile jamais à Dieu car il est un croyant véritable. Union n'est pas identification. Seuls les charlatans se prennent pour Dieu. Ce que je veux dire, c'est que Théogène était un initié rompu aux exercices spirituels et au maniement de l'esprit. Il a dû être le disciple d'un grand maître. Par une subtile manipulation que j'ignore, son esprit supérieur a pu se retrouver dans son livre. Du livre, il est entré en toi lorsque tu l'as respiré.

— Un livre hanté, ce serait dingue ! s'était-elle exclamée. Il faudrait admettre qu'un esprit détaché du corps puisse s'incarner dans un objet inanimé, en l'occurrence un bouquin, et y survivre plusieurs siècles après le décès de son auteur ! Allons, c'est impossible !

— Alors comment expliques-tu ce qui t'arrive ?

— Je ne sais pas, je ne sais plus, avait-elle bredouillé, mal à l'aise. Je suis épuisée… Je subis, j'ai renoncé à trouver une cause logique. Je n'en ai pas eu le courage jusqu'à présent mais la seule chose à faire serait de consulter un psychiatre…

— Oublie cette idée et songe à ce que dit la science au sujet du cerveau humain : nous n'utilisons qu'une infime partie de ses potentialités. Si certaines personnes avaient appris à exploiter l'ensemble des pouvoirs de leur esprit ? Si Théogène avait usé de capacités mentales naturelles, inscrites en chacun de nous mais que la plupart ont oubliées ?

— Soit, mais ta théorie ne me dit pas comment me débarrasser de ce parasite encombrant, avait-elle répliqué. Si j'avais soupçonné, ce matin-là, les conséquences de ma vieille habitude de renifler l'odeur des livres anciens, je te promets que non seulement je me serais abstenue, mais je n'aurais pas insisté pour visiter les réserves de la bibliothèque !

— Une fois de plus, je ne suis pas d'accord avec toi. Je suis persuadé que ta rencontre avec Théogène n'est pas fortuite. En d'autres termes, son esprit t'a choisie, toi, et personne d'autre.

– Pourquoi ? Parce que je suis une mécréante et que ça l'amusait de me faire changer d'avis, de me «transmuter», en quelque sorte ? avait-elle ironisé.

– Victoire, tu as beau brandir ton scepticisme, je crois qu'il n'est qu'une façade, un moyen de défense.

– Ah bon ?

– Car au fond, tu as foi dans les forces supérieures de l'esprit, dans l'amour divin, humain, ton âme est noble et ton cœur si pur que Théogène t'a élue.

– Rien que ça, élue… et pour quoi faire ? avait-elle demandé en riant.

– Pour entendre le message qu'il doit faire parvenir aux sages de cette terre. Je suis persuadé que Théogène était non seulement un initié mais un adepte, c'est-à-dire qu'il avait trouvé le chemin qui mène à la Pierre, donc à la médecine universelle. Je suis certain que dans les poèmes qu'il t'adresse se cache le plus grand mystère de l'humanité : le secret de l'élixir d'immortalité.

En ce samedi 21 novembre 1936, tandis qu'ils finissaient de déjeuner, Gustave délaissa Paracelse pour demander à Victoire le poème que Théogène lui avait transmis la nuit précédente.

– C'est idiot, j'ai laissé mon cahier à la maison, répondit la jeune femme en fouillant son sac, et je ne me souviens pas des vers. Je te les montrerai la prochaine fois.

Il baissa la tête, contrarié. Depuis qu'il avait révélé à son amie que derrière les mots nocturnes se cachait probablement le secret des secrets, Victoire oubliait son calepin chez elle. Ne lui faisait-elle plus confiance ou pensait-elle décrypter seule les sibyllines énigmes ? Sans lui, elle n'avait aucune chance ! Elle paraissait n'avoir aucune conscience de ce qu'impliquait sa découverte. Inquiet, il lui avait fait promettre de n'en parler à personne, pas même à Margot. Certains ne reculeraient devant rien pour s'emparer des arcanes de la vie éternelle. La réaction de la jeune femme l'avait irrité. Elle s'était moquée de lui en répondant qu'il ne devait se faire aucun souci, elle ne prendrait pas le risque de se faire embarquer de force pour l'asile d'aliénés.

L'irresponsable résistance de Victoire était en train d'avoir raison de sa patience. Son obstination à douter du Grand Œuvre commençait même à écorner son affection pour elle. Sa seule consolation était qu'il existait, en dehors de cette femme, le double complet et achevé du cahier : l'original du manuscrit.

Il soupira et renchérit sur son projet en cours : écrire un livre qui réconcilierait l'alchimie traditionnelle et la science moderne, en démontrant la pertinence de l'ancestral art du feu dans la société contemporaine.

– Les profs de la Sorbonne m'ont pris pour un plaisantin, ressassa-t-il en épluchant une pomme et en s'interdisant d'ajouter : Comme toi, Victoire. Mais ils se trompent, comme ils se sont déjà fourvoyés à la Renaissance en passant à côté de la pensée humaniste. La science officielle prétend tout expliquer par la mécanique, la raison et la logique. Avec leur méthode expérimentale, les chimistes errent au hasard, à la surface des choses, sans pénétrer les arcanes souterrains d'une nature qu'ils méprisent, pillent et asservissent. La médecine moderne traite le corps, mais elle néglige l'âme et l'esprit. Elle s'acharne à faire disparaître les symptômes physiques de la maladie, en dédaignant leurs causes profondes. Or, l'homme est un tout. Le résumer à son corps est une méprise criminelle. Pour s'épanouir, il a aussi besoin de spiritualité et d'amour. L'Occident ne jure que par le bonheur, mais comment être heureux en ne se préoccupant que de choses matérielles, de jouissance consumériste qui n'apporte que frustration et angoisse ? Le monde est aux mains des empiriques et des faiseurs d'or ; il n'y a plus de morale, plus de rêve, plus d'enchantement. Eh bien moi, Gustave Meyer, je dis que seules la magie naturelle et l'alchimie peuvent assainir ce monde décadent !

Victoire écoutait le soliloque d'une oreille distraite. Elle s'était désintéressée des vers de Théogène, puisqu'ils égrenaient des boniments qui ne s'adressaient pas à son cœur. Peu à peu, elle se sentait gagnée par la morosité ambiante. Hier encore, un camarade de fac engagé dans les Brigades internationales était tombé en Espagne, lors de la bataille de Madrid. Fin août, elle avait rédigé un grand papier sur la poésie de Federico Garcia Lorca, qui avait été fusillé par les rebelles anti-républicains. Malgré l'achèvement de la ligne Maginot, l'Allemagne inquiétait de plus en plus : Hitler s'était trouvé une alliée dans l'Italie de Mussolini. Quelques jours auparavant, Rome et Berlin avaient reconnu le gouvernement de Franco : le Reich n'était plus seul. Au nord, l'Angleterre était secouée par une grave crise car son nouveau roi, Édouard VIII, bafouait la Couronne en voulant épouser une Américaine roturière et divorcée. On chuchotait que le monarque avait des sympathies nazies et qu'il avait empêché le gouvernement britannique d'intervenir lors de la remilitarisation de la Rhénanie. Le pire se déroulait en France : après le formidable enthousiasme qu'il avait suscité, le Front populaire avait déçu, et les offensives contre le gouvernement prenaient des formes ignobles : Léon Blum avait été victime d'attaques antisémites et quatre jours auparavant, le 17 novembre, accusé par les journaux *L'Action française* et *Gringoire* d'avoir déserté en 1915, le ministre de l'Intérieur Roger Salengro s'était suicidé. L'enterrement avait lieu le lendemain, à Lille, et le pays était sous le choc. Depuis l'automne, il régnait une atmosphère sombre et étouffante, comme celle d'un lendemain de fête. Les souvenirs de 14-18 et la peur d'une nouvelle guerre hantaient les esprits. Il semblait que tout, désormais, prenait la teinte noire de la décomposition.

Des éclats de voix tirèrent Victoire de sa torpeur et interrompirent le discours de Gustave. Ils tendirent l'oreille : le vacarme venait d'en haut. Quelqu'un grondait et hurlait dans le hall de l'immeuble, mais ils ne comprenaient pas le sens des invectives. Victoire eut l'impression que la voix était familière. Elle insista pour qu'ils aillent voir.

Gustave lâcha un soupir mais il sortit du labo et grimpa avec elle l'escalier vermoulu qui menait au rez-de-chaussée. Ils entrebâillèrent la porte sans se montrer. Quelle ne fut pas leur surprise lorsque entre la concierge et la vieille dame chez qui Gustave louait une chambre, ils aperçurent Mathias Blasko ! Enveloppé dans un long manteau de cachemire au col de fourrure, la tête couverte d'un feutre chocolat, le critique vociférait en tendant un doigt ganté de cuir vers la logeuse du jeune homme qui demeurait muette, terrorisée.

– C'est tout de même un monde, braillait-il, vous avez du cirage dans les oreilles ou de la compote dans le cerveau ? Je vous répète que je ne suis pas policier mais écrivain, de surcroît journaliste, et je souhaite m'entretenir avec votre locataire ! Vous le protégez comme s'il faisait partie de la bande à Bonnot ! En plus, ce n'est pas lui qui m'intéresse mais l'une de ses amies, Victoire Douchevny, qui travaille pour moi. Vingt-deux ans, taille moyenne, bien en chair, cheveux blond foncé coupés au carré, yeux gris, elle porte habituellement un manteau noir et un béret de la même couleur. Vous ne l'avez pas vue aujourd'hui ?

– Ben vous êtes pt'êt' pas flic mais vot' croquis ça y ressemble ! répondit la bignole.

– Je suis ici, intervint Victoire en émergeant du couloir de la cave.

– Enfin te voilà ! dit-il en levant les bras au ciel. Cela fait deux heures que je te cherche dans tous les coins de la ville ! J'ai même téléphoné à ta mère et à Vermont de Narcey !

– Un auteur célèbre est mort ? demanda-t-elle avec ironie.

Elle souriait intérieurement en songeant à l'accueil qu'avaient dû lui réserver Laurette et son directeur de thèse. Sans rien dire, Gustave se planta près d'elle.

– C'est beaucoup plus grave, Victoire, répondit-il d'une voix de tombe.

Elle ne voyait pas ce qui, pour Blasko, pouvait être plus important que le décès d'un confrère. À part, peut-être, son élection à l'Académie française.

– Suis-moi, je t'expliquerai en chemin, ordonna-t-il. Max attend dehors avec l'auto.

– Pardonnez-moi, monsieur Blasko, s'interposa Gustave. Vous comprendrez que je ne peux vous laisser débarquer chez moi, alarmer tout l'immeuble, insulter ma logeuse et enlever l'amie qui m'honorait de sa compagnie sans vous demander des explications.

Blasko toisa l'astrologue avec mépris. Si Meyer n'avait pas été le protégé d'Ernest Pommereul, il ne se serait même pas donné la peine de répondre.

– Épargnez-moi vos postures de chevalier de pacotille, jeune homme. C'est grotesque ! Vous vous méprenez si vous croyez que j'agis par plaisir ou intempérance. Je le fais pour épargner à Victoire, disons… que débarque chez vous une compagnie encore plus alarmante que la mienne, et surtout plus grossière !

– Allez-vous enfin me dire ce qui se passe ? supplia la jeune femme.

– La nuit dernière, expliqua-t-il en la regardant droit dans les yeux, la bibliothèque Mazarine a été cambriolée. Le gardien a été assommé, puis ligoté. Ses jours ne sont pas en danger mais il est à l'hôpital.

Victoire plaqua ses mains sur sa bouche, tandis que Gustave blêmissait.

– Des ouvrages de grande valeur ont été dérobés, poursuivit Blasko, notamment des manuscrits médiévaux enluminés, des livres d'heures, une bible de Gutenberg de 1452… Le conservateur de la bibliothèque et le président de l'Institut de France, qui est aussi le secrétaire perpétuel de l'Académie française, sont dans tous leurs états : ils remuent ciel et terre pour faire arrêter les coupables et retrouver leurs trésors… Ils ont d'influents appuis, et l'affaire fait grand bruit. Jamais personne n'avait osé s'attaquer à une telle institution, c'est un scandale, une honte, on pille l'État, on vole la République, on dépouille la France !

– Pourquoi avez-vous besoin de moi ? demanda la jeune femme.

– Hélas, ma petite, pour une fois ce n'est pas moi qui te requiers.

C'est la police. Je dois te conduire immédiatement au quai des Orfèvres. Ils ont des questions à te poser. Ne t'inquiète pas, je n'ai rien dit à ta mère et j'ai obtenu de rester près de toi. Je serai là lors de l'interrogatoire.

— L'interrogatoire ? paniqua-t-elle.

— N'aie pas peur, ils veulent juste recueillir ton témoignage ! Tu n'es pas la seule, la police interroge le personnel de la bibliothèque, les lecteurs réguliers, mais…

— Mais ? répéta-t-elle, de plus en plus inquiète.

— Mais il se trouve que tu es la seule personne étrangère au service à avoir pénétré dans les réserves où sont conservés les volumes les plus anciens et les plus précieux, alors que c'est formellement interdit, et…

— Et ?

— Et, d'après ce qu'ils m'ont dit, à avoir, par la suite, consulté plusieurs fois, dans la salle de lecture, un ouvrage de cette réserve. Je leur ai raconté que c'était moi qui t'avais demandé d'aller là-bas pour interviewer Lalande, qu'ensuite tu travaillais à ta thèse et que…

— Ont-ils évoqué un manuscrit en vers du XVIe siècle, signé Théogène Clopinel ? s'enquit-elle, le visage décomposé.

— Oui, c'est le nom que Jean-Paul Lalande et le commissaire ont prononcé. Ce livre a été subtilisé la nuit dernière.

12

Théogène s'essuie le front avant que les gouttes de sueur ne tombent sur le feuillet et souillent l'encre grasse dont l'odeur lui donne la migraine. Il cligne ses yeux épuisés par l'examen des caractères et reprend son analyse de la page d'épreuve. Il ne doit pas relâcher sa vigilance et rattraper sa bourde de la semaine précédente, qui a fait rire jaune les ouvriers : dans un vers latin du poète Pline, il a laissé échapper une coquille qui a transformé le mot *procos*, « amants », en *porcos*, « pourceaux ». À cause de cette bévue et d'autres impairs, Hieronymus a dû insérer, à la fin de l'ouvrage, une page d'*errata* détaillant la liste des fautes imprimées – dont la majorité lui étaient imputables – et présenter ses excuses au futur lecteur.

Théogène apporte pourtant beaucoup de soin à sa tâche de correcteur. Mais ce métier nécessite un œil de lynx dont il n'est pas pourvu : comment voir en même temps les coquilles, les doublons, les bourdons, les lettres retournées, tombées, cassées, hors ligne, les mots mal divisés, les erreurs de taille de caractère, de police, les anachronismes, les fautes d'orthographe, les solécismes, en français et en latin ? S'il possède l'érudition nécessaire, il lui manque un atout indispensable : la connaissance et la pratique de l'imprimerie.

Le généreux Hieronymus ne lui reproche jamais cette lacune. Non seulement il le nourrit, l'habille, le blanchit, le loge dans l'arrière-boutique de la librairie, mais il lui a offert ce travail dans son atelier de la rue Saint-Étienne-des-Grès[1]. Cependant, les typographes de maître Aleaume sont moins magnanimes : conscients d'appartenir à l'une des corporations les plus honorées de France, ils ont mal perçu l'arrivée soudaine de ce néophyte qui n'appartient pas à la chambre syndicale des ouvriers du livre, n'a pas effectué les sept années minimales d'apprentissage puis de compagnonnage, n'a pas subi les examens et les épreuves du jury d'admission à la profession, n'est donc porteur d'aucun certificat de capacité, de moralité et de catholicité et n'a pas prêté serment devant le lieutenant général de police et le maître.

Cet étranger a beau se prévaloir d'être le fils d'Arnoul Castelruber, il n'est pas des leurs.

Pour l'instant ils se taisent, en vertu d'un devoir moral à l'égard de l'ancien propriétaire dont beaucoup se souviennent, et par respect pour leur patron qui a pris le novice sous son aile. En toute justice, maître Aleaume ne lui verse qu'une maigre rétribution, la plus modeste de l'atelier.

Théogène contemple l'univers qui est le sien depuis dix mois : dans une cave éclairée par trois soupiraux sans vitres, deux grosses presses en bois sont accrochées au mur par des étançons. Sur chacune d'elles s'activent cinq personnes : deux pressiers qui actionnent la machine de leurs bras puissants, un conducteur, un margeur et un leveur de feuilles. Deux compositeurs travaillent debout, près des lucarnes, à la délicate tâche de la répartition des fontes, les si coûteux caractères mobiles en plomb. Dans un coin, un trempeur humecte le papier. Si ce dernier n'est pas assez imbibé, l'impression sera à peine visible. S'il est trop mouillé, la page sortira noire. Dans la cour, un homme de peine lave les formes à grande eau. Sur une table, l'épouse d'un compagnon plie en cahier les feuillets séchés et satinés, qu'une autre femme broche

---

1. Actuelle rue Cujas, dans le Ve arrondissement.

à la main. Un *ligator librorum*[1] du quartier les reliera ensuite en carton, veau, basane, maroquin, chagrin, velours ou soie, avant qu'un doreur n'en orne la tranche. Maîtrisant tous ces métiers, Hieronymus supervise le travail de ses ouvriers.

La première fois qu'il a montré l'endroit au jeune homme, en novembre dernier, Théogène a été émerveillé par cet atelier qui était celui de son père. Son amour pour les livres et son rejet de sa précédente vie ont provoqué un ardent désir de s'intégrer à ce monde nouveau, admiré et respecté par tous. Être un artisan au service des œuvres de l'esprit lui est apparu comme l'antithèse autant que l'antidote aux aspirations égoïstes des misanthropes fils de la lune. En devenant typographe, il allait quitter les ténèbres pour la lumière. À l'époque, il a mal jaugé le haut degré de technicité de cette profession, autant que son élitisme. La froideur de ses collègues et sa propre impéritie ont eu raison de ses ambitions. Le bruit assourdissant des presses, les entêtants effluves de l'encre épaisse et visqueuse, la froidure qui règne l'hiver dans la cave non chauffée pour ne pas risquer d'enflammer le papier, la canicule de l'été sans air, la puanteur de la cité à laquelle il n'a pas pu s'habituer, pas plus qu'à ses dangers, son vacarme et à la promiscuité font qu'il se rappelle avec nostalgie le calme pur des forêts et des ciels champêtres, la richesse sereine des journées consacrées à l'étude et aux rites spirituels, dans la chaleur bienveillante de l'athanor, au milieu de la nature créée par Dieu, loin des fureurs et du chaos humains. Il n'ose pourtant s'avouer que la Haute Science et ses expériences lui manquent. Il a renié son passé et ne retournera pas en arrière.

Hilaire Patisson, un apprenti âgé de quinze ans, lui apporte une nouvelle page d'épreuve. Théogène la saisit de ses doigts tachés d'encre et se plonge dans les deux premiers quatrains des *Centuries* de Nostradamus.

Lorsque Hieronymus lui a avoué qu'il songeait à rééditer *Les*

---

1. Lieur de livres.

Prophéties, œuvre magistrale et sibylline, en vers, qui suscite encore, presque vingt ans après la mort du devin, de multiples versions et interprétations, l'ancien alchimiste a craint que son ami ne s'expose aux foudres des autorités religieuses et séculières. En effet, si les imprimeurs jouissent de nombreux honneurs, privilèges, immunités et exemptions fiscales, ils constituent aussi la profession la plus surveillée du pays. La publication d'un ouvrage suspect aux yeux de la Sorbonne ou du roi peut entraîner la saisie des livres, du fonds de commerce, et l'arrestation de l'éditeur qui est alors pendu puis brûlé place Maubert. Dans cette « capitale du Roi Très Chrétien », le supplice s'adresse avant tout aux huguenots ou aux imprimeurs accusés de sympathie pour les thèses de Luther ou de Calvin. Après la mort de son protecteur François Ier, Robert Estienne, le maître d'Arnoul Castelruber, n'a dû son salut qu'à sa fuite précipitée à Genève, comme beaucoup d'éditeurs et de libraires parisiens qui penchaient vers la Réforme. Les protestants du quartier de l'Université qui n'avaient pas émigré à temps ont été mis à mort lors de la Saint-Barthélemy, le 24 août 1572, ou proscrits et exécutés depuis lors. Persécutés, les rescapés se réunissent en secret dans une maison en face du collège de Montaigu ou hors de l'enceinte, au Pré-aux-Clercs, dans les champs proches de la rue des Marais[1]. La plupart vivent dans la clandestinité.

Zélé catholique, Hieronymus Aleaume n'aurait rien à craindre si le châtiment pour hérésie ne concernait que les huguenots. Or, l'implacable faculté de théologie ne ménage pas ses efforts pour l'étendre à la philosophie humaniste du siècle, aux ouvrages soupçonnés de n'être pas conformes au dogme de l'Église, voire à tous les livres imprimés : sont censurés Luther et Calvin mais aussi Érasme, Reuchlin, Lefèvre d'Étaples, Paracelse.

Sans l'intervention du roi, n'aurait jamais été publié le *Quart Livre* de Rabelais, frappé d'interdiction par les théologiens. N'ayant pas l'heur de plaire à la Sorbonne, la traduction en

---

1. Actuelle rue Visconti, dans le VIe arrondissement, à Saint-Germain-des-Prés.

français des psaumes de David par le poète Clément Marot a été prohibée et a condamné son auteur à l'exil. Éditeur de Rabelais, Marot, Cicéron, l'imprimeur lyonnais Étienne Dolet a été torturé, étranglé puis brûlé place Maubert avec ses livres.

L'université parisienne voit d'un très mauvais œil la redécouverte et la propagation des œuvres de l'Antiquité païenne : la lecture des ouvrages en hébreu rend juif, celle des auteurs gréco-latins encourage l'idolâtrie et l'animisme. À plusieurs reprises, la gardienne de l'orthodoxie a cherché à résoudre définitivement le problème en faisant interdire l'imprimerie. Mais chaque fois, le roi ou le Parlement de Paris s'y sont opposés.

Dans ce contexte, à part quelques vers antiques soigneusement sélectionnés, les vénérés traités médicaux d'Aristote, Hippocrate, Galien et Avicenne, des romans de chevalerie et des recueils de recettes de cuisine, le libraire s'en tient aux livres de liturgie agréés par la Sorbonne, dont il s'est fait une lucrative spécialité : missels, eucologes, hagiographies, livres d'heures, *Ars moriendi*[1], bibles, bréviaires de rite romain, écrits des Pères de l'Église, composent l'essentiel de son activité.

– Ton inquiétude me touche, mon frère, a-t-il répondu à Théogène, mais tu dois savoir que chaque éditeur aspire à publier, au cours de sa carrière, un ouvrage si remarquable qu'il lui fera atteindre la postérité. Ton père y est parvenu en imprimant les cabalistes chrétiens et les hermétistes Pic de la Mirandole, Johannes Reuchlin, Marsile Ficin, Agrippa de Nettesheim et surtout Guillaume Postel, qui le premier, a traduit en français l'ouvrage majeur de la Kabbale juive, le Zohar. Mon érudit maître a su être assez habile pour obtenir la protection de la reine Catherine de Médicis, que chacun sait férue d'astrologie, de science cabalistique et de magie blanche.

Théogène s'est souvenu avec tendresse de ces livres qu'il a étudiés des années durant, sans savoir que certains d'entre eux

----

1. Art de bien mourir.

avaient été imprimés par son propre père et qu'ils avaient été acquis ici même par l'assassin de sa mère.

– En hommage à ton père, j'aurais aimé rééditer ces ouvrages, a poursuivi le libraire. Mais avec l'arrivée des Jésuites et l'intransigeance de plus en plus grande de la Contre-Réforme, ces œuvres sont soit censurées soit suspectes. Néanmoins, en offrant au lecteur une nouvelle traduction des *Prophéties*, j'honore la mémoire de mon maître sans mettre en péril l'illustre maison qu'il a fondée. Nostradamus était le protégé de Catherine de Médicis. Elle conserve suffisamment d'influence auprès de son fils, le roi Henri III, pour intervenir si jamais les sorbonnards me créent des ennuis. Cette publication va prendre des mois. Elle va nécessiter l'usage des deux presses, l'embauche de typographes supplémentaires et une mise de fonds importante. Mais je cours le risque car je suis certain du succès de cette entreprise. Elle est l'œuvre de ma vie. Je compte sur toi pour m'aider à l'accomplir. Pour cela, j'ai besoin de tes yeux, mais aussi de ton esprit.

Ne pouvant refuser, l'ancien hermétiste a songé que les Français sont un peuple étrange, qui déteste son roi et surtout la mère du monarque parce qu'elle est étrangère, et en même temps n'hésite pas à en appeler à ses souverains en cas de difficulté.

Depuis qu'il a renoncé à l'alchimie, Théogène n'a pas ouvert un livre de magie, de médecine ou de pronostications. Il a dissimulé dans sa chambre l'ouvrage de Paracelse acheté à Francfort, avec les reliquats de son ancienne existence : les fioles contenant les remèdes spagyriques, les tables astronomiques, son cahier de poèmes auquel il n'a plus rien à confier, le grimoire de Liber et la sinistre matière première.

Son désir était d'inhumer au cimetière des Innocents les cendres du fœtus, l'ultime victime de son ancien maître. Mais la terre sacrée de la nécropole est interdite à ceux qui meurent sans avoir reçu le baptême. Théogène n'a pu se résoudre à placer les affreux restes dans une marmite puis à les enfouir dans une zone reculée, ainsi que le font certains parents, ni à les abandonner

LE TEINTURIER DE LA LUNE

dans un sanctuaire à répit, une chapelle dédiée à la Vierge où l'on dépose le petit cadavre en attendant que, sous l'effet des prières, il recouvre temporairement la vie et soit baptisé afin de recevoir une sépulture chrétienne. Il n'a pas non plus eu le cœur de confier les cendres au vent ou à l'eau fétide de la Seine. Il s'est donc borné à les enfermer dans une minuscule boîte en bois et à cacher ce cercueil symbolique, en priant pour le repos de l'âme du bébé.

En revanche, ainsi qu'il se l'était promis, il a voulu détruire le manuscrit de son ancien maître. Un soir, il a approché une flamme du livre. Il s'est alors produit un phénomène surprenant : le traité a refusé de brûler. Il n'a pas même noirci.

Théogène aurait pu tenter d'anéantir le grimoire en le déchirant ou en le plaçant dans l'eau. Mais il a eu peur. Si leur auteur avait ensorcelé ses pages ? Si le tentateur, l'ange déchu, voulait que demeurent à jamais le terrible secret de l'immortalité et la trace du pacte scellé avec le docteur Faustus ? Le jeune homme a senti qu'il n'était pas de taille à lutter contre un tel démon. En implorant Dieu, il a enveloppé le livre maudit dans un linge blanc, avant de le mettre en sûreté. Depuis, il tente de l'oublier.

Mais on ne répudie pas son enfance et sa jeunesse comme une maîtresse encombrante. Chaque jour, après douze heures de relectures laborieuses à l'atelier, il rentre grande rue Saint-Jacques avec Hieronymus et les apprentis, ingurgite les succulentes nourritures que leur sert Ermengarde, qui ont arrondi son corps. Puis, harassé, il se jette sur sa couche et sombre dans un profond sommeil. Au début, ce repos a été peuplé des lettres noires qu'il examinait entre six et dix-huit heures : les caractères romains et italiques dansaient devant ses yeux, dans un ballet fantasque.

Ensuite, le rêve s'est transformé. Son cauchemar d'enfant, le château en sang perché sur la montagne, a disparu. À sa place, il voit un cratère souterrain, envahi de flammes sombres et puantes vomies par des incubes et des succubes à l'odeur de soufre. Autour du volcan, se dressent leurs machiavéliques gardiens, les bêtes du diable : corbeaux, chats noirs, renards au pelage roux

160

comme la chevelure de Judas, araignées, chauves-souris dont les cris ressemblent aux rires des déments, chouettes, porcs vautrés dans l'ordure et grognant tel Satan, crapauds, basilics, loups sanguinaires, fauves manticores aux triples rangées de dents, hyènes nécrophages, satyres avec le visage au milieu de la poitrine, aspics, dragons ailés crachant le feu, au corps visqueux couvert d'écailles et à la queue si redoutable que d'un seul coup elle peut abattre les anges du ciel, serpents dont l'amphisbène qui possède deux têtes, une à chaque extrémité du corps, pourvues chacune de quatre yeux rouges lançant des flammes. La plus vile des créatures trône au milieu : le singe, ancien humain qui jadis s'est révolté contre Dieu, et que le Créateur a puni en le transformant en animal obscène et grimaçant, qui imite son ancienne condition.

La terre de la fosse grouille de gros vers couverts de poils. Dans le noir incendie, se débattent des silhouettes contorsionnées par la douleur. Des démons découpent en morceaux certains réprouvés, avant de les dévorer. D'autres âmes sont soumises au supplice de la roue ou de la bastonnade, quand elles ne sont pas écorchées, embrochées, grillées ou mises à macérer dans un mélange de suie et de sel. Au centre du brasier, Lucifer, le prince des anges déchus, brandit une épée de feu qu'il abat sur les damnés, les sectionnant en deux. Une gorgone à chevelure de serpent s'empare de l'une des moitiés, qu'elle coud avec une autre au moyen d'un gros fil d'or. Les androgynes artificiels s'agitent, hurlent et tentent en vain de se séparer. Dans un coin du cloaque, un démon ailé fait ingurgiter un mélange de plomb et de mercure en fusion à un vieillard décharné, vêtu d'un sarrau en loques et enchaîné à un tronc d'arbre mort.

– Tu as promis, murmure le patriarche en levant la tête au ciel absent.

Il a deux trous noirs à la place des yeux.

– Vulcanus, mon fils, adjure-t-il, tu m'as donné ta parole ! Viens me chercher ! Suis mon livre, engendre l'Escarboucle et libère-moi ! Je t'en conjure : fabrique la Pierre, rachète mes fautes et emmène-moi au ciel des immortels !

Penché sur la page d'épreuve, Théogène imagine l'étincelle créée par le devin Nostradamus lors de l'évocation magique : peu à peu, la flamme grandit et s'assombrit jusqu'à devenir noire, comme le feu du lieu d'en bas. Ce n'est plus le devin provençal qui est assis sur le trépied d'airain, mais Athanasius Liber, qui régurgite du métal liquéfié et tourne vers lui sa face aux yeux arrachés en le suppliant de le délivrer des enfers.

Le jeune homme blêmit. Malgré la chaleur étouffante de ce mois d'août 1585, un frisson glacé lui parcourt l'échine. Il tremble et s'agrippe au pupitre pour ne pas vaciller. Il sent qu'il va s'évanouir, comme à Francfort, il y a plus d'un an, lorsque son maître moribond l'appelait en pensée. Pourtant, le monstre a été déchu de son immortalité, il a trépassé, son corps a disparu, l'ange rebelle a emporté son âme ! Qu'est-il advenu de son esprit ? Se pourrait-il que, du fond de l'abîme où il subit son châtiment, l'assassin ait conservé le pouvoir de s'adresser à son disciple, en lui envoyant cauchemars et visions ? Liber aura beau souffrir, se lamenter, implorer, jamais Théogène n'accédera à ses suppliques. Que le génie du mal cesse de le tarauder ! Comment faire taire ce cerveau satanique ? Comment tuer un esprit ?

Le vacarme des presses s'arrête d'un coup, un voile sombre enveloppe la réalité. Au moment où le jeune homme flageole, une main puissante le maintient debout. Une autre lui entrouvre les lèvres et le force à avaler le vin frais d'une gourde de cuir. Lentement, il revient à lui. Il reconnaît les gros yeux clairs et le visage vérolé de Hieronymus.

– Assieds-toi mon frère, ordonne doucement l'imprimeur. Tu m'as fait une belle peur ! Hilaire va quérir un honorable médecin issu de la faculté et…

– Non, je t'en prie, je n'en ai pas besoin, réplique Théogène. Ce n'est rien, la fatigue, la touffeur, le manque d'air…

– Rentre immédiatement grande rue Saint-Jacques. Ermengarde et Hermine s'occuperont de toi. Hilaire, tu l'accompagnes.

Théogène se relève, aidé par la poigne solide du libraire. Escorté par le jeune apprenti, il sort en boitant de l'atelier, sans manquer de discerner le regard narquois, désapprobateur ou carrément malveillant des typographes. Il réalise que ses collègues le haïssent. Il se reproche sa faiblesse, son incompétence et son incapacité à s'intégrer à ce monde qu'il admire tant. Il songe à son père qui voulait faire de lui son héritier, il pense à Hieronymus qui lui a ouvert sa maison et son cœur, et qu'il remercie non seulement en se montrant indigne de sa prodigalité, mais en le plaçant dans une position délicate au sein de son propre atelier. Théogène fait honte à la profession.

Les ouvriers ne peuvent continuer à le supporter en leur sein, ils vont cesser le travail, c'est certain : à cause de lui, Hieronymus ne publiera jamais l'œuvre de sa vie, les presses seront immobilisées et il risquera la banqueroute. D'un instant à l'autre, un compagnon prononcera le mot fatidique dérivé de l'allemand *Streik*. Il posera ses outils, croisera les bras et hurlera : « Tric ! » Alors tout l'atelier stoppera la besogne et filera à la taverne où le maître devra les rejoindre pour entamer d'interminables négociations.

– Vous vous sentez mieux, sieur Théogène ?

Jamais les typographes ne l'appellent par son nom, Castelruber, comme s'il ne méritait pas de le porter, comme si sa présence souillait ce patronyme révéré. Lentement, il se tourne vers Hilaire Patisson. Les yeux de l'apprenti, d'un beau vert d'eau, brillent d'un éclat ironique. Ses cheveux, d'un roux flamboyant, étincellent sous le soleil de plomb.

– Tu peux disposer, répond-il. Je te retrouverai ce soir à la librairie, pour le souper.

– Mais le maître a ordonné que je vous y conduise, objecte l'adolescent.

– Tu lui diras que j'ai changé d'avis et que je vais consulter un médecin. Maintenant, va, file à ta besogne !

Sous le regard médusé de l'apprenti, Théogène plante là son escorte et claudique sur la grande rue Saint-Jacques en direction de la Seine. Il ne se retourne pas. La foule, dense comme d'habitude, l'empêcherait de voir si le garçon le suit. À quoi bon ? Il n'a pas menti, il va quérir de l'aide auprès du suprême guérisseur : le Christ.

Il passe devant l'échoppe à l'enseigne du château rouge. Il aperçoit les brassées de fleurs qui jonchent le sol et qui transmettent leur odeur aux livres, puis Ermengarde et Hermine, sa nièce, debout derrière le comptoir. Il a tenté de tisser des liens avec les deux enfants de sa sœur Eudoxie. Mais la fillette de dix ans a toujours fui sa présence. Quant à Pépin, qui se montrait plus tendre envers son oncle, il a eu douze ans quelques semaines après son arrivée et a donc été placé comme apprenti chez un éminent confrère, Frédéric Morel le Jeune, imprimeur du roi. C'est Pépin qui succédera à son père, quand il sera reçu maître. Un soir où Hieronymus a abusé du médiocre vin blanc de Chaillot, il a fondu en larmes en s'excusant auprès de Théogène de n'avoir pas attendu son retour et de lui avoir volé son héritage. Car c'est lui, a-t-il dit, qui devrait être à sa place à l'atelier et à la librairie. Théogène a protesté, en expliquant que Hieronymus avait, au contraire, sauvé sa sœur ainsi que l'œuvre de son père. Sans lui, l'imprimerie et la boutique auraient été vendues. Puis il a refusé l'association que l'éditeur lui proposait. Il devait d'abord apprendre le métier. Ensuite, on aviserait.

Puisque son ancien maître était, post-mortem, justement rétribué pour ses crimes, il a caché ces derniers à Hieronymus, arguant que le vieil alchimiste l'avait trouvé errant et amnésique dans les rues de Paris, et l'avait pris pour un orphelin. Il a tu sa possession du grimoire maudit. Mais avec un plaisir qu'il ne soupçonnait pas, il a narré ses voyages, ses expériences devant l'athanor, ses études, sa passion pour la médecine paracelsienne, et les deux hommes ont partagé leurs goûts communs pour certains livres.

En poursuivant son chemin jusqu'au bout de la rue

Saint-Jacques, Théogène se demande pourquoi il n'a pas tout avoué à Hieronymus Aleaume, continuant à protéger, par mensonge et omission, les horreurs commises par Liber.

Il traverse le Petit-Pont rempli d'officines d'apothicaires.

En face, se dresse l'hôpital de l'Hôtel-Dieu, où l'on est, paraît-il, assuré de trépasser en s'y faisant admettre. Enfin, il parvient sur le parvis et lève la tête sur l'unique merveille, à ses yeux, que les hommes aient construite dans cette ville : la cathédrale Notre-Dame.

Ici, il est assuré de pouvoir entrer sans outrager une corporation ou une confrérie dont il n'est pas membre. Ici, il fait régulièrement donner des messes pour le repos des siens. Aujourd'hui, c'est pour lui-même qu'il vient demander la paix.

Il pénètre dans l'édifice en baissant le regard afin de ne pas voir les symboles hermétiques sculptés dans la pierre, les statues au sens caché du grand portail et les vitraux auxquels ont contribué les ancêtres de son ancien maître. Il hésite à se confesser. Confusément, il sent que tant qu'il n'aura pas confié son histoire à quelqu'un, les fantômes de son passé continueront à le harceler, de même que les doutes, et la défiance d'autrui. C'est Liber qui l'empêche d'être en harmonie avec le monde et la vie qu'il a choisie ! C'est son esprit diabolique qui officie lorsque ses yeux demeurent aveugles aux fautes contenues dans une page, et que son imagination s'égare !

L'office de vêpres va débuter. Théogène renonce à s'entretenir avec un prêtre et il se prosterne dans l'église. L'odeur d'encens, les psaumes et les antiennes chantés apaisent son courroux. Cette liturgie de la fin du jour marque l'aube du jour suivant, et célèbre la création du monde. Front baissé, le jeune homme implore Jésus de lui venir en aide et de le débarrasser des forces du mal qui sont à l'œuvre en son âme.

— *Et misericordia ejus a progenie in progenies timentibus eum*[1]...

---

1. Et son pardon s'étend d'âge en âge sur ceux qui le craignent.

Les paroles du *Magnificat*, le cantique que la Vierge Marie a chanté lors de sa visite à sa cousine enceinte, résonnent entre les pierres. Théogène songe que Liber a toujours craint Dieu et ne s'est jamais détourné de lui. Il lui a enseigné une foi saine et intègre, loin des déviances luthériennes ou des aberrations des sorciers. Le vieux mage priait jour et nuit, plaçant chacune des opérations du magistère sous le patronage divin, soulageait les indigents et vivait dans une pauvreté évangélique. Se mentait-il à lui-même ? Tentait-il de défier le Tout-Puissant ou bien ignorait-il qu'il avait vendu son âme au démon ?

À la colère contre l'assassin fait place l'incertitude. Jamais le jeune homme ne pourra oublier. Mais s'il lui était permis d'intercéder auprès du Très-Haut afin que la miséricorde divine atteigne son ancien mentor ? Seules les âmes du purgatoire peuvent être rachetées par les suffrages des vivants, prières ou achat d'indulgences. Le feu de la damnation éternelle consume les non-baptisés, les chrétiens trépassés en état de péché mortel, ceux qui ont refusé l'amour divin ou qui ne se sont pas repentis. Or, les ultimes paroles du vieillard n'étaient que remords et repentance. Se pourrait-il que, berné par le mauvais ange, il n'ait pas eu la pleine conscience des péchés mortels qu'il commettait, n'apercevant la vérité qu'au moment de son trépas ? Dans ce cas, la grâce divine lui resterait ouverte… Pourtant, ce sont les créatures et les flammes de l'enfer qu'il voit chaque nuit, le brasier perpétuel d'où personne ne peut s'échapper avant le Jugement dernier !

Perdu dans ses réflexions, Théogène n'a d'autre ressource que de prier. Pour la première fois depuis dix mois, il s'adresse au Seigneur non pour sa famille de sang mais pour celui qui fut, qu'il le veuille ou non, son père adoptif. À mi-voix, il implore le Christ revenu des enfers d'écouter le repentir de son maître et de soulager ses peines. Au terme de son oraison, des larmes inondent ses joues. Il réclame pour son père le pardon, qu'il vient lui-même de donner au meurtrier de sa mère.

Lorsqu'il sort de la cathédrale, le soleil a faibli et le ciel est

166

déchiré d'égratignures rouges. Rasséréné, le jeune homme se sent lavé d'une souillure profonde. Il boite joyeusement jusqu'à la librairie : dès ce soir, il va tout raconter à Hieronymus Aleaume, en n'omettant aucun détail, en lui montrant le manuscrit et la matière première. Il est persuadé que cette confession fera disparaître la force mauvaise tapie en lui, qui l'empêche de travailler et suscite la légitime animosité des ouvriers. Comment pourrait-il inspirer confiance aux typographes, alors qu'il n'a pas eu confiance en leur maître, son seul ami et le meilleur des hommes ? Dorénavant, chaque jour il priera pour Liber, de tout son cœur. Il ne doute pas que sa foi parvienne à le sauver.

Il pénètre dans la boutique et monte jusqu'aux appartements de la famille Aleaume. Avec un air de conspiratrice, Ermengarde lui apprend que Hieronymus ne soupera pas avec eux.

– L'atelier s'est mis en grève ? s'alarme Théogène.

– Par tous les saints j'espère que non ! répond la grosse femme. Il t'expliquera en rentrant, chuchote-t-elle.

Soulagé, le jeune homme s'attable avec Hilaire Patisson, les autres apprentis, Hermine et la marmaille Aleaume, pour dévorer à pleines dents les mets fameux servis par leur hôtesse.

Le repas terminé, Hieronymus n'est toujours pas rentré. Les apprentis descendent reposer dans la remise, tandis qu'Ermengarde et Hermine emmènent les enfants au lit. Resté seul dans la pièce commune, Théogène se verse un nouveau verre de vin pour conjurer la chaleur intolérable de l'été. Il saisit une bible posée sur la cheminée, allume une chandelle, s'attable et psalmodie l'Évangile de saint Jean.

Deux heures plus tard, la main puissante de son ami l'éveille en sursaut. Il fait nuit noire et le suif de la bougie s'est répandu sur le bois de la table. En bâillant, le jeune homme salue Hieronymus, se lève et allume une autre chandelle. La lueur est faible. Pourtant, Théogène ne peut réprimer son inquiétude en observant les traits tirés et la pâleur inhabituelle du libraire.

– Que se passe-t-il ? murmure-t-il.

– Tu as recouvré la santé, à ce qu'on dirait ! réplique l'imprimeur. J'en suis fort aise !

– Oui, je… Je vais… Il faut…

– Il fait si chaud… Sers-moi un gobelet de vin, l'interrompt Hieronymus. Je dois te parler.

Théogène s'exécute. Hieronymus s'installe en face de lui en s'épongeant le visage.

– Je ne suis pas certain de pouvoir mener à son terme l'édition des *Prophéties*, soupire le libraire.

– Pour quelle raison ? Si c'est à cause de moi, je te promets que tout va s'arranger, et que…

– Tu n'es pour rien dans ce qui se trame, qui dépasse largement nos existences misérables. Il s'agit d'une affaire d'État.

Théogène tressaille. L'imprimeur poursuit.

– Tu sais l'aversion des Parisiens pour la maison Valois et le roi Henri III, dit-il, ce tyran fantasque qui couvre d'or ses mignons, vend la France aux manieurs d'argent italiens, chérit les membres de l'ambassade de Venise, ceux de la protestante Élisabeth d'Angleterre, a donné des places de sûreté aux huguenots et passe, d'un instant à l'autre, de la débauche aux crises de mysticisme…

– J'ai vu des processions de pénitents, répond Théogène, les défilés d'hommes encagoulés dont on a dit qu'ils étaient le roi, ses courtisans, le garde des Sceaux et les magistrats de la ville, qui se flagellaient publiquement…

– Ces mascarades ridicules encouragées par les Jésuites feraient sourire les Parisiens si Henri III avait un fils, réplique Hieronymus. Or, non seulement il n'a pas d'héritier direct et n'en aura jamais vu ses penchants contre-nature, mais son successeur, son frère François duc d'Anjou, est mort en juin de l'année dernière. Ce décès a tout déclenché. Car selon la loi salique, l'héritier du trône, le plus proche parent du roi en ligne masculine, est Henri de Bourbon, roi de Navarre et prince des protestants. Le roi a envisagé de le confirmer comme héritier légitime. Or, jamais la France n'acceptera un souverain huguenot, qui est non seulement hérétique mais relaps, puisque après avoir abjuré, suite à la Saint-Barthélemy, il est retombé dans ses erreurs. La Ligue catholique s'est donc reformée, avec à sa tête le duc Henri de Guise, soutenue par le roi Philippe II d'Espagne, fils de Charles Quint. Cette Sainte Union s'est prononcée en faveur du second dans l'ordre de la succession, le cardinal de Bourbon, catholique et oncle du roi de Navarre.

– Mais... interrompt le jeune homme, je pensais que cette délicate question avait été résolue le mois dernier par le traité de Nemours ! Henri III a pris la tête de la Ligue, a révoqué ses édits de tolérance envers les huguenots, interdit le culte protestant, sommé ses pratiquants d'abjurer ou de s'exiler, et surtout déclaré le Béarnais inapte à la succession au trône !

Hieronymus sourit entre ses dents.

– Et tu crois que nous allons nous fier à Henri III ? Un roi aussi lunatique et influençable ? Si la redoutable Catherine de Médicis l'a poussé à présider la Sainte Union, c'est uniquement pour pouvoir la contrôler. S'il a signé ce traité, c'est que la Ligue était devenue trop puissante et qu'il n'avait pas le choix. Mais le problème de la succession reste entier. De plus, ajoute-t-il en chuchotant, cette Ligue catholique constituée de nobles ne voit pas assez loin...

Théogène réalise qu'il est demeuré éloigné des affaires politiques et religieuses de son pays. Il baisse la tête. Il ne s'est pas plus intégré au royaume qu'à la cité et à l'atelier de son père. Il ignore même ce qui se trame chez son ami et bienfaiteur, qui semble cacher quelque chose. Comme s'il avait continué à obéir aux préceptes de son ancien maître, il est resté étranger au monde. Cette constatation lui vrille le cœur.

– Vois-tu, murmure le libraire, si la Ligue nobiliaire souhaite soustraire le roi à la désastreuse emprise de ses favoris et instaurer une religion unique dans le royaume, nous, nous considérons qu'Henri III n'a plus aucune légitimité et voulons qu'il se soumette aux états généraux...

– Nous ? demande-t-il. Mais qui ça, nous ?

– La Ligue de Paris ! répond l'imprimeur. Parallèlement à la Sainte Ligue présidée par le duc de Guise, nous, les bourgeois de la capitale, avons constitué une société secrète. Nous nous réunissons clandestinement chaque semaine. Ce soir, nous avons décidé de fonder notre propre armée. Et de coller des affiches dans la ville, des pamphlets contre le roi, afin d'expliquer la situation au peuple qui, malgré sa haine d'Henri III, s'est sans doute, comme toi, laissé berner par ce traité. À l'instar de mes collègues, j'ai accepté d'imprimer certains de ces textes. Je ne puis le faire la nuit, le bruit des presses attirerait l'attention des chevaliers du guet. Aussi, nous allons effectuer cette tâche le jour, en intercalant les feuillets rebelles avec nos travaux habituels pour la Sorbonne. À mon grand regret, il est donc plus sage d'abandonner, tempo-rairement, l'édition des *Prophéties*. Je ne peux plus me permettre d'encourir la censure de la faculté de théologie et d'en appeler à Catherine de Médicis.

– Tu préfères être brûlé place Maubert ? se révolte Théogène, qui saisit la portée des propos de son ami.

– Je ne risque pas grand-chose si j'ai le soutien de mes proches, réplique calmement l'imprimeur. Le quartier de l'Université est définitivement hostile au souverain et acquis à la Contre-Réforme, donc à la Ligue : la plupart des libraires du secteur ainsi que mes compagnons siégeaient à la réunion de tantôt, je n'ai donc rien à craindre d'eux. Les apprentis feront ce que je leur commande. Ermengarde est au courant depuis le début et elle sera à mes côtés. La seule personne dont j'ignore l'opinion reste… toi.

Théogène blêmit. Ce soir, il devait se libérer, confier son passé et le plus important des secrets à son ami. Au lieu de cela, Hiero-nymus Aleaume lui révèle une affaire d'État et lui demande d'être le complice d'un complot contre le roi. Comment réagir ? Une fois de plus, le jeune homme se sent perdu, égaré dans les méandres d'une réalité que son ancien maître et lui ont toujours fuie, et qui lui échappe chaque fois qu'il tente d'y prendre part.

C'est comme si une main invisible l'empêchait de saisir le présent, les hommes et les événements de son temps. Pourtant, il doit choisir. S'il veut demeurer le protégé de Hieronymus et s'il souhaite devenir un typographe compétent, il lui faut être loyal envers son ami. D'un autre côté, il vénère son roi, le représentant de Dieu sur terre. Comment être fidèle à l'imprimeur sans trahir son souverain ? Il désire montrer son amitié à Hieronymus dont il se sent éminemment redevable. Mais ce dernier lui demande de se transformer en criminel. Certes, il ne fera pas couler le sang, mais il risquera une fin atroce pour crime de lèse-majesté... Ce n'est pas le châtiment qui effraie Théogène, la mort n'est qu'un passage. Mais cette faute entachera son âme et il craint le jugement de l'archange Michel, le peseur d'âmes dans l'au-delà.

– Alors ? s'enquiert le libraire. Puis-je compter non seulement sur ton silence mais également sur ton aide active ? Je conçois que les *Prophéties* étaient plus proches de... de ton éducation, mais ce que je te propose est de contribuer à purifier ton pays de ses scories. C'est tout aussi important. Mais périlleux.

Hieronymus attend. Cramoisi, Théogène endure le martyre. Il ne sait comment trancher le dilemme.

Au moment où il ouvre la bouche pour répondre, des bruits de verre brisé et des éclats de voix leur parviennent. Les deux hommes tendent l'oreille. Le vacarme vient d'en bas. Quelqu'un vocifère dans la librairie, mais ils ne comprennent pas le sens des invectives. Hieronymus bondit, saisit un couteau, aussitôt suivi par Théogène. Ils descendent l'escalier vermoulu qui mène au rez-de-chaussée. Ils entrebâillent la porte de communication avec l'officine, sans se montrer. Le libraire pousse un soupir de soulagement en apercevant Hilaire Patisson et un autre de ses apprentis, le jeune Mamert, âgé de douze ans.

Théogène recule d'un pas. Sur sa paillasse, gît son cahier de poèmes ouvert, les tables astronomiques et l'ouvrage de Paracelse. Les remèdes spagyriques se répandent sur le sol. Dans ses mains, Mamert tient le grimoire de Liber, tandis que le rouquin Hilaire, livide, tremble devant le minuscule os qu'il a extrait de la boîte de cendres posée devant lui.

— Maître, murmure-t-il, la voix défaillante, cet homme est un assassin… dit-il en désignant Théogène.

— Qui vous a autorisés à pénétrer ici ? Vauriens ! gronde Hieronymus.

— Personne ! répond Patisson. J'avoue, maître, j'ai pris cette initiative. Mais vous n'ignorez pas les rumeurs qui circulent dans l'atelier à son sujet. Cet après-midi, quand il a prétendu être malade et qu'il m'a congédié, les compagnons étaient sûrs qu'il allait retrouver ses complices au Pré-aux-Clercs…

— Tu oses parler sur ce ton d'un correcteur qui est de surcroît mon ami ? hurle le libraire. Je vais te renvoyer dans ta famille et elle va regretter de t'avoir engendré, bâtard, fils de chien ! Tu ne trouveras plus aucune place nulle part et…

Hilaire tombe à genoux, sans lâcher l'écrin de bois.

— Maître, je vous en supplie ! Regardez par vous-même ce qu'il dissimule dans son antre ! C'est un imposteur, il n'est pas le fils de l'insigne Arnoul Castelruber mais un adepte de Lucifer ; il pratique la magie noire, voyez, je vous en conjure, voyez !

Il tend les bras vers son maître. Ce dernier pose son couteau et se retourne vers son ami qui, paralysé, se tient en retrait. Hieronymus saisit l'urne. Ses yeux s'écarquillent de surprise.

— Ce n'est pas tout, regardez, maître ! s'exclame Mamert en lui donnant le manuscrit maudit. Ceci est son grimoire secret. Il était caché, comme le reste, sous les lattes du parquet. Il est écrit dans un langage incompréhensible, qui ne peut être que la langue du diable !

— Et celui-là, des poèmes, les vers où il raconte ses tours de sorcier ! renchérit le rouquin. Sans compter cet ouvrage de Paracelse condamné par la Sorbonne, en jargon allemand, imprimé à Francfort, sur les terres huguenotes ! Les compagnons avaient raison : quand ils ont su qu'il arrivait des territoires infectés par la peste luthérienne et qu'ils ont constaté son ardeur à saper le travail de l'atelier, ils en ont déduit qu'il s'agissait d'un hérétique qui vous avait abusé ! Mais ils ne soupçonnaient pas l'ampleur de sa malfaisance : voyez les tables d'astronomie et les toxiques contenus dans ces fioles, que j'ai répandus afin qu'ils ne nuisent à personne... Il attendait la bonne conjonction des astres et projetait de verser ces poisons dans les puits afin de nous empoisonner, comme les juifs, jadis, ont provoqué la grande peste ! Maître Aleaume, vous devez m'écouter car j'agis par devoir, pour sauver votre honneur : ouvrez donc les yeux ! Cet être est un démon, une engeance diabolique qui vous a trompé, comme tous ceux de sa race enjôlent et dupent les humains. Il est un dangereux sorcier à la solde des huguenots, un suppôt de Satan et de Luther, que les hérétiques ont envoyé dans notre cité afin d'envoûter puis d'assassiner les catholiques !

13

– Guérissez ma fille de ce poison ! adjura Laurette. Un esprit malfaisant est en elle et il la contamine un peu plus chaque nuit… Elle ne mange plus, ne travaille plus, n'a plus goût à rien, elle dépérit. Sauvez-la, je vous en supplie !

– Je vais faire de mon mieux, je vous le promets.

La jeune femme brune sortit de la pièce à peine éclairée par quelques bougies. Dehors, la nuit était tombée. Laurette Jourdan était arrivée en avance. L'échoppe était encore ouverte. Avec un air de conspirateur, un employé l'avait priée de traverser le magasin pour passer derrière un lourd rideau de velours, dans l'arrière-boutique de la librairie *Chacornac Frères*, sise 11 quai Saint-Michel, face à la Seine, non loin de Notre-Dame. Issus d'une vieille lignée de relieurs parisiens, ses propriétaires, Paul et Louis Chacornac, avaient hérité de l'officine en 1907. Ils imprimaient et vendaient des ouvrages de magie, astrologie, chiromancie, magnétisme, alchimie, kabbale, hermétisme, une revue astrologique, et un périodique nommé *Le Voile d'Isis*, dans lequel René Guénon avait publié des articles avant de quitter la France pour l'Égypte.

– Laurette ! s'exclama un quinquagénaire en entrant dans la pièce. Cela fait plus de vingt ans que nous ne nous sommes pas vus, mais tu es restée aussi jeune et belle que jadis !

– Et toi, tu es toujours aussi courtois, badina la dame de

quarante-huit ans en rosissant. J'avoue que cela me fait tout drôle de revenir ici…

– Rien n'a changé, à part moi qui ai vieilli, répondit Paul Chacornac. Nous sommes toujours la librairie ésotérique la plus renommée de la capitale, le lieu de rendez-vous incontournable du Tout-Paris mystique, ainsi que l'avait voulu mon père. Tu te souviens de lui ?

– Hélas, je ne l'ai pas connu. Je suis arrivée à Paris en juillet 1907, deux mois après sa disparition.

– C'est vrai, j'avais oublié… En revanche, je me rappelle parfaitement ton mariage avec Karel, en janvier 1908. Quelle fête mémorable, malgré la neige et le froid ! À l'époque, on savait bambocher, même sans le sou : quelle nouba, dans tout Montparnasse !

Il s'assombrit. Sans doute se remémorait-il certains faits moins joyeux, comme la stérilité du couple contre laquelle il avait déployé sa science magique, jusqu'à ce que Laurette tombe enceinte de Victoire, six ans après ses noces. Peut-être se souvenait-il de la dernière visite de Karel Douchevny, peu avant son départ à la guerre, au cours de laquelle il lui avait vendu des sceaux astrologiques de protection qui ne l'avaient guère protégé des obus allemands. La dernière fois qu'il avait parlé à son client et ami, celui-ci se remettait de ses blessures au Val-de-Grâce, avant de partir pour le front de l'Est. Quant à Victoire, il ne l'avait jamais vue.

– Chère amie, murmura le libraire-éditeur. Comment va ta fille ?

– Très mal… Elle ne quitte plus son lit.

Elle ôta ses gants de peau avec élégance.

– Elle a fini par tout me dévoiler il y a trois semaines, raconta-t-elle, alors que cela fait plus de deux ans que cela dure. Te rends-tu compte, deux ans avant qu'elle daigne se confier à sa mère !

– La pauvre petite a mis du temps avant de comprendre ce qui lui arrivait, c'est normal. L'autre jour, un prêtre nous a adressé un homme de soixante ans qui souffrait depuis l'enfance sans savoir pourquoi…

– Si je n'avais pas fait ce rêve et débarqué chez elle à l'improviste, je suis certaine qu'elle me cacherait encore la vérité.

– Un rêve ?

– Un cauchemar, plutôt. Oh, Paul, c'était horrible, dit-elle en relevant sa voilette. Victoire était dans une sorte de cratère, comme un volcan, qui crachait des flammes noires. Au fond, se tenait un vieillard barbu et répugnant vêtu de hardes puantes, qui coupait ma fille en deux, avant de coudre l'une de ses moitiés avec celle d'un jeune homme aux cheveux bruns et bouclés, habillé en noir et avec un œil étincelant comme une pièce d'or. Les faux frères siamois saignaient et ils hurlaient, ils hurlaient ! Lui, je ne me souviens pas de ce qu'il disait. Mais Victoire, elle, m'appelait au secours. Elle me suppliait de l'aider, de venir la délivrer. Alors, je me suis réveillée. Il était trois heures du matin. Renaud, mon mari, n'était pas à la maison, il avait été appelé auprès d'une patiente, à Neuilly. Je me suis habillée en hâte et j'ai sauté dans un taxi, persuadée que ma fille avait été agressée et que j'allais la trouver baignant dans son sang… Elle a mis un temps fou avant d'ouvrir la porte de sa mansarde. Je m'apprêtais à alerter la police. Et…

– Et ?

– Une fraction de seconde, j'ai cru que ce n'était pas elle. Elle était hagarde, d'une pâleur de tombe, le regard fixe et halluciné, les pupilles dilatées, comme si elle était… droguée, ou hypnotisée. Elle ne me reconnaissait pas, je lui parlais et elle restait muette, son stylo au poing, qu'elle tenait comme un couteau.

Laurette mima la scène avec une frayeur non feinte. Ni Chacornac ni elle n'avaient remarqué un grand homme blond debout dans un coin que la faible lueur des chandelles n'atteignait pas et qui, en silence, buvait leurs paroles.

– Je lui ai demandé pourquoi elle avait été si longue à ouvrir puisqu'elle veillait, j'ai dit qu'elle avait l'air étrange, était-elle souffrante ? Puis j'ai pris sa main pour voir si elle avait de la fièvre.

– Et elle est sortie de la transe, devina le libraire.

– Exactement. Elle a semblé s'éveiller d'un coup, ses yeux ont pris un aspect normal, elle a regardé autour d'elle et a sursauté en me voyant. «Maman? Qu'est-ce que tu fais là? Quelle heure est-il?» furent ses premiers mots. J'ai cru qu'elle était à nouveau somnambule, puis j'ai réalisé que c'était plus effroyable encore et qu'elle savait de quoi il retournait. Mais elle a déblatéré des boniments, refusant de me dire ce qui se passait. Je m'étais trompée en mettant certaines bizarreries – Victoire était souvent perdue dans ses pensées, elle avait maigri, avait l'air tendu et épuisé, irascible parfois – sur le compte du surmenage ou d'un béguin secret. Enfin, à bout de mensonges, elle m'a tout raconté. J'avoue qu'au début, je n'ai pas cru à cette histoire de possession par un esprit d'outre-tombe nommé «Théogène» qui lui dictait des poèmes. Mais lorsqu'elle m'a montré le cahier… j'ai constaté que ce n'était pas son écriture. Alors, j'ai compris qu'elle me disait la vérité. J'ai reconnu… un cas de somnambulisme médiumnique. Et j'ai eu très peur. Depuis, je suis terrorisée.

– C'est naturel, ma chère, affirma l'occultiste en remplissant deux petits verres en cristal sculpté. Aimes-tu toujours le porto?

Elle esquissa un sourire pâle en saisissant le verre. Son visage était plus figé que d'ordinaire : l'angoisse pétrifiait les traits plus efficacement que les opérations de chirurgie plastique.

– Donc, tu as décidé d'agir. C'est bien, affirma-t-il sur un ton ambigu.

Laurette saisit l'allusion.

– Je n'ai pas tout de suite osé te téléphoner, répliqua-t-elle d'une voix hésitante. Cela faisait si longtemps…

– Certes, et tu avais fait tellement d'efforts pour bannir les amis de Karel de ta nouvelle vie !

Si la situation n'avait pas été si grave, elle l'aurait giflé. Mais comme elle avait besoin de lui, elle baissa ses beaux yeux verts.

– Excuse-moi, Laurette. Ce n'est ni le lieu ni le moment pour te faire des reproches. Tu as fait ce que tu jugeais bon pour toi et pour ta fille.

– Je lui ai fait boire une infusion de mue de couleuvre et j'ai placé une pierre des cauchemars sous son oreiller, répondit-elle. Mais ces remèdes de bonne femme ont été inefficaces. Alors je l'ai contrainte à me suivre chez Leymarie, pour une séance de désinfestation.

Chacornac releva un sourcil blanc. Dans son coin sombre, Gustave Meyer sursauta.

– Je sais, convint-elle. Tu ne les as jamais aimés, et tu ne les apprécies toujours pas.

– Les sentiments n'ont rien à voir là-dedans, rétorqua Chacornac avec irritation. Il s'agit d'un désaccord théorique fondamental entre les occultistes et les spirites. Pour nous, disciples d'Hermès, de Nicolas Flamel, de Paracelse, et des philosophes-alchimistes, Allan Kardec et sa bande ont pillé et mutilé l'héritage ésotérique. En élaguant et en vulgarisant ce savoir traditionnel et sacré, ils en ont gommé l'essence, le véritable but : le dépassement de la condition humaine et la transfiguration du monde par le passage vers Dieu. Réduire une doctrine aussi riche et complexe à un folklorique et indigent dialogue avec des fantômes serait risible si ce n'était dangereux. Ces pseudo-sorciers qui se prennent pour des scientifiques ignorent tout des forces qu'ils manipulent.

Dans sa cachette, Gustave jubilait. L'éditeur venait de résumer ce qu'il pensait de ces polichinelles. Victoire ne lui avait pas dit qu'elle avait consulté un médium chez Leymarie. Il en était étonné et quelque peu blessé. À moins qu'elle n'ait cherché à s'épargner un discours identique à celui qu'il venait d'entendre.

– Crois-moi, j'aurais préféré qu'ils parviennent à désobséder ta fille, ajouta-t-il avec douceur.

– Hélas, ils ont échoué, admit-elle.

– As-tu une idée sur la véritable identité de ce «Théogène»? demanda Chacornac.

Laurette s'assombrit.

– Tout est ma faute, répondit-elle d'une voix tremblante. Si je n'avais pas continué d'assister aux séances alors que j'étais enceinte... J'ai attiré les esprits malsains sur mon bébé... La preuve, c'est que la petite était somnambule ! Ensuite, quand Karel a été tué... Je suis retournée chez Leymarie pour communiquer avec son esprit... J'étais désespérée : je l'ai accusé de nous avoir abandonnées, d'être parti à la guerre au lieu de subvenir aux besoins de son enfant, je l'ai traité de mauvais père, de lâche, je lui ai même reproché d'être mort !

— Tu penses que c'est Karel qui habite Victoire ? l'interrompit le libraire.

— Tu te souviens combien il était fier, possessif et jaloux. Dans l'au-delà, il n'a pas supporté mes remontrances et encore moins que j'épouse un autre homme. Alors, entre deux incarnations, il revient régler ses comptes ! Il se venge en attirant Victoire dans son tombeau, car il sait que je ne survivrais pas s'il arrivait quelque chose à ma fille ! C'est lui, Paul, bien sûr que c'est lui, et il va nous prendre toutes les deux, mon unique enfant et moi !

Laurette cessa de hurler pour sangloter. L'imprimeur essaya de juguler la crise de nerfs en lui tendant son mouchoir et en lui resservant du porto. Mais cela eut peu d'effet. Avec soulagement, il vit entrer deux personnes qu'il ne connaissait pas mais qui, comme par enchantement, tarirent les épanchements de Laurette.

— Monsieur le comte ! Pierre-Marie ! s'exclama-t-elle en se tamponnant les yeux et en se précipitant vers eux. Je suis si heureuse que vous ayez consenti à venir. Naturellement, j'aurais préféré que nous nous retrouvions dans d'autres circonstances...

Gênés, Aurélien Vermont de Narcey et son fils regardaient autour d'eux comme des bêtes prises au piège. Le propriétaire des lieux entreprit de rassurer les néophytes en leur offrant whisky et cigares.

Quelques minutes plus tard apparut Mathias Blasko. Il gratifia Laurette et les aristocrates d'un hautain signe de tête, avant de fondre sur Chacornac.

— Paul ! Ça fait un bail ! Dis-moi, cela va-t-il durer longtemps ?

J'ai un dîner au Grand Véfour et je dois repasser au journal pour le bouclage…

— Bonsoir, Mathias ! répliqua l'éditeur en lui serrant la main. Tu étais moins impatient avant guerre, c'est la vie dans les tranchées qui t'a rendu si pressé ?

Chacornac avait, à dessein, touché ce point délicat. Les gens mal élevés le rendaient cinglant.

— Désolé, murmura le critique littéraire en allumant une cigarette turque, mais j'ai des obligations. Où est Victoire ?

— Ma fille ne saurait tarder, intervint Laurette.

— Quel dommage que son père adoptif ne puisse être parmi nous, regretta Chacornac. La clef du succès dépend de la présence de tous les proches…

— Crois-moi, répondit Laurette, il est au contraire préférable que Renaud soit loin d'ici ! Il préside un congrès médical à Bruxelles et j'ai profité de l'occasion pour organiser cette réunion…

— Tu veux dire qu'il ignore la hantise qui infecte sa pupille ? s'étonna l'éditeur.

— Oui, et heureusement ! Si je lui avais parlé de hantise, possession ou somnambulisme médiumnique, il m'aurait tournée en ridicule avant de faire enfermer ma fille chez les fous !

L'arrivée de Victoire interrompit la conversation. La jeune femme de vingt-trois ans en paraissait vingt de plus. Amaigrie, la mise négligée, le teint terreux, les yeux cernés de crevasses sombres, la démarche incertaine, elle s'accrochait au bras de Margot comme au mât d'un bateau pris en pleine tempête.

Jusqu'à ce que sa mère découvre la vérité, elle faisait des efforts surhumains pour sauver les apparences, aidée par sa meilleure amie et par Gustave, ses deux complices et uniques détenteurs de son secret. La première la secondait à l'université – désormais, c'était Marguerite qui prenait les cours et lui en donnait un double – et dans ses piges pour Blasko. Loin d'être accablée par cette charge, Margot s'en acquittait avec affection et énergie. Contre toute attente, dans quelques mois elle présenterait sa thèse sur la littérature yiddish, intitulée *Deux mythes du folklore juif ashké-naze : le dibbouk et le golem. Dedans et dehors ; démon intérieur et créature démiurgique.*

Victoire constatait avec quelle ironie le sort s'était joué des deux doctorantes en inversant les rôles et en procurant à son amie un sujet de recherche dont elle pouvait étudier les effets dans la réalité.

– Demande à Gustave de te fabriquer un golem, disait-elle en souriant. Ainsi, en plus du doctorat de lettres, tu pourras décrocher celui des sciences !

L'alchimiste n'avait pas le cœur à sourire aux propos sarcastiques de la jeune femme. De jour en jour, le scientifique observait, impuissant, le naufrage de celle dont il restait épris, malgré son dédain pour le Grand Art. Peut-être avait-il pitié d'elle, ou avait-il du mal à renoncer à son rêve avorté : réaliser avec Victoire le couple alchimique parfait, comme Pythagore et sa femme Théano, ou Nicolas Flamel et dame Pernelle.

En fait d'union mystique, il servait de factotum. Les jours où Victoire n'avait pas la force de se confronter aux six étages de son immeuble et encore moins au monde, il livrait des provisions, apportait les articles au journal après les avoir tapés sur la machine qu'il avait rapatriée rue Saint-Jacques. Il époussetait les meubles de la mansarde, changeait les draps, cuisait une omelette, chauffait un viandox et contraignait Victoire à se nourrir. La plupart des hommes se seraient sentis dévalorisés d'être réduits à ce rôle, mais pas Gustave. Sa récompense, il la lisait dans le regard reconnaissant de son amie et dans les pages du cahier qui gisait sur la table et qu'il dévorait lorsqu'elle était assoupie.

Malgré son état de faiblesse, Victoire n'était pas dupe : si le teinturier de la lune s'était transformé en chevalier servant, c'était uniquement parce qu'il croyait que Théogène détenait le secret de l'immortalité et qu'il le lui communiquait en vers codés. Elle avait soupçonné Gustave d'être l'auteur du vol à la bibliothèque Mazarine et d'avoir caché le véritable but de son larcin, le manuscrit alchimique de la Renaissance, en emportant aussi d'autres ouvrages. Quatorze mois après le casse, les enquêteurs ne disposaient d'aucun indice sur l'identité du ou des cambrioleurs et aucun des livres dérobés n'avait été retrouvé. Victoire se souvenait avec angoisse de son interrogatoire et de la perquisition de sa chambre. Adoptant l'idée qui était venue à Mathias Blasko, elle avait affirmé avoir consulté le volume pour les besoins de sa thèse et n'avait rien confié à la police de ses doutes au sujet de Gustave. Discrètement, elle avait fouillé le laboratoire, sans résultat. Les mois passant, sa suspicion s'était dissipée. Le scientifique était certes obsessionnel et monomaniaque, mais elle le pensait incapable d'un tel forfait. Le hold-up avait probablement été commis par des professionnels pour le compte d'un riche bibliophile, ou d'un bibliomane détraqué. Le livre écrit de la main de Théogène, emporté par mégarde ou par hasard, reposait sans doute sur une étagère, en France, aux États-Unis ou pourquoi pas en Chine. À moins qu'il ne moisisse dans la boutique d'un receleur. Quoi qu'il en soit, le jeune hermétiste restait persuadé que ces pages renfermaient le trésor des trésors.

— Si Théogène possédait le philtre de la vie éternelle, avait répliqué Victoire, comment expliques-tu qu'il n'en ait pas fait usage sur lui-même ? À moins que tu ne doutes de sa mort…

— Je ne mets pas en cause son trépas physique, avait répondu l'occultiste. Quant à sa mort spirituelle, tu sais ce que j'en pense… Il a pu connaître, de son vivant, la formule de la Panacée sans pour autant la fabriquer !

— C'est d'une logique imparable, avait-elle répondu. Connais-tu un seul être humain qui refuserait de vivre plus longtemps, s'il avait le pouvoir de prolonger son existence ?

Ce fut la dernière fois qu'ils abordèrent cette question. Ils étaient fatigués de se disputer. Jamais ils ne tomberaient d'accord à propos de l'esprit du cahier, ni de l'alchimie dont la jeune femme ne voulait plus entendre parler. Gustave avait renoncé à la convertir à l'ésotérisme. Il s'était abstenu de dresser son horoscope personnalisé de conception dans le ventre maternel : il craignait d'y voir des signes terribles contre lesquels elle ne se battrait pas. Elle ne voulait plus lutter pour sauvegarder ses idées et sa liberté d'action : harassée, elle s'allongeait face à la vie et s'en remettait au destin. La seule chose qu'il lui restait à faire était de ne pas l'abandonner et de l'aider du mieux qu'il le pouvait, au quotidien.

Victoire était touchée par l'attitude de Margot mais surtout par le dévouement de Gustave. La pensée l'avait effleurée que, peut-être, la rouquine avait raison : s'il l'aimait vraiment, c'est-à-dire pour elle-même, malgré leurs désaccords ? Selon Margot, la preuve de son désintéressement était qu'avant le vol du livre, il aurait pu, à sa guise, le recopier à la bibliothèque. Or, il ne l'avait jamais fait, sinon il n'aurait pas manqué d'être, lui aussi, inquiété par la police. Victoire avait failli se rendre à cet argument : un homme bien réel, intelligent, doux et non misogyne, l'adorait non pas parce qu'elle était la fille de Karel Douchevny ou qu'elle détenait, à son corps défendant, un prétendu secret qu'il rêvait de posséder… Ce serait un miracle… que sa névrose n'avait pu supporter. La dépression s'exacerbant, elle avait balayé cette éventualité, comme tout le reste.

La noirceur avait commencé par une grande fatigue dont elle avait rendu Théogène responsable, et une profonde tristesse qu'elle avait imputée aux dramatiques événements de l'année 1937 : conquêtes franquistes en Espagne, procès staliniens à Moscou, arrogance de plus en plus grande de Hitler et de Mussolini, décomposition du Front populaire, bombes posées par la Cagoule… Le Goncourt qu'avait enfin obtenu son poulain Maxence Van der Meersch en 1936, ainsi que l'autorisation donnée aux femmes françaises d'enseigner le latin, le grec et la philosophie ne pesaient pas lourd face aux ténèbres dont se parait le monde. Même l'écrivain Louis-Ferdinand Céline, dont Blasko et Victoire avaient défendu les deux premiers romans, succombait à la violence nauséabonde et avait publié *Bagatelles pour un massacre*, un brûlot antisémite qui leur avait donné la nausée ; même l'exposition internationale des arts et techniques à Paris, vitrine des progrès scientifiques, avait non seulement été un échec, mais elle avait été accompagnée de meurtres sanglants – six visiteurs furent dévalisés et assassinés – qui avaient passionné ses confrères des faits divers, tout le journal et la population pendant plusieurs mois, jusqu'à ce qu'on arrête un interprète allemand travaillant à l'exposition, surnommé «le Landru d'Outre-Rhin». Si Eugène Weidmann avait tué pour l'argent, sa nationalité avait encore exacerbé la haine entre les deux pays, et ses actes le goût des foules pour le sang.

À l'extérieur, tout n'était que brutalité, obscurité et artifice. À l'intérieur, l'abattement et le dégoût succédèrent à la mélancolie : les mots étaient impuissants à changer le monde, ils étaient juste bons à libérer des fantômes inutiles. Pourquoi se mettre debout et participer à cette farce destructrice ? Victoire avait abandonné ses projets et ses espoirs. Grand reporter ? Le métier le plus abject de la terre, qui consistait à rapporter les horreurs qui s'y déroulaient, sans pouvoir y changer quoi que ce soit. La connaissance ? Le savoir était factice, l'homme n'apprenait jamais rien, il répétait inlassablement les mêmes erreurs en obéissant à ses instincts barbares. Victoire renonçait. Elle rêvait de ne plus sortir de sa chambre, de s'endormir en regardant le ciel au-dessus de l'Institut des sourds-muets et de se transformer en nuage.

Le sentiment de son inconsistance changeait tout en indifférence. Plus rien n'avait d'importance, son seul désir était de dormir d'un profond sommeil dénué de songe, de cauchemar, de dibbouk, pour enfin atteindre le vide, matière suprême de tout être et de chaque chose.

Tout élan vital l'avait quittée. Disparue au monde et à elle-même, désagrégée, elle n'aspirait plus qu'à se laisser remplir par la froidure éternelle afin que s'arrête cette mascarade.

Au moment où elle pénétra dans l'arrière-boutique de la librairie, Gustave bondit hors de sa cachette et se précipita pour la soutenir. Margot lâcha son fardeau et se rua vers l'assistance.

– Avez-vous écouté la radio ? demanda-t-elle avec agitation. L'armée allemande vient d'envahir l'Autriche ! C'est l'Anschluss ! Hitler est déjà à Linz, il fonce sur Vienne ! Les militaires autrichiens ne réagissent pas et la foule l'acclame ! Avec la démission de Chautemps, on est comme d'habitude en crise ministérielle mais dès que Blum aura formé le nouveau cabinet, ce sera la guerre, c'est évident !

Une vive émotion gagna l'auditoire. Seule Victoire demeurait impassible. Blasko annonça qu'il devait se rendre immédiatement au journal et tenta de s'éclipser. Mais Laurette lui barra le passage.

– Hitler peut bien envahir Notre-Dame et tout le Quartier latin, dit-elle avec rage, personne ne sortira d'ici tant que ma fille ne sera pas guérie ! Si tu fais un pas de plus, scélérat, je te plante ça dans les côtes !

Elle avait saisi un coupe-papier sur le comptoir et en menaçait le journaliste.

– Allons, mes amis, intervint Chacornac, ne paniquons pas ! Cette affaire est fâcheuse, mais elle ne doit pas nous détourner de notre mission de ce soir ! Prenez place, nous allons commencer. Victoire, mon petit, asseyez-vous ici, voilà. Laurette, Mathias, vous venez ?

Quelques minutes plus tard, Victoire, Margot, Gustave, Laurette, Blasko, les Vermont de Narcey père et fils étaient installés autour de la table ronde, vide à part quelques feuilles de papier et un crayon posés au centre. Afin de surveiller les opérations – parfois, certains participants trichaient – et de ne pas déséquilibrer les forces, le président de la séance, Paul Chacornac, se tenait debout, derrière la jeune femme qu'avait implorée Laurette avant l'arrivée des autres. Le médium assis en face de Victoire était vêtu d'une ample robe blanche couverte d'une cape noire. Ses longs cheveux lisses couleur d'ébène étaient retenus par un bandeau de satin, et sur son visage diaphane brillaient de grands yeux sombres ourlés de fard charbonneux. Elle devait avoir vingt-six ou vingt-sept ans.

Muette, le regard fixe, elle gardait ses deux mains posées sur le vaste guéridon. Il se dégageait d'elle une sensation de paix et de sérénité qui fut bénéfique à l'assistance.

– Mesdames et messieurs, en ce samedi 12 mars 1938, je vous présente Mademoiselle Maïa, annonça le libraire avec gravité. Mademoiselle Maïa n'est pas un simple médium mais une initiée, qui a reçu l'enseignement de plusieurs grands maîtres dont je tairai le nom. Cela étant dit, je la laisse opérer.

La jeune femme ferma les yeux, écarta les bras et plaça ses mains en forme de coupe de chaque côté de sa tête. Un silence pesant s'installa. Chacun observait les autres et s'interrogeait. Fasciné par Mademoiselle Maïa, Gustave cherchait à deviner d'où elle venait et qui avaient été ses maîtres. Margot ne parvenait pas à détacher son esprit de la funeste nouvelle qu'elle avait apportée. Si l'Anschluss signifiait peut-être la guerre en Europe, l'invasion de l'Autriche contrecarrait aussi ses projets personnels : elle avait décidé d'emmener Victoire à Vienne, afin que son amie consulte Sigmund Freud. Ses recherches pour sa thèse l'avaient conduite à le lire et elle était désormais convaincue que la psychanalyse était le seul moyen de libérer Victoire de ce dibbouk, qui n'émanait de nulle part ailleurs que de son propre inconscient. Préférant s'adresser à Dieu plutôt qu'à ses saints, elle avait écrit à l'inventeur de la psychanalyse et attendait la réponse. Mais les nazis haïssaient le médecin juif, dont ils avaient brûlé les ouvrages en Allemagne. Freud allait sans doute être arrêté, et il n'était plus concevable d'entreprendre ce voyage. Il y avait bien l'un de ses anciens disciples, Karl Gustav Jung, en Suisse. On disait « le sage de Zurich » passionné d'occulte, auteur d'une thèse sur sa cousine médium et très versé dans l'ésotérisme. Mais on soufflait aussi qu'il avait des sympathies douteuses : n'était-il pas le président de l'institut Göring, à Berlin ? Peut-être était-il opportun de rester à Paris et de consulter Marie Bonaparte, apôtre de Freud, ou l'un de ses émules…

Près de son fils qui s'amusait beaucoup de cette étrange réunion, Aurélien Vermont de Narcey se sentait coupable de ne pas s'être rendu compte de l'état de Victoire. Pris par ses travaux, sa famille et par ses propres démons – le matin même, il s'était injecté une ampoule de morphine – il avait relâché sa vigilance. Mais jamais il n'aurait pu imaginer qu'une fille si brillante perde pied ! Lorsque Laurette l'avait appelé, en larmes, pour lui décrire la situation et le convier à cette comédie burlesque, il avait cru à une plaisanterie d'étudiants ivres. Aujourd'hui, il se faisait d'amers reproches. Il était inconcevable qu'elle abandonne ses études, sa thèse et son avenir de professeur en Sorbonne. Jamais il ne se le pardonnerait. Il devait cela à Karel, son compagnon d'armes. Oui, il le lui devait, il avait donné sa parole d'honneur. Dès demain, il reprendrait les choses en main. Il doutait que sa protégée soit possédée par autre chose que par une forme d'hystérie typiquement féminine, comme sa mère. Le docteur Jourdan était le mieux placé pour l'emmener consulter un psychiatre. Lui, s'il le fallait, pouvait appeler un ancien aumônier de l'armée, qui dans le civil était prêtre exorciste. Surtout, il allait la faire travailler jusqu'à épuisement.

Placée près de Blasko, Laurette surveillait le critique du coin de l'œil en ruminant sa haine et en priant la Vierge pour que sa fille ressorte désinfectée des mauvais esprits. Contrarié, le romancier ne cessait de regarder sa montre-bracelet en or. Il y a bien longtemps, il avait promis à Karel de veiller sur sa fille... Quelle mission ingrate il s'était infligée ! S'il avait su...

Au centre de toutes les préoccupations, Victoire sommeillait les yeux ouverts, insensible à son environnement. Cependant, elle se demandait quel était ce restaurant où la table n'était pas dressée, et pourquoi Jourdan était absent de la sauterie familiale. Sans doute avait-il été appelé pour une urgence... Qu'allait-on leur servir ? Aucune importance, elle n'avait pas faim...

– Le désastre de l'homme est l'ascension de Dieu.

Les paroles prononcées par Mademoiselle Maïa tombèrent sur la table comme une pierre dans l'eau. L'initiée avait ouvert les yeux et saisi les mains de Victoire. Cette dernière ne bougea pas un cil.

— Car ainsi que l'a dit le maître de l'Évangile ésotérique, saint Jean : *Si le grain de blé qui est tombé en terre ne meurt, il reste seul ; mais s'il meurt, il porte beaucoup de fruits*, poursuivit-elle d'une voix sépulcrale.

Elle planta ses yeux noirs dans ceux de Victoire.

— L'homme doit mourir pour ressusciter à l'imitation du Christ. Je loue Dieu, suprême alchimiste, qui brûle le cœur des élus au creuset de la souffrance et du désespoir. Je vénère saint Michel archange, successeur de Thot, Hermès et Mercure, gardien de la porte de l'autre monde, combattant de Lucifer et de son armée déchue du ciel. Ô juge des âmes, conducteur des morts, sois mon guide, et sois son escorte sur le chemin à rebours ! Sois notre secours contre les embûches du démon. Prince de la milice céleste, repousse en enfer, par ta force divine, Satan et les autres esprits maléfiques qui rôdent. Et toi, qui que tu sois, toi qui erres sans fin, égaré au monde et perdu à Dieu, viens. Viens vers moi... Viens en moi... Et vous ! cria-t-elle en regardant l'assemblée. Vous devez vous souvenir que seul l'amour peut la sauver ! Amour, grand rédempteur du monde, bouclier du mal, sois notre lien ! Prenez la main de votre voisin, serrez-la, créez la chaîne de l'amour. Maintenant !

Avec hésitation, ils s'exécutèrent. Laurette eut du mal à réprimer une grimace de dégoût en saisissant la main molle de Blasko et les doigts glacés de Gustave. Pierre-Marie était enchanté d'avoir l'occasion de toucher cette fille splendide qui se nommait Marguerite et à qui il n'avait jamais osé parler. Mademoiselle Maïa gardait toujours les mains de Victoire dans les siennes.

— Que ceux qui sont à ma droite et à ma gauche empoignent mes bras, comme ceux qui sont à sa droite et à sa gauche, ajouta-t-elle en fixant Victoire. Songez à tout l'amour que vous avez pour elle, un amour véritable, grand, pur, altruiste, dans lequel votre être entier se fond : cet amour part de votre cœur, il bat dans votre sang, il traverse vos corps, vos mains, et il parvient jusqu'à elle...

En soupirant, Blasko plaqua une main sur l'avant-bras de

l'initiée. De l'autre côté, Aurélien Vermont de Narcey fit de même et croisa le regard du journaliste.

– Fermez les yeux, poursuivit Mademoiselle Maïa, et concentrez-vous sur votre amour pour elle.

Le silence, à nouveau, s'installa. Victoire ne comprenait rien à ce qui se passait. Pourquoi cette femme inconnue lui serrait-elle les doigts? Sa peau était brûlante! Elle ne se sentait pas très bien... Quelque chose avait du mal à passer... Elle rota bruyamment.

Toujours debout derrière Mademoiselle Maïa, Paul Chacornac fit signe aux autres de ne pas s'en préoccuper et de clore leurs paupières.

Un long moment s'écoula, sans autre bruit que celui des souffles des personnes présentes. Puis un murmure s'éleva.

– *À mon jardin... À mon jardin croist la fleur souveraine, la plus belle de la chrestienté... Si je la puis voir en très bonne estraine, de tous mes maux seray réconforté...*

Ébahie, l'assistance constata que Victoire chantait. Sa voix était incertaine, mais les mots et l'air, en apparence anciens, sortaient de sa bouche.

– Je ne lui ai jamais appris cette chanson! chuchota Laurette. Qu'est-ce que c'est?

– *Reconforté je fusse de m'amye, se je la peusse toute seule trouver. Ce moys de may merrons joyeuse vie; maiz qu'elle veuille du bon du cueur m'aymer*, entonnait Victoire.

– Il s'agit d'une rengaine médiévale, expliqua à voix basse le professeur de philosophie. Il me semble l'avoir lue dans le manuscrit de Bayeux, un document collationnant de vieilles chansons populaires françaises, et qui date du XVe siècle...

– Elle l'a certainement lu aussi, ce manuscrit, intervint Margot. Ou elle a entendu la chanson quelque part... C'est sans doute un souvenir qui provient de son inconscient...

– Taisez-vous! ordonna sèchement Mademoiselle Maïa.

– *Je m'en entray en sa chambre jollye, et la baisay si*

189

amoureusement, advis me fust que toute la nuyt ne dura point une heure seulement, poursuivait Victoire.

Pierre-Marie rougit et Laurette leva les yeux au ciel.

— *Quand je senty l'oudeur de son haleine, qui sent meilleur que la rose d'esté, et j'aperceu sa grant beaulté mondaine, de tous mes maulx suy venu en santé.*

Victoire se tut. Tous l'observaient. Ses yeux gris étaient fixes, ses pupilles dilatées. Soudain, elle détacha violemment ses mains de celles de l'initiée. Gustave et Marguerite furent contraints de lui lâcher les bras. D'un mouvement aussi rapide que brutal, elle attrapa le crayon et une feuille de papier. Elle allait écrire... *Il* allait écrire !

La jeune femme griffonnait sur la page à toute vitesse. Sa respiration était haletante, sa peau d'une pâleur impressionnante, comme revêtue de mort. Mademoiselle Maïa ne bougeait pas d'un pouce. Médusés, les autres contemplaient le phénomène : Victoire n'écrivait pas... elle dessinait !

Au bout d'un temps qui leur parut infini, elle posa le crayon et se redressa sur sa chaise, aussi immobile qu'une statue. Tous baissèrent les yeux sur le croquis que la jeune femme ou l'esprit de l'au-delà avait tracé.

Un grand triangle occupait la page. À l'intérieur était dessiné un cercle dans lequel un homme barbu et ailé, une étoile près de sa tête, maniait une faux.

Au-dessous, un carré divisé en neuf cases portait des chiffres arabes. Autour du cercle, étaient notés des mots latins. Le reste du triangle était rempli de signes dont certains étaient hébraïques. Les autres, fort étranges, ne paraissaient relever d'aucune langue connue.

— C'est fantastique ! s'enthousiasma Gustave. Le fossoyeur représente la planète Saturne. Je vérifie le tableau... C'est bien cela, la somme des trois chiffres arabes pris horizontalement, verticalement ou transversalement est toujours égale à 15 : c'est un carré magique de protection. Dans son *Archidoxe magique*,

Paracelse prescrit l'utilisation de ce sceau aux femmes enceintes. Voyons la formule latine : *Pater ejus est Sol, mater ejus est Luna; portavit illud Ventus in ventre sui; nutrix ejus Terra est*, ce qui signifie, évidemment : «Le soleil est son père, la lune sa mère, le vent l'a porté dans son ventre, la terre est sa nourrice»; chacun aura reconnu un extrait de la célébrissime *Tabula Smaragdina* d'Hermès Trismégiste, *La Table d'émeraude*. J'essaie maintenant de déchiffrer l'hébreu... *Darag Ni El* : «Apparais-moi, ô Dieu»; *Hara Amin* : «Effraie le vulgaire»; *Garshi Or* : «Éloigne de la lumière», qu'il faut entendre comme «Rejette-le dans les ténèbres»; *Fara Na Heil* : «Donne-moi la force»; *Dash Drash* : «Je t'en conjure»... Ceci est une amulette, un fétiche de protection tel que les érudits européens de la Renaissance en confectionnaient pour les souverains ! Paré de pouvoirs magiques et occultes, le talisman a des vertus médicales et sert à protéger celui qui le porte des événements et des puissances néfastes... Celui-ci était destiné à une femme, une princesse peut-être. Il a sans doute été créé afin de la sauvegarder des fièvres puerpérales.

Tout à son explication, l'alchimiste n'avait pas remarqué les visages de Mathias Blasko et d'Aurélien Vermont de Narcey : en apercevant le croquis, les deux hommes avaient blêmi. Un tremblement agitait la lèvre du philosophe, tandis que le front et le dos du publiciste étaient inondés d'une sueur froide. Quant à Laurette, on aurait dit qu'elle avait vu le diable en personne.

– Je le savais, murmura-t-elle, en se détachant de ses voisins. Je le reconnaîtrais entre mille... D'abord tu as voulu me le confier, dit-elle en s'adressant à sa fille, puis le mettre à son cou mais j'ai refusé, j'avais peur qu'elle s'étouffe en le portant à sa bouche. Surtout, tu en aurais plus besoin que nous, là où tu allais. Cela fait vingt-trois ans que je ne l'avais pas vu mais aucun doute n'est possible, c'est une pièce unique. Pour que tu puisses faire réparer la chaîne auquel il était suspendu, j'avais accepté de poser pour Picasso, tu te souviens ? Mais tu es devenu vert de jalousie et tu es venu me chercher dans l'atelier de Pablo... Le voici donc, le cher bijou que tu n'ôtais jamais, le talisman hérité de tes ancêtres, la médaille miraculeuse que ton corps sans vie porte peut-être toujours… C'est le signe que tu as choisi pour qu'on te reconnaisse ! Car c'est toi qui pollues ta fille ! hurla-t-elle. Tu m'entends ? Karel Douchevny, tu es là ? Karel !

Elle perdit connaissance et tomba de son siège presque sans bruit.

14

Les pommes tombent à ses pieds. Théogène s'appuie au bourdon avec lequel il a frappé la branche, se baisse, en ramasse une et la croque. Elle est verte et acide. Mais le goût désagréable ne le fait pas grimacer. Il avale le fruit, jette le trognon dans le fossé, range les autres pommes dans sa besace et reprend en boitant sa route vers le sud.

Demain, il parviendra à Périgueux. De là, il descendra jusqu'à Ostabat, Roncevaux, Pampelune, puis il bifurquera vers l'ouest : Estella, Burgos, Léon, jusqu'au terme de son voyage : Saint-Jacques-de-Compostelle. Il a choisi la voie limousine, celle qui passe par l'abbaye bourguignonne de Vézelay, car il souhaitait se recueillir près des reliques de Marie-Madeleine, la pécheresse devenue sainte, qui symbolise la transformation du corps vil en or, la purification de l'âme souillée. Hélas, lorsqu'il est parvenu au sommet de la colline tenue par la Ligue catholique, on lui a appris que les protestants, qui s'étaient emparés de Vézelay plusieurs années auparavant, avaient détruit les os sacrés.

Théogène songe au royaume de France, à la nouvelle guerre entre huguenots et catholiques incarnée par la lutte entre les trois Henri – Henri III, Henri de Navarre et Henri de Guise –, à l'intransigeance de tous les partis et il craint pour Hieronymus Aleaume et sa famille. Le libraire lui a permis de fuir afin d'éviter que le scandale et l'opprobre ne s'abattent sur l'officine et sur la mémoire d'Arnoul Castelruber. Il n'était plus question de protéger son méprisable fils. Après l'atroce découverte, il a enfermé Théogène dans la resserre qui sert à stocker les livres, avant d'ordonner aux deux apprentis de courir alerter ses compagnons et les chevaliers du guet. Hilaire Patisson voulait emporter le manuscrit du diable et l'urne contenant les débris humains, comme preuve des coupables agissements du correcteur. Mais son patron s'y est opposé. Une fois les garçons sortis, il a ouvert la porte du réduit.

— Si tu veux survivre, hâte-toi, a-t-il prononcé d'une voix blanche. Je ne peux plus rien pour toi. Les faits sont trop accablants. J'ignore si je dois croire ces deux imbéciles, mais je ne te laisserai pas mettre en péril cette enseigne à laquelle j'ai consacré ma vie. Ramasse ces… ces choses et file le plus loin possible de Paris. Je dirai que l'huis était défectueux et que tu t'es échappé après m'avoir fracassé le crâne… Tu n'auras qu'à m'assommer avec ceci, a-t-il ajouté en désignant une énorme bible illustrée. Ainsi, avec la grâce de Dieu et de ses anges j'éviterai peut-être d'être brûlé place Maubert.

— Hieronymus, mon frère, a bredouillé le jeune homme. Ces accusations sont fausses, je n'ai jamais tué et ne veux assassiner personne, je ne suis pas un sorcier ni un hérétique ! J'allais t'ouvrir mon cœur, ce soir… Me confier à toi… Te montrer ces objets et t'expliquer leur terrible histoire, mon histoire… et mon secret.

— Hélas, il est trop tard. Voilà presque un an que tu vis parmi nous, et je réalise que tu es un inconnu.

— Je regrette, Hieronymus, si tu savais comme je regrette !

— Va-t'en. S'ils te prennent, tu seras condamné au bûcher. Évite la porte Saint-Jacques, tout le quartier va être bouclé. Traverse la Seine et sors de la ville par le nord… Dépêche-toi !

Théogène se rappelle à peine la suite des événements, noyés dans une brume confuse. Il a jeté dans sa besace *L'Archidoxe magique*, le grimoire maudit, la petite boîte contenant la matière première, son cahier de poèmes, les tables astrologiques. Il se souvient qu'il pleurait comme un enfant. Lorsqu'il a quitté la boutique à l'enseigne du château rouge, Hieronymus gisait sur le sol, près des brassées de fleurs. Il lui a semblé entendre des cris de femme, probablement ceux d'Ermengarde ou d'Hermine.

Sans être inquiété, il a atteint les faubourgs crasseux du nord de la capitale, ceux-là mêmes où Liber s'était réfugié après l'assassinat de sa mère. Durant plusieurs jours il a cru qu'il avait tué son ami. Mais un matin, alors qu'il mendiait à la sortie d'une église, il a surpris une conversation entre deux tonneliers : à Paris, dans le quartier de l'Université, un libraire catholique avait déjoué un complot protestant et il avait failli le payer de sa vie. Le chef de la bande s'était enfui mais on avait arrêté ses complices, des huguenots qui se dissimulaient dans les caves du Quartier latin, et qu'on avait brûlés vifs. Le roi en personne était venu féliciter le héros.

Théogène aurait dû se sentir soulagé. Hieronymus était vivant, et la situation ne manquait pas de sel : Henri III était venu congratuler un homme qui le haïssait et qui ourdissait contre lui. Mais il a pensé aux innocents qu'on avait arrêtés et exécutés par sa faute. Alors, la culpabilité l'a rongé jusqu'aux os, annihilant toute volonté, crainte ou désir, dont n'a subsisté qu'un amer sentiment d'indignité. Conscient des incurables infirmités de son âme qui le rendent inapte à s'intégrer harmonieusement au monde, lucide quant à son inconsistance profonde, il a appliqué la devise de Paracelse : *Alterius non sit qui suus esse potest*[1]. Toute sa vie, il s'était acharné à devenir un autre. Désormais, il serait lui-même, un brin d'herbe ployant sous le vent, un orphelin solitaire et sans attaches, un vagabond insignifiant qui par vanité s'était révolté contre son destin avant d'être broyé par le ciel. Enfin il s'abandonnait à la Providence et acceptait ce qu'il était, c'est-à-dire rien.

Au début, il a songé à réparer son ignominieuse lâcheté vis-à-vis de Hieronymus et a projeté de lui écrire, voire de se rendre clandestinement grande rue Saint-Jacques, afin de se justifier et de lui avouer la vérité. Puis il a réalisé que ce dessein était folie. S'il était

---

1. Ne sois pas un autre si tu peux être toi-même.

reconnu, arrêté ou si sa lettre tombait dans d'autres mains que celles du libraire, les conséquences seraient redoutables. Il ne pouvait retourner en arrière. Il ne reverrait sans doute jamais celui qui l'avait reçu comme un frère. Non seulement son passé était mort, mais son avenir était néant : il avait tout saccagé. Alors, il a accepté la grande nuit, le vide intérieur auquel il s'était condamné. Passif et désœuvré, le jour il errait dans les rues désolées des faubourgs en quémandant du pain, appuyé sur son bâton comme un goliard ivrogne incapable de tenir debout. Le soir, fuyant ses semblables, le vagant se terrait dans le trou d'un mur borgne ou au fond d'une campagne jaunie par la sécheresse de l'été. Cédant à l'acédie, le désespoir, il n'attendait qu'une chose : que Dieu le libère de la misère terrestre. Sa foi l'empêchait de suspendre lui-même son existence. Péché mortel le plus grave, le suicide l'aurait aussitôt attiré en enfer. À chaque instant il priait le Christ de l'appeler à lui, et l'archange Michel de le conduire au purgatoire, où son âme impure serait peut-être lavée.

Mais le Tout-Puissant ne l'a pas exaucé. Malgré la faim et les poux, il est resté en bonne santé. Son corps a perdu sa graisse, mais n'a pas souffert de la pénurie. Au lieu de monter vers les cieux, chaque nuit son esprit descendait dans l'effroyable abîme de Lucifer, où son maître aveugle le suppliait.

Un matin de septembre 1585, accablé par son cauchemar quotidien, harassé par la vision du vieillard lui rappelant sa promesse de désenchaîner son âme damnée, Théogène a décelé l'injonction divine cachée dans ce rêve. Le démon avait provoqué la chute de Liber et ce dernier avait perdu ses prérogatives surhumaines. Il ne pouvait communiquer directement avec son disciple. Le jeune homme s'est souvenu de l'éventualité que la grâce demeure ouverte au criminel, et s'est rappelé la paix surnaturelle qui l'avait envahi à Notre-Dame, quand il avait pardonné au meurtrier de sa mère. Il s'est donc persuadé que c'était le Créateur qui lui adressait l'appel de son maître et le mettait à l'épreuve. Le Seigneur l'écouterait et le comblerait de sa miséricorde, s'il venait en aide à son père adoptif. Ce secours ne consistait pas à confectionner la Rose et son Élixir avec le livre diabolique, mais à accomplir l'œuvre de lumière : prier pour son père et racheter ses péchés par son amour.

Théogène s'est levé, a saisi sa canne et, à visage découvert, sans se soucier des décrets des hommes, il a pris le chemin de Paris et de la cathédrale, afin d'y invoquer la maîtresse du lieu, la Vierge Marie. Arrivé sur le parvis, il a remarqué un groupe de pèlerins en partance pour Saint-Jacques-de-Compostelle. La flamme du dessein céleste l'a alors illuminé : seul le patron des alchimistes peut intervenir en faveur du teinturier de la lune, et défendre l'adepte contre le Malin qui le torture dans le feu éternel. Seul un pèlerinage en Galice est susceptible de l'aider lui-même en lui permettant d'expier ses fautes, de purifier son âme et de prouver à Dieu sa soumission.

Théogène boite sur la route de terre poussiéreuse, accompagné par le souvenir de son maître. Il fuit le contact avec les vivants et ne se mêle pas aux troupes de jacquets qui cheminent ensemble. L'automne naissant et le climat doux lui permettent d'échapper aux hospices qui jalonnent la voie et de dormir à la belle étoile, malgré le péril que représentent les détrousseurs de pèlerins. Jusqu'à présent, le Très-Haut l'a préservé des dangers et lui a prodigué des fruits sauvages à profusion.

Après les incultes plaines du Limousin, le Périgord est une terre fertile. Passée la Navarre impie, on dit que la partie espagnole du trajet abonde en vergers, lait, miel et sources claires.

Le pénitent songe à Nicolas Flamel et aux nombreux fils d'Hermès qui l'ont précédé sur le chemin sacré du « champ de l'étoile ». Contrairement aux autres initiés, il n'aspire pas à rencontrer un kabbaliste juif, un nouveau maître ou quelconque esprit supérieur capable de le mener à l'Escarboucle. Son seul espoir est qu'au terme du périple, une fois prononcé son vœu sur le tombeau de Jacques le Majeur et gagnée la coquille, l'esprit de Liber et le sien se séparent, purgés par le pardon divin. Le vieil alchimiste sera peut-être libéré des enfers, ou bien y subira-t-il un châtiment moins sévère. Quant à lui, il sera délivré de ses visions nocturnes, de son passé, de sa culpabilité. Pour l'heure, le cauchemar le poursuit. Désormais Théogène l'accueille sans effroi, puisqu'il est le signe céleste de sa mission terrestre. Lorsque le rêve aura disparu, il espère mourir. Si Dieu ne lui accorde pas le trépas, il se retirera dans un monastère où, loin du monde, il finira ses jours en oraison, adjurant le Christ de lui offrir la rédemption.

Un cri l'arrache à ses projets de disparition. Au bord de la route, il distingue un attroupement de jacquets. Des hurlements effrayants s'élèvent du groupe. Théogène reconnaît les lamentations d'un enfant. Il poursuit son chemin. Au moment où il dépasse le rassemblement, il aperçoit un garçon d'environ cinq ans, qui gît sur le dos. Sa jambe droite est en sang. Deux femmes le maintiennent par les bras, deux hommes par les pieds tandis qu'un barbier coud, à vif, la plaie. L'enfant se débat, s'époumone puis, vaincu par la douleur, il s'évanouit.

Théogène détourne la tête, pris de pitié.

– Pauvre marmot, murmure-t-il avec compassion. L'infection va probablement surgir, s'étendre, provoquer la gangrène et gagner toute la jambe. Ce boucher n'aura plus qu'à l'amputer.

Il reprend sa marche en claudiquant. Mais à peine s'est-il éloigné de quelques pas qu'il se retrouve seize années en arrière. Il a cinq ans et il est allongé sur une paillasse, dans un taudis ; Athanasius Liber est penché sur lui. Il sourit, fredonne des mélopées, essaie de le rassurer. Durant plusieurs semaines il soigne sa jambe gauche. Après avoir consulté les astres et établi l'horoscope de son patient, il prononce des formules magiques, invoque Saturne qui gouverne les os, implore la lune et les étoiles, fabrique et dispose le sceau du Verseau près de l'enfant, redresse, atèle, panse, masse avec l'onguent paracelsien contre les fractures à base de graisse d'ours et de blaireau, d'antimoine, de térébenthine, de savon, de miel et de suif de cerf. Les os ont été brisés à plusieurs endroits.

Jamais plus Théogène ne marchera comme avant mais grâce aux astres et aux soins du maître, sa jambe est sauvée.

– Laissez-moi passer. Je suis médecin.

Théogène s'entend à peine prononcer ces mots. Il fend la foule et tombe à genoux près de l'enfant inconscient.

– Vous êtes docteur ? interroge une grosse femme en pleurs qui maintient le garçon.

Il acquiesce d'un hochement de tête. Il ment, mais c'est plus fort que lui. Cette rencontre n'est pas fortuite. Elle est un présage, une épreuve que lui envoie le ciel. Il doit sauver le garçonnet, pour son maître, pour lui-même, pour Dieu.

– Je vous en supplie ! adjure la mère en joignant les mains. Au nom de saint Jacques et de la Vierge Marie, si vous le pouvez, aidez-nous !

– Que s'est-il passé ? demande-t-il.

– Un sanglier, dans la forêt. Une laie, avec ses petits. Il cueillait des mûres, il ne l'a pas vue. Elle l'a chargé par-derrière, Martin est tombé et sa jambe s'est déchirée sur une pierre saillante…

Théogène songe que, dans son malheur, le jeune Martin a eu de la chance. S'il était entré en contact avec un loup, un renard ou un chien errant, c'est la rage qu'il aurait fallu craindre et, à cette heure, l'enfant aurait été abattu. Néanmoins, la blessure est inquiétante, elle couvre presque toute la cuisse et a laissé couler beaucoup de sang. Il se penche et tâte la jambe.

– Aucun os n'est cassé, déclare le barbier. J'ai vérifié.

– Merci. Je vais m'en occuper, répond-il sans un regard pour l'arracheur de dents.

Ce dernier proteste mais une pièce qu'un pèlerin glisse dans sa main le calme. Il abandonne la ligature, empoigne son sac et s'éloigne.

Théogène examine l'enfant qui revient à lui. Il palpe son corps charnu afin de s'assurer qu'aucune autre partie n'a subi de dommage. Apparemment, tout est en place, mais sa peau est brûlante : la fièvre est apparue. Le barbier et ses acolytes y verraient un dérèglement de ses humeurs internes mais pour Théogène, cela signifie que des germes néfastes provenant de l'extérieur sont entrés dans la plaie. Le mal se propage. Si l'alchimiste ne parvient pas à le contrer, le garçon va périr. Il tâte la blessure. Elle est étendue mais moyennement profonde. Avant de la coudre, le barbier l'a enduite de blanc d'œuf afin de provoquer la suppuration. Au moins a-t-on évité le traitement à l'huile bouillante ! Mais contrairement à ce qu'affirment Galien et la médecine orthodoxe pour qui le pus est bienfaisant, la doctrine paracelsienne stipule que la putréfaction est nocive. Théogène observe le visage de l'enfant. Il est pâle et inondé de sueur. Sur son front, pour conjurer les puissances maléfiques, on a tracé avec son sang le mot « Agla », le nom secret de Dieu. Martin commence à trembler. La fièvre monte.

L'apprenti médecin se précipite sur sa musette, en sort les tables d'astronomie, le livre de Paracelse, en se souvenant que ses fioles d'arcanes spagyriques ont été détruites par les apprentis de Hieronymus. Peut-il sauver le garçon sans les quintessences du maître ? Comment guérir sans remède iatrochimique ? C'est impossible ! Il panique, sans se rendre compte que pour la première fois depuis longtemps, il se réfère à la Haute Science d'Athanasius Liber.

– Quand est né Martin ? demande-t-il d'une voix blême.

Rapidement, il calcule la date de conception du bébé dans le ventre de sa mère, ouvre les tables pruténiques, son cahier, établit une carte céleste du moment où Martin a été engendré. L'enfant a une complexion dominée par l'élément soufre. Sa constitution est solide même s'il doit prendre garde à la gourmandise, à l'embonpoint et aux fièvres. L'aspect carré de Mars à l'un des termes de Mercure et de la Lune signifie que son estomac et ses poumons sont les organes les plus menacés de maladie et d'infirmités. Si Théogène ne s'est pas trompé dans ses calculs, les planètes sont donc favorables : Jupiter, qui préside au sang et à l'esprit vital, et le Sagittaire, signe zodiacal législateur des cuisses, ne sont pas affectés.

– Quand a eu lieu l'accident ? interroge-t-il.

Soucieux de déterminer la bonne ou la mauvaise chance de la blessure, l'astrologue replonge dans ses tables. La plaie a été contractée lors d'une mauvaise conjonction astrale. Ce qui signifie qu'elle est très grave. Théogène soupire d'impuissance et, à nouveau, rêve aux essences vitales qu'il ne possède plus. L'esprit de la quintessence d'or est si concentré qu'il est un remède presque universel. Quelques gouttes sous la langue de l'enfant auraient guéri la lésion. Sans parler de l'onguent vulnéraire décrit dans *L'Archidoxe* gisant à ses pieds, capable de soigner les blessures à distance, par effet de sympathie, grâce à la force de l'esprit du monde et à l'alliance magique entre la nature et l'homme. Hélas, si une pommade peut guérir un patient éloigné de deux cents lieues, sans pommade Théogène ne peut soulager un patient couché à un pouce de lui.

— Docteur, son front est brûlant, il faut évacuer les humeurs ! clame un homme qui semble être le père.

— Vous trouvez qu'il n'a pas perdu assez de sang ? répond l'alchimiste.

Une formule de Paracelse apprise naguère s'empare de son esprit : *Les humeurs ne sont pour rien dans la suppuration des plaies : tenez-les propres et préservez-les des ennemis extérieurs ; vous les guérirez toutes.* Il sursaute. Se pourrait-il qu'en nettoyant simplement la blessure, il obtienne une amélioration ? Il replonge dans ses tables. La conjonction des astres est favorable à une action curative, mais il faut faire vite. Il ôte son manteau, jette sa toque à terre, se penche et, doucement, tire sur le fil qui obture l'entaille. Le garçonnet hurle de douleur.

— Immobilisez-le, s'il vous plaît, et donnez-lui un chiffon ou un morceau de bois à mordre...

Théogène achève de découdre la plaie. En séchant, le blanc d'œuf a calfeutré les chairs. Avec la pointe de son couteau, il brise le cataplasme et l'écarte. En dessous, il distingue les signes malsains de la suppuration. Avec la lame, il arrache les matières excrémentielles de la lésion, réclame de l'eau fraîche, du vinaigre et il lave la blessure qui se remet à saigner. Un linge dans la bouche, le garçon gémit.

– Courage, petit. Tiens bon, adjure-t-il.

Il plie la jambe du patient. La pourriture s'écoule désormais à l'extérieur du corps et non à l'intérieur des tissus.

– Docteur, je n'ai pas votre science, mais vous êtes sûr de ce que vous faites ? demande la mère. C'est la première fois que…

– Il me faudrait de l'eau ardente ou de l'esprit-de-vin, l'interrompt-il. Évidemment, je n'en ai pas. De l'alcool vulgaire, l'un d'entre vous a-t-il de l'eau-de-vie ?

Un homme sort de sa pèlerine une longue bouteille contenant un liquide ambré.

– Je l'ai acheté au monastère d'Eauze, dit-il. Cela s'appelle de l'armagnac. Le goût est excellent…

– Merci, répond Théogène en s'emparant du flacon. Tenez, poursuit-il en le confiant à la mère. Redressez-le et faites-lui-en boire une longue rasade. Et chantez-lui une chanson.

– Une chanson ?

– Celle qu'il préfère. La musique a des vertus calmantes et thérapeutiques.

L'enfant avale l'alcool avec avidité, puis il tousse.

– *À mon jardin…* entonne sa mère, d'abord hésitante. *À mon jardin croist la fleur souveraine, la plus belle de la chrestienté… Si je la puis voir en très bonne estraine, de tous mes maux seray réconforté…*

Théogène empoigne la bouteille d'eau-de-vie et verse l'alcool sur la plaie. Martin tressaute et hurle. On lui remet le chiffon dans la bouche. Les deux femmes et les deux hommes ont du mal à le tenir. La blessure saigne toujours.

– *Reconforté je fusse de m'amye, se je la peusse toute seule trouver,* berce la mère d'une voix tremblante, s'efforçant de ne pas céder aux larmes. *Ce moys de may merrons joyeuse vie ; maiz qu'elle veuille du bon du cueur m'aymer…*

– Des fleurs rouges, ordonne Théogène à l'assistance. Rapportez-moi des fleurs rouges, ou des pierres rouges.

Selon la loi de l'analogie du Cicéron de la médecine, le semblable guérit le semblable. D'après sa théorie des signatures, la nature regorge de plantes, de minéraux ou d'animaux qui, par leur couleur, leur aspect ou leur odeur, ressemblent au corps humain ou aux symptômes d'une pathologie. Ils peuvent donc soigner les maladies affectant ces organes ou présentant ces symptômes. Ainsi, la piquante ortie est un remède contre les élancements internes, et certaines fleurs ou pierres rouges endiguent les hémorragies.

– *Je m'en entray en sa chambre jollye, et la baisay si amoureusement, advis me fust que toute la nuyt ne dura point une heure seulement,* poursuit la mère, abasourdie par les méthodes du guérisseur.

Martin sanglote. Théogène déchire la chemise du garçon, la découpe en bandelettes. Après l'avoir trempé d'armagnac, il referme la blessure avec le bandage, qu'il noue derrière la cuisse. Il se lève et à l'aide de son bourdon, il trace un cercle de protection autour de l'enfant. Il ouvre *L'Archidoxe* et il dessine, dans la terre, le sceau paracelsien contre la paralysie, celui du Sagittaire et celui de Jupiter, représentant un prêtre tenant un livre à la main, une étoile au-dessus de sa tête, accompagné de son carré magique à seize cases, dont la somme des chiffres pris horizontalement, verticalement ou transversalement est toujours égale à 34. Quand les pèlerins reviennent avec des brassées de coquelicots, il les dispose dans les mains et sur la jambe du malade.

– *Quand je senty l'oudeur de son haleine, qui sent meilleur que la rose d'esté, et j'aperceu sa grant beaulté mondaine, de tous mes maulx suy venu en santé.*

– Pour l'instant, j'ai terminé, dit-il. Il faut attendre, et surtout prier.

Trois jours et trois nuits, Théogène prodigue ses soins, changeant les bandages, gardant la plaie toujours propre, combattant fièvre et infection en administrant l'armagnac par voie interne et externe. Respectant la correspondance entre macrocosme et microcosme, il suit la conjonction de Jupiter dans le ciel et il donne à Martin des infusions de plantes jupitériennes telles que la menthe, la violette et surtout la jusquiame, laquelle apaise l'enfant, malgré quelques hallucinations. Il le nourrit également d'animaux répondant à cet astre : l'éléphant et l'aigle étant difficiles à se procurer, il se rabat sur le poulet, l'agneau, les perdrix et les faisans. Il a interdit qu'on déplace le patient et on lui a aménagé une tente au bord du chemin. Lorsque des pèlerins curieux s'arrêtent près du campement, le médecin leur demande de joindre sa prière à la sienne. Les patenôtres, *Ave Maria*, suppliques à saint Jacques et à l'archange Raphaël, le guérisseur, se succèdent. Sans cesse, il songe à une autre phrase de Paracelse, qu'il a lue jadis : *Si quelque malade vous est apporté et qu'il guérit par votre médication, c'est que Dieu vous l'a confié. Sinon, il ne vous a pas été envoyé par Dieu.*

De toutes ses forces, il espère que c'est le Très-Haut qui l'a conduit jusqu'à Martin, et non le diable ou l'un de ses anges déchus.

À l'aube du quatrième jour, exténué, il constate que toute trace de fièvre a disparu. La plaie est en voie de cicatrisation. Il remercie le Tout-Puissant.

– *Deo gratias*, murmure-t-il tête baissée, à genoux près de l'enfant.

– Docteur, s'exclame la mère en saisissant ses mains, Martin est guéri, c'est un miracle ! C'est saint Jacques en personne qui vous a envoyé. Comment vous exprimer notre gratitude ?

Elle saisit sa bourse mais Théogène refuse l'argent. En revanche, il accepte des provisions qui lui permettront de survivre jusqu'au bout du voyage.

– Désormais, laissez la blessure sécher à l'air, recommande-t-il en rassemblant ses affaires. La croûte qui s'est formée est saine, et le protégera des souillures externes. Il serait sage de lui fabriquer une civière, il ne doit pas marcher tant que la plaie ne s'est pas complètement refermée.

– Bien, docteur. Au fait, nous ne savons pas votre nom…

– Clopinel ! répond-il en désignant sa patte bestornée.

– Cher docteur Clopinel, nous nous reverrons en Galice. En attendant, que Dieu et ses serviteurs vous gardent. Vous êtes un saint homme. À jamais vous serez dans nos prières.

– Je suis un pécheur qui a grand besoin qu'on prie pour lui. Merci. Allez, adieu.

Théogène retrouve avec joie la solitude et la communion avec la nature. Tout le jour il marche sans s'arrêter, attentif au chant des oiseaux, aux traces des bêtes sauvages, aux senteurs et aux couleurs flamboyantes de l'automne. Le rétablissement de Martin lui a mis un peu de baume au cœur. Mais le pénitent craint les nouvelles épreuves que Dieu peut lui infliger avant qu'il arrive à destination et qu'il accède à la suprême libération.

En fin d'après-midi, alors que la ville de Périgueux est en vue, il s'arrête au bord d'une rivière, pose son paquetage, ôte ses vêtements et plonge dans l'eau vive. Il se frotte avec des fougères pour éliminer l'odeur du sang et de la putréfaction. Ambroise Paré et la plupart des médecins proscrivent l'usage des bains jugés débilitants, dangereux et vecteurs de maladie car l'eau rend poreuse la peau humaine. On dit même qu'une femme peut concevoir dans un bain où des hommes auraient demeuré trop longtemps. Prenant comme d'habitude le contre-pied des thèses conventionnelles, Liber affirmait que les ablutions étaient au contraire bénéfiques et il contraignait son disciple à se laver une fois par semaine, été comme hiver, dans l'onde pure d'un ruisseau. À Paris, Théogène a abandonné ce précepte, comme tous les enseignements du maître. De toute manière, il n'était pas question de fréquenter les étuves publiques, dont la plupart sont des lieux de dépravation. Il s'est contenté d'une hygiène sommaire, limitée aux extrémités de son corps et aux dents qu'il frottait avec un linge grossier avant de les rincer à l'eau vinaigrée. Après sa fuite dans les faubourgs, il a laissé sa défroque à l'abandon. Il constate qu'il est couvert de vermine. Il serait blasphématoire de se présenter ainsi devant saint Jacques. Il se nettoie, taille sa barbe, ses moustaches et ses cheveux, puis il lave ses vêtements. C'est la première fois depuis un an qu'il renoue avec ces gestes simples. Il songe qu'au-delà des règles de propreté, il n'a rien désappris de son existence passée.

« Les desseins célestes prennent parfois des chemins étranges, pense-t-il. Grâce au savoir d'un assassin, j'ai sauvé une vie… »

Il sort de la rivière, s'ébroue, met ses hardes à sécher sur l'herbe et, complètement nu, il s'allonge sous les rayons encore chauds du soleil déclinant.

Un craquement le fait sursauter. Il se redresse et s'enveloppe en hâte dans sa houppelande élimée. Le bruit se répète, plus près. Quelqu'un approche. Plusieurs individus. Sans doute une bande de malandrins et d'écorcheurs. Théogène empoigne sa besace et la serre contre lui. Il brandit son bourdon et attend, aux aguets.

– Holà, docteur Clopinel ? Êtes-vous là ? clame une voix d'homme.

Théogène baisse son bâton. Il s'agit probablement des pèlerins qu'il a quittés le matin même. Eux seuls connaissent son nom. Hélas, s'ils le recherchent, cela signifie que le petit Martin va mal. Le faux médecin a crié trop tôt sa guérison. La fièvre maligne a dû réapparaître et le petit va mourir… Il n'aurait pas dû mentir, Dieu le punit de son imposture…

Deux inconnus à cheval surgissent des fourrés. Ils ne ressemblent ni à des jacquets ni à des brigands, mais à un seigneur en voyage suivi de son serviteur : sous une longue cape fourrée de zibeline, le gentilhomme porte un pourpoint rouge garni de crevés agrémenté d'un camée, muni d'une ceinture à laquelle sont accrochés poignard et épée. Sous la toque à plumet, son visage rasé sourit.

– Docteur Clopinel ? répète-t-il en descendant de sa monture dont il tend les rênes à son domestique.

– Qui êtes-vous ? interroge Théogène en serrant sa pelure contre son corps nu.

– Oh, je vous dérange en pleine toilette, répond l'inconnu en apercevant le linge qui sèche. Vous m'en voyez confus. Je viens de la part du petit Martin, en quelque sorte…

– Son état a empiré ? s'alarme Théogène. Je dois retourner auprès de lui… Où est-il ?

– La dernière fois que je l'ai vu, il se gavait de myrtilles, allongé sur un brancard de fortune, à sept lieues d'ici… N'ayez crainte, il se porte à merveille, grâce à vous.

Théogène soupire d'aise. Puis il fronce les sourcils.

– Êtes-vous souffrant ? demande-t-il à l'élégant personnage. Vous-même ou l'un de vos proches requiert des soins ?

– Ce sont les sceaux tracés sur la terre qui m'ont interpellé, répond le seigneur sans se préoccuper de la question du guérisseur. J'y ai reconnu les figures d'un livre et la signature de son auteur, un esprit discordant et très controversé. J'ai rattrapé le convoi et interrogé les pèlerins. Ils m'ont raconté l'aventure du petit Martin, leur rencontre avec vous et la guérison miraculeuse.

L'apparence de l'homme ne correspond pas à celle d'un barbier, encore moins à un chirurgien de la robe longue. Théogène penche pour un partisan de Galien et Avicenne, un médecin patenté issu de la faculté, donc farouchement opposé à Paracelse, qui l'a poursuivi afin de lui chercher querelle. Il se tait.

– Dans quelle université avez-vous décroché votre doctorat de médecine ? interroge le gentilhomme. Montpellier ? Salerne ? Bâle ? Vienne peut-être ?

Le guérisseur discerne l'ironie dans le visage apparemment bienveillant de son interlocuteur. Il baisse les yeux sur l'épée au pommeau d'argent incrusté de pierreries, qui pend au côté du gentilhomme. Le serviteur vêtu de noir porte un sabre recourbé comme ceux des mahométans. Théogène s'appuie sur la seule arme qu'il possède : un pauvre bâton de bois.

«J'ai réussi l'épreuve envoyée par Dieu, se dit-il, puisque le garçon va bien. En conséquence, le Créateur a eu pitié et il va probablement me rappeler à lui dès aujourd'hui, par le bras de cet homme. Alléluia. Que sa volonté soit faite. »

— Mon école ? répond-il en défiant le noble du regard. Vous avez deviné, sire ! C'est celle de l'Art royal et de la spagyrie, inventée par le grand Théophraste Bombast von Hohenheim ! Je n'en ai jamais fréquenté d'autre car, ainsi que l'a écrit ce génie : *C'est l'art de guérir qui fait le médecin, et ce sont les œuvres qui font le maître et le docteur, et non l'empereur, ni le pape, ni la faculté, ni les privilèges, ni aucune université.*

Il guette les signes du triomphe dans les yeux pâles du cavalier, puis les injures qui ne vont pas manquer de s'échapper de sa bouche, avant que sa main ne sorte l'épée du fourreau afin de lui demander raison.

— Un soldat de Paracelse, je le savais ! s'enflamme l'homme en brandissant le poing.

— Mon défunt maître a rencontré le Luther de la médecine en l'an 1521, ajoute Théogène avec emphase, sur les routes de Transylvanie, alors que le « médecin maudit » rentrait d'un périlleux séjour chez les Tartares et les Cosaques. Ils ont cheminé ensemble. Ainsi mon maître a-t-il bénéficié de son enseignement. Il m'a ensuite transmis cette science.

— Louée soit la Providence divine ! s'exclame le gentilhomme en joignant les mains. Jamais je n'aurais imaginé rencontrer un philosophe tel que vous, initié aux grands mystères par un élève de l'archimage, le père de la seule vraie médecine, le suprême thaumaturge, le maître des maîtres !

Théogène n'en croit pas ses oreilles.

— Vous voulez dire que… balbutie-t-il. Vous n'êtes pas galéniste ? Vous n'allez pas dégainer votre arme et…

L'homme éclate d'un rire jovial.

— Vous avez cru que j'allais vous tuer ? Très cher ami, poursuit-il en s'approchant. Non seulement vous aurez la vie sauve, mais désormais votre existence va se parer d'or, de diamants et d'honneurs ! Je me présente : comte Siegfried Bavor von Zaltross, dit-il en se découvrant et en saluant avec sa toque, émissaire de Sa Majesté Rodolphe II de Habsbourg, archiduc d'Autriche, roi de Bohême et de Hongrie, roi des Romains, et empereur du Saint Empire d'Occident fondé par Charlemagne !

Le souffle coupé, le modeste pèlerin s'incline très bas. Les pans de sa houppelande s'écartent. En rougissant, il les ramène sur lui et réalise qu'il tremble de tous ses membres.

– Tenez ! dit l'aristocrate en lui lançant son manteau fourré. Vous allez prendre froid et l'Empereur vous veut en pleine santé !

– L'Empereur ? bredouille Théogène, tétanisé.

– Docteur Clopinel, reprend le noble d'un ton solennel. Vous êtes, je présume, un sujet du roi de France. Cependant, en tant que paracelsien, vos connaissances dépassent les frontières du royaume d'Henri III. N'avez-vous jamais ouï le surnom que l'on attribue à notre souverain : l'Hermès du Nord ?

– Votre altesse, j'ai longtemps vécu sur les terres du Saint Empire, avec mon maître. Je sais que Sa Majesté est un esprit curieux et très érudit, qu'elle goûte à tous les arts et à toutes les sciences, en particulier celles de la cabale, de la magie naturelle et surtout à l'art du grand secret, l'alchimie…

– Donc à la médecine universelle, complète l'aristocrate. Ce que vous dites est juste. Néanmoins vous méconnaissez un élément fondamental. Non seulement l'Empereur est un éminent fils du feu, mais il a fondé une académie de la Haute Science, dans laquelle il accueille les plus grands teinturiers de la lune. Il leur procure gîte, couvert, livres, laboratoire, argent et tout ce dont ils ont besoin pour mener à bien leurs expériences. En échange de ses faveurs et de sa protection, il ne demande qu'une chose : l'Élixir de longue vie.

Théogène se redresse. Enfin il saisit pourquoi cet homme s'est lancé à sa poursuite. Il regrette ses fanfaronnades.

– L'Empereur m'a chargé de parcourir l'Europe, continue le

comte, en quête des meilleurs alchimistes, afin qu'ils intègrent son académie et lui procurent la Panacée, le breuvage d'éternité.

– Je comprends, sire, répond l'initié. Mais je ne suis pas candidat.

C'est au tour de l'aristocrate d'être suffoqué par les paroles de son interlocuteur.

– Docteur, votre humilité est un signe supplémentaire de votre talent ! Je sais ce que vous avez accompli sur cet enfant qui, sans votre intervention, était voué à la mort. Vous êtes allé à la meilleure école et avez le don de guérir. Vous paraissez néanmoins dans une mauvaise posture : seul, sans le sou, sans laboratoire, errant sur les chemins. Je vous offre tout ce à quoi vous aspirez. La sécurité en plus. La fortune, l'estime et la reconnaissance du plus grand des souverains, si vous réussissez. Pourquoi refuser ?

Théogène a envie de répondre : « Et si j'échoue, la torture suivie de la mort sur un gibet doré. » Le magister Liber lui a raconté l'histoire d'alchimistes emprisonnés et tués par leur puissant mécène, afin de le détourner de cette dangereuse tentation. Il se souvient en particulier de Marie Ziglerin, car elle était l'une des rares femmes philosophes de son temps. En 1575, son riche protecteur le duc Jules de Brunswick de Luxembourg l'accusa d'incompétence et elle fut brûlée vive dans une cage en fer. Théogène juge cependant préférable de ne plus provoquer le seigneur et de s'en tenir à une réponse prudente.

– Je peux guérir les plaies et certaines pathologies bénignes, mais j'ignore tout de la Pierre des sages et de la suprême médecine, dit-il en serrant sa musette contre son sein. Toute sa vie mon maître s'est acharné à percer le grand secret sans y parvenir. Il est mort épuisé, malade et à moitié fou. Avant d'expirer, il m'a fait promettre de ne pas gaspiller mon existence dans cette recherche stérile. Aussi ai-je renoncé. Je ne suis pas un vagant mais un pénitent, qui espère être sauvé avant de consacrer le reste de sa vie à Dieu.

– Si ce que vous dites est vrai, ce sont là, en effet, les paroles

210

d'un fou, doublé d'un sot, car l'alchimie est la seule vraie quête de Dieu.

Ils se toisent. Le comte Zaltross, qui a l'expérience des hommes, sait que son interlocuteur ment.

— Vous ne me persuaderez pas que vous êtes un charlatan, affirme-t-il, ni un futur moine ayant abandonné l'espoir de devenir immortel et d'accéder à l'absolue rédemption du paradis perdu. Vous ne seriez pas sur le chemin de Saint-Jacques. Je pense plutôt que vous détenez des secrets que vous ne voulez pas partager, même avec le plus initié des princes…

— Si je suis un faux alchimiste, l'Empereur n'a pas besoin de moi ; si je suis un adepte, je n'ai pas besoin de l'Empereur.

Théogène craint que sa repartie audacieuse ne provoque ce qu'il souhaitait tantôt. Mais sans toucher son arme, le gentilhomme l'observe. Puis il éclate de rire et fait signe à son serviteur de lui rendre les rênes de son cheval.

— Vous avez gagné, concède-t-il. Je ne vais pas vous enlever et vous emmener à Prague par la force !

— À Prague ? s'étonne le jeune homme. L'académie hermétique n'est donc pas à la cour de Vienne ?

— Il y a deux ans, en 1583, explique l'émissaire en grimpant sur sa monture, le souverain a transféré la résidence impériale dans la capitale de la Bohême, qui convient mieux à ses humeurs et à ses aspirations. Ainsi donc, je vous salue, docteur. J'espère vous croiser à nouveau, pourquoi pas sur le tombeau du patron des alchimistes et cette fois, avec l'aide de cette sainte âme, de parvenir à vous convaincre !

Les deux hommes se détournent et s'éloignent lentement, au pas.

Théogène peine à reprendre ses esprits. Il se demande s'il n'a pas rêvé. Tandis que le crépuscule tombe dans une lumière rouge, il se rend compte qu'il a gardé sur son dos la cape fourrée de zibeline. Il esquisse un geste en direction des sous-bois mais il est trop tard, le comte Zaltross a disparu.

Il se pelotonne dans la fourrure et s'assied au pied d'un tilleul, ébranlé par cette rencontre, autant que par les mensonges qu'il a servis à l'aristocrate. «Je n'avais pas le choix, songe-t-il en posant sa besace. Mon secret me condamne au silence ou à la tromperie. Dieu, je vous en supplie, épargnez-moi ces artifices, pardonnez-moi et délivrez-moi de cette mascarade ! Archange Michel, prenez mon âme, guidez-la vers le Salut et je promets…»

Soudain, il s'interrompt. Une autre promesse cogne à ses tempes. Un mot frappe son front comme un coup de massue.

– Prague ! murmure-t-il. «La ville du diable et de ses sortilèges» comme l'a nommée mon maître agonisant… C'est là que tout a commencé. C'est là-bas que l'ange déchu est apparu. C'est dans la capitale de la Bohême que le docteur Faustus a vendu son âme au Malin, qu'il a percé le mystère de l'élixir du démon et qu'il s'est transformé en assassin… À Prague est la porte des enfers, la source, la racine des choses. J'ai promis à mon maître de ne jamais m'y rendre. Pourtant, la clef n'est pas à Paris, elle est à Prague ! C'est en ce lieu que s'affrontent les forces antagonistes de l'univers, le bien et le mal, la lumière et les ténèbres, le soufre et le mercure ! C'est dans cette ville qu'un authentique adepte doit opérer la conjonction des opposés afin que la science d'Adam triomphe de l'alchimie du diable ! Cet homme est certes l'émissaire de l'Empereur, mais je crois qu'il m'a été adressé par le Tout-Puissant, pour me montrer la voie du Salut. C'est à Prague que je pourrai rédimer mon père, le délivrer de Lucifer et me sauver moi-même !

D'un bond, il se lève, ramasse ses vêtements mouillés qu'il fourre dans son bissac, empoigne son bourdon et il clopine le plus vite qu'il peut pour rattraper l'envoyé de l'Hermès impérial.

15

Victoire descendait lentement le boulevard Raspail en bayant aux corneilles. Elle laissa passer l'un des rares autobus qui circulaient et traversa la chaussée pour se diriger vers les boutiques de l'hôtel Lutetia. Un groom pesta contre la chaleur et l'épais tissu de son uniforme. Elle lui sourit, alluma une gauloise, admira la vitrine d'une modiste puis ôta sa veste. Elle continua son chemin en se félicitant de n'être pas condamnée, comme les hommes, à étouffer dans un costume trois pièces. Sa robe à pois était si légère qu'elle dansait au lieu de l'entraver, et la capeline de paille protégeait son visage du soleil. Elle prit la rue du Bac et longea les rideaux de fer baissés des magasins d'antiquités. Jamais elle n'avait vu Paris aussi vide. Abandonnée par ses habitants, silencieuse, la ville semblait morte, comme après un cataclysme.

« Mais Paris n'est pas Pompéi, songea-t-elle. Aucune éruption volcanique, ils vont revenir... c'est juste le mois d'août, dimanche, et le pont de l'Assomption. »

Dans les faubourgs, malgré l'avènement des congés payés, la vie n'avait pas cessé. Le dépeuplement touchait les beaux quartiers, et ses proches. Sa mère et son beau-père étaient partis dans leur villa de la Riviera, Mathias Blasko était en villégiature à Deauville, Margot avait suivi ses parents et ses frères à la montagne. Même le fidèle Gustave était rentré, la veille, à Strasbourg, pour tenter de se réconcilier avec sa famille qu'il n'avait pas vue depuis quatre ans.

Cependant, la jeune femme n'était pas seule. Chaque matin, elle se rendait rue Saint-Sulpice, chez son directeur de thèse. La Sorbonne était fermée, les étudiants et les professeurs en congé, la famille du comte sur ses terres, en Vendée, mais pas Aurélien Vermont de Narcey qui avait écourté ses vacances afin de l'aider à rattraper son retard. Depuis le printemps, il s'acharnait à la faire travailler. Il profitait de l'exode du mois d'août pour la faire bûcher sans relâche. L'étudiante s'y contraignait, bien que ce gavage en règle l'ennuyât profondément.

Ses efforts étaient peine perdue, car sa mémoire se dérobait : son esprit refusait de garder ces connaissances superflues, qu'elle oubliait d'un jour sur l'autre. Elle aurait préféré rester cloîtrée dans sa mansarde où elle demeurait de longues heures prostrée sur son lit, volets clos, sans pensée, sans sentiment. Mais rien n'écornait l'opiniâtre patience de l'enseignant, qui inlassablement développait concepts et conseils, comme un prêcheur ou un médecin face à un grand malade. Aujourd'hui, dimanche, le bourreau de Victoire lui accordait une trêve.

Sur la recommandation du philosophe, elle avait repoussé la présentation de sa thèse à l'automne, période à laquelle elle devait aussi repasser des examens. Margot avait été reçue dès juillet et à la rentrée, elle chercherait tranquillement du travail. Le docteur ès lettres n'aurait que l'embarras du choix. Son amie, elle, savait que sa thèse inachevée était médiocre, qu'elle raterait les épreuves et ne décrocherait pas le diplôme. Jadis, la jeune ambitieuse s'était donné trois ans pour réussir. Trois années pour mettre sa vie sur ses rails et devenir grand reporter. Aujourd'hui, cette promesse ne signifiait plus rien. Face à l'abandon de son rêve et au délabrement de son esprit, Victoire regardait ce serment comme le dernier vestige de son ancienne existence, celle dans laquelle elle avait confiance en elle, dans le monde et dans les mots. Lorsque Vermont de Narcey réaliserait que sa protégée ne serait jamais professeur en Sorbonne, il la laisserait enfin en paix. Sa mère serait satisfaite, elle lui avait bien dit que la place des femmes n'était pas à l'université, et elle la pousserait à se marier. Pourquoi pas, après tout ? Si elle trouvait un homme gentil, pas trop bête ni trop misogyne, elle l'épouserait peut-être. Pierre-Marie ? Impossible, puisqu'elle allait devenir un objet de honte pour son père. De toute façon, le futur comte tournait autour de Margot, et Victoire s'en amusait. Gustave ? Lui aussi, elle l'avait déçu. L'alchimiste monomaniaque ne pourrait s'unir qu'à une partisane de ses superstitions.

Au fond, peu lui importait. Puisqu'elle n'avait plus ni désir ni joie de vivre, la meilleure solution aurait été de disparaître. Hélas, elle ne possédait pas le courage nécessaire, ni la culpabilité qui accule au suicide.

Dans ces conditions, elle mènerait une petite existence morne, sans attente, sans espoir, sans chimère. À la rentrée, s'il voulait encore d'elle, elle resterait au service de Blasko. Nègre à la rubrique littéraire. Elle s'en contentait. L'ombre lui convenait mieux que la lumière.

Elle parvint quai Voltaire et s'engagea sur le pont Royal. Il était vide. Victoire appréciait la ville déserte, qui s'accordait à sa propre vacuité. L'animation était reléguée à la cathédrale Notre-Dame, où la foule se pressait pour assister à la messe.

Au milieu du pont, Victoire frissonna et se retourna. Personne. Pourtant, elle aurait juré avoir senti un regard posé sur elle, et entendu des pas résonner sur le trottoir. Ces derniers temps, elle avait la sensation d'être suivie. C'était idiot, mais l'impression ne la quittait pas. Elle n'avait pas peur, pourtant cette perception obscure, cette menace voilée et sans fondement la contrariait. La semaine dernière, elle s'en était ouverte à Gustave. Une vive inquiétude était passée dans son regard bleu marine cerclé de fer. Le scientifique avait hésité, puis avait fini par répondre :

– As-tu entendu parler d'Artéphius, Nicolas Flamel, Alexandre Sethon dit le Cosmopolite, Eyrénée Philalèthe, Lascaris, le comte de Saint-Germain, Cyliani, Fulcanelli ?

Elle avait souri, curieuse d'entendre la théorie extravagante inventée par son camarade afin d'expliquer sa paranoïa naissante.

– À part les célébrissimes Nicolas Flamel et le comte de Saint-Germain, ces gens me sont inconnus. Je présume qu'il s'agit d'alchimistes ?

– Certes, mais pas n'importe lesquels. Ce sont d'authentiques adeptes, donc des immortels qui tous, ont disparu sans laisser de trace, du jour au lendemain. La plupart portent un *nomen mysticum*, comme Fulcanelli, contraction des mots « Vulcain » et « Élie », et on ignore leur véritable identité. Cet homme a réussi la transmutation en 1922, à Sarcelles. J'aurais tellement voulu l'avoir pour maître ! Avec Fulcanelli comme mentor, j'aurais appris la nature de la matière première et réussi l'*Opus Magnum*... Hélas, quand j'ai débarqué à Paris, en 1934, il était trop tard. Le grand élu avait mystérieusement disparu deux ans plus tôt. L'année dernière, il serait apparu à un nommé Jacques Bergier, ingénieur atomiste, afin de le mettre en garde, lui et les chercheurs français, contre la radioactivité et l'énergie nucléaire, qu'il aurait décrites comme très dangereuses pour l'homme et la planète, si la science en faisait mauvais usage... Depuis, les scientifiques et les services d'espionnage recherchent Fulcanelli, mais nul ne l'a trouvé.

– Les surhommes aux pouvoirs merveilleux prennent la tangente et se volatilisent, afin de soustraire au vulgaire le périlleux secret de la transmutation métallique et de la jeunesse éternelle. Je connais la rengaine, s'était-elle amusée, avec un clin d'œil.

– Ils se terrent mais de temps à autre, ils réapparaissent ! avait répondu l'initié, emporté par sa fougue habituelle. Outre Fulcanelli, examine le cas du comte de Saint-Germain : après avoir vécu à la cour de Louis XV où de nombreux témoignages – la Pompadour, Casanova, Voltaire – attestent qu'il ne mangeait jamais, restait chaste, créait des pierres précieuses et transformait les métaux en or, il a mis en scène sa fausse mort en 1784. Il s'esquive, mais Marie-Antoinette reçoit une lettre de lui en 1789, qui l'avertit de la future Révolution. Puis il apparaît à des initiés viennois et leur dit qu'il se retire en Angleterre pour préparer deux inventions du siècle suivant, les trains et les bateaux à vapeur. Il se manifeste encore au début du XIXᵉ siècle, puis il y a huit ans, en 1930, à l'âge vénérable de deux cent trente ans. Sauf qu'il a toujours affirmé être en vie depuis l'Antiquité, et avoir appris la Haute Science dans les pyramides égyptiennes. Il est donc un éternel, qui se réincarne régulièrement.

– Évidemment, avait raillé Victoire. Si je comprends bien, tu penses que c'est le comte de Saint-Germain qui me suit ?

– Lui ou un autre immortel, à moins qu'il ne s'agisse des Rose-Croix, auxquels le comte de Saint-Germain disait appartenir, avait renchéri Gustave en se grattant le menton.

– Les Rose-Croix ? Lesquels ? avait-elle gouaillé. Car ils pullulent, ceux-là, et ne se cachent nullement : entre l'Ordre kabbalistique de la Rose-Croix, la Rose-Croix de Harlem, l'École de la Rose-Croix d'Or, la…

– Aucun de ceux-là ! avait interrompu l'alchimiste avec mépris. Ces misérables sectes avec pignon sur rue qui, en effet, grouillent comme de la vermine n'ont rien de commun avec Christian Rosenkreutz et la Rose-Croix primitive de la Renaissance, apparue en Allemagne au début du XVIIᵉ siècle et volontairement évanouie quelque temps après !

– Que de disparitions… Allez, raconte ! avait-elle répliqué en posant sa main sur son épaule.

– Hiérarchisée, secrète, très élitiste, avait-il commencé en rougissant, cette confrérie dont les membres se nomment «les invisibles» a pour mission de répandre la spagyrie paracelsienne, de lutter contre la tyrannie du pape et de la Sainte Inquisition et de régénérer le monde par l'alchimie en délivrant l'homme et la nature du péché originel. Les règlements de la fraternité sont inspirés des préceptes des philosophes du feu des siècles précédents : pauvreté, chasteté, célibat, silence absolu auprès des non-initiés, vie frugale, nom d'emprunt, vœu d'errance perpétuelle au service bénévole des affligés pour guérir gratuitement les maladies.

– Je présume que pour toi, l'ordre clandestin des Rose-Croix existe encore ? avait-elle demandé, certaine de la réponse.

– Naturellement.

– Je serais donc surveillée ou poursuivie par des immortels en goguette, Nicolas Flamel, saint Germain, Fulcanelli, ou par les successeurs du club très fermé des anciens Rose-Croix. Mais pourquoi ? Que me veulent-ils ? D'après ce que tu racontes, tous ces gens défendent un idéal évangélique et ils sont bienveillants, quand ils daignent se montrer.

– Malheureusement, Victoire, avait répondu Gustave en s'assombrissant, je ne crois pas que leurs intentions envers toi soient charitables… c'est ce qui me préoccupe.

– Mais enfin, pourquoi des alchimistes de la Renaissance devenus d'invisibles immortels s'en prendraient-ils à moi ?

– Théogène ne t'envoie-t-il pas des messages ?

– Si, mais…

– Je suis certain que l'érudit Théogène avait intégré la confrérie secrète des Rose-Croix.

– Mais il n'a pas bu la liqueur de Vie.

– Non, avait poursuivi Gustave, enflammé par ses propos, il en a été empêché. Pourquoi ? Parce que les frères Rose-Croix ont découvert que Théogène avait caché la suprême clef qui mène à l'Élixir dans les vers qu'il écrivait, et qui pouvaient tomber dans des mains profanes. Or, comme je te l'ai dit, la fraternité exigeait le secret le plus absolu. Et elle châtiait les traîtres. Je pense donc que les Rose-Croix ont éliminé le poète afin de le faire taire. Il est mort assassiné et son âme n'a jamais connu la paix. Mais le cahier a échappé à ses meurtriers – Théogène avait sans doute un complice qui s'est enfui avec le manuscrit – les Rose-Croix n'ont pas pu le détruire et il s'est retrouvé ici, à Paris, dans les collections du cardinal, parmi des milliers d'ouvrages – la meilleure cachette – puis à la bibliothèque Mazarine, reclus, oublié donc inoffensif.

– Et c'est là que j'interviens...

– En touchant et surtout en respirant les pages du livre, tu as réveillé le fantôme de Théogène qui y était endormi depuis des siècles, et tu as libéré son esprit prisonnier des poèmes.

– C'est Victoire, la princesse charmante qui, avec son nez, ranime les ectoplasmes au livre dormant, avait-elle chantonné sur un ton ironique.

Il avait poursuivi son hypothèse, nullement ébranlé.

– Théogène est entré en toi, car il a reconnu la seule personne capable de le sauver, de délivrer son âme errant entre la terre et le ciel, voire de venger sa triste fin... Tu portes donc, dans tes tréfonds, le mystère réservé à quelques-uns, qui ne doit pas être dévoilé. Peu à peu, l'esprit te révèle le secret des secrets... Les grands élus hermétiques le savent et ils t'épient. Je crains que bientôt, ils ne te réservent le même sort qu'à Théogène et à son manuscrit.

Dans le jardin des Tuileries, Victoire aperçut des enfants qui jouaient, surveillés par leur mère ou leur nourrice. Elle songea au talisman censé protéger les femmes enceintes, qu'elle avait dessiné chez Chacornac. Margot avait trouvé une explication rationnelle : Victoire avait vu le bijou sur des photos de son père et elle l'avait reproduit de façon inconsciente. Il s'agissait donc d'un souvenir, en aucun cas d'un dialogue avec le défunt Karel Douchevny. Quant aux détails invisibles sur les portraits, elle avait pu les inventer : même à la loupe, il était impossible de distinguer les inscriptions ornant l'amulette que son père portait autour du cou, sur les vieux clichés. Si Victoire était latiniste, elle ne connaissait pas l'hébreu. Qu'importe, les formules cabalistiques, les signes hiéroglyphiques et même les sceaux paracelsiens étaient la réminiscence de lectures récentes : dans son antre souterrain, Gustave possédait *L'Archidoxe magique*, et d'autres traités que sa camarade avait parcourus. Il pouvait également s'agir du souvenir de la lecture du cahier original de Théogène, qui comportait, outre les vers, de nombreux dessins. Victoire se rappelait que certains ressemblaient vaguement à celui qu'elle avait tracé. Malheureusement, cette allégation était impossible à vérifier.

Une telle élucidation était probante, si l'on admettait que la mémoire de la jeune femme ne fonctionnait plus normalement – ce dont elle avait la preuve chaque jour – mais pathologiquement.

Victoire avait refusé de suivre Margot à Londres, où s'était exilé Freud, en Suisse chez Jung et même à Paris, chez des psychanalystes de renom : nul ne pouvait la guérir car elle n'était pas malade, juste désillusionnée d'elle-même et du monde. Elle admettait quelques névroses mais ces dernières n'étaient pas graves. Elle n'était pas neurasthénique ni suicidaire, elle mûrissait et changeait d'optique sur l'existence. Cette faculté d'adaptation au réel n'était-elle pas signe de bonne santé ? Marguerite l'avait assez assistée : sa meilleure amie devait s'occuper de son avenir et la laisser réorganiser le sien.

Laurette avait continué à croire que l'esprit de son mari disparu hantait sa fille et lui voulait du mal. Mais comme elle ne pouvait en parler devant le cartésien Jourdan, Victoire s'arrangeait pour ne pas voir sa mère hors de la présence du chirurgien. Quand ce dernier s'absentait, elle assurait Laurette qu'elle allait bien, que grâce à Mademoiselle Maïa l'esprit nocturne s'était enfui et elle orientait la conversation sur d'hypothétiques projets de mariage.

Elle ne mentait pas lorsqu'elle déclarait que le dibbouk ne la visitait plus la nuit. Mais elle cachait une part de la vérité.

Victoire n'avait accepté de retourner à la librairie de Paul Chacornac, pour une nouvelle tentative de désinfestation, qu'à la condition d'être en tête à tête avec le médium. De la première réunion, elle avait tout oublié à part la sensation étrange d'assister à un banquet funèbre où elle tenait la place du mort. Seule une bénéfique présence, une lumière chaude et rayonnante, lui parlait comme à une personne vivante et tentait d'arracher le linceul noir qui la recouvrait.

À la deuxième séance, sa mère, Gustave et Margot patientaient donc avec le libraire dans l'officine. Dans l'arrière-boutique, assise face à Mademoiselle Maïa, Victoire avait tracé une carte céleste, un thème astral.

Gustave y avait reconnu un horoscope paracelsien de conception dans le ventre maternel. Mais le tracé était si elliptique que l'astrologue n'avait osé se risquer à une interprétation. En tout cas, il ne s'agissait pas du thème de Victoire, ni de celui de ses parents. Peut-être celui du mystérieux Théogène ou de l'un de ses patients.

À la troisième séance, Margot passait l'examen écrit de philosophie et Laurette était sur la table d'opération, pour une retouche. Victoire avait dessiné un triangle, dans lequel une femme vêtue d'une longue robe fluide comme celle de Mademoiselle Maïa, une étoile au-dessus de la tête, tenait dans sa main droite un croissant de lune, debout sur l'autre moitié du luminaire. Un carré magique à neuf cases, dont n'importe quelle ligne produisait le nombre 369, complétait ce sceau paracelsien lunaire, destiné à protéger les voyageurs des brigands. Autour du personnage de la lune elle avait écrit des noms d'anges. Comme précédemment, des signes et des formules en hébreu, en latin mais aussi en grec accompagnaient la figure. Gustave s'était gratté le crâne, perplexe.

À la quatrième séance, Victoire avait reproduit, toujours au milieu d'un triangle, entouré de formules, de marques conjuratoires et des noms de l'armée céleste, le sceau du soleil, c'est-à-dire un roi couronné assis sur son trône, un sceptre dans la main droite, un lion à ses pieds, avec son carré de protection à six cases devant assurer le porteur du blason du regard gracieux des rois et des princes.

– Il s'agit toujours du talisman de Karel, avait attesté Laurette en pâlissant, avachie sur une pile de grimoires. Le pendentif était en métal, en argent je crois. C'était une pyramide à quatre faces. C'est lui ! Son fantôme est toujours là, dans ma fille !

– Une pyramide ? avait bondi Gustave. Cela corrobore ce que je soupçonnais ! La pyramide symbolise le passage vers l'autre monde, donc la grande métamorphose… mais aussi la synthèse alchimique des quatre éléments, l'union de l'initié à la puissance première, au terme de l'ascension hermétique… Le message est limpide. Saturne = *nigredo*, la lune = *albedo*, et maintenant le soleil = *rubedo*. Bref, ce croquis est la reproduction d'un talisman qui dévoile la synthèse du Grand Œuvre !

Des nuits entières l'alchimiste avait étudié les dessins, à la recherche de leur sens caché. Il s'était épuisé dans de savants calculs, inversions de lettres, anagrammes, cryptogrammes, dans différentes langues, pour finir par décréter qu'il manquait une clef, une indication indispensable qui le mettrait sur la voie et qui figurait probablement sur le dernier triangle, la quatrième face de la pyramide, que l'esprit allait adresser à Victoire au prochain rendez-vous avec Mademoiselle Maïa.

À la cinquième séance, il s'était donc posté près du rideau séparant le magasin de l'arrière-boutique, épiant chaque geste, chaque mot de son amie en état de transe. La réunion terminée, il s'était rué dans la pièce. Cette attitude avait provoqué l'ire de Laurette, qui n'appréciait guère cet échalas mal fagoté et affabulateur, à demi cinglé et sans véritable situation, qui harcelait sa fille et s'accrochait à elle comme une sangsue. L'esclandre avait éclaté quand, dépité, Gustave avait constaté qu'au lieu de dessiner la quatrième face de la pyramide, l'hôte de Victoire avait écrit des poèmes sur la ville de Prague, sa rivière, son célèbre pont et son château.

– Théogène, que fais-tu ? avait-il pesté, la feuille à la main. Pourquoi ne me donnes-tu pas la clef, la dernière face, celle dans laquelle se cache la grille de lecture du mystère des mystères ?

– Théogène ? s'était étonnée Laurette. Mon époux se nommait Karel Douchevny, jeune homme ! Et il est né à Prague, en Bohême. Voilà une preuve de plus, s'il en fallait, que c'est bien lui qui infeste Victoire et…

– Madame, je suis navré mais votre mari est, au mieux, un médiateur dans l'au-delà, ou un viatique. Le talisman est un bijou de famille, avez-vous dit ? Si Théogène était un aïeul de Karel et donc, de Victoire ? Si elle était liée à Théogène par le sang, cela expliquerait pourquoi c'est elle qu'il a choisie, et personne d'autre !

– Karel ? Un viatique ?

La dispute s'était tant envenimée que Paul Chacornac leur avait demandé de ne plus accompagner Victoire.

La jeune femme était donc revenue seule quai Saint-Michel. Cette assiduité était incohérente au regard de son incrédulité. Or, elle avait dû convenir que Mademoiselle Maïa apportait une amélioration considérable à son existence. L'étrange phénomène, quelles que soient sa source et son identité, ne se manifestait plus chaque nuit mais réservait ses visites aux séances avec l'initiée. Le progrès était appréciable puisqu'il lui permettait de se reposer et de récupérer un peu d'énergie. Malheureusement, l'esprit refusait toujours de la quitter, même temporairement, pour s'incorporer au médium. Mademoiselle Maïa ne parvenait pas à expliquer cet attachement, mais elle avait assuré la jeune femme qu'à force de travail, la puissance surnaturelle déclinerait jusqu'à s'évaporer tout à fait.

Place des Pyramides, Victoire tourna à droite en direction du Palais-Royal. Elle jeta un coup d'œil par-dessus son épaule et vérifia qu'elle n'était pas suivie. Elle songea au singulier personnage qu'était Mademoiselle Maïa : cette femme était une énigme. Victoire la voyait chaque semaine depuis plus de quatre mois, lui livrait son esprit et son âme, mais elle ne savait rien d'elle. De quoi vivait-elle, puisqu'elle ne la faisait pas payer ? Qui était cette belle et douce inconnue qui avait su gagner sa confiance, cette muse bienfaisante qui s'était choisi comme pseudonyme le nom de la génitrice d'Hermès, maîtresse de Zeus et déesse de la croissance, symbole universel de la mère nourricière ?

Une angoisse l'étreignit à l'idée que son insolite médecin avait, lui aussi, pris quelques jours de congé. Elle craignait que le dibbouk ne profite de son absence pour recommencer ses facéties nocturnes. Heureusement, pour l'instant, elle dormait d'un sommeil ordinaire. Cette banalité était sa seule réjouissance, l'unique but de sa nouvelle existence.

Victoire bifurqua rue de Richelieu et se rappela en souriant son rêve de la nuit précédente : vêtu d'un smoking, Gustave la conduisait à une réception mondaine. À son bras, en robe du soir, elle pénétrait dans une pièce vaste et haute. Elle levait la tête et constatait, avec terreur, qu'une toile d'araignée géante était tissée au-dessus de leurs têtes. Les fils blancs étaient si épais qu'ils ressemblaient au filet de protection qu'utilisent les trapézistes de cirque. Au milieu de sa toile, sommeillait une colossale araignée, blanche également. Victoire hurlait de frayeur mais Gustave lui disait qu'elle ne devait pas avoir peur : il faisait sauter le bouchon d'une bouteille de champagne qui atterrissait dans la gueule de la monstrueuse créature. Sa bouche, sertie de dents rouges, gobait la capsule de liège, sans bouger son corps velu. D'autres invités arrivaient, une table était dressée et ils banquetaient sous l'animal placide, en lui lançant de temps à autre de quoi se nourrir.

– Tu vois, lui murmurait Gustave à l'oreille, on peut très bien vivre avec une araignée au plafond !

Sans avoir croisé âme qui vive, Victoire arriva au bout de la rue de Richelieu et pénétra dans le hall du *Point du jour*. Une hôtesse somnolait derrière le grand comptoir. Elle planta ses talons dans la moquette rouge mais ne sentit pas les vibrations des machines du sous-sol. Elle regarda sa montre : onze heures. Après avoir craché la dernière édition, les hauts-fourneaux étaient eux aussi assoupis. Dans quelques heures, ils s'éveilleraient. Elle saisit le numéro de ce dimanche 14 août 1938 et se dirigea vers les ascenseurs de fer forgé. En montant au quatrième étage, elle examina les titres : le paquebot *Queen Mary*, rival du *Normandie*, tente un record de vitesse sur l'Atlantique. Les préparatifs du Reich sont toujours plus préoccupants : le monde craint la guerre. Conflit des dockers à Marseille. Catastrophe aérienne : à quelques kilomètres de Strasbourg, côté allemand, l'avion Prague-Paris pris dans un orage s'égare dans la brume et percute une montagne de la Forêt-Noire : seize morts. Victoire fronça ses sourcils dessinés au crayon et sortit de l'ascenseur.

La salle de rédaction était déserte, la porte de la plupart des bureaux close. Partout, régnait le calme. Victoire ne put réprimer une sensation de malaise : si elle aimait la ville abandonnée, le silence du journal était sinistre.

Elle se dirigea vers le bureau du rédacteur en chef et poussa un soupir de soulagement lorsqu'elle aperçut l'indéfectible Ernest Pommereul. Il écrivait sur une table d'acajou, en suant sous un ventilateur qui effilochait la fumée de sa pipe en une traînée fantomatique. Il leva sa petite tête jaune au regard aiguisé.

– Douchevny, mon petit ! s'écria-t-il avec une affection inhabituelle. Vous nous revenez enfin ! Vous avez bonne mine. J'espère que vous êtes guérie !

L'absence de la pigiste était passée inaperçue sauf pour le rédacteur en chef, à qui Blasko et Gustave, pour une fois d'accord, avaient dit qu'elle soignait un début de phtisie dans un sanatorium.

– Oui monsieur, affirma-t-elle en souriant, heureuse de revoir ce visage familier.

– Vous avez vu ? Les rats ont quitté le navire, et ceux qui restent semblent avoir été piqués par une mouche tsé-tsé... Comment peut-on aimer les vacances ? Quel ennui ! Vivement mardi, que cesse ce gâchis et qu'on recommence à travailler ! En attendant, je fais tourner la baraque tout seul !

Elle eut envie de répondre que cela ne changeait guère des autres jours.

– Je ne peux prétendre remplacer quiconque, dit-elle, mais si vous avez besoin d'aide...

– Allez prêter main-forte au stagiaire, pour classer les dépêches. Ce matin, il m'a collé la fermeture de la ligne de tramway Le Raincy-Montfermeil dans la corbeille «politique étrangère».

– Tout de suite, monsieur.

D'un pas léger, Victoire traversa l'étage jusqu'à une petite pièce dans laquelle des rouleaux noirs expectoraient, dans un bruit assommant, les dépêches de l'agence française Havas et des agences extérieures. Un adolescent transpirait en détachant les missives et en les rangeant dans différents paniers.

– Bonjour. Victoire Douchevny, annonça-t-elle en ôtant ses gants de coton crème. Pommereul m'a demandé de t'aider.

– Roland Lacombe, répondit-il avec un fort accent toulousain. C'est pas de refus, ce boucan va me rendre fou et je meurs de soif !

– Va te désaltérer au bar. Je prends le relais.

Il remercia et sortit. Victoire enleva son chapeau et s'approcha des rotatives. Le vacarme la rassérénait, il était vivant.

Elle commença par examiner les dépêches jetées dans les panières et rectifia quelques erreurs de destination. Les doigts tachés d'encre, elle s'attaqua ensuite aux nouvelles qui, comme les plis d'un tissu, s'accumulaient à la sortie des rouleaux. En séparant les dépêches, elle se dit que cette tâche n'était pas déplaisante. Subalterne, répétitive, elle laissait l'esprit au repos, n'exigeait aucune mémoire, aucune réflexion, et permettait de savoir ce qui se passait en France et dans le monde sans subir le commentaire des journalistes : un fait brut, dénué d'émotion et d'analyse. Elle y prenait presque plaisir.

Soudain, elle écarquilla les yeux. Des mots venaient de lui sauter à la figure. Elle arracha la dépêche et la lut attentivement. Son teint déjà pâle devint celui d'un cadavre. Elle mit la main gauche sur sa bouche pour empêcher son cœur de sortir par ses lèvres. Sa vue se brouilla, elle ferma les paupières et le battement des rotatives la remplit de palpitations sourdes.

Dans sa main droite animée d'une convulsion, le papier tremblait.

Havas – dimanche 14 août 1938 – 11 heures – Prague
Sordide assassinat au château de Prague. Ce matin, dans les jar-dins royaux, au fond du Fossé aux Cerfs, un promeneur a découvert un corps sans vie. Il s'agit de celui d'un médium parisien connu sous le nom de «Mademoiselle Maïa». Âgée de 27 ans, enceinte, la res-sortissante française a été égorgée et atrocement mutilée : l'assassin lui a ouvert le ventre, emportant son fœtus. On n'a pas retrouvé le bébé. Pour l'heure, la police locale ne dispose d'aucun élément sur l'identité et le mobile du criminel.

Deuxième partie

ALBEDO

« Tu es dans le jardin d'une auberge aux environs de Prague,
Tu te sens tout heureux une rose est sur la table,
Et tu observes au lieu d'écrire ton conte en prose,
La cétoine qui dort dans le cœur de la rose. »

Guillaume Apollinaire, « Zone », *Alcools*.

16

Théogène se penche par-dessus le pont Poudrier, un ouvrage couvert en bois qui relie le château fort au parc. Aucun fleuve ne coule en dessous. La rivière Brusnice a disparu et il n'en reste qu'un minuscule ruisseau. Mais elle a creusé un lit si profond qu'on n'en distingue pas le fond. Jadis, les pentes de ce ravin naturel étaient plantées de vignes, mais elles ont été arrachées au début du siècle, lors de la création des jardins royaux. Alors, le long gouffre de terre s'est hérissé de bois noirs et de forêts touffues. On y a introduit du gibier pour les chasses de l'Empereur, d'où son nom : le Fossé aux Cerfs.

Théogène entre dans les jardins du château de Prague, le Hradschin, et longe l'immense tranchée naturelle. De ce côté du précipice, sont préservées les collections zoologiques et botaniques vivantes de Rodolphe II de Habsbourg : lions, civettes, guépards, léopards – avec lesquels il chasse – tigres et ours dans la ménagerie de la cour des Lions, chevaux de race dans les écuries, aigles, perroquets, autruches et autres oiseaux dans la volière, poissons dans les bassins d'eau douce ou d'eau de mer, plantes tropicales et exotiques dans les serres, essences d'arbres rares dans le parc. De l'autre côté de l'abîme, au-delà des remparts se dressent la cathédrale Saint-Guy où reposent les rois défunts, les nombreux bâtiments du Hradschin, notamment la galerie que le souverain a fait édifier afin d'abriter, à côté des créations humaines, son étonnante accumulation d'animaux trépassés et de plantes séchées : peaux, squelettes, fauves empaillés, reliques de licornes, dragons, basilics et autres bêtes magiques, cornes de rhinocéros, bézoards, langues de vipères pétrifiées, dents d'hippopotame, insectes épinglés, pigeon à deux têtes, lièvre à deux corps, oie à trois pattes et autres curiosités engendrées par la nature, racines de mandragore, noix des Seychelles, herbiers et étrangetés du règne végétal.

Le Fossé aux Cerfs semble séparer la vie et la mort. Théogène sourit. Il vient de passer sur le bon versant. Transi, il ramène sur son corps les pans de la cape fourrée de zibeline que le comte Zaltross lui a offerte. En boitant, il dépasse le bâtiment du Grand Jeu de paume décoré de sgraffites.

Malgré le froid, il se réjouit de cette promenade à l'air libre, qui réveille son corps engourdi par de longues heures dans la fournaise de la tour des astronomes, dans laquelle sont installés les laboratoires principaux. Il respire à pleins poumons et traverse les somptueux jardins pétrifiés par l'hiver. Sous ses pas, les pelouses craquent comme des écailles de verre. Parvenant à l'extrémité du domaine, au belvédère, le palais d'été de la reine Anne Jagellon, grand-mère du prince actuel, il s'arrête près d'une fontaine de bronze appelée «la fontaine chantante», car en tombant de la bouche et du pénis des chérubins du bassin supérieur, les gouttes font résonner la vasque inférieure soutenue par une sculpture du dieu Pan, dans un harmonieux son qui ressemble à une clochette ou à une cornemuse. Hélas, le gel vif de ces derniers jours a changé l'eau en glace, la source sémillante s'est minéralisée en statue triste et figée.

Il admire le pavillon de plaisance : édifié par des architectes italiens, l'élégante bâtisse au toit en bâtière, ornée de terrasses, dispose d'une galerie d'arcades sculptées de reliefs représentant d'antiques scènes mythologiques. L'ensemble dégage un raffinement dont Théogène n'était, jusque-là, pas coutumier.

Il descend un escalier qui conduit à une salle chauffée où s'épanouissent figuiers, orangers, citronniers et tulipes, une fleur précieuse qui pousse ici pour la première fois en Europe, et que le préfet des jardins impériaux de Vienne a dérobée aux sultans ottomans.

L'alchimiste songe aux splendeurs que recèle le Château et à toutes les choses qu'il ne connaissait pas avant d'arriver à Prague. Ces jours prochains, il est requis afin de se pencher, avec d'autres astronomes, sur une lettre que Thadée de Hájek vient de recevoir d'un chercheur vivant au Danemark, qui contient des instructions pour construire sphères armillaires, sextants et nouveaux instruments servant à mesurer les astres dans le ciel.

Premier astronome de l'Empereur, astrologue officiel de la cour, physicien et mathématicien, Thadée de Hájek entretient en effet une correspondance fournie avec Tycho Brahe, un savant danois qui a élaboré un catalogue d'étoiles très complet grâce à l'invention d'outils de mesure. Les deux scientifiques se sont rencontrés en 1576 à Ratisbonne, au couronnement de Rodolphe II. Pour l'heure, le savant pragois n'est pas parvenu à persuader Brahe de quitter son île près de Copenhague et de renoncer à la protection du roi Frédéric II pour se placer sous celle de son prince, mais Théogène ne doute pas qu'il réussisse un jour à attirer Brahe au Hradschin. Le sexagénaire est également le premier médecin du souverain après avoir été celui de son père, l'empereur Maximilien de Habsbourg. Hájek est donc le capitaine de l'académie alchimique. À ce titre, le monarque a chargé son archiatre de vérifier les compétences des postulants et de déjouer leurs mystifications.

Adossé à la figuerie, Théogène se souvient avec émotion de son arrivée, voilà deux mois, et de l'examen de passage dans la maison personnelle de l'inquisiteur officiel, près de la place de la Vieille-Ville, dans la partie basse de la cité. Durant le voyage jusqu'en Bohême, le comte Zaltross lui avait campé un tel portrait de Thadée de Hájek, prompt à percer et à punir les supercheries, que face à lui, le teinturier de la lune s'était mis à trembler comme un enfant. Il ignorait que beaucoup de ses congénères, qui prétendaient transformer le mercure en or devant l'archiatre, dupaient ce dernier en cachant quelques particules du métal jaune dans une baguette évidée avec laquelle ils remuaient le contenu du creuset, ou en plaçant un composé aurifère dans une coupelle à double fond, creuset à fond d'argile ou de cire, qui se dissolvait sous la chaleur du feu.

– Magister Hájek, je ne sais pas transmuter le plomb en or, avait-il affirmé en baissant la tête.

– Dans ce cas, mon petit, métamorphose-le en argent !

– Je ne maîtrise pas non plus l'argyropée, avait-il répondu. Mon maître est décédé de mort violente, dans l'incendie de son laboratoire, avant de m'avoir transmis tous ses arcanes…

– Que signifie cette mascarade ? avait demandé le vieillard, furieux, en se tournant vers le comte Zaltross. Pourquoi avez-vous ramassé un novice ignare et à moitié abruti ?

– Sous ses airs falots, cet homme est un médecin de haute volée, avait calmement rétorqué l'aristocrate. Il a été instruit par un élève de Paracelse en personne. Au vu des affections dont souffre notre souverain, j'ai pensé que des méthodes et des remèdes nouveaux…

– Ton maître t'a-t-il enseigné une recette de l'Élixir de longue vie ? avait demandé le vieil homme à l'impétrant.

En rougissant, Théogène s'était vu, une fois de plus, condamné à mentir, tandis que le comte l'observait avec suspicion.

– Soit, avait répondu Hájek. Tu es là pour découvrir ce secret, et l'offrir à l'Empereur. Tu travailleras là-haut, au Château, avec les autres, à l'*Opus Magnum*. Si je t'en juge digne. Vois-tu, je souffre de contractures aux jambes, qui provoquent une paralysie de mes membres. Si tu parviens à me soulager, tu entreras au service de notre souverain. Sinon, tu retourneras d'où tu viens. À moins que l'on ne te jette en prison…

Théogène s'était aussitôt installé dans le laboratoire personnel de Thadée de Hájek, où il avait renoué avec les gestes appris par son maître. Devant l'athanor, il s'efforça d'oublier l'académie alchimique, l'âme damnée de son père adoptif et sa peur d'avoir désappris les tours de main, en effectuant quelques exercices propres à assouplir son corps, affermir son âme et favoriser la concentration de son esprit. En trois jours, il confectionna un remède paracelsien : il pulvérisa du soufre, le plaça dans un vase d'argile et le sublima dans l'alambic de verre. Il le fit dissoudre, y ajouta savon hongrois, eau ardente, huile d'olive et rosat, puis cuisit le tout dans un chaudron de cuivre. Très inflammable, le mélange prit feu et il se brûla l'avant-bras, mais il ne sentit pas la douleur. Lorsque l'amalgame eut la consistance d'une bouillie, il le laissa refroidir. Pendant ce temps, il s'enquit des coordonnées de naissance de Thadée de Hájek et calcula son horoscope de conception dans le ventre maternel : l'astrologue impérial ne cacha pas sa surprise, ni ses railleries. Le quatrième jour, à la bonne conjonction des astres, Théogène étala la pommade sur les jambes de son hôte et les massa avec application, en psalmodiant des prières latines et des formules dans une langue étrangère, que Liber avait rapportées des Indes et du Tibet, et qui sonnaient comme une mélopée répétitive. Le patient fut positivement intrigué par ces «mantras». Théogène répéta l'opération les jours suivants.

En attendant le verdict de l'archiatre, Théogène s'acclimatait. La maison du docteur Hájek regorgeait de buffets à plusieurs corps incrustés d'argent et garnis de vaisselle dorée, de verres et de vases rouge et or en cristal de Bohême d'une pureté incroyable, d'immenses tableaux flamands et italiens, d'une galerie de portraits de famille, signe de richesse, d'estampes, de miroirs, de tapis turcs, d'horloges dotées de boîtes à musique et d'une bibliothèque si riche qu'il y passait la majeure partie de son temps, retrouvant la joie de l'étude des œuvres occultes. L'une des pièces était même décorée de dessins représentant des vaisseaux alchimiques, agrémentés d'inscriptions.

– Cela n'est rien, s'était exclamé le vieux médecin, comparé aux collections de l'Empereur. L'Hermès du Nord a constitué le plus beau et le plus vaste cabinet de curiosités du monde, et nul n'a rassemblé autant d'ouvrages sur la Haute Science. Si pour ses hôtes de noble naissance, la visite des collections est un honneur rarissime, ses artistes et ses teinturiers de la lune y ont accès sans restriction, afin d'y puiser savoir et inspiration. Peut-être connaîtras-tu, toi aussi, cet insigne privilège. Peut-être pas…

Le vieillard s'amusait de l'épreuve et de son statut de juge, nullement pressé d'asséner sa sentence. L'onguent au soufre réchauffait ses muscles fatigués et tempérait ses douleurs chroniques. Il jouissait de la thérapeutique prodiguée par l'aspirant autant que de sa conversation.

Au bout d'une semaine, Théogène s'avisa qu'il n'était pas prisonnier et il résolut de sortir à la découverte de la ville. Son hôte lui avait raconté que celle-ci avait été fondée au VIIIe siècle par la princesse Libuše, une prophétesse slave, ancêtre du peuple tchèque. Près d'un tilleul, arbre sacré sous lequel elle rendait la justice, la pythie avait prédit le futur éclat de Prague : *Je vois une grande cité dont la gloire confinera aux étoiles.*

La première chose que vit le jeune homme fut la place de la Vieille-Ville, sa fontaine de marbre, son marché bourdonnant et les baraques des charlatans vantant leurs mixtures contre la peste. La maladie maudite avait tué la moitié de la population trois ans auparavant. Il songea qu'il s'agissait peut-être de candidats recalés par Thadée de Háyek, ou d'anciens courtisans évincés par le souverain. Superstitieux, il se signa, se détourna et aperçut une merveille : l'horloge astronomique accolée à l'hôtel de ville, prodige de technique et de beauté construit en 1410, qui indiquait non seulement le temps, le zodiaque, mais la position des astres dans le ciel et les phases de la lune.

Il poursuivit son chemin en boitant sur les pavés, ébloui de n'y pas trébucher sur des monceaux de boues malodorantes, comme à Paris. Parvenu à l'une des portes fortifiées de la Vieille Ville, il se souvint de ce que lui avait expliqué Thadée de Háyek. Contrairement à la capitale française, Prague n'était pas une mais triple : elle était constituée de trois bourgs distincts, dont chacun était enserré dans des remparts : la Vieille Ville, Staré Město en langue bohémienne, la Nouvelle Ville, Nové Město, et Le Petit Côté, Malá Strana, auxquels il convenait d'ajouter le ghetto juif, clos et sans statut, et le Hradschin, le Château, au statut particulier de résidence impériale, le tout totalisant soixante mille habitants.

Théogène n'était pas sorti des murs de Staré Město ni de ses rues sombres. Il n'avait pas de laissez-passer et ne se sentait pas le droit de s'échapper de la Vieille Ville, tant qu'il n'avait pas réussi son examen. Il avait observé la rivière qui telle la Seine, fendait le dos de Prague, et qu'ici on appelait Vltava en tchèque, Moldau en allemand : gelée par endroits, elle était parcourue de barques de pêche, radeaux et gabares qui transportaient des marchandises. Un seul pont enjambait le cours d'eau : le Pont de pierre, flanqué à chaque extrémité d'une tour carrée garnie de blasons, statues du mystique empereur Charles IV, de saints patrons et de motifs astrologiques. Le pont était au centre de la route du couronnement du roi de Bohême, la Voie royale, qui partait de la rive droite, celle des bourgeois et de la plèbe, pour rallier la rive gauche, celle des nobles, afin de monter vers le Hradschin.

Théogène avait franchi des yeux la rivière : de l'autre côté s'élevaient les toits rouges de la ville aristocratique, Malá Strana, qui grimpaient jusqu'à la citadelle fortifiée. Il s'était rappelé le château de ses rêves d'enfant et dit que son trésor, le but ultime de son existence, était caché là-haut. Il fallait qu'il pénètre cette forteresse, le plus grand château fort qu'il ait jamais vu, et qui abritait, il n'en doutait plus, la clef de sa mission terrestre.

Le lendemain soir, son hôte lui avait présenté deux personnages importants du Hradschin, conviés à dîner. Cette nuit-là, le teinturier de la lune avait assisté à une expérience inédite, qui lui ouvrait des perspectives inimaginables.

Théogène descend prudemment dans le Fossé aux Cerfs par un étroit et tortueux chemin, labouré par les sabots des chevaux. Au fond du ravin, il aperçoit une biche qui s'enfuit, suivie par deux faons. Il traverse la combe et remonte de l'autre côté, par un sentier si raide qu'il s'aide non seulement de sa canne mais des branches des châtaigniers. Au pied de la muraille septentrionale du Château, il s'arrête pour reprendre son souffle.

Les deux alchimistes de l'Empereur étaient des sujets d'Élisabeth Iʳᵉ, reine d'Angleterre et d'Irlande. Astrologue de la souveraine – il avait choisi la date de son couronnement – mathématicien, astronome, géographe, philosophe, expert en calculs de navigation, grand initié de l'Art royal, mage et hermétiste, le premier était si célèbre que Théogène n'avait pu s'empêcher de bafouiller en le voyant.

Le second était un inconnu à l'allure étrange. Depuis une année, John Dee, Edward Kelley et leurs familles respectives vivaient sur le continent, voyageant entre la cour de Prague et celle du roi de Pologne. Âgé de cinquante-huit ans, l'érudit britannique avait le regard perçant, une barbe blanche taillée en pointe. Son bonnet noir, la fraise immaculée qui cerclait son cou, son costume et ses manières trahissaient ses origines aristocratiques. Son compatriote ne devait pas avoir plus de trente ans. De part et d'autre d'une toque crasseuse, pendaient des cheveux longs et gras. Son nez était crochu et ses yeux ressemblaient à des prunelles de rat. Sur sa poitrine, sa barbe claire et peu soignée se séparait en deux becs qui faisaient penser à des cornes. Kelley aurait pu être le domestique de Dee, mais le gentilhomme le traitait comme un égal. Mieux, il montrait envers le roturier des égards incompréhensibles. Théogène s'était demandé ce qui pouvait unir deux êtres aussi dissemblables.

La réponse était arrivée après minuit. L'archiatre impérial avait entraîné ses invités jusqu'au grenier. Théogène y avait découvert un observatoire. Par les ouvertures du toit, la lune inondait la pièce de sa lumière blafarde. Mais Thadée de Háyek et les deux Anglais n'étaient pas montés afin d'étudier les astres. Ils s'installèrent autour d'une table ronde, incrustée de lettres hébraïques, de motifs cabalistiques et de symboles hermétiques. Pendant qu'un serviteur allumait les longues bougies plantées dans des chandeliers d'argent, John Dee sortit de sa besace quatre disques de différentes tailles, gravés de signes et de figures géométriques mystérieux, qu'il étala sur la table. Sur les cercles il posa une boule de cristal, un globe de quartz fumé et un petit miroir circulaire de couleur noire.

– Les disques sont des talismans envoyés par le ciel, avait chuchoté l'astronome impérial à son jeune protégé. Le plus grand s'appelle le *Sigillum Dei Emeth*, le «sceau de Dieu vérité» et il émane d'Uriel, l'ange du *Livre d'Enoch*, celui que le Seigneur a chargé d'apporter la connaissance divine aux hommes. Le miroir est en obsidienne, c'est une pierre magique jaillie d'un volcan, taillée et polie. Cet objet provient du Nouveau Monde : il a été trouvé dans un temple aztèque, au cou d'une statue de l'effrayant dieu Tezcatlipoca, divinité de la nuit, de la guerre et des sorciers, à laquelle les barbares offraient des sacrifices humains. C'est le conquistador Cortés en personne qui a rapporté ce miroir du Mexique, et l'a offert à l'empereur Charles Quint.

Bouche bée, Théogène observait le savant britannique qui, avec un grand calme, disposait devant lui un carnet, de l'encre, une plume et des pages couvertes de carrés dans lesquels étaient tracés des caractères inconnus ressemblant à des idéogrammes.

– L'alphabet secret d'Enoch et des anges, murmura Thadée de Háyek. Il constitue le langage que parlait Adam avant la Chute.

Dans la tradition kabbalistique, le patriarche Enoch était le père de Mathusalem, l'arrière-grand-père de Noé et le septième de la lignée depuis Adam. Il avait vécu trois cent soixante-cinq ans, puis Dieu l'avait enlevé et élevé aux cieux sans qu'il passe par la mort. Enoch était le premier «disparu». Gardien des trésors célestes et de la parole divine, il avait communiqué la Révélation à Moïse. Théogène se demanda comment John Dee avait retrouvé et décrypté l'idiome perdu de l'immortel et de son ancêtre Adam. Un tel prodige trahissait une intelligence supérieure, voire des pouvoirs surnaturels... Se pouvait-il que le vieil homme soit un authentique adepte ? De plus en plus intrigué, Théogène ne pouvait détacher ses yeux dorés de l'éclat brillant des prunelles de John Dee.

« Si ce fils du feu possède l'Escarboucle et la liqueur de Vie, avait-il songé, je suis sauvé, et mon maître aussi : je pourrai me confier à lui, et il m'aidera à triompher de Lucifer ! Par saint Jacques, ai-je face à moi un être surhumain ? Serait-ce possible ? Évidemment ! Nicolas Flamel y est parvenu, Athanasius Liber également, d'autres alchimistes ont sans doute réussi le Grand Œuvre et confectionné la Panacée ! Quel âge a réellement John Dee ? L'ange déchu lui est-il apparu ? Ce brillant philosophe, si courtois et aimable est-il, lui aussi, un assassin ? »

Tour à tour, le jeune homme posait un regard brûlant sur les deux Britanniques, tandis qu'un malaise s'insinuait en lui : à la place de John Dee, il voyait son maître. Et à la place de Kelley… cette pensée était répugnante. Pourtant, que se serait-il passé si rien n'était venu troubler l'existence qu'il menait avec Liber ? Afin que son élève accomplisse l'*Opus Magnum*, l'adepte lui aurait enfin dévoilé la nature de la *materia prima*. Cette sinistre révélation aurait profondément perturbé l'aspirant, mais aurait-elle entamé la dévotion dont il parait son mentor, s'il avait continué à ignorer que ce dernier était la proie d'un démon, et qu'il avait assassiné sa mère ? Cette épineuse question l'amenait à s'interroger sur lui-même : Théogène aurait-il pu tuer, afin de maintenir l'immortalité de son vénéré maître et d'y accéder lui-même ?

Il préférait chasser cette interrogation et se concentrer sur l'astrologue de la reine d'Albion : les yeux clos, ce dernier psalmodiait des formules incantatoires, en latin et en anglais.

Puis une voix s'éleva, qui n'était pas celle du noble Dee.

Théogène débouche au bord de la vigne Saint-Venceslas, la plus vieille du royaume, et sous l'œil des gardes impériaux en armes, il franchit la porte est du Hradschin. Il frémit en se remémorant la scène du grenier.

– Je vois un palais de verre au sommet d'une montagne, avait prononcé Edward Kelley d'une voix grave, en fixant le miroir aztèque. Un palais rond et transparent, avec deux portes. L'une est noire, l'autre blanche. À l'intérieur de l'édifice, il y a un jardin, où poussent des roses rouges. Je distingue une silhouette, de dos, qui se baisse pour cueillir une fleur. L'ombre se retourne… sa main droite, celle qui tient la rose, est en sang. Son visage est couvert d'un voile couleur de cendre. Elle me regarde… elle va parler…

John Dee notait dans son carnet tout ce que disait le médium. Sa plume stoppa quand Kelley, brusquement, se tut. Le doigt de l'assistant s'était mis à courir sur les carrés portant l'étrange alphabet. John Dee prononçait à haute voix les mots formés par la main de Kelley, et les traduisait simultanément.

– Je suis, dit le savant, les yeux rivés sur les lettres, je suis l'ange Raziel, celui qui a enseigné à Adam la Haute Science. Mortels, que voulez-vous ?

John Dee releva la tête, prit une profonde inspiration, avant de joindre les mains.

– Oh, tout-puissant ! hurla-t-il en s'adressant à Kelley. Je désire la clef de la transmutation, de la suprême médecine et du breuvage d'éternité, afin de métamorphoser la bête humaine en sommité pure et sacrée ! Je veux guérir du péché et accéder au royaume des êtres divins, j'aspire à la grâce, à l'illumination ! Donnez-moi le secret de la Pierre ! Révélez-moi la matière première ! Aidez-moi, ange Raziel, que dois-je faire pour mériter votre secours ?

Théogène s'était donc trompé. John Dee n'était pas un grand élu hermétique. Il n'eut pas le temps d'en être affecté, la créature céleste se remit à parler par l'intermédiaire de Kelley et ce qu'elle dit le bouleversa au plus profond de son âme.

– Il y a deux portes, chuchota le vieillard en suivant le doigt du médium sur les idéogrammes. Tu dois entrer par la porte blanche. Si tu passes par la porte noire, tu seras perdu à jamais.

– Ange Raziel, demanda John Dee. Où est la porte blanche ?

– Tout près.

– Ici, à Prague ? Montre-la-moi, pur esprit ! supplia le vieux savant. Je t'en prie… Quand vas-tu m'indiquer la voie qui mène à la porte blanche ?

– Bientôt. Adieu.

Dans l'enceinte du Hradschin, Théogène pense qu'il dispose d'un peu de temps encore avant de rallier les laboratoires et de prendre son tour de veille devant l'un des athanors. Il vérifie que les gardes de la poterne orientale lui tournent le dos et il se glisse comme un chat dans la Tour noire. Destiné au stockage de la poudre à canon, le bâtiment du XIIᵉ siècle a été nommé ainsi à la suite du terrible incendie qui, en 1541, a ravagé le Château et toute la rive gauche, laissant sa sombre empreinte sur les murs de la tour. Théogène monte péniblement le vieil escalier et parvient au bord de l'ouverture carrée. Il se penche.

Le panorama qu'il a sous les yeux est époustouflant. Un souffle glacé se glisse dans sa barbe brune et le ramène à ses souvenirs.

Après trois semaines de traitement, Thadée de Háyek a estimé que la médecine de Théogène était bien de nature alchimique puisqu'elle avait vivifié ses membres inertes. Sous le regard réjoui du jeune homme, il a exigé de connaître la formule de la pommade au soufre, puis il a signé le sauf-conduit et rédigé le billet qui allait permettre au teinturier de la lune de quitter la Vieille Ville et d'être accueilli là-haut, au pinacle de toutes ses espérances.

Accoudé à l'ouverture béante, Théogène sourit. Il se rappelle le charme qui l'a saisi sur le Pont de pierre, puis dans Malá Strana, à mesure qu'il montait vers le château fort. Cela grimpait sec et il était à la peine. Pourtant, naissaient des sentiments qui ne l'ont pas quitté depuis : la joie et la confiance en l'avenir, une sorte de gaieté d'âme, un ravissement magique que jamais, auparavant, il n'avait ressenti.

Tout n'était que beauté : le pont lui-même, avec ses deux tours, ses dimensions si vastes que trois coches peuvent y passer de front, tandis que la piétaille bénéficie, de chaque côté, d'un petit chemin de pierre surélevé ; près du pont, il aperçut une presqu'île envahie de jardins, où tournaient des moulins ; derrière l'île, une vaste colline couverte de champs et de vignes en coteau montait à perte de vue vers le soleil éclatant. Quant à Malá Strana, c'était un enchantement : les maisons étaient claires, neuves et colorées, pourvues de larges fenêtres et décorées de sgraffites. La ville aristocratique avait été entièrement reconstruite après l'incendie de 1541, édifiée dans le style raffiné et lumineux importé par les architectes italiens, qui tranchait avec les bâtisses décaties et lugubres de Staré Město.

La petite cité était en plein essor. Il croisa des artistes, des maîtres d'œuvre parlant italien, des serviteurs pressés, des courtisans distingués vêtus à la dernière mode, et des femmes de la noblesse en luxueux équipage, dont l'élégance dépassait celle des Parisiennes.

L'intérieur du Hradschin était une succession de palais plus splendides les uns que les autres, ayant pour centre un joyau : la cathédrale Saint-Guy. Partout étaient aménagés d'étranges passages dérobés en bois reliant les bâtiments. Curieux de cette originalité, Théogène avait interrogé un huissier en uniforme, qui lui expliqua que ces galeries étaient destinées à l'Empereur, et qu'elles permettaient au souverain de se déplacer librement et discrètement dans son château.

Théogène fut introduit dans une pièce tendue de cuir doré, chez un curieux personnage exerçant la charge officielle de poète de la cour.

– Monsieur, vous me voyez très honoré d'être reçu par vous, dit-il en s'inclinant très bas. La poésie est le premier des arts, puisqu'elle provient directement de Dieu… Je vénère les poètes latins, français et allemands. Jadis, je me suis même essayé à quelques vers, mais l'inspiration m'a abandonné. Aujourd'hui, ayant la chance d'être admis en ce lieu habité par la grâce, la langue du paradis perdu me reviendra peut-être…

D'origine italienne, juif converti, ancien valet, Mardochée de Delle se dressa sur son séant.

– Vous n'êtes pas ici pour versifier ! s'exclama le chantre avec dureté. D'ailleurs, l'Empereur n'apprécie ni la musique ni la littérature.

Face à l'air ahuri du jeune présomptueux, le gros bonhomme poursuivit :

– Sauf si ces notes et ces rimes traitent du seul sujet qui passionne notre prince : l'Art du grand secret d'Hermès Trismégiste. Auquel cas, il m'incombe d'œuvrer. Je traduis en vers les écrits alchimiques de toutes sortes et de toutes natures. Si vous découvrez la Rose mystique, mes poèmes chanteront votre réussite. Si vous échouez, je déclamerai votre déchéance…

Sans autre forme de procès, Théogène fut conduit à la tour dans laquelle officiaient ses confrères.

Mais la fameuse académie ne se limite pas à cette tour ronde, édifiée par Rodolphe II dans l'aile nord-sud qui sépare la première cour de celle où se dresse la cathédrale. Cet édifice est seulement le lieu de travail des alchimistes impériaux recrutés dans l'Europe entière. Stupéfait, il constata que tout le Château s'adonnait à l'alchimie, des chambellans aux valets de chambre, des palefreniers aux nobles chevaliers, jusqu'au sommet de l'État incarné par l'Empereur. Le Hradschin regorgeait de laboratoires, nullement cachés. Le philosophe solitaire éduqué dans le secret et la méfiance n'aurait jamais pu envisager pareil engouement pour la Haute Science, encore moins un enthousiasme proclamé, encouragé et collectif.

En cette fin décembre 1585, Théogène vit au Château depuis cinq semaines et il n'a pas encore été présenté à ce souverain iconoclaste, compagnon des arts et démiurge éclairé. Rodolphe II est sans doute trop occupé, ou l'horoscope que l'on établit avant chaque entrevue était-il défavorable. Le nouvel alchimiste impérial ne s'en inquiète guère, son attente est peu de chose face à celle des ambassadeurs étrangers qui patientent des mois durant, en vain, dans les froides antichambres de l'Empereur. Théogène, lui, n'a guère le temps de succomber à l'ennui ou à la fatigue. Le jour, sous les ordres de Thadée de Háyek, il manie creusets, matras et cornues, et il effectue des recherches dans les riches bibliothèques. Le soir, il festoie avec ses camarades et les membres de l'académie de peinture fondée par Rodolphe, dont le chef de file est un Italien de Milan nommé Giuseppe Arcimboldo, qui peint de curieux portraits humains formés d'éléments de la nature. La nuit, lorsqu'il n'est pas requis à l'observatoire afin d'assister les astronomes, il fabrique en secret un miroir magique qui doit lui permettre d'entrer en communication avec les anges de la Kabbale.

Dans la Tour noire, Théogène observe le ciel blanc. Le soleil est voilé mais il est à son zénith. Il est midi. Ce matin, il a appris que le mage des rois, John Dee, et son médium Kelley seraient bientôt de retour de Cracovie. À la cour de Prague, il circule d'étranges rumeurs sur Kelley : on dit que son véritable nom est Talbot, qu'il était notaire à Lancastre, un notaire véreux qui a falsifié des titres et a été condamné par la justice à avoir les deux oreilles coupées, d'où sa coiffure qui dissimule son absence d'esgourdes. On affirme qu'il est un ivrogne et un escroc qui, non content d'avoir enjôlé John Dee, cherche maintenant à abuser les souverains à son profit.

Le jeune alchimiste ne prête aucune attention à ces propos d'envieux. Ils n'ont pas assisté à la réunion chez l'archiatre, ni entendu la parole de l'ange Raziel. Après la séance dans le grenier, il n'a pas revu les deux Anglais. Mais désormais, il sait qu'il existe deux chemins pour parvenir à la Pierre et à l'Élixir de Vie : une voie inspirée par les ténèbres, celle qu'a hélas suivie son maître, et une voie de lumière, qu'a découverte Nicolas Flamel et que cherche John Dee.

La semaine dernière, profitant de l'affection que lui témoigne

Thadée de Háyek depuis qu'il l'a soigné, il a interrogé le bourgeois de Prague sur un certain docteur Johannes Faustus, qui aurait vécu dans la cité vltavine, à Nové Město, autour de l'an 1460. Théogène a prétendu que cet alchimiste figurait parmi ses parents éloignés. Mais le médecin n'avait jamais entendu ce nom. Il lui a suggéré de chercher son aïeul dans les registres et ouvrages impériaux. Jusque-là, Théogène n'y a trouvé aucune trace de son maître, ni de meurtres suspects touchant des femmes enceintes.

— Pourtant, la porte noire est cachée quelque part dans cette ville, murmure-t-il en haut de la tour. Et la porte blanche aussi. Bientôt, avec Dee, Kelley, le miroir magique et l'aide des anges célestes, je l'ouvrirai, je délivrerai mon maître des enfers et le bien triomphera du mal.

Soudain, un son étrange parvient jusqu'à lui. Une voix plaintive semble l'appeler. Théogène tend l'oreille. Ce timbre particulier... Il n'est pas humain... C'est... un violon ! La mélodie est si triste qu'elle ressemble à un sanglot. Qui ose jouer du violon, alors que l'Empereur honnit la musique ? Le teinturier de la lune cherche d'où vient la complainte. En bas de la Tour noire, il n'y a personne. Pourtant, le son est proche. Il fait volte-face et se dirige vers l'ouverture opposée de l'édifice, celle qui regarde le Nord : la litanie provient de là. Mais il n'y a rien de ce côté à part les fortifications, puis le Fossé aux Cerfs et les jardins royaux... Il écoute attentivement la musique, qui paraît sortir d'une autre tour canon, de sinistre réputation puisqu'elle abrite les cachots d'une prison, une salle de torture et même des oubliettes : la tour Daliborka. À sa connaissance, aucun prisonnier n'y est retenu en ce moment. Serait-ce une sentinelle qui arracherait un son si pur de cet instrument ? Théogène tente d'apercevoir les meurtrières de la tour mais Daliborka est plantée en contrebas de la Tour noire et il n'en discerne que le toit rond et pointu. Dès son retour au laboratoire, il promet de s'enquérir de l'identité du violoniste auprès de ses confrères. Il aime tellement la musique !

Tandis que l'air se fait moins pathétique, il retourne à la fenêtre sud de son poste d'observation, jouissant de la mélodie qui s'accorde parfaitement au spectacle de la ville. Le monde d'en bas s'étire dans une douce harmonie. Juste en dessous poussent des vignobles et des jardins, Malá Strana et ses toits de tuiles rouges piqués de lucarnes et de cheminées, desquelles monte la fumée issue des gros poêles en carreaux de faïence. Au-delà de la rivière Moldau et du Pont de pierre, vers le couchant surgissent Nové Město et sa colline sacrée de Vyšehrad, le berceau de Prague, où la princesse Libuše a prédit l'avenir. Vers le levant apparaît Staré Město, dont dépassent les tours de l'église Notre-Dame-du-Týn et surtout la tour de guet de l'hôtel de ville, collée à l'horloge astronomique. Près de là s'étend le mystérieux ghetto juif, fermé et blotti sur lui-même comme une ténébreuse bête. La ville juive est gouvernée par le rabbin Löw, un archimage qui a percé les secrets de la Kabbale, et dont on dit qu'il a créé un nouvel Adam, un monstre d'argile à la puissance herculéenne qui protégeait les habitants du ghetto : le Golem.

Maintes fois depuis son arrivée, Théogène a entendu cette histoire qui s'est passée il y a cinq ans, en l'an 1580 : une nuit, le Maharal de Prague se rendit sur la berge boueuse de la Moldau avec son gendre et l'un de ses disciples. À partir de la glaise de la rivière ils modelèrent un corps humain. Puis les trois hommes tournèrent autour de la créature inanimée en prononçant des lettres secrètes et magiques, tout en lui insufflant les éléments de la nature : le rabbin figurait l'air, son beau-fils le feu, et le disciple l'eau. Alors, la forme en terre s'anima. Le Maharal inscrivit sur son front le mot *Emet* qui en hébreu signifie « vérité », et plaça dans sa bouche une amulette sacrée. Le Golem n'avait pas la faculté de parole mais grâce à la magie il était en vie, il était grand et fort, et à la fin de la nuit, ils le ramenèrent dans le ghetto.

– Prague ! s'exclame Théogène. Tu es le seuil. Le seuil de ma nouvelle vie, et de l'âme d'un monde régénéré par la magie. Ici, comme tous les kabbalistes, les alchimistes et les magiciens, j'ai ma place. Le diable et ses sortilèges sont tapis quelque part, sous tes pierres, mais avec l'aide des forces thaumaturgiques, je saurai conjurer leur noirceur. Maître, vous n'êtes pas perdu à jamais. La magie naturelle vaincra les maléfices. L'armée céleste terrassera le dragon et ses anges déchus. J'exhumerai la clef de la porte blanche. Je vous en fais le serment.

Le violon de la tour Daliborka se tait. Théogène écoute, regarde autour de lui. Un silence étrange, quasi surnaturel enveloppe le Hradschin. Il passe la tête par l'ouverture : le ciel tombe doucement sur la terre. Il neige.

17

Serré dans ses remparts, le château sur la montagne s'élançait vers le ciel et les terres environnantes. Majestueux et altier, il ressemblait à un sphinx de pierre couché sur une colline, dont les tours de la cathédrale constituaient la tête, et d'imposants bâtiments blancs le corps. Il ne regardait pas la ville mais le couchant, royaume des ombres et des morts éternels. La forteresse de ses anciens cauchemars lui apparut un instant, avant de fondre dans sa mémoire.

– C'est un ouvrage impressionnant, admit Victoire.

En ce lundi 15 août 1938, le soleil était à son zénith. Midi. Mais la chaleur n'était pas accablante comme à Paris. Une brise tempérait l'atmosphère. Pourtant, Victoire se sentait oppressée.

Debout au sommet de la tour de l'hôtel de ville de Staré Město, à soixante-dix mètres de hauteur, Victoire et son compagnon scrutaient la citadelle perchée du Hradschin, sur l'autre rive de la Vltava.

– Il est inconnu hors de Tchécoslovaquie et d'Allemagne, dit-il, mais un auteur local, un juif écrivant en allemand, s'est inspiré du Château pour un roman très étrange. Il se nomme Franz Kafka.

– Je ne le connais pas, rétorqua-t-elle en allumant une gauloise.

– Si je vous ai fait grimper jusqu'ici, poursuivit le journaliste, c'était pour que vous compreniez la topologie de la cité et le rôle particulier du Hradschin, nécessaires à l'appréhension de l'homicide. Les différents bourgs ont fusionné en une seule muni-cipalité et les remparts des villes basses ont été détruits, mais le Château a gardé ses murailles. Il fait désormais partie de la com-mune unifiée de Prague, lui aussi. Il n'en demeure pas moins une entité singulière par son architecture, sa position géographique et politique. Il est le plus vaste château fort au monde, mais il s'étire plus en longueur qu'en hauteur, comme vous pouvez le consta-ter. Avec ses jardins, il couvre une superficie de quarante-cinq hectares : une ville dans la ville. C'est un lieu stratégique, haut lieu spirituel et centre du pouvoir temporel : après avoir été rési-dence royale et impériale, il est devenu le siège de la présidence de notre nouvelle République, qu'a créée Tomáš Garrigue Masaryk et qu'incarne désormais Edvard Beneš.

Victoire se mordit la lèvre. Cette ville n'était pas ordinaire, et le meurtre encore moins. C'était comme si l'on avait assassiné quelqu'un dans les jardins du château de Versailles qui auraient été aussi ceux de la cathédrale Notre-Dame et du palais de l'Ély-sée, au nez et à la barbe du fantôme de Louis XIV, de l'arche-vêque de Paris et du président de la République Albert Lebrun.

— Désirez-vous d'abord examiner le corps ou le lieu du crime ?

Elle hésita, mal à l'aise. Elle était terrorisée à l'idée de se trou-ver face au cadavre de Mademoiselle Maïa. Mais elle ne pouvait l'avouer au chroniqueur spécialiste des meurtres sanglants, que la vue d'un macchabée devait laisser de marbre.

— Que suggérez-vous ? demanda-t-elle avec humilité en se tour-nant vers son interlocuteur.

Âgé d'une bonne quarantaine d'années, Jiři Martoušek avait un grand front pâle à moitié couvert d'une casquette à carreaux. Il arborait une petite barbiche roussâtre, un regard clair et franc.

— J'applique toujours la technique du zoom : du général au par-ticulier, du contexte au sujet. Donc je fouille en premier l'environ-nement de la victime, son domicile, son lieu de travail, j'interroge les proches, la police, j'étudie l'endroit où se sont déroulés les faits, je me forge une idée précise du mort et du drame, et en dernier je m'attaque à la dépouille.

– Très bien, répondit Victoire en pâlissant et en écrasant sa cigarette.

– En l'occurrence, poursuivit-il en commençant à descendre les marches de la tour, la tâche est complexe car on ignore où elle logeait, et ce qu'elle était venue faire à Prague. Les flics interrogent les hôteliers, mais pour l'instant sans résultat. Autant chercher une aiguille dans un fagot de paille !

– Dans une botte de foin…

– Pardon ?

– Rien.

Après le choc causé par la nouvelle, hier matin, Victoire s'était aussi demandé si Mademoiselle Maïa était en vacances à Prague, ou si d'autres raisons l'avaient attirée dans la capitale tchécoslovaque. Puis elle s'était posé une foule d'autres questions : depuis quand était-elle enceinte ? Personne n'avait remarqué son état, que le médium cachait sous des robes fluides et amples. Dissimulait-elle sa grossesse parce qu'elle n'était pas mariée ? Qui était le père de l'enfant ? On ignorait tout de sa vie privée. Cet homicide atroce était-il l'œuvre d'un fou rencontré par hasard, ou bien connaissait-elle son assassin ? Le médium avait-il pressenti sa propre mort ? Mais pourquoi cette césarienne sauvage ? Qu'était devenu le fœtus ?

– D'ailleurs, je pense que c'est vous qui allez m'apprendre des choses sur elle, affirma Jiři Martoušek. Vous la connaissiez, n'est-ce pas ? C'est pour cette raison qu'on vous a envoyée ici ?

Victoire s'arrêta sur une marche de pierre et déglutit. Ce fait-diversier était trop malin et expérimenté pour ne pas avoir deviné la vérité. Il était inutile de biaiser.

– C'est vrai, avoua-t-elle. Et aussi parce que les journalistes patentés du *Point du jour* étaient tous en congé.

Pourtant, Ernest Pommereul n'avait pas été facile à convaincre. Avec obstination, il refusait d'« envoyer la bleusaille, de surcroît

251

convalescente, sur un meurtre aussi sensationnel», disait-il. Il rajoutait : «En plus, dans un pays étranger.» Victoire avait usé de tous les arguments. En rougissant, elle avait même confessé qu'elle consultait la victime. En vain. Elle n'avait dû son salut qu'à l'intervention de Paul Chacornac. Victoire avait prévenu le libraire par téléphone. Celui-ci avait débarqué au journal et demandé à être reçu par le rédacteur en chef, en tête à tête. À l'issue de cette conversation, Pommereul l'avait convoquée.

– OK Douchevny, vous filez à Prague. Votre mission est double : d'une part, vous couvrez l'événement comme journaliste. Attention : pas d'amateurisme, je vous fais chapeauter par un professionnel autochtone et francophone. De l'autre : puisque cette dame, apparemment, n'avait pas de famille, vous identifiez le corps et organisez son rapatriement. Je préviens l'ambassade.

Une heure et demie après son arrivée à l'ultramoderne aérodrome de Prague-Ruzyně, Victoire n'était plus si triomphante. En descendant l'interminable escalier de la tour, elle serra son sac à main qui contenait sa carte de presse toute neuve. Cette dernière était provisoire : elle expirait dans quelques jours. Mais le paradoxe de la situation la troublait : au moment où elle avait abandonné ses rêves, lui parvenait ce sésame pour lequel elle se serait damnée jadis. Ce bout de papier, elle le devait à la mort atroce d'un être pour lequel elle avait non seulement de l'affection, mais un sentiment de gratitude.

Jusqu'à présent, elle avait été trop occupée pour accueillir le chagrin : il avait fallu envoyer un télégramme à sa mère, à Nice avec Jourdan, afin de lui expliquer la situation en l'affolant le moins possible, s'assurer que la secrétaire de Pommereul avait bien réservé billet d'avion et hôtel, avertir Vermont de Narcey, enfin rentrer rue Saint-Jacques faire ses bagages et dénicher son passeport dans le fatras de sa chambre. Elle n'avait même pas songé à prévenir Margot et Gustave, loin de Paris l'un et l'autre.

Lorsqu'ils sortirent enfin de l'hôtel de ville de Staré Město, Jiři Martoušek planta Victoire devant l'horloge astronomique.

– Vous avez devant vous l'une des trois clefs d'or de Prague, annonça-t-il fièrement.

– Trois clefs d'or ? répéta-t-elle, distraite, en réajustant son chapeau de paille en forme de piano ouvert, qui menaçait de tomber.

– La légende dit que cette ville, dont le nom vient du mot *práh* qui signifie «le seuil», cache une porte magique, qui débouche sur les secrets de la vie. Pour ouvrir cette porte, il faut trois clefs symboliques, qui sont cette horloge, le Golem de l'ancien ghetto juif, et l'épée du chevalier Bruncvík.

Le Pragois rallia son auto, une curieuse petite berline aux formes arrondies, qui ressemblait à une coccinelle ou à un scarabée gris. Victoire s'installa dans la Tatra 97.

En roulant à gauche comme dans tous les pays issus de l'Empire austro-hongrois, la voiture emprunta la Voie royale et s'engagea sur le Pont de pierre, qui s'appelait désormais le pont Charles. Érigées de chaque côté, les nombreuses statues baroques semblaient lui faire une haie d'honneur. C'était un cortège funèbre, car les sculptures étaient aussi noires que du charbon.

– C'est pareil pour Notre-Dame-du-Týn, affirma Martoušek, la cathédrale Saint-Guy et nombre d'autres bâtiments de la ville construits en grès : cette pierre noircit au contact de l'oxygène…

L'auto amorça l'ascension de la colline de Malá Strana. Victoire regardait, sans les voir, les somptueux palais, les églises baroques, la coupole verte de l'église Saint-Nicolas et les maisons colorées de style Renaissance, qui pouvaient faire croire qu'elle était dans une ville italienne. Plus la Tatra montait, plus son cœur se serrait. La voiture s'arrêta le long d'un portail de fer forgé clos, gardé par des policiers.

– Nous y sommes, annonça Jiři Martoušek.

Face à eux, l'accès à un pont découvert était barré par des hommes en uniforme.

Le journaliste n'eut pas besoin d'exhiber sa carte de presse. Il se contenta de saluer les policiers, de leur glisser quelques mots et ils les laissèrent entrer dans le parc. Martoušek entraîna Victoire vers un sentier escarpé qui descendait dans un abîme sombre et boisé.

– Huit hectares de forêts qu'enjambe le pont Poudrier, dit-il, séparés en deux par un remblai depuis l'impératrice Marie-Thérèse.

– C'est donc ça, le Fossé aux Cerfs ? Là où...

– Où l'on a trouvé la victime, en effet, acquiesça-t-il. De ce côté-ci du remblai. En quelque sorte, heureusement. Car il n'y a plus de cerfs ni de sangliers. En revanche, de l'autre côté, gambadent des ours que des légionnaires tchèques ont ramenés de Russie, après la guerre, et qu'ils ont offerts au président Masaryk...

Galamment, il aida la jeune femme à descendre dans la tranchée par le sentier en épingle à cheveux.

Au fond du Fossé, entre des bancs de bois, courait un chemin plat et assez large. Personne ne baguenaudait sur la voie de terre, mais on apercevait là-bas, à quelques centaines de mètres, des filins tendus et des silhouettes qui bougeaient.

– Le périmètre de sécurité, déclara le Pragois.

Victoire apprécia l'euphémisme pour désigner la scène du crime. Ils marchèrent vers la zone. Comme de curieuses fleurs, des policiers en civil et en uniforme étaient parsemés sur les pentes de la fosse, penchés vers le sol, inspectant chaque centimètre carré de broussailles et d'arbres. Jiři Martoušek en apostropha un et conversa avec lui. Victoire restait plantée sur le chemin de promenade, près des cordes, les yeux rivés sur des taches rouges que la terre n'avait pas bues.

– Les indices sont minces, soupira le journaliste criminel en revenant vers elle. Ils pensent qu'elle est peut-être descendue par ce sentier, déclara-t-il en désignant un raidillon en lacets, semblable à celui qu'ils venaient d'emprunter.

Victoire leva les yeux et discerna, au sommet de l'escarpement, les murs percés d'arcades de l'ancienne figuerie puis le bâtiment au toit vert du belvédère.

– En tout cas, si le corps a été découvert à cet endroit, confirma-t-il en tendant la main vers le fond du Fossé, la victime a été tuée plus haut, ensuite la dépouille a été traînée ici.

Sans franchir les filins, il l'entraîna sur la pente boisée, désignant du doigt les branches cassées et les traces de sang que la police avait mises en évidence.

Au milieu de la côte, derrière un buisson touffu, Victoire vit l'herbe maculée d'hémoglobine et de matières placentaires. Les mouches et les guêpes semblaient s'attaquer à un reste de cordon ombilical. Prise d'un violent haut-le-cœur, elle détourna les yeux.

– Venez, ordonna gentiment Martoušek.

Ils redescendirent au fond du Fossé aux Cerfs. Il lui tendit une flasque d'argent. L'alcool de genièvre calma un peu la nausée de Victoire.

– J'ai besoin de faire quelques pas, dit-elle, les jambes molles, en sortant son mouchoir qu'elle plaqua sur sa bouche.

– Nous en avons terminé. Suivez-moi.

Juste en face, ils s'engagèrent sur une piste qui serpentait en montant jusque sous les murailles du Château. Ils débouchèrent sur une rue pavée bordée de vignes.

– Le vignoble de Saint-Venceslas, le plus ancien du pays ! annonça-t-il. Le patron de la nation l'a fondé au Xe siècle ! Pinot noir et riesling. Rouge et blanc. Comme les couleurs du drapeau de la Bohême !

Près du vieil escalier du Château, devant la porte est du Hradschin, sur le bastion des fortifications de la Tour noire s'étendait une petite terrasse surplombant la ville, où des touristes prenaient des photos de l'extraordinaire panorama. Le fait-diversier dirigea la jeune femme vers un banc de pierre.

Victoire s'assit, rangea son mouchoir, alluma une gauloise, tira dessus avec nervosité, puis elle la jeta et l'écrasa avec la pointe de sa chaussure. Elle extirpa de son sac bloc-notes et stylo en tentant de se composer un visage professionnel, c'est-à-dire impassible.

– Merci de votre patience et de votre gentillesse, soupira-t-elle. Allez-y, je vous écoute.

Le spécialiste exhiba son propre carnet et commença à détailler les faits.

– Les papiers d'identité contenus dans le sac à main trouvé près du corps nous ont appris que ce médium exerçant sous le pseudonyme de Mademoiselle Maïa avait pour nom véritable Madeleine Durandet, vingt-sept ans, nationalité française, née à Limoges en 1911. Les premières constatations du médecin légiste stipulent qu'elle était enceinte de huit mois et que les faits se sont déroulés hier, dimanche 14 août, vers deux heures du matin, et à quelques secondes d'intervalle : elle a d'abord été égorgée, par-derrière, à l'aide d'un outil fin et tranchant genre scalpel ou bistouri, puis éventrée avec le même instrument. Incision horizontale de l'abdomen post mortem, ablation du fœtus vivant, cordon ombilical sectionné. Cela s'est donc déroulé dans les broussailles du Fossé, puis la dépouille a été déplacée en bas, bien en vue, comme s'il fallait qu'elle soit découverte au plus vite. Cette exhibition macabre est l'œuvre soit d'un homme fort, soit, plus probablement, de deux hommes. Aucun signe de lutte. Traces de pas partielles et non exploitables. Pas d'arme du crime pour l'instant, elle gît sans doute au fond de la rivière. Quant au bébé… le diable seul le sait. Le crime crapuleux est exclu : outre ses papiers, son sac contenait un porte-monnaie rempli de billets de banque, et on ne lui a pas ôté ses bijoux. De toute façon, il est quasiment impossible qu'un pickpocket se rende coupable d'une telle abomination…

– Pourtant, on lui a volé quelque chose, intervint Victoire, ou plutôt quelqu'un.

– Certes. Mais je n'imagine pas une femme stérile en mal d'enfant commanditer un tel acte. Les orphelinats sont remplis de candidats à l'adoption en bonne santé. Alors que ce bébé prématuré a de faibles chances de survie… son développement n'est pas terminé…

– Je ne parviens pas non plus à expliquer la logique de ce geste monstrueux, si logique il y a, convint la jeune femme avec une moue de dégoût. Que venait-elle faire sur les pentes d'un précipice en pleine nuit ? Dans les ronces et les taillis ? J'imagine que les accès publics sont fermés le soir ?

– Oh oui ! répondit Martoušek en allumant sa bouffarde qui exhala une odeur douce. Il est impossible de pénétrer dans le parc passé une certaine heure, qui varie en fonction des saisons… à moins de descendre en rappel depuis les fortifications septentrionales, d'escalader une muraille médiévale ou les grilles de l'un des hauts portails en fer forgé, ce qui me paraît compliqué pour une dame enceinte de huit mois ! La nuit, tout le Château est clos et on n'y entre pas comme chez un meunier.

– Comme dans un moulin… En conséquence, je vois trois possibilités : une, elle est entrée dans les jardins le jour, avec les autres promeneurs, et elle a attendu la fermeture, cachée quelque part. Elle avait donc rendez-vous dans le parc. Peut-être avec son ou ses assassins. A-t-on retrouvé une lampe torche dans ses effets, des provisions de bouche, une couverture, bref des éléments indiquant qu'elle s'apprêtait à passer la nuit dans le Fossé aux Cerfs et à repartir le lendemain, à l'ouverture des jardins ?

– Non, il n'y avait rien de tout cela, répondit-il en consultant ses notes. Rien d'autre que son sac à main.

– D'accord. Donc deuxième possibilité : elle disposait d'un laissez-passer officiel.

– On a vérifié au secrétariat de la présidence : rien non plus de ce côté-là, assura Martoušek. Et puis les gardes présidentiels auraient noté son passage…

– Effectivement. Dans ce cas, troisième hypothèse, poursuivit Victoire. Une bâtisse si ancienne possède sans doute des passages secrets…

– Une légende raconte qu'un souterrain passant sous la rivière Vltava reliait jadis le Hradschin à la Vieille Ville et au ghetto juif. Mais s'il a jamais existé, plus personne ne connaît ce tunnel à Prague. Par conséquent, je ne vois pas comment une Française..

– Vous oubliez un élément fondamental, coupa Victoire. Cette étrangère était médium.

Jiří Martoušek la toisa.

– Et alors ? Vous croyez qu'un esprit d'outre-tombe lui a indiqué le mythique passage secret pour entrer au Château ?

– Je ne sais pas, murmura-t-elle, gênée. Vous avez raison, cette théorie est fantaisiste.

Elle songea aux ultimes séances avec Mademoiselle Maïa, dans lesquelles Théogène s'épanchait sur Prague et en particulier sur les splendeurs du Hradschin. Il ne faisait aucun doute que le poète-alchimiste avait vécu ici. « Je foule un sol qu'il a foulé il y a trois siècles et demi, je pose mes yeux sur ce qu'il a probablement aussi regardé. Quelle coïncidence… » Une pensée folle l'effleura. « Et si, comme Gustave, Mademoiselle Maïa avait vu dans ses poèmes autre chose que de simples vers ? » Victoire songea au talisman qu'elle avait esquissé, et à l'interprétation qu'en avait donnée son ami. « Serait-il possible qu'elle aussi ait cru aux fables des alchimistes à propos de la Pierre philosophale, et qu'elle soit venue chercher le fameux secret de l'immortalité ? Gustave est persuadé que la clef de l'*Opus Magnum* est cachée sur la quatrième face de la pyramide, celle que je n'ai pas dessinée… Si ce croquis se trouvait à Prague ? Tel était peut-être le véritable sens des poésies… Elles indiquaient un chemin… pour retrouver des indices laissés par Théogène avant sa mort, ici même, au Hradschin… Ou bien… Si le manuscrit de la bibliothèque Mazarine n'avait pas été détruit et que ses voleurs l'avaient dissimulé dans ses murs, sur les lieux mêmes où il a été écrit ? Diantre… les cambrioleurs seraient alors les assassins de Mademoiselle Maïa ! Elle était sur la piste du cahier et ils l'ont tuée afin qu'elle n'exhume pas ces pages ! Les criminels sont là, quelque part, tapis dans l'ombre ! Mais qui sont-ils ? »

Victoire se rappela le cauchemar qu'avait naguère provoqué le laudanum : un château fort sur un promontoire, les murs de pierre qui saignaient, un homme qui la poursuivait avec un bistouri pour lui ouvrir le ventre. Deux ans plus tard, ce rêve paraissait affreusement prémonitoire… de ce qui était arrivé à Mademoiselle Maïa. C'était probablement aussi le présage qu'elle-même était en danger, ainsi que l'affirmait Gustave !

– Vous vous sentez bien ? demanda Jiří Martoušek.

Victoire lâcha son ventre qu'elle tenait à deux mains, et reprit ses esprits.

– Pardonnez-moi. Je suis exténuée.

– Il est grand temps que je vous emmène déjeuner !

Même l'île Saint-Louis n'avait pas le charme de Kampa. Située au bas de Malá Strana, près du pont Charles, entre la Vltava et l'un de ses bras nommé Čertovka, l'île semblait façonnée pour abriter l'amour : flanquée d'un parc, habitée par des poètes et des musiciens, parcourue de petits ponts romantiques et de ruelles pavées aux maisons de toutes les couleurs dont les balcons en fer forgé débordaient de fleurs, elle était hors du monde et hors du temps : avec ses chants d'oiseaux et le murmure de l'eau, Kampa exaltait la douceur, les sentiments précieux et les confidences intimes.

– Je hais les Habsbourg ! clamait Jiří Martoušek en brandissant le poing. Comme Masaryk, comme Beneš, comme tous les Tchèques !

– J'adhère aussi aux valeurs républicaines…

– Ce que nous avons combattu n'est pas tant l'État monarchique du Saint Empire puis de l'Empire austro-hongrois, que la négation de notre identité par la mainmise d'une puissance extérieure et hégémonique sur notre pays pendant presque quatre siècles, de 1526 à 1918… car les Habsbourg symbolisent l'impérialisme germanique, l'envahisseur, l'étranger dans la maison !

– D'après le peu que j'ai entendu dans la rue, dit-elle, beaucoup de gens continuent à parler allemand, malgré l'indépendance.

– Il faut que vous compreniez, répondit-il avec un grand sérieux. Les choses ne sont pas simples. Prague n'est pas une mais triple. Elle est le fruit de trois cultures et contient trois peuples :

les Slaves c'est-à-dire les Tchèques, les Allemands, que les rois de Bohême ont fait venir au Moyen Âge pour peupler la ville et que le pouvoir impérial habsbourgeois a toujours favorisés, et les juifs qui sont perdus entre les deux précédents même s'ils parlent plutôt allemand et yiddish. Sur le reste du territoire, à ces trois populations traditionnelles – sans oublier les Slovaques – s'ajoutent les minorités : les Ruthènes, Silésiens, Hongrois, Polonais, Ukrainiens, Tziganes…

– Et sur le plan religieux ? s'enquit Victoire.

– C'est tout aussi complexe, à part pour les juifs qui sont juifs. La plupart des Tchèques étaient hussites ou convertis à la Réforme, mais la Contre-Réforme des catholiques Habsbourg les a forcés à repasser du côté du pape, ou à émigrer. Aujourd'hui, certains sont restés catholiques romains, d'autres sont redevenus protestants, nous avons aussi des catholiques orthodoxes. Chez les Allemands, c'est un mélange de luthériens et de catholiques. Mais la plupart d'entre nous sont agnostiques ou athées. La religion n'est pas un marqueur fiable… pas plus que la langue, d'ailleurs, car la grande majorité d'entre nous parle à la fois allemand, tchèque, des bribes de yiddish, et souvent un ou plusieurs autres idiomes…

– Comme le français ?

– Exact. Ma grand-mère était française et j'ai fait mes armes de pigiste aux faits divers du *Petit Journal*.

– Bravo !

Ils étaient attablés à la terrasse d'une auberge, sous un parasol à motif publicitaire. Jamais Victoire n'avait vu caboulot plus romantique : il s'agissait d'un moulin, dont la roue à aubes tournait dans le petit bras de la Vltava.

La jeune femme peinait à terminer sa pinte de bière brune, étonnamment douce et dénuée d'amertume, tandis que Jiři Martoušek achevait sa troisième chope de blonde. Sans qu'on lui ait fait signe, l'aubergiste surgit et leur apporta deux nouvelles pintes de bière pragoise.

– Diantre, murmura la jeune femme, décontenancée. Cette ville est vraiment très… originale. Je ne suis pas certaine de la cerner très bien…

— Avec le nom que vous portez, Viktorie Duševná ! répondit le Tchèque en levant sa chopine.

— C'est la première fois qu'on me nomme ainsi.

— C'est la manière slave. Votre père ne vous appelait-il pas comme cela ?

— Mon père n'a jamais eu l'occasion de… m'appeler. Je ne l'ai pas connu. Il est mort à la guerre.

— J'en suis désolé. Savez-vous, au moins, ce que signifie votre nom, qui est assez répandu ici ?

— Pas du tout.

— Il a été francisé en « Douchevny », dit-il en sortant son carnet et son stylo, mais en tchèque, il s'écrit ainsi : Duševni. Il fait référence au monde de l'esprit et de l'âme, c'est-à-dire aux forces psychiques, intellectuelles et mentales, ainsi qu'aux fantômes, aux génies et aux souffles de l'au-delà.

Déconcertée par cette révélation, Victoire demeura muette. Le journaliste en profita pour commander de la charcuterie, du goulasch, des *Schnitzel*[1] au chou et aux pommes de terre, et du vin de Moravie.

À la fin du repas, alors que Jiři Martoušek était à peine éméché, Victoire était complètement grise.

— J'ai deux places d'opéra pour ce soir, dit-il alors qu'on apportait le dessert, un *Apfelstrudel*. Vous m'accompagnez ? On joue *Dalibor*, de Bedřich Smetana, un compositeur tchèque de la fin du XIXᵉ siècle.

— C'est une histoire d'amour ?

— Pas vraiment, répondit-il en souriant. L'opéra s'inspire de la légende du chevalier Dalibor de Kozojedy, un seigneur du XVᵉ siècle, que le roi avait fait enfermer dans le cachot d'une tour du Hradschin. Craignant d'y devenir fou, le chevalier demanda

---

1. Escalopes de porc panées.

à son geôlier de lui procurer un violon. Il ne savait pas jouer, mais dans la solitude et le silence, il apprit très vite. Les sons qui sortaient de la tour étaient si émouvants qu'on venait des quatre coins de Prague pour écouter. Séduites par la musique, les femmes demandaient la grâce royale pour Dalibor. En vain. En 1498, Dalibor de Kozojedy a été condamné à mort et décapité à la hache. Mais on dit que parfois, on entend encore les hurlements déchirants du violon s'échapper de la tour du Château à laquelle le chevalier a laissé son nom : la tour Daliborka.

– C'est une belle légende, mais je me réjouis de n'avoir entendu aucun violon là-haut !

– Venez l'écouter à l'Opéra d'État !

– Hélas, ce soir je dois écrire mon article. Il doit paraître dans la première édition, celle de cinq heures du matin.

Lorsqu'elle se leva, le décor idyllique de l'île Kampa se mit à tourner. Le solide Martoušek l'attrapa par le bras et la porta presque jusqu'à l'auto. Titubante, la jeune femme s'amusait de voir le monde à travers une brume opaque. Le criminologue s'en félicita : il l'avait forcée à boire afin qu'elle supporte l'épreuve qui l'attendait : la morgue et la vision du cadavre de Mademoiselle Maïa.

Non seulement la chroniqueuse littéraire ne connaissait du sang que le mot – son malaise, dans le Fossé aux Cerfs, le lui avait confirmé – mais le journaliste chevronné restait persuadé que Victoire entretenait un lien intime avec cette Madeleine Durandet : à coup sûr elle l'avait consultée en tant que médium, et les deux femmes étaient probablement amies. Le choc n'en serait que plus terrible.

Ils entrèrent dans l'hôpital Saint-François, au bas de la colline de Petřin, et descendirent à la morgue située dans les sous-sols. Au bout d'un long couloir pavé de carreaux blancs, le journaliste fit asseoir Victoire. Loin de la tiède atmosphère qui régnait en surface, il faisait frais. Malgré son ivresse, Victoire discerna dans l'air les caractéristiques relents de formol et de désinfectant, plus une odeur aigre qui lui était inconnue. La mort était là, tout près. Elle frissonna.

— Attendez-moi ici, ordonna doucement le Tchèque. Je n'en ai pas pour longtemps. Je reviens vous chercher dès que... tout est prêt.

Il disparut derrière une porte massive. Cette dernière ressemblait à celles qui clôturent l'espace frigorifique de stockage des marchandises, dans les restaurants.

Écœurée par cette pensée, Victoire prit sa tête dans ses mains et tenta de se raisonner en se balançant d'avant en arrière, afin de calmer son effroi et son ébriété.

«Je ne regarderai que son visage, songea-t-elle. Oui... son beau visage endormi. Je ne veux pas voir sa gorge, ni le reste... Je n'en ai pas besoin pour l'identifier... puis je signerai les papiers pour qu'elle rentre chez elle... Avant de rentrer à l'hôtel, écrire et signer mon papier... Prévenir Chacornac de son arrivée... Il doit organiser les obsèques...»

L'irruption de Martoušek lui fit relever la tête. Le visage du journaliste était rouge, ses lèvres pincées.

— Je n'y comprends rien ! tonitrua-t-il. C'est inexplicable, révoltant, scandaleux ! On nous refuse l'accès au corps !

— Comment ? Mais...

— C'est la première fois qu'une telle chose m'arrive, en plus de vingt ans de métier ! tempêta-t-il. Même le docteur Svátek n'a rien voulu savoir ! Les ordres sont formels : personne, même accrédité, ne doit s'approcher de la dépouille ! C'est une entrave à la liberté de la presse, à la circulation de l'information, à la démocratie ! Voilà le retour de l'autocratie, de l'arbitraire habsbourgeois, et...

— Et l'identification ? demanda Victoire d'une voix blanche.

— Quelqu'un s'en est déjà chargé, et naturellement ils refusent de dire qui ! La dépouille doit incessamment être transférée à Paris...

Victoire fut d'un coup dégrisée.

– Où est l'ambassade de France ? s'enquit-elle.

– Pas loin : au palais Buquoy, à Malá Strana, aux abords de l'île Kampa.

– Allons-y.

L'allumeur de réverbères s'éloigna. À la lueur bleutée du bec de gaz, Victoire admira la devanture dans laquelle scintillaient des coupes rouge et doré, sculptées dans le pur cristal de Bohême, et des grenats à l'éclat presque noir. Elle observa son reflet dans la vitre. Rien n'avait changé dans son apparence. Pourtant, il lui sembla que cette journée particulière l'avait profondément transformée. L'atonie qui l'enfermait dans ses bras malsains depuis des mois s'était envolée. Une vigueur nouvelle, presque guerrière, circulait dans ses veines, qu'elle attribua à un légitime désir de justice, et à sa volonté d'éclaircir le mystère de la mort de Mademoiselle Maïa.

À l'ambassade, elle avait d'abord été éconduite comme un laquais. Elle était revenue à la charge en exhibant sa carte de presse, qu'elle brandissait comme un sabre ou une oriflamme. Un fonctionnaire obséquieux avait alors daigné la recevoir, prétendant ne rien connaître de l'affaire. Avec un grand calme, il s'était borné à noter ce que Victoire lui disait, avait promis de lui donner des renseignements lorsqu'il en aurait, puis elle avait rejoint Martoušek à l'extérieur de l'imposant bâtiment baroque rose et blanc, pas plus avancée que lorsqu'elle y était entrée.

Son hôtel se trouvait dans une bâtisse gothique de Staré Město, en face de la chapelle de Bethléem. Dans le hall, de curieux personnages patientaient comme s'il se fût agi de la salle d'attente d'un cabinet médical : un manchot – sans doute un éclopé de guerre –, une femme hors d'âge avec un fichu à fleurs noué autour de la tête à la manière d'une babouchka russe, un aveugle avec un chien, et un jeune garçon au regard insolite : l'un de ses yeux était noir, l'autre bleu. Victoire s'était réfugiée dans sa chambre, guère plus grande que sa mansarde parisienne, mais d'une propreté méticuleuse. Elle avait sorti son bloc, son crayon, avait ouvert sa petite valise et avait saisi le cahier de poèmes et de dessins dictés par Théogène, qu'elle n'avait pu s'empêcher d'emporter.

La journaliste avait craint que ses propres mots ne restent bloqués par la douleur, ou par l'incurie intellectuelle de ces derniers mois. Mais en un réflexe aussi naturel qu'impérieux, les phrases s'étaient formées et elles avaient jailli non pas de son crâne mais de son ventre, de ses mains, presque de son sang, pour venir s'aligner sur la page.

Pour la première fois, au bas du papier elle avait posé son nom, ce patronyme dont l'étymologie la bouleversait, et qui était l'unique vestige de son père. Puis elle était descendue téléphoner son article à Paris.

Dans le hall, l'étrange tableau s'était modifié : le manchot, la babouchka et l'aveugle s'étaient volatilisés. Seul restait sur la banquette, près de la porte, l'adolescent aux yeux bichromes. Ses prunelles fixaient un point devant lui, insensibles au mouvement alentour.

Sa tâche remplie, Victoire était si tendue qu'elle était sortie explorer la Vieille Ville. Le soir était plus étouffant que le jour, l'obscurité rendait les venelles médiévales maussades et inquiétantes.

Elle s'éloigna de la vitrine. Soudain, un souffle rompit l'air immobile et s'engouffra dans sa nuque. La brise gonfla, forcit et fit tournoyer la poussière des pavés. Victoire huma le ciel chargé : l'orage s'annonçait et, avec lui, un cortège d'odeurs inhabituelles pour une Parisienne : un subtil mélange de tilleul, pierre moisie, bière âpre, œillets, friture, cumin, cannelle, baies sauvages et fleurs blanches.

– *Dedans mon cou Staré Město nouèle une chaysne d'or*
Dedans mon doz Malá Strana tist une chemyse de soie
Dedans mon cœur le Hradschin ouvre mon pas vers toy…
Victoire sursauta. Quelle était cette voix ? Elle regarda autour

d'elle, mais ne remarqua personne. La rue était silencieuse, hormis le vent. Pourtant, elle avait clairement entendu un timbre inconnu, et de surcroît, masculin ! Les vers avaient été chuchotés à son oreille. Mais le son ne provenait pas de l'extérieur. *Il émanait d'elle-même.*

À nouveau il s'adressait directement à elle. « Il ». Le phénomène. Théogène. Mais pourquoi lui parler ? C'était la première fois qu'elle l'*entendait*.

Elle se dit que c'était impossible. Elle avait rêvé éveillée. La fatigue, l'émotion de cette journée brouillaient ses sens. Cette ville compliquée à l'atmosphère étrange déréglait sa raison. Elle devait retourner à l'hôtel et prendre du repos. Dans sa hâte, elle se trompa de direction et s'égara.

L'éther était gris-noir comme de l'encre, les bourrasques tourbillonnaient, mais l'orage n'éclatait pas.

Un remugle inédit pénétra l'âme de Victoire : un relent d'oignon frit, de graisse rance, de mauvaise eau-de-vie, de chou aigre, ajouté à une puanteur d'égout à ciel ouvert. Pourtant, la rue était impeccable, sans un seul détritus sur les vastes trottoirs. Intriguée, elle suivit l'exhalaison et aperçut devant elle des stèles carrées, ovales, en forme de bicorne ou de chapeau pointu, vêtues de lierre, de vigne vierge, de symboles et d'inscriptions hébraïques, qui s'inclinaient tendrement vers les sombres herbes d'un jardin.

– Des sépultures juives… constata-t-elle à voix basse. Je suis dans l'ancien ghetto, chez le Golem !

L'odeur pestilentielle de tantôt avait disparu, comme la cité juive médiévale dont il ne subsistait, hormis le cimetière, que quelques maisons, synagogues, et l'ancien hôtel de ville. Victoire leva la tête sur l'horloge aux chiffres hébreux qui couronnait le bâtiment. À sa grande stupeur, elle constata que l'aiguille dorée tournait à l'envers, de droite à gauche. Quelle était cette nouvelle bizarrerie ?

Affolée, elle se mit à courir et cassa l'un de ses talons entre deux pavés disjoints. Elle ôta ses chaussures et s'élança pieds nus.

L'orage la surprit rue Husova, à cent cinquante mètres de la place de Bethléem. Sa violence était telle qu'en quelques secondes, elle fut complètement trempée. L'explosion du ciel avait été précédée d'un curieux bruit de forge, un martèlement régulier sur les pavés, métallique et mat, qui avait achevé de la faire céder à la panique.

À minuit quarante-cinq, pieds nus, hors d'haleine et ruisselante, Victoire pénétra dans le hall de l'hôtel. Il était vide. Elle bondit vers le gardien de nuit qui sommeillait derrière le comptoir, s'empara de sa clef et grimpa quatre à quatre les marches de l'escalier. En tremblant, elle ouvrit la porte de sa chambre et ne s'autorisa à respirer qu'après l'avoir fermée à double tour.

18

– Votre Majesté, bredouille Théogène en s'inclinant et en rougissant. Je dois appliquer l'onguent… directement sur la partie malade…

Rodolphe II ne sourit ni ne rit jamais, et il a banni les bouffons de la cour. Pourtant, la situation est cocasse : tête baissée, son nouveau médecin réclame l'exhibition du membre impérial. Thadée de Háyek intervient et aide le souverain à extraire l'organe de la proéminente braguette du haut-de-chausse bouffant. Théogène s'agenouille et se penche sur l'attribut princier couvert de boutons rubescents. À son extrémité s'est formé le caractéristique chancre, sorte d'ulcère rose duquel coule un liquide clair. Le diagnostic est aisé : l'Empereur est atteint de la grande vérole que les Français appellent «mal de Naples», les Italiens et le reste de l'Europe «mal français», et qu'un médecin et poète de Vérone, Jérôme Fracastor, a baptisé «syphilis», qui signifie en grec «don d'amitié réciproque». Rodolphe a été contaminé par la généreuse affection de l'une de ses «bonnes femmes impériales», comme on les nomme à la cour, ou par sa favorite en titre, la splendide Caterina Strada. La prudence voudrait que Théogène examine aussi «Madame Catherine», qui vit confinée dans ses appartements du Hradschin avec l'enfant dont elle a accouché l'année dernière, don Julius César d'Autriche. Mais on ne le lui permettra pas.

À trente-quatre ans, l'Empereur n'a toujours pas choisi

d'épouse officielle. À dix-neuf ans, il a été fiancé à sa cousine, l'infante d'Espagne Isabelle-Claire-Eugénie, alors âgée de cinq ans. Mais malgré les pressions de sa mère et de son oncle, il n'a jamais signé le contrat de mariage. Jadis, une prophétie lui a annoncé qu'il serait détrôné par son héritier légitime : il ne parvient donc pas à se résoudre à assurer sa succession. Avec Caterina Strada, le danger est écarté : elle engendre des enfants naturels, des bâtards qui n'ont aucun droit à régner.

Théogène saisit délicatement le phallus princier et l'enduit d'un arcane alchimique à base d'arsenic. Il connaît la toxicité mortelle de cet élément, maîtrisée par une longue préparation au cours de laquelle il a purgé la matière de sa nocivité en la sublimant pour n'en conserver que la vertu première, la quintessence concentrée et active, l'extrait volatil qui sera guidé par le ciel, donc par l'astre responsable de la maladie.

En ce 13 août 1586, c'est la première fois que le monarque reçoit ce remède mais Théogène craint qu'il ne soit trop tard : les galénistes l'ont jusque-là contraint à boire leur décoction de gaïac, ce bois exotique provenant des Amériques, comme la grande vérole. Cette tisane du Nouveau Monde, diurétique, sudorifique, mais inefficace contre la syphilis, serait inoffensive si les médecins de l'académie ne l'accompagnaient de leurs sempiternels diètes, saignées, purgations et clystères. Plus dangereux est l'autre traitement que Thadée de Hájek a infligé à l'Empereur : le traditionnel onguent au mercure.

Les emplâtres, fumigations et frictions de vif-argent provoquent de catastrophiques intoxications. Théogène pense que les reins de Rodolphe sont atteints. Puissent les dégâts ne pas être irréversibles, car le guérisseur a déjà tant à faire pour soulager les brûlures d'estomac chroniques de l'Empereur, ses migraines, palpitations cardiaques, et les travers hérités de la tradition familiale des mariages consanguins !

Le jeune médecin lève timidement les yeux vers le souverain, dont la longue tête dépasse de la collerette blanche mise à la mode par les Médicis : la fraise. Ses yeux bleus taciturnes regardent vers le lointain. Ses cheveux blond foncé grisonnent, sa barbe jaunit et son visage a tendance à s'empâter : il a les sourcils épais, le nez puissant, le menton en galoche et la lèvre tombante typiques des Habsbourg. Il parle allemand, espagnol, français, lit les poètes latins, et il sait même un peu de langue bohémienne. Il règne sur un empire si vaste que le soleil ne s'y couche jamais : il est le maître absolu de Madrid à Vienne, de Bruxelles à Naples, de Prague à Mexico. Cependant, il déteste les voyages et il fait peindre ses royaumes reculés afin de les contempler depuis son refuge pragois. Il admire Caterina Strada comme un tableau du Titien, de Bruegel ou de Dürer, ses artistes favoris. Mais sa tendresse va à son aigle, qui vole librement dans le Château, et à son lion fétiche importé d'Afrique, qu'il nourrit lui-même et dont une prédiction a annoncé que le trépas serait le présage de sa propre mort. Timide et colérique, froid et tourmenté, l'Empereur est gouverné par la planète Saturne, donc par la mélancolie et le désir de retourner à l'âge d'or primordial. Aspirant à la paix et à la tolérance religieuse, il se méfie des catholiques comme des hussites et des protestants, il honnit la guerre et la violence. Adorateur des arts, de la connaissance, de la sagesse et de l'érudition, tout son être aspire à la compréhension des mystères cachés de la Nature divine et au dévoilement des forces occultes qui gouvernent le monde. Pour cela, il dispose d'un arsenal : boules de cristal, clochette à sept faces couverte d'inscriptions hermétiques, pierre magique offerte par John Dee pour converser avec les esprits et dont il se sert des nuits entières, bézoard, anneaux de Salomon en or.

– Et mon Élixir de longue vie ? demande-t-il soudain.

– J'y travaille, Seigneur, répond Théogène en inclinant le front.

Le jeune homme frissonne de peur. Il songe aux oubliettes de la Tour blanche, où croupissent les charlatans, et se rappelle le sort que l'Empereur a réservé, au printemps dernier, à certains de ses confrères : leur tour de veille devant l'athanor terminé, quelques alchimistes s'apprêtaient à se dégourdir les jambes dans le Fossé aux Cerfs, mais les sentinelles leur en interdirent l'accès car de nobles amis du souverain y chassaient. Alors les teinturiers de la lune se rasèrent la barbe, brisèrent leurs cornues et se mirent en grève. La réaction de l'Hermès allemand fut terrible : de rage, il fit enfermer les révoltés dans des cages de fer, au fond du Fossé, où ils périrent de soif et de faim. D'autres furent confiés à la garde des animaux de sa ménagerie, notamment à son lion préféré, qui s'en nourrit plusieurs semaines.

Athanasius Liber avait raison : la protection des rois est perfide et périlleuse ; la reconquête du paradis perdu doit s'effectuer sans mécène. Mais Théogène n'a pas le choix. Il demeure persuadé que la porte blanche est dissimulée au Hradschin. Malheureusement, il est désormais seul pour en exhumer la clef. En mai dernier, le grand John Dee a été proscrit. L'Empereur a signé l'ordre d'expulsion à regret, mais il y a été contraint, afin d'apaiser l'ire du pape et des dignitaires catholiques.

John Dee a commis l'imprudence de se mêler d'intrigues de cour entre un ministre protestant et le prince Popel de Lobkowitz, chef du parti catholique. Ce dernier a dénoncé le savant comme étant un espion à la solde de la reine Élisabeth. Or, l'Angleterre, avec la France et l'Empire ottoman, est l'ennemi naturel des Habsbourg. Puis le nonce du pape a accusé Dee et son acolyte de la plus grave hérésie : la nécromancie et le commerce avec Satan. En Espagne, chez Philippe II, l'oncle de Rodolphe, la Sainte Inquisition brûle pour moins que cela. À Prague, l'Empereur a cessé de communier, de se confesser, et nul n'ignore sa passion pour l'hermétisme et les astrologues que l'Église, désormais, honnit.

Le légat du Saint-Siège ne peut incriminer ouvertement cet empereur païen ni son académie d'alchimie mais l'accusation contre John Dee est une menace à peine voilée. L'affaire est grave : si le souverain défend son protégé, il risque un conflit avec Rome.

Suivi par Edward Kelley qui n'a pas voulu abandonner son mentor, le philosophe tombé en disgrâce a donc quitté le Château et la ville de Prague, errant de cour en cour à travers le Saint

Empire. Le prince en a été très affecté. Théogène aussi. Pourtant, l'aristocrate anglais n'a jamais consenti à le recevoir. L'homme aux oreilles coupées, en revanche, s'est intéressé à lui et au manuscrit qu'il portait sous son bras. Mais Théogène ne l'a pas montré au médium. Une main invisible l'a retenu, peut-être celle de Liber… Néanmoins, la conversation s'est engagée, et Kelley lui a longuement parlé des anges, intercesseurs entre le monde d'en haut et le monde d'en bas, médiateurs entre les vivants et les morts, et surtout entre Dieu et la nature. Leur amitié est indispensable dans toute opération magique et sans leur concours, il est impossible d'agir sur le monde. Pour obtenir leur aide, il faut pratiquer la théurgie, c'est-à-dire les invoquer pour les faire venir. Il est donc fondamental de connaître leur nom, qui recèle la vertu naturelle des choses et la puissance divine. Or, ce nom est absent des Écritures, qui ne citent que les archanges Michel, Gabriel et Raphaël. Le dévoilement du nom des anges s'effectue grâce à l'astrologie et aux mathématiques car les planètes et les nombres dissimulent l'âme du monde. Mais cette opération ne saurait réussir sans la connaissance de la Kabbale juive, la loi secrète que Yahvé a donnée oralement à Moïse sur le mont Sinaï, en même temps que la Torah, la loi écrite et publique : réservé aux initiés, cet enseignement se compose notamment du Sefer-Ha-Zohar, le Livre de la Splendeur, qui révèle le secret des vingt-deux lettres de l'alphabet hébreu, dans lesquelles sont cachées les dix *Séphiroth*, les dix noms de Dieu qui forment son nom unique, et des soixante-douze anges qui le composent.

— Ne pouvez-vous m'apprendre l'alphabet secret d'Adam, d'Enoch et des anges, afin que je puisse, moi aussi, converser avec eux ? a demandé Théogène à l'assistant du mage anglais.

— Hélas, mon ami, a répondu Kelley, seul le magister Dee comprend l'énochien. Moi, je ne fais que laisser les esprits célestes prendre possession de mon âme, et guider ma bouche ou ma main. J'ai le don de médiumnité mais je suis un intermédiaire ignorant…

— Peut-on s'attacher la faveur des anges, au point de leur donner des ordres ? a encore interrogé Théogène.

— Évidemment, a acquiescé Kelley. Si tu es un bon magicien et que tu connais leur nom, tu as pouvoir sur eux et tu peux leur demander ce que tu veux. Mais attention : à chaque ange correspond un démon. Par exemple, à Zaphkiel, ange de Saturne, répond Zazel, son esprit maléfique.

— Comment distinguer un ange déchu d'une sainte créature ?

— Cette tâche est ardue, a expliqué le médium. Car les mauvais esprits sont astucieux et futés. En général, ils ne disent pas leur nom, afin que les mages ne puissent les dominer. Leur nombre est incalculable et ils ont chacun une fonction. Souvent, leur nom est celui de leur double, lu à l'envers. Reste pur, ne te trompe pas de magie et prends garde, si tu les appelles…

Théogène a échoué à rencontrer John Dee mais grâce à Kelley, il sait que la clef qui libérera son maître est le nom d'un ange à deux visages. S'il découvre le nom de l'ange noir qui a scellé un pacte avec le docteur Faustus, non seulement il aura pouvoir sur lui, mais il saura aussi le nom de l'ange blanc susceptible de l'aider à contrer la puissance délétère de son alter ego.

L'alchimiste a commencé la fabrication d'un miroir magique et si rien ne vient contrecarrer ses projets, l'instrument sera achevé en décembre ou en janvier prochain. Alors, il s'en servira pour appeler les gouverneurs des étoiles et convoquer l'ange qui le mènera à la rédemption en sauvant Liber.

Il lui reste donc cinq à six mois pour trouver le nom du démon qui a perdu son maître, et celui de l'ange qui doit le libérer. C'est un délai bien court pour une telle entreprise. Dès que son service auprès de l'Empereur lui en laisse le loisir, il se terre dans les bibliothèques du Château, étudie l'hébreu dont il a oublié les rudiments naguère enseignés par Liber, médite des ouvrages d'arithmétique, de géométrie, se plonge dans les nombreux volumes de la Kabbale, recopie les impressionnantes listes de légions célestes et démoniaques qu'ont établies Johannes Reuchlin, Pic de la

Mirandole, Agrippa de Nettesheim et les érudits de son temps. Les cabalistes chrétiens ont précisé que leur catalogue n'était pas exhaustif et que le savant devait sans cesse chercher de nouveaux esprits. Si l'ange déchu apparu à Faustus était un démon qu'ils n'ont pas identifié ? Comment le contraindre à se montrer ailleurs que dans ses cauchemars, et surtout à dire son nom ?

Le jeune homme est trop bon chrétien pour s'adonner à la magie noire, à la goétie[1] ou à une quelconque opération de sorcellerie. En outre, il n'a pas envie de subir le même sort que John Dee... Alors Théogène implore le ciel, requiert la protection des anges blancs et l'aide des esprits naturels qui habitent les éléments et qui, parfois, révèlent des secrets aux hommes : les ondines dans l'eau, les gnomes dans la terre, les elfes et les sylphes dans l'air, les salamandres dans le feu et la fée Mélusine dans le sang. Les êtres spirituels lui envoient le don de poésie et il retrouve le goût de la versification. Il revient à son cahier dans lequel il n'a rien écrit depuis longtemps et à nouveau, il lui confie ses espoirs, qui prennent la forme d'odes au Hradschin et à Prague, la ville aux cent clochers.

Mais malgré ses efforts pour découvrir de nouveaux anges, les noms du démon et de son double antagoniste demeurent inconnus. S'il allait quérir les conseils du rabbin Löw, le Maharal de Prague, mage de la ville juive et suprême gouverneur de la Kabbale ?

Le lendemain, 14 août 1586, tout le Château bouillonne d'une fièvre qui pour une fois, n'est pas alchimique. Debout contre le mur du transept de la cathédrale Saint-Guy, sous la tribune qui porte les grandes orgues, Théogène joue des coudes et se hisse sur la pointe des pieds pour tenter de voir ce qui se passe devant. Peine perdue : l'édifice inachevé ne comporte que chœur et transept, mais la foule est si dense qu'il distingue à peine les vitraux et les voûtes de l'église.

---

1. Invocation des esprits malfaisants et des démons.

Relégué au fond de la cathédrale avec les membres des académies de peinture, d'alchimie, les orfèvres, artisans et les serviteurs du Château, Théogène réfléchit.

Assurément, il a beaucoup développé son esprit, siège des actes de magie naturelle. Mais les opérations de Kabbale pure s'effectuent dans l'âme. Il est donc persuadé que si ses travaux sur le nom des anges n'aboutissent pas, c'est qu'il n'a pas assez travaillé sur son âme et cette étoile qui l'anime : l'imaginaire. Centre de vie, feu qui constitue le noyau de la conscience, de la pensée et de la volonté, l'imagination relie l'homme au cosmos. Puissance créatrice indispensable à tout acte magique ou divinatoire, elle suscite les apparitions, les rêves prophétiques et provoque le dialogue d'âme à âme. Dans le macrocosme, le siège de l'âme du monde est le soleil. Dans le microcosme humain, c'est le cœur. Si Théogène veut espérer parler avec les anges du ciel et obtenir d'eux ce qu'il désire, il doit mettre au point des exercices propices à ouvrir l'œil du cœur, astre de l'âme, lumière du corps et temple de l'univers.

Il ferme les yeux et pose sa main sur sa poitrine : les battements sont trop rapides. À l'aide de sa respiration, il ralentit son rythme cardiaque. Concentré sur son cœur, il devient sourd au brouhaha qui l'entoure. Alors, avec son imagination, il voit ce que ses yeux physiques ne peuvent distinguer : les plus hauts dignitaires de la Bohême et des institutions religieuses, les ministres, princes et princesses s'agglutinent dans le chœur de l'église. Tous sont en costume d'apparat et ils étouffent dans leurs brocarts de soie ou de velours cousus de fils d'or, garnis de crevés, de perles rares et de pierres précieuses.

Derrière la grande noblesse et le haut clergé, sont placés Madame Catherine et don Julius César d'Autriche, les petits chevaliers, Thadée de Hájek, Jacopo Strada – père de Madame Catherine et surintendant des collections impériales – Mardochée de Delle, Arcimboldo, et les grands bourgeois de la ville.

Sur un côté se dresse l'Empereur ; sur l'autre, Martin Medek de Mohelnice, l'archevêque de Prague. La myrrhe et l'encens, les colossaux bouquets de fleurs, les chants liturgiques imprègnent l'air saturé.

Au centre, arborant l'ordre de la Toison d'or, se tient celui qui a le pouvoir de remplacer le roi de Bohême – donc l'Empereur – lorsque ce dernier est absent : le seigneur Vilém de Romžberk, qui a trente ans de plus que la demoiselle qu'il s'apprête à épouser.

Dans un instant, Polyxène de Pernštejn sera sa quatrième épouse. Comme l'Empereur, le burgrave suprême du royaume de Bohême n'a pas d'héritier légitime. Mais contrairement à Rodolphe, il a successivement pris trois femmes officielles afin d'assurer sa descendance, et l'avenir de la famille la plus puissante du pays. Or, aucune n'a été en mesure de conjurer la fin programmée de la dynastie. Accablé, le veuf en a appelé à John Dee et Edward Kelley. En avril, un mois avant leur bannissement de Prague, les deux mages ont consulté les anges sur l'opportunité d'un hymen avec Polyxène de Pernštejn. Les deux Anglais et les esprits célestes ont été formels : si les précédentes épouses du prince Vilém étaient infécondes, de l'union avec celle-ci adviendraient des fruits, aussi nombreux que vigoureux. Le seigneur de Romžberk a donc conclu cette nouvelle alliance.

À quelques pas de la cathédrale et des appartements de l'Empereur, le palais pragois des Romžberk, dans l'enceinte du Hradschin, résonne du vacarme des centaines d'invités, des non moins nombreux domestiques débordés, de la joie et de l'espoir suscités par ces noces.

Édifiée par un architecte italien sur d'anciennes fortifications, la majestueuse demeure comporte quatre ailes, des tours réticulées, des salles spacieuses, une cour entourée de galeries en arcades et de façades richement décorées ; elle est dotée d'un manège pour quarante chevaux et d'un magnifique jardin.

Théogène remplit son gobelet à l'une des innombrables fontaines à vin. Le banquet promet d'être somptueux, sans parler du feu d'artifice. Il doit jouir de ce jour de fête, comme ses compagnons et toute la foule qui se presse dans le palais aux armoiries des Romžberk : une rose à cinq pétales.

L'alchimiste s'approche d'un ensemble de chanteurs qui, a cappella, entonnent un plaisant madrigal du compositeur Giovanni de Palestrina. La musique polyphonique vibre dans le jardin. Il s'adosse à un tilleul et clôt les paupières.

Lorsqu'il les rouvre, un coup d'une violence inédite manque de le faire vaciller. C'est son cœur qui cogne comme s'il voulait sortir de son corps. Il pose sa main sur sa poitrine mais cette fois, il ne parvient pas à ralentir les battements effrénés du palpitant.

Lorsqu'il dirige à nouveau ses yeux dorés vers les chanteurs, c'est la foudre qui s'abat sur lui.

À quelques pas des musiciens, elle est là, debout, frêle et altière, dans sa longue robe de soie pâle aux reflets irisés. Ses cheveux sont d'un blond de cendre, tressés et piqués sur la tête en une longue torsade semée de perles, de fleurs, et agrémentée d'un camée, qui pend au bout d'une chaîne en grenats de Bohême, au bord de son grand front. Au-dessus de la fraise de dentelle arachnéenne, la peau de son visage est d'une blancheur de porcelaine chinoise et ses immenses yeux gris, en forme d'amande, le fixent avec intensité : elle le regarde et il ose affronter cette lumière divine, qu'il n'a jamais vue auparavant. Le feu surnaturel le brûle de la tête aux pieds. Cette incandescence est celle d'un astre. Une étoile du cosmos. Un ange incarné. Ou un luminaire du ciel qui se serait métamorphosé en femme.

19

Les petits coups frappés à la porte éveillèrent Victoire. Elle enfila un déshabillé de soie blanche sur sa chemise de nuit et ouvrit à la femme de chambre qui lui tendit un télégramme. Fébrile, elle décacheta le billet.

Félicitations. Très bon papier. Malgré le choc et la douleur de la nouvelle. Suis fier de toi. Pommereul aussi. Il a changé nom. Te voilà "Victor Douchevny, envoyé spécial à Prague". Enfin Victoire masculine! Sois quand même prudente. Et reviens vite. Amitiés. Ton Gustave.

Elle sourit avec tendresse. Son camarade était donc rentré à Paris et il avait apprécié son article, son premier véritable article. Elle fut submergée d'un bonheur profond. Elle commanda son petit déjeuner et se rendit à la salle de bain, au bout du couloir, en fredonnant : *Y'a d'la joie, bonjour bonjour les hirondelles…*

Lorsqu'elle revint, un pot de café crème, des toasts, des œufs au lard, des harengs, des pommes de terre aux oignons et des saucisses fumantes l'attendaient. Machinalement, elle arrangea la courtepointe dont ses pieds avaient dépassé toute la nuit, puis elle tira les rideaux. Une lumière crue envahit la pièce. Toute trace d'orage s'était évanouie : le ciel était d'un bleu pur et le soleil véhément. Elle ouvrit la première fenêtre, puis la seconde placée à quinze centimètres de la première. En mangeant, elle saisit son cahier posé sur un coin de la table et poussa un soupir de soulagement en constatant qu'il ne s'était pas enrichi de nouveaux vers durant la nuit. Elle nota néanmoins ceux qu'elle avait cru entendre, la veille, dans la rue. Son infâme écriture en pattes de mouche contrastait avec la belle graphie des pages précédentes. Elle s'habilla d'une robe de mousseline blanche à pois noirs et col jabot, se farda avec application, se coiffa d'un petit béret au crochet piqué d'une broche en forme de papillon, attrapa son gilet et se souvint que la veille, elle avait cassé le talon de ses chaussures. Elle enfila sur des socquettes blanches sa seconde paire de salomés et descendit dans le hall.

Le jeune garçon aux yeux étranges était là, en guenilles, avachi sur une banquette. Il la fixa de son œil bleu et de son œil noir. La jeune femme songea qu'il s'agissait sans doute d'un petit clochard que le taulier autorisait à dormir à l'abri. Elle posa sa clef sur le comptoir et sortit de l'hôtel.

Victoire acheta un plan et un guide de la ville en français dans une échoppe. Quelques jeunes crieurs s'époumonaient sur la chaussée pour vendre la presse locale, en tchèque ou en allemand. Malgré l'été, Staré Město grouillait d'automobiles, de bus et de tramways rouge et blanc, de bicyclettes, de piétons chapeautés en costume trois pièces, banquiers, fonctionnaires, hommes d'affaires. Particulièrement élégantes, les dames se pressaient aussi. La République leur avait non seulement accordé le droit de vote dès 1919, sans restriction d'âge ni de mariage, mais aussi le droit d'être élues et elles siégeaient au Sénat. Victoire était éblouie par ces femmes émancipées qui se rendaient à leur travail. Le bouillonnement de la métropole n'avait rien à envier à celui de Paris. La modernité de ses infrastructures et de ses habitants surpassait même la capitale française : démocratie modèle, huitième pays industriel au monde, la Tchécoslovaquie était l'une des puissances les plus avancées d'Europe. «La Mitteleuropa, pensa la jeune femme. Je suis au milieu du continent, entre Occident et Orient, au centre de l'Europe, donc au cœur du monde !»

Près de la Tour poudrière de style médiéval, elle s'extasia devant la Maison municipale, un immense édifice Art nouveau dont les mosaïques et les fresques lui rappelèrent le style de son père. Karel Douchevny n'avait jamais travaillé pour sa ville natale, qu'il avait quittée à vingt ans. Fasciné par Paris, il avait épousé la France et était mort pour elle. Victoire regretta qu'il n'ait pas vu son pays libéré des Habsbourg, ni admiré cette République qui était l'unique démocratie d'Europe centrale. Il n'était jamais revenu à Prague, cette cité singulière qui conjuguait les charmes mystérieux du passé et la technicité du présent, métropole aux visages et aux cultures multiples qui envoûtait Victoire comme jadis Paris avait subjugué son père.

Près de la gare Masaryk, elle entra dans une taverne choisie au hasard, pour téléphoner à son confrère. Jiří Martoušek aurait peut-être du nouveau. D'inspiration Art déco, le café Arco était cossu mais l'atmosphère n'y était pas du tout feutrée : des étudiants d'apparence aisée s'invectivaient en allemand, d'autres travaillaient dans un coin, un auteur déclamait ses œuvres à un petit cercle rassemblé autour de lui. Une belle femme brune d'une quarantaine d'années lisait des revues artistiques berlinoises mises à disposition par la brasserie. «Un fief de littéraires germaniques !» constata Victoire.

Elle s'installa à une petite table, commanda timidement un café crème et pensa à sa mère, qui aurait une crise cardiaque si elle voyait sa fille dans un endroit pareil. Elle sourit avec malice et écouta cette langue honnie, qu'elle trouva musicale. Ces garçons étaient trop jeunes pour avoir fait la guerre et la plupart d'entre eux devaient être orphelins, comme elle. Le caractère belliqueux de ces Allemands était circonscrit à la querelle entre étudiants, qui concernait un livre que l'un d'entre eux brandissait. L'Alsacien Gustave aurait saisi de quoi il retournait. Mais Victoire ne comprenait rien à ce qui se disait autour d'elle, et ce sentiment la réjouissait. Elle était présente, mais délicieusement étrangère au monde...

Elle demanda par gestes un jeton de téléphone et délaissa l'animation du café pour rallier l'une des cabines du sous-sol, où elle appela le quotidien *České Slovo*[1].

– Quoi ? Que dites-vous ? hurla-t-elle dans le combiné. Vous en êtes sûr ?

Mais le journaliste n'avait pas l'habitude d'avancer des informations qu'il n'avait pas vérifiées : le corps de Mademoiselle Maïa avait été rapatrié à Paris, la nuit dernière, et la police tchécoslovaque avait officiellement clos l'enquête.

– C'est donc qu'ils ont un coupable, ou un suspect sérieux ? interrogea Victoire. Quelqu'un a été arrêté ?

– Personne, répondit Martoušek.

– Mais alors, s'insurgea la jeune femme, pourquoi cesser les investigations ?

– Où êtes-vous, Victoire ?

– À la Kavárna Arco, près de...

– C'est le repaire de l'élite intellectuelle de culture allemande. Kafka y avait ses habitudes. Je ne sais pas s'il est très prudent... On vous écoute peut-être...

– Je suis seule au sous-sol, trancha Victoire. Et je ne vois pas en quoi cette conversation intéresserait quelqu'un ici ! Allez-vous enfin me dire...

– On est intervenu en haut lieu, chuchota le fait-diversier à l'autre bout du fil. Mon papier de ce matin est paru mais ce sera le dernier, car sans cadavre, sans infos, je n'ai plus rien à publier. C'est la meilleure façon de respecter la liberté de la presse, tout en muselant les journalistes. Vous saisissez ?

– Pas vraiment...

– Je n'en ai aucune preuve, soupira-t-il, mais l'ordre de classer l'affaire vient du gouvernement tchécoslovaque. Et mon flair me

1. *Le Mot tchèque.*

281

dit qu'il a été directement inspiré par le gouvernement français. La république de mon pays ne peut rien refuser à la France car cette dernière l'a aidée à naître… Bref, ça sent les petits arrangements diplomatiques entre alliés !

Victoire n'en croyait pas ses oreilles.

– Dans ces conditions, continua Martoušek, malheureusement, je doute de parvenir à en savoir plus. Les services secrets français ont dû faire disparaître le rapport d'autopsie, en même temps que le corps. Vous aurez plus de chance d'obtenir des renseignements depuis Paris, si vous avez des amis bien placés. Votre rédacteur en chef a le bras effilé, à ce qu'il paraît !

– Le bras long…

– Comment ?

– Rien.

– Je regrette, car ce n'est pas tous les jours qu'on a un tel assassinat ! poursuivait le chroniqueur. Vous me tiendrez au courant, n'est-ce pas, de ce que vous dégotterez à Paris ?

Lorsqu'elle raccrocha, Victoire éclata en sanglots. Adossée à la cabine vitrée, inondée de larmes qui noyaient ses fards, elle était secouée de spasmes qui hachaient sa poitrine.

« Comment mon pays, celui des Lumières et des droits de l'homme, ose-t-il bafouer la justice la plus élémentaire ? Que signifie cette collusion clandestine entre États, cette entrave inique au travail de la police et de la presse ? Pourquoi le contre-espionnage français s'intéresse-t-il à un médium, au point de quasiment voler son cadavre, d'effacer les indices et d'empêcher que la lumière soit faite sur sa mort ? Ce procédé est digne d'un Mussolini ou d'un Staline, pas d'une démocratie comme la nôtre !

« À moins que la sacro-sainte raison d'État ne soit menacée, admit-elle en son for intérieur, tout en se calmant. Si les services secrets savaient qui a tué Mademoiselle Maïa, et qu'ils cherchaient à protéger l'assassin, tout deviendrait cohérent… Dans ce cas, il ne peut s'agir que d'un vénérable dignitaire français… le père du bébé qu'elle portait, probablement… Par conséquent, le registre serait celui du crime passionnel commis dans un moment de folie... il lui a donné rendez-vous dans le Fossé... Avait-il prémédité son geste ? Je ne sais pas. En tout cas, leur tête-à-tête bucolique a mal tourné. L'homme a perdu la raison : il a massacré sa maîtresse et lui a arraché la cause du drame... Puis, saisi par le remords, il a traîné le corps en bas, afin qu'on le trouve... mais pourquoi avoir emporté le fœtus ? Au moins, l'assassin a avoué son acte à quelqu'un, au sommet de l'État... Qui est-il ? Un parlementaire ? Un ministre ? Un riche industriel ? Un membre de l'état-major de l'armée ? Un haut fonctionnaire en poste à Prague ? Ou bien un médecin, à cause du scalpel... »

Jiři Martoušek avait raison : le seul moyen d'apprendre quelque chose était de rentrer à Paris, afin de faire intervenir Pommereul et ses éminentes relations. En espérant que le rédacteur en chef accepte de dénoncer ce scandale dans son journal...

Abattue, la jeune femme se tamponna les yeux avec son mouchoir, remonta au rez-de-chaussée et sortit du café Arco sans même s'en rendre compte. Tel un automate, elle prit la direction des quais et les longea. Elle se sentait vide, désarmée et inutile. Parvenue au pont Charles, elle s'engagea sur l'ouvrage. De chaque côté, se dressaient les sombres statues érigées par les catholiques sur toute la longueur du pont, aux XVIIe et XVIIIe siècles. Elles étaient effrayantes par leur nombre, la surcharge de leur style, leurs postures pompeuses et outrageusement douloureuses.

Songeuse, Victoire se promit d'effectuer des recherches sur les origines et le passé de Madeleine Durandet. Sa prétendue absence de famille était suspecte... Cela cachait peut-être quelque chose ?

Elle se reprit : elle était si désemparée qu'elle en venait à soupçonner la victime ! Quelle honte ! Si quelqu'un était à blâmer, c'était elle-même, pour avoir échoué à élucider ce meurtre horrible et rompu le serment qu'elle avait fait à Mademoiselle Maïa !

La jeune femme se pencha sur l'abîme : l'eau était d'un gris sale, animée de courants et d'une légère écume. Elle remarqua une curieuse statue, très différente des autres : d'une part, elle n'était pas sur le pont mais dessous, dressée sur un socle vertical soudé à un pilastre, côté Malá Strana, sur la rive qui accostait l'île Kampa. Ensuite, la sculpture était sobre, solennelle, gothique et non baroque : elle représentait un chevalier en armure, casqué, debout, un bouclier portant des armoiries dans la main gauche, une épée d'or dans la droite. Intriguée, Victoire chercha une explication dans son guide.

Trente et unième sculpture du pont, la statue du chevalier Bruncvík a été érigée au début du XVIᵉ siècle. Bruncvík est le «Roland de Prague» : selon la légende, cet antique souverain des pays tchèques parcourut le monde en quête d'un blason majestueux. Un jour, il aida un lion à vaincre un dragon à sept têtes et s'attacha l'amitié du fauve, d'où le lion argenté sur fond rouge qui devint l'emblème de la Bohême. Au cours de son périple, Bruncvík conquit aussi une épée magique, qui coupait toute seule la tête des ennemis. Le mythe veut que l'épée magique du chevalier ait été emmurée dans le pont Charles, dans un endroit secret ; lorsque Prague et la patrie seront en danger, saint Venceslas et ses chevaliers reviendront. Sur le pont, le cheval blanc du patron de la Bohême raclera le sol et l'épée magique jaillira de sa cachette pour atterrir dans sa main. Alors les paladins combattront les ennemis du pays, ils leur couperont la tête et sauveront la nation.

«Encore une légende, releva Victoire. Quel folklore ! À croire que cette ville n'est pas bâtie en pierre mais en fables mythologiques !»
Elle se souvint que Jiři Martoušek avait évoqué cette épée d'or, comme l'une des trois clefs qui ouvriraient une mystérieuse porte.
– Il m'en a parlé devant l'horloge astronomique, hier, murmura-t-elle très bas, mais j'ai l'impression que c'était il y a si longtemps…
Elle regarda sa montre-bracelet : il était midi. Cela faisait exactement vingt-quatre heures qu'elle avait franchi «le seuil». Alors,

elle réalisa que sa colère masquait une profonde tristesse : celle d'avoir failli dans la mission qu'elle s'était fixée, certes. Mais aussi le regret de devoir quitter Prague, cette cité qui l'avait ensorcelée comme une redoutable armide. Pourtant, elle devait immédiatement rentrer à Paris. Avant de télégraphier à Pommereul et de retourner à l'hôtel pour boucler des bagages à peine défaits, elle décida de s'accorder une dernière escapade, afin de faire ses adieux à la ville et au fantôme de Mademoiselle Maïa.

Dans le Fossé aux Cerfs, les pluies torrentielles de la nuit avaient nettoyé la scène du crime. Les cordes qui délimitaient la zone de recherches avaient été ôtées. Plus aucun policier n'était présent. Le secteur avait été rendu à la nature, aux soins des jardiniers et aux promeneurs qui baguenaudaient comme si rien ne s'était passé : tout était prêt pour que la tragédie soit oubliée.

De guerre lasse, Victoire rebroussa chemin, franchit le pont Poudrier et rallia la deuxième cour du Hradschin. Elle leva les yeux. Le drapeau de la République tchécoslovaque flottait au vent : un triangle bleu, symbole de la Slovaquie et de la souveraineté, une bande horizontale blanche couleur de la Bohême et du ciel, une autre rouge, pour la Moravie et le sang versé au profit de la liberté. La bannière était hissée, signe que le président Edvard Beneš était dans le pays, et sans doute au Château. Elle pénétra dans la troisième cour et se mit à errer dans l'enceinte.

Près de la basilique Saint-Georges, un bâtiment Renaissance décati attira son attention : l'ancien palais Rožmberk, fermé à toute visite car il abritait le ministère de l'Intérieur.

«L'ordre de clore l'enquête est donc venu de là», songea-t-elle en défiant les sentinelles du regard.

Elle se détourna, fit quelques pas, admira la mosaïque dorée du flanc sud de la cathédrale Saint-Guy, qui représentait le Jugement dernier. Puis elle entra dans l'édifice sacré.

De style gothique, la construction débutée en 1344 n'avait été achevée que quelques années plus tôt, en 1929. Victoire admira la chapelle Saint-Venceslas datant du XIVᵉ siècle, rouge et or comme une coupe en cristal de Bohême, aux murs incrustés de pierres précieuses, et dans laquelle trônait le tombeau du souverain, saint patron du pays.

Puis elle s'enfonça dans les entrailles de la cathédrale par un petit escalier de pierre qui partait de la chapelle Saint-Simon-et-Saint-Jude. Derrière les vestiges archéologiques de l'ancienne basilique romane et les fondations de la cathédrale gothique, s'ouvrait la crypte royale.

La jeune femme compta dix sarcophages. Au centre, le cénotaphe du très vénéré empereur Charles IV, mort en 1378, était en granite rouge, et il avait la forme Art déco d'une coque de paquebot transatlantique renversé. D'autres monarques, issus de différentes dynasties, reposaient autour de Charles IV. Victoire avança vers un étrange cercueil de métal gris, dont la facture était ancienne : il était surélevé par un socle de marbre, puis posé sur des têtes ailées, et des sculptures d'angelots étaient assises sur son couvercle. Ses côtés étaient décorés d'armoiries en couleur : elle identifia le lion des rois de Bohême, l'écu rouge et argent de la maison d'Autriche et surtout l'aigle noir sur fond jaune du Saint Empire romain germanique. Il s'agissait du tombeau de l'empereur Rodolphe II de Habsbourg, et il datait de l'année de sa mort : 1612.

« Il est en plomb, le métal de Saturne », songea-t-elle en pensant à Gustave et aux alchimistes.

Un bruit étrange se fit entendre, derrière elle. On aurait dit des coups de marteau, mats et réguliers, qui ressemblaient à ceux qu'elle avait entendus hier soir, dans la rue, peu avant l'orage. L'effroi serra sa gorge.

Le son se rapprochait, sourd, métallique, inéluctable. Quelqu'un ou quelque chose descendait les marches qui menaient à la crypte.

Livide, Victoire vit entrer un monstre qu'elle prit d'abord pour le légendaire Golem. Mais la créature n'était pas en terre. Elle était façonnée dans un mélange de peau fondue, de bois et de vieux chiffons : engoncée dans un béret de laine noire, la tête semblait avoir coulé d'un côté, sous l'effet de la chaleur. À peine ouvert, l'œil gauche était plus bas que le droit, la joue et la lèvre pendaient dans une barbe jaunâtre. Le corps trapu, voûté, couvert d'oripeaux mités, se terminait, sous le genou droit, par une jambe de bois.

Dans la nécropole royale, l'humanoïde retira son couvre-chef avec déférence. Son crâne ressemblait à une forêt après un incendie. Quelques buissons de cheveux blancs se dressaient sur un mont pelé, dont le sol dissous s'était reconstruit en plaques rosâtres genre mortadelle. Au-dessus de l'oreille gauche, une cicatrice creusait un sillon couturé.

L'éclopé entreprit de se mouvoir vers le sarcophage du roi de Bohême Georges de Poděbrady. Il lança en l'air son pilon où était cloué un talon d'acier. La jambe de bois dessina un demi-cercle avant de cogner le sol dans un son de forge. Ensuite, il amena sa jambe gauche au même niveau en se penchant en avant. On aurait dit qu'avec ses guiboles il faisait du tricot.

Mal à l'aise, Victoire lui tourna le dos et posa inconsciemment la main sur le cercueil de Rodolphe II.

– Le plus généreux protecteur des arts et des sciences que l'Empire ait jamais produit, qui non seulement entretenait mais anoblissait ses artistes, dit l'individu d'une voix fêlée. Et un immense amoureux de Prague. Sous son règne, la ville est devenue une métropole de dimension européenne. Il est le seul à l'avoir vraiment comprise. Il était un peu fou, certes. Mais aussi génial ! Les Pragois l'appelaient «le bon seigneur» ou «le lion de Bohême». Il reste l'unique Habsbourg qu'ils ont profondément aimé, et aiment encore.

Il s'était exprimé en français. Victoire s'étonna.

– Monsieur, dit-elle en faisant volte-face et en s'efforçant de ne pas regarder l'horrible infirme dans les yeux, je vous remercie de ces explications mais... Comment avez-vous deviné ma nationalité ?

D'un coup de menton, il désigna le petit guide que la jeune femme tenait à la main.

– Bien sûr, acquiesça-t-elle en rosissant. Comment ce brave Rodolphe est-il mort ? s'enquit-elle pour faire plaisir à l'estropié.

– Il a trépassé dans des conditions affreuses, répondit le mutilé. On peut dire que c'est son frère Mathias, archiduc d'Autriche, qui l'a tué. L'infâme Mathias a agi de façon perfide en l'humiliant et en le dépouillant. Et il n'en a jamais conçu aucun regret. En 1606, profitant de la détérioration de la santé mentale de l'Empereur – ce dernier était atteint de syphilis – lors de pourparlers secrets, à Vienne, il parvient à se faire reconnaître chef de la maison d'Autriche et régent de l'Empire. En 1608, à la tête d'une armée, il marche sur Prague et contraint son frère à lui céder la Hongrie, l'Autriche, la Moravie. Rodolphe refuse de lui abandonner la Bohême, son fief chéri. Hélas, en 1611, Mathias entre dans Prague. Rodolphe est contraint de lui offrir le pays, avant d'abdiquer son empire entier. L'année suivante, quand Mathias est élu empereur, il fixe, à nouveau, la résidence impériale à Vienne. En attendant, il retient captif au Hradschin celui qu'il vient de découronner et de déposséder. Tandis que Mathias s'empare de ses appartements, Rodolphe est relégué au-delà des remparts et du Fossé aux Cerfs, au belvédère, le pavillon de plaisance. Isolé, bafoué, surveillé par des gardes bruyants et grossiers, il survit péniblement, en contemplant ses collections. Mais début janvier 1612, son lion préféré meurt. Ainsi que l'avait jadis prédit un oracle, Rodolphe s'éteint quelques jours après le fauve, le 20 janvier, dans des douleurs atroces, officiellement de gangrène aux jambes mais en fait, de chagrin. Il a soixante ans.

– Quelle fin pathétique pour un empereur, murmura Victoire en regardant le cercueil.

– Si au moins il n'était mort qu'une fois ! s'emporta le narrateur avec passion. Mais on peut dire qu'on l'a tué à plusieurs reprises ! Après son trépas, débute la curée. On cambriole ses biens et on le profane : pendant l'embaumement du cadavre, l'un de ses chambellans s'empare de son cœur et en frappe la dépouille ! Avant cela, Kašpar Zrucký, un autre domestique, vole, sur son corps encore chaud, l'élixir de longue vie qu'il portait au cou, dans un petit flacon d'argent… il le boit, avant de piller quelques trésors précieux de son maître défunt…

Victoire ne put retenir une grimace de dégoût, que l'homme prit pour de la désapprobation.

– Rassurez-vous, il a été arrêté ! s'enflamma-t-il. Kašpar est enfermé dans la Tour blanche, où il se pend avec sa ceinture. Le bourreau débite son corps en morceaux avant de le jeter à la fosse commune. Mais Kašpar devient fantôme et il harcèle les habitants du Hradschin, notamment Mathias. Le futur empereur ordonne donc de se débarrasser du revenant.

– Je suis curieuse de connaître la technique qui permet de zigouiller un spectre ! intervint Victoire en souriant.

– Mais, répondit-il avec le plus grand sérieux, il n'y en a qu'une, et elle est infaillible ! Il suffit de déterrer le cadavre ou ce qu'il en reste, de le brûler et de jeter les cendres dans la Vltava.

– Naturellement.

Malgré le ton ironique de sa réponse, Victoire ne put s'empêcher de penser à Théogène et de se demander où reposait son corps. Était-il mort ici, au Château, ainsi que le pensait Gustave ? L'avait-on assassiné ?

– Dites-moi, reprit-elle avec douceur. Vous ne m'avez pas parlé des alchimistes de l'Empereur… qu'est devenue sa fameuse académie ?

– Mademoiselle, un livre entier ne suffirait pas à raconter les aventures du prince magicien et de l'alchimie. Ce que je puis affirmer, c'est que malgré la prodigalité de l'Empereur à leur égard, la plupart de ces petits escrocs avaient quitté le navire quand les choses ont commencé à mal tourner pour leur débonnaire protecteur. Les dernières années de sa vie, l'Empereur est seul : Thadée de Hájek (son médecin, astrologue et alchimiste en chef), l'astronome Tycho Brahe, Arcimboldo et bien d'autres sont morts. Ne reste que le grand astronome Kepler et les peintres de son école maniériste.

– C'est tragique, acquiesça-t-elle. Et Mathias ?

– Sa félonie ne lui a guère porté chance, affirma-t-il avec un plaisir non feint. Il meurt en 1619, sept ans seulement après Rodolphe, et, comme son frère aîné, sans héritier légitime. Mais il avait introduit le ver dans la pomme d'or : en 1618, eut lieu la troisième défenestration de Prague, révolte des protestants de Bohême contre les catholiques, qui déclenche la terrible guerre de Trente Ans, long carnage qui dépeuple l'Europe et voit le retour du cannibalisme… Quant à la Bohême, j'affirme qu'elle est morte le 8 novembre 1620 à la bataille de la Montagne-Blanche… Bílá Hora[1]… Bílá Hora…

L'étrange bonhomme était perdu dans des pensées chagrines. Victoire n'était pas rassurée, seule avec lui dans les tréfonds d'une crypte funéraire.

– Je vous remercie infiniment, dit-elle d'une voix qu'elle voulait franche et joyeuse. Je n'aurais jamais trouvé ces détails passionnants dans mon guide. Vous racontez très bien et, c'est surprenant, dans un français sans accent !

– Oh, je suis confus, mademoiselle, pardonnez-moi, dit-il en reprenant ses esprits. Je m'appelle Pražský, Karlík Pražský.

En se présentant, il inclina le menton comme le faisaient les officiers austro-hongrois. Mais il ne pouvait claquer les talons.

– Victoire Douchevny, répondit-elle en faisant l'effort d'approcher de quelques pas. En fait, je devrais dire Viktorie Duševná.

– En effet.

Il la regardait droit dans les yeux en ôtant sa grosse écharpe trouée, qui sentait la poussière et la friture.

Victoire ne put réprimer un petit cri. Elle plaqua ses doigts sur sa bouche, tandis qu'un coup d'une violence inouïe la frappait au ventre.

---

1. Montagne Blanche.

– Le... gémit-elle. Le bijou que vous portez autour du cou ! Où l'avez-vous eu ?

L'absence de cache-nez avait dévoilé l'encolure de l'individu. D'une propreté douteuse, sa gorge nue était cerclée d'une chaîne d'argent, à laquelle était accroché un pendentif de métal en forme de pyramide.

Victoire était trop loin pour lire les inscriptions qui y étaient gravées, mais suffisamment près pour voir une face de l'amulette, et reconnaître le caractéristique triangle, le carré magique et la silhouette d'une femme tenant un croissant de lune, typique du sceau lunaire : il s'agissait du dessin qu'elle avait tracé deux mois plus tôt, lors d'une séance avec Mademoiselle Maïa, et que Gustave avait baptisé *albedo*.

– C'est un bijou de famille, sourit l'éclopé en exhibant ses chicots jaunes. Il est beau, n'est-ce pas ?

De sa patte sale, il montrait le pendentif. Un point au cœur immobilisait Victoire.

– Qui vous l'a donné ? insista-t-elle.

– Ma mère, qui le tenait elle-même de sa mère, à qui son père l'avait offert... et cetera ! La légende familiale dit qu'il s'agit d'un talisman fabriqué par l'un de nos ancêtres, alchimiste à la cour de Rodolphe II, et que cet objet magique a des pouvoirs occultes, qui protègent celui ou celle qui le porte. J'ignore si c'est vrai mais comme nous sommes superstitieux, en Bohême, nous nous le transmettons de génération en génération...

– Vous mentez ! Vous l'avez volé ! cria-t-elle en reculant vers le mur de la crypte. C'est à la guerre que vous avez récolté cette jambe de bois et cette face de monstre, hein ? Votre régiment autrichien se battait sur le front russe en 1917 ! À moins que n'ayez été engagé du côté français, dans la Légion, d'où votre connaissance de la langue... Là-bas vous avez croisé mon père, peut-être même l'avez-vous tué, puis vous avez arraché ce bijou à sa pauvre dépouille !

Sous sa barbe jaune, le visage de l'infirme était livide, et son œil valide était agité de tremblements nerveux.

– J'ai fait cette atroce guerre, c'est vrai, répondit-il d'une voix vacillante. Mais je ne suis ni un assassin ni un voleur, encore moins un détrousseur de cadavres...

– Je ne vous crois pas ! affirma-t-elle avec rage. Ce talisman est unique au monde et il était au cou de mon défunt père !

Karlík Pražský semblait prêt à s'effondrer. Il s'appuya sur le cercueil de Rodolphe II. Il respirait avec difficulté, et des gouttelettes de sueur inondèrent son front.

– Écoutez-moi, supplia-t-il. Je vous en prie...

Adossée au mur du souterrain, la jeune femme ne ressentait plus aucune peur. La subite douleur au ventre s'estompait. Elle se redressa et fit face à l'ignoble individu, qui allait avouer ses crimes.

– Je... Je ne suis pas Kašpar Zrucký, balbutia ce dernier, courbé sur le tombeau de Rodolphe, en s'adressant à une sculpture d'angelot. Je n'ai pas dérobé le philtre d'immortalité... Pourtant... En quelque sorte, je suis éternel ! Mais je suis peut-être fantôme, pour ça oui... Je suis un spectre... Je ferais sans doute mieux de me jeter dans la Vltava...

C'étaient les paroles d'un homme ivre, ou fou. Victoire n'osait pas bouger. Il restait silencieux. Quand il tourna son monstrueux visage vers elle, elle vit qu'il pleurait : de son œil tordu, des larmes coulaient sur ses joues sales, avant de finir dans sa barbe.

– Tu as raison, Viktorie Duševná. Je suis un ignoble menteur, admit-il enfin en la regardant dans les yeux.

Elle esquissa un sourire de triomphe, ignora le tutoiement et demeura immobile en attendant la confession du voleur.

– Tu as raison, répéta-t-il. Ce talisman ancestral ne devrait pas être à mon cou.

Victoire ne bougea pas un cil, tandis qu'il dégrafait à grand-peine le bijou.

– Car depuis fort longtemps, poursuivit-il, cette amulette magique devrait être au cou de... de... de ma fille !

Sans comprendre, Victoire observa avec sidération la patte que Pražský tendait vers elle : sur la paume, brillaient la chaîne d'argent et la pyramide à quatre faces. La main était crasseuse, poilue, longue et fine. Surtout, elle palpitait, comme si elle recélait un cœur. On aurait dit une araignée tombée sur le dos, saisie de crampes et de convulsions électriques. Cette main tremblait tellement que le pendentif manqua de tomber sur le sol de la crypte.

20

Vous estes la lune enchantée
Qui luy dessus mon cœur alangui
Dardant de votre lame argentée
Mon asme engourdie…

La main de Théogène tremble tellement qu'il lève la plume. Il ne doit pas tacher cette page ! C'est pourquoi il a d'abord créé le poème dans son cahier, avant de le recopier sur ce billet. Mais son émotion est telle que ses doigts frémissent et son cœur s'emballe, comme chaque fois qu'il songe à cette femme, c'est-à-dire de façon quasi permanente.

Hier soir, son trouble a été à son comble. Car la veille, il l'a vue. C'était au grand bal masqué organisé par Giuseppe Arcimboldo, afin de fêter sa retraite dans sa ville natale, Milan.

Jusqu'à présent, Théogène a considéré les tableaux du peintre italien avec un mélange de circonspection et d'angoisse. Mais depuis la veille, il se demande si, victime d'un mauvais sort jeté par l'un de ses confrères, il n'est pas lui-même en train de se transformer en toile d'Arcimboldo : lorsque, au milieu de la fête, il a reconnu la jeune femme malgré le masque d'argent qui cachait son visage, il lui a semblé que des oiseaux s'envolaient dans son ventre, et que des fleurs poussaient dans sa tête.

En cette fin 1587, cela fait plus d'une année qu'il l'a vue pour la première fois, au mariage de Vilém de Romžberk avec Polyxène de Pernštejn. Mais elle ignore tout de lui, jusqu'à son existence. Théogène, en revanche, sait qu'elle vient d'avoir seize ans, et qu'elle est la fille illégitime du burgrave de Bohême et d'une domestique. Si elle vit dans une aile retirée du palais Romžberk, l'enfant naturelle ne porte pas le nom de son père. Elle possède un nom qui, aux yeux du fils du feu, est encore plus prestigieux que celui du personnage le plus influent du royaume : elle s'appelle Mittnacht. Svétlana Mittnacht. Ce qui signifie «lumière du milieu de la nuit». Autrement dit la lune.

Elle est la Lune, la plus proche et la plus importante des planètes car elle est la médiatrice entre le monde d'en haut et le monde d'en bas : elle reçoit les influences de toutes les étoiles du macrocosme, qu'elle répand ensuite dans le microcosme, sur la Terre et dans l'homme, dont elle gouverne le cerveau.

Grâce à la Lune qui est à l'origine de la puissance de la Nature, les plantes et les métaux croissent, la mer vient et se retire, et l'homme pense. Intermédiaire des opérations magiques, symbole des alchimistes, elle est une fée à qui appartient la régénération mais aussi la corruption : lorsqu'elle est pleine, elle brûle le crâne de certains individus, qui deviennent fous ou se changent en loups-garous. Ses rayons recèlent un poison violent que nombre d'initiés cherchent à capter, et un dissolvant que l'on dit capable de désagréger toute matière.

Théogène soupire, calme son émoi et reprend la plume.

La nuit je resve d'estre le soleil
Le jour je guette votre apparition…

Mais le soleil et la lune ne se rencontrent jamais sauf à l'occasion d'une éclipse, événement aussi rare que néfaste, présage de catastrophe. Théogène n'est qu'un être misérable, un boiteux sans fortune et sans nom, qui n'a aucune chance de voir sa passion se concrétiser. Car malgré sa naissance adultérine et la basse condition de sa mère, Svétlana n'appartient pas à son monde, mais à celui des nobles. Aussi Théogène l'aime-t-il sans autre espoir que de la croiser de temps à autre, de l'admirer de loin, comme un astronome contemple le luminaire divin.

Il termine de recopier ses vers français sur la feuille volante mais il ne les signe pas. Par l'unique fenêtre du logement qui donne sur le Fossé aux Cerfs, il constate que l'obscurité commence à tomber : il doit se hâter. Théogène se lève et se dirige vers la cheminée. Il jette dans le feu le contenu d'une coupelle de cuivre, le métal de Vénus, et une fumée odorante se dégage aussitôt de l'âtre, remplissant la petite pièce chichement aménagée d'un grabat, d'une table, d'une chaise, d'un broc d'eau et d'un coffre.

Il saisit son poème et le place sous l'effluve, en prenant garde à ne pas le laisser tomber dans les flammes. À voix basse, il adresse ses rimes à la planète de l'amour, dont le parfum imprègne la page : un mélange d'ambre, de musc, de bois d'aloès, de rose rouge, de corail, de cervelle de passereau et de sang de pigeon. Puis il plie la feuille en quatre et la range sous sa chemise, contre sa poitrine.

Théogène sort de la petite bicoque qui lui sert de demeure. Elle est en bois, avec un toit en bardeaux, serrée dans une rangée de maisonnettes identiques, construites entre les arcades du mur d'enceinte qui surplombe le Fossé aux Cerfs, entre la Tour blanche et la tour Daliborka.

Au-dessus des masures, court un chemin de ronde parcouru par des archers chargés de la défense du Château, de la surveillance des prisons voisines et de l'alerte au feu. Les sentinelles gardent également un œil sur les habitants des cahutes : en effet, dans ces abris de fortune, l'Empereur loge sa troupe d'alchimistes : la venelle a donc été baptisée «la ruelle de l'Or». Le teinturier de la lune passe devant le lansquenet à l'uniforme rouge et muni d'une hallebarde qui patrouille dans la ruelle jour et nuit, et remonte la rue Jiřská jusqu'au palais Romžberk. Là, il s'assure que l'un des portiers est bien celui dont il a gagné la complicité. Il lui confie le poème, puis il s'éloigne en transpirant malgré le froid piquant de ce soir d'hiver.

Le long de la cathédrale Saint-Guy, il accélère le pas. Il regarde le ciel : la nuit n'est pas encore tout à fait noire, il n'est donc pas en retard. Il clopine vers l'aile nord de la première cour du Château. Un garde s'efface et le laisse entrer dans la galerie qui abrite une partie des collections de l'Empereur. Sa *Kunst- und Wunderkammer*, « cabinet d'art et de curiosités », est la plus vaste et la plus riche d'Europe, sans doute même du monde. La totalité des bâtiments profanes du Hradschin n'est qu'un immense musée et bientôt, les salles seront trop petites pour contenir tous les trésors qui, de jour en jour, s'accumulent.

Théogène pénètre dans l'édifice et, comme chaque fois, il est subjugué : posés sur de grandes tables tapissées de vert, surgissant d'armoires et de coffres ouverts, apparaissent en halo, à la lueur des lumignons : bijoux inestimables, sculptures antiques et modernes, camées romains, verreries, défenses d'éléphant et cornes de divers animaux gravés, travaux d'orfèvres sur des coques de noix et autres supports minuscules, pierres précieuses taillées, porcelaines les plus fines, poteries de Chine et du Japon, émaux décorés, coraux, plumes, calices, jarres, bézoards, œufs d'autruche, dents, crânes, couverts d'or ornés de rubis, médailles, faïences, mappemondes, armes de chasse, drapeaux, squelettes de bêtes bicéphales ou victimes d'une anomalie de la Nature, monnaies anciennes. Les innombrables tableaux sont accrochés ou simplement posés contre les murs, à même le sol, dans un apparent désordre.

Théogène s'empare d'un flambeau et descend un étage. Dans un chaos similaire, le premier sous-sol contient des automates : globes célestes mécaniques, horloges admirables. Il tend sa lanterne vers les toiles suspendues aux cloisons : les Pieter Bruegel l'Ancien – dont le souverain possède la totalité de l'œuvre – les Tintoret, Cranach et Titien sont dans d'autres galeries du Château mais ici, il peut contempler des tableaux du Parmesan et du Corrège, *La Dame à l'Hermine* de Léonard de Vinci, et deux Dürer sur les neuf qu'a acquis, à prix d'or, Rodolphe II. D'abord, le *Retable de tous les saints*, qu'Arcimboldo a négocié une année durant, pour le compte du souverain, avec le conseil de la cité de Nuremberg, ville natale du peintre, à laquelle l'Empereur a dû accorder des privilèges pour pouvoir acquérir le tableau.

Surtout, est ici exposé *Das Rosenkranzfest*, la Vierge de la fête du rosaire, que le peintre Hans von Aachen a disputé à la communauté allemande de Venise. Après l'avoir payé fort cher, le monarque a exigé que le tableau soit enveloppé dans du coton, puis dans un tapis, enfin dans une toile cirée. Il a ensuite été suspendu à une perche et c'est ainsi qu'il a été porté de Venise à Prague, à travers les Alpes, par les bras d'hommes cheminant à pied, et qu'il est parvenu indemne dans la capitale de l'Empire.

L'homme de vingt-trois ans s'approche de la toile avec déférence. Il lève la lumière sur le visage de la Madone, au centre : il y voit la chevelure blonde et les traits de Svétlana Mittnacht. Théogène vénère cette peinture. À défaut de pouvoir approcher Svétlana, il contemple la toile de Dürer et il lui parle.

Théogène quitte à regret le tableau et s'enfonce un peu plus dans les profondeurs du bâtiment. Au deuxième sous-sol, une massive porte en bois et en métal barre l'entrée du cabinet secret de l'Empereur. L'alchimiste soupire : au vu de son horoscope du jour, c'est lui que Rodolphe a choisi, afin qu'il officie cette nuit comme assistant. Il inspire, maîtrise sa nervosité et frappe.

Il attend un long moment avant que le souverain en personne vienne lui ouvrir. Théogène entre dans une immense pièce aux voûtes en ogive, aussi sombre qu'une grotte. Le feu d'une vaste cheminée et quelques rares flambeaux éclairent d'un relief inquiétant un fatras encore plus étonnant que celui des étages supérieurs : momies égyptiennes, hiéroglyphes – l'écriture secrète dans laquelle les prêtres égyptiens ont caché leur savoir – fœtus humains dans des bocaux, silhouette diabolique incluse dans du cristal, mâchoire d'une sirène grecque d'Ulysse, boulons de l'arche de Noé, baguette de Moïse, un couteau avalé par un paysan lors d'un banquet et extrait neuf mois plus tard par un barbier, une pierre gastrique aux vertus magiques, et même une chaise en fer qui emprisonne quiconque s'y assoit.

Au fond de la salle, se trouvent un laboratoire d'alchimie, des étagères remplies de pots et de fioles, et un vaste établi de joaillier avec ses outils, car l'Empereur se plaît à tailler lui-même certains diamants.

L'Hermès Trismégiste allemand est entièrement vêtu de noir. Seule la fraise immaculée tranche dans son habit ajusté. Il est raide et sévère comme les grands de la cour d'Espagne où il a été élevé. Sans un mot, il se dirige vers une grande coupe d'or contenant du vin et dans laquelle trempe son couple de racines de mandragore : Thrudacias, la mandegloire mâle, et Marion, la femelle. Il les retire du bain et tandis qu'il les habille avec de petites robes de soie, Théogène verse avec précaution le vin dans lequel elles ont infusé dans un verre de cristal qu'il tend au roi. Rodolphe boit l'élixir.

Tandis que le servant enveloppe le souverain dans une longue cape noire, il note que le prince est fébrile et plus anxieux que d'ordinaire. Sa mine est sombre et tourmentée, sa bouche tressaille d'émotion. Théogène songe que la raison des angoisses impériales est peut-être l'insuccès chronique à récupérer deux objets magiques appartenant au trésor de la maison d'Autriche, que Rodolphe convoite avec passion depuis la mort de son père, en 1576 : l'*Ainkhurn* – une énorme corne de licorne torsadée – et une coupe d'agate dans laquelle Joseph d'Arimathie aurait recueilli le sang du Christ : le Graal. Or, si Maximilien II n'a pas voulu scinder ses territoires et a légué l'Empire à son fils aîné, suscitant la haine de la plupart de ses frères – surtout Mathias – son testament entérine le partage des collections impériales, et c'est au doyen de la famille, son frère Ferdinand de Tyrol, qu'il a légué l'*Ainkhurn* et la coupe d'agate byzantine.

Théogène s'éloigne vers le laboratoire afin de préparer la fumigation. Il se reporte à la page que Rodolphe a choisie dans le

Picatrix et sélectionne, sur les étagères, les ingrédients prescrits par le traité de magie. Dans un grand mortier, il écrase de l'opium, du styrax, des crocus séchés, des graines de laurier, des noix, de l'absinthe, de la coloquinte, des brins de laine et des têtes de chat noir, le tout à parts égales.

« À moins que l'état de l'Empereur ne soit imputable aux tensions religieuses dans l'Empire, pense-t-il, aux pressions constantes des envoyés du pape, ou à la menace turque. Ou alors, il est peut-être affecté par la récente arrestation de son frère... »

Prétendant au trône de Pologne, l'archiduc Maximilien III d'Autriche vient d'être fait prisonnier par Sigismond Vasa de Suède, le souverain élu pour régner sur la Pologne-Lituanie. Comme de coutume, les rumeurs vont bon train et on murmure que John Dee ne serait pas étranger à l'échec des ambitions habsbourgeoises sur la couronne polonaise.

Les accusations d'espionnage contre le mage anglais sont de plus en plus claires. C'est un fait qu'Élisabeth Ire est une ennemie de l'Autriche et de l'Espagne dont elle voudrait affaiblir la puissance. L'Empereur exècre la protestante comploteuse qui, en février de cette année, a fait exécuter Marie Stuart la catholique, souveraine du royaume d'Écosse, après l'avoir assignée à résidence pendant dix-huit années. Il est également vrai qu'il se passe de curieuses choses dans le château de Třeboň en Bohême du Sud, fief de Vilém de Romžberk, où les deux sujets d'Élisabeth ont finalement trouvé refuge après leur bannissement de Prague : non seulement s'y succèdent, dans un suspect défilé, toutes sortes d'émissaires de la cour d'Angleterre et d'agents officieux de la reine, mais on rapporte que l'ange Madimi, lors d'une séance, aurait ordonné à Dee et Kelley d'échanger leurs épouses le septième jour de chaque semaine, sous peine de ne jamais connaître le secret du passage vers la porte blanche.

Tandis que Théogène incorpore à son mélange de l'urine de

chèvre noire et le sang d'un bouc noir égorgé pour la circonstance, dont le foie et le cœur reposent dans une coupelle, il considère, comme de coutume, que ces assertions absurdes sont les calomnies de souffleurs jaloux de la science de John Dee et du talent d'Edward Kelley. Un esprit céleste obéissant à Dieu ne saurait exhorter à la chair, et de surcroît au péché de l'adultère! Cette histoire est, selon toute vraisemblance, un mensonge monté de toutes pièces par des rivaux, afin de décrédibiliser les deux mages aux yeux de leurs protecteurs, le burgrave de Bohême et l'Empereur. Mais il existe une seconde hypothèse : bien que les deux Anglais soient animés d'une piété profonde, craignant les démons et ayant grand soin de n'appeler que des anges bons et saints, ils ont peut-être eu affaire, comme Johannes Faustus, à un fourbe suppôt de Lucifer, qui a voilé son identité afin de les berner, espérant les corrompre en les poussant vers la porte noire pour s'emparer de leur âme.

Théogène verse sa mixture dans un encensoir de plomb rempli de charbons ardents. La fumée s'élève.

L'officiant tend à Rodolphe prosterné à terre un anneau de plomb, et il agite l'encensoir en prononçant l'incantation à la planète du fond du ciel, creuset des origines : Saturne.

– Quermiex, Tos, Herus, Quemis, Dius, Tamines, Tahytos, Macader, Quehinen; Saturne! Viens vite avec tes esprits! adjure-t-il.

Sur ordre de Rodolphe, l'homme aux oreilles coupées est revenu plusieurs fois au château de Prague, tandis que son maître proscrit demeurait à Třeboň. Non seulement l'Hermès du Nord n'a pas prêté foi aux allégations de ses courtisans, mais il a couvert Kelley d'argent, de bijoux et de cadeaux divers : le médium lui avait donné de la rhubarbe pour soigner son hypocondrie, et surtout il avait procédé à une transmutation.

Théogène n'a pas été autorisé à assister à l'expérience, pas plus que les autres membres de l'académie d'alchimie. Mais Thadée de Hájek la lui a racontée à de multiples reprises.

L'événement s'est déroulé ici même, dans les profondeurs

du cabinet occulte. Le souverain des ombres était de méchante humeur, las d'attendre en vain l'or et surtout l'Élixir de longue vie que Kelley avait commis l'imprudence de promettre à Vilém de Romžberk. Furieux, Rodolphe a convoqué le médium, et l'a sommé de mettre en pratique, devant lui et son archiatre, les connaissances dont il s'était vanté auprès de son concurrent en alchimie, sous peine d'être envoyé croupir dans la Tour blanche. Suant de peur, Kelley a allumé l'athanor, pendant que Thadée de Hájek barricadait la porte et vérifiait les instruments du laboratoire personnel de Rodolphe. Ensuite, l'Anglais a procédé aux opérations : il a posé un morceau de plomb dans un creuset et l'a fait fondre très lentement. Il y a ajouté des sucs lunaires, de l'huile de soleil. Puis il a sorti de sa poche une petite fiole remplie d'un liquide rouge rubis, dont il a versé quelques gouttes dans le récipient. Il l'a couvert avec une coupelle pleine de charbons ardents et il a dit qu'il fallait attendre. Au bout de deux interminables heures, il a soulevé le couvercle : le fond du creuset brillait comme le soleil ; c'était de l'or en fusion.

À l'annonce du miracle, Théogène a été abasourdi. Pourquoi Kelley et Dee cherchent-ils la porte blanche, s'ils sont d'authentiques adeptes ? D'où vient cette fiole rouge ? Que contient-elle ? Serait-ce l'Escarboucle, qu'ils auraient découverte dans les laboratoires de Třeboň ? Il a patienté de longues semaines avant de réussir à intercepter Kelley, et de parvenir à l'entraîner dans sa maisonnette de la ruelle de l'Or.

Le Sans-Oreilles, ainsi que les autres alchimistes le surnomment, s'est fait prier, et il a bu plusieurs flacons de vin avant d'avouer la vérité.

– Bah, après tout, j'ai de l'affection pour toi, le Boiteux, a-t-il dit en levant son gobelet. Tu es pur et désintéressé, pas comme cette bande de hyènes ! Tu es le seul, ici, en qui je peux avoir confiance. Ce liquide rouge, c'est de la poudre de projection que j'ai liquéfiée.

– Tu as réussi à fabriquer la Pierre philosophale ?

– Si tel était le cas, crois-tu que je l'offrirais à l'Empereur ?

– Tu n'avais pas le choix.

– Mon ami, cette poudre, je l'ai trouvée. En 1582, il y a cinq ans.

– Où ça ?

– Dans une tombe, au pays de Galles. Plus exactement, je l'ai achetée, un prix dérisoire, à un aubergiste ignare qui l'avait payée quelques chopines à des protestants pilleurs de tombeaux : ils l'avaient dénichée dans le caveau d'un vieux moine catholique. Il y avait deux ampoules d'ivoire : l'une contenait de la poudre blanche, l'autre de la poudre rouge. Ou ce qu'il en restait, car les morveux du cabaretier jouaient avec les fioles, et avaient répandu pas mal de leur contenu. Le tavernier m'a aussi cédé un manuscrit qui était caché dans la sépulture, écrit dans un langage incompréhensible, et dont il ne savait que faire. J'ai tout de suite compris que je détenais là non seulement la Pierre pulvérisée, mais le secret de la transmutation métallique, contenu dans le livre.

– Tu l'as déchiffré ?

– J'ai essayé, mais n'y parvenant pas, je suis allé montrer le grimoire au grand savant John Dee, dans son manoir de Mortlake. Cet homme vénérable avait la plus vaste bibliothèque qu'il m'ait été donné de voir avant de venir ici… Quatre mille volumes… auxquels la populace a mis le feu, ainsi qu'à sa maison, à notre départ pour le continent.

– Pourquoi une telle rage ? s'est naïvement étonné Théogène.

– Parce que le vulgaire nous prend pour des sorciers ! Ne le sais-tu pas encore ? a ricané Kelley. La plèbe inculte, et le pape ! Pourtant, nous n'avons jamais prié les démons. Je te l'assure. Mais après avoir vérifié, au prix de plusieurs tentatives infructueuses, que la poudre blanche permettait bien la transmutation des métaux en argent, et la rouge en or, maître Dee est demeuré impuissant à décrypter le manuscrit. Nous avons donc appelé à l'aide Dieu et ses anges… et invoqué les esprits.

– Avez-vous bu l'Élixir né de la poudre liquéfiée ?

– Mon maître m'interdit d'y toucher et lui-même s'y refuse, tant qu'il ne connaît pas sa composition exacte. Il veut devenir immortel, mais avant tout il désire percer le secret de la formule de l'immortalité, tu comprends…

Si Kelley s'était douté à quel point son interlocuteur comprenait !

– Bien qu'il jouisse de l'estime et des faveurs de la reine, a poursuivi le Britannique, Élisabeth n'a toutefois pas accordé à mon maître la position rémunérée à laquelle il prétendait. Nous avons donc été obligés de partir afin de poursuivre nos coûteuses recherches auprès d'un seigneur plus généreux. En Pologne et surtout en Bohême, nous pensions rencontrer des adeptes susceptibles de nous mettre sur la voie. Hélas, à part toi, le Boiteux, cette cour est peuplée d'aventuriers cupides, de jeteurs de sorts véreux et de stupides valets d'officine.

Théogène a avalé sa salive avec difficulté et a resservi à boire.

– Nos expériences sur la poudre afin d'en analyser le contenu ont non seulement été vaines, a continué le mage, mais elles ont fait diminuer notre réserve déjà réduite. Depuis que l'Empereur m'a contraint à officier, l'autre jour, John Dee m'a confisqué l'ampoule, de crainte que je la gaspille. Tu te rends compte ? Pourtant, cette fiole m'a sauvé la vie ! J'ai eu chaud, c'était la première fois que je réalisais une transmutation… Je ne savais trop comment m'y prendre…

– Et le grimoire ? Où en est le déchiffrement de maître Dee ? s'est enquis Théogène avec fébrilité. Je ne possède pas sa science mais je pourrais y jeter un œil, si tu veux…

– Le bouquin a disparu avec la bande de scélérats qui nous a lâchement attaqués à la frontière de la Pologne, il y a trois ans, emportant tous nos bagages. Heureusement, John Dee gardait la poudre sur lui… Je doute que ces détrousseurs barbares s'intéressent au jargon d'un moine gallois… Mais l'ouvrage est irrémédiablement perdu. La seule issue est celle que voudra bien, ou non, nous indiquer l'ange Raziel : la porte blanche menant au palais de verre et à la Rose, donc à la formule et à la compréhension de tous les mystères hermétiques...

L'Empereur s'agenouille et, sous la fumée de l'encensoir, il dirige sa tête vers la planète Saturne.

– Au nom de Dieu, adjure Rodolphe, et au nom d'Heylil, l'ange que Dieu a assigné en propre aux vertus et aux puissances de Saturne ! Tu es dans le septième ciel. Je t'invoque par tous tes noms qui sont Zohal en arabe, Saturnus en latin, Keyhven en phénicien, Koronez en roman, Hacoronoz en grec, Sacas en indien ; je t'invoque et je t'appelle par tous ces noms. Et je te conjure, au nom du Dieu tout-puissant, de me faire bon accueil et d'agréer ma prière par l'obéissance que tu dois à Dieu et à son pouvoir, pour protéger mon empire et ses peuples des désastres à venir. Éloigne les prophéties, préserve mes territoires et ses habitants de la colère divine et des arrêts des astres. Donne-moi la force sur les choses d'en bas et les mondes d'en haut. Offre-moi la longévité de l'éternité contenue dans le Suprême Élixir, afin que je puisse veiller, à jamais, sur mes sujets...

Théogène saisit enfin ce qui afflige le prince. Pour l'année prochaine, 1588, les devins du ciel ont vu une très mauvaise conjonction de Mars et de Jupiter. Les astrologues prédisent une éclipse de soleil, deux de lune, le passage d'une comète, des inondations, plusieurs tremblements de terre, et ce qui terrifie plus encore le souverain que tous ces signes catastrophiques : la chute d'un grand empire. L'assistant sacrifie dans le feu le foie et le cœur sanguinolents du bouc noir. Rodolphe chancelle, avant de s'évanouir d'émotion.

Lorsque, à l'aube, l'alchimiste repasse devant le palais Romžberk, il observe que son portier a été remplacé par Bohumil, un cerbère peu avenant. C'est Edward Kelley qui a eu l'idée de confier les poèmes à Michal, afin qu'il les transmette discrètement à la cameriste de Svétlana Mittnacht. Théogène a été obligé d'expliquer la sidération que provoquaient les confidences du médium. Kelley était ivre, mais conscient que son commensal cachait quelque chose de grave, qui restait bloqué dans sa gorge. Pris en défaut, le jeune homme a cependant résolu de taire la vérité à l'Anglais. Même s'il reste certain que le médium n'est pas un escroc, encore moins un nécromant, et qu'il est innocent des bassesses et des complots dont on l'accuse, Théogène estime que le Sans-Oreilles n'a pas assez étudié la Haute Science ni travaillé sur lui-même pour pouvoir entendre son histoire, et surtout celle de son maître. Alors, il a répondu que son embarras n'avait rien à voir avec les propos de son ami, qu'en ce moment il était agité et bilieux, car il était épris d'une dame.

– Pas possible ! s'est écrié Kelley. Toi, le puceau candide au cœur limpide, le puritain farouche qui vit dans les livres et les étoiles, tu en pinces pour une femelle ! Raconte !

Théogène a obéi, narrant même qu'en secret, il écrivait des poèmes à la belle, qu'il jetait ensuite au feu. Kelley a convenu qu'il avait bon goût, sa muse était un splendide morceau, mais elle devait absolument lire ses vers. Il a ajouté qu'il connaissait Michal, l'un des portiers des Romžberk, qui l'accompagnait parfois dans les tavernes pragoises. Il allait lui parler et lui glisser quelques thalers.

C'est ainsi qu'une fois encore, Kelley a apporté son aide à Théogène.

Un pincement au cœur, devant le palais, le fait s'interroger.

– Je n'aurais pas dû faire confiance à cet ivrogne d'Anglais, murmure-t-il. Il s'est moqué de moi. Lit-elle seulement mes rimes ? Les lui remet-on ? Quel sentiment provoquent-elles chez elle : intérêt, attendrissement, inclination, désarroi, sarcasmes, indifférence ?

Comment faire pour que non seulement elle le regarde, mais qu'elle le voie, et qu'elle lui parle ?

Il clopine jusqu'à la ruelle de l'Or, mortifié de son attente stérile.

« Allons, tu ne dois rien espérer, se dit-il. Tu es pauvre, roturier et infirme. Abandonne ce projet funeste. »

Mais l'instant d'après, il se reprend à penser à elle, à imaginer des rencontres insensées, des œillades enflammées, des rendez-vous secrets dans les recoins du Hradschin.

Son travail pâtit de cette arrogante dévotion pour Svétlana, mêlée de concupiscence coupable : sa quête, si élevée, doit s'effectuer loin des viles passions humaines, que son maître lui a appris à maîtriser et à chasser. Pourtant, s'il a enfin terminé son miroir magique, il obtient des résultats décevants.

Son esprit, son âme, son corps même se détournent des anges : car leur nom est supplanté par le nom de cette femme, et il ne parvient pas à communiquer avec eux. Certes, il est découragé par les difficultés de la langue hébraïque, les arcanes complexes de la Kabbale juive, et par les interminables listes d'anges dont les auteurs chrétiens se gargarisent, au milieu d'un fouillis dans lequel il est impossible de se retrouver. Tous, en effet, accordent des noms différents aux esprits divins.

Théogène n'a pas trouvé le nom de l'ange noir. A fortiori, il n'a toujours pas identifié l'ange blanc. Il n'y arrive pas, car chaque fois qu'il adjure les créatures célestes à l'aide du miroir magique, il ne pense qu'à son ange terrestre et à son nom merveilleux : lumière du milieu de la nuit. Lune.

Épuisé, il s'écroule sur sa paillasse. Ne plus la désirer, ne plus penser à elle. Dormir. Oublier. En fermant les paupières, il espère que les astres lui épargneront le cauchemar récurrent de ces temps derniers, dans lequel il voit Athanasius Liber, au fond des enfers, poursuivre son aimée avec un scalpre afin de lui ouvrir le ventre.

21

La ruelle de l'Or ressemblait à un alignement de maisons de poupées pour jouets cassés. Construites en pierre avec une structure en bois et un toit de tuiles branlantes, grises et défraîchies, sans eau courante, elles paraissaient abriter la lie de la ville. Du linge séchait sur des cordages tendus en travers de la venelle, façon Naples. Les pavés crasseux étaient déchaussés comme les dents pourries d'un vieillard. La faune qui hantait l'endroit n'avait rien à envier aux marlous, aux vauriens gouailleurs et aux harengères des faubourgs parisiens. Pourtant, Karlík Pražský semblait fier de son quartier.

– J'habite ici, au numéro 15, dit-il en s'effaçant pour laisser entrer Victoire. J'ai des voisins illustres : au numéro 16 Jaroslav Seifert, l'un des plus grands poètes du pays, et au numéro 14 Matylda Průšová, alias Madame de Thèbes, voyante et chiromancienne, que consultent des gens très sérieux aux quatre coins du monde. Pendant un an, de 1916 à 1917, Franz Kafka a vécu au numéro 22 !

Tout était rance autour d'elle, comme cette ruelle coupe-gorge, comme cette masure à peine plus grande qu'une plaquette de beurre, comme le fatras puant qui y était entassé, comme ces vestiges de pain bis sur la table, comme ce monstrueux infirme qui la pressait de s'asseoir sur un pouf à franges moisi par le temps, faisait de même sur une antique chaise percée, et qui prétendait être son père.

Il se releva aussi vite que le lui permettait sa jambe de bois, sortit d'un buffet branlant une carafe de *Kümmel* – de l'alcool de cumin – et deux dés à coudre verts et dorés sculptés de fleurs. De sa main qui tremblait toujours, il servit à grand-peine avant de s'avachir sur son pot de fortune. Victoire regarda par l'unique fenêtre de la pièce : elle reconnut les arbres et les broussailles du Fossé aux Cerfs. Elle frémit.

– Je... hésita-t-il en ôtant le béret de son crâne dévasté. Je crois que je dois commencer par le début...

Il vida son verre et le remplit aussitôt.

– Je suis né ici, en 1880, rue Panská, dans Nové Město. Après le baccalauréat, je suis entré à l'université Charles, pour y faire mes humanités. Mon professeur de philosophie s'appelait Tomáš Garrigue Masaryk, et c'est là que ma véritable existence a débuté. Très vite, cette figure morale exemplaire est devenue mon mentor. Il m'a inculqué ses idées anti-Habsbourg, anticatholiques et antimarxistes, sa vision élevée des droits de l'homme et son projet d'indépendance du pays. J'étais subjugué par cet homme – qui voulait que je devienne pédagogue, moi aussi – et en même temps tiraillé : depuis mon plus jeune âge, ma passion était le dessin. J'avais toujours un crayon à la main. Je rêvais des Beaux-Arts et surtout de Paris, la patrie des peintres. À vingt ans, en 1900, au moment où Masaryk s'engageait corps et âme dans la défense de Léopold Hilsner, ce juif de Bohême accusé de meurtre rituel, j'ai fait mon balluchon et je suis parti.

Il se racla la gorge et ouvrit une boîte à sucre en fer, remplie de mégots divers, de vieilles pipes, de tabac à chiquer. Il alluma un rogaton de cigare, emplissant la pièce minuscule d'une fumée épaisse et âcre.

– La suite, vous... hésita-t-il. Tu la connais, Viktorie Duševná. À Montparnasse, je me suis inscrit à l'Académie Colarossi, puis à la Grande Chaumière, et je suis devenu peintre. J'étais doué ! Mais mon sujet d'inspiration, le grand amour de ma vie, je l'ai rencontré en juillet 1907. Et je l'ai épousé le 4 janvier 1908.

Victoire faillit lui parler de son ami Mathias Blasko, mais elle se tut. N'importe qui pouvait obtenir les renseignements qu'il venait de lui servir sur Karel Douchevny. S'il s'agissait d'un imposteur, d'un mystificateur mythomane, elle devait garder des cartes dans sa manche, afin de le démasquer.

– Malgré la misère, nous étions heureux, confessa-t-il. Notre seul regret était de ne pas avoir d'enfant. Et puis, enfin, après six années, tu es arrivée ! Hélas, ce miracle avait été précédé par la guerre…

Pražský avait bien appris sa leçon mais cette dernière était connue de tous : sa mère la débitait à l'envi. D'ailleurs, cet homme avait peut-être fréquenté ses parents avant 1914, à Paris.

– J'avais trente-quatre ans et j'allais être, moi aussi, mobilisé… Le problème, c'est que ce serait par l'aigle à deux têtes de l'Empire austro-hongrois, et il était inconcevable que je me batte pour ce barbon sénile de François-Joseph ! Et puis, mon pays, désormais, c'était la France…

Il marqua un temps d'arrêt, durant lequel il osa regarder la jeune femme.

– Des nuits entières j'ai réfléchi, continua-t-il. Évidemment je pensais à toi et à Laurette, à mes devoirs d'époux et surtout de père. Mais je songeais aussi à Masaryk, qui dès les premiers jours du conflit avait fui le royaume de Bohême, afin de ne pas être arrêté pour trahison, à cause de ses prises de position anti-autrichiennes. Il avait laissé ses enfants, sa femme Charlotte qu'il adorait… Perdu au milieu de ce dilemme, je me disputais constamment avec Blasko. *Je préfère être jeté en prison par les Autrichiens comme déserteur,* disait-il, *plutôt que dans une tombe par les Français, comme héros.*

« C'est en effet du Blasko tout craché, songea Victoire. Mais lui aussi, Pražský ou quel que soit son nom, a dû le croiser à Paris… »

– Je n'aspirais pas à l'héroïsme, mais je ne pouvais plus supporter de rester planqué dans mon atelier où je ne parvenais plus à peindre, passant mes jours et mes nuits à tergiverser avec ma conscience. Le 15 octobre 1914, un mois et deux jours après ta naissance, j'ai fait mes adieux à ta mère et je suis allé me porter volontaire à la Légion étrangère, où j'ai contracté un engagement pour la durée de la guerre.

Nouvelle pause, durant laquelle il changea de mégot. Victoire goûta l'alcool de cumin. C'était moins sucré et plus fort qu'elle ne l'imaginait. Il ouvrit la double fenêtre avant de poursuivre. Le chant des oiseaux du Fossé aux Cerfs apporta une note surréaliste à son discours.

— Dans les Flandres, j'ai rencontré le capitaine d'infanterie Vermont de Narcey, qui avait neuf ans de moins que moi, et qui encadrait une compagnie de zouaves. Sans lui, sans nos discussions enflammées sur la philosophie, je serais devenu fou. *On est puceau de l'horreur comme on l'est de la volupté*, a écrit quelqu'un. Et c'est vrai ! C'est tellement vrai !

— C'est Louis-Ferdinand Céline qui a écrit cette phrase, dans *Voyage au bout de la nuit*, précisa Victoire.

— Merci. J'avais oublié.

Elle espéra qu'il avait oublié d'autres choses dans son récit appris par cœur, et qu'elle allait bientôt le prendre à son propre piège.

— Le 4 juillet 1916, lors de l'offensive sur la Somme, à Belloy-en-Santerre, j'ai été grièvement blessé par trois obus. Le premier m'a défiguré, le deuxième m'a enterré vivant, le troisième m'a déterré. Quand on m'a transféré au Val-de-Grâce, j'étais aveugle, sourd et je n'avais plus de visage. Certes, il y a encore des progrès à faire avant que je m'inscrive à un concours de beauté, mais le docteur Jourdan a fait un boulot extraordinaire. Jamais je n'ai rencontré de médecin si compétent et surtout si dévoué à ses patients. Jusqu'à ma mort, j'aurai énormément de respect et de gratitude pour cet homme.

Étonnée, elle l'observa. Avait-il omis d'apprendre que son chirurgien adoré lui avait volé sa femme ? Ces propos ne cadraient pas avec le caractère de son père, que tous décrivaient comme jaloux et très possessif. Il venait de commettre sa première erreur. Elle esquissa un sourire.

– Je vois que tu l'apprécies aussi, dit-il en se méprenant. Bref… la convalescence fut longue et difficile, à cause des greffes et des multiples opérations à la face. J'avais tellement mal… On manquait de morphine. Mais Laurette était près de moi. Et j'étais vivant. Ma plus grande douleur était de ne pas te voir. Car non seulement j'ai mis beaucoup de temps à pouvoir me servir, à nouveau, de mes yeux, mais ta mère n'a consenti à t'emmener qu'à deux reprises, en sept mois. Tu ne t'en souviens pas, j'imagine…

Elle fit signe que non. Un non énergique et définitif.

– Entre-temps, reprit-il, j'avais appris que Masaryk, réfugié à Londres, son bras droit Beneš, vivant à Paris, et leur acolyte slovaque Štefánik avaient mis sur pied le Conseil national tchécoslovaque, qu'ils militaient activement auprès des Alliés en faveur de la disparition de l'Autriche-Hongrie, et avaient même constitué les légions tchécoslovaques, qui se battaient à côté des soldats de l'Entente. Vu mon état, je ne pouvais plus monter au front, c'est ce qui a rassuré ta mère. Elle a accepté d'envoyer un câble en Angleterre, à mon ancien mentor.

Ces détails-là, Victoire ne les connaissait pas. Mais elle pourrait facilement les vérifier auprès de Laurette. Malgré elle, elle tendit l'oreille.

– À ma grande surprise, deux jours plus tard, débarquaient au Val-de-Grâce Tomáš Garrigue Masaryk et Edvard Beneš, en personne. Jamais je n'oublierai ce moment…

Victoire convenait qu'a posteriori, il était effectivement inhabituel de se trouver dans une chambre d'hôpital avec, à son chevet, deux futurs présidents de la République.

– Ils m'ont expliqué que même si mon engagement avec la Légion devenait caduc à cause de mes blessures, notre véritable guerre patriotique, à nous autres peuples asservis par les Habsbourg, la guerre pour l'indépendance, ne faisait que commencer. Et je pouvais être utile pour former les légions tchécoslovaques de l'Est, qui jusqu'alors étaient incorporées aux troupes de l'Empire russe. Il s'agissait de déployer une force autonome, embryon d'une future armée nationale. J'ai eu du mal à faire admettre à ta mère que je serais juste un instructeur, et que je ne me battrais pas. Entre-temps, en février 1917 a éclaté la Révolution russe. Mais Masaryk pensait pouvoir s'entendre avec Kerenski, le chef du gouvernement provisoire, qui non seulement n'était pas bolchevik mais voulait respecter les engagements du tsar envers les Alliés et donc poursuivre la guerre. Il fut décidé que je partirais en Russie avec mon ancien maître, devenu le leader naturel d'un pays à naître. Il s'agissait d'une mission de quelques mois, un an au plus.

Le flacon de *Kümmel* étant vide, il se leva bruyamment, changea les verres et ouvrit une bouteille de vin morave. Victoire commençait à douter. Cet homme avait l'air si sûr de lui ! Non, c'était impossible. Son père était mort.

– Où en étais-je ? se demanda Pražský en servant le vin blanc. Ah oui. La pire période de ma vie… Pendant quelques semaines, je restai à Petrograd avec Masaryk qui, en effet, trouva un arrangement avec Kerenski. Puis, muni d'un sauf-conduit signé par les deux hommes, je partis à l'arrière du front ukrainien, pour exécuter ma mission de formation. En septembre 1917, le Corps tchécoslovaque de Russie était opérationnel, et il comptait quarante mille hommes. Puis éclata la révolution d'Octobre, ces cochons de bolcheviks s'emparèrent du pouvoir et les ennuis commencèrent.

Il avala son verre d'un trait.

– Heureusement, Masaryk et Kerenski ont pu quitter la Russie… Pour ma part, je me retrouvai coincé entre des troupes russes qui refusaient de se battre, celles du Kaiser Guillaume et de Charles Ier d'Autriche qui, elles, continuaient, au milieu des nôtres dont certains voulaient adhérer aux Soviets et d'autres, bouffer l'Armée rouge ! Le tout, dans un climat de guerre civile… le courrier et les communications ne fonctionnaient plus… C'était une belle pagaille. Et je n'ai pas eu de chance : alors que, en décembre 1917, en quête de Tchécoslovaques égarés dans cette tourmente, j'inspectais un camp de prisonniers tenu par les rouges, un commissaire du peuple m'a pris pour un espion autrichien... Moi ! Un émissaire de l'ennemi ! Ma mauvaise mine, sans doute... la bouche pendante et le menton en galoche, c'est très Habsbourg... Ils m'ont jugé à la hâte – je n'ai rien compris à ce procès, ne parlant pas russe – et envoyé en Sibérie. Dans un «camp de travail et de rééducation». Depuis, on appelle ça «goulag». C'est là que j'ai perdu ma jambe. Gangrène. L'hiver 1918-1919. Pendant que vous autres, en Occident, fêtiez la victoire, perdiez ma trace et me déclariez «porté disparu au combat». Ce qui n'était pas faux, d'ailleurs.

Son sens de l'humour ne cachait pas une grande amertume, qu'il noya dans son verre. Victoire écoutait attentivement, sidérée par la tournure qu'avait prise le récit.

– Ces pourritures de bolcheviks ont quand même fini par me libérer en 1920. J'ai été évacué par Vladivostok, en Transsibérien, avec d'autres légionnaires tchécoslovaques. Fin décembre 1920, j'étais de retour à Prague, dans cette cité où je n'avais pas mis les pieds depuis vingt ans. Personne ne m'y attendait, mes parents étaient morts, et je me sentais comme un étranger dans ma ville natale. Certes, Masaryk avait gagné, la république était proclamée, nous étions libres pour la première fois depuis des siècles, et c'en était fini du joug des Habsbourg. Mais cette cause pour laquelle j'avais tant lutté, tant souffert, me parut soudain vide de sens. Car ce n'était pas une jambe que je lui avais sacrifiée. C'était mon cœur et mon âme : ma femme et ma fille.

Victoire crut qu'il allait se mettre à pleurer, mais il poursuivit :

– J'ai pris le train, traversé l'Allemagne et, début janvier 1921, j'ai débarqué à Paris, gare de l'Est. Les décorations des fêtes étaient encore en place. C'était magnifique. Sous les lampions, j'ai réalisé que ma guerre avait duré sept ans. Sept années, c'était beaucoup trop long... J'ignorais, à l'époque, que j'étais officiellement mort. Mais une angoisse indescriptible s'est soudain emparée de moi. Un sentiment d'urgence... J'ai pris un taxi et je me suis précipité dans mon atelier. Évidemment, un autre peintre y résidait, qui n'avait jamais entendu parler de Karel Douchevny. Mais la concierge était toujours la même. Elle ne me reconnut pas. Heureusement. Je prétextai que j'étais un compagnon d'armes de Douchevny, et elle me donna votre adresse. À l'époque, le bon docteur n'avait pas encore acheté son hôtel particulier de la plaine Monceau. Vous viviez près du jardin du Luxembourg, rue d'Assas.

De surprise, Victoire entrouvrit la bouche. Mais comme elle ne voulait montrer aucune émotion, elle alluma une cigarette.

– Je n'ai pas osé sonner la bignole. Je me suis posté en face de votre immeuble et j'ai attendu. Il faisait froid. Mais ça faisait du bien, de sentir la morsure du gel sur ma carcasse moisie, ça voulait dire que malgré tout, j'étais en vie. En vie…

Il détourna un instant la tête, puis revint à sa confession.

– Au bout d'une heure, avoua-t-il d'une voix tremblante, tu es arrivée avec ta mère à la main. Tu rentrais de l'école. Tu avais six ans. Laurette était splendide. Toujours aussi parfaite. J'étais ému de la revoir, mais pas autant que de te voir, toi. Car toi, je ne te connaissais pas. Tu ressemblais à mon père. Les yeux, les cheveux, la forme du nez. Mais tu restais une inconnue. Je crevais de ne pas pouvoir te prendre dans mes bras. Ça, je pouvais encore le faire. Mais vous êtes passées devant moi comme si j'étais un fantôme. Puis ta mère t'a glissé un mot à l'oreille, une pièce dans la paume, et tu t'es approchée pour me faire l'aumône. Regarde, je l'ai toujours sur moi.

Il sortit de sa poche un portefeuille aussi usé que lui, duquel il extirpa une vieille pièce de un franc.

– C'était très généreux, pour l'époque, renchérit-il sans ironie.

– Vous avez pu vous procurer cette monnaie n'importe où, ne put s'empêcher de persifler Victoire.

– J'étais désespéré, ajouta-t-il sans répondre à sa remarque. Je ne savais que faire. Me présenter à ta mère ? Forcer la déesse à me regarder tel que j'étais devenu, c'est-à-dire un monstre informe et répugnant ? Je n'en eus pas le courage. Alors je suis allé cogner à la porte de mes deux anciens poteaux : Blasko et Vermont de Narcey. Eux, ils m'ont reconnu. Ils m'ont expliqué que j'étais mort, et ils m'ont raconté pour le docteur Jourdan et pour ta mère.

Là, c'était trop fort ! Voilà que le gnome s'arrogeait la complicité de son patron et de son professeur ! Cet individu était fou à lier !

– Je n'en ai jamais voulu à Laurette, encore moins à Jourdan, assura-t-il avec calme. C'est ma faute si j'ai perdu ma famille. J'aurais dû prendre soin de vous en 1917, à ma sortie d'hôpital. Mon devoir envers la France était accompli et j'avais suffisamment payé de ma personne. Au lieu de cela, je suis parti au bout du monde pour un pays qui n'était plus le mien, et je vous ai abandonnées. Mais le docteur vous a sauvées. Sans lui, j'ignore ce que vous seriez devenues... Il n'a jamais su que j'étais encore vivant. Ta mère non plus. Aujourd'hui, je te demande de me faire le serment de ne jamais le leur révéler, ainsi que je l'ai exigé de Blasko et de Vermont de Narcey.

– Que leur avez-vous demandé d'autre ? interrogea-t-elle, incrédule.

– De veiller sur toi, et de me donner de tes nouvelles.

Il sortit de son portefeuille plusieurs photographies. Toutes représentaient Victoire, à différents âges. Une vraie courbe de croissance illustrée. Puis il tira du tiroir un paquet de lettres, qu'il étala sur la table. Les enveloppes mentionnaient : *Karlík Pražský, 15 ruelle de l'Or, château de Prague, Tchécoslovaquie.* Il déplia quelques courriers et les tendit à Victoire. Elle lut : *Mon cher Karel*, des nouvelles de Paris et surtout d'elle-même, identifiant sans erreur possible l'écriture du Hongrois ou de l'agrégé de philosophie. Le doute laissa la place à la stupeur et à la consternation.

– C'est maître Vermont de Narcey qui vous a prévenu de mon arrivée ? demanda-t-elle, la voix mal assurée.

– En effet, répondit-il en montrant un télégramme datant du dimanche soir, qui mentionnait son vol et le nom de son hôtel. Je suis au courant de pas mal de choses, tu sais, et je suis très fier de toi. Même si cette histoire de meurtre m'inquiète. Tu étais mieux à la rubrique littéraire...

— Vous sortez comme un lapin de son chapeau pour me donner des conseils sur ma carrière ?

— Tu as raison. Je déraille. Viens, sortons d'ici. Je veux te montrer quelque chose. Si tu y consens, bien sûr.

Entre eux régnait un silence lourd, haché par le bruit d'enclume du talon d'acier sur les pavés de la rue Jiřská.

— Hier soir, ou plutôt la nuit dernière, murmura-t-elle. C'était vous qui me suiviez dans Staré Město ?

— En effet, c'était moi. Je ne savais pas comment m'y prendre pour t'aborder en douceur. Résultat : je t'ai effrayée. J'en suis désolé.

— Et à Paris ? C'était vous aussi ?

Ses jambes cessèrent de tricoter. Il s'immobilisa.

— Je n'ai pas remis les... le pied à Paname depuis janvier 1921, Viktorie. Écoute, pardonne-moi. Je sais que je t'inflige un sacré choc. Des milliers de fois j'ai essayé de t'écrire. Mais les mots ne venaient pas. Aurélien m'a pourtant supplié de le faire, ces derniers temps. Il disait que tu n'allais pas bien, et que cela avait un rapport avec moi. Même ce coquin de Mathias, qui se faisait toujours prier pour donner des nouvelles, semblait inquiet à ton sujet. Alors, quand j'ai appris que tu débarquais ici, j'ai réalisé que c'était ma seule et dernière chance de t'apprendre la vérité. J'ai été brutal, j'en conviens. Mais cette fois, je ne voulais pas que tu t'en ailles après m'avoir donné une pièce de monnaie...

Malgré le profond désarroi dans lequel Victoire était plongée, elle esquissa un sourire.

— Et puis, tu sais, ajouta-t-il, je ne te demande rien. Je veux dire : je ne vais pas jouer au père, après t'avoir laissée tomber pendant si longtemps. Donc ne te sens aucune obligation envers moi. Aurélien m'a convaincu de tout t'avouer parce que cela pouvait

317

t'aider. Maintenant que c'est fait, sens-toi libre de partir sans te soucier de moi.

Ces mots suscitèrent enfin une réaction chez la jeune femme : une colère insensée s'empara d'elle.

– Ben voyons ! hurla-t-elle au milieu de la rue, devant les sentinelles du palais Romžberk. Tu m'assènes mille coups de matraque sur la caboche et puis tu me dis de déguerpir ? Tu apparais comme un revenant après deux décennies de silence, deux décennies durant lesquelles on t'a tous cru mort, excepté tes deux espions, ces traîtres auxquels j'ai fait confiance et qui n'ont cessé de me mener en bateau, et maintenant tu voudrais qu'à mon tour je disparaisse comme si rien ne s'était passé ? Coucou, c'est moi, je suis là, maintenant ciao et merci ? Te rends-tu compte que désormais, que tu le veuilles ou non, ma vie est sens dessus dessous, que tu viens de tout chambouler en une heure, et que je ne suis pas un mouchoir dans lequel on crache ses miasmes et puis qu'on jette ?

Il pâlit, se mit à trembler de tous ses membres valides, avant de s'effondrer sur la chaussée, les muscles contractés, évanoui.

– D'habitude, ce sont les femmes qui tombent dans les pommes, affirma-t-elle avec douceur quelques instants plus tard, en l'aidant à se redresser.

– C'est vrai, mais les vieux machins atteints d'épilepsie ont aussi le droit de sombrer dans l'inconscience au moment propice, répondit-il. C'est un souvenir de Russie. Un parmi d'autres. Je m'en accommode, j'ai toujours adoré le théâtre, surtout la commedia dell'arte. Pas mal, hein, l'effet de manche ?

– Tu m'as fait peur…

– De ça, je suis un spécialiste, avec ma gueule d'ange. Faudra t'habituer. Mais je ne veux pas de ta pitié. Ce que tu as dit est tout à fait juste. S'il te plaît, ne t'en va pas. Reste avec moi aujourd'hui. Demain est un autre jour. C'est entendu ?

– D'accord, acquiesça-t-elle en le prenant par le bras.

– Voilà, c'est ici que je travaille, annonça-t-il fièrement quelques minutes plus tard.

L'endroit était aussi propre et ordonné que sa maison était sale et anarchique. La mansarde, éclairée par une lucarne, était dans la deuxième cour du Hradschin, sous les toits des bâtiments administratifs dans lesquels officiaient les fonctionnaires du Château. Un bureau portait des piles de dossiers, une machine à écrire, un cendrier. Les murs de la pièce étaient couverts de photos noir et blanc de tableaux, de sculptures et d'œuvres d'art diverses.

– Diantre ! s'exclama Victoire. Mais en quoi consiste donc ton boulot ? Tu ne peins plus ?

– Non, la barbouille, c'est terminé. Je n'en ai plus la force. Maintenant, je suis un émissaire du président, chuchota-t-il. Chargé d'une mission spéciale. Cela va te paraître un comble, mais je traque des disparus…

Devant la mine perplexe de sa fille, il l'entraîna hors de la pièce. Ils redescendirent au rez-de-chaussée.

– Tu ne m'as pas interrogé sur mon changement d'identité, dit-il.

– Tu es un agent secret ?

– Non, pas du tout ! s'esclaffa-t-il.

Ils traversèrent la cour jusqu'à l'aile nord, où un garde s'effaça pour les laisser entrer dans une vaste galerie, qui était totalement vide.

– En janvier 1921, expliqua-t-il d'une voix qui résonnait dans la salle abandonnée, je suis donc revenu à Prague. Je n'y connaissais plus personne, à part…

– Le président de la République, coupa Victoire.

– Exact. Face à ma déplorable situation, dont il était tout de même un peu responsable, Masaryk a résolu de m'aider. Ici aussi j'étais mort. Mais cela m'arrangeait : je ne voulais plus de ce nom qui me rappelait un passé trop douloureux. Karel Douchevny avait bien trépassé en Russie. Je n'étais plus lui. À vrai dire, après

319

trois ans de goulag, je n'étais plus rien. À peine un être humain. Alors, avec l'aval du président, j'ai transformé Karel en Karlík – c'est un diminutif – et j'ai pris le patronyme Pražský, qui signifie « originaire de Prague ». J'avais tout perdu : cette ville était tout ce qu'il me restait.

– Pourquoi me fais-tu visiter des salles vides ? s'enquit-elle tandis qu'il charriait son pilon vers les sous-sols.

– Pour toi elles sont vides, répondit-il d'un ton étrange, et c'est normal, Viktorie. Mais pour moi elles sont remplies à ras bord de trésors inestimables. Enfin... du fantôme de ces trésors.

– Je ne comprends pas.

– Viens, nous arrivons.

Au deuxième sous-sol, il s'arrêta devant une massive porte en bois et en métal, sortit une clef de la longueur d'une main et fit tourner la serrure. Ils pénétrèrent dans une immense pièce, aussi sombre qu'une grotte. Il toucha un interrupteur : la lueur électrique éclaira les voûtes gothiques du plafond et une vaste cheminée de pierre. La chambre paraissait aussi morne et vide que le reste du bâtiment.

– Le cabinet secret de l'empereur Rodolphe II, annonça-t-il avec emphase. Ici il pratiquait l'alchimie, invoquait le ciel et gardait les objets les plus bizarres... En outre, il possédait trois mille tableaux, autant de sculptures, et plusieurs milliers d'objets, le tout évalué à une somme de dix-sept millions de florins, ce qui est considérable. Je pense que Rodolphe II fut le plus grand collectionneur d'art et de curiosités qui ait jamais existé.

– Comment se fait-il que tout se soit envolé ? s'étonna-t-elle.

– Il y a eu beaucoup d'oiseaux ! Le pillage commence à la mort du souverain. Les chambellans et l'entourage du prince se servent sans vergogne. Mathias ne s'intéresse pas à l'art, mais il récupère quelques trésors, notamment l'*Ainkhurn* et la coupe d'agate, emblèmes des Habsbourg dont son frère avait enfin hérité en 1595, à la mort de son oncle Ferdinand de Tyrol. Direction Vienne, naturellement. En 1618, lors de la défenestration de Prague, les parties en présence se battent à coups d'objets d'art, lesquels passent, eux aussi, par la fenêtre et se brisent seize mètres plus bas. Mais cela est une peccadille ! Le premier cambriolage sérieux a lieu après la bataille de la Montagne-Blanche : le 17 novembre 1620, pour se faire payer l'aide militaire qu'il a apportée à l'Empereur, le duc Maximilien de Bavière quitte Prague avec mille cinq cents charrettes d'œuvres dérobées au Château. En 1631, le prince-électeur de Saxe fait de même avec cinquante carrioles. Quiconque occupe la Bohême, durant la guerre de Trente Ans, se sert allègrement au Hradschin. Mais le summum de la carambouille est atteint en juillet 1648, quand les Suédois s'emparent de Malá Strana et du Château : la reine Christine fait dévaliser les collections, direction Stockholm. Au XVIIIᵉ siècle, sous le règne de Charles VI de Habsbourg, on transfère en masse les toiles et les objets à Vienne. Sous Marie-Thérèse, on vend des peintures à la pinacothèque de Dresde.

– Stop, n'en jetez plus !

– Mais le plus fort arrive quand cet imbécile de Joseph II décide de transformer le Hradschin en caserne d'artillerie. En mai 1782, il organise une grande vente aux enchères où l'on estime les œuvres au poids... Voilà l'histoire tragique des collections de Rodolphe.

– Quel gâchis...

– Viens voir.

Aussi délicatement que s'il déshabillait une femme, il ôta le velours rouge qui cachait des objets posés contre les murs du cabinet. Il dévoila ainsi une vingtaine de peintures, dont un grand portrait exécuté par Hans von Aachen, quelques petits Joseph Heintz ou Bartholomeus Spranger, des Rubens, Tintoret, Titien, Véronèse, et des dessins d'Arcimboldo.

– C'est tout ce qu'il reste, aujourd'hui, du fabuleux trésor, affirma Pražský. Approche...

Il la conduisit vers un mur nu. Il actionna un mécanisme, qui dévoila un trou à l'intérieur de la muraille.

— Astucieux, convint Victoire. La cachette est d'époque ?
— Absolument.

Avec d'infinies précautions, il s'empara de quelque chose qui était dissimulé dans l'abri, quelque chose de très grand, qui mesurait environ deux mètres sur deux. Il ôta plusieurs couches de tissu de protection. Face à la beauté singulière de la toile, Victoire fut saisie de vertige.

— *Vous estes la lune enchantée, qui luy dessus mon cœur alangui...* murmura à son oreille une voix masculine.

Elle se tourna vers son père, mais ce dernier restait muet. Ce n'était pas lui qui avait parlé. Apparemment, elle était la seule à avoir entendu les mots étranges.

— *La nuit je resve d'estre le soleil, le jour je guette votre apparition...* reprit le poète.

— Qu'est-ce que c'est encore ? gémit Victoire en se bouchant les oreilles.

— C'est mon œuvre, répondit son père. L'une des rares choses que j'ai réussies dans ma vie...

— Que dis-tu ? C'est toi qui as peint ce tableau ?

— Ah ah ah ! Malheureusement non ! protesta-t-il en éclatant de rire. Regarde : dans un paysage bucolique, sous un dais porté par des angelots, la dame en bleu est évidemment la Vierge. L'enfant replet, dans ses bras, est Jésus. Le Seigneur tend une couronne de roses au pape agenouillé, tandis que la Madone intronise l'empereur Maximilien Iᵉʳ de Habsbourg, aïeul de Rodolphe II. Devant, sous les traits de l'ange musicien, l'artiste a peint sa femme. Là, c'est saint Dominique et ici, sous les montagnes, le peintre s'est représenté lui-même, portant un parchemin sur lequel il a signé en ajoutant « Germanus » à son nom, pour montrer aux Italiens ce dont sont capables les Allemands. Ma très chère fille, voici *Das Rosenkranzfest* d'Albrecht Dürer, la Vierge de la fête du rosaire, un chef-d'œuvre réalisé en 1506, que Rodolphe II a acquis pour neuf cents ducats, une véritable fortune, et qui a été cédé deux florins à la vente aux enchères de 1782. Tu réalises ? Deux florins...

– Comment s'est-il de nouveau retrouvé au Château ?

– C'est justement le résultat de mon travail, qui consiste à chasser, dans toute l'Europe, par l'entremise d'un réseau d'agents spécialisés, les œuvres ayant appartenu à Rodolphe, et à faire en sorte qu'elles rentrent au bercail, en vue de l'ouverture d'un grand musée public, ici, au Hradschin.

– Formidable ! s'enthousiasma Victoire. En effet, tu es la personne parfaite pour un tel sacerdoce !

– Note que *Das Rosenkranzfest* n'a pas été difficile à retrouver, répondit-il. Depuis 1793, le tableau dormait dans les réserves du couvent de Strahov, à quelques encablures d'ici. Mais la négociation avec les moines prémontrés a été longue et âpre... Enfin, en 1934, il est devenu la propriété de l'État tchécoslovaque.

– Bravo ! Mais comment se fait-il que...

– Qu'on n'ait pas rapatrié plus d'œuvres d'art ? Bonne question. Parce qu'on est obligés de les racheter au prix fort. Les musées de Vienne, Munich, Dresde, Stockholm et tous les usurpateurs privés se comportent comme les propriétaires légitimes de ces toiles et de ces objets. Alors qu'ils nous les ont indignement volés.

Une douleur étrange et lancinante perça le cœur de Victoire. Elle se tint les côtes.

– Remontons, tu manques d'air dans ces souterrains, en conclut son père.

– František ! appelait Karlík Pražský au milieu de la ruelle de l'Or. Où est-il passé ? Matylda Průšová, vous ne l'avez pas vu ?

Madame de Thèbes fit signe que non. La voyante ressemblait à une caricature : âgée, vêtue de noir, coiffée d'un chapeau piqué de plumes d'autruche et accompagnée d'un énorme chat de gouttière noir qui se frottait à ses jambes, elle échangea quelques mots de tchèque avec le mutilé, avant de regagner son antre car un client arrivait.

– Tu sais, confia-t-il à sa fille, Matylda a vraiment un don, et elle aide les gens. Hélas, sa vie est une succession de malheurs : non

LE TEINTURIER DE LA LUNE

seulement elle est veuve, mais son fils unique a été porté disparu au combat, en 1914. Depuis vingt-quatre ans, elle l'attend, espérant toujours qu'il va revenir : chaque matin elle dresse le couvert pour deux, et...

— Elle ne communique donc pas avec l'esprit du défunt ? demanda Victoire le plus sérieusement du monde.

— Je ne sais pas.

Au moment où elle allait répondre que le porté disparu était peut-être réfugié dans un autre pays où il vivait sous un nouveau nom, déboula un engin dont l'apparition lui coupa la parole : il s'agissait d'un vélo triporteur, véhicule assez courant qui n'aurait pas surpris la jeune femme s'il n'avait été conduit par un garçon en guenilles au visage bizarre. Lorsque la bicyclette à trois roues stoppa devant elle, elle constata que le conducteur avait un œil noir et un œil bleu. Il s'agissait du jeune clochard qui hantait le hall de son hôtel.

— František ! Enfin te voilà ! s'exclama Pražský. Je me demandais où tu étais passé ! Victoire, je te présente...

— Mon petit frère, je présume ?

— Ton frère adoptif et putatif. Je n'ai jamais voulu d'autre femme que ta mère. Ça tombe bien, parce que avec ma bouille cubiste... František était tout seul, à la rue. Alors je l'ai pris avec moi. Je te préviens, il comprend tout, y compris le français, mais il ne parle presque pas.

— Quel âge a-t-il ? questionna Victoire.

— On l'ignore. Je dirais... environ treize ou quatorze ans.

— Pourquoi m'espionne-t-il ?

— Il ne te surveille pas, il te protège ! Tu crois qu'avec mon bâton de chaise je vais piquer un cent mètres pour te défendre, si jamais tu as des problèmes ?

— Comme garde du corps il est un peu gringalet, ton champion. D'ailleurs, pourquoi veux-tu que j'aie des «problèmes», comme tu dis ?

— Victoire, je te rappelle que tu es venue enquêter sur un

homicide. Un assassinat abominable commis par un boucher de la pire espèce.

Elle se mordit la lèvre. Depuis que son père avait fait irruption dans son existence, elle avait oublié cette évidence.

– C'est vrai, convint-elle. Mais mon investigation est terminée.

– Déjà ? s'étonna-t-il comme un enfant. Cela signifie que tu...

– Oui, je dois rentrer à Paris.

– Pas maintenant ! supplia-t-il. Tu as promis de rester avec moi aujourd'hui. Et ce jour béni n'est pas terminé, la nuit n'est même pas tombée ! Allez, on va fêter nos retrouvailles. Installe-toi dans le carrosse.

– Là-dedans ? s'insurgea-t-elle en désignant la caisse du triporteur, entre les deux roues avant.

– Ne t'inquiète pas, cet engin nous portera bien tous les deux, tu es toute maigre ! František est plus fort qu'il n'y paraît. Il n'a jamais versé.

C'était bien la première fois que quelqu'un la trouvait maigre ! Elle sourit et examina la boîte : constituée d'un fantaisiste assemblage de caisses de bière, revêtue de chiffons douteux et de coussins mités, elle ressemblait plus à un cercueil qu'à un fiacre. Néanmoins, elle remonta sa robe de mousseline à pois et grimpa. Puis le jeune orphelin aida l'infirme à s'y asseoir avant de se remettre aux commandes du vélo, derrière eux.

– Tu es prête, Viktorie Duševná ? s'enquit le père. Accroche-toi. *Františku, vychle, pospěšme si na Montmartre*[1] !

Mais au lieu de monter sur une hauteur, ils dévalèrent à toute vitesse la colline de Hradčany. C'était plus sensationnel que la grande roue et les montagnes russes de la foire du Trône : à genoux, une main tenant son béret, l'autre accrochée au rebord de la caisse, Victoire hurlait de plaisir et de peur. Avec de grands coups de corne de brume en guise de sonnette, ils dépassaient les tramways, slalomaient entre les voitures dont certains conducteurs

---

1. František, vite, hâtons-nous vers la butte Montmartre !

furieux levaient un poing rageur. Sur le pont Charles, l'allure ralentit et rive droite, František stoppa sa course dans une venelle à peine plus large que la ruelle de l'Or, devant un établissement dont la façade peinte en rouge et blanc arborait, en lettres stylisées, le nom «Montmartre».

L'improbable trio pénétra dans le cabaret, où régnait un tonitruant tumulte. Ils traversèrent deux salles enfumées et bondées où hommes et femmes buvaient, mangeaient, dansaient le tango, braillaient au son d'un piano, en tchèque, en allemand, en yiddish. Ils pénétrèrent dans une troisième pièce, d'apparence plus calme, dont les murs et le plafond étaient décorés de peintures cubistes et expressionnistes. L'ensemble, assez effrayant, semblait représenter les péchés capitaux. Ils furent accueillis par une clameur de triomphe s'élevant des tables encombrées de journaux, de livres, de dessins et de chopines.

– Mes amis, annonça Pražský, en français, sur le ton d'un montreur d'ours. J'ai l'immense plaisir de vous présenter ma fille Viktorie Duševná, journaliste littéraire au grand quotidien parisien *Le Point du jour*. Viktorie, voici l'avant-garde artistique de la Mitteleuropa. Ce soir, est ici rassemblée la fine fleur littéraire de Prague. Je te présente les écrivains, poètes, journalistes, dramaturges Max Brod, František Langer, Jaroslav Seifert, Karel et Josef Čapek, Vítězslav Nezval, Johannes Urzidil, Paul Kornfeld, Vladimír Holan, Jiři Orten, Konstantin Biebl, František Halas, Vladislav Vančura…

Victoire avait la tête qui tournait, n'ayant jamais entendu prononcer ces noms. Chacun se levait, lui serrait les doigts ou lui faisait le baisemain. Elle entrevoyait à peine leur visage, jusqu'à ce que ses yeux se fixent sur la seule femme de l'assistance, une belle brune dont les traits lui rappelèrent vaguement quelqu'un.

– Par galanterie, il me gardait pour la fin, dit l'inconnue en se levant à son tour. Alors que nous nous connaissons déjà. Ce matin, au café Arco. Vous étiez si bouleversée que vous êtes partie sans payer. Vous m'êtes redevable d'une immense fortune : un café crème.

– Madame, je...

– Je m'appelle Milena Jesenská. Pour vous, ce sera Milena.

Ignorant tout des lettres tchèques, Victoire ne savait pas que cette dame était célèbre pour ses convictions féministes et ses talents de journaliste, mais surtout parce qu'elle avait été le grand amour de Franz Kafka. Elle lui serra la main, avant de s'asseoir près d'elle.

– Quel est votre poète préféré, mademoiselle ? demanda aussitôt Vladimír Holan.

– Pensez-vous que le surréalisme doive s'affranchir du marxisme ? l'interrogea un autre écrivain, dans un français parfait.

– Adhérez-vous au mouvement poétiste ?

– Chez quel éditeur publiez-vous vos poésies ?

– Quel est votre avis au sujet du recueil de vers d'Henri Michaux paru en juin ?

Sous le feu des questions, Victoire perdit toute contenance.

– Messieurs... dame, balbutia-t-elle en rougissant, je... je ne suis qu'une modeste pigiste. Vous... connaissez très bien la poésie française et la vie littéraire parisienne !

– Paris est la capitale de la poésie, donc du monde, affirma le corpulent Vítězslav Nezval, qui trois ans plus tôt avait accueilli à Prague ses amis André Breton et Paul Éluard. La France est tout, puisque Guillaume Apollinaire est mort pour elle. Allons, ne soyez pas timide, confiez-nous vos rimes, pauvres ou riches, nous en ferons bon usage !

– Je... vous me faites beaucoup d'honneur mais je n'écris pas de poèmes, bégaya-t-elle.

– Comment peut-on écrire sur la poésie sans être soi-même poète ? s'insurgea Karel Čapek.

– Allez-y, n'ayez pas peur, chuchota Milena. Nous serons magnanimes...

– Cette marque d'intérêt à ton égard est un grand compliment, lui souffla Pražský. Ne les déçois pas, vas-y !

Estomaquée, Victoire rougit de plus belle. Comment se sortir de ce piège ? Son regard éperdu tomba sur la rose que l'un des poètes portait au revers de sa veste. Elle sourit avec malice, prit une profonde inspiration et scanda :

— Je suy le jardinier des estoilles
Saturne, playse levez le voile
De la robe de cendres enclose
Et Rosarius engendrera la Rose.

— Bravo ! écrire en ancien français, quelle idée formidable ! s'enthousiasma l'auditoire.

— La rose est aussi l'un de nos thèmes fétiches, approuva Max Brod. Savez-vous, mademoiselle, comment est mort rabbi Löw, le maître de la Kabbale, légendaire créateur du Golem ?

— Non, répondit-elle.

— Grâce à ses pouvoirs magiques, poursuivit l'auteur juif, il avait maintes fois éloigné la camarde. Ainsi, durant une épidémie de peste, il rencontra dans le cimetière du ghetto une femme voilée qui tenait à la main un feuillet. Le rabbi s'empara de la page et la déchira aussitôt : celle-ci contenait la liste de ceux qui allaient trépasser, et son nom était souligné en rouge. Mais un jour de 1609, sa petite-fille adorée offrit à son grand-père une rose, pour son anniversaire. Le rabbin se pencha pour la sentir et tomba raide. La mort s'était cachée dans la rose. Oui. La mort dans une rose…

— Tu guettes jalousement la mort et lui dérobes les missives
Où ton nom figure parmi ceux prédestinés à périr
Pour le coup tu es sauve mais à la fin toi aussi poésie trouveras
La mort cachée dans une rose, déclama Vítězslav Nezval.

— Vous verrez, souffla Johannes Urzidil à Victoire, ici vous allez écrire des choses nouvelles. Car à Prague et en Bohême règne une inspirante… alchimie.

— C'est vrai ! tempêta Jaroslav Seifert. *Alchimistes, faites bouillir vos poisons, marmonnez une formule obscure, griffonnez les signes d'un occulte alphabet, et que les diables vous obéissent !*

— Prague… répondit Nezval. *Je la vois comme un trône*
Comme la ville résidentielle de la magie

Je la vois comme le palais de Saturne
Qui a ouvert la porte au soleil...
– *Et Sa Majesté la Poussière*
Doucement se dépose sur le trône abandonné, compléta Seifert.
– *De longues clefs pesantes renferment des objets insondables*
Et les traces se brouillent comme un rosaire brisé, poursuivit Nezval.
– *Les télescopes sont aveuglés par la terreur de l'univers*
Et la mort a bu
Les yeux fantastiques des astrologues, réagit Seifert.
– *C'est à peine plus loin d'ici et j'ai vu ce roi qui passait*
Et le diable Trismégiste s'est pris le cou dans un lacet, insista Nezval.
– *Et le poète resta seul au milieu de fleurs, enivré.*
Poète, mon ami, meurs avec les étoiles, fane avec la fleur ! supplia Seifert.
– *Je suis le prisme qui décompose le spectre*
Une beauté nouvelle remplace la beauté terrestre
Une beauté captée sur les tessons des mots
Et les veuves suivent le cortège noir de leurs sanglots, fulmina Nezval.

La joute poétique dura la nuit entière. Tout le monde s'en mêla, déclamant ses propres vers mais aussi ceux des auteurs morts, tchèques, français, allemands.

Impressionnée, Victoire restait silencieuse, buvant les phrases comme les poètes lampaient leur bière. Au cours de l'étrange cérémonie, elle ne prêta pas attention au souffle qui, vers la fin de la nuit, s'échappa de ses lèvres comme un soupir de fatigue.

22

Dans la bicoque de la ruelle de l'Or, Théogène exhale un soupir las. En cet été 1588, cela fait deux ans qu'il s'échine, en vain, à demander l'aide des anges célestes afin de circonscrire l'ange noir et de délivrer son maître.

Plusieurs fois, ses expériences avec le miroir magique ont provoqué l'irruption de démons et il a dû maîtriser sa terreur, avant d'user de toute la force de ses incantations pour les maintenir à distance. Pourtant, la porte blanche existe. Elle se dérobe à ses recherches, comme le nom de l'ange déchu responsable du sort de Liber. Mais elle est là, quelque part, dans ce Château, dans cette ville. Comment trouver le chemin ? Comment sortir de l'impasse au fond de laquelle il tâtonne comme un aveugle ? Cela fait presque trois années qu'il vit ici, au Hradschin, parmi la foule de la cour, au milieu des intrigues, sous le regard d'un empereur malade et fantasque, et jamais il ne s'est senti aussi seul. Plus le temps passe, plus son secret l'empoisonne. Plusieurs fois, il a voulu s'en ouvrir à Thadée de Hájek, avant de se raviser. Un soir où l'acédie le tourmentait, il a failli jeter son fardeau dans les eaux tumultueuses de la Moldau mais une pensée l'en a empêché : même s'il se débarrasse des cendres du fœtus et du grimoire codé, la malédiction de l'ange noir le poursuivra, où qu'il aille, quoi qu'il fasse. Chaque nuit Athanasius Liber l'implore de mettre un terme à ses souffrances. Parfois il le menace de ses propres châtiments, s'il ne lui vient pas en aide. Chaque matin le disciple s'éveille épuisé, ravagé par le poids de sa mission : racheter l'âme de son maître défunt.

Théogène songe à une phrase de la Kabbale. Soudain, son regard doré s'enflamme. Un mot effleure ses lèvres : Golem, qui, en hébreu, signifie « embryon ». Une idée ancienne vagabonde sous son crâne, tourne, rejoint un rêve de Paracelse et se transforme comme une foudre en pensée neuve. Eurêka !

Les appartements de Rodolphe II de Habsbourg sont remplis d'œuvres d'art, mais dans l'une des salles de réception, les statues antiques et modernes ont été poussées contre les murs, les objets déposés dans d'autres pièces afin de faire asseoir les invités qui se pressent pour assister au spectacle : Thadée de Hájek, Mardochée de Delle, Madame Catherine, qui a accouché d'une fille il y a quelques mois et qui est enceinte à nouveau, l'enfant don Julius César d'Autriche, âgé de trois ans, nombre de peintres, d'alchimistes et d'astrologues de l'académie.

Au premier rang, est installé l'Empereur. Comme de coutume, sa mine est grave. Son frère, l'archiduc Maximilien III, est toujours prisonnier du roi de Pologne. Le pape Sixte Quint a envoyé un émissaire négocier sa libération, mais au prix d'importantes concessions faites à Rome : Rodolphe a autorisé les Jésuites à mener la Contre-Réforme en Autriche et a nommé grand chambellan l'un des champions de la noblesse catholique de Bohême, le prince Zdenek Popel de Lobkowitz. Pourtant, depuis le 8 août dernier, le souverain est libéré de l'une de ses toxiques obsessions : la prophétie des astrologues concernant la chute d'un grand royaume ne visait pas le sien mais celui de son oncle, Philippe II d'Espagne, dont l'Invincible Armada a été défaite par l'Angleterre protestante à la bataille de Gravelines. Philippe II reste sur le trône mais sa prestigieuse flotte est détruite, vaincue par la minable armée d'hérétiques de la reine Élisabeth. Le choc est terrible et il n'épargne pas Rodolphe, mais ce dernier se félicite d'avoir préservé son empire en restant à l'écart de cette guerre.

À la droite du souverain, le seigneur Vilém de Romžberk et son épouse Polyxène de Pernštejn ont l'air sombre. Malgré les prédictions de Dee et de Kelley, aucune descendance n'est pour l'instant née de leur union. Hélas, l'érudit britannique est toujours relégué au château de Třeboň et son assistant n'a pu faire le déplacement jusqu'à Prague, victime d'un épuisement physique et moral dû aux séances angéliques.

Mais Théogène n'en a cure. Car au fond de la salle, scintille son étoile, et il ne voit qu'elle. Sanglée dans une robe de velours carmin sertie de perles aux reflets de lune, Svétlana Mittnacht plonge ses yeux dans les siens. Debout sur l'estrade, il soutient ce regard qui le brûle, avant de rougir et de tourner la tête vers la fenêtre, comme s'il jetait son corps en feu dans une rivière.

En cet automne 1588, les feuilles des arbres roussissent et craquent tels de vieux os desséchés. Sous le ciel bas strié d'une pluie fine, les toits de Malá Strana se parent de colonnes de fumée qui grimpent à l'assaut des nuages, comme des âmes blanches quittant le corps des trépassés.

Théogène s'agenouille afin de vérifier la température du petit fourneau cosmique installé sur la chaire, lisse ses longs cheveux bouclés derrière ses oreilles. Il s'incline devant l'Empereur. L'assistance se tait. D'un signe de tête, Rodolphe lui enjoint d'opérer. Alors, l'alchimiste prend une profonde inspiration et une rose rouge épanouie, qu'il tire d'un bouquet posé près de lui, dans un vase de cristal. Cultivées dans les jardins royaux, les fleurs sont aussi fraîches qu'odorantes. D'un geste, il enflamme la rose qui se consume au-dessus d'une coupelle d'argent. Théogène récupère soigneusement les cendres de la fleur morte et les calcine dans le four, afin d'en dégager les sels. Puis, en s'efforçant de ne pas regarder dans la direction de Svétlana, il place la substance dans une cornue de verre, et y verse un mélange chimique secret. Il agite la retorte afin que s'y mêlent les éléments. La mixture bouillonne, fume et prend une teinte bleuâtre.

Il ne peut réprimer une œillade vers la jeune femme qui, comme le reste de l'assemblée, l'observe avec attention. Il calme sa respiration, tente de contrôler son émoi et soumet la fiole de verre à la chaleur douce de l'athanor. Soudain, d'une voix forte et solennelle, Théogène s'exclame :

– Je suy le jardinier des estoilles,
Saturne, playse levez le voile
De la robe de cendres enclose
Et Rosarius engendrera la Rose.

Alors, comme répondant à la formule magique, du fond de la cornue grandit peu à peu une tige, des feuilles apparaissent et la rose éclôt : elle est pâle et grisâtre, mais tel un phénix, la fleur renaît de ses cendres.

Éberlués, les spectateurs se dressent, s'approchent pour s'assurer du miracle et contempler le spectre de la plante qui, sous l'effet de la chaleur, se relève du trépas : la rose a vaincu la mort.

Subjugués, l'Empereur et sa suite applaudissent, les artistes hurlent des bravos, les alchimistes pâlissent, le petit don Julius rit aux éclats, Mardochée de Delle écrit, Vilém de Romžberk demeure muet d'étonnement et d'admiration. Debout aux côtés de son père, Svétlana Mittnacht sourit. Jamais son adorateur ne l'a vue d'aussi près. Il s'empourpre et, dans sa confusion, il éloigne la fiole du fourneau. L'image de la rose s'efface, disparaît et la matière retombe au fond du vase, en un petit tas de cendres. Lorsque, en bredouillant, il approche la cornue de la chaleur, le phénomène se reproduit : la plante ressuscite à nouveau et son ombre grise se déploie entre les parois de verre. L'Empereur félicite le magicien pour sa transmutation et lui tend une bourse remplie de pièces d'or.

« Tout être laisse en disparaissant un spectre, c'est-à-dire un corps astral, qu'il est possible de réhabiller de matière, a écrit Paracelse.

Le médecin suprême a affirmé avoir réussi cette opération sur des fleurs, mais elle serait envisageable sur tous les êtres et objets de la création. Le brillant esprit a baptisé l'art de faire renaître les plantes de leurs cendres «palingénésie». Ce reflet de l'âme, ce double fluidique qu'il faut vêtir et réchauffer afin de reconstituer l'image de l'être disparu, son fantôme en quelque sorte, s'explique par le fait que les semences de la résurrection sont cachées dans les restes des corps détruits, comme dans le sang de l'homme.

Théogène s'empare du cadavre d'un rouge-gorge et le calcine dans le creuset. Les plumes s'enflamment. Après son triomphe auprès de l'Empereur et de sa suite, que Mardochée de Delle a illustré dans un poème intitulé *Le Boiteux à la Rose*, Rodolphe a fait installer un petit fourneau et tout le matériel nécessaire dans sa maisonnette de la ruelle de l'Or, afin qu'il s'adonne à ses recherches dans le secret de son antre. Dispensé des tours de garde dans les laboratoires impériaux et des soins au souverain, l'alchimiste se consacre entièrement à la palingénésie, avec la bénédiction du prince. Un autre initié l'a supplanté dans la fonction de médecin impérial : Heinrich Khunrath, un Allemand de vingt-huit ans diplômé des universités de Leipzig et de Bâle, teinturier de la lune et ardent disciple de Paracelse, confectionne désormais les remèdes iatrochimiques destinés à Rodolphe. Absorbé par ses expériences, Théogène ne s'inquiète pas de cette éviction. La semaine dernière, il a réussi à faire apparaître dans la cornue le corps astral d'une tulipe. S'il parvient à dégager l'ombre du passereau de ses cendres, il s'attaquera à la dépouille d'une tourterelle, puis à celle d'un chat. Mais son véritable but est ailleurs, et lui seul le connaît.

Le fils du feu observe l'oiseau qui brûle. Il jeûne depuis trois jours et l'odeur de viande grillée qui se dégage du creuset le fait saliver. Il avale une gorgée de quintessence purificatrice et, sans quitter les flammes des yeux, il murmure une prière jadis enseignée par son maître, écrite par Nicolas Flamel afin de capter l'intelligence des forces du macrocosme :

— Dieu tout-puissant, père de la lumière, de qui viennent tous les biens et tous les dons parfaits, j'implore votre miséricorde infinie; laissez-moi connaître votre éternelle sagesse, celle qui environne votre trône, qui a créé et fait...

Paracelse a affirmé qu'il était possible de créer dans une éprouvette, à partir de liqueur concentrée de sperme humain et autres teintures spagyriques, un embryon qu'il a nommé *homonculus*, homme miniature long d'un pouce qu'on nourrit de sang et que l'on garde à la température du ventre d'un cheval, afin qu'il croisse. Cet enfant du Grand Art, né par l'alchimie, possède naturellement tous les arcanes occultes et lorsqu'il a grandi, il peut les révéler à son créateur.

— Daignez m'envoyer votre sagesse du ciel, votre sanctuaire, chuchote le teinturier de la lune, *afin qu'elle soit et qu'elle travaille en moi; c'est elle qui est maîtresse de tous les arts célestes et occultes, qui possède la science et l'intelligence de toutes choses...*

Si, au lieu de chercher à entrer en communication avec les anges célestes, Théogène sauvait l'âme de son maître en ressuscitant sa dernière victime, le bébé extirpé du ventre de sa mère à Wissembourg? En travaillant sur la matière première, les cendres du fœtus, il pourrait, par la palingénésie et l'alchimie, réhabiller l'empreinte spectrale de matière jusqu'à recréer un corps complet auquel il donnerait vie sous forme d'*homonculus* ! Ensuite, il fera croître la créature dans un vaisseau scellé : non seulement cette renaissance rachètera le meurtre commis par Liber, mais la bouche magique de l'enfant exempt du péché lui révélera l'emplacement de la porte blanche !

— Faites que votre sagesse m'accompagne dans toutes mes œuvres; que, par son esprit, j'aie la véritable intelligence, que je procède infailliblement dans l'art noble auquel je me suis consacré, dans la recherche de la miraculeuse Pierre des sages, que vous avez cachée au monde, mais que vous avez coutume au moins de découvrir à vos élus...

Ainsi, Théogène accomplira l'œuvre démiurgique rédemptrice

des fautes de son maître, en singeant Dieu et la Nature dans leur puissance créatrice.

Il a nommé « Adam » les cendres de l'embryon saturnien de huit mois, l'ultime tué, le dernier mort qui deviendra le premier-né, *materia prima* du Grand Œuvre de la résurrection qui les conduira, Liber et lui, vers le chemin divin de l'immortalité blanche.

Mais pour l'instant, il n'a pas osé pratiquer des expériences avec Adam. Car en plus des innombrables difficultés d'exécution de son projet – Paracelse a précisé qu'il ne l'avait jamais tenté – il demeure un problème théorique majeur sur lequel bute l'alchimiste : celui de l'âme.

– Que ce Grand Œuvre que j'ai à faire ici-bas, je le commence, je le poursuive et l'achève heureusement... Que, content, j'en jouisse à toujours...

En effet, si l'homme, à l'instar du rabbi Löw avec le Golem, peut fabriquer de toutes pièces un nouveau corps, seul Dieu peut créer une âme. L'âme insufflée par les prêtres égyptiens à leurs statues parlantes était un esprit diabolique : Lactance, saint Augustin, Thomas d'Aquin et Lefèvre d'Étaples l'ont démontré. Albert le Grand aurait, au XIIIe siècle, confectionné un androïde en bronze auquel il aurait donné vie au moyen d'un élixir, un automate doté de parole, dont il se serait servi, ainsi que le faisaient les Égyptiens, comme d'un médium. Or, son disciple Thomas d'Aquin a brisé la statue avec un marteau, car elle était habitée par les démons. Comment le Maharal de Prague a-t-il instillé une âme à son Golem ? Si le thaumaturge avait anéanti sa créature, justement parce que celle-ci était dénuée d'âme et infestée du génie du mal ?

L'histoire raconte qu'un jour, le Golem est devenu fou. Écumant, furieux, crachant du feu, il s'est mis à tout détruire sur son passage : objets, maisons du ghetto, menaçant de s'en prendre aux habitants terrorisés. Alerté, le rabbin est accouru, il a ordonné au monstre de se baisser pour lacer ses chaussures et quand l'androïde a baissé la tête pour obéir, le rabbi Löw a retiré l'amulette de la bouche du mannequin de terre, et il a effacé, sur son front, la première lettre du mot *emet*. Ne restait que *met*, qui, en hébreu, signifie «mort». La créature s'est effondrée. Alors, le Maharal, son gendre et son disciple se sont mis à tourner autour de lui en sens inverse et à prononcer à l'envers les formules de la Kabbale. Le Golem s'est transformé en tas de boue inerte, que les trois mages ont enfermé dans le grenier de la synagogue Vieille-Nouvelle, dont le bâtiment est gardé jour et nuit.

Comment échapper au démon et contraindre Dieu à introduire une nouvelle âme, rationnelle et céleste, dans l'enfant artificiellement ressuscité ? Théogène l'ignore : on demande mais on ne commande pas à Dieu.

— Je vous le demande par Jésus-Christ, la Pierre céleste, angulaire, miraculeuse et fondée de toute éternité, qui commande et règne avec vous.

L'alchimiste se tait, détache les yeux du rouge-gorge carbonisé et par la fenêtre, il jette un regard dans le Fossé aux Cerfs. En ce mois de novembre 1588, quelques flocons de neige tourbillonnent dans l'air brumeux. Il devrait faire noir mais la lune, qui vient de se lever, est pleine. Elle éclaire comme en plein jour. Théogène sourit à l'astre de l'esprit, qui remplit les corps et les âmes par son approche et les vide par son éloignement. Il songe à Svétlana qui produit sur lui le même effet qu'une marée.

Ses forces décuplent, l'inspiration, la joie et la félicité l'envahissent lorsqu'il l'aperçoit ; tout élan vital l'abandonne lorsqu'il reste longtemps sans la croiser au Château. Alors, il a la sensation d'être mort, vidé de son sens. Pour l'heure, il survit à travers le souvenir du spectacle dans les appartements de l'Empereur.

C'était il y a cinq semaines. Il ne l'a pas revue depuis mais il est toujours porté par son regard, son sourire, et les mots qu'elle lui a offerts après le prodige. Car elle lui a parlé ! Elle a dit :

— Vous êtes Rosarius, le seigneur à la rose.

Le véritable miracle était là, sur ses lèvres pâles, non dans la renaissance de la fleur.

Il continue à écrire et à transmettre ses poèmes anonymes à Michal, l'un des portiers du palais Romžberk. La sentinelle lui a assuré que la dame recevait ses vers, mais elle n'a pu lui dire quel sentiment ces derniers suscitaient. Théogène en souffre. Mais cette incertitude et sa timidité l'empêchent de signer ses odes. Sans arrêt, il se remémore la scène chez Rodolphe, comme les irréelles images d'une lanterne magique. Pourtant, il n'a pas rêvé ! Elle n'est pas indifférente ! Elle l'a appelé « seigneur » ! Il ne se l'avoue pas, mais c'est aussi pour elle qu'il jeûne, ne participe plus aux agapes avec les peintres et les autres alchimistes, procède à de longues ablutions dans la rivière glacée, et se voue tout entier à la palingénésie : si la demoiselle a été impressionnée par la résurrection d'une plante, elle sera totalement conquise par la renaissance d'un être humain ! Plus que la poésie, la magie alchimique lui permettra de s'attirer l'amour de Svétlana.

Théogène se lève et sort de la maisonnette. Dans la ruelle, le hallebardier à l'uniforme rouge lui lance un regard soupçonneux. Mais l'alchimiste l'ignore. Il sourit au clair de lune. La sentinelle s'éloigne. Théogène reste seul sous l'astre blanc.

23

La pleine lune scintillait au-dessus de la ville mais la lumière nocturne, au lieu d'éclairer les choses et les êtres, leur inoculait des angoisses livides et les rongeait comme un acide. De la Vltava s'échappait une brume blafarde, nappe de nuages aquatiques ou fantômes d'ondines. Autour des becs de gaz un halo tremblant faisait vibrer l'atmosphère inquiétante de ce début d'automne 1938. Les feuilles des arbres tombaient comme des gouttes de sang, que les vents tempétueux faisaient tourner dans une valse macabre. Un horrible pressentiment, une sensation de péril imminent tenaillaient l'âme des poètes, alchimistes de la modernité.

Tout avait commencé au printemps dernier lorsque, suite à l'Anschluss, Konrad Henlein, un professeur de gymnastique devenu leader pronazi du parti allemand des Sudètes, le SdP, avait revendiqué la création d'un territoire autonome sur cette portion de la Tchécoslovaquie où vivaient plus de trois millions d'Allemands. Son but était le rattachement au Troisième Reich de cette zone montagneuse située le long des frontières nord, ouest et sud de la Bohême, de la Moravie et de la Silésie. À la mi-mai, le gouvernement de Prague avait mobilisé. En juin et en août, Londres avait dépêché un médiateur en Tchécoslovaquie, chargé d'apaiser le conflit et de négocier un arrangement pacifique entre les parties. Cédant à certaines exigences du SdP, le président Edvard Beneš et le cabinet de son Premier ministre, Milan Hodza, avaient accepté l'octroi de l'autonomie administrative aux Sudètes, dans le cadre des cantons et au sein de l'État tchécoslovaque. Mais début septembre, à la suite d'une entrevue avec Hitler à Berchtesgaden et tirant prétexte d'algarades à Moravska-Ostrava – que ses partisans avaient provoquées – Konrad Henlein avait rompu les négociations avec Prague.

Dans l'Europe entière, le risque d'une guerre se profilait. Dans la capitale de la Bohême, le spectre familier de l'invasion étrangère vrillait les âmes. Cramponnés à leur ville, les artistes remettaient leurs voyages, ne quittaient plus la cité vltavine, même pour une journée à la campagne, comme si Prague pouvait s'évanouir en leur absence, ou se transformer en ruines.

Aux aguets, réunis dans les cafés, les écrivains tchèques, allemands et juifs veillaient ensemble, sentinelles de l'Histoire, ultimes gardiens non seulement des mots mais du sens d'un pays né d'un empire décomposé, comme une langue neuve surgie des cendres d'une mémoire millénaire.

Aujourd'hui, samedi 10 septembre 1938, au congrès du parti nazi de Nuremberg, le maréchal Göring avait prononcé un discours véhément dans lequel il avait traité les Tchèques de «peuple sans culture, venant d'on ne sait où». Dans les Sudètes, les manifestations violentes se succédaient : plusieurs milliers de personnes avaient défilé en attaquant la police tchécoslovaque, scandant *ein Volk, ein Reich, ein Führer*, chantant le *Deutschland über alles* et le *Horst Wessel Lied*.

– De ma vie, je n'ai jamais eu peur, assura Edvard Beneš d'une voix digne et calme. J'ai toujours été un optimiste et mon optimisme est aujourd'hui plus fort que jamais. J'ai une foi inébranlable en notre État, en sa force, en sa résistance, en sa magnifique armée et en l'esprit invincible ainsi qu'en le dévouement de tout son peuple, et je sais que notre État sortira victorieux des difficultés actuelles.

L'allocution présidentielle terminée, Karlík Pražský tourna le bouton du gros poste de TSF, qui prenait presque toute la place sur la minuscule table de la maisonnette.

– Si ce cher Masaryk était encore en vie, soupira-t-il. Mais j'ai confiance en Beneš. Je le connais bien, il est son digne héritier, c'est un patriote et il est rompu à la politique. Il saura nous tirer de là.

Il s'affala sur sa chaise percée, inquiet. Portant une main tremblante à son cou, il toucha la pyramide à quatre faces, que sa fille refusait d'arborer.

– As-tu déjà vu *Le Printemps* de Botticelli et *La Mélancolie* de Dürer ? demanda-t-il à Victoire.

– Oui, répondit-elle, étonnée par l'incongruité de la question. J'ai admiré le premier à la galerie des Offices à Florence, lors d'un voyage avec mes… avec ma mère et Jourdan, et le deuxième au musée Condé, au château de Chantilly…

– Le tableau a tempera de l'Italien et la gravure sur cuivre de l'Allemand ont été façonnés à une trentaine d'années d'intervalle, dans des pays différents, pourtant ils ont un point commun, affirma l'ancien peintre. Sais-tu lequel ?

La jeune femme tenta de se souvenir des deux images : la peinture florentine représentait des personnages de la mythologie gréco-romaine vêtus de voiles, debout sous des orangers. La gravure de Dürer figurait un grand ange assis, triste et tourmenté, entouré de divers outils de mesure, de symboles ésotériques et de figures géométriques.

– Les deux sont des allégories de l'Antiquité, risqua-t-elle, inspirées par le courant néoplatonicien et pythagoricien. En cela elles sont typiques du courant humaniste de la Renaissance.

– C'est juste, approuva Pražský. Et encore ?

– Je ne vois pas où tu veux en venir… quel rapport avec…

– Le plus grand philosophe de l'Italie de Botticelli, fin XVe siècle, s'appelle Marsile Ficin, compléta le père, tandis que dans le Saint Empire germanique de Dürer, début XVIe, prévaut Agrippa de Nettesheim…

– Et les deux étaient des espèces de mages chiromanciens qui conversaient avec les anges, croyaient à la Kabbale, à l'alchimie et aux forces occultes !

– Les deux étaient aussi médecins, Viktorie, donc astrologues : ils cherchaient à attirer les influences astrales sur l'homme. Le macrocosme sur le microcosme. Pour les artistes de leur temps, une œuvre est toujours conçue à des fins de magie sympathique. Une toile, un dessin, une sculpture parle avec le ciel, et capte les pouvoirs guérisseurs des sphères.

– C'est un postulat, admit Victoire. Dans ce cas… *Le Printemps*, où dominent Cupidon, les Trois Grâces et surtout Vénus, serait une tentative pour attirer l'esprit de l'astre de l'amour. Quant à *La Mélancolie*, elle s'adresserait plutôt aux contrées noires de Saturne.

– Exactement ! Comme ce bijou, dit-il en montrant son pendentif, ces œuvres d'art sont donc des talismans : des objets aux vertus magiques, qui, par l'action des astres, protègent celui qui les possède ou celui qui les regarde. Viktorie, maintenant que tu me connais un peu mieux, ne t'es-tu jamais demandé pourquoi, au terme d'une vie de misère, je m'acharnais à jeter mes dernières forces dans la reconstitution des collections disparues de l'empereur Rodolphe ?

– Tu me l'as dit, pour créer un musée national.

– Ça, c'est la raison formelle, la partie visible de l'iceberg…

Depuis trois semaines, Victoire vivait à Prague et avait un père biologique mais elle avait toujours du mal à appréhender l'un et l'autre, qui cachaient des strates énigmatiques sous des pierres ou des vêtements mités. Ici, au détour d'une rue ou d'une phrase surgissait l'étrangeté, apparition spectrale, légende ancestrale ou secret. Elle soupira en allumant une cigarette.

– Je t'écoute, abdiqua-t-elle.

– On a accusé Rodolphe de se détourner des affaires politiques du royaume, raconta-t-il, au profit des sciences occultes et de sa passion pour les Arts. C'est faux. Mathias a propagé ce mensonge pour servir ses propres desseins et les modernes l'ont repris, car ils sont incapables de comprendre un esprit éclairé de la Renaissance. Je suis persuadé que les œuvres qu'amassait frénétiquement le souverain avaient une fonction mystique : en réunissant dans un même espace les réalisations de l'homme et de la nature, en visant le savoir universel, la pansophie, Rodolphe cherchait à construire un résumé de l'univers, un miroir du microcosme, reflet parfait du monde d'en bas, qui, en vertu des correspondances magiques avec le monde d'en haut, attirait les puissances bénéfiques du macrocosme sur son empire, conférant au chef de cet empire une puissance absolue sur toute la création. Bref, la *Kunst- und Wunderkammer* était un talisman monumental. Ses collections étaient une tentative globale d'hégémonie sur les différents mondes. À la jonction entre l'humain et le divin, l'Empereur, roi des rois, devient donc le thaumaturge suprême.

Victoire se leva, ouvrit le petit buffet, posa la bouteille de vin et les verres en cristal sur la table.

– Et tu veux prendre le relais de Rodolphe dans sa velléité d'être le maître de l'univers ? ironisa-t-elle.

– Je veux ressusciter les collections dispersées, afin de retisser les liens occultes qu'entretenaient ces objets entre eux et avec le cosmos, rétablir les affinités mystiques et concordances magiques qui ont permis de protéger l'ancien Empire, en particulier la Bohême, terre chérie du prince, répondit-il en grattant sa barbe jaune. Au cours des trente-sept années du règne de Rodolphe, il n'y eut pas de guerre, le pays fut préservé du saccage, des luttes intestines et de la convoitise des voisins...

– Permets-moi de douter de ta théorie, vu ce qui est arrivé au propriétaire des œuvres d'art ! objecta la jeune femme en débouchant le flacon.

– Ce n'est pas la faute du cabinet d'art et de curiosités, répondit-il comme s'il parlait d'une personne. C'est celle de nos ancêtres ! La Bohême s'est lâchement retournée contre son protecteur.

– Allons bon !

Elle coupa le pain noir et lava quelques radis dans l'eau qu'elle avait tirée du puits devant la ruelle.

– En 1611, reprit son père en regardant dans le Fossé aux Cerfs, les États abandonnent Rodolphe et reconnaissent son frère Mathias comme roi de Bohême. Apprenant cette trahison, le prince tombe dans le coma. Lorsqu'il en sort, il court à la fenêtre, tend le poing vers la ville et crie : *Prague, ingrate Prague, tu as été élevée par moi et aujourd'hui tu renies ton bienfaiteur. Que la vengeance de Dieu te poursuive ainsi que toute la Bohême.*

– Tu crois à cet anathème ? demanda Victoire.

– Quand un danger les menace, tous les Pragois, tous les Tchèques se rappellent la malédiction de Rodolphe, qui a été le prélude de sa fin, et de la nôtre…

– Tu es trop superstitieux ! protesta Victoire, qui ne parvenait pas à l'appeler «père». Si tu prêtes foi à…

– Tu peux me croire fou ou simplement crédule, mais je sais que la seule façon de lever la malédiction est de reconstituer le musée assassiné, affirma-t-il en serrant les poings. Une palingénésie… pour que renaisse le corps ésotérique qui s'est incarné ici et qui veillait sur nous, avant d'être éparpillé comme les cendres inopérantes d'une rose morte… L'âge d'or était ici, à Prague, au Hradschin, sous Rodolphe II de Habsbourg ! Il faut retourner à ce temps béni dont l'âme de la ville et de ses habitants garde des traces, pour conjurer la tragédie qui s'annonce ! Il faut rapatrier de toute urgence les toiles, les sculptures, les horloges, les camées, les squelettes d'animaux, les…

František déboula dans la pièce, tenant un lapin vivant par les oreilles. L'animal provenait sans doute du Fossé aux Cerfs, dans lequel l'adolescent posait ses collets. Sans dire un mot, il assomma la bête d'un coup de poing, lui arracha un œil avec son couteau et le pendit à une poutre afin de le dépiauter et d'en recueillir le sang. Il le débita en morceaux sur une planche de bois, mit une cocotte sur le petit réchaud et, en sifflotant, entreprit de cuisiner le civet.

Avant l'irruption de Victoire dans la vie de Karlík Pražský, František disposait de l'étage de la maisonnette, accessible par une échelle de meunier. Depuis que la jeune femme avait quitté son hôtel et s'était installée là-haut, il dormait près de son père adoptif, en bas, sur un grabat. L'adolescent devait haïr celle qui était venue tout déranger dans l'existence qu'il menait avec son mentor. Pourtant, l'orphelin ne lui témoignait aucune animosité. Mais aucun intérêt non plus. Il venait et disparaissait à n'importe quelle heure du jour et de la nuit, quasi muet, tel un enfant sauvage.

— Sait-il lire ? Écrire ? avait-elle demandé à son père.

— Évidemment ! Tu penses que j'abriterais un analphabète ? Je le lui ai appris, ainsi que beaucoup d'autres choses… Simplement, il est un peu farouche. Il aime vagabonder dans la nature, braconner, et grimper sur les toits pour parler à la lune. C'est son droit. Tant qu'il continue à apprendre par cœur son anthologie de la poésie française…

Le soir, dans son lit de la maison de poupée, Victoire espérait que cette parenthèse enchantée ne prendrait pas fin trop vite. Certes, tous ces gens manquaient de rationalité, mais elle ne doutait pas que sa place, pour l'instant, était ici, avec son père et ses étranges amis, dans cette cité fantasque où l'on pensait que des œuvres d'art avaient le pouvoir d'arrêter les canons d'une armée. À ses proches, elle avait annoncé qu'elle renonçait à passer ses examens pour prendre quelques semaines de vacances en Bohême, avant de redoubler son année d'université. Comme prévu, sa mère avait poussé de grands cris en l'imaginant seule dans cette ville assiégée et Victoire s'était épuisée, au téléphone, à lui faire comprendre que Prague n'était pas dans les Sudètes. Elle aurait aimé confier à Margot et Gustave l'incroyable rencontre avec son père. Mais elle ne les avait pas appelés, victime d'un sentiment d'éloignement qui la culpabilisait : pour l'heure, ses deux amis ne faisaient plus partie de sa vie. Elle était hors du monde familier dont ils étaient le centre. À Blasko et Vermont de Narcey, elle s'était contentée d'adresser un télégramme, dans lequel elle annonçait : *Je suis avec celui pour qui vous m'avez toujours menti.* Comme de coutume, le plus conciliant avait été son beau-père, qui lui avait envoyé un généreux mandat, poste restante et sans poser de questions.

Avec une partie de cet argent elle avait acheté le poste de TSF et s'était offert des pantalons : à Prague, les femmes osaient arborer cet attribut masculin, sans que cela déchaîne les foudres de la police ou des passants.

Malgré le péril qui menaçait la ville et le pays, Victoire jouissait d'un sentiment de liberté inédit : loin des pressions, des obligations et des angoisses qui pesaient sur elle à Paris, elle allait et venait à sa guise et ne rendait de comptes à personne. La maisonnette n'était jamais fermée à clef et chacun des habitants du microcosme bizarre de la ruelle de l'Or, mélange d'artistes et de petit peuple, la reconnaissait et la saluait, sans la juger.

Hors du temps, sans contraintes, le jour elle visitait la cité, s'égarait dans ses boyaux et ses veines de pierre jusqu'à trébucher sur les pavés, vaincue par la fatigue. Le soir, elle montait au Château et retrouvait l'humanoïde déformé surgi des brumes du temps. Pour la première fois de sa vie, elle effectuait des gestes primitifs et archaïques comme puiser de l'eau dans un puits, éplucher des légumes maculés de terre, percer un tonneau de bière, préparer un repas commun. Loin d'y voir un asservissement, elle y décelait un lien mystérieux avec des ancêtres et accomplissait avec joie cet acte de tendresse pour son père, qu'elle ne pouvait exprimer en mots. Aussi pudique que la jeune femme, son géniteur l'observait en silence ou parlait de ses marottes magiques. Mais ses yeux asymétriques trahissaient une adoration inconditionnelle et illimitée pour sa fille. Jamais Victoire n'avait été ainsi regardée. Au début, elle avait été si effrayée qu'elle avait failli s'enfuir. Puis, de dîner en dîner, apaisée par ce rituel immémorial et neuf, elle avait appris à apprécier ce regard qui semblait envelopper son âme d'un manteau de laine chaude, pour la défendre contre les hivers du monde. Désormais, elle avait besoin de cet œil paternel qui consolait quelque chose en elle, un chagrin qui la torturait depuis l'enfance sans l'avoir jamais fait pleurer.

Avec Blasko et Vermont de Narcey, Ernest Pommereul était le seul à connaître sa nouvelle adresse. Ainsi que Victoire l'avait redouté, il avait refusé de poursuivre l'enquête sur le meurtre de Mademoiselle Maïa. À Prague et à Paris, le dossier était définitivement clos, comme le cercueil dans lequel on avait déposé le médium avant de l'enterrer, dans la plus grande discrétion, au cimetière de Pantin. Le rédacteur en chef n'avait pas contesté les vacances de sa journaliste, du moment que ces congés étaient aux frais de Victoire et ne coûtaient rien au *Point du jour.*

Bien que sa carte de presse ait expiré, la présence de Douchevny à Prague pourrait s'avérer utile, au cas où la situation dans les Sudètes s'envenime au point de mettre le feu à la capitale tchécoslovaque. Le fait qu'elle habite au Château, siège du pouvoir central, faciliterait encore les choses, en cas de besoin.

Ce matin, mardi 13 septembre 1938, jour de son anniversaire, Victoire avait reçu, dès l'aube, un cadeau du journal parisien, sous forme de câble :

Soulèvements importants dans les Sudètes cette nuit. Nombreux morts. Envoyé spécial Buquières est sur place. Couvrez Prague : conseil des ministres, mesures d'urgence, atmosphère dans la ville. Téléphonez papier ce soir avant 23 heures pour première édition de Paris. Pommereul.

Mal réveillée, Victoire avait dû se frotter les yeux avant de réaliser que le rédacteur en chef lui demandait un article sur la situation politique à Prague, qui tenait en haleine l'Europe entière. Cette fois, elle serait loin des pages littéraires, et de la rubrique faits divers. Son reportage ferait la une du canard ! C'était inimaginable...

Victoire entra au café Slavia, le refuge des intellectuels tchèques. De grands lustres Art déco en verre et en métal pendaient du plafond. Sur les tables entourées de chaises Thonet, dépassant des traditionnelles baguettes de bois auxquels ils étaient fixés, s'alignaient les journaux slaves : ici on pouvait naturellement lire la presse tchèque et slovaque, mais aussi russe, polonaise et même bulgare. Les titres allemands les plus importants étaient tout de même présents, et ils côtoyaient des magazines provenant du monde entier, ayant pour sujet l'art dramatique. La jeune femme contourna le piano à queue, traversa l'immense salle où comédiens et machinistes se détendaient entre deux répétitions au Théâtre national voisin.

Elle se planta devant la vitrine qui donnait sur le quai Smetana. Elle observa les tramways dont la cloche rythmait la vie pragoise, plus que les carillons des églises. Au-delà des engins bicolores, la Vltava brillait sous le soleil pâle. Des barques romantiques glissaient sur l'eau, longeant l'île Střelecký qui semblait en feu, tant la chevelure de ses arbres rougeoyait. Cette rousseur végétale et inoffensive était l'unique incendie de la capitale. Malgré les événements aux frontières, la ville restait calme, ses habitants vaquaient à leurs occupations, dignes et impavides. L'article de Victoire se résumait à deux lignes : ce matin, à l'issue du conseil des ministres, au Hradschin, Beneš et le cabinet Hodza avaient déclaré l'état de siège et l'instauration de la loi martiale dans les districts sudètes qui s'étaient soulevés la nuit précédente. Cette information serait annoncée et largement étayée par son confrère présent sur place, donc elle n'avait rien pour justifier la une du quotidien. Il n'était heureusement que dix-sept heures. Il lui restait six heures pour trouver un angle et écrire quelque chose sur Prague, où il ne se passait rien.

Elle exhala un soupir anxieux, fit volte-face et s'approcha d'une table, au fond de la salle, qui portait en permanence le panonceau «*Réservé*» écrit en français. En marbre blanc cerclé de fer, elle était identique aux autres. Pourtant, elle était la plus prestigieuse : son emplacement stratégique, légèrement en retrait, permettait d'avoir une vue d'ensemble sur toute la brasserie. Surtout, elle était placée contre le mur qui portait l'emblème du lieu : un grand tableau signé du peintre tchèque Viktor Oliva, intitulé *Le Buveur d'absinthe* : la tête dans les mains, le regard halluciné, un homme était installé derrière une table de marbre blanc, devant des journaux et un verre posé sur un plateau d'argent. En arrière-plan, s'avançait un serveur au visage exténué, en livrée noire, maigre et légèrement courbé. Au premier plan, de dos, veillant sur le buveur ou contemplant le désastre de son œuvre, se découpait la silhouette couleur d'émeraude d'une femme nue : la fée verte.

Victoire se demanda si ce tableau avait une vocation talismanique : peut-être protégeait-il le foie des alcooliques qui s'asseyaient au-dessous. Elle sourit tandis que Vítězslav Nezval ôtait sa casquette en lui souhaitant « *všechno nejlepši k narozeninám*[1] ! » et en lui tendant un petit bouquet de campanules. Il installa son immense carcasse à la table perpétuellement réservée aux poètes et un serveur lui apporta de la *Slivovice*, un esprit de prunes distillé en Moravie. Timidement, la jeune femme s'assit en face de lui. Elle rougit. Elle ne se sentait pas le droit d'être à cette table. Pour se donner du courage, elle alluma une cigarette et commanda une liqueur amère de la cité sudète de Karlsbad – Karlovy Vary en tchèque – à base de plantes et d'épices, réputée calmer les nerfs aussi efficacement que les sources thermales de cette ville d'eaux.

Depuis la mémorable nuit au café Montmartre, elle se trouvait bizarre : personne ne susurrait de vers à ses oreilles, elle n'avait plus de vertiges, de migraines, ne sentait plus de coups dans le ventre, dans la poitrine ni aucun malaise suspect, ses nuits étaient banales, dénuées de cauchemars étranges et d'épanchements en vieux français. Cela faisait trois semaines que tous les symptômes avec lesquels elle vivait depuis presque trois ans s'étaient subitement envolés.

Elle aurait dû se réjouir et espérer que cette disparition était définitive. Au lieu de cela, elle s'interrogeait : où était le dibbouk ? Pourquoi ne donnait-il plus signe de vie ? Comment son

---

1. Bon anniversaire.

poète intérieur avait-il pu s'évanouir ? De son repaire d'outre-tombe, Mademoiselle Maïa avait-elle achevé de la désinfester, ou bien Théogène avait-il été effrayé par les vers des poètes au Montmartre ? À moins que la singulière beauté de ces poèmes ne l'ait attiré hors de Victoire... Était-ce possible ? L'esprit était-il... mort ? Avait-il rejoint les étoiles, pénétré un autre corps humain, ou bien errait-il dans les rues de Prague, avec les fantômes de la ville, que les habitants saluaient et appelaient par leur prénom ?

La volatilisation de son hôte interne était aussi irrationnelle que l'avait été son apparition. Comment expliquer l'extinction du phénomène ? Était-ce lié à l'irruption de son père ?

Aucune de ces questions ne trouvait de réponse. Parfois, elle ressentait une absence, comme un vide dans le ventre. Malgré l'étrangeté de la manifestation, elle en avait pris l'habitude, comme on apprivoise un animal ou une maladie. C'était un peu comme si elle avait perdu un ami. Ou plutôt une part d'elle-même. Un membre, dont on l'aurait amputée. C'étaient surtout les mots d'amour qui lui manquaient.

— *Všechno nejlepši k narozeninám*, Viktorie !

Les frères Čapek entrèrent à leur tour dans le café, suivis de Max Brod, Paul Kornfeld et des poètes de langue allemande, qui congratulèrent la jeune femme pour ses vingt-quatre ans. Bientôt, la table du *Buveur d'absinthe* fut remplie de tintements de verres et d'éclats de souhaits. Comme au Montmartre, Victoire était le centre de la soirée. Mais nul ne déclamait de vers. Au regard du climat ambiant, le bonheur et la chance dont on la parait tombaient à plat sur le marbre blanc, comme des formules sincères mais ayant perdu leur force magique. Ces vœux de tranquille félicité étaient impuissants à conjurer la menace qui pesait, malgré le calme apparent de la cité.

Elle repensa à son article. Si elle décrivait ce moment d'angoisse avec l'avant-garde tchécoslovaque, des artistes cosmopolites qui connaissaient la littérature française mieux que les Français

eux-mêmes, et dont presque tous, à Paris, ignoraient le talent ?
Elle se ravisa. Jamais la poésie ne ferait la une du journal.

Ce qu'elle devait raconter, c'était la peur, cette terreur face à
la guerre, si présente dans son pays, et qui était universelle. Mais
comment y parvenir lorsque ce peuple, fier et réservé, refusait de
la montrer, comme pour n'y point succomber ?

Lorsque Milena Jesenská pénétra au Slavia, elle annonça que la
loi martiale décrétée par le gouvernement touchait désormais onze
districts, et que Henlein était revenu de Nuremberg. On ignorait
l'issue de la réunion du SdP qui s'était tenue l'après-midi même
dans la ville sudète d'Eger.

Victoire regarda sa montre : dix-huit heures trente. Que faisait son père ? À cette heure, il avait terminé sa journée de travail
au Château. Pourquoi n'était-il pas encore arrivé ? C'était lui qui
avait tenu à ce que l'on célèbre son anniversaire, malgré l'atmosphère peu propice à la fête. Ses amis étaient tous là, et leur hôte ne
se montrait pas. S'il avait été victime d'un malaise, d'une nouvelle
crise d'épilepsie ? Où était František ? Victoire se mit à trembler
pour cet homme revenu d'entre les morts. À vingt-quatre ans, elle
devenait enfin la petite fille qu'elle n'avait jamais été : elle n'était
plus l'orpheline sur laquelle veillaient une veuve noire éternelle-
ment jeune et un gros toutou tricéphale qui, pour avoir six yeux,
ne la regardait jamais en face. Ici, elle était aimée, et tant pis si
c'était par un être difforme à jambe de bois et à l'esprit un peu
dérangé. Il boitait mais c'était elle qui était infirme, si handicapée
des sentiments qu'elle était incapable de lui rendre sa vénération.
Mais dans Prague elle pouvait s'abandonner et offrir aux pierres,
aux sculptures sombres tout l'amour qu'elle avait emmagasiné,
comme un mur stocke la chaleur après des heures de soleil. Avec
les poètes elle allait monter la garde pour le salut de la Bohême. Et
préserver ce cœur qui faisait battre le sien.

– Henlein… Ultimatum… Karl Hermann Frank, le député
et numéro deux du SdP, l'a remis à Hodza à dix-huit heures…
Réfute les huit points du discours de Karlovy Vary… Veut un

plébiscite... État de siège... levé dans les six heures... pouvoirs de police à un maire des Sudètes, troupes régulières cantonnées dans casernes... Dans six heures... Minuit...

Essoufflé, rougi d'excitation et de terreur, son père se tenait debout devant la petite assemblée. Son dos voûté, ses oripeaux noirs le faisaient ressembler à un gros hanneton unijambiste. Les poètes l'entourèrent, le calmèrent et lorsqu'il reprit haleine, Victoire put enfin comprendre son discours haché : l'ultimatum de Henlein au gouvernement de Prague exigeait la levée immédiate de la loi martiale dans les districts sudètes, le retrait de l'armée et l'organisation d'un plébiscite sur l'autodétermination de ces régions, ce que ne permettait pas la Constitution tchécoslovaque. La situation sur place était dramatique, même l'avion de la mission de pacification anglaise avait été atteint par des balles.

— L'ultimatum expire ce soir à minuit, répéta Pražský. Hodza a immédiatement réagi en disant que l'ordre devait être rétabli, mais qu'il invitait les délégués sudètes à venir négocier chez lui... Tout le Château est en ébullition ! Un conseil des ministres extraordinaire, présidé par Beneš, se tient là-haut, afin de préparer une réponse à Henlein...

— Ce fils de chien ! bondit Vítězslav Nezval en montrant le poing. Si je pouvais l'avoir sous la main !

— La bête immonde est sortie des enfers, murmura Jaroslav Seifert. Nous sommes perdus...

— Honte aux Allemands de ce pays, ils ne savent pas ce qu'ils font, déclara Johannes Urzidil. La langue allemande, ma langue, me répugne soudain...

— Je ne suis pas allemand, je suis tchécoslovaque, affirma Paul Kornfeld.

— Il ne faut pas céder à cet odieux chantage ! s'exclama Karel Čapek. La nation doit se battre !

— Contre la Wehrmacht ? répondit le juif Jiři Orten. Les douze coups de minuit... et le carrosse va se transformer en char nazi. L'armée allemande sera là cette nuit, écrasant les pavés de Prague... mon Dieu, Prague...

– Bruncvík! lança Vladimír Holan. L'épée du pont Charles! Saint Venceslas, je t'en supplie, reviens! Le glaive magique doit sortir du pont et bondir dans ta main. Et les têtes des ennemis tomberont...

– Tu as raison, il nous faut l'épée du chevalier Bruncvík, chuchota Milena.

František pédalait si vite sur le pont Charles que les statues noires semblaient fondre sur le triporteur pour le renverser ou y trouver asile. Sous le pont, Bruncvík était invisible, masqué par un pilier. La nuit s'emparait des bâtiments de Malá Strana et assiégeait le dôme vert de l'église Saint-Nicolas comme un reptile vorace ou une araignée fantastique. L'animal atroce paraissait grignoter la ville. Partout, des silhouettes angoissées sortaient des maisons et parcouraient les rues en quête d'informations. Dans le clair-obscur des réverbères, la foule fantomatique était dispersée par la police, qui avait obtenu les renforts de la Garde nationale et la force publique des localités voisines. Les ombres tourmentées se disloquaient, pour se reformer plus loin. En un instant, elles furent quatre-vingt mille à arpenter Prague.

František haletait sur la côte raide de la rue Nerudova. Dans la caisse, Pražský priait, ou admonestait les démons de la ville. Près de lui, Victoire était agenouillée sur ses pantalons de flanelle grise, le bloc à la main. Elle griffonnait en regardant sa montre : dix-neuf heures trente. Pommereul voulait ses mots avant vingt-trois heures. Elle avait le temps.

Au Hradschin, la première cour était envahie par un essaim de Pragois en pleine panique, que tentaient de disperser les sentinelles du Château.

Dans la deuxième cour, bruissait un bataillon de journalistes locaux et étrangers, de fonctionnaires et d'officiels en tous genres. Les yeux rivés vers le bureau du président de la République, tous attendaient l'issue du conseil des ministres extraordinaire. Beneš et le gouvernement allaient-ils céder à l'odieux ultimatum ? On murmurait que malgré la pacifique invite de Hodza, aucun représentant des Sudètes ne s'était, pour l'instant, présenté chez lui. On disait que Victor de Lacroix, ambassadeur de France à Prague, et Sir Charles Newton, le légat britannique, s'entretenaient, en ce moment même, avec le Premier ministre.

Victoire et son père descendirent du triporteur, aidés par František.

– Ne t'inquiète pas, avec moi tu n'as pas besoin de carte de presse ni de sauf-conduit, dit-il à sa fille.

L'infirme fendit la foule de sa démarche en aiguilles à tricoter, suivi par la jeune femme. Elle entendit qu'on l'apostrophait et reconnut Jiři Martoušek, qui faisait le pied de grue avec ses confrères du *České Slovo*.

« Que fait-il ici ? songea-t-elle. Aucun crime de sang n'a été commis... Si ce n'est que Hitler et Henlein tentent d'assassiner sa patrie... »

Elle lui fit un signe amical puis continua de se frayer un chemin avec son père jusqu'au perron de pierre. Elle pensa à l'étonnement du fait-diversier, qui la croyait rentrée à Paris et devait être sidéré par sa présence aux côtés de cet homme étrange, qu'il connaissait peut-être. Ce dernier parlementa quelques instants avec les cerbères et on les laissa entrer.

– On peut patienter ici, à l'abri de la bousculade, annonça-t-il. Quand il descendra, le porte-parole du gouvernement passera devant nous avant d'aller annoncer la décision du conseil. Nous aurons donc la primeur de l'information. Tu pourras même interviewer quelques ministres, voire le président Beneš. Il y a un téléphone dans la pièce voisine, pour ton papier.

Touchée par ce traitement de faveur, Victoire remercia du bout des lèvres et s'installa dans l'antichambre, sur une banquette de velours rouge. Pražský s'affala dans un fauteuil, en face d'elle.

« Pourvu que la réponse à Henlein arrive avant vingt-trois

heures, se dit-elle. Je ne dois pas rater la première édition du *Point du jour* ! »

Une attente terrible commença, scandée par le tic-tac d'une vieille horloge en pied. Rapidement, Victoire regretta de ne pas être dehors, debout dans la nuit avec le peuple, les rumeurs et les autres reporters. Ce tête-à-tête silencieux était si pesant qu'il démultipliait l'angoisse suscitée par les événements. La jeune femme avait l'impression que la pendule égrenait le temps perdu, toutes ces années passées sans son père. Elle sut qu'ils ne pourraient pas les rattraper. « Trop tard », semblait dire le destin. Tandis qu'il la regardait avec une affection et une fierté sans bornes, elle baissait les yeux sur son bloc de papier, pour y tracer des signes de sa petite écriture sibylline.

Vingt heures sonnèrent, puis vingt et une heures. Victoire avait la sensation d'étouffer. La pendule la rendait folle. Elle aurait donné n'importe quoi pour fuir ces dorures, cette horloge, le regard de son père, et être dans la cour, sous les rayons de la lune, et arpenter les rues, afin de s'imprégner encore de cette ville qui, cette nuit même, allait peut-être disparaître, écrasée par les divisions Panzer... Minuit, disait l'ultimatum d'Henlein. Minuit... et il n'y aurait plus de magie, d'étoiles ni de contes. Elle voyait les statues du pont Charles qui tombaient à l'eau sous les coups de canon, l'horloge astronomique et le Théâtre national au milieu des flammes, les cafés en ruines, les stèles du cimetière juif brisées par les chenilles des tanks, les synagogues et les églises bombardées, les palais de Malá Strana pillés, la chapelle Saint-Venceslas ruisselant de sang, la ruelle de l'Or rasée, la place de la Vieille-Ville envahie d'uniformes vert-de-gris et de sommations rigides. Quant aux Tchèques, elle les imaginait avec un bâillon sur la bouche, mains liées, montant vers le Château en une immense colonie pénitentiaire, tandis que la Vltava charriait les cadavres des poètes.

« Que deviendront les spectres, si leur sanctuaire est détruit ? » se demanda-t-elle soudain. Comme pour conjurer le mauvais sort, elle énuméra les fantômes célèbres qui hantaient les nuits de la ville : un moine sans tête, une jeune femme vêtue de soie noire et d'un voile sombre, un templier qui tenait son propre crâne à la main, un grand Noir borgne cabriolant sur une rosse à trois pattes, un soudard letton à chapeau rouge, le comte Deym, un moine desséché dans un carrosse tiré par des boucs de l'enfer, une ombre acéphale vêtue d'une robe rose, de bracelets et de colliers de perles autour de son cou tranché… La cohorte des ectoplasmes était si nombreuse que Victoire ne se souvint pas de tous, ni des effroyables histoires qui les accompagnaient.

« Et Théogène ? s'interrogea-t-elle. Pourquoi ne me parle-t-il plus ? Où est-il ? Aux abords d'une église ? Dans quel mur ? Et Mademoiselle Maïa ? Son esprit erre-t-il dans la ville, perdu ? Quelle issue pour l'âme des vivants, si l'âme des morts quitte les pierres de Prague ? »

Pas une fois elle ne pensa que si Hitler envahissait la Tchécoslovaquie cette nuit, l'agression déclencherait une guerre à l'échelle européenne, qui n'épargnerait pas Paris. Sa ville natale, la capitale dans laquelle elle avait toujours vécu, sa famille, ses amis, avaient comme disparu. À vingt-deux heures, n'y tenant plus, elle bondit de son siège et fit les cent pas dans l'antichambre, tel un fauve en cage. Son père tenta de la calmer, mais lui-même était au comble de l'anxiété. À mesure que les minutes passaient, Victoire revenait à des considérations plus rationnelles, et s'inquiétait pour son article. À vingt-deux heures trente, elle appela le journal pour leur demander de patienter, avant de clore la une. Elle avait mis vingt minutes pour obtenir la communication, et cette dernière était épouvantable.

– Mon petit, crachait le rédacteur en chef au bout du fil, entre deux grésillements, vous savez que c'est impossible ! Les rotatives sont en marche… Et il nous faut encore passer au marbre pour faire la composition de votre colonne ! Dictez ce que vous avez, je m'en débrouillerai !

Victoire transmit donc les quelques lignes qu'elle avait gribouillées, qui parlaient de terreur et d'attente.

À vingt-trois heures, au milieu d'une phrase, elle entendit des voix dans le couloir, tandis que son père lui faisait signe de venir.

– Attendez, attendez ! On dirait que ça bouge ! Monsieur Pommereul, ne quittez pas, surtout ! Mademoiselle, je vous en prie, ne coupez pas !

Elle posa le combiné sur le bureau, prit son bloc, son stylo et se précipita hors de la pièce. Dans l'escalier, elle aperçut l'ambassadeur de France, celui de Grande-Bretagne et le porte-parole tchécoslovaque qui descendaient. Elle se rua sur eux.

– Viktorie Duševná, envoyée spéciale du quotidien parisien *Le Point du jour*, annonça-t-elle. Messieurs, pouvez-vous me dévoiler ce qu'a décidé, ce soir, le gouvernement de Prague à propos de l'ultimatum du SdP ?

– Notre position est celle de la fermeté, affirma le Tchèque. Cette tentative d'intimidation n'appelle pas de réponse. Nous n'acceptons pas d'ultimatum émanant de nos propres concitoyens. Le gouvernement n'a pas à recevoir de semonce, et le devoir de l'État est de rétablir l'ordre. Aussi, la loi martiale sera levée dès que le calme sera revenu dans les districts sudètes. Pas avant. Néanmoins, nous recevrons les délégués de ces régions dès qu'ils le désireront. Ce soir, personne ne s'est présenté. C'est fort dommage. Le Premier ministre et le président de la République espèrent accueillir M. Henlein ou M. Frank dès demain matin, afin de parlementer et de trouver un terrain d'entente.

– J'ajoute, intervint Victor de Lacroix, avec l'accord de mon confrère ici présent, que la France et la Grande-Bretagne sont les indéfectibles amies de la Tchécoslovaquie et qu'elles l'assisteront dans ce regrettable différend, dont nous ne doutons pas qu'il trouve rapidement une solution pacifique et pérenne. Nous sommes, à Prague, à la disposition du gouvernement tchécoslovaque et des représentants allemands des Sudètes. Je vous informe qu'à Paris et à Londres, M. Daladier et Chamberlain mettent tout en œuvre pour...

Victoire remercia le diplomate et se rua sur le téléphone. Le soulagement qu'elle éprouvait était à la hauteur de l'angoisse qui l'avait corsetée toute la soirée. Un poids immense quitta ses épaules. Prague ne cédait pas aux revendications allemandes et la Bohême était hors de danger : ses puissantes alliées veillaient sur elle.

Pour la première fois depuis longtemps, elle pensa à son pays. Une bouffée de fierté et de reconnaissance illumina son visage. Berlin ne faisait pas le poids si Paris et Londres se liguaient contre elle. Prague était sauvée. La France et l'Angleterre allaient protéger du désastre son amour de pierre, sa patrie de cœur. La France et l'Angleterre étaient l'épée du chevalier Bruncvík, l'arme magique qui venait de jaillir du pont.

24

Convaincu d'espionnage au profit de l'Angleterre, John Dee a été chassé du château de Třeboň : las des complots fomentés par les envoyés de la reine Élisabeth contre les Habsbourg, déçu de ne pas obtenir du savant la Pierre philosophale, pas plus que l'aide des anges dans la confection d'un héritier, craignant que les doutes sur la récente paternité de Dee ne provoquent un scandale, le seigneur de Romžberk s'est résolu à se séparer du grand mage. En mars de cette année 1589, le Britannique de soixante-deux ans a définitivement quitté la Bohême avec sa famille, dont son dernier-né, un fils dont on murmure que le père serait Edward Kelley.

Le médium a refusé d'accompagner son maître en Angleterre et l'a de surcroît convaincu de lui léguer, en guise d'adieu, son globe de quartz fumé et les boules d'ivoire contenant la poudre découverte au pays de Galles, dont ils ont échoué à percer le secret de la composition. Il a réalisé une transmutation pour Vilém de Romžberk, qui a aussitôt tenu Kelley pour un authentique faiseur d'or. Le seigneur de Třeboň lui a offert deux fiefs près de Jílové, pourvus d'un château, d'une brasserie, d'un moulin, et de plusieurs villages. Apprenant la destitution de John Dee et la proposition faite à Kelley par le tsar de Russie, Fédor Ier, de devenir alchimiste officiel à la cour de Moscou, l'empereur Rodolphe a convoqué le Sans-Oreilles au château de Prague, où il l'a anobli, nommé magicien en titre et conseiller impérial. Afin d'apaiser l'ire du burgrave de Bohême privé de son thaumaturge, le souverain lui a envoyé le médecin et alchimiste paracelsien Heinrich Khunrath.

Triomphant, enfin revenu dans la capitale de l'Empire, en pleine lumière, Kelley a acheté deux maisons à Prague : dans l'une, il a installé son laboratoire, dans l'autre sa femme anglaise, Johanna, une veuve épousée sur injonction de l'archange Michel, et ses beaux-enfants John-Francis, âgé de neuf ans, et Élisabeth Weston surnommée Westonia, qui a huit ans.

Sans la présence tempérante de son mentor, l'ancien assistant mène grand train, dilapide ses rentes, et les rumeurs du Hradschin suivent le flot outrancier de sa nouvelle gloire : « prévaricateur » entend-on à l'évocation de son nom.

On dit même qu'il retiendrait captives, dans le secret de son laboratoire pragois, quelques jeunes vierges qu'il découperait en morceaux à des fins d'expériences scabreuses.

Comme d'habitude, Théogène ne croit pas un mot de ces calomnies, et il défend son ami. Toutefois, un soir, dans sa maisonnette de la ruelle de l'Or, il le met en garde :

— Que tu jouisses de ta belle fortune, de ton titre de noblesse et des faveurs impériales, je ne puis t'en blâmer. Mais tu manques de prudence en multipliant les projections : tu effectues des transmutations pour entretenir tes folles dépenses, pour tes compagnons de beuverie, pour ébahir l'Empereur et les seigneurs de la cour… Par complaisance mâtinée de forfanterie, tu fabriques trop d'or et d'argent, par les richesses dont tu t'entoures et ces largesses inconsidérées, tu dessers les nobles desseins de l'alchimie, outre que tu épuises ta réserve de poudre !

Désormais vêtu de soie et arborant une belle toque de fourrure, Kelley toise le teint hâve de Théogène, ses joues creuses barbouillées de suie et de charbon, son sarrau en loques, à demi calciné, qui répand une nauséabonde odeur de soufre. Dans un coin de la pièce, un chat noir enfermé dans un clapier miaule en direction d'une cage de fer où pépient des oiseaux. Sur la table de bois, près du cahier dans lequel le jeune homme consigne ses poèmes, pourrissent les cadavres d'une tourterelle et de quelques passereaux.

– Tu as raison, répond le médium en réprimant l'envie de se pincer le nez. Je suis un infâme parvenu, un chevalier de pacotille, un brûleur, un traître qui partage ses biens avec un public barbare et profane... Mais je n'oublie pas mes proches, et je peux aussi donner de l'or à l'élite qui œuvre dans l'ombre du secret et la fumée vénéneuse de l'athanor !

– Merci, je n'ai besoin de rien. Je ne voulais pas t'offenser, mais que deviendrez-vous, toi et ta famille, lorsque tu auras gaspillé tout le divin liquide issu de la Pierre des sages ?

– Bah, d'ici là j'aurai bu quelques gouttes de l'Élixir rouge ! J'aurai donc l'éternité et des pouvoirs surhumains pour découvrir, enfin, sa composition. À moins que tu n'aies trouvé le chemin de la porte blanche... ainsi c'est toi qui me dévoileras le mystère de l'immortalité et renouvelleras ma provision de poudre !

En entendant ces mots, l'alchimiste s'assombrit.

– À mon tour de te présenter des excuses, mon ami, ajoute Kelley en lui mettant la main sur l'épaule. Je sais que tu es à la peine avec ta palingénésie.

– Je maîtrise parfaitement la résurrection des fleurs, avoue Théogène, mais c'est plus compliqué avec les animaux...

– As-tu plus de succès avec ta belle ? questionne le Sans-Oreilles en esquissant un sourire torve.

L'homme de vingt-cinq ans rougit aussitôt.

– Je... balbutie-t-il en se tordant les mains. Je lui écris toujours des vers, que Michal transmet, répond-il en désignant le cahier. En fait je brûle, je suffoque, c'est intolérable ! confesse-t-il dans un cri. Je sais bien que... Mais elle m'obsède, c'est comme un fantôme qui me harcèle, pénétrant mon cœur, mon âme, et mon esprit... cela va bientôt faire trois ans qu'elle m'est apparue pour la première fois, et plus le temps passe, plus le feu qu'elle a allumé m'embrase et me ronge comme une maladie !

– Tu ne peux pas continuer à te consumer ainsi. Tu dois lever l'anonymat et lui déclarer ta flamme, coûte que coûte !

– Jamais ! Jamais je n'oserai commettre un tel sacrilège ! bondit Théogène. N'oublie pas qu'elle est la fille du burgrave de Bohême, et que je suis Clopinel, *Hinkender*, l'infirme, l'éclopé, celui que tout le monde nomme « le Boiteux » !

– Mon petit frère, objecte Kelley avec tendresse. Décidément, tu ne connais rien aux dames… Pour elle, tu es Rosarius, le seigneur à la rose. J'ai une idée… Écoute !

– Je suy le jardinier des estoilles,
Saturne, playse levez le voile
De la robe de cendres enclose
Et Rosarius engendrera la Rose.

Après avoir prononcé, d'un ton solennel, la formule rituelle, Théogène lève des yeux timides vers Svétlana et, rouge jusqu'aux oreilles, il lui fait signe d'approcher. La jeune femme se lève et, sans un regard pour ses chaperons ni pour Edward Kelley, elle s'avance vers la cornue que l'alchimiste maintient à la chaleur du fourneau cosmique.

Vêtue d'une robe bleue qui s'accorde au gris de ses yeux et rehausse la blondeur de sa chevelure, le front cerclé de perles pures, la demoiselle de dix-huit ans ne trahit aucune émotion. Elle fixe le regard mordoré du teinturier de la lune, rivé sur la fiole. À quelques pas du jeune homme, elle observe le prodige qui grandit dans le tube de verre : une silhouette pâle s'élève entre les parois, qui ne ressemble pas à la tige d'une fleur. Intriguée, elle se penche en fronçant les sourcils. Quel est ce spectre, qui n'est pas celui d'une rose ? La forme est brunâtre, large, plate, comme une feuille d'arbre ou un vieux parchemin. Un billet ! Il s'agit d'une lettre dépliée, sur laquelle apparaissent des mots.

Blême, Svétlana reconnaît l'écriture : c'est celle du mystérieux poète, son soupirant inconnu qui, chaque jour depuis deux ans, lui adresse des odes d'une stupéfiante beauté, des chants d'amour qui bouleversent son âme ! Chaque jour depuis deux ans, elle a attendu, fébrile, que sa femme de chambre lui remette les vers anonymes. Elle les a dévorés d'un trait, comme une bête affamée. Puis elle les a relus calmement, des dizaines de fois, en s'imprégnant des images et des sons qui la caressent. Elle a effleuré les mots que la main clandestine avait tracés, en imaginant cette main, ce bras, ces traits qui demeuraient flous, perdus dans une brume obscure. Qui se cachait derrière ces aubades, qu'elle connaissait par cœur ? Mardochée de Delle, le poète officiel, ce valet grossier et sans esprit ? Non, il s'agissait sans doute d'un chevalier, un prince de la cour, puisque les vers étaient rédigés en français, la langue des nobles et des érudits. Elle a interrogé sa cámeriste, qui lui a appris que c'était Edward Kelley qui avait soudoyé Michal, afin que ce dernier lui transmette les messages. Elle a été saisie d'une terrible frayeur : si l'auteur des poèmes était ce médium à la réputation louche, cet ivrogne intempérant et volage dont on dit pis que pendre au Château ? Quoi qu'il en soit, prise par les mots, éprise de l'être qui la vénérait de la sorte, Svétlana ne s'était plus préoccupée de connaître l'identité de l'écrivain.

« Restons dans le ciel », avait-elle décidé en espérant que ce lien étrange ne serait jamais rompu. Les missives lui étaient devenues si nécessaires, tel un philtre de vie, qu'elle ne pourrait continuer à respirer sans elles. Durant deux années elle s'était nourrie de cet amour qu'elle ne pouvait rendre, en sachant pourtant qu'un jour, la terre la rattraperait.

Aujourd'hui, cette heure funeste est arrivée. Sur le billet recomposé dans la cornue, les lettres brillent, tracées avec de l'or.

Bien que le poème ne soit pas écrit en français mais en langue bohémienne, le doute est impossible : il émane bien de son auteur habituel et cette fois, les vers sont signés. Svétlana Mittnacht clôt les paupières, afin de retarder l'instant de vérité. Un effroi atroce s'empare de son cœur. Pourquoi briser l'enchantement du mystère, après deux ans de secret ? Lorsqu'elle rouvre les yeux, son visage est d'une pâleur mortelle. Elle sent l'irritante présence de Kelley, dans son dos, près de sa gouvernante. Elle observe l'homme debout devant elle, qui l'a tant émue lors de la résurrection de la rose, il y a un an. Le beau magicien aux yeux dorés s'est transformé en fatal messager, archange du réel et des songes déchirés.

Frissonnante, elle baisse ses yeux tristes sur le texte aux lettres d'or. Lorsqu'elle les relève, ils sont remplis de surprise, de soulagement et de larmes. Elle sourit et semble renaître de cendres anciennes.

– Oui, murmure-t-elle à Théogène. J'y consens. Sous réserve de l'approbation de mon père, naturellement.

Entouré d'oiseaux faisandés aux relents de nature morte, dans le clair-obscur d'une bougie de suif qui dégouline sur la table de la masure, Théogène est secoué de spasmes, la tête dans les mains. Sa douleur coule sur ses joues et sur ses doigts jaunis. Près de lui, est posée une lettre qui vient de France. Sous son crâne, s'enchevêtrent les catastrophes de ces dernières semaines, qui se croisent, se mêlent et s'entrechoquent, dans un chaos insondable.

Les nouvelles de Paris sont calamiteuses : la ville est en état de siège. Après les barricades et les combats de rue entre les partisans de la Ligue catholique, ceux du roi et les huguenots, Henri de Navarre a organisé le blocus de la capitale. Isolée du monde extérieur, la métropole s'asphyxie, soumise à la pénurie et à la famine. Dans son courrier dont Théogène ignore comment il a pu quitter Paris, Hieronymus Aleaume raconte qu'ils ont mangé les rats du cimetière des Innocents et que désormais, les Parisiens déterrent les os des morts pour en faire de la farine. Le libraire a annoncé qu'il écrivait là sa dernière lettre, les forces lui manquant autant que le papier. Il a supplié son ami de ne pas lui répondre, de ne pas chercher à lui venir en aide et de rester dans le Saint Empire, où il lui souhaite une longue vie. À cette heure, l'imprimeur est probablement mort de faim, avec toute sa famille.

À Prague, Rodolphe II a sombré dans une profonde crise de mélancolie à l'annonce du meurtre du roi de France, Henri III, assassiné le 1er août 1589 par un moine fanatique, le dominicain Jacques Clément. Appelé au chevet de l'Empereur, son conseiller favori Edward Kelley a interrogé les anges : ces derniers auraient prédit que Rodolphe périrait, lui aussi, de la main criminelle d'un homme d'Église.

Les mots prononcés par le Sans-Oreilles ont eu un effet désastreux sur le souverain : terrorisé, Rodolphe s'est détourné des catholiques et a interdit aux prêtres de l'approcher. Désormais, il entre dans des convulsions terribles à la vue d'une soutane ou d'une bure. Il se réfugie des nuits entières dans son cabinet souterrain, parmi ses collections : un flambeau à la main, il effleure les incunables, dévore des yeux les cristaux de Bohême et les bijoux précieux, adresse de longues diatribes à ses tableaux qu'il décroche, cache, mure dans des passages secrets. Il caresse et embrasse ses statues, qu'il préfère aux bonnes femmes impériales et à Madame Catherine, abîmée par le temps et les grossesses à répétition. Quand l'angoisse ou la progression de sa syphilis le rendent trop faible pour quitter le lit, immobile dans le noir, Rodolphe déambule en imagination dans la *Kunst- und Wunderkammer*, il se remémore ses trésors, il les nomme et les appelle à voix haute, car leur nom renferme une partie de leurs pouvoirs cachés. Sans cesse, il recrute de nouveaux peintres.

Pourtant, la passion de l'Hermès du Nord pour l'art et l'alchimie est un gouffre financier. L'Empereur ne dispose pas des quarante-cinq mille thalers qu'il verse chaque année aux Turcs, afin de contenir l'expansionnisme ottoman et de préserver son empire des guerres contre l'Islam, qui ont empoisonné les règnes de son père et de son grand-père. Jusqu'à présent, Rodolphe s'est acquitté de ce tribut avec générosité et magnificence, accompagnant l'impôt de cadeaux somptueux. Mais cette année 1589, les caisses du royaume sont vides. Le souverain ne peut se résoudre à un conflit armé, qui lui répugne bien plus qu'une rançon versée aux infidèles. Il ne peut compter sur le soutien de son oncle, Philippe II d'Espagne, dont il a laissé l'Armada affronter seule l'Angleterre, provoquant le désastre de Gravelines. Alors, l'Hermès du Nord s'est tourné vers ceux qu'il entretient à grands frais, et dont la divine mission est justement de fabriquer de l'or.

Il y a quelques semaines, Thadée de Hájek a convoqué tous les teinturiers de la lune de l'académie et leur a décrit la situation, leur enjoignant, avec des menaces à peine voilées, de venir en aide à leur mécène et de remplir les caisses de l'État. À Théogène, il a intimé l'ordre de cesser ses recherches palingénésiques et de rallier les laboratoires impériaux : la résurrection des spectres n'était plus une priorité, sauf si le jeune homme était capable de redonner vie à des thalers disparus. Désappointé, le fils du feu a donc repris, en boitant, le chemin du brasier de la tour, sous l'œil ironique de ses collègues. Leur nombre, à cette période, a augmenté, car l'archiatre impérial a simplifié l'examen de passage et accéléré les enrôlements afin de multiplier les chances d'obtenir de l'or.

Amer, Théogène a observé le flot d'aventuriers et de vendeurs de fumée qui se sont engouffrés dans la brèche, tandis qu'Edward Kelley usait de son entregent et de tours pendables afin d'éliminer les plus dangereux, pour sauvegarder sa position dominante à la cour.

— Un alchimiste n'a que faire des femelles, sa mission sacrée est de fabriquer l'or et l'Élixir de longue vie ! s'est emporté l'Empereur.

Prosterné devant lui, Théogène s'est retenu pour ne pas pleurer.

— Quel est ce projet insensé, a poursuivi Rodolphe, que m'a rapporté le burgrave de Bohême ? Comment avez-vous pu demander la main de sa fille naturelle ? Rassurez-moi, le Boiteux, il s'agit d'une farce, d'un pari stupide avec vos camarades ? Ou bien d'une expérience dans le cadre de vos anciens travaux ? Un poème palingénésique… l'image ne manque pas de charme, et je comprends que la tendre jouvencelle y ait succombé... mais vous auriez dû exercer vos talents sur un autre sujet ! Vous me mettez, vis-à-vis du seigneur de Romžberk, dans un embarras sérieux ! Ce cher Vilém était si contrarié qu'il a failli s'étouffer de rage !

– Votre Majesté impériale, a murmuré le jeune homme, face contre terre.

– Eh bien ! Nous lui expliquerons que, pris par la frénésie de vos recherches, vous avez manqué de discernement. Mon burgrave est tellement épris du noble art d'Hermès qu'il ne saurait se méprendre plus longtemps sur cet instant d'égarement. Il me souvient qu'il avait été, comme nous tous, favorablement impressionné par votre résurrection de la rose...

– Votre Majesté impériale, a répété Théogène, cramoisi. Il ne... Je... J'aime Mademoiselle Svétlana depuis le premier jour où je l'ai aperçue, et...

Interloqué, l'Empereur a entrouvert ses lèvres lippues, laissant tomber son menton bouffi.

– Comment ? a-t-il demandé. Vous... Vous... l'aimez ?

Dans sa bouche, ce mot a semblé totalement incongru. Théogène n'a pas osé répondre, et a attendu d'essuyer la colère du monarque. Les sautes d'humeur du souverain étaient si fréquentes qu'il était impossible qu'il n'y succombât pas en la circonstance.

– Avez-vous conscience de ce que vous êtes en train d'affirmer, le Boiteux ? a hurlé Rodolphe. Ah, quel toupet, quelle insanité ! Vous l'aimez ! Vous voulez l'épouser ! Mais cela est totalement impossible, vous m'entendez ? Impossible ! Je ne vous ai pas recruté pour que vous convoliez en éblouissantes noces avec une dame de la cour, mais pour que vous m'offriez l'or et le divin Élixir ! Je suis votre maître, vous entendez, je suis le maître de votre vie, de votre destin, de votre âme même, et vous allez m'obéir ! C'est moi qui décide de votre sort, et de celui de cette demoiselle ! Que vous figurez-vous ? Vous ne vous êtes jamais demandé pourquoi elle n'était pas mariée, à dix-huit ans passés ?

Théogène a senti ses veines se changer en glace.

– Svétlana Mittnacht est certes une bâtarde, a poursuivi Rodolphe en ricanant, mais son sang, par son père, est de la plus haute noblesse, et il ne saurait être souillé par celui d'un roturier, fût-il le plus instruit des alchimistes ! Lorsque mon fils aîné, don Julius, sera en âge de se marier, il épousera la fille du plus grand seigneur du royaume et cette union scellera définitivement l'amitié entre nos deux maisons. Quant à vous, vaurien, ingrat, faraud, vous n'avez pas à vous mêler de cette affaire, qui ne vous concerne en rien ! Retournez à votre fourneau ou je vous fais enfermer sur-le-champ dans la Tour blanche ! De l'or ! Je veux de l'or ! L'or et l'élixir d'immortalité ! La semence du Christ ! Le philtre de l'éternelle jeunesse ! Ah, j'avais de l'estime pour vous, le Boiteux... Vos remèdes soulageaient ma peine... Vous étiez un bon médecin et un assistant précieux, dans le souterrain... Vos spectres de fleurs me divertissaient... Par tous les anges de la création, pourquoi m'avez-vous trahi ? Pourquoi m'avez-vous abandonné ?

Puis, pris d'un malaise, Rodolphe s'est effondré.

Anéanti, Théogène sanglote sur la table de la cahute de la ruelle de l'Or. Jamais il n'aurait dû se déclarer : certes, Kelley et lui-même ne pouvaient soupçonner que Svétlana Mittnacht était promise à un enfant semi débile âgé de quatre ans. Il est probable que la principale intéressée l'ignore aussi. Mais il avait senti que la levée de son anonymat était vouée à l'échec. Il est une créature de l'ombre, condamnée à l'ombre ; un orphelin coupé du monde, marginal et secret, qui clopine dans l'une des plus fastueuses cours d'Europe, mais ne pourra jamais s'intégrer à la société humaine. Son amour pour Svétlana lui a fait oublier qui il est. La lumière de cette femme l'a aveuglé, comme l'astre lunaire brûle les plantes trop tôt sorties de terre. Sans masque, les yeux calcinés, il ne peut que verser des larmes cruelles, aussi acides que les substances contenues dans ses flacons de verre. Non seulement jamais Svétlana ne sera sienne, mais il ne peut plus s'adresser à elle. Michal, le portier qui faisait passer les poèmes, a été battu puis congédié.

Confinée au palais Romžberk d'où elle n'a plus le droit de sortir, la demoiselle est surveillée et gardée comme une criminelle.

Si l'Empereur n'avait tant besoin d'or, il aurait banni Théogène, comme il a jadis chassé John Dee. Mais le jeune alchimiste n'a que faire de l'or et de l'Élixir exigés par le souverain. On peut bien l'enchaîner à l'athanor, le jeter dans les oubliettes de la Tour blanche, jamais plus il ne jouera cette comédie burlesque. De l'or, il pourrait en fabriquer des charrettes entières, s'il le voulait, jusqu'à ce que Rodolphe et les Turcs en étouffent ! En un tour de main, il pourrait transformer la cour de Prague en assemblée d'immortels, et le Château en mont Parnasse, demeure d'Apollon, des muses et des dieux éternels ! Au lieu de cela, il décide de se proscrire lui-même, de s'enfuir du Hradschin, et de la Bohême. Il aperçoit la lettre de Hieronymus Aleaume : il ne peut pas retourner à Paris. Où se réfugier ? Peut-il reprendre son ancienne existence d'errant, d'oiseau migrateur sans abri et sans but ? Il en a le désespoir, mais pas la force. Sa jeunesse a été terrassée par les mots de l'Empereur. À vingt-cinq ans, il se sent faible et affligé comme un vieillard fatigué de vivre. Il observe les fioles, soigneusement rangées sur les étagères. La plupart contiennent des substances toxiques et dangereuses. Ce serait si facile... Un geste, un seul, et il sera libéré de l'existence...

Mais cet acte est un péché mortel, qui l'entraînera, à coup sûr, dans les contrées de l'enfer où se débat son maître... Bah... au moins le rejoindra-t-il, et Liber cessera de le supplier et de le menacer, chaque nuit. Comme celle de son maître, l'âme de Théogène est perdue, puisque Svétlana n'y verse plus l'huile sacrée de l'amour : voilée, obscurcie, éteinte, elle est d'ores et déjà vouée aux ténèbres. Que lui importe de souffrir après la mort ? Quel châtiment divin peut égaler celui qu'il endure dans cette vie ?

Lentement, l'alchimiste se lève et se dirige vers les flacons de verre. Il contemple la bouteille de laudanum, puis celle contenant l'éther découvert par Paracelse. Il regarde longuement l'esprit de vitriol, l'antimoine, le plomb liquide, le sulfate d'ammoniaque, la flasque de mercure, puis la fiole d'arsenic dont il s'était servi pour composer l'arcane contre la syphilis de l'Empereur. Mais il délaisse la poudre blanche et s'empare d'une ampoule remplie d'un liquide transparent, qui dégage une senteur agréable rappelant certaines pâtisseries. Il en verse quelques gouttes dans un gobelet d'étain, auxquelles il ajoute de l'eau, un peu de quintessence de racine d'aconit, et une larme d'extrait de feuilles d'if. Il jette un œil par la fenêtre, dans le Fossé aux Cerfs : c'est l'automne. Les feuilles des arbres jaunissent, comme si la nature répondait à l'ordre de Rodolphe et se transformait en or.

Théogène esquisse un sourire pâle. Il ne doit pas s'inquiéter. Il a si bien caché le grimoire de Liber et les cendres du fœtus que personne ne les trouvera. À jamais il emporte son secret, ce secret tant convoité, dont il ne doute plus qu'il soit démoniaque. Une dernière fois, il songe à Svétlana, son étoile lointaine, le blanc luminaire du ciel, dont les rayons l'ont rendu fou.

Il porte le godet à sa bouche.

— Ne refais plus jamais ça ! s'exclame Kelley quelques instants plus tard, rouge de colère et de frayeur, alors que l'alchimiste, à genoux, est saisi d'une quinte de toux. Quel affront à la loi divine !

Reconnaissant l'odeur caractéristique du cyanure, un fort parfum d'amande amère, le conseiller impérial s'est rué sur le gobelet qu'il a jeté à terre, avant de forcer son ami à vomir. Mais ce dernier n'avait heureusement pas eu le temps de tremper ses lèvres dans le poison foudroyant. Lucifer, pour cette fois, n'a pas voulu de lui.

— Si je n'étais pas entré à l'improviste… tonne encore le mage anglais, en se signant. Mais pourquoi ? Pourquoi te précipiter dans les flammes du monde d'en bas ?

Théogène s'assoit péniblement sur le sol de la cahute. Tête baissée, le jeune homme raconte l'entrevue avec Rodolphe II de Habsbourg.

— Je ne te comprends pas, mon frère, conclut le médium. Tu tiens pour blasphème et profanation suprême le fait de donner ton cœur à la dame que tu aimes, qui non seulement l'accepte mais t'offre le sien en retour… Puis, sous prétexte que cette ardeur réciproque est contrariée par quelques personnes extérieures, tu t'apprêtes à commettre le plus grave des sacrilèges, à damner ton âme, sans réaliser que cet attentat contre toi-même est le crime le plus extrême, l'outrage absolu contre Dieu!

– «Quelques personnes extérieures»? répète Théogène, effaré. Edward, il s'agit de l'Empereur et du plus noble prince de la cour après l'Empereur!

– Bah, ils ne sont que des seigneurs terrestres! répond Kelley. Je ne crains que le Très-Haut et ses anges. Quant à toi, tu as tort de sombrer ainsi dans l'acédie. Car tout n'est pas perdu… J'interviendrai en ta faveur, je fléchirai ces deux hommes qui m'adulent, ils abandonneront leur projet et tu pourras épouser ta belle.

– Tu perds la raison! objecte Théogène. Je crois que tu n'as pas pris la mesure de la situation. Jamais Vilém de Romžberk ni Rodolphe ne renonceront à cette union politique! Tu risques de te mettre en danger, et en vain!

– Je n'ai jamais été aussi sain d'esprit. Mais si tu les penses aussi inflexibles… Ce n'est pas grave, j'ai un autre plan. Donne-moi à boire, et je t'explique.

La brume est aussi épaisse qu'une grosse soupe d'hiver. Le brouet malsain et jaunâtre, comme échappé des laboratoires impériaux, exsude un remugle de soufre et de vapeurs toxiques. Pourtant, cette sueur livide monte de la terre, et elle s'élève si haut que même la lune est perdue dans la nuit. Les flèches de la cathédrale Saint-Guy, le sommet des tours du Hradschin sont invisibles, mangés par la bouillie maléfique. Le brouillard livre le monde à l'inconnu.

Une silhouette portant un petit balluchon s'engouffre dans les exhalaisons morbides. Sans flambeau, l'ombre se dirige de mémoire et repère les gardes au bruit de leur pas. Le sien est silencieux : l'homme a ficelé des chiffons autour de ses gros souliers. Il fait corps avec la brume qui lui sert de manteau et de cachette, il glisse en elle comme un fantôme furtif ou un chat nyctalope.

À un moment, il hésite, tâte les pierres des murs, tend l'oreille puis bifurque en contournant un immense bâtiment. Au-delà des murailles, il devine les branches à demi nues des arbres qui se tendent vers la lune indistincte. Il tâtonne encore et finit par trouver un petit portillon de fer, qui s'ouvre en grinçant. Il retient son souffle, attend, puis se résout à pénétrer dans le jardin où flottent les nappes fuligineuses. Il avance, courbé vers le sol, et distingue trois masses allongées. Il vérifie que les sentinelles sont en vie, et que l'esprit de vitriol dissimulé dans le vin a l'effet soporifique escompté. Il se relève, lorsque deux formes sombres se détachent d'une façade et marchent vers lui.

Il s'immobilise. Ses lèvres blafardes esquissent un sourire. Il empoigne fermement le ballot que lui donne l'une des deux ombres, en chuchotant quelques mots. Puis la silhouette en noir retourne sur ses pas et se fond dans la paroi.

Il reste seul avec l'autre spectre qui, muni d'une lampe, l'entraîne à l'autre bout du jardin, vers une portion de mur couverte de feuillage. Derrière le lierre rougeâtre, se cache une porte. La main gantée actionne un mécanisme qui l'ouvre. Un escalier de pierre descend dans les tréfonds de la terre. Ils s'y précipitent, muets. Au bout des marches, un boyau étroit et obscur s'ouvre en lacis tortueux. L'air est rare et putride. Dans le couloir en pente ondulante, le duo chemine lentement, avec prudence. La lueur de la lampe balaie les cloisons suintant d'humidité. Ils tournent, descendent, tournent et descendent encore. Soudain, le passage cesse de serpenter : il s'élance en ligne droite. Mais plus ils avancent, plus les murs pleurent, jusqu'à creuser de petites rigoles verticales. À certains endroits, le plafond bas est si torturé par l'eau qu'il semble vouloir s'effondrer. Ils accélèrent le pas. Le corridor paraît ne pas avoir de fin. On entend le bruit d'une onde proche. Enfin, la lampe distingue un escalier qui monte. Ils s'y coulent avec soulagement. Le corridor rétrécit en ouverture étroite cerclée de roches brutes. Ils se glissent dans la brèche entre les rochers. Une porte vermoulue obture la sortie. D'un coup d'épaule, elle bascule et libère les deux individus qui émergent dans un fouillis de ronces, de broussailles et de fange boueuse. Ils se redressent et constatent, éberlués, qu'ils sont passés sous la rivière et qu'ils se trouvent de l'autre côté de la Moldau, sur la rive droite, tout près des carrières de salpêtre et surtout du ghetto juif. Ce limon bourbeux est la glaise du Golem…

En face, là-haut, d'un autre monde surgit le Château tenaillé par les vapeurs brumeuses. Le Hradschin est fantomatique, nimbé de ce voile qui le ceint comme un abîme ! Ils lui tournent le dos et disparaissent dans le brouillard propice.

Ils longent les remparts de Staré Město et parviennent à entrer dans Nové Město, la Nouvelle Ville, sans se faire remarquer par la faction qui sommeille. La route qui mène à la liberté est faite de mensonge, de dissimulation et de venelles ténébreuses. Ils s'écartent à dessein de la gigantesque place du Marché-aux-Chevaux[1], fréquentée même la nuit, et bifurquent vers le sud. La place du Marché-aux-Bestiaux[2], plus modeste, est heureusement déserte. Les baraques sales du champ de foire sont vides, entre les dépôts de bois. Au centre, se dresse le bloc de pierre surmonté d'une croix des exécutions capitales. Les bâtisses qui bordent la place sont anciennes et délabrées. Le lieu est sinistre. Le peuple le craint, et affirme que son sous-sol est traversé de catacombes, de cryptes secrètes et de souterrains où l'on emmure vivants les condamnés.

– Il a dit… vers le couvent d'Emmaüs, murmure l'ombre qui sert de portefaix.

Ils se dirigent vers le monastère bénédictin. À quelques pas de l'abbaye, se dresse un grand bâtiment grisâtre aux fenêtres en arc brisé. Fendant la brume, ils approchent de la lourde porte de bois,

1. Actuelle place Venceslas.
2. Actuelle place Charles.

qui s'ouvre comme par enchantement. Ils s'engouffrent à l'intérieur et se retrouvent face à Edward Kelley.

– Enfin ! s'exclame le magicien en levant les bras au ciel. Je me
faisais de la bile noire ! J'ai craint que ce brouillard providentiel ne
vous ait égarés entre ses bras perfides, et que vous n'ayez été pris !

– Tout s'est passé comme prévu, mon ami, soupire Théogène
en posant son fardeau à terre et en se détendant un peu.

– Ah ah, je le savais ! éructe l'Anglais. Mon plan était génial !
Où est donc la douce et appétissante Olga ?

– J'ai refusé que ma domestique me suive dans cette dangereuse entreprise, répond Svétlana d'un ton coupant, en ôtant
l'épais voile noir qui cache son visage. Je lui ai ordonné de rester
au palais. J'espère qu'elle ne paiera pas ma déloyauté, et qu'elle
n'aura pas à souffrir de ce que mon père verra comme la plus
infâme des trahisons.

– Mademoiselle, dit Kelley en s'inclinant obséquieusement, je
m'engage, sur mon honneur, à prendre la tendre Olga sous mon
aile, à tout faire pour la préserver des foudres de votre père, et
de celles de l'Empereur. Bah… je leur fabriquerai de l'or, je leur
donnerai de mon Élixir et dans quelques mois, le seigneur de
Romžberk et Rodolphe auront oublié ce téméraire enlèvement !

– Le Tout-Puissant t'entende, murmure Théogène.

– Ne craignez rien ! ajoute le Sans-Oreilles. À part Olga, nul
ne sait que j'ai organisé votre fuite, et tous ignorent où vous vous
cachez, même ma femme, Johanna, qui demeure dans une autre
maison. Ici est mon laboratoire et personne n'y vient jamais.
Les autochtones ont une frayeur extravagante de cette bâtisse…
j'ignore pourquoi. Vous êtes ici en sécurité et pouvez rester le
temps qu'il vous plaira ! Venez…

Leur hôte leur fait visiter le manoir, vaste, sombre et vétuste.
Leurs noces secrètes, dans une petite église de la Nouvelle Ville,
sont prévues pour le lendemain. Kelley en sera l'unique témoin,
instigateur du rêve éveillé dans lequel Théogène flotte, comme sur
des nuées. Pourtant, son astre est là, à ses côtés, elle ôte ses gants et

soudain, saisit le bout de ses doigts. Le jeune homme serre la main nue de Svétlana et se sent défaillir. Elle a tout abandonné pour lui : sa famille, son palais, son avenir. Qu'a-t-il à lui offrir ? Une existence clandestine, loin des magnificences de la cour, parmi des fioles d'acide et des fumées nocives. Mais elle y a consenti. C'est même Svétlana qui a eu l'idée de s'échapper par le passage secret sous la Moldau, que ni Kelley ni lui-même ne connaissaient. Cette femme est un mystère pour Théogène. Pourquoi a-t-elle renoncé à un hymen princier, afin de le suivre et de l'épouser sans la permission de son père ? Se peut-il qu'elle... qu'il ne lui déplaise pas tout à fait, malgré sa boiterie et son absence de fortune ?

Svétlana Mittnacht serre les doigts du poète dans les siens, et observe les murs décrépits de sa nouvelle demeure. « Cette maison est froide et lugubre, songe-t-elle, mais je saurai la transformer en nid confortable. La vente de mes bijoux subviendra à nos besoins. Kelley me rebute, mais je dois convenir qu'il ne manque pas de générosité. Ni de courage : si mon père ou l'Empereur apprennent qu'il nous cache... Quel scandale, lorsque ma disparition sera découverte ! Je voudrais voir la tête de mon père et de ma belle-mère ! Le rapprochement va vite être fait avec l'absence de Rosarius. On va nous chercher dans toute la ville. Mon père et l'Empereur offriront une récompense à quiconque leur fournira des renseignements. Nous devons être très prudents. Ne pas nous montrer. Cela ne me déplaît pas, de me terrer ici avec lui... Il est si beau, si timide, si touchant et fragile... Pourvu qu'il continue à m'écrire des vers ! Demain, je serai non seulement sa muse, mais sa femme ! »

Elle enrobe son poète d'un regard passionné, et lâche aussitôt sa main, en reculant d'un pas : le visage de l'homme qu'elle aime est méconnaissable.

Les traits déformés par l'épouvante, Théogène fixe le plafond du laboratoire, percé d'un trou noir. Puis ses yeux effrayés balaient les murs peints d'étranges fresques : un phénix côtoie des calculs arithmétiques, des natures mortes, des symboles alchimiques et des phrases écrites en rouge, dans une langue inconnue et incompréhensible, que l'âme de l'alchimiste déchiffre aussitôt.

– Je dois faire reboucher ce trou, s'exclame Kelley en désignant le plafond, mais je laisserai les peintures. Je les ai trouvées en l'état, en arrivant. J'ignore quel teinturier de la lune a habité cette maison auparavant, mais il ne fait aucun doute qu'il s'agissait d'un initié, et qu'il a procédé ici à ses travaux. Je ne parviens pas à décrypter les inscriptions… il ne s'agit pas de langue bohémienne, ni de grec ou de latin, encore moins d'énochien… mais peut-être contiennent-elles quelque clef pour parvenir au Grand Secret ? As-tu une idée, mon ami ?

Théogène se mord les lèvres jusqu'au sang, pour ne pas répondre qu'il s'agit de prières rédigées en langue des oiseaux, héritées des pensées obsédantes d'un vieillard moribond rajeuni de plusieurs décennies, et issues de ses recherches pour percer la formule d'un élixir rouge rubis offert, la nuit de Noël 1460, par un ange qui a laissé, en disparaissant, un trou dans le plafond.

Cet homme s'appelait Athanasius Liber mais son nom de naissance était Johannes Faustus. C'est dans cette maison de Nové Město, celle du diable et de ses sortilèges, que se cache la porte noire. L'une des phrases des murs indique même à quel endroit.

C'est dans cette pièce, l'ancienne chambre de son maître, qu'est apparue, il y a cent vingt-neuf ans, une créature démoniaque qui, en échange de l'âme du vieil alchimiste, lui a accordé l'immortalité.

25

La créature semblait surgir des profondeurs de son âme. Dans le hall de l'aérodrome de Prague-Ruzyně, figée par la surprise, Victoire contemplait l'apparition qui lui souriait avec un air taquin derrière ses lunettes rondes à monture d'acier.

– Gustave ? finit-elle par articuler. Que fais-tu ici ?

– Je suis venu chercher la formule de l'élixir d'immortalité ! répondit-il en haussant ses épaules anguleuses.

– Pommereul a câblé que quelqu'un m'apportait des instructions et un appareil photo, mais il n'a pas précisé qu'il s'agissait de toi !

– J'ai également ta nouvelle carte de presse, dit-il en désignant son énorme valise, un stock de gauloises Maryland, quelques bouteilles de bourgogne, une de cognac, deux camemberts, un saucisson, Margot t'envoie de la poudre de riz et le dernier parfum de je ne sais quelle maison de couture, ta mère un manteau de vison, ton beau-père de l'argent, Blasko des bouquins, Vermont de Narcey le programme pour ta rentrée universitaire...

– Vous êtes devenus fous ! s'insurgea la jeune femme. Je n'ai pas besoin de tout ça ! Que croyez-vous ? Que Prague est au fin fond de la steppe ? Qu'on mange des ours et qu'on communique en frappant sur un tam-tam ?

– Victoire, ne te fâche pas...

L'homme de vingt-huit ans observait son amie avec un mélange de consternation, de tristesse et de déconfiture.

– Excuse-moi, murmura-t-elle en prenant conscience de sa véhémence. Je suis très contente de te revoir, Gustave. Et je te remercie d'avoir trimballé tout cela... Tu rentres à Paris par le prochain avion ?

– Eh bien... pas tout à fait ! La secrétaire de Pommereul m'a réservé une chambre dans une pension de famille. Je vais rester quelques jours et devenir, en quelque sorte, ton assistant dans ton travail de grand reporter.

– Mais... et tes horoscopes paracelsiens ? protesta-t-elle.

– Je les ai déjà rédigés, répondit-il, ils n'attendent plus que d'être publiés. De toute façon, dans une semaine tout au plus, je te ramène à Paris !

Elle fronça ses sourcils cendrés, qu'elle n'épilait ni ne maquillait plus, comme le reste de son visage. Avec ses cheveux tirés en arrière et couronnés d'un béret sombre, ses gros pantalons, ses godillots plats à semelle de crêpe, la veste sans forme et trop grande pour elle, son allure était clairement masculine.

– Je vois, dit-elle. Et en attendant, Pommereul t'a chargé de me surveiller.

– Pas de te surveiller, de veiller sur toi !

Elle esquissa un sourire sardonique.

– Je n'ai nul besoin de chaperon ou de garde du corps, affirmat-elle. Je viens d'avoir vingt-quatre ans et cela fait un mois que je vis dans cette ville. J'ai interviewé le président de la République Edvard Beneš en personne, son Premier ministre Milan Hodza et la plupart des membres du gouvernement !

– Victoire, la coupa Gustave. Personne ne remet en cause tes qualités professionnelles ! Mais tu ne sembles pas réaliser ce qui se passe ici... Ne t'en déplaise, tu es totalement novice dans le métier, tu es seule, dans une capitale étrangère dont tu ne maîtrises pas la langue et où se déroulent des événements plus qu'inquiétants, qui peuvent mener à la guerre et à l'invasion du pays par les Boches...

– Je ne suis pas seule, répondit-elle avec un air de défi.

Gustave Meyer pâlit, puis se mit à rougir.

– Tu… chuchota-t-il. Tu as rencontré un… un fiancé ?
Elle éclata de rire.
– Beaucoup mieux ! J'ai rencontré mon père ! annonça-t-elle en
tapant dans le dos de son soupirant avec virilité. Viens, František
va nous ramener dans le centre. Je t'expliquerai en chemin. Ta
valise devrait tenir dans la caisse en bois, si on fait contrepoids.
Quel est le nom de ta pension ?

La ville était, une fois encore, figée dans l'attente. Le 15 septembre 1938, Chamberlain s'était rendu à Berchtesgaden afin de
trouver un arrangement avec Hitler, lequel exigeait le rattachement des Sudètes au Reich. Rien n'avait filtré du contenu de cette
entrevue, mais une rumeur prétendait que le Premier ministre
britannique avait accepté le principe de l'annexion. Le 18, le président du Conseil Daladier et le ministre des Affaires étrangères
Georges Bonnet s'étaient envolés pour Londres, afin de conférer à
Downing Street, tandis que, depuis Berlin, Konrad Henlein enjoi-
gnait aux Allemands des Sudètes de former des corps francs et de
recourir à la force. À Prague, ce dimanche 18 septembre avait été
silencieux et triste malgré le soleil qui faisait scintiller la Vltava. Le
lundi 19, les ambassadeurs Victor de Lacroix et Charles Newton
avaient communiqué au gouvernement tchécoslovaque les propositions franco-anglaises ratifiées par les deux cabinets. Chamberlain attendait la réponse de Prague avant de retourner auprès de
Hitler, et Prague se languissait, non seulement de cette réponse,
mais de la teneur exacte des suggestions de ses deux protectrices.
Au Château, le gouvernement s'était réuni auprès du président
Beneš et du Premier ministre Hodza jusqu'à une heure du matin.
Cette fois, pas plus que ses confrères, Victoire n'avait obtenu la
moindre information. Mais les couloirs du Hradschin, les agences
de presse et les rues de la ville résonnaient du bruit d'une cession
des territoires prônée par la France et l'Angleterre et du possible
démembrement du pays. Lors d'une brève allocution à la radio,
Hodza avait évoqué un «esprit de sacrifice» demandé à la nation

avant d'ajouter que «celui qui n'est pas capable de se battre n'a pas le droit de rêver de la paix». La guerre semblait donc inévitable.

Armée du gros Rolleiflex qui pesait sur sa poitrine, escortée par Gustave à qui elle présentait les monuments et les curiosités de la capitale comme s'il se fût agi d'humains, Victoire parcourait les rues sans relâche. Nez en l'air, elle humait la cité, observait les fenêtres, effleurait les vieux murs, écoutait les rues, attentive au moindre souffle, à chaque soupir des pierres. Elle glissait sans bruit entre les réverbères, pénétrait les jardins obscurs, rasait les façades décorées, telle une âme errante en quête d'une autre âme, ou d'un corps à étreindre.

Nul n'était besoin de comprendre le tchèque pour percevoir la détresse dans les groupes de gens qui se formaient sur les trottoirs, et leur détermination à se battre pour conserver la république, l'intégrité du territoire et leur honneur. L'ambassade d'Allemagne était gardée par la police, de crainte des débordements de la foule, le palais Buquoy et la légation de Grande-Bretagne également. Veillant près des postes de radio dont les ventes avaient explosé, les habitants espéraient que leurs chefs refuseraient l'humiliation d'une abdication nationale.

Dans les cafés, les poètes étaient prêts à en découdre, et ils brandissaient leur chopine comme une baïonnette.

Depuis une semaine qu'elle était à nouveau reporter officiel et envoyée spéciale à Prague du *Point du jour*, Victoire avait consacré l'essentiel de ses articles à l'attente. Pommereul était satisfait de ses descriptions stylées et bien senties de l'atmosphère, pleines d'empathie et d'éléments pittoresques. Chaque matin, le papier de «Victor Douchevny» débutait en une, se poursuivait en page trois, et plus d'un million de lecteurs le parcouraient avec intérêt. Mais cette fois, l'expectative était différente : chacun soupçonnait, sans y croire, la défection de la France et de la Grande-Bretagne. Prague était immobile, déserte, mais elle ne dormait pas : dans les ténèbres, tendue vers un sort qui la dépassait, impuissante à déterminer un avenir qu'elle aurait dû être seule à maîtriser, la jeune Tchécoslovaquie attendait de savoir à quelle sauce elle allait être dévorée, dans l'immonde chasse dont Hitler était le seigneur et Henlein le grand veneur. Le seul à s'opposer à cette sordide vénerie était le député Winston Churchill, qui organisait à Londres des manifestations contre l'apaisement, soutenu par Jan Masaryk, ambassadeur au Royaume-Uni et fils de l'ancien président.

Le verdict tomba le mercredi 21 septembre en fin d'après-midi, par un communiqué officiel à la radio :

La pression qui a été exercée sur notre gouvernement est sans précédent dans l'histoire. Il s'est agi d'un véritable diktat comme on en fait aux vaincus. Mais nous ne sommes pas un peuple vaincu ! Nous avons accepté les propositions franco-anglaises pour éviter des pertes de vies et de biens, pour éviter la misère et la guerre. Nous nous sacrifions pour sauver la paix comme le Christ s'est sacrifié pour l'humanité.

La rumeur était donc fondée : la France et la Grande-Bretagne avaient pesé de tout leur poids sur Beneš et Hodza afin que ces derniers acceptent de céder les Sudètes à Hitler. Sous le choc, Victoire se pétrifia.

– Victoire, murmura Gustave en posant sa main sur le bras de la jeune femme. Il faut y aller… Tu dois témoigner !

La gorge serrée, elle se laissa entraîner par son ami, qui lui-même suivait la foule. Prague la silencieuse explosait soudain, se déversait dans les rues en flot continu et affluait vers le point de convergence des fêtes et des drames, le centre symbolique de la nation : la place Venceslas. Les gens pleuraient, vociféraient, criaient leur douleur, comme si l'attente impuissante qui avait précédé l'odieux renoncement devait être expulsée hors de soi, et hors de la ville.

– Pourquoi nous a-t-on caché le contenu des négociations ?

entendait-on. Pourquoi ont-ils tenu le peuple éloigné de son propre sort ?

— C'est une honte, le gouvernement doit démissionner !

— La France et l'Angleterre nous ont planté un couteau dans le dos ! C'est inacceptable ! Nous devons prendre les armes !

Devant le Musée national, au bout de la large avenue bordée de tilleuls, trônait la statue de saint Venceslas : sur son cheval au trot, en armure, le patron du pays tenait un étendard. Au pied de la sculpture, l'entouraient les saints Procope, Adalbert, Ludmila et Agnès. C'est ici qu'en 1918, avaient été proclamées l'indépendance et la Première République.

Aujourd'hui, des épaules du chef de la Bohême glissait le drapeau tchécoslovaque dont on avait paré la statue. Lorsque les couleurs tombèrent sur le sol, tous se turent et se découvrirent la tête. Alors, un chant solennel monta de la foule, comme s'il sortait de terre :

— Kde domov můj ?
Kde domov můj ?
Voda hučí po lučinách,
Bory šumí po skalinách,
V sadě skví se jara květ,
Zemský ráj to na pohled !
A to je ta krásná země
Země česká domov můj,
Země česká domov můj ![1]

Lentement, l'hymne national tchèque se déploya sur la place, monta dans le ciel qui s'assombrissait à la nuit tombante. Victoire tentait de prendre des photos, aussi floues que ses yeux en larmes. L'air lui fit penser à un chant de Noël et elle songea que cette

---

1. Où est ma patrie ? / Où est ma patrie ? / L'eau ruisselle dans les prés / Les pins murmurent sur les rochers / Le verger luit de la fleur du printemps / Un paradis terrestre en vue ! / Et c'est ça, un si beau pays, / Cette terre tchèque, ma patrie, / Cette terre tchèque, ma patrie !

mélodie ressemblait à ce pays : douce, digne, grave et mélancolique, sans aucun accent belliqueux ni martial. Il ne s'agissait pas d'une marche révolutionnaire mais d'une ode à la nature, à un bucolique paradis qui bientôt serait perdu.

– Au Château ! cria brusquement quelqu'un.

Plus de quarante mille personnes quittèrent la place et se dirigèrent, sans précipitation, vers la Vltava : le pont des Légions, et, plus au nord, le pont Charles, étaient si noirs de monde que les statues baroques semblaient baisser les yeux pour observer, du haut de leur promontoire, l'impressionnant défilé. Des vendeurs à la criée distribuaient les journaux du soir, qui titraient : *Úplně sami*[1].

Pour ne pas s'égarer dans le cortège, Victoire prit la main de Gustave. Son article, qu'elle téléphonerait tout à l'heure, s'écrivait dans son cœur : c'était un mélange d'aigreur, de dépit et de colère. Mais la foule ne montrait aucune trace de violence ni d'agressivité. On aurait dit une procession funèbre sans cercueil, qui empruntait la Voie royale jusqu'au siège du pouvoir, depuis les siècles des siècles, pour accompagner un souverain invisible jusqu'à son ultime demeure. Les manifestants envahirent la première cour du Château et contraignirent les gardes à leur ouvrir les grilles de la deuxième. La rage était sourde et contenue, l'embrasement possible. Pourtant, à la grande surprise de Victoire et des journalistes étrangers, le peuple conserva son calme.

Le lendemain, jeudi 22 septembre, tandis que Chamberlain s'envolait pour Bad Godesberg afin de demander des garanties à Hitler pour les nouvelles frontières de la Tchécoslovaquie, les manifestations francophobes et anglophobes, les rassemblements devant le Parlement provoquèrent la démission du Premier ministre Milan Hodza. Le vendredi 23 septembre, il fut remplacé par Jan Syrový, un héros de la Grande Guerre qui avait perdu son œil droit à la bataille de Zborov, en Russie, et fut chargé de former un cabinet de défense nationale.

---

1. Complètement seuls.

À dix-neuf heures, le président Beneš s'exprima par les haut-parleurs qu'on avait installés partout dans la ville. Son discours appela au calme, glorifia le peuple, la nation aux racines aussi solides que profondes. Il parla de la princesse Libuše, la mère de tous les Tchèques, et de sa prophétie selon laquelle la chère patrie ne mourrait jamais. L'édition du soir du *České Slovo* titra : *L'histoire ne se finit pas en un jour*; l'espoir renaissait.

Hélas, à vingt-deux heures quarante, la radio annonça que Beneš décrétait la mobilisation générale. Hitler refusait de garantir les frontières et prétextait une attitude provocante du gouvernement Syrový pour menacer d'occuper immédiatement les territoires sudètes. Craignant une invasion cette nuit même, le président Beneš ordonna la mobilisation de tous les hommes jusqu'à quarante ans, la réquisition des chevaux, des voitures, des avions privés; les transports civils aériens étaient interdits, les communications téléphoniques et télégraphiques avec Prague suspendues, les frontières fermées.

Après avoir consacré son papier du soir au discours présidentiel de dix-neuf heures, épuisée par les nuits et les jours à sillonner la ville, Victoire se reposait, tout habillée, sur le lit de Gustave, dans la pension située dans un quartier tranquille, derrière le Hradschin, tandis que son ami lisait, près de la fenêtre, à la seule lueur d'un réverbère planté en face. De temps à autre, il jetait un œil sur la dormeuse. Ils cheminaient côte à côte mais ne s'étaient guère parlé depuis son arrivée, sauf pour évoquer Prague et la situation politique présente. La jeune femme avait beaucoup changé et il n'était pas certain de la connaître encore. Il l'aimait toujours, mais de façon plus hésitante, comme prudente. Il ne retrouvait pas la connivence qui avait été la leur à Paris. Sous le sceau du secret, Victoire lui avait raconté l'incroyable histoire de son père, avant de lui présenter le phénomène dans un café tel que Gustave n'en avait jamais vu, en compagnie d'une bande d'ivrognes interlopes qu'elle avait dit être les plus fameux poètes du pays. Karlík Pražský était resté sur la réserve, pendant que František, le môme au triporteur qui le suivait comme son ombre, l'observait avec son regard bicolore. L'alchimiste avait senti qu'au-delà de l'actualité menaçante et tragique, il se tramait quelque chose ici.

Il n'avait pas osé interroger directement Victoire sur Théogène et son cahier de vers hermétiques, mais il s'était enquis de ses nuits.

– Bah, avait-elle répondu avec lassitude, tu es témoin que je les passe à travailler ! Sinon, je dors comme un bébé.

Qu'avait-elle fait du recueil de vers que l'esprit de la Renaissance lui avait dictés à Paris ? Elle n'avait pas pu le détruire... Pourquoi refusait-elle de lui indiquer où elle habitait ? Elle disait que l'endroit était minuscule, malpropre et que son père n'aimait pas les visites. Mais Gustave devinait qu'il s'agissait d'un subterfuge. Si elle avait découvert quelque chose dans cette ville étrange ? L'assassinat de Mademoiselle Maïa demeurait un mystère mais la jeune femme avait peut-être décelé des indices, les traces de ce que le médium était venu chercher : un trésor, un secret alchimique que Victoire lui cachait ? Il ne pouvait s'agir que de la quatrième face de la pyramide, l'ultime dessin ésotérique, la synthèse du Grand Œuvre, la clef que Mademoiselle Maïa n'avait pas su lui faire tracer lors des séances ! Diantre, le talisman de son père ! Pourquoi n'y avait-il pas pensé ? Le vieil éclopé l'avait probablement encore, puisqu'il n'était pas mort ! C'est cet objet que Victoire ne voulait pas qu'il voie dans la maison de Pražský ! Mais pourquoi ? Comment contraindre l'infirme à le lui montrer ?

L'ordre de mobilisation générale craché par les haut-parleurs, en plusieurs langues, l'arracha à ses réflexions et réveilla Victoire. Tel un reporter de guerre endurci, elle bondit hors du lit, mit son appareil photo autour du cou, prête à monter en ligne, sans un bâillement ni autre signe de fatigue.

Les jours et les nuits suivants furent pires que ce que les Tchécoslovaques et l'Europe entière avaient pu imaginer dans leurs cauchemars les plus sombres. Le lendemain, samedi 24 septembre, tandis que la France et la Grande-Bretagne mobilisaient certaines classes et rappelaient les réservistes, Chamberlain rentra à Londres et fit remettre au gouvernement de Prague le mémorandum allemand, qui était un ultimatum : Hitler leur laissait six jours pour évacuer les Sudètes. Si, au 1ᵉʳ octobre 1938, les Tchèques vivant dans ces territoires n'étaient pas partis, l'armée du Reich prendrait par la force ce qui lui revenait de droit.

Alors, la ville aux cent clochers se transforma en immense camp fortifié : on creusa des tranchées dans les parcs et les jardins, on fit des provisions de nourriture, les femmes et les enfants se réfugièrent en Moravie et en Slovaquie, des trains bondés de soldats en armes étaient acclamés, les civils qui restaient arboraient en bandoulière un masque à gaz roulé dans un étui de fer-blanc, et s'entraînaient à des exercices de défense passive.

En quelques heures, Prague la pacifique s'était muée en lionne prête à se défendre. Cette résistance consolait la population, soulagée de passer enfin à l'action. Mais elle n'effaçait pas la rancœur, ni la désillusion : les anciens légionnaires qui avaient combattu dans l'armée française renvoyèrent à Paris leurs décorations militaires. Désespérés, les poètes déclarèrent que l'on venait d'assassiner Guillaume Apollinaire. Après une magistrale crise d'épilepsie, en pleine rue, Karlík Pražský fut hospitalisé, mais il s'échappa de la maison de santé. Reclus dans un coin du café Montmartre, délirant de fièvre, il ruminait la trahison de la France, la malédiction de l'empereur Rodolphe, et son échec à rassembler les collections qui auraient sauvé le pays.

Son état ne s'améliora que le dimanche 25 septembre, lorsque l'on apprit que Londres, Paris et Prague considéraient le mémorandum allemand comme inacceptable, et refusaient de se plier aux sommations du Führer. Ce dernier manquait à sa parole, ce n'était plus seulement les Sudètes qu'il revendiquait, mais tous les cantons peuplés d'Allemands.

Cette fois, la France et la Grande-Bretagne encouragèrent leur alliée à refuser ces nouvelles exigences et l'assurèrent de leur intervention militaire en cas d'invasion. Dans son article du 25 septembre, Victoire décrivit l'effervescence qui animait Prague, où l'on se préparait contre une attaque aérienne : les habitants collèrent du papier aux fenêtres pour éviter les éclats de vitres, aménagèrent des abris dans les caves romanes. Les enfants qui n'étaient pas partis à la campagne avaient tous de grands yeux de verre, un nez en forme de trompe d'éléphant, une peau en tissu imperméable ou en caoutchouc. Ils peinaient à respirer dans leur masque à gaz. Réglant la circulation dans la ville, les anciens légionnaires tchèques arboraient avec fierté leur uniforme français ou italien de la Grande Guerre. Dans sa tenue bleu horizon aussi mitée que son costume ordinaire et de surcroît en lambeaux, suant sous une chapka de fourrure, une botte soviétique trouée à son unique pied, Pražský s'était péremptoirement posté près du pont Charles, côté Malá Strana, non loin de la statue du chevalier Bruncvík. Debout dans la caisse du triporteur dont František assurait l'équilibre, il agitait les bras et faisait des moulinets avec un sabre, cadeau d'un officier russe blanc, en interpellant les automobilistes :

– On a eu la peau des Habsbourg. On va déculotter Hitler. Le monde entier verra qu'il a le cul sale et le renverra aux latrines qui l'ont vu naître !

Pourtant, ce fut le maître de l'Allemagne qui injuria Beneš et le peuple tchécoslovaque, le lundi 26 septembre, lors d'un discours au palais des sports de Berlin. À vingt heures, lorsque le chancelier éructa à la radio, la brume enveloppait la capitale de la Bohême d'un linceul blanc.

– M. Beneš est à Prague, persuadé qu'il ne peut rien lui arriver parce qu'il a derrière lui la France et l'Angleterre, tonna le Führer. M. Beneš a un peuple de sept millions d'individus derrière lui et ici il y a un peuple de soixante-quinze millions d'hommes ! Ma patience est à bout. M. Beneš a, dans sa main, la paix et la guerre. M. Beneš donnera la liberté aux Allemands ou bien nous irons la chercher pour eux ! Que le monde le sache bien...

Hitler répéta que la question sudète était sa dernière

revendication territoriale en Europe, et qu'il maintenait la date du samedi 1ᵉʳ octobre pour leur évacuation.

– Eh bien! Nous avons jusqu'à samedi pour vivre! Mais nous ne céderons pas… Le monde verra bien! s'exclama Pražský à la fin du discours, le poing serré et la mine grave.

Cinq nuits et quatre jours. Voilà ce qu'il restait de la paix, de la liberté, et de Prague, qui serait sans doute bombardée samedi. Victoire sortit du café Slavia, talonnée par Gustave.

– Il faut quitter la ville avant samedi, déclara l'alchimiste.

D'ores et déjà, la censure s'exerçait sur la presse, le théâtre, le cinéma et l'ensemble des communications. La population civile avait elle aussi été mobilisée, pour divers services. Mais le ravitaillement en gaz et électricité était normal, et la vie continuait malgré tout.

– Victoire, insista-t-il, tu m'entends? Il faut partir! C'est devenu trop dangereux…

– Ma mission n'est pas terminée, répondit sèchement la jeune femme. Donc la tienne non plus.

– Pommereul ne nous a pas demandé de nous faire tuer, ni même de risquer le casse-pipe! La Luftwaffe va marmiter Prague!

– Rentre à Paris, moi je reste.

Il l'observa. Elle avait maigri, s'habillait n'importe comment. En perdant ses formes, elle s'était aussi dépouillée de toute coquetterie. Ses yeux gris avaient un éclat fixe et métallique. Mais elle avait l'air si fort, malgré la fatigue! Jamais il ne l'avait vue si sûre d'elle. Était-ce une passion malsaine pour son métier, de la confiance en soi excessive, ou un désespoir suicidaire? Pourquoi se cramponner à cette ville, qui n'était pas la sienne et allait être détruite? Comment faisait-elle pour ne pas avoir peur?

– Comment as-tu pu changer à ce point? demanda-t-il. C'est à cause de ton père que tu refuses de partir? Tu te comportes comme si tu étais invulnérable! C'est…

– J'ai peut-être trouvé un flacon du Suprême Élixir planqué au xviᵉ siècle par Théogène ! répondit-elle avec un clin d'œil.

– Ne plaisante pas avec cela.

Elle sourit avec tendresse.

– Viens Gustave, on a du boulot. La nuit va encore être longue…

Le matin suivant, mardi 27 septembre 1938, nouvel ultimatum de Hitler : s'il n'avait pas reçu de réponse satisfaisante de Prague aujourd'hui à quatorze heures, il « prendrait les mesures nécessaires ».

Chamberlain dépêcha un émissaire auprès du chancelier, qui demanda un délai supplémentaire pour l'évacuation des Sudètes. Le Führer refusa et campa sur ses positions. L'Angleterre mobilisa sa flotte, Paris et Londres se transformèrent, à leur tour, en camp retranché et à vingt heures, dans un pathétique appel à la paix, le Premier ministre britannique s'exprima à la radio :

– Il est horrible, fantastique et incroyable, qu'ici nous creusions des tranchées et essayions des masques à gaz à cause d'une querelle, dans un pays lointain, entre des gens dont nous ne savons rien. Il semble encore plus impossible qu'une querelle déjà réglée en principe puisse donner lieu à une guerre.

Dans le pays lointain en question, on était atterré. Tandis qu'à Londres, Chamberlain adressait des missives à Hitler, dans lesquelles il l'implorait de ne pas céder à la violence et de reconsidérer le problème, les éditions spéciales des journaux tchécoslovaques s'interrogeaient sur cette « querelle », une chicane entre inconnus qui, pour leur nation, était juste une question de vie ou de mort.

Le 28 septembre était un jour férié en Tchécoslovaquie, puisqu'on fêtait saint Venceslas, le patron du pays. Après avoir raccompagné Gustave dans sa pension et dormi trois heures ruelle de l'Or, à l'aube Victoire se rendit seule à la cathédrale Saint-Guy, dans la chapelle rouge et doré du saint national. Près du tombeau, elle se surprit à prier.

– Venceslas, porte secours à ton peuple, murmura-t-elle. Et ne laisse pas périr Prague, le joyau du monde, l'âme qui les contient toutes...

Lui revint en mémoire la première légende que Jiři Martoušek lui avait racontée, le jour de son arrivée, il y a un mois et demi, il y a si longtemps, dans une autre existence : « práh », le seuil, les trois clefs d'or qui ouvraient une porte mystérieuse derrière laquelle se cachaient les secrets de la vie.

« Au fond, qu'est-ce que je cherche ici ? » s'interrogea-t-elle.

Elle l'ignorait, mais elle savait ce qu'elle avait trouvé : elle-même. Ses trois clefs d'or s'appelaient Théogène, Mademoiselle Maïa et Karlík Pražský. Les deux premiers avaient disparu, le troisième était subitement apparu, âgé et malade. Mais ils avaient déverrouillé son cœur et ouvert la porte de son âme pleine d'une musique étrange, qui entrait en résonance avec la beauté surnaturelle de Prague.

Elle passa chercher Gustave et ils se rendirent sur la place Saint-Venceslas, où la foule devait célébrer la fête nationale.

À un carrefour, les haut-parleurs se mirent à hurler.

– Que se passe-t-il ? demanda-t-elle à Gustave, qui attendait le message en allemand.

– Je ne sais pas si c'est une bonne nouvelle, répondit-il. N'ayant pu obtenir une attitude raisonnable du chancelier, la France et l'Angleterre n'empêchent plus la Tchécoslovaquie de prendre les mesures de sécurité nécessaires...

– Cette fois, c'est la guerre !

– Je le crains.

Pourtant, cette information réjouit la population : la promesse de soutien franco-britannique l'assurait de la victoire et les alliés n'exigeaient plus de capitulation nouvelle aggravant le sacrifice du pays. La France fut acclamée, les légionnaires regrettèrent d'avoir renvoyé leurs médailles et d'avoir douté de la constance du grand compatriote vénéré. L'immonde chasse était terminée : désormais, il s'agissait d'un duel à mort, mais d'égal à égal, entre Hitler et Beneš, entre Berlin et Prague. Le peuple reprit confiance et se mobilisa derrière son chef, même s'il était convaincu du bombardement prochain de sa capitale.

Les citoyens se changèrent en gendarmes, garnirent les phares des camions et des autos de papier bleu. Même la nuit se transforma : les réverbères demeurèrent éteints, les habitants n'allumèrent pas les lumières et dans la nuit sans lune, presque sans étoiles, Prague se para d'une obscurité absolue, qui tua aussi les bruits.

Ce soir-là fut le plus étrange que Victoire ait vécu : dans les ténèbres, elle devinait les bâtiments familiers et les palpait comme des amis égarés. Inquiète et aveugle, elle s'obstinait à avancer, butait sur les statues, les angles des façades, les trottoirs, les arbres éteints, les réverbères morts.

— Non seulement cette randonnée est inutile, mais elle est idiote, lui dit Gustave. Si les bombes se mettent à pleuvoir, où nous réfugier dans le noir? Viens, rentrons.

Elle admit qu'il avait raison. Elle ne glanerait rien ce soir. Les habitants restaient cloîtrés chez eux, observant avec angoisse le ciel d'où viendrait le feu. Avec précaution, elle raccompagna Gustave dans sa pension de famille.

— Victoire, il n'est pas raisonnable que tu rentres seule, même si le Château est tout proche, dit-il sans qu'elle le vît rougir. Je peux peut-être... t'héberger cette nuit? Ne t'inquiète pas, je dormirai sur le sofa, et...

— C'est gentil, mais je rentre chez mon père. Pour une fois, je vais dormir plus de quatre heures d'affilée, quel luxe!

— As-tu vu son talisman? s'enhardit-il à la faveur de l'obscurité. L'a-t-il toujours? Est-ce bien la pyramide que tu as dessinée chez Chacornac?

— Gustave, je crois que le moment est mal choisi. Nous parlerons de cela plus tard. Bonsoir.

Elle disparut entre les pierres comme un lézard nocturne. Il resta seul, maudissant son impatience autant que sa maladresse.

391

Interloquée, Victoire contemplait la une du *Point du jour* de ce samedi 1er octobre 1938, au grand café de la Maison municipale. *La paix est sauvée !* s'étalait en lettres énormes en haut de la page. *Daladier acclamé au Bourget par la foule, pour avoir conjuré le péril,* poursuivait la manchette. Au centre, de façon aussi lyrique que paternaliste, un encart appelait les mères et les enfants de France à écrire au journal, afin de remercier les hommes qui avaient fait reculer la guerre : Roosevelt, Chamberlain, Daladier et Bonnet. Dans un coin, à droite, était imprimé le début du papier de Victoire, mais le titre, le corps même de l'article avaient été modifiés et dénaturés. Au-dessus de son nom, on lisait : *Prague accepte le texte des accords, le monde respire* alors qu'elle avait intitulé sa chronique : *Nous sommes des traîtres.* Pommereul avait osé réécrire son article, et en bouleverser le sens ! Il l'avait trahie, comme la France et l'Angleterre avaient trahi la Tchécoslovaquie en signant le diktat de Munich, hier, à une heure trente-cinq du matin. Livide, elle examina les autres journaux français qui portaient Daladier en triomphe. Avec sa violence habituelle, *L'Action française* clamait : *On ne se battra pas pour les Tchèques.* Sarcastique, *Le Canard enchaîné* titrait : *Ouf, nous avons manqué de peu de devenir des héros.* Seule *L'Humanité* prenait fait et cause pour la Tchécoslovaquie, *un peuple entier sans défense livré à l'agresseur fasciste.*

Écœurée, Victoire se détourna et quitta la brasserie. Le sort du pays avait été décidé par « les Quatre » – Hitler, Mussolini, Daladier et Chamberlain – sans que ni Beneš ni Staline ne soient conviés à la conférence. La délégation tchèque qui s'était tout de même rendue à Munich avait été accueillie à l'aéroport par la Gestapo, avant d'être confinée dans un hôtel.

La Tchécoslovaquie était traitée comme un pays vaincu, sans guerre, un vassal de la France et de l'Angleterre qui l'avaient vendue à Hitler par lâcheté et peur panique d'un conflit. Victoire était bien placée pour partager la hantise de la violence et le désir de paix, mais elle ne comprenait pas que ce pacifisme viscéral s'effectue au détriment de la dignité humaine. Son unique soulagement était que l'abandon de la Tchécoslovaquie par ses alliées épargnerait à Prague les canons et les bombes.

Elle regarda sa montre : treize heures trente. Selon les termes des accords, dans trente minutes les blindés de la Wehrmacht entreraient sur le territoire pour occuper la première zone sudète cédée au Reich. D'ici au 10 octobre, toutes les régions annexées devraient être évacuées par les Tchèques, les forteresses démantelées, les populations transférées. Au passage, l'Allemagne s'emparait des industries, des mines d'argent, de radium et d'uranium. Les détails seraient réglés par une commission internationale siégeant à Berlin. Le pays était amputé, et ses nouvelles frontières n'étaient pas avalisées par l'Allemagne et l'Italie. La France et la Grande-Bretagne avaient apporté leur garantie contre une agression éventuelle et sur l'indépendance de ce qu'il restait du pays, mais après Munich, on pouvait légitimement douter de leur protection.

Victoire leva les yeux sur le Château et admira la forteresse, qui lui parut soudain fragile : le sphinx était couché sur des cendres, immobile. Peut-être ne ressusciterait-il pas cette fois. Il regardait toujours vers l'ouest, en direction des amies qui l'avaient trahi. Ce matin, le poète Vladimír Holan avait griffonné quelques mots, qui résumaient le sentiment des artistes à l'égard de leur patrie intellectuelle :

Suffit, Paris ! Plus un pas dans tes parcs délirants, où j'attendais autrefois que la nuit réveille mon mal.

Victoire avait honte d'être française.

– Suffit, Paris ! murmura-t-elle. Je ne marcherai plus dans tes rues délirantes, je ne dormirai plus dans la chambre où j'attendais autrefois que la nuit réveille mon mal...

Finis le *Point du jour* et les articles pour Pommereul qui lui avait menti, les piges pour Blasko, la thèse pour de Narcey, les études en Sorbonne, les futiles désirs de sa mère. Tout cela lui sembla vain et étranger. Elle décida de ne pas rentrer à Paris.

– *Kde domov můj ? Kde domov můj ?* fredonna-t-elle.

Elle ne connaissait nul autre hymne national qui commençait par une interrogation. Karel Čapek lui avait expliqué que la traduction littérale de ces mots n'était pas «où est ma patrie» mais plutôt «où est le lieu où je suis chez moi», c'est-à-dire ma maison.

Elle sourit. Le lieu où elle se sentait chez elle était ici, sous ses yeux, sur ses yeux, dans son âme. Il était constitué de vers de poètes vivants et morts, de fantômes errants, de pierres enchantées et de légendes magiques. Certes, elle avait de l'affection pour Margot, sa mère, ses trois pères de substitution, son père biologique, et pour Gustave qui n'allait pas tarder à partir. Mais ce n'était pas de l'amour.

Son unique amour était de nature surhumaine : il la transcendait tout entière pour voler vers ce pays et surtout vers cette ville : Prague.

26

Grâce à Svétlana, Théogène a compris que l'or véritable était l'amour entre deux êtres humains, et que la vie éternelle prenait la forme des yeux de son aimée : dans la clarté grise de son regard il a puisé une énergie nouvelle, et il a quitté l'ombre pour suivre cette étoile qui a déployé les ailes de son âme et l'a guidé vers le chemin du cœur. La lumière du milieu de la nuit a brûlé ses ténèbres d'un feu blanc, l'influx lunaire l'a désagrégé et l'a fait renaître : c'est comme si une main effeuillait son corps et arrachait sa peau, pétale après pétale, pour qu'éclose la fleur mystérieuse cachée au fond de sa poitrine. Son cœur s'est transformé en coupe où Svétlana a bu les cendres de sa vie passée. Alors un sang jeune et pur l'a irradié, remplissant ses veines et le graal de son cœur. L'athanor de son âme a consumé ses dernières peurs, a éloigné son hiver intérieur et Théogène est devenu soleil.

Avec sa femme il a réalisé le « Tu deviendras Un » de Paracelse. Il a réussi la conjonction des opposés, l'union du ciel et de la terre, du feu et de l'eau, du soufre et du mercure, le mariage absolu des deux luminaires : le corps de Svétlana est le paradis des origines, son ventre est le nombril du monde et quand ils font l'amour, ils communient avec l'univers. Par cet hymen, Théogène sait que l'immortalité terrestre est une idée du diable, et que cette quête sert le démon.

Comme prévu, l'Empereur et le burgrave de Bohême ont lancé

un mandat d'arrêt contre l'alchimiste et ont fait retourner tout Prague, lorsque la fuite des deux tourtereaux a été découverte. Mais ni la servante Olga, ni Edward Kelley n'ont trahi leur secret et, terrés dans la sombre bâtisse de la place du Marché-aux-Bestiaux, les époux n'ont pas été retrouvés.

Cette existence de reclus a épanoui leur passion. Au matin de la nuit de noces, écartelé entre la terreur de l'ombre et l'aspiration à la lumière, mais sûr de sa foi en Svétlana, Théogène s'est ouvert à sa femme : pour la première fois, sans mentir ni dissimuler quoi que ce soit, il s'est raconté. Il a narré son enfance, son maître, les meurtres, sa mission. Il a expliqué le trou noir dans le plafond du laboratoire de Kelley, pièce qui était la chambre du docteur Faustus.

Il a traduit les phrases écrites en rouge et en langue des oiseaux sur les murs, dont l'une d'elles indiquait comment ouvrir la porte noire. Théogène a actionné le mécanisme et, en serrant la main de son épouse, il a vu apparaître une trappe qui donnait accès à un cabinet secret : l'ancien laboratoire de son maître, celui dans lequel il avait percé la formule de l'Élixir et avait saigné ses premiers embryons humains. Avec angoisse les deux amants y ont pénétré. Tout était intact, les outils, les instruments, les livres. Des traces de sang étaient encore visibles dans les cornues. L'assassin avait quitté Prague sans rien emporter. Dans la crypte cachée, Théogène a lu à sa femme des passages du manuscrit maudit de Liber. Il a même ouvert la petite boîte de bois contenant les cendres d'Adam, la dernière victime, qu'il ressusciterait bientôt grâce à la palingénésie et à l'alchimie, lorsqu'il aura réussi à attirer ici-bas l'âme du bébé, afin que l'*homonculus* magique lui indique la porte blanche, lève la malédiction de l'ange noir et libère son ancien mentor.

– Ta démarche est celle d'un fou animé par le Malin ! s'est exclamée la jeune femme, horrifiée. Ton œuvre est aussi criminelle que celle de Liber ! Plutôt que l'âme perverse et corrompue d'un assassin, c'est celle de ce pauvre immaculé qu'il faut secourir !

Que ne coupes-tu pas le lien avec ce suppôt de Satan, qui a détruit la vie d'êtres innocents, a tué ta famille et a gâché ton existence !

– J'ai essayé, mais... il me harcèle... je dois...

– Par tous les saints... Il n'est plus de ce monde mais il te maintient prisonnier. Tu es un poète et tu n'es pas libre ! Tu ramènes à la vie des roses mortes et ton âme est celle d'une plante séchée rivée à son tuteur, un tuteur retors et rongé par le vice ! Il faut trancher ces coupables ligatures qui te maintiennent en esclavage et t'entraînent vers un trépas infernal...

Théogène a bloqué l'ouverture de la pièce secrète, afin que personne ne la découvre. La porte noire est désormais condamnée. Puis il a comblé le trou du plafond de l'ancienne chambre. Quelques heures plus tard, la maçonnerie s'est écroulée. Il a réitéré l'opération à plusieurs reprises mais chaque fois, les briques tombaient mystérieusement sur le sol, poussées par une main invisible, assurément celle du démon. Svétlana a tenté de détruire le grimoire par le feu, par l'eau, par la lame d'un couteau mais le livre a refusé de brûler, de noyer ses pages, de se déchirer. En se signant, elle l'a alors enveloppé dans un linge trempé d'eau bénite, y a glissé une croix et les deux époux ont à nouveau caché le manuscrit du diable, dans un endroit de la maison connu d'eux seuls.

Puis la jeune femme a dissimulé les cendres du fœtus saturnien dans le cadre doré d'une icône de la Vierge à l'Enfant, qu'elle a placée sur un petit autel ceint de fleurs et de cierges qui brûlent jour et nuit. Dans cet oratoire elle chante, elle prie. À genoux, Théogène implore le Seigneur et les anges de leur permettre de survivre dans cette maison dominée par les forces du mal, et d'accorder la paix à l'âme recluse dans le limbe des enfants. Svétlana lui a démontré que sa tentative de résurrection palingénésique enfreignait la loi divine en le plaçant comme un démiurge égal à Dieu, et que ses travaux lui avaient été dictés par Liber et les esprits de Lucifer, afin d'attirer son âme dans leur gouffre. La jeune femme est animée d'une foi pure et simple : elle se signe chaque fois qu'elle aperçoit l'éternel trou du plafond, et ne doute pas que les forces du bien maintiennent les esprits malfaisants à distance. Elle méprise la soif d'or et de gloire de Kelley, et ne partage pas la faim d'immortalité de Rodolphe et de son père. Pour elle, la vie éternelle est uniquement au paradis céleste et elle se conquiert ici-bas, non pas en confectionnant la Panacée ou un homme artificiel, mais en suivant la Parole des Évangiles et en laissant libre cours à la poésie, qui est une émanation du Verbe divin. Théogène a promis de ne pas reprendre ses expériences sur les oiseaux, de ne pas toucher aux restes d'Adam. Mais il fabrique des remèdes spagyriques contre toutes sortes d'affections : Svétlana l'a aisément convaincu que la seule vertu de l'alchimie était la médecine, et que le Grand Art consistait à soulager les malades et les souffreteux, réalisant ainsi les préceptes du Christ.

Elle le seconde dans le laboratoire, comme dame Pernelle aidait Nicolas Flamel. Au début, le teinturier de la lune était réticent, craignant que les vapeurs et les acides ne rongent la peau de son aimée, ou qu'elle ne se blesse au cours des opérations. Mais elle est une élève douée, passionnée par l'astrologie et la thérapeutique de Paracelse, que Théogène lui enseigne. C'est aussi la première fois que l'initié transmet ses connaissances, et que son travail ne s'effectue plus dans la solitude. Le partage est constant, et total.

Une fois par mois, le visage dissimulé derrière des masques et des foulards, le couple se rend aux abords de la bouillonnante place du Marché-aux-Chevaux, où ils distribuent gratuitement teintures, quintessences et onguents aux pauvres et aux malades comme de grands élus hermétiques, des invisibles répondant au commandement divin d'aumône et de soutien aux affligés.

Matériellement, ils ont peu de besoins : une nourriture frugale les contente, leur existence d'ermites laborieux proscrit tout luxe dans la mise et la toilette, et grâce à la bourse d'or jadis offerte par l'Empereur à Rosarius, Svétlana a aménagé quelques pièces de la maison : comme elle a transfiguré Théogène, elle a purifié l'âme de la demeure et l'a transformée en cocon sobre et confortable. Les fastes de la cour l'écœurent. Lorsque leur hôte débarque et narre les complots, se pavane de sa prépondérance auprès de Rodolphe, de l'éviction de ses concurrents ou raconte les dernières crises du souverain, très affecté par la reprise de la guerre contre les Ottomans et le massacre des chrétiens de Constantinople, elle détourne la tête pour ne pas laisser paraître son dégoût à leur généreux protecteur. Le seigneur de Romžberk a-t-il été peiné par la disparition de son unique enfant ? La fille adultérine en doute, tant elle sait le burgrave de Bohême préoccupé par sa descendance légitime. L'union avec Polyxène de Pernštejn est un échec : à moins d'une grossesse tardive, la fin de la dynastie est annoncée. Une fois, Svétlana a pris une plume pour écrire à son père et lui signifier qu'elle n'était pas morte. Mais en se rappelant que son géniteur voulait la vendre au fils à demi dément de Rodolphe, elle s'est ravisée. Désormais, sa seule famille est son époux. Son amour pour Théogène est si puissant, si exclusif, qu'il fait table rase du passé. Pour que leur bonheur soit absolu, l'interpénétration doit être totale : corps, âme, esprit.

À deux, ils forment un abrégé de l'univers, un monde en soi, un sublime poème affranchi de tout lien avec l'extérieur, des souvenirs et de leur noirceur. Rosarius est sur la bonne voie : il ne regarde plus avec horreur les fresques de son ancien maître et le trou du plafond du laboratoire, qu'il ne voit même plus. L'amour a vaincu le diable de la maison, ainsi que son démon intérieur : son cauchemar quotidien s'est évanoui. À force de confidences douloureuses, d'oraisons devant l'icône, d'œuvres alchimiques charitables et surtout grâce à l'union de leurs êtres, Athanasius Liber a enfin cessé d'empoisonner son ancien disciple et son esprit mortifère ne quitte plus les enfers où il subit sa peine éternelle.

Svétlana colle un œil au judas de la porte, mais ce n'est pas Edward Kelley qui a martelé le code contre le bois. Elle ne voit personne et elle s'inquiète. Auraient-ils été découverts ? Elle entend une voix familière.

– Svétlana, c'est moi ! Ouvre !

La jeune femme de vingt ans reconnaît le timbre singulier, aperçoit la silhouette et fait entrer la belle-fille du conseiller impérial.

– Westonia ? s'étonne-t-elle, dans sa blouse bise calcinée. Que fais-tu ici ? Où est Kelley ? Est-ce lui qui t'envoie ?

L'enfant ne répond pas et baisse la tête. Svétlana fronce les sourcils et l'entraîne dans le laboratoire où son mari achève la préparation d'une quintessence saline contre la lèpre. Théogène sourit. Il adore Westonia, qui à dix ans parle anglais, tchèque, allemand, italien, latin. Depuis peu, il lui enseigne le français et il ne doute pas que dans quelques mois, sa brillante élève compose des odes dans cette langue, des vers aussi beaux que ceux qu'elle écrit déjà dans les autres idiomes. En plus d'être un prodige d'érudition, la belle-fille de son ami a un visage agréable, des manières délicates et le couple s'y est attaché, d'autant que pour l'heure, aucun enfant n'est venu couronner leur union.

En ce mois d'avril 1591, cela fait deux ans que Svétlana et Théogène survivent grâce à l'hospitalité du premier mage de la cour. Loin de s'affadir, leur amour se nourrit du temps, du quotidien et des gestes accomplis ensemble. Indispensables l'un à l'autre, ils ne se séparent jamais. Leurs embrassements sont des voyages qui entraînent leur âme aux marges du monde, vers des contrées inconnues où s'épanouissent les parfums, les fleurs et les forêts du paradis perdu. Chaque jour, ils travaillent devant l'athanor mais c'est au creuset de leur âme, de leur esprit et de leur corps qu'ils ont fabriqué l'élixir de la reconquête, l'Escarboucle du bonheur parfait et de l'unité première.

– Mon beau-père a été arrêté ce matin et jeté dans la Tour blanche ! s'exclame la fillette avant de s'effondrer en sanglots.

– Que dis-tu ? C'est impossible !

– Il a abattu en duel un courtisan nommé Jiři Hunkler, explique Westonia entre ses larmes, un alchimiste nouvellement arrivé au Château, qui était en train de conquérir les faveurs de l'Empereur. Après lui avoir réglé son compte au pistolet, père a essayé de s'enfuir et de trouver refuge à Třeboň auprès de Vilém de Romžberk, ajoute-t-elle en regardant Svétlana. Mais Rodolphe avait lancé un mandat d'arrêt et il a été pris, puis ramené au Hradschin... On dit que le souverain est furieux contre lui, et qu'il va lui faire subir la question... C'est ma mère qui m'envoie, elle est affolée... Aidez-moi, aidez-nous !

– Par saint Jacques, c'est une catastrophe ! murmure Théogène en se tordant les mains. Je dois secourir mon ami !

– N'oublie pas que tu es toujours recherché par les sbires de Rodolphe, répond sa femme. Si tu tentes quelque chose, tu nous mets en danger...

– Je ne peux tout de même pas rester les bras croisés alors que celui qui nous a sauvés est prisonnier ! proteste l'alchimiste.

Des coups brutaux frappés contre la porte interrompent la première dispute conjugale. Les trois personnages se figent, mais les coups redoublent de violence.

– Au nom de Sa Majesté l'Empereur ! Ouvrez !

Edward Kelley éclate d'un rire gras, qui bute contre l'épaisse muraille du cachot.

– Tu veux dire que Rodolphe a toujours su que je vous cachais dans mon laboratoire ? demande-t-il. Que c'est drôle !

– En effet, c'est ce qu'il a dit, avoue Théogène. Ses espions le lui ont appris dès le lendemain de notre arrivée place du Marché-aux-Bestiaux. Depuis deux ans, nous sommes discrètement surveillés. L'Empereur était informé de chacun de nos faits et gestes. Le burgrave de Bohême également.

– Mais pourquoi ne pas t'avoir arrêté plus tôt ? interroge le mage anglais.

– Parce que Rodolphe ne voulait pas risquer que nous soyons prévenus et que nous nous échappions loin de Prague. Il était plus facile de garder un œil sur nous dans ta maison. Jusqu'à présent, nous ne lui étions d'aucune utilité. Don Julius a six ans, il est encore trop jeune pour épouser Svétlana et j'étais... je suis, il le sait, inapte à fabriquer de l'or et surtout l'Élixir d'immortalité. Le moment venu, il m'aurait fait appréhender, jeter en prison et exécuter, tandis que ma femme aurait été mariée de force à son bâtard, avec l'assentiment du seigneur de Romžberk.

— C'est à cause de moi qu'on est venu te chercher aujourd'hui ? s'enquiert l'ancien conseiller impérial, le regard noir et méfiant. Quel marché de dupes t'a proposé Rodolphe ?

— Il m'a pardonné d'avoir enlevé Svétlana et surtout, il a promis de te relâcher, si je t'extorquais la formule de la liqueur de la Vie éternelle. Le souverain a aussi juré de m'anoblir, m'a fait miroiter le titre de magicien en titre et de conseiller impérial, mais tu me connais suffisamment pour savoir…

— En somme, coupe le médium, il t'a proposé ma place à la cour ?

— Edward ! Comment oses-tu imaginer que…

— Ça va, admet le courtisan déchu, d'un revers de main. Je sais. Kelley n'est pas enchaîné, ni entravé. Pourtant, il demeure tapi dans un coin de la cellule, sur le sol. Ses cheveux graisseux pendent lamentablement de chaque côté de sa toque de fourrure, et sa barbe à deux pointes, en désordre, ressemble à un rat éventré.

— Pour lui, j'ai abandonné mon maître, crache-t-il entre ses dents, puis j'ai évincé tous les aventuriers et les empiriques, l'un après l'autre, sans pitié ! J'ai épuisé ma réserve de poudre à faire des projections pour remplir ses caisses d'or et d'argent, à la distiller afin de fabriquer des breuvages de longévité… Et aujourd'hui, il envoie mon meilleur ami, le seul que j'aie jamais eu, afin que ce dernier me trahisse !

— Edward, échafaudons un plan afin de te sortir d'ici…

— Ta tendre épouse connaît-elle un passage secret qui passe sous la Tour blanche ? ironise-t-il.

— Le seul moyen est de donner à l'Empereur ce qu'il désire. Kelley observe l'alchimiste avec intérêt.

— Que suggères-tu ? demande-t-il d'une voix douce. Aurais-tu enfin cessé de soigner les pustules des gueux de Nové Město, pour t'investir à nouveau dans l'*Opus Magnum* et la recherche de la porte blanche ?

– Non. Mais je peux inventer une formule qui trompera un moment l'Empereur et...

Le rire goguenard du Sans-Oreilles résonne à nouveau sur les pierres du cachot.

Svétlana refrène des larmes de colère et d'amertume : jamais elle n'aurait pu imaginer que son sort serait lié à celui de ce hâbleur vaniteux et dépravé, un faiseur d'or dont les outrances sont si éloignées de ses propres valeurs. Jamais son mari n'aurait dû accepter son aide.

Implacable envers son ancien conseiller, qu'il abhorre autant qu'il l'a adoré, Rodolphe a répondu à la grève de la faim entamée par Kelley en le faisant soumettre à la question : le thaumaturge détient le secret de l'Élixir d'immortalité, il en est convaincu... Au temps de sa gloire, le magicien a accompli des prodiges, et il n'est pas stupide au point d'avoir dilapidé sa provision de poudre, sans savoir la renouveler ! Il détient le secret des secrets et l'Empereur veut, à tout prix, le lui arracher. Cependant, entêté ou résistant à la douleur, le Britannique a tenu bon et n'a rien lâché, pendant que son ancien protecteur, Vilém de Romžberk, ne cessait d'intercéder en sa faveur. Excédé, le monarque a transféré le prisonnier dans la tour Chuderka du château de Křivoklát, en Bohême du Sud, où chaque soir le bourreau tente d'extirper à Kelley la recette du philtre de jouvence et de longévité.

Il a été déchu de tous ses titres et ses biens ont été mis sous séquestre, gérés par deux commissaires impériaux. Du jour au lendemain, sa femme Johanna, Westonia et John-Francis ont été chassés de leur maison, sans rien pouvoir emporter. La poétesse de dix ans écrit des odes en latin, qu'elle adresse à l'Empereur afin d'attirer son attention sur leur odieuse destinée. Mais Rodolphe est plus sensible aux vers de Mardochée de Delle, qui chantent la déchéance du premier magicien de la cour.

Théogène et Svétlana ont été expulsés de la bâtisse du Marché-aux-Bestiaux. Ce n'est qu'en soudoyant les fonctionnaires et en leur donnant les bijoux de son ancienne vie que la jeune femme a pu garder l'icône de la Vierge à l'Enfant, tandis que son mari prenait son cahier de poèmes et dissimulait sous son pourpoint le manuscrit de Liber. Il rêve de quitter la ville et d'emmener sa femme loin de la misère qui les guette ici. Où aller ? Il pense à Paris. Mais aucune nouvelle de Hieronymus Aleaume ne lui est parvenue depuis deux longues années, le royaume de France est toujours déchiré par la huitième guerre de Religion et sa capitale est encore en état de siège, tenue par les ligueurs et encerclée par les troupes du nouveau roi Henri IV.

Acculés, ils sont donc allés frapper à la porte de l'archiatre Thadée de Hájek, dans sa maison de Staré Město. Craignant un retournement de l'humeur du souverain à leur endroit, le vieux médecin leur a refusé l'hospitalité, mais il s'est engagé à leur acheter pommades et remèdes paracelsiens, afin de les aider à survivre.

Désormais, le couple occupe deux pièces aux murs noirs de suie, dans une masure moisie près de l'église Notre-Dame-du-Týn. La ruelle de la Vieille Ville est dans la pénombre même le jour, ses murs rances et gluants exhalent une odeur de pourriture qui rappelle celle des morts de la peste. Les dernières pièces d'or du « seigneur à la rose » ont été utilisées pour édifier un nouveau laboratoire, meubler la bicoque et l'assainir avec des esprits volatils et chimiques. Théogène est impuissant à secourir son ami, relégué dans sa tour, loin de Prague. Néanmoins, le couple de teinturiers de la lune se remet au travail et partage ses maigres revenus avec la famille de Kelley qui a trouvé refuge non loin de là, dans un taudis, et qui s'endette pour soulager le sort du prisonnier.

Une nuit d'automne de cette funeste année 1591, le Sans-Oreilles s'évade. Il corrompt un gardien qui lui fournit une corde. Mais le lendemain matin, les gardes le retrouvent dans le fossé, sans connaissance : le filin a rompu et le mage est en sang, une jambe fracassée. Il supplie qu'on l'achève. Prévenu par le châtelain de Křivoklát, peut-être ému par le latin de Westonia ou les suppliques de son burgrave, l'Empereur est pris de pitié et autorise que son ancien favori soit ramené à Prague. On le porte dans la maison de Thadée de Hájek, qui prescrit l'amputation immédiate de sa jambe. Revenu à lui, tremblant de fièvre, Kelley refuse l'ablation et il exige d'être examiné par le seul médecin en qui il ait confiance : son ami le Boiteux.

Accouru à son chevet, Théogène palpe les fractures, sonde les blessures, puis établit l'horoscope du patient. Il espère sauver sa jambe comme il a sauvé celle du petit Martin, naguère, comme Athanasius Liber a guéri la sienne. Hélas, la gangrène dévore déjà le pied et la cheville de Kelley : il ne peut que confirmer le diagnostic de l'archiatre. Il éloigne Svétlana, Johanna et les deux enfants, place des sceaux de protection autour du patient et demande à l'esprit de Paracelse de lui venir en aide. À la grande surprise de Thadée de Hájek, il fait respirer à Kelley un flacon d'éther sulfurique de sa fabrication à base d'acide, d'esprit de vitriol, de pavot, de hyoscine et de mandragore.

– Cet arcane va affaiblir la douleur et surtout l'endormir, explique-t-il.

– La douleur est une valeur morale suprême, proteste le vieux sage. Pourquoi l'amoindrir ? La souffrance est nécessaire et…

– Elle peut aussi provoquer la mort, objecte Théogène, et si je ne puis préserver sa jambe, je tiens au moins à lui sauver la vie.

Assisté de l'archiatre, il sectionne donc le membre malade, juste au-dessous du genou. Puis, au lieu de cautériser la plaie au fer rouge, ainsi que le veut l'usage, il ligature soigneusement les artères et les veines, comme il l'a appris dans un ouvrage d'Ambroise Paré. Il sue abondamment mais ses mains ne tremblent pas. Plus tard, il remplace la jambe disparue par un pilon de bois.

Lorsque le Sans-Oreilles unijambiste est ramené dans la masure de la Vieille Ville où survivent sa femme et ses beaux-enfants,

Théogène et Svétlana lui rendent visite chaque jour, changent les pansements, guettent une éventuelle infection. Mais Kelley se remet de l'opération. Sur le plan physique. Moralement, il est brisé : ruiné, rejeté, il n'est plus admis à la cour où ses anciens rivaux profitent de sa chute. Il n'a cure de sa nouvelle infirmité et il plaisante avec son ami de leur boiterie commune. Il ne se soucie guère des dettes qui s'accumulent, et des créanciers qui les harcèlent.

Son unique obsession est de regagner l'estime de l'Empereur. Il envoie des lettres d'injures à John Dee, dans lesquelles il accuse son ancien maître d'être responsable de sa débâcle ; il entreprend la rédaction d'un traité hermétique dédié à Rodolphe ; il fréquente nuitamment les gibets et les cimetières en vue d'y rencontrer le monarque lorsque ce dernier vient récolter la semence des pendus ou la mousse funéraire aux vertus magiques ; il adjure les anges de le secourir lors de séances interminables ; il n'a plus de poudre galloise mais il compose, dans le laboratoire des époux alchimistes, un Élixir de longue vie destiné au souverain, à base d'urine et de viscères de chiens errants qu'il distille dans l'alambic ; il demeure des jours entiers à proximité du Château, caché dans une encoignure, pour espionner les allées et venues des courtisans.

C'est ainsi que le 16 février 1592, il assiste à l'arrivée du rabbi Löw accompagné des représentants de la communauté juive : aujourd'hui, l'Empereur reçoit le Maharal de Prague en audience privée.

– Qu'est-ce qu'il lui veut ? tempête Kelley en traînant son pilon de bois sur le sol du laboratoire. Les commères disent que Rodolphe couche avec l'épouse de Mordechaï Meisl, le banquier des Hébreux… la juive est plus appétissante que la vieille et grosse Catherine ! Pff… Il ne manderait pas le rabbin pour lui parler de ces stupides histoires de bonnes femmes… Il souhaite sans doute lui emprunter de l'argent !

Depuis une heure, Théogène est dans un état second : un large sourire aux lèvres, il caresse des yeux Svétlana qui, en chantant, prépare dans un mortier le beurre d'antimoine destiné à soigner les morsures d'animaux.

– Rodolphe a convoqué le rabbi Löw pour lui extorquer les secrets de sa science occulte ! tonitrue Kelley. Il n'y a pas d'autre explication !

– Edward, le coupe doucement l'alchimiste. Mon ami, nous sommes très fiers de t'apprendre que Svétlana est enceinte. C'est prodigieux, nous allons avoir un enfant, te rends-tu compte ? Je suis tellement heureux !

Plusieurs fois par jour et par nuit, Théogène colle son oreille au ventre de sa femme, qui s'arrondit de mois en mois. Son fils s'appellera Pierre, comme le premier compagnon du Christ, le gardien des portes du paradis et surtout comme le fruit de l'Art royal qui grandit, selon la conjonction des astres et des étoiles, dans le fourneau cosmique que sont les entrailles de Svétlana. L'horoscope de conception est excellent, son fils sera paré de qualités exceptionnelles et le père a la certitude que l'*Opus Magnum* véritable a lieu sous ses yeux : dans le secret de la matrice de chair, s'opère la grande métamorphose, la transmutation de l'œuf philosophique, l'acte sublime de création du monde. L'enfant sera la pourpre royale, leur sérum de jouvence et de longévité : pour lui, et pour les nombreux autres à venir, ils vieilliront moins vite, et préserveront leur santé. Jamais Théogène n'a été si radieux et triomphant : il déploie des trésors d'attentions et de délicatesses envers sa femme, dont il surveille attentivement l'état. Il lui interdit de se tenir sous les fumées du laboratoire, de toucher certaines fioles et d'effectuer les manipulations dangereuses. Il entretient lui-même la maison et enjoint à son épouse de demeurer allongée.

– Je suis enceinte, pas malade ! proteste alors Svétlana, qui se sent parfaitement bien. Cesse donc de me couver comme une poule !

Et elle reprend son travail. Mais malgré leur labeur et les commandes de Thadée de Hájek, la misère pointe : la bourse d'or rodolphien est vide, et ils partagent le peu qu'ils gagnent avec Johanna Kelley, pour ne pas la voir réduite à la mendicité.

En août 1592, alors que la jeune femme entame son huitième mois de grossesse, leur situation financière est désespérée. L'archiatre impérial n'a rien acheté depuis trois mois. Poursuivis par les créanciers, le Sans-Oreilles et sa famille ont à nouveau déménagé, et ils se terrent dans une autre masure sordide. Éreintée par la chaleur et surtout par la faim, la parturiente est désormais contrainte à garder le lit. À son chevet, affaibli et amaigri, Théogène se ronge les sangs.

— Si les choses continuent ainsi, dit-il, tu risques de perdre le bébé. Je vais me rendre chez Thadée de Hájek et l'implorer de me prêter quelques thalers. Il ne peut demeurer insensible à notre sort, et à celui de notre fils à naître !

— Mon hélianthe, chuchote Svétlana, j'ai une meilleure idée. D'après Kelley, mon père a temporairement délaissé ses laboratoires de Třeboň. Il est à Prague, au Château. Dans son palais. Je vais solliciter une entrevue.

— Quand il verra ton ventre, poursuit Théogène, il sera si ému qu'il te couvrira d'or et de pierres précieuses !

— Tu ne le connais pas, répond la jeune femme, amère. Pour lui, en mon sein grandit un bâtard, et il ne s'en souciera guère plus que de ma propre destinée. Les espions de l'Empereur l'ont informé de nos faits et gestes. Mais en trois années, il ne m'a jamais adressé le moindre signe.

— Mais alors, comment comptes-tu t'y prendre pour gagner sa charité ? interroge Théogène, étonné.

— Charité ? répète Svétlana avec une mine de dégoût. Il n'est pas question que je demande l'aumône à mon père ! Je vais lui vendre quelque chose, pour une somme si importante qu'elle nous tirera définitivement d'affaire, et nous permettra d'élever dignement notre fils. Ainsi que tous nos autres enfants.

— Ma chérie, la faim égare ta raison, murmure-t-il avec tendresse

en lui caressant les cheveux. Que veux-tu que nous monnayions ?
Nous sommes dans le dénuement le plus absolu et…

– Néanmoins, coupe-t-elle, le regard en feu, nous possédons
ce pour quoi mon père, Rodolphe et tant d'hommes donneraient
leurs châteaux et toutes leurs richesses, un objet pour lequel ils
vendraient même leur âme : le manuscrit recélant le secret du
Grand Œuvre, de la Pierre philosophale et de l'Élixir d'éternité !

Théogène fait les cent pas dans la cambuse aux murs noirs. Les
mains derrière le dos, il claudique dans la petite pièce, entre l'alambic, l'athanor éteint, la paillasse et la table encombrée de pots et
d'instruments. Soucieux, ses yeux dorés glissent sur les objets du
quotidien et s'arrêtent devant l'icône de la Vierge à l'Enfant, qui
dissimule les cendres d'Adam. Sur le petit autel, près de la peinture, est posé un tas de feuillets de vélin, couverts d'une écriture
raturée et irrégulière, en langue des oiseaux, et qui porte une date :
un jour d'avril 1584. Huit ans. Cela fait huit années qu'Athanasius
Liber a rédigé, à la hâte, cette confession qui contient le secret
des secrets : la nature de la matière première, les phases de l'*Opus
Magnum*, le récit de ses meurtres, l'apparition de l'ange déchu et
le moyen de parvenir à la porte noire.

L'ancien disciple ne peut réprimer son effroi en regardant les
quarante-deux pages qu'il a arrachées au grimoire de son maître.
Au départ, il a à nouveau tenté de les sectionner avec ses mains,
une lame, ou de les brûler sous la flamme. Mais comme précédemment, les feuilles sont restées intactes. Alors, il a prié. Il
s'est d'abord adressé à saint Jacques, aux anges, à la Madone, au
Christ, à Dieu lui-même. Mais le livre maudit est resté sourd aux
esprits du bien. Profitant que Svétlana était profondément endormie, l'initié a saisi son miroir magique et, pour la première fois
de son existence, il a invoqué les esprits du mal qui gouvernent le
manuscrit. Il a appelé l'ange noir, Lucifer et ses démons, et surtout Liber.

– Docteur Faustus, Athanasius Liber, maître, a-t-il murmuré

dans la nuit. Père qui souffrez au fin fond des enfers ! Je suis Vulcanus, votre fils, et je vous implore de venir à mon secours ! Il faut dérober le grand mystère des atteintes du profane ! Votre révélation ne doit pas être souillée par des yeux impurs...

L'image du vieil homme aux orbites vides est alors apparue dans le miroir. Au fond du volcan, entouré des animaux du diable, des créatures démoniaques et des androgynes artificiels qui aboient leur douleur, Liber est enchaîné à son tronc d'arbre mort. Décharné comme une branche calcinée, il vomit du plomb et du mercure, sous les coups de fouet de Satan en personne.

– Permettez-moi d'extraire ces feuillets, a adjuré Théogène en regardant le reflet de son ancien cauchemar, et de les conserver dans une cachette sûre. En échange, je promets d'obéir à votre supplique et de respecter mon serment d'accomplir votre œuvre, de cueillir la Rose, de confectionner la Pierre et de vous délivrer en rachetant vos péchés...

Il savait qu'il mentait sur ses intentions, mais à cet instant il n'avait plus conscience de sa ruse, emporté par ses mots et par la puissance de son âme. Au terme de sa prière, il a procédé à une fumigation magique afin d'éloigner les puissances maléfiques, en espérant que l'odeur des plantes et des essences brûlées n'éveillerait pas sa femme. Mais cette dernière n'a pas bougé. Il s'est approché du grimoire maudit et, aussi facilement que s'il s'agissait d'un cheveu, il a arraché du livre les quarante-deux pages du testament de Liber. Puis, jusqu'à l'aube, à genoux devant l'icône, il a demandé pardon à Dieu et aux anges pour son opération de goétie, et il a sollicité leur protection.

L'alchimiste reprend sa marche anxieuse dans la maison. Il songe que dès la nuit dernière, il aurait dû se débarrasser des feuillets. Quand Svétlana sera de retour, ensemble ils feront disparaître les fatales pages. En attendant, il s'inquiète : pourquoi n'est-elle pas rentrée ? Sa femme est partie avec le traité de Liber il y a quatre heures déjà. Il aurait dû l'accompagner de force au Château, et ne pas l'écouter lorsqu'elle disait qu'elle préférait être seule pour voir son père et négocier avec lui le prix du manuscrit. Ils se sont pourtant entendus sur l'histoire que Svétlana devait servir au burgrave de Bohême, et qui comporte des éléments de vérité. Elle lui raconterait qu'elle avait trouvé le vieux livre par hasard, caché dans le laboratoire de Kelley, et que le grimoire poussiéreux appartenait à un fils du feu qui avait exercé ses talents il y a fort longtemps dans la maison de la place du Marché-aux-Bestiaux, mais dont elle ignorait le nom. Le passionné du Grand Art constaterait par lui-même que la découverte de sa fille était bien un traité d'alchimie. L'alphabet inconnu, la langue incompréhensible dans laquelle il était rédigé devaient exciter sa curiosité et le persuader que le livre codé, dissimulé dans une sombre demeure, contenait le secret des secrets, donc qu'il valait très cher.

Le seigneur de Romžberk est-il si dur en affaires qu'il rechigne à payer la somme demandée ? S'est-il aperçu qu'une partie du manuscrit manquait et soupçonne-t-il Théogène ou sa fille de l'avoir subtilisée ? Un hermétiste aussi passionné, un teinturier de la lune aussi fervent ne peut pas ne pas être intéressé par un tel document. Théogène se remémore les splendides planches en couleur, les dessins de plantes, d'étoiles, du cosmos, de nymphes, la somme des connaissances rassemblées par son ancien maître et consignées dans le livre à partir de l'an 1466 jusqu'en 1556, durant neuf décennies, après que Liber immortel eut fabriqué lui-même l'Élixir. Le burgrave de Bohême est probablement intrigué par l'ouvrage mystérieux. À moins qu'il ne songe à une supercherie et suspecte Théogène d'avoir fabriqué de toutes pièces un traité vide de sens, dans l'unique but de lui soutirer de l'argent ? Et si, en entrant au Hradschin, Svétlana avait été inquiétée par la garde de l'Empereur ?

Plus le temps passe, plus Théogène s'alarme. Si son épouse, épuisée et famélique, avait été victime d'un malaise en chemin ? Il fait si chaud dans les rues de la ville... Pourvu qu'elle ne soit pas en train d'accoucher, avec un mois d'avance, dans une sombre ruelle ! D'angoisse, Théogène se tord les mains. Pourquoi a-t-il accepté de laisser Svétlana monter sans lui au Château, alors que depuis trois ans, ils ne se sont jamais quittés ? Elle a tellement insisté, elle a dit qu'elle avait des comptes à régler avec son père... Et si l'amour de sa vie était en danger ? Si Vilém de Romžberk avait résolu de se venger de leur fuite, s'il avait enfermé sa fille dans une tour de son palais ou pire, dans un couvent ? Le manque de nourriture, la touffeur ambiante et l'idée que Svétlana est peut-être prisonnière égarent les sens et l'entendement du jeune homme. Cédant à la panique, il empoigne son bâton et ouvre la porte pour partir à la recherche de sa femme.

C'est alors qu'il aperçoit une curieuse forme, sur le seuil de la bicoque. Svétlana ! Elle est couchée sur le dos, sans connaissance. Son ventre proéminent monte et descend : elle respire, elle est vivante. Mais sa tête et ses épaules sont couvertes de sang. D'un bond, Théogène la prend dans ses bras et la porte jusqu'à leur grabat. Il l'appelle, mais elle ne répond pas. Le médecin reprend son calme et cherche la plaie sur le front blanc et dans les longs cheveux blond de cendre, en pensant que sa femme est probablement tombée sur la route du retour, par mégarde ou par faiblesse. Ce qu'il voit le glace : la blessure n'est pas devant mais à l'arrière du crâne. Elle est profonde, jusqu'à l'os, longue de trois pouces et elle a fait couler beaucoup de sang. De la terre est encore accrochée à la plaie : Svétlana n'a pas trébuché d'elle-même. Quelqu'un l'a frappée par-derrière, avec un objet contondant comme une pierre.

Hébété par la surprise, figé par l'épouvante, Théogène considère le sang qui sèche, dévisage les traits raidis de son aimée, regarde ses yeux clos. Puis il se précipite sur ses flacons.

– Ma lumière, mon ange terrestre ! susurre-t-il en lui faisant respirer des sels. Reviens, je t'en supplie ! Je vais te soigner, je vais te guérir... Ne me laisse pas, reprends conscience, dis-moi ce qui s'est passé !

Svétlana gémit faiblement et entrouvre les yeux. Son regard est vitreux.

– Je... marmonne-t-elle dans un souffle. Malá Strana, sous

les remparts du Château... Allais arriver... Grande douleur à la tête...

— Qui, ma douce ? Qui t'a frappée ?

— Pas vu... Tombée... le manuscrit ! On me l'a pris !

— Combien étaient-ils ?

— Ne sais pas... Perdu connaissance... Trou noir... Soulevée... Dans les airs...

Puis elle sombre à nouveau dans l'inconscience. Pendant ce temps, Théogène nettoie soigneusement la blessure, et il la bande pour la refermer. Mais il craint que le crâne ne soit fracturé. Il prie avec une vigueur nouvelle pour le salut de sa bien-aimée, en l'entourant de sceaux et de formules magiques. Pourquoi s'en prendre à Svétlana ? Qui a pu commettre une telle forfaiture ? Personne ne connaissait l'existence du traité de Liber, à part eux deux. Personne... dans le monde des vivants. S'agit-il de l'œuvre d'un esprit malin, qui a attaqué la jeune femme, s'est emparé du livre maudit puis a porté Svétlana dans les airs jusqu'ici ? Théogène pâlit : il s'est parjuré la nuit dernière, en faisant de fausses promesses à son ancien maître. Serait-ce là l'infernal châtiment infligé par Liber ? Voilà la rançon de son invocation des démons...

— Bruit !

Svétlana s'éveille. Théogène lui saisit les mains et écoute, mais tout est silencieux dans la masure. Il se peut que la blessure de sa femme lui fasse entendre des voix qui n'existent pas.

— Bruit bizarre, répète-t-elle.

— Calme-toi, ma douce, la rassure Théogène. Il n'y a pas de bruit. Tout va bien... Je m'occupe de toi, tu vas guérir !

— Bruit ! Coups sur les pavés ! crie-t-elle comme si elle voyait le diable.

La jeune femme convulse puis sa tête ensanglantée retombe sur le grabat, inanimée.

Impuissant, Théogène cherche son pouls, met sa main sur le cœur de Svétlana. Les battements sont de plus en plus faibles...

— Non ! brame-t-il. Je t'en supplie ! Reste ! Svétlana ! Svétlana !

Le sang a dû envahir l'intérieur du crâne. Le pouls s'enfuit. Le cœur s'arrête. Comme un forcené, Théogène secoue l'infortunée et il hurle de douleur. Mais quelques instants plus tard, elle est morte.

L'alchimiste s'arrache les cheveux et mugit comme un fauve. Il tourne en rond autour du cadavre chaud, tétanisé par le choc, éperdu de souffrance.

Soudain, il considère le ventre de sa femme décédée. Son enfant, son fils, Pierre... il va mourir aussi.

Alors, sans réfléchir, Théogène ouvre la bouche de sa femme, pour que l'air continue d'arriver au bébé. Il fuse jusqu'à l'autel et s'empare de la confession de son maître. Les pages jonchent le sol. À genoux, il cherche, disperse les feuillets, et il trouve enfin le passage. Il le relit, se lève, s'empare d'un scalpre et, sans hésiter, il coupe la robe de Svétlana. Sous la chemise de lin, la matrice blanche se dresse comme une montagne de chair, un fourneau magique qui vient de s'éteindre.

Théogène pratique une incision horizontale au bas de l'abdomen. À mains nues, il écarte la peau et fouille les entrailles. Il saisit l'enfant et le tire hors du ventre mort, en sectionnant le cordon ombilical. Il brandit le nouveau-né couvert de sang et de débris d'hypogastre. Il compte les doigts des pieds, des mains, écoute le cœur et secoue doucement le fœtus saturnien de huit mois... Enfin, un hurlement strident déchire les oreilles du père. Le bébé est en vie ! Théogène a sauvé son enfant ! C'est un miracle ! Voici le fruit du Grand Œuvre ! Le résultat divin du mariage du soleil et de la lune ! La Pierre philosophale ! Le Roi !

Théogène fronce les sourcils en examinant le petit être qui braille. Soit le bébé inachevé est incomplet, soit il s'agit d'une fille.

27

– Les croquis sont incomplets, constata Karlík Pražský, mais je
ne peux réfuter la forte ressemblance avec mon talisman.

À l'aide d'une loupe, l'ancien peintre examinait les dessins que
sa fille avait tracés lors des séances avec Mademoiselle Maïa, qu'il
comparait avec ceux de l'amulette familiale.

– Il s'agit bien du sceau de Saturne, admit-il, de celui de la lune
et de celui du soleil. Mmm… Les carrés magiques de protection et
les inscriptions concordent… mêmes mots latins issus de *La Table
d'émeraude*, hiéroglyphes identiques, idem pour les formules kab-
balistiques en hébreu et les sentences en grec. C'est étonnant, et
très troublant !

Il regarda Victoire, dont les yeux gris contemplaient le Fossé
aux Cerfs. La neige fraîche luisait au soleil comme des paillettes
de diamant. Noirs et décharnés, cuirassés dans l'armure de leur
tronc, les arbres étaient les doubles végétaux des statues du
pont Charles : à la fois tristes et vindicatifs, ils semblaient brandir la douleur de cet hiver 1938, l'abandon du pays et la fin d'un
monde : la Première République fondée par Masaryk était morte.
L'Allemagne nazie était maître des Sudètes, dont Konrad Henlein était le commissaire du Reich. La Wehrmacht s'était emparée
des mines de radium et d'uranium de Joachimstadt, des industries
et des fortifications concédées par la conférence de Munich. La
frontière de la cinquième zone d'occupation passait à seulement

quarante kilomètres de Prague, quinze kilomètres des stratégiques usines Škoda, qui produisaient en masse des chars d'assaut, et elle coupait en trois les lignes de communication de la Bohême avec la Slovaquie. Le transfert de souveraineté de ces territoires s'était effectué sous les violences des partisans du SdP à l'égard des Tchèques qui, insultés, menacés, roués de coups, s'enfuyaient en laissant leur maison, leurs biens, leur terre et des racines vieilles de mille cinq cents ans. Cet exode émouvait toute l'Europe et la Croix-Rouge avait lancé un appel pour aider ces réfugiés exilés à l'intérieur de leur propre pays. Débordée par l'afflux, Prague ne pouvait plus les accueillir et ils étaient acheminés vers d'autres villes où ils survivaient dans des conditions précaires, sans retrouver un foyer.

Pourtant, malgré la détresse et l'indignation contre la trahison de la France et de la Grande-Bretagne, le peuple demeurait calme, plein de tenue et de sang-froid, comme résigné à son sort tragique.

Prague avait retrouvé son visage habituel : la police et l'armée étaient redevenues discrètes, les administrations fonctionnaient, la monnaie restait stable et les habitants avaient repris leurs activités.

– En effet, acquiesça Gustave. Pour autant, les visions de Victoire sont lacunaires. Une partie est manquante : il s'agit de la quatrième face de la pyramide. Le revers de la médaille, en quelque sorte…

Le mercredi 5 octobre 1938, le président Edvard Beneš avait démissionné. Fin octobre, après s'être recueilli sur la tombe de Masaryk, il s'était exilé à Londres, provoquant la stupeur de la population. Le 6 octobre, Jozef Tiso, un prêtre catholique membre du Parlement et chef du parti populiste slovaque avait proclamé l'autonomie de la Slovaquie au sein de l'État tchécoslovaque. Prague n'avait pu qu'entériner cette sécession et monseigneur Tiso était devenu le chef du gouvernement slovaque, tout en continuant à siéger au sein du gouvernement central. Le 28 octobre, toutes les cérémonies de commémoration des vingt ans de l'indépendance du pays avaient été annulées. La liberté arrachée aux Habsbourg par Tomáš Garrigue Masaryk ressemblait déjà à un souvenir puisque dans les faits, la Tchécoslovaquie mutilée ne pourrait survivre qu'avec la permission de l'Allemagne.

– Tenez, dit Pražský en tendant le talisman à l'alchimiste. Satisfaites donc votre curiosité, jeune homme !

Gustave Meyer s'empara du bijou. En ce 25 décembre 1938, les restes du déjeuner de Noël avaient été sommairement déblayés. Dans un coin, un sapin surchargé dégageait sa saine odeur de forêt. À son pied, traînaient les papiers colorés des petits cadeaux. Sur la table, les reliefs d'une oie que František avait rapportée d'on ne sait où jonchaient les assiettes. Une bouteille d'eau-de-vie était ouverte et des cadavres de flacons de vin posés à même le sol. Le désordre qui régnait dans la maisonnette de la ruelle de l'Or était pire qu'à l'ordinaire. Partout, s'entassaient des feuillets, des notes, des dossiers et des photographies d'œuvres d'art ayant appartenu à l'empereur Rodolphe II : le contenu du bureau de Karlík Pražský avait été transféré dans la bicoque.

– Merci, murmura Gustave en refrénant son émotion.

Le 30 novembre, Emil Hácha, soixante-six ans, président de la Cour suprême, avait été élu président de la Deuxième République tchécoslovaque. Malade et sans réel poids politique, l'ancien avocat était quotidiennement soumis aux pressions allemandes contre lesquelles il tentait de lutter, sans posséder l'aura ni l'expérience de ses prédécesseurs Masaryk et Beneš. Le Parti communiste tchécoslovaque fut interdit et la presse soumise à des mots d'ordre rigoureux. Ce qui n'empêcha pas les journaux d'extrême droite de se déchaîner contre les juifs et les intellectuels de la Première République jugée « décadente et bourgeoise ». La campagne de haine contre l'écrivain Karel Čapek était particulièrement véhémente. Reclus dans les cafés, les poètes en étaient très affectés. Telle une citadelle assiégée, leur âme se recroquevillait sur elle-même : les rimes étaient englouties au fond de leur verre puis elles périssaient étouffées dans leur gorge.

En décembre, Pražský fut démis de ses fonctions officielles au

Château. Il eut beau protester que sa mission était vitale pour la nation, qu'elle lui avait été assignée par Masaryk en personne, vociférer qu'il était un héros de la Grande Guerre et traiter le nouveau président de «marionnette moisie tétant le sein d'Adolf Hitler», il fut chassé de l'administration du Hradschin. Il faillit mettre le feu à son bureau, à celui de Hácha, mais Victoire l'apaisa : dans ce contexte délétère, mieux valait poursuivre son œuvre depuis sa maison, d'où l'État ne pouvait pas l'expulser puisque la ruelle de l'Or appartenait à des propriétaires privés. Grâce aux mandats que continuait à lui envoyer le généreux docteur Jourdan, elle promit de faire installer le téléphone dans la masure. Pour l'eau courante, on verrait plus tard. Matériellement, ils avaient peu de besoins. La pension de mutilé de guerre de son père, l'argent de son beau-père, les petites carambouilles de František et ce qu'elle avait reçu de Pommereul pour ses articles suffiraient à les faire vivre. Puis elle allait chercher du travail à Prague. À ces mots, Pražský s'était insurgé : elle ne pouvait pas abandonner ses études, elle venait déjà de perdre une année d'université !

— Tu préfères que je rentre à Paris ? avait demandé Victoire.

— Si je réponds non, je me comporte en vieil égoïste vis-à-vis de toi et aussi de ta mère qui se tracasse beaucoup, avait répondu son père. Mais tu es ma seule joie dans ce monde et…

— Ne t'inquiète pas pour ma mère, avait durement protesté la jeune femme. Si elle se met la rate au court-bouillon, c'est qu'elle aime ça. Quant à moi, je compte mener ma vie comme je l'entends. En l'occurrence, j'en ai assez des études et de ma thèse. Ici je me sens vivante, libre ! Donc je m'installe. J'apprendrai le tchèque, l'allemand, je trouverai un emploi de chroniqueur dans un journal et…

— Tu vas épouser Gustave ?

Victoire avait été stupéfaite de la question.

— Pas du tout ! avait-elle rétorqué, embarrassée. Entre nous, il ne s'agit pas de… Gustave reporte sans cesse son retour en France mais ce n'est pas à cause de moi... Il cherche... quelque chose. Un truc d'alchimiste, tu comprends. Il continue d'envoyer à Pommereul ses prévisions astrologiques bizarres mais les communications sont mauvaises et le rédacteur en chef perd patience, donc il va être forcé de retourner à Paris. Pour ma part, dès que j'aurai un emploi je prendrai un appartement, mais pour l'instant, rien ne presse. Si tu ne me chasses pas de chez toi...

Le bonheur du vieil infirme de garder sa fille près de lui fut immense. Mais son éviction professionnelle, le départ de son ami Beneš, les calomnies quotidiennes contre Karel Čapek et la Première République le rendaient de méchante humeur, tantôt agressif, tantôt mélancolique.

Durant le déjeuner de Noël, il n'avait cessé de tempêter contre la France, ce pays de lâches pour lequel il s'était immolé, sacrifiant son visage et son cœur. Victoire avait fait un clin d'œil à Gustave qui s'empiffrait de marcassin, avant d'organiser une diversion aux pensées noires de son père : elle raconta son étrange expérience avec le dibbouk et exhiba le cahier de poèmes dictés par l'esprit de la Renaissance. En bon Tchèque, Pražský prit la chose avec flegme, et trouva quasi normal de vivre avec un fantôme dans le ventre. Il s'étonna juste que sa fille ne lui en ait pas parlé plus tôt.

– À coup sûr, avait-il affirmé, ce sont les vers de mes amis, au café Montmartre, qui ont attiré le poète hors de ton âme... Il a sans doute pénétré celle de l'un des auteurs présents ! À moins qu'il n'ait été pris par les spectres qui hantent la ville, pour danser la macabre ronde avec eux.

– C'est aussi ce que j'ai pensé, avait répondu Victoire d'un ton sérieux.

– Quoi qu'il en soit, je connais bien les archives du Château et je peux t'assurer que jamais je n'y ai vu trace d'un Théogène Clopinel, Castelruber, Rosarius ou quel que soit son nom. Je peux être passé à côté, mais vu qu'on m'a jeté dehors comme un chien galeux, il m'est désormais impossible de vérifier...

– J'ai confiance en ta mémoire, avait aussitôt protesté la jeune femme en reservant à boire. À ton avis, est-il possible qu'il existe un lien entre ce poète alchimiste du XVIe siècle et notre ancêtre auteur du talisman ? Si c'était la même personne ?

Gustave baissa les yeux sur l'amulette : à l'intérieur d'un triangle et d'un cercle, Saturne maniait une faux. Lentement il retourna le pendentif, en fermant les paupières. Enfin il allait savoir. La quête de toute sa vie, la recherche de milliers d'alchimistes avant lui serait dans une seconde couronnée de la clarté de la connaissance. Sa respiration s'accéléra. Dire que ce vieil estropié, comme ses aïeux, portait au cou le mystère de la vie et de la mort, sans l'avoir jamais deviné ! Du reste, était-il aussi ignorant qu'il le laissait paraître ? Pražský baignait dans la peinture ésotérique et l'univers magique de l'empereur Rodolphe II. Il avait forcément de solides connaissances sur l'hermétisme et la Haute Science... S'il avait percé l'énigme de la pyramide ? Gustave ouvrit les yeux.
Contrairement aux autres faces du talisman, celle-ci ne comportait aucun personnage humain figurant une planète ou un astre. Le seul symbole qui y était gravé était une rose, sans aucun doute la Rose mystique, qui représentait la dernière étape du Grand Œuvre : *rubedo*, la phase rouge, la résurrection du phénix, la grande métamorphose, l'Escarboucle. La Rose n'était pas au centre mais en bas et à droite de la médaille. Le reste n'était qu'entrelacs, courbes, arabesques et ornements divers. En haut, était écrite la célèbrissime phrase latine de *La Table d'émeraude* : *Quod est inferius est sicut quod est superius ; et quod est superius est sicut quod est inferius*[1]. En bas du pendentif, justement, était gravée la seule chose qui intrigua Gustave : des idéogrammes chinois ou issus d'une autre langue asiatique, qu'il ne comprit pas.
— C'est bien du chinois, dit Karlík Pražský comme s'il lisait dans

---

1. *Ce qui est en bas est comme ce qui est en haut ; et ce qui est en haut est comme ce qui est en bas.*

ses pensées. Je l'ai fait traduire naguère, et il s'agit d'un proverbe qui signifie : « La pierre est l'os de la terre. »

– La matière première, chuchota Gustave. J'en étais sûr, cette partie du talisman dévoile la nature de la *materia prima* : elle est donc bien minérale et souterraine… mais quelle est-elle ?

Il saisit la loupe et se plongea dans un examen approfondi de la quatrième face de la pyramide, à la recherche d'indices cachés.

Pendant ce temps, entre deux coups de gnôle, l'invalide déclamait avec emphase les vers du cahier.

– Tu ne peux pas laisser le doux Théogène errer dans les murs et les rues de cette ville. Les autres revenants peuvent l'influencer négativement, et faire de lui un fantôme néfaste. Tu es responsable de lui, puisque c'est toi qui l'as réveillé et extirpé du livre dans lequel il dormait.

– Que suggères-tu ? s'enquit-elle. De retrouver son corps, de le brûler et de jeter ses cendres dans la Vltava ?

– Ce serait la solution, si nous savions où il est inhumé.

– J'ignore où, quand et comment il est mort ! répondit Victoire.

– Dans ce cas… dit-il, songeur, en caressant sa barbe jaune, il faut sortir nuitamment, retrouver l'esprit errant, le persuader de quitter Prague et de retourner dans son manuscrit, à la bibliothèque Mazarine.

– Ce document a été volé, avec des incunables et d'autres ouvrages anciens, expliqua-t-elle.

– Nom d'un bolchevik ! jura le père. Théogène ne peut pourtant pas rester ici ! Il doit rentrer chez lui, à Paris !

– Et pourquoi donc ? s'insurgea Victoire. Lui aussi se sent peut-être chez lui à Prague ! N'oublie pas qu'il a vécu au Château ! D'ailleurs, il y est peut-être décédé…

– Dans ce cas, comment son cahier se serait-il retrouvé à Paris, parmi les collections du cardinal Mazarin ? demanda Pražský. Non. Selon moi, il a passé quelques années au Hradschin, comme alchimiste de l'empereur Rodolphe, puis il est retourné dans sa patrie. Cependant, si les fantômes peuvent être guidés par la poésie, ils sont rarement gouvernés par le hasard...

– Que veux-tu dire ?

– Que si Théogène est d'abord entré en toi puis en est sorti, c'est qu'il avait une raison de le faire. En d'autres termes, durant sa vie quelque chose est resté inachevé... et il ne trouvera pas le repos dans la mort tant que cette question ne sera pas élucidée. S'il t'a dicté ses vers, c'était dans un dessein précis. Sans doute pour que tu l'aides à terminer sa mission terrestre. S'il s'est échappé, l'autre soir, c'était aussi dans un but particulier... que j'ignore. Laisse-moi étudier ses poèmes, je suis sûr que la réponse est dissimulée à l'intérieur...

Victoire avait réussi : son père ne geignait plus, ne ressassait plus ses idées sombres, totalement absorbé par la lecture du cahier comme Gustave l'était par l'examen de la quatrième face de la pyramide. Les deux hommes étaient penchés sur la table, concentrés et muets, persuadés l'un et l'autre d'avoir sous les yeux un secret codé qu'ils étaient seuls à pouvoir déchiffrer. À côté de Pražský, František sculptait un morceau de bois avec son couteau, sans dire un mot. Victoire sourit au silence et en profita pour mettre un peu d'ordre. Quand elle revint vers la table, l'adolescent avait disparu. Elle ne l'avait pas entendu sortir.

– Tiens, marmonna son père. Cela me rappelle quelque chose. J'ai déjà vu ce croquis... mais pas sur mon talisman...

Victoire s'approcha, tandis que le vieil homme lui montrait la page du bloc téléphone sur laquelle, dans un état second, elle avait jadis dessiné trois grosses femmes nues, reliées entre elles par des tubes, et qui barbotaient dans des cuves.

– *Le sang de Saturne est la clavicule*
L'ambroysie du Paradis ressuscité
Et le breuvage de l'immortalité, cita Pražský. En revanche, c'est la première fois que je lis ces vers. C'est étrange... Où ai-je bien pu voir ce dessin ? On dirait des obèses... ou des femmes enceintes...

Il se leva aussi vite que le lui permettait sa jambe de bois. Puis il se mit à fouiller la masse des documents rapatriés de son bureau et disséminés aux quatre coins de la pièce.

– Où ai-je mis le manuscrit de Voynich ? marmonna-t-il.

– Le quoi ? demanda Victoire.

Trop occupé à soulever des monticules de papier et de poussière, son père ne répondit pas. Mais Gustave leva les yeux du talisman, déçu. La quatrième face, la face cachée, donc la plus importante, ne lui avait rien révélé. Il devait l'étudier encore, démonter le pendentif et envisager une analyse chimique de celui-ci, qui n'était pas en argent mais constitué d'un alliage métallique qu'il n'avait jamais vu... Que venait de dire le vieux fou ? Les mots qu'il avait prononcés l'avaient sorti de sa torpeur studieuse.

– Vous détenez le manuscrit de Voynich ? demanda-t-il.

– Une copie, jeune homme, une copie seulement ! répondit l'ancien peintre. C'est-à-dire des photographies de l'original.

– Comment est-ce possible ? osa Gustave, le regard luisant de convoitise.

– Vous allez m'expliquer ce qu'est ce manuscrit ? s'irrita Victoire.

– Il s'agit de l'un des plus grands mystères de l'humanité, s'enflamma l'alchimiste, un vieux grimoire illustré, écrit par un inconnu dans une langue que personne n'est capable de décrypter ! Nombre d'initiés en ont entendu parler mais peu l'ont vu, vous êtes sûr que vous allez le retrouver dans ce fatras, maître Pražský ? Attendez, je vais vous aider !

Quelques instants plus tard, à quatre pattes, Gustave s'extasiait devant des clichés dispersés sur le sol, tandis que le vieil artiste était sur sa chaise percée, un coussin dans le dos, derrière la table sur laquelle trônait une nouvelle bouteille d'eau-de-vie.

– Regarde, c'est ressemblant, n'est-ce pas ? dit-il en tendant une photo à sa fille.

Elle vit trois femmes nues aux cheveux longs, au ventre proéminent, reliées entre elles par des tubes ou des canalisations, qui se baignaient dans des cuves remplies de liquide. Il s'agissait du double parfait de son dessin, sauf que l'arrière-plan de la photo noir et blanc était peint en vert et que quelques touches de bleu flottaient dans les baignoires. L'autre différence était que les vers français qu'elle avait consignés sous son croquis étaient remplacés par un texte rédigé à la plume d'oie dans un langage incompréhensible, dont elle ne reconnaissait pas même l'alphabet.

– C'est moi qui ai posé les couleurs sur les images, précisa son père, suivant les indications du dernier propriétaire du manuscrit, Wilfrid Michael Voynich, un antiquaire et riche bibliophile new-yorkais originaire d'Europe de l'Est. Il a découvert et acheté le document en 1912, en Italie. Voynich est mort en 1930 et c'est sa veuve qui a hérité du livre. Elle le garde à New York[1].

– Quel est le rapport avec toi, ou avec Théogène? s'agaça Victoire.

– La première lettre que j'ai reçue de M. Voynich date de décembre 1921, répondit Pražský, juste après qu'il a exposé le volume à Philadelphie. Il est venu plusieurs fois à Prague. C'était un homme courtois, passionné et instruit, qui n'a eu de cesse que de clamer l'intérêt historique de ce livre oublié et de comprendre le sens de cet ouvrage sibyllin, d'une beauté aussi extraordinaire que mystérieuse. Il a consulté les plus grands savants, linguistes, cryptographes, paléographes, astronomes, archivistes, en Amérique, à Paris, à Londres, même un cardinal du Vatican mais hélas, nul n'est jamais parvenu à lever le voile…

– Pourquoi s'est-il adressé à toi? interrogea-t-elle, curieuse. Tu n'es pas expert en vieux bouquins ni en cryptologie!

– Non, mais je suis un spécialiste de Rodolphe II de Habsbourg! Et si, jusqu'à ce jour, personne n'a pu déchiffrer ce grimoire, ni même identifier dans quelle langue il a été rédigé, il y a

---

1. Aujourd'hui, le manuscrit de Voynich se trouve à la bibliothèque Beinecke de l'université de Yale (Connecticut), sous le numéro de classement « MS 408 ».

une chose dont nous sommes absolument certains : il faisait partie des collections de l'Empereur, qui l'avait acheté six cents thalers-or à la fin du XVIᵉ siècle. Nous ne savons pas qui le lui a vendu, mais Rodolphe le tenait pour un livre crypté écrit par le célèbre Roger Bacon. Voynich était également persuadé que, quoique non signé, le manuscrit était le fruit du travail de l'alchimiste et philosophe anglais du XIIIᵉ siècle. Le collectionneur américain s'est adressé à moi en vertu de mes fonctions au Château. Il pensait que dans les archives du Hradschin de l'époque rodolphienne figuraient des renseignements susceptibles d'aider à décoder le livre, ou du moins d'en percer la véritable provenance.

Penché sur le sol, Gustave écoutait le récit avec avidité.

– Quant à moi, poursuivit le Tchèque, j'ai naturellement proposé à Voynich de lui racheter le manuscrit afin que ce dernier enrichisse le futur musée de Prague, mais il m'a toujours opposé un refus. Son héritière également. Aujourd'hui, je pense qu'ils ont bien fait, car il n'y aura jamais de musée rassemblant les anciennes collections de Rodolphe… Le livre est plus en sécurité aux États-Unis… Qui sait ce que vont devenir les quelques pièces que j'ai réussi à rapatrier… Hácha et ses sbires peuvent m'enfermer dans la Tour blanche et me soumettre à la question, jamais je ne leur révélerai où j'ai caché le Dürer ! *Das Rosenkranzfest* restera dans sa cachette ! Ils peuvent m'arracher les membres qu'il me reste, me couper en morceaux, je ne dirai rien !

– N'aie crainte, le nouveau président de la République ne s'intéresse pas à l'art, tenta de l'apaiser Victoire. Il l'a prouvé en te…

– Votre peinture des couleurs à partir de l'ouvrage authentique, maître Pražský, est remarquable ! coupa fort à propos Gustave, sous le regard reconnaissant de son amie. Néanmoins, je donnerais cher pour avoir sous les yeux l'original, ne serait-ce qu'un instant. Avez-vous eu cet honneur ?

– Une fois ! Voynich est venu avec, et je dois avouer que jamais je n'oublierai la sensation que ce codex, parfaitement conservé, a produite sur moi. La qualité du vélin, la splendeur des planches botaniques, pharmacologiques et cosmologiques – dont une double page, ce qui est rarissime – aux teintes intactes, la lumière des pigments, l'énigme de cette écriture inconnue, ronde, nette et régulière, sans ratures, qui ressemble à une typographie médiévale de type onciale ou caroline, le secret quant à l'identité de l'auteur et à la nature même de ce livre… j'avais l'impression qu'il était habité par une puissance, un influx spirituel immense !

À ces mots, Victoire fronça les sourcils.

– Je pense aussi que cet ouvrage hors du commun dissimule un fabuleux pouvoir, répondit Gustave en observant les photos. Ce traité rassemble les connaissances d'un teinturier de la lune des temps anciens. Tout concorde : la partie herbier, celle consacrée à l'astronomie, la biologie, la section consacrée à la cosmologie, la pharmacologie et, enfin, ce qui a l'air de recettes. Si l'auteur a pris la peine de coder son texte, de façon si efficace que nul ne peut le décrypter, c'est qu'il contient un secret de la plus haute importance, qu'il fallait cacher au tout-venant… en l'occurrence, la formule permettant de fabriquer la Pierre Philosophale, donc l'Élixir de longue vie !

– Si nul ne doute que ce livre ressemble à un traité d'alchimie, rétorqua Pražský, certains pensent cependant qu'il s'agit d'une farce. Un canular sophistiqué élaboré par un ésotériste éminent, ou par un graphomane génial.

– A-t-on pu dater ce document ? demanda Victoire.

– L'examen du vélin, de la calligraphie et des pigments le situe entre le milieu du XVᵉ siècle et le XVIᵉ siècle, précisa l'ancien artiste. Donc il ne peut pas avoir été rédigé par Roger Bacon au XIIIᵉ siècle !

– La pseudépigraphie, intervint Gustave, c'est-à-dire le fait d'attribuer des textes à des auteurs célèbres, après leur mort, est une pratique courante en alchimie depuis le Moyen Âge…

La jeune femme alluma une cigarette et contempla son verre d'esprit de prunes. Cette histoire était à la fois délirante et fascinante.

– Pensez-vous que Théogène puisse être l'auteur de ce livre ? osa-t-elle en s'adressant aux deux hommes.

– Très improbable, répondit Gustave. Les deux écritures diffèrent totalement.

– D'accord avec toi, acquiesça le père en tutoyant le scientifique pour la première fois. Il me paraît impossible de falsifier son écriture sur presque deux cent quarante pages, avec une telle harmonie dans le tracé des lettres, et une si grande cohérence dans la graphie. Cela dit, lorsque Voynich a acheté le manuscrit, il a constaté que quarante-deux pages étaient manquantes, d'après la pagination. Elles avaient été arrachées. On ignore par qui, quand, et où elles se trouvent, si elles existent encore. Je pense que celui qui a vendu le grimoire à Rodolphe a préalablement déchiré ces pages, avant de les détruire. Un ouvrage supposé de Roger Bacon ne se négocie pas au même prix que le traité d'un obscur alchimiste de la cour !

– C'est rationnel, admit Victoire, mais cela n'explique pas pourquoi Théogène m'a fait dessiner un extrait de ce manuscrit.

– Il l'a sans doute eu entre les mains, répondit Gustave en se redressant. L'Empereur lui a demandé de l'étudier afin de le décoder. Mais il a échoué, comme les autres.

– Théogène ne figure pas dans la longue liste des savants qui se sont cassé la tête et les dents sur le décryptage du grimoire, intervint Pražský.

– En résumé, conclut Victoire, si Théogène n'est ni l'auteur ni l'un des érudits qui se sont officiellement penchés sur le codex… Il est peut-être celui qui l'a vendu à l'Empereur ?

Les deux hommes trinquèrent une nouvelle fois avant de répondre.

– J'ai toujours cru que c'était John Dee ou Edward Kelley qui avait cédé, à prix d'or, le traité à Rodolphe, avoua l'éclopé, pendant que l'alchimiste retournait contempler les clichés.

– Cela cadre mieux avec le caractère de Kelley qu'avec celui de

Dee, précisa Gustave en allumant des chandelles et en brandissant une photo devant la lumière.

– Des alchimistes de la cour du souverain, donc des amis à vous, je présume ? ironisa la jeune femme.

– John Dee était un brillant esprit de la Renaissance, un aristocrate hermétiste aux connaissances encyclopédiques, répondit son père, parfaitement capable d'écrire un tel ouvrage, dans une langue de son invention. Il avait conçu l'«énochien», le prétendu langage des anges et d'Adam, donc il a pu créer, de toutes pièces, l'alphabet et le jargon dans lesquels ce livre est rédigé. Quant à Edward Kelley, je suis plus réservé. Certes, les magistrats de Lancastre lui coupèrent les oreilles pour avoir confectionné des faux en écriture car il excellait dans l'imitation des anciennes graphies, mais je doute qu'il ait eu la patience, l'érudition et le talent nécessaires à la création d'une telle œuvre, même si cette dernière est finalement un canular destiné à abuser l'Empereur en vue de lui soutirer de l'argent.

– Tu veux dire que ce Kelley était un charlatan ? interrogea sa fille.

– Sans doute, approuva Pražský, comme la plupart des membres de l'académie d'alchimie, qui servaient à Rodolphe ce que ce dernier avait envie de gober.

– Un bonimenteur qui a tout de même eu son heure de gloire en tant que médium, faiseur d'or et conseiller du souverain, intervint Gustave. Mais qui a très mal fini…

– Pendu à un gibet doré ? demanda Victoire.

– Pas du tout, sourit son père. Après sa disgrâce survenue en 1591 suite à un duel, son éviction de la cour, son incarcération et l'ablation de l'une de ses jambes après une malheureuse tentative d'évasion, il est libéré et on perd sa trace dans les documents officiels jusqu'en novembre 1596, date à laquelle il est à nouveau emprisonné, dans le château de Most, cette fois pour dettes. Son indéfectible protecteur, Vilém de Romžberk, le burgrave de Bohême, est mort à cette époque, et il n'a personne pour le défendre à part sa femme Johanna. À l'été 1597, elle demande audience à Rodolphe, mais un chambellan la menace de l'arrêter pour complicité et d'enfermer ses enfants dans un couvent. Kelley décide de s'enfuir, et comme la première fois, la corde rompt : il se brise la deuxième jambe. Il est ramené dans son cachot où il finit par se suicider, le 1er novembre 1597, à l'âge de quarante-deux ans, avec un poison apporté par sa fidèle épouse.

– C'est terrible, murmura Victoire. Pour retrouver les bonnes grâces de l'Empereur, il aurait pu lui vendre le mystérieux manuscrit peut-être confectionné par son maître John Dee, en le présentant comme une œuvre secrète de Roger Bacon recélant la clef de l'immortalité… Puis il aurait dilapidé les six cents thalers donnés par Rodolphe, tandis que le souverain confiait le grimoire à Théogène afin que ce dernier le traduise…

– Ce n'est pas inconcevable, convint son père.

– Mais il n'a pas réussi, poursuivit Victoire. Et comme l'Empereur déçu s'est acharné sur Kelley, il a aussi condamné Théogène ! Donc c'est lui qui a péri sur un gibet doré, ou dans les oubliettes de la Tour blanche ! Dans son cul-de-basse-fosse, on lui avait sans doute laissé son cahier de poèmes, et il est mort près de son journal intime. Son âme s'est probablement retrouvée enfermée à l'intérieur. Je l'ai libérée du livre mais elle ne trouve pas le repos, il est un fantôme souffrant, il s'est adressé à moi pour que je l'aide à conquérir la paix de l'au-delà et…

– Et si on se trompait depuis le début ? hurla soudain Gustave. Si Théogène était parvenu à décrypter le manuscrit ?

Le père et la fille se tournèrent vers lui. Le scientifique faisait les cent pas dans la masure.

Il approcha de la table et y posa la photo des femmes aux tubes, juste à côté du dessin de Victoire.

– Les mots ! souffla Gustave. Les vers de Théogène !

– Et alors ? coupa Victoire. Ce sont des hendécasyllabes puisqu'ils ont onze pieds et…

– On s'en fiche, de leurs pieds ! cria Gustave, cramoisi. Ce qui compte, c'est leur langue !

– Français de la Renaissance, comme le reste, diagnostiqua la jeune femme avec froideur.

– Oui, Victoire, du français ! éructa l'alchimiste avec passion. Pas le charabia codé du manuscrit découvert par Voynich !

Elle observa son ami avec perplexité, puis son visage s'éclaira.

– Tu sous-entends que ce tercet serait une traduction littérale du texte original ?

– Exactement ! affirma Gustave en levant ses longs bras au ciel.

– Cette thèse est absurde, jeune homme, intervint l'estropié. En admettant que Théogène soit parvenu à déchiffrer le texte, ce à quoi je ne crois absolument pas, je ne vois pas pourquoi il aurait recopié ce dessin dans son cahier, en y inscrivant la translation de ces trois vers, et seulement de ces trois vers. Cela ne répond à aucune logique…

– Sauf si ce croquis et ce tercet étaient particulièrement importants, répondit Gustave, beaucoup plus importants que le reste du traité ! En Haute Science, les cuves et autres récipients symbolisent les cornues, creusets et retortes. Quant aux femmes, nombre d'auteurs les ont esquissées pour personnifier les métaux… Elles sont parturientes car elles vont donner vie à l'enfant royal : la Pierre. Ce dessin de bain alchimique n'est autre que la seconde étape du Grand Œuvre, *albedo*, la phase blanche de la purification. Quant au chiffre trois, il est éloquent : il figure à la fois le trésor d'Hermès trois fois grand, les trois principes alchimiques – soufre, mercure, sel – les trois voies alchimiques – directissime, sèche, humide – les trois parties du Grand Œuvre – *nigredo, albedo, rubedo* – les trois mondes – terrestre, astral, divin – la Sainte Trinité – Père, Fils, Saint-Esprit – les trois éléments de l'homme – esprit, âme, corps – et les trois temps – passé, présent, avenir. Quant aux vers : *Le sang de Saturne est la clavicule, l'ambroysie du Paradis ressuscité et le breuvage de l'immortalité*, je vous rappelle qu'en latin et en langage alchimique, une clavicule n'est pas seulement un os du corps humain, mais le symbole de la clef. Il paraît donc évident que le « sang de Saturne » désigne la matière première, la clef de l'*Opus Magnum* et de la Panacée…

– Merci pour ce cours, railla Victoire. Mais on ignore quel matériau concret se cache derrière cette image. Il ne s'agit vraisemblablement pas du métal de Saturne, le plomb vulgaire.

– Non, évidemment ! Mais Théogène avait peut-être levé le voile de cette hermétique métaphore, déclara l'alchimiste. Je suis convaincu qu'il a noté ces trois vers car ils contiennent LA clef : celle de la grande métamorphose, donc la clef de décryptage du manuscrit ! En juxtaposant les lettres des mots français du tercet avec celles de la langue inconnue, je suis sûr qu'on peut comprendre ces dernières, puis, par déduction, élaborer un tableau de correspondances qui permet de déchiffrer l'ouvrage entier.

– Si tu as raison, ce dont je doute, observa Victoire, cela expliquerait pourquoi le cahier de Théogène a été volé à la Mazarine. Mais par qui ? Qui savait ? Jusqu'à aujourd'hui, j'ignorais moi-même d'où provenait ce dessin !

– Quelqu'un qui connaissait très bien le manuscrit de Voynich, répondit Pražský. Et qui, comme nous mais avant nous, a fait le rapprochement avec le cahier de Théogène, qu'il avait eu entre les mains.

– À part un chercheur en cryptologie passionné d'ésotérisme, croisé avec un rat de bibliothèque dévoreur de vieux bouquins poussiéreux oubliés sur un rayonnage, je ne vois franchement pas…

Elle se mordit les lèvres en suivant les pensées de Gustave qui, dos à la fenêtre, l'observait avec un sourire sinistre.

– Mademoiselle Maïa ? lâcha-t-elle dans un murmure.

– Mademoiselle Maïa faisait probablement partie de la secte des anciens Rose-Croix, répondit-il, et…

– Oh non, Gus, tu ne vas pas recommencer avec cette histoire, geignit-elle. Cette femme a malheureusement prouvé qu'elle n'était pas immortelle !

– A priori tu as raison, convint-il, mais à part les grands élus hermétiques, invisibles et omniscients, dans ton entourage elle seule savait l'existence des deux documents, et...

– C'est faux ! objecta Victoire avec énergie. Toi aussi tu savais !

En cette fin d'après-midi de Noël, la nuit était tombée, glacée et noire. Le ciel sentait la neige qui n'allait pas tarder à se déverser sur la terre. Le froid s'infiltrait dans la bicoque : personne n'avait songé à recharger le poêle. Seules les quelques bougies que Gustave avait allumées empêchaient les ténèbres de s'emparer de la maison. L'atmosphère vacillait sous le faible halo qui découpait les silhouettes et les objets.

L'irruption de František empêcha la dispute de s'envenimer. Contrairement à son habitude, il entra dans la pièce en faisant claquer la porte. Ses yeux bicolores étaient humides, son teint pâle et il semblait la proie d'une émotion peu coutumière. L'adolescent se dirigea vers son père d'adoption et lui glissa quelques mots à l'oreille. L'éclopé s'agrippa à la table et serra tellement le bois que ses phalanges devinrent blanches. Puis il prononça un juron en tchèque.

– Que se passe-t-il ? demanda sa fille, inquiète.

– Après la défaite de la Montagne-Blanche, le 8 novembre 1620, répondit-il, et la victoire des catholiques, les vingt-sept gentilshommes tchèques qui s'étaient révoltés contre les Habsbourg ont été exécutés place de la Vieille-Ville. Puis leurs têtes ont été accrochées aux tours du pont Charles qui s'appelait alors le Pont de pierre, où elles sont restées pendues durant dix ans, pour l'exemple. Dix ans...

Victoire attendit que son père revienne au réel, ne cherchant pas à comprendre quel malheur actuel pouvait rappeler au vieil homme les catastrophes passées.

– Karel Čapek est mort, annonça enfin Pražský.

– Il s'est jeté du pont ? demanda Victoire.

– Non, il est décédé dans son lit. Officiellement, d'une pneumonie.

– Officiellement? Que sous-entends-tu? Qu'on l'a assassiné?

– Naturellement! Ce sont les insultes de tous ces médisants qui l'ont tué! brailla-t-il. Les attaques injustes, perfides et quotidiennes! Les vitres brisées de sa maison, les appels anonymes chargés d'injures! Qu'allons-nous devenir, si les poètes sont soumis à la vindicte des profanes et qu'ils meurent sous les mots? Comprends-tu, ma fille? Si les artistes de ce pays ne sont plus libres, s'ils trépassent de tristesse et de chagrin, nous sommes tous condamnés, c'est la fin de la Bohême, de notre peuple, et notre tête pend désormais à une tour du pont, soumise au vent, à la pluie et à l'ordure de la honte!

Il se tut, incapable de reprendre son souffle. Puis ses membres se raidirent et il commença à trembler, tandis qu'une écume malsaine sortait de sa bouche.

28

D'un revers de manche, Théogène essuie l'écume blanche de ses lèvres et il pose la chopine de bière à côté des sceaux et des talismans qui jonchent l'étal. En cet avent de l'an 1593, la place de la Vieille-Ville regorge de camelots, chanteurs ambulants, montreurs d'ours, manipulateurs de marionnettes et de Pragois s'activant aux préparatifs de Noël.

Théogène observe la pauvre baraque de Geronimo Scotta, l'un de ses concurrents. Il se souvient de la prodigieuse arrivée de l'Italien à Prague, en 1589, avec trois carrosses rutilants, plusieurs dizaines de chevaux et de domestiques... Quatre années plus tard, l'astrologue déchu de la cour survit en vendant des onguents à base de gélatine de corne de bœuf, en faisant des tours de passe-passe aux philistins et à la populace. C'est Kelley qui a ruiné Scotta, comme d'autres alchimistes et devins du ciel qui, chassés du Château, en sont réduits à haranguer les passants de Staré Město avec leurs mixtures contre l'hydropisie, la gravelle, les maux de dents, la chute des cheveux, les fièvres puerpérales ou la naissance d'enfants naturels.

Pour assurer son prestige, son pouvoir et son influence sur Rodolphe, Kelley a tenté d'écraser chacun de ses rivaux ou supposés tels. Mais à celui qu'il considérait comme son seul ami, il a pris sa raison d'être.

Théogène n'en a aucune preuve, mais il est convaincu que

c'est son frère de cœur qui a tué Svétlana et détruit son bonheur absolu, afin de s'emparer du manuscrit d'Athanasius Liber. Qui d'autre que son vieux confident a pu deviner qu'il dissimulait un terrible secret ? Qui d'autre que leur hôte pouvait les espionner dans la maison du Marché-aux-Bestiaux, apprendre l'existence du grimoire, son contenu, et leur dessein de le vendre à Vilém de Romžberk ? Kelley s'est caché dans son encoignure habituelle, sous le Château, et il a assommé Svétlana avec une pierre afin de lui voler le précieux traité. Cet assassinat était-il prémédité ou a-t-il juste frappé trop fort ? Théogène penche pour la seconde hypothèse, qui expliquerait l'énigmatique voyage dans les airs rapporté par son épouse : le scélérat a probablement commis son crime tout seul, Kelley n'est pas du genre à s'embarrasser de complices en qui il n'aurait nulle confiance. Mais quand Svétlana est tombée en perdant son sang, il a hélé un cocher, arguant que la parturiente était victime d'une chute accidentelle. Les deux hommes l'ont soulevée, posée sur la charrette et le postillon l'a ramenée sur le seuil où son mari l'a trouvée. Le bruit sourd qu'a évoqué sa femme avant de mourir, ces fameux coups sur les pavés, ne peut être que le son produit par le pilon de l'Anglais, cette jambe de bois que Théogène a lui-même placée sur son moignon, après lui avoir sauvé la vie…

L'alchimiste a offert à son épouse une sépulture digne. Puis il a cherché l'ancien conseiller impérial dans toute la ville, afin de lui demander raison et d'assouvir sa vengeance. Mais, signant ainsi son meurtre, Kelley avait disparu. Nul ne l'a vu depuis le funeste jour de la mort de Svétlana, et même la fidèle Johanna, hagarde, a juré sur la Vierge qu'elle ignorait où il se trouvait. Théogène a tenté de lire la vérité dans les yeux de la petite Westonia mais il n'y a discerné que détresse et confusion. Le criminel en fuite est-il rentré en Angleterre, en abandonnant lâchement sa famille ? Se terre-t-il dans un recoin sombre de Prague, parmi la vermine et les rats, en attendant qu'on l'oublie ? Une chose est certaine : cette fois, il n'a pu bénéficier de la protection de Vilém de Romžberk,

435

qui a trépassé de vieillesse quelques jours après sa fille naturelle, le 31 août 1592, dans son château de Český Krumlov, en Bohême du Sud. Kelley n'a donc pu se réfugier là-bas, ni à Třeboň et encore moins dans le palais Romžberk du château de Prague, que le frère de Vilém, le dernier de la dynastie, a vendu à l'Empereur afin d'éponger certaines créances. Où que se cache le traître, l'infâme assassin, il refera surface un jour. Théogène l'attend.

Le deuil de Svétlana est impossible. Brisé, l'alchimiste tâtonne désormais comme un vieillard de vingt-neuf ans à qui l'on aurait crevé les yeux. Ses beaux cheveux noirs sont devenus blancs du jour au lendemain, et sa boiterie s'est accentuée. Privé de lumière, il erre dans une nuit sans lune. Il a perdu le sommeil, et il revoit sans cesse le crâne défoncé, le cadavre sanguinolent de sa femme enceinte, gisant sur le seuil.

Son âme et son corps grelottent dans un hiver éternel, que rien ne pourra réchauffer. Des centaines de fois, il a failli se jeter du Pont de pierre pour rejoindre son aimée dans les flots brumeux de l'au-delà. Peu lui importent les tortures de l'enfer, pourvu qu'un jour, il retrouve son étoile. À chaque instant, Théogène revit ce jour fatal où il a laissé partir sa femme pour quelques heures, sans savoir que cette première désunion serait définitive, sans songer que par sa faute, ils seraient à jamais séparés sur terre. Que lui importait la misère, puisqu'ils étaient ensemble ! Pour quelques thalers, il a perdu le souffle qui l'animait, l'astre qui lui insufflait la vie, l'or qui teintait son âme, le paradis qui le rendait invincible et immortel ! La main perfide et infâme d'Edward Kelley a sectionné l'hymen parfait, coupé en deux le corps de l'androgyne, chassant les amants de leur jardin d'Éden. Sans Svétlana, l'existence n'est que souillure, malheur et corruption.

Théogène se retourne. Près de lui, sur le sol est posé un grand panier rempli de chiffons et de couvertures sombres. Une tache claire émerge à peine du monceau de tissus. Il se penche sur la corbeille et, avec tendresse, il arrange les couches de laine autour de sa fille endormie.

Cette enfant est devenue son cœur. Après l'avoir extirpée du cadavre de sa mère, il l'a lavée, puis il a placé le bébé prématuré dans une caisse en bois, sur des casseroles d'eau chaude qu'il faisait bouillir dans l'alambic. Puis il a réalisé que la chaleur de l'athanor, douce et constante, ressemblait plus à la tiédeur d'un ventre. Durant plus d'un mois, le nourrisson dans sa boîte n'a pas quitté le sommet de la tour de terre, dans laquelle l'alchimiste entretenait un feu permanent.

Le meurtre de Svétlana et la naissance miraculeuse de sa fille ont ému Thadée de Hájek. L'archiatre a parlé de Dionysos, que Zeus a arraché du ventre de sa mère décédée, pour l'introduire dans sa cuisse et mener la gestation à son terme ; il a rappelé qu'Esculape lui-même, le dieu de la médecine, avait été tiré de la matrice de sa mère défunte par son père Apollon. Le vieux médecin a envoyé une nourrice dans la masure de la Vieille-Ville. Son sein a alimenté l'enfant, mais c'est le teinturier de la lune et la combustion lente du feu artificiel qui lui ont permis de survivre.

Aujourd'hui, elle a seize mois. Son père l'a baptisée Růzena, Rose en langue bohémienne, car elle est l'unique fruit du Grand Œuvre de l'amour, la Pierre engendrée par l'union totale du soleil et de la lune.

Růzena a les cheveux noirs et bouclés qu'arborait Théogène dans sa jeunesse, mais ses grands yeux gris sont ceux de sa génitrice. Quand sa fille le regarde, l'alchimiste contemple l'âme de son épouse disparue. À voix basse, il lui dit qu'il retrouvera son assassin et que justice sera faite. Il murmure qu'il l'aime pour l'éternité. En sanglotant, il confie qu'il se sent orphelin d'elle, comme jamais il ne l'a été auparavant. Il chuchote qu'elle était son pays, son unique patrie. Puis il réalise qu'il s'adresse à sa progéniture, qui était orpheline avant que d'être née. Alors, il essuie ses larmes, prend l'enfant dans ses bras et il la serre contre sa poitrine.

Avec des gestes doux et caressants, Théogène écarte du visage de Růzena le gros tartan en fourrure de mouton, afin que le bébé ne s'étouffe pas avec les poils de la toison. Au cou de la petite endormie, pend une pyramide accrochée à une chaîne d'argent.

Inspiré du talisman de la reine Catherine de Médicis et de celui que le rabbi Löw a offert à Rodolphe, le bijou protège celui qui le porte des puissances néfastes, des maladies et contribue à sa bonne fortune. Il est la synthèse de toutes les connaissances hermétiques de Théogène, et l'initié a mis une année pour le fabriquer. En forme de pyramide, symbole de la métamorphose et du grand passage, sa première face est dédiée à Saturne et elle raconte, sous forme d'allégorie codée, la naissance de Růzena. Le carré magique et les inscriptions ont pour vocation de la préserver des dangers humains et surnaturels, lorsqu'elle sera en âge d'enfanter. En effet, Théogène pense que la main criminelle de Kelley a peut-être été guidée par l'esprit diabolique de Liber qui, du fond des enfers, entendait reprendre son infecte cueillette du souffle de femmes enceintes et du corps de leur embryon. Consacrée à Svétlana, la deuxième face du bijou incarne la lune et elle sauvegardera sa fille durant ses voyages terrestres et célestes. La troisième face, qui représente Théogène et le soleil, assurera Růzena du regard gracieux des rois et des princes. La quatrième face, sur laquelle il a naturellement gravé une rose, recèle un message crypté relatif au sens caché du talisman, différent de sa vocation protectrice et thérapeutique. Un jour, il dévoilera cette signification occulte à sa fille.

L'amulette n'est ni en argent, ni en plomb ou en fer mais en *Electrum*, un alliage paracelsien des sept métaux de la nature, qui combine la force et l'esprit de la matière à ceux des astres correspondants. Élaboré au long du cycle des planètes et des signes du zodiaque sur la base de l'horoscope de conception de Růzena dans le ventre maternel, le pendentif contient aussi les cendres distillées d'Adam, la dernière victime de Liber, que l'alchimiste a fondues avec les métaux, du sang séché de Svétlana, un peu de son propre sang, les cendres des roses et des oiseaux de ses travaux de palingénésie, ajoutées à la substance magique qui lui avait permis de faire apparaître le spectre de la fleur. Théogène a même jeté dans le creuset en fusion les poèmes qu'il avait jadis envoyés à Svétlana, et que sa femme gardait contre son sein, ficelés d'un ruban. Un seul a échappé à l'immolation : le sonnet palingénésique en langue bohémienne et en lettres d'or, dans lequel le poète se déclarait et demandait la main de la demoiselle. Théogène l'a cherché partout, en vain. La fiole de verre contenant les rimes a probablement été brisée par les administrateurs impériaux, lorsque les biens de Kelley ont été mis sous séquestre et qu'ils ont été expulsés de la maison du Marché-aux-Bestiaux.

Devant son cahier, Théogène a longuement hésité. Il a tourné quelques pages, comme un vieil homme se recueillant devant sa jeunesse. Il n'a rien écrit depuis sa fuite du Château avec Svétlana. Bouleversé, il a contemplé le recueil de rêves, de découvertes macabres et de brouillons d'amour. Il a décidé de le conserver et, plus tard, de le transmettre à sa fille comme un témoin du passé et de ses sentiments pour sa mère.

Quant à la confession d'Athanasius Liber arrachée au grimoire maudit grâce aux forces obscures, l'alchimiste l'a dissimulée dans un endroit où seul un élu pourra la trouver. Ce sage, homme ou femme, sera un adepte ayant réussi la transmutation intérieure au sens où le veuf l'entend désormais : cet être d'exception devra posséder non seulement la science de l'esprit mais un corps purifié par l'amour et une âme régénérée par la magie véritable, c'est-à-dire la communion absolue avec une autre âme. Sans l'illumination du cœur, sans extase amoureuse, le grand secret demeurera à jamais ignoré, car seule la combustion au feu d'un autre être des trois éléments, soufre, mercure et sel, c'est-à-dire esprit, âme et corps, permettra à cet humain de découvrir la cachette, de déchiffrer les mots de Liber, de maîtriser l'ange noir et les démons, et de faire bon usage du mystère de la jeunesse et de la vie éternelles.

– Holà, Théogène, encore à t'inquiéter pour le petit ange ? Vois ce que je lui apporte ! Comment vont nos affaires ?

Le commerçant lève la tête et sourit à un homme plus jeune que lui, qui tient un bol de bois rempli d'une bouillie fumante.

– Merci, Vojtěch ! répond Théogène en s'emparant de l'écuelle. J'ai vendu ce matin un sceau contre le sable des reins, et un talisman contre la goutte…

– Ce n'est pas si mal, cher associé !

Pour payer les funérailles de sa femme, Théogène a dû céder ses tables astronomiques, ses cornues, l'alambic, les métaux, les acides et le maigre contenu de leur bicoque de la Vieille-Ville. Seul l'athanor, ventre vital pour Růzena, est resté en place, avec le bois pour le nourrir. Mais l'alchimiste ne possédait plus les outils, la matière ni les instruments nécessaires à la confection du talisman pour sa fille. Un soir, il a frappé à la porte d'un modeste orfèvre de Staré Město, établi dans la cour d'Ungelt, et lui a proposé de louer son atelier quelques heures chaque nuit, pour une somme modique. Intrigué et perplexe, l'artisan l'a interrogé sur ses intentions, et Théogène a montré les ébauches de l'amulette, qu'il avait croquées sur son cahier. Vojtěch Reiner, qui fabriquait sans grand succès des médailles pieuses et des bijoux de pacotille, a saisi l'occasion de relancer son commerce. Il a suggéré à Théogène une association dans laquelle le teinturier de la lune dessinerait des sceaux et des talismans magiques, que l'orfèvre et lui réaliseraient et vendraient sur la place de la Vieille-Ville. Destinés aux bourgeois et au peuple, les fétiches guérisseurs n'atteindraient pas la complexité philosophique des amulettes réservées aux souverains et aux nobles, mais la science de l'alchimiste alliée au savoir-faire de l'artisan pourrait faire vivre décemment leur famille.

Sans le sou, tourmenté par l'avenir de Růzena, Théogène a accepté l'offre de Vojtěch, qui n'est pas un mauvais bougre. Certes, il ne fait pas fortune mais cette activité lui permet de subvenir aux besoins de sa fille, de payer le loyer de leur bicoque et d'attendre que le siège de Paris prenne fin, pour rejoindre la capitale du royaume de France, le Quartier latin, Hieronymus Aleaume et sa librairie.

Il a enfin reçu une lettre de l'imprimeur, au printemps de cette année 1593. Le courrier a pu quitter Paris à la faveur d'une trêve : Hieronymus lui apprenait que deux de ses enfants étaient morts de faim mais que les neveux de Théogène avaient survécu. Ermengarde était souffrante, mais elle était forte et le libraire ne doutait pas qu'elle guérisse. Lui-même avait failli périr de fièvre et de dénutrition, puis il s'était remis. Théogène s'était empressé de répondre à son ami.

Depuis lors, les événements parisiens ont été de plus en plus rassurants : le 25 juillet, en la basilique Saint-Denis, Henri de Navarre a abandonné la religion réformée et s'est converti à la foi catholique. C'est un signe que le pire est passé, que la réconciliation nationale est proche et que le blocus de Paris devrait bientôt être rompu par le nouveau roi. Théogène attend avec impatience que la nouvelle de la libération de la capitale française parvienne jusqu'en Bohême.

Chaque matin, en arrivant sur la place de la Vieille-Ville avec le couffin portant sa fille et sa besace contenant les sceaux et les talismans, il scrute les badauds, écoute les bruits de la foule et les conversations des passants. D'ordinaire, il cherche Kelley dans la masse, guette un ragot permettant de le mettre sur sa piste. Mais depuis la lettre du libraire et l'abjuration d'Henri IV, un autre espoir l'habite, celui de quitter Prague, cette cité surnaturelle qui lui a tout donné avant de tout reprendre, la ville qui a brisé le palais de verre où vivaient les anges et les étoiles, et qui est gouvernée par le diable et ses sortilèges.

– Bonjour, Théogène. Notre Růzena a grandi... Elle a bon appétit !

Agenouillé près du berceau, occupé à donner la becquée à sa fille, l'alchimiste n'a pas prêté attention à l'homme qui s'est approché de l'échoppe. Reconnaissant Thadée de Hájek, il se lève et sourit, mais son visage se ferme lorsqu'il aperçoit, aux côtés de l'archiatre, plusieurs gardes impériaux en armes.

– Que signifie cette apparition ? Vous m'arrêtez ? Pour quel motif ? demande-t-il, aussi impétueux que soucieux.

– N'aie crainte, nous ne sommes pas venus te jeter en prison ! le rassure le vieux serviteur de Rodolphe. Notre mission est pacifique et...

– Qui vous envoie ? Que voulez-vous ? interroge Théogène en posant instinctivement la main sur le panier dans lequel Růzena babille.

– Du calme, mon jeune ami ! répond le médecin. Nous ne te voulons aucun mal. Au contraire... Je t'apporte un cadeau du ciel de la part de l'Empereur, l'occasion inespérée de fuir définitivement cette existence de misère et de couvrir ta chère fille de soie, de bijoux et de précepteurs !

Théogène toise Thadée de Hájek avec méfiance.

– Sa Majesté impériale m'a donné l'ordre, en effet, explique le vieil astronome d'une voix douce, de te ramener au Hradschin, de gré ou de force. Mais c'est le médecin qu'il convoque. L'original disciple de Paracelse.

– Il n'a donc pas de charlatans en nombre suffisant, là-haut, dans son académie ? Peut-être puis-je lui apporter un sceau ?

– Cesse cette arrogance qui non seulement ne te sied guère, mais te place en fâcheuse posture. Car toi non plus, tu n'as pas guéri la grande vérole du monarque.

– Je crains qu'il ne soit trop tard, malheureusement, répond humblement l'alchimiste.

– Pas pour don Julius, qui souffre du mal sacré[1]. Il n'a que huit ans mais ses crises sont de plus en plus fréquentes, et graves. Madame Catherine pense, comme d'autres, que le haut mal est un châtiment divin pour un péché, ou que son fils est possédé par le Diable... et il s'avère que le fils aîné de l'Empereur commet des actes étranges et barbares...

– De quelle sorte ?

_____

1. Épilepsie.

– Il dissèque des animaux vivants, chuchote le médecin. L'autre jour, don Julius a attrapé une jeune biche dans le Fossé aux Cerfs et lui a arraché les membres à mains nues. Il l'a éventrée et a mangé crus son cœur et ses intestins…

Théogène fronce les sourcils. La consanguinité des Habsbourg, plus que le Malin, est sans doute responsable du comportement du bâtard royal. Le vice et la perversité sont dans cet enfant depuis sa naissance : le pauvre hère en a hérité de ses ancêtres.

– C'est en effet inquiétant, mais je ne vois pas en quoi je…

– Don Julius César d'Autriche te réclame ! Il ne veut être soigné que par Rosarius, le magicien qui ressuscite les roses et qui a osé lui voler Svétlana, sa promise ! Mon ami, crois bien que si je pouvais te soustraire à cette délicate situation… mais tu dois me suivre au Château.

Théogène soupire. Que ne s'est-il enfui loin de cette ville, naguère, avec sa bien-aimée ! Pourquoi n'a-t-il pas déjà pris la route de Paris avec sa fille ? Plus il s'éloigne du Hradschin, plus la citadelle semble le happer et l'enserrer dans des griffes malsaines. Les geôles impériales auxquelles il a jadis échappé ne sont rien face à la mission qui l'attend maintenant.

Il échange quelques mots avec son associé, prend Růzena dans ses bras et il se dirige vers le Pont de pierre, escorté par la cohorte armée et par l'homme qui l'a accueilli à Prague voilà sept années.

Il disséquait des animaux vivants, cherchait le nid dans l'autre...
...
...
...

29

À la lueur maladive des réverbères, sous les flocons de neige tourbillonnants, les statues du pont Charles semblaient grelotter d'une fièvre pernicieuse. Noire comme la peste, la cohorte baroque brandissait ses crucifix et ses sceptres, et les armes de la reconquête catholique tremblaient au vent. Une légende racontait que certaines nuits, les sculptures descendaient de leur socle pour inspecter les ponts de Prague et en chasser les vivants.

En ce mois de février 1939, les journées étaient courtes, glaciales et lugubres. Le printemps semblait loin, aussi loin que le soleil, la mer et la joie. Les visages fermés des Pragois paraissaient de cire ou de bois, marionnettes sans fil errant dans les rues où aucun Golem ne les défendrait plus. À moins que les habitants n'aient été transformés par un vieil alchimiste en robots, ces homoncules mécaniques inventés par les frères Čapek dans l'un de leurs romans. Certains soirs, comme le premier dans cette ville, Victoire sentait dans les ténèbres les relents rances du « cinquième quartier », l'ancien ghetto rasé en 1893. Les murs avaient été détruits il y a trente-cinq ans mais leur odeur infestait toujours Prague, telle une immémoriale et méphitique revanche.

Elle continuait à arpenter la cité, sans autre but que de communier avec elle et de mêler son souffle à celui des pierres et des fantômes qui y vivaient. En réalité, elle cherchait l'âme de Théogène. Elle récitait des poèmes pour l'attirer hors des murs, elle lui parlait à voix basse et l'exhortait à revenir en elle, pour habiter son cœur et le nourrir de mots d'amour. Mais l'esprit d'outre-tombe demeurait absent. Pourtant, il l'avait appelée, il l'avait élue... Pourquoi s'était-il enfui, alors qu'elle ignorait ce qu'il attendait d'elle? Elle avait forcément un devoir envers lui, une tâche à remplir, une aide à lui apporter, quelque chose à trouver, par-delà le temps... cette affaire mystérieuse avait un rapport avec Prague, elle en était certaine. S'agissait-il d'un objet que le poète-alchimiste avait dissimulé avant de mourir? D'une action qu'il n'avait pu accomplir? D'un secret à exhumer? Ou bien était-ce sa mort elle-même, qu'elle devait éclaircir? Comment y parvenir alors qu'il ne communiquait plus avec elle?

Théogène n'avait laissé aucune trace de son passage sur terre, à part quelques vers dans un cahier disparu. Victoire les répétait inlassablement, à la recherche d'un message caché, d'une injonction à son égard. Elle persistait à y voir des déclarations enflammées pour une femme, et non un magma ésotérique sur le Grand Œuvre et la Pierre philosophale. Le lien, si lien il y avait, avec le talisman de son père et le manuscrit de Voynich lui échappait. Son intuition lui murmurait que la clef de tout cela était l'amour. Mais où était la porte?

Lorsqu'elle franchit le seuil du cabaret Montmartre, rue Řetězová, son cœur battit plus fort, comme chaque fois qu'elle revenait dans le café où Théogène l'avait quittée : si le fantôme s'était réfugié dans un tableau ou derrière un miroir? Elle examina les glaces piquées, les toiles cubistes, les affiches de danseuses effrénées ou de couples exécutant un *šlapák*, la guinche des apaches. Elle s'attarda sur les fresques expressionnistes qui ornaient la salle de danse, surnommée «l'Enfer» : l'âme de Théogène avait-elle échoué dans les abîmes colorés qui figuraient les sept péchés capitaux? S'était-il réfugié dans la Gourmandise, l'Orgueil, ou l'Avarice? La Luxure ne lui convenait pas. Face à la Colère, elle chuchota quelques mots à la toile.

– Chère consœur, voilà que tu parles aux tableaux, comme le faisait jadis l'empereur Rodolphe dans ses délires syphilitiques !

Elle se retourna. À la table des poètes, étaient assis Max Brod, Johannes Urzidil, Paul Kornfeld, Konstantin Biebl, Vladislav Vančura et Milena Jesenská, qui l'avait interpellée. Elle s'installa avec eux en rougissant et commanda un verre de *Sekt*[1]. Les écrivains étaient d'humeur aussi sinistre que le temps, comme si chaque parcelle de cet hiver 1939 les ramenait à l'époque de l'Hermès du Nord et de sa malédiction, source du désastre présent. Ce soir, ils exhumaient les pages les plus malsaines de cette période, et ressassaient l'histoire des enfants du lion de Bohême.

– Les six bâtards de Rodolphe et de Catherina Strada étaient héréditairement tarés, affirma Biebl. La déliquescence de la race, la putréfaction des Habsbourg…

– Certes, mais le plus dépravé était don Julius César d'Autriche, l'aîné, répondit Milena.

– L'un de ses frères est mort assassiné dans une ruelle de Vienne, au cours d'une rixe pour une catin, intervint Kornfeld.

– C'est vrai, convint Urzidil, mais au fond, cette fin n'est que vulgaire. Alors que celle du Jules César autrichien est à la fois terrifiante et sordide. Et beaucoup plus spectaculaire. Un chef-d'œuvre de la décrépitude habsbourgeoise !

Victoire tendit l'oreille.

– Las des pathologiques turpitudes de son fils préféré, expliqua Max Brod, qui a commencé épileptique pour devenir fugueur et exhibitionniste, l'Empereur lui offre un exil doré : il l'envoie régner sur le château de Český Krumlov, en Bohême du Sud, forteresse perchée de quarante bâtiments dominant la Vltava, qu'il a achetée en 1601 au dernier des Romžberk. Nous sommes en 1606.

– Don Julius a vingt et un ans, poursuivit Vančura. Mais loin de saisir la chance que lui donne son père de faire prospérer ce domaine, il passe ses journées à chasser et il s'obstine à empailler

---

1. Vin mousseux de Bohême.

ses trophées. Mais il ignore l'art de la taxidermie et les domestiques ne peuvent que jeter les nombreux cadavres d'animaux qui pourrissent dans les appartements.

– Le château et son occupant sont l'objet de terribles rumeurs et inspirent la terreur aux villages environnants, murmura Milena.

– En février 1608, coupa Biebl, survient le drame. Une nuit, les domestiques de Krumlov entendent des cris dans la chambre du fils de l'Empereur. Mais ils n'osent intervenir avant le matin. Lorsqu'ils forcent la porte, ils découvrent don Julius nu, couvert de sang et d'excréments, qui hurle en embrassant puis en mangeant les morceaux d'un corps humain disséminé aux quatre coins de la pièce : il s'agit de la jeune Markéta Pichlérova, la fille d'un barbier voisin. Le forcené lui a crevé les yeux, coupé les oreilles, cassé les dents, et il l'a dépecée comme une biche…

– Les serviteurs enferment don Julius dans une tour du château où ils scellent des barreaux aux fenêtres, relata Kornfeld. Personne n'ose dire la vérité au souverain : on lui raconte que son fils a tué sa maîtresse au cours d'une crise d'épilepsie. Mais dans une vision médiumnique, Rodolphe voit son fils fou, qui s'époumone dans sa prison. La légende rapporte même que l'Empereur, à cet instant, pleure.

– Quatre mois plus tard, on lui annonce la mort de son fils préféré, qui se serait jeté par la fenêtre de la tour, conclut Milena. En réalité, des serviteurs zélés ont mis fin aux jours de don Julius, réduit à l'état de bête. Rodolphe n'est pas dupe. Comme de coutume, il soigne son chagrin parmi ses collections et ses fourneaux cosmiques, il boit, parle à ses toiles, invective les étoiles, et il se désespère avant d'être dépossédé de son empire par son frère.

Lorsque Victoire parvint place de la Vieille-Ville, elle sentait dans sa bouche le dégoût suscité par le récit des poètes. Les baraques habituelles des forains et des stands de tir côtoyaient les fripiers, vendeurs de billets de loterie, de harengs, fruits confits, vin chaud, saucisses, marrons et beignets, les montreurs de puces sauteuses ou d'automates, les colporteurs, les douteuses échoppes de coiffeurs, les gargotes des chiromanciens et des diseurs de bonne aventure. L'afflux était moindre que lors de l'avent, mais malgré la neige, la nuit et le froid, la foule se pressait entre les étals.

Fuyant la cohue, la jeune femme revint sur ses pas, se protégeant dans un angle de l'hôtel de ville, près de l'horloge astronomique. Sous ses pieds, sur les pavés, étaient tracées d'étranges croix blanches. Sur le mur de la bâtisse, une plaque commémorative rappelait qu'à cet endroit, le 21 juin 1621, avaient été décapités ou pendus les vingt-sept chefs de l'insurrection tchèque contre les Habsbourg, défaits lors de la bataille de la Montagne-Blanche.

– Bílá Hora, soupira Victoire en écho aux lamentations de son père.

Un sentiment funeste s'empara d'elle : dans cette ville qu'elle aimait tant, tout ne semblait qu'amputation, membres mutilés, relents de pourriture et de sang, défenestration, corps jetés, dans une atroce atmosphère d'anthropophagie et de vivisection.

Elle eut un haut-le-cœur et des larmes l'aveuglèrent. La France avait trahi la Tchécoslovaquie à Munich. Qu'allait devenir le corps estropié du pays ? Hitler le brandissait déjà comme un trophée. Allait-il le dépecer avant de le dévorer ? Comment rester libre malgré la menace ? À la suite d'Edvard Beneš, exilé à Chicago où il enseignait la philosophie, de nombreux intellectuels et des juifs avaient émigré vers l'Europe de l'Ouest ou les États-Unis. Mais comme Victoire, et tout en craignant une invasion nazie, d'autres ne pouvaient se résoudre à quitter le pays.

Le père de la jeune femme, cet épileptique au corps tronqué qui portait le nom de Prague, avait sombré dans l'apathie après la mort de son ami Karel Čapek. Désormais, il refusait de sortir des remparts du Château. Quand il ne parcourait pas le Hradschin avec son pilon de bois, telle une sentinelle avariée, il demeurait des jours et des nuits dans la maison de poupée de la ruelle de l'Or, rivé à la fenêtre, aux aguets. Il surveillait le Fossé aux Cerfs, comme si les troupes de la Wehrmacht allaient s'emparer du précipice. À moins qu'il n'observe le fantôme de don Julius à la poursuite d'une biche.

Victoire s'inquiétait pour la santé du vieil homme et elle avait décliné l'offre de Pommereul, qui désirait l'envoyer en reportage à Vienne et à Berlin. N'ayant aucune envie de visiter la gueule du loup, elle était en faction près de son père, avec František. L'ire du rédacteur en chef, les lettres soucieuses de Margot, les télégrammes alarmés de sa mère n'avaient en rien ébranlé sa décision de rester plantée dans cette ville, quoi qu'il arrive. Elle avait néanmoins adressé des remerciements au docteur Jourdan, qui continuait à lui envoyer des mandats sans rien demander en retour, surtout pas qu'elle rentre en France. Son beau-père était le seul, à Paris, à respecter sa volonté et elle lui en était infiniment reconnaissante. Elle aurait préféré se passer de son aide, mais sans les travaux pour *Le Point du jour*, les rares articles qu'elle écrivait, en français, pour les marginales revues poétistes ne suffisaient pas à la faire vivre. Le tchèque était une langue très complexe qu'elle avait beaucoup de mal à apprendre. Tant qu'elle ne la maîtriserait pas, elle ne pourrait prétendre à un poste de journaliste à Prague. Mais elle ne s'en effrayait pas. Avec le temps, elle parviendrait à ses fins. En attendant, elle n'avait aucun scrupule à accepter l'argent de son riche beau-père.

Victoire se détacha du mur de l'hôtel de ville et se dirigea vers le sud de la métropole par la rue Jilská. À l'angle entre Na Perštýne et Narodní třida, elle pénétra dans un immeuble grisâtre, qui arborait en grosses lettres : *Kavárna Union*. Dès l'entrée, elle fut assaillie par une odeur d'humidité et de pierre moisie, qui se mêlait au graillon s'échappant des cuisines. Elle traversa plusieurs petites salles enfumées au mobilier suranné et branlant. En buvant de la bière, les clients jouaient aux échecs ou lisaient la presse en provenance de toute l'Europe. Elle se campa devant un guéridon de marbre, derrière lequel était assis Gustave.

L'astrologue ne remarqua pas sa présence. Voûté sur un tas de papiers griffonnés de colonnes, de flèches, de chiffres et de lettres, entouré des photographies du manuscrit de Voynich, le cahier de Victoire fermé près de sa main gauche, il écrivait avec application dans un carnet aux feuilles jaunes.

Depuis presque deux mois qu'il travaillait au décryptage du mystérieux grimoire, il avait décrété qu'il n'était plus en sécurité dans sa pension voisine du ministère des Affaires étrangères et du Château, qui étaient des repaires d'espions. Non seulement il refusait de monter au Hradschin, mais il ne quittait plus la rive droite de la Vltava et ses villes basses. Le jour, il avait élu domicile dans cette taverne démodée, refuge de l'intelligentsia nationaliste tchèque. Le chef de rang, «Ober» Patera, un petit homme chauve, était son mécène : il lui permettait de rester toute la journée à cette table, en ne consommant qu'un café crème. La nuit, Gustave se rendait à quelques centaines de mètres, sur la place Venceslas, et il s'allongeait sur une banquette du café-concert Rokoko, au milieu du grabuge et des clients avinés. Le patron, Karel Hasler, un ancien acteur renvoyé du Théâtre national, avait également pris en affection ce jeune type malingre à l'esprit échauffé, quelque peu paranoïaque, et il lui réservait chaque soir une portion de goulasch ou de choucroute.

Gustave prétendait que ses recherches le mettaient en danger de mort, mais que personne ne prendrait le risque de l'attaquer pour lui voler les précieux documents dans ces lieux animés et peuplés d'originaux, où il n'était jamais seul. Respectueuse de sa pudeur, son amie n'osait pas lui rétorquer qu'il vivait ainsi car il était sans le sou. À plusieurs reprises, elle avait voulu lui avancer quelques couronnes, et il avait refusé. Naturellement, elle ne croyait pas que sa besogne lui fît courir le moindre péril, à part celui de prendre un coup de bouteille sur la tête par un consommateur éméché.

– Bonsoir, Gus, dit-elle, faisant sursauter l'alchimiste.

Lorsque Gustave avait enfin trouvé le courage de téléphoner à Pommereul pour lui annoncer qu'il prolongeait son séjour à

Prague, il avait essuyé une colère froide. Ironique et cassant, le rédacteur en chef lui avait raccroché au nez après lui avoir souhaité une bonne lune de miel avec Victoire.

Décidément ! Après son père, voilà qu'un homme aussi perspicace que le timonier du *Point du jour* croyait aussi à leur mariage ! Quelle dérision, avait-elle songé, alors que l'unique compagne de Gustave était, à jamais, l'alchimie ! Il avait tout sacrifié à cette quête vaine et imaginaire : sa famille, ses études universitaires, sa carrière scientifique, son lucratif poste au journal, même son amitié pour elle... Depuis le déjeuner de Noël et sa pseudo-découverte, il ne l'accompagnait plus dans ses pérégrinations pragoises, ne s'intéressait plus à elle ni à rien, hormis au déchiffrement du vieux manuscrit.

– Ah, c'est toi... répondit-il.

Il avait l'air très abattu. Sa voix était atone, son teint jaunâtre, et ses yeux bleu foncé, cernés de gris, étaient empreints du plus profond désespoir.

– Ça ne va pas ? demanda Victoire, certaine que cette existence bistrotière avait provoqué une atteinte hépatique.

– Je me suis trompé, avoua-t-il en se prenant la tête dans les mains. J'ai à peu près tout décodé et si ce grimoire est bien un traité d'alchimie, il ne contient rien que je ne connaisse déjà...

– As-tu pu percer la véritable identité de l'auteur ? s'enquit-elle en s'asseyant en face de son camarade.

– Hélas non. Il ne dévoile jamais son nom, seulement ses initiales : A. L. En fait, il y a quelque chose de troublant, qui me convainc que je me suis fourvoyé, répondit-il en baissant les yeux sur ses notes. Soit j'ai utilisé une mauvaise clef de décodage, et cette version n'est pas la bonne, ce serait une sorte de miroir déformant destiné à abuser le lecteur, soit il s'agit, ainsi que certains le pensent, d'un canular.

– Qu'est-ce qui te fait dire cela ? demanda Victoire, qui ne doutait pas que la deuxième possibilité fût la bonne.

– Au début du volume, il y a une date, cryptée bien sûr mais écrite en toutes lettres : quatorze cent soixante-six. À la fin, il y en a une autre : quinze cent cinquante-six.

– Ce qui fait un écart de quatre-vingt-dix ans ! s'exclama la jeune femme. Donc plusieurs personnes ont rédigé ce traité.

– C'est impossible, affirma-t-il, sûr de lui. C'est la même main. J'en suis certain. La graphie et le style sont absolument identiques, tout au long du parchemin.

– Preuve que c'est une farce ! réagit-elle.

Gustave avait les larmes aux yeux.

– Si la solution se trouvait dans les pages manquantes ? proposa-t-elle. Celles qui ont été arrachées, à la fin du volume ?

– J'y ai pensé, acquiesça-t-il, mais cela ne nous avance guère puisque nous ignorons où elles se trouvent, si jamais elles n'ont pas été détruites

– Imparable logique.

Elle plongea dans son verre de vin blanc morave.

– Ceux qui ont vendu le manuscrit à Rodolphe ont donc arraché les pages... Dee et Kelley, naturellement ! marmonna Gustave.

La jeune femme observait l'alchimiste qui se rongeait les ongles en parlant tout seul.

– Non, cela ne colle pas, dit-il brutalement. Rodolphe a acquis le manuscrit dans les années 1590... C'est donc Kelley qui le lui a vendu, j'en suis sûr, c'est Kelley !

– Comment peux-tu en être certain ? demanda Victoire.

– Il savait ce que contenait le grimoire, chuchota l'alchimiste. Il en a ôté la clef avant de le monnayer à l'Empereur... Il a gardé cette clavicule, pour ouvrir la porte de l'éternité... Ton père a dit qu'on perdait sa trace entre 1592 et 1596... C'est durant ces années-là qu'il a tenté d'utiliser la clef pour fabriquer l'Élixir. Il a englouti dans ses travaux la fortune donnée par Rodolphe en échange du traité. Mais il a échoué... Où pouvait-il s'adonner à ses expériences ? Où s'est-il caché pendant ces quatre ans ?

Soudain, la figure de Gustave se fendit d'un immense sourire.

– Bien sûr ! glapit-il en se frappant le crâne.

– C'est-à-dire ?

– Les Pragois l'appellent *Faustův dům*, «la maison de Faust», murmura Gustave. Ils sont persuadés que non seulement le célèbre docteur y a vécu, mais qu'il a passé son pacte avec le diable dans cette bâtisse. C'est ton père qui m'a raconté cette histoire. Méphistophélès s'est emparé de l'âme de Faust et n'a laissé de lui qu'un trou noir dans le plafond, une excavation que nul ne peut combler. Au faîte de sa gloire, Edward Kelley a acheté la maison et y a installé ses retortes et son athanor. Le manoir a été saisi par l'administration impériale à l'automne 1591, alors que le mage anglais était en prison. Depuis, à l'exception de quelques farfelus qui y ont, un temps, établi leur résidence, la sombre demeure est restée abandonnée jusqu'à ce qu'elle soit intégrée, au début de ce siècle, à l'hôpital universitaire voisin. Tu saisis ?

– Pas tout à fait…

– Quoi de plus ingénieux que de se cacher dans sa propre maison, que tous pensent habitée par le diable ! s'exclama Gustave. Je parie que Kelley s'est terré pendant quatre ans dans son ancien labo, au nez et à la barbe de Rodolphe, pour décrypter les pages manquantes du manuscrit et y mener tranquillement ses expériences… Suis-moi !

– Je n'y crois guère, répondit Victoire en se levant. La baraque devait être sous scellés, surveillée nuit et jour, puis l'État l'a sans doute mise en vente !

– Crois-tu qu'un alchimiste ne soit pas capable de faire sauter un cachet de cire et d'en fabriquer un autre absolument identique ? demanda-t-il alors qu'ils dévalaient la rue Spálená. Enfin, estimes-tu qu'une maison hantée trouve facilement preneur ?

– Envisages-tu qu'un teinturier de la lune se nourrisse pendant quatre ans des vapeurs de son alambic ? rétorqua Victoire.

– Kelley avait non seulement les six cents thalers-or payés par Rodolphe, répondit Gustave, mais surtout une épouse qui lui était entièrement dévouée. Son beau-fils et sa belle-fille ont également pu l'approvisionner. À l'époque, c'étaient des enfants, ils pouvaient se glisser par une fenêtre sans être aperçus.

– Quoi qu'il se soit réellement passé, Kelley n'est pas parvenu à ses fins et il a dilapidé en vain son argent, puisqu'en 1596, il a de nouveau été jeté en prison, pour dettes, et qu'il s'y est suicidé.

– Il n'a pas trouvé, approuva Gustave, mais il a cherché. Et je suis certain qu'il l'a fait ici.

Sur leur gauche, s'étalait l'ancienne place du Marché-aux-Bestiaux : la place Charles. L'esplanade jadis miteuse et mal famée avait été transformée en gigantesque jardin public de style anglais. À cette heure de la nuit, sous les becs de gaz et les flocons humides qui s'insinuaient dans le cou, les arbres et les pelouses se paraient d'une brume fuligineuse, qui rendait la place effrayante et les silhouettes louches. En croisant une petite troupe de noceurs ivres, Victoire frémit. Il lui sembla que l'un des bambocheurs se retournait pour les observer. Une fraction de seconde, elle crut même apercevoir un homme, tapi sous un porche, qui les prenait en photo. Mais quand elle revint sur ses pas, il n'y avait personne.

– Je me félicite d'avoir laissé les clichés du manuscrit de Voynich, ton cahier et mes notes à la garde de M. Patera, chuchota Gustave. Cette nuit, les démons sont de sortie…

– Tu crois que des suppôts de Satan t'encorneraient pour s'emparer de ton travail ? ironisa-t-elle.

– Méphistophélès, le prince des ténèbres, n'est pas loin puisque voici la maison de Faust ! s'exclama Gustave. Diantre, elle est impressionnante !

Haute de trois étages, l'énorme bâtisse gothique avait été remaniée en style baroque vers 1720. Sa façade peinte en rose et blanc, ornée de stucs, de fenêtres à encorbellement, de fausses colonnes, de chapiteaux ioniques et d'une balustrade évoquait une pâtisserie viennoise.

– Regarde, une facétie de l'Histoire ! s'étonna Victoire.

Au rez-de-chaussée, une enseigne moderne à fond blanc arborait une croix verte et l'emblème d'Hermès : le caducée cher aux médecins, aux apothicaires et aux alchimistes. Le duo s'approcha et constata que le bâtiment abritait l'Ordre national des pharmaciens et une officine.

– C'est un bon présage, sourit Gustave. Allons-y.

– On ne va tout de même pas entrer par effraction ! s'indigna Victoire.

– Je suis sûr que ce ne sera pas nécessaire… Viens !

Ils contournèrent l'imposant bâtiment, à la recherche d'un passage.

– Gustave, tu es dingue, chuchota son amie. Je refuse de pénétrer là-dedans ! Que racontera-t-on, si on se fait pincer ? Qu'on cherchait les feuillets d'un manuscrit alchimique évaporés au XVIᵉ siècle ? Tu parles ! Ils vont croire qu'on allait cambrioler la pharmacie pour s'emparer des drogues et on va finir en taule !

La fenêtre d'un soupirail venait de céder. Le trou béant donnait accès à ce qui ressemblait à des caves.

Gustave y glissa sa frêle carcasse avec agilité et tendit la main à sa camarade. À regret, elle la saisit et le jeune homme l'aida à pénétrer dans la cave. Il y faisait noir et l'humidité lui glaça le sang.

– Gus, où es-tu ?

– Tout près, je cherche la lumière !

D'une ampoule famélique jaillit un rai jaune, qui éclaira un sol et des parois de terre battue, des cadavres de bouteilles, un squelette de bicyclette et un petit escalier de pierre.

– Montons ! ordonna l'astrologue.

La porte en bois vermoulu ne grinça pas. Sombre et étroit, le couloir sentait l'urine et le renfermé. Victoire serra l'avant-bras de son ami. Gustave l'entraîna, en tâtonnant, au fond du corridor. Il ouvrit une autre porte et ils débouchèrent dans la cour intérieure de la bâtisse, face à l'officine de pharmacie. Comme si la lune répondait à l'appel de l'alchimiste, elle perça soudain le ciel brumeux et un quartier de luminaire leur permit de distinguer les alentours : à droite, les bâtiments de l'hôpital universitaire ; à gauche, sous un porche monumental à piliers de marbre, d'imposantes portes et les plaques de cuivre rutilantes de l'Ordre des apothicaires. Gustave s'y risqua mais il était impossible d'entrer.

– Tu vois ? murmura Victoire. Tout est fermé. Inutile d'insister, partons.

– Cette partie de la maison est trop récente, répondit-il. Cela ne peut pas être là. Retournons près des caves !

Elle soupira mais s'exécuta, soulagée de se rapprocher de la sortie. Dans le couloir au-dessus des vieux souterrains, il ouvrit les portes sans difficulté. La plupart des pièces étaient des débarras où s'amoncelaient médicaments périmés, matériel médical obsolète, affiches poussiéreuses d'anatomie et pots cassés. L'une des remises était remplie de jambes de bois et de bras articulés, qui dataient probablement de la fin de la guerre. Le monticule de membres artificiels ressemblait à un tas de cadavres disloqués. Victoire frémit.

– Viens voir ! lui enjoignit Gustave.

La dernière porte donnait accès à une longue galerie voûtée d'arcades gothiques noircies par le temps.

– Nous sommes dans la partie de la maison qui n'a pas subi les assauts du baroque, triompha le jeune homme. C'est forcément ici ! Allons-y !

Il s'engouffra dans le couloir, mollement suivi par sa camarade. Porté par son exaltation, il s'empara d'une lampe à pétrole posée sur un guéridon rongé aux vers, l'alluma et inspecta chaque chambre.

– Par Hermès trois fois grand ! jubila Gustave.

Tapi dans l'encorbellement d'une pièce donnant sur l'arrière et le monastère bénédictin d'Emmaüs, il passait le halo de la lampe sur le mur : la lueur claire caressait une peinture sur laquelle étaient tracés un phénix, des opérations mathématiques, un athanor, un aludel et divers outils, des symboles hermétiques, des animaux morts et des phrases écrites en rouge, dont Victoire ne comprit pas le sens mais dont l'alphabet et l'écriture lui étaient familiers.

– C'est incroyable, s'écria-t-elle, on dirait…

– La calligraphie et la langue secrète du manuscrit de Voynich ! exulta Gustave. C'est le même auteur, A. L., qui a écrit ceci, c'est évident !

Elle leva la tête. La voûte gothique était également peinte. Victoire constata que si le plafond n'était pas percé, il portait des traces noires ressemblant à des résidus de fumée.

– Je ne vois aucun laboratoire d'alchimie autour de nous, dit-elle pour se rassurer. Cet endroit est vide, comme le reste. Il ne pouvait en être autrement, après trois siècles et demi !

Collé à la cloison, Gustave n'écoutait pas. Il passa le doigt sur les sentences rouges, tandis que ses lèvres bougeaient en silence. Soudain, il bondit sur l'image d'Ourobouros, un serpent se mordant la queue, dont l'anneau figurait le retour aux origines et la première phase de l'*Opus Magnum*, l'ingestion de la queue noire et venimeuse du dragon. Il tâta chaque écaille de l'animal, sa tête, ses yeux.

– Que fais-tu ? demanda Victoire.

Lorsque le scientifique appuya sur l'une des dents du serpent, son doigt s'enfonça dans la cloison. Un déclic se fit entendre. Soudain, le plancher poussiéreux se fendit et une trappe apparut.

– Hourra ! triompha-t-il. Ma clef de décodage était la bonne, puisqu'elle m'a permis de déchiffrer cette phrase ! Maintenant, allons cueillir les ultimes pages du traité, celles qui recèlent le nom de leur auteur, la nature de la matière première et la formule de la Panacée !

Muni de la lampe, il dégagea la trappe : une échelle de bois descendait on ne sait où. Gustave se précipita dans le passage secret. Impressionnée, Victoire le suivit. Et s'il avait raison, après tout ? Ce serait fou, mais…

La vision qui s'offrit à elle la laissa bouche bée. Dans la chambre souterraine, trônait une immense table. Sur celle-ci étaient posés une balance, un mortier et un pilon d'agate, un miroir, des ballons de verre, fioles, écuelles, pélicans, creusets et retortes, dont la plupart étaient brisés. Au centre de la pièce, un athanor de briques voisinait avec l'alambic dont la marmite, la cucurbite, était fendue à plusieurs endroits.

Gustave alluma les bougies à demi fondues, plantées dans des chandeliers de bronze. Comme il l'avait fait en haut, il inspecta chaque portion de mur, à la recherche d'une cachette où seraient camouflées les pages. Mais il ne trouva rien. Il examina le fourneau et l'appareil à distillation, bien que cet asile soit peu approprié à un parchemin inflammable. Il en sonda les parois, les orifices, le soubassement. Puis, à quatre pattes, il passa le sol de terre au peigne fin. Sans succès.

Mal à l'aise, Victoire regarda sa montre : presque minuit. Elle peinait à respirer, à cause de l'air vicié et de l'angoisse. L'atmosphère de la pièce était lourde et fétide. Il s'était sans doute passé ici des choses sordides… Elle s'apprêtait à exiger de Gustave qu'ils sortent immédiatement de cet endroit, lorsque le teinturier de la lune revint vers la table.

— L'absence de livres est anormale, constata-t-il froidement. Tiens, on dirait du sang…

Il retourna des débris de verre entre ses doigts, puis les reposa. Tandis que Victoire examinait, à son tour, la preuve de ce qu'elle soupçonnait une minute plus tôt, il s'accroupit, sonda les pieds massifs de la table de chêne, puis son plateau. Ce dernier était plein, dépourvu de tiroirs, sans cachette possible. Alors, il s'attaqua aux objets.

— Gus, s'il te plaît, partons, geignit-elle. Les feuillets du manuscrit ne sont assurément pas dans ce mortier, ni dans ce tube brisé, ni nulle part ici !

— Kelley a laissé un signe quelque part… Je le sais, et je n'abandonnerai pas avant d'avoir trouvé. Ah, c'est fantastique ! Regarde !

D'un amas de fioles et de creusets cassés, il avait extirpé un récipient intact, en verre épais, que le temps et la poussière avaient rendu opaque. Constitué à la base d'un vase sphérique, il se terminait par un long bec recourbé vers le bas.

– Une cornue n'a rien d'extraordinaire dans un labo, rétorqua Victoire avec acidité.

– Il y a quelque chose à l'intérieur ! coupa Gustave.

– Le col est trop étroit pour y avoir glissé quarante-deux pages de parchemin, répliqua-t-elle.

– On dirait un reste de matière...

– Beurk, je n'ose imaginer de quoi il s'agit...

– Le verre est devenu mat, on n'y voit rien ! pesta-t-il.

Il essuya soigneusement la retorte avec son écharpe et l'approcha de la flamme d'une bougie, pour en identifier le contenu. La lumière était insuffisante et il entoura le fond du vaisseau de quatre autres chandelles. Alors, comme par miracle, une silhouette pâle s'éleva entre les parois de verre. Effrayée, Victoire eut un mouvement de recul.

– Époustouflant ! murmura Gustave, le visage cramoisi. Une palingénésie ! Je pensais cette expérience impossible... mais Kelley l'a réussie ! Il s'agit probablement d'une fleur... Regarde, Victoire, le spectre jaillit, une rose est en train de ressusciter sous nos yeux !

La jeune femme se pencha vers la cornue, dubitative. Une forme brunâtre, large et plate, grandissait dans le tube de verre. Mais elle ne ressemblait pas à une plante. Elle évoquait plutôt une feuille d'arbre ou un parchemin. Au bout de quelques minutes, au fond du vase surgit l'image d'un billet, une lettre dépliée sur laquelle se dessinèrent des mots. Les lettres brillaient, tracées avec de l'or.

– Voici la chose la plus incroyable que j'aie jamais vue ! exulta l'alchimiste. Nous avions tort de prendre le Sans-Oreilles pour un charlatan... Il n'a pas fabriqué la liqueur de Vie, mais il nous a laissé un indice palingénésique dans lequel il dévoile où il a caché la formule du grand mystère ! Flûte, c'est écrit en tchèque, on dirait...

À quelques centimètres de la fiole, Victoire était livide.

– En tchèque, exactement, chuchota-t-elle. Et cette écriture n'est pas celle de Kelley. Car je la connais bien… Regarde la fin de la lettre ! Il a signé ! Rosarius ! Théogène Clopinel ! C'est *mon* poète de la Renaissance ! *Mon* dibbouk ! *Mon* Théogène !

Éloignée de la source de chaleur, la cornue avait repris son aspect initial, qui était sans doute le sien depuis plus de trois siècles. Ils l'avaient enveloppée dans l'écharpe de Gustave, puis dans son gros pull de laine afin de ne pas la briser. Jugeant que les larges quais étaient plus sûrs que les petites rues sombres, ils cheminaient le long de la Vltava gelée par endroits, afin de rallier le pont Charles, Malá Strana et de monter vers le Hradschin et la maison de la ruelle de l'Or, où Pražský devait veiller devant la fenêtre. Il était une heure et quart du matin. Il ne neigeait plus, mais le froid était cinglant. Les autos étaient rares, et les tramways avaient cessé leur service. En chemise sous son manteau râpé, Gustave grelottait. Il ne se plaignait pas, maintenant contre sa poitrine la retorte magique : le bourrelet produit par l'objet pouvait faire croire qu'il portait un bébé. À son côté, emmitouflée dans le vison envoyé par sa mère et une chapka de castor, Victoire réfléchissait. Elle avait enfin reçu de Théogène le signe qu'elle attendait. Dans quelques minutes, son père traduirait le message et elle saurait, enfin, ce que son fantôme désirait. Car elle ne doutait pas que la missive lui soit destinée, par-delà le temps.

Mais pourquoi Théogène avait-il choisi un chemin aussi tortueux pour s'adresser à elle ? Quel était son lien avec la maison de Faust, avec le personnage interlope de Kelley, son laboratoire secret et surtout avec le vieux grimoire du mystérieux A. L. ? Sa joie d'avoir retrouvé une trace de son poète était troublée par ces questions sans réponse.

« Gustave ne peut pas avoir raison, songeait-elle, les pages qu'il cherche sont un leurre, elles n'existent plus depuis trois cent cinquante ans, au moins ! Le contenu de cette lettre ne concerne pas toutes ces foutaises alchimiques… Il s'agit probablement d'un

LE TEINTURIER DE LA LUNE

poème, comme tout ce que Théogène m'a envoyé jusqu'à présent... Un poème d'amour, certainement... Mais pourquoi l'avoir caché au fond d'une cornue ? »

Ils arrivèrent en vue du pont Charles. De loin, on discernait les trente statues du pont, ombres immobiles vêtues de neige, qui semblaient adjurer le ciel noir d'envoyer le soleil ou la lune pleine.

Victoire et Gustave marchaient vite, aussi pressés par le froid que par leur hâte de lever le voile du message en tchèque.

Ils croyaient le pont désert. Pourtant ils aperçurent, devant eux, quatre clochards soûls qui se disputaient une bouteille d'eau-de-vie. Les ivrognes s'en prenaient à la statue de sainte Anne, qu'ils invectivaient en allemand. L'un d'eux urinait même contre le socle, en titubant.

– Je suis convaincu que le talisman de ton père contient une clef, affirma Gustave, tout comme le livre du mystérieux A. L., le cahier de Théogène, et le message que je porte contre mon sein. Quatre clefs... comme les quatre éléments. Plus j'y songe, plus je crois que seule la réunion de ces quatre clefs permet d'ouvrir la porte et de trouver les pages contenant la recette du philtre de jouvence et d'éternité. Et te rends-tu compte, nous les possédons toutes ! C'est le plus beau jour de ma vie... La plus belle nuit !

– Et le vol à la Mazarine ? interrogea-t-elle. Et le meurtre de Mademoiselle Maïa ?

Gustave n'eut pas le temps de répondre. L'un des mendiants l'avait empoigné par-derrière, pendant qu'un autre lui arrachait son précieux fardeau, avant de s'enfuir en courant. Toute trace d'ébriété avait disparu de leurs gestes.

L'alchimiste se dégagea et s'élança à la poursuite du voleur. Victoire resta figée sur le pont. Plus loin, les grandes jambes de Gustave étaient en train de rattraper son assaillant, tandis que les trois autres individus se rapprochaient de lui. Elle cria, appela à l'aide, mais à part eux, il n'y avait personne. Elle se précipita pour aider son camarade. Trop tard. Les trois hommes venaient de fondre sur lui, et le quatrième s'échappait avec la cornue magique.

À la lueur floue des becs de gaz, s'ensuivit une confusion au cours de laquelle le corps de Gustave disparut dans la masse des trois gaillards. Puis l'ombre d'une jambe émergea, un bras au poing serré qui atterrit sur la tempe de l'un des agresseurs. Ce dernier tomba, sonné, sur le pavé du pont. Victoire n'était plus qu'à quelques mètres de la bagarre. Son ami s'agrippait au col du deuxième assaillant en lui crachant au visage. L'homme proféra un juron, attrapa les pieds de Gustave qui se débattait. Le comparse prit l'alchimiste sous les aisselles. L'astrologue luttait toujours.

Victoire entendit le bruit d'un corps qui tombe à l'eau. Puis ce fut le silence. Elle hurla, se pencha par-dessus le parapet mais ne vit que l'onde glacée et noire, avec les taches claires des petits icebergs. Elle s'époumona.

– Gustave ! Gustave ! Où es-tu ? Gustave !

La rivière resta muette. Lorsque enfin la jeune femme se retourna, les deux hommes s'étaient enfuis depuis longtemps. Mais le clochard que son ami avait frappé gisait sur le sol, évanoui.

– Pourquoi avez-vous fait ça ? hurla-t-elle en s'agrippant au pardessus de l'inconnu et en le secouant de toutes ses forces.

Le manteau crasseux s'entrouvrit. Sidérée, Victoire distingua le reflet métallique d'un revolver, qui dépassait d'une poche intérieure. Dans sa panique, elle n'osa pas toucher l'arme mais palpa les autres poches du costume élimé. Elle sentit un objet dur et plat qu'elle extirpa.

Il était ovale et métallique, de la taille d'une médaille ou d'un talisman. Le haut percé d'un petit trou, il était gravé de l'aigle allemand tenant dans ses serres la croix gammée ceinte d'une couronne de laurier. Victoire retourna l'écusson. Sur l'autre face, étaient inscrits les mots *Geheime Staatspolizei*[1], suivis d'un numéro.

Aucun doute n'était possible : dans sa main brillait un insigne de la Gestapo.

----

1. Police secrète d'État.

30

Théogène referme doucement les doigts moites de don Julius César d'Autriche. Dans la forme, la dimension et surtout les lignes irrégulières de sa main, reflet du microcosme humain, il a lu des signes funestes et des instincts morbides qui dépassent les prédispositions indiquées par les astres depuis la conception de l'enfant. Le chiromancien clôt ses yeux dorés, afin de décider s'il doit s'ouvrir à l'Empereur de ce qu'il a vu dans la paume de son fils : un appétit pour le meurtre, une propension insane à la violence qui grandissent avec le garçon, s'emparent de son esprit et ne sauraient bientôt être rassasiés par le dépeçage sauvage d'une biche dans le Fossé aux Cerfs.

Comment annoncer à Rodolphe que son rejeton préféré est atteint d'une forme de démence qui le transforme en assassin en puissance ? Si ce diagnostic parvient aux oreilles des Jésuites et du nonce du pape, leurs persécutions envers le souverain ne se limiteront plus à l'académie d'alchimie. Ils ne manqueront pas de faire pression sur l'Empereur pour qu'il enferme son fils dans une tour, comme Jeanne la Folle, l'arrière-grand-mère de Rodolphe, ainsi que son cousin dément furent emmurés jusqu'à la fin de leurs jours, là-bas, en Espagne. D'ailleurs, la claustration est un traitement de faveur. Depuis le XIIIe siècle, les hérétiques, les épileptiques, les frénétiques et autres malades de l'esprit sont considérés comme des sorciers, des possédés par le diable, qu'il faut détruire au bûcher de l'Inquisition.

S'agissant des fous atteints du mal sacré comme don Julius, l'idée prévaut que Satan métamorphosé en insecte s'est introduit dans le crâne de l'individu, se glissant nuitamment par les narines, les oreilles ou la bouche ouverte du dormeur jusqu'à son cerveau, où il s'est pétrifié et minéralisé, altérant les facultés mentales du sujet. Le seul moyen d'échapper au bûcher est d'accepter l'extraction du mal, donc l'extirpation de la «pierre de folie». Un barbier pratique alors une incision à l'arrière de la tête et, au terme de la trépanation, libère les esprits malins qui infestent le fou : ayant pris soin de placer subrepticement un caillou dans sa main, le charlatan exhibe la «pierre de folie» devant l'assistance, pendant que le sujet, la plupart du temps, meurt dans d'atroces douleurs.

Paracelse s'est dressé contre la chasse aux sorcières, les brûleurs de fous et les extracteurs de pierre. Loin de croire que la folie a une cause satanique ou, comme le pensent les partisans d'Hippocrate et de Galien, qu'elle provient d'une combustion de la bile jaune hépatique, il a étudié les maladies du cerveau et il en a conclu que sur le modèle des autres pathologies, elles étaient provoquées par une perturbation de l'harmonie entre les trois substances constitutives de tout corps, soufre, mercure et sel, et qu'elles pouvaient être guéries par des arcanes chimiques et spagyriques.

Depuis quatre mois, Théogène s'échine donc à fabriquer des quintessences, qu'il administre à l'enfant de neuf ans selon la conjonction de la lune, astre qui gouverne la tête et le cerveau. Convaincu que les tares de don Julius ont une origine héréditaire, il s'acharne à purifier le sang du bâtard royal, ce sang vicié des Habsbourg qui, trop mélangé à lui-même, ne parvient plus à se régénérer. L'alchimiste saigne l'enfant, non pour chasser les humeurs, mais afin de le purger des corruptions ataviques et d'assainir cette sève cosmique, «la vertu du ciel», siège hermétique de l'âme. Il lui fait boire des préparations épuratrices à base de métaux et notamment d'antimoine, qui font vomir don Julius. Il traite le haut mal et ses crises convulsionnaires avec de l'esprit de vitriol mêlé à de la jusquiame noire, de la belladone et de la mandragore. Il prépare dans l'alambic des quintessences à base de sang, qu'il prélève sur lui-même ou sur des volontaires envoyés de force par l'Empereur ou Madame Catherine, après s'être assuré que les donneurs sont issus d'une famille en bonne santé.

Souvent, il songe aux *Métamorphoses* d'Ovide, à la magicienne Médée et au procédé de renouvellement du sang mis au point par son ancien maître entre 1460 et 1463, voilà plus de cent trente années, dans le laboratoire souterrain de la maison du Marché-aux-Bestiaux. Il ne doute pas que don Julius serait guéri s'il remplaçait le sang pourri du malade par celui d'un être pur, distillé avec de la rosée céleste, de l'eau ardente et de la liqueur d'or, qu'il introduirait dans les veines du détraqué avec une seringue. Mais don Julius pourra tuer son père, sa mère et la moitié de Prague, jamais Théogène ne procédera à une telle opération. Ce serait renouer avec l'esprit maléfique de Liber et surtout insulter la mémoire de sa femme, décédée il y a un an et demi.

Parfois, avec perfidie, le fils de l'Empereur lui parle de Svétlana, la promise que son médecin lui a dérobée. Alors, les yeux lubriques de l'enfant se mettent à briller et il bave d'excitation, avant de convulser. Écœuré, le veuf tourne la tête pour ne pas étrangler cet être dégénéré qui ose souiller son épouse disparue de sa concupiscence. Pour conserver son calme, Théogène songe à sa fille, qui aura deux ans en août prochain et serait seule au monde, vouée à une mort certaine, si on le jetait en prison. Alors, il reporte son dégoût sur Edward Kelley, qui n'a toujours pas reparu. Depuis que le teinturier de la lune a été contraint de quitter la ville basse pour vivre à nouveau au Hradschin, il a abandonné ses recherches. En effet, s'il est libre de ses mouvements à l'intérieur des remparts, il n'est pas autorisé à sortir de l'enceinte du Château. Où se cache le malandrin anglais ? Est-il défunt ?

– Rosarius, tu dors ?

Théogène sursaute et ouvre les yeux. Plus personne ne l'appelle ainsi, à part don Julius.

— Non, Majesté, je réfléchissais, répond-il.

— À mon glorieux avenir, sans doute ! Dis-moi quels faits héroïques tu as vus dans les lignes de ma main, magicien.

— C'est-à-dire, bredouille le chiromancien en rougissant. Vous… Vous serez le meilleur chasseur de tout l'Empire, et le Hradschin sera trop étroit pour contenir tous vos trophées ! Il est temps de prendre votre remède… Tenez…

Le garçon éclaire son visage d'un sourire torve et s'empare du calice. Lorsqu'il le repose, un filet de sang coule de sa lèvre épaisse sur sa mâchoire lourde typique des Habsbourg.

Reclus et sans cesse surveillé, Théogène vit dans la maisonnette de la ruelle de l'Or qui lui a été assignée et dans laquelle, comme naguère, il a installé son laboratoire. Pour une convulsion ou un caprice, Don Julius ou sa mère le font appeler de jour comme de nuit dans les appartements où vivent les six bâtards royaux. Růzena l'accompagne, dans un couffin de cuir qu'il confie à l'une des femmes de chambre de la concubine impériale.

— Elle va bientôt marcher, dit sa cámériste préférée, une jeune fille de quatorze ans, qui apprend à l'enfant à faire ses premiers pas.

— Maria Stepanová, répond le médecin en souriant, vous vous occupez si bien d'elle que lorsque Růzena tiendra droit sur ses jambes, c'est vers vous qu'elle s'élancera !

— Elle est si mignonne… Avec ses boucles noires et ses grands yeux gris, on a envie de la manger !

Après avoir prononcé ces mots, le regard de la femme de chambre se voile et soudain, elle éclate en sanglots.

— Maria Stepanová, êtes-vous souffrante ? demande Théogène en lui prenant le pouls. Qu'avez-vous ?

— Je… Je ne peux pas vous le dire ici, murmure la jeune fille entre ses larmes, en regardant autour d'elle comme une bête traquée.

— Emmenez-moi à la cuisine des domestiques, ordonne Théogène. Vous direz que j'avais soif.

Il se sert lui-même à un tonneau de bière, faisant fuir les deux valets de pied qui se gavent d'airelles.

— Asseyez-vous, Maria Stepanová, dit-il en désignant un banc de bois. Et dites-moi ce qui ne va pas.

— C'est don Julius…

— Il vous a importunée ? interroge l'alchimiste, craignant le pire.

— Non, il ne s'agit pas de cela. J'ai surpris une conversation… Si Madame Catherine savait, je serais rouée de coups et chassée du Château !

— Soyez sans crainte, la rassure Théogène. Ce que vous direz restera entre nous, je vous le promets.

— C'est… C'est la petite… balbutie l'adolescente.

— Quelle petite ?

— La vôtre. Růzena.

Le père fronce aussitôt ses sourcils blanchis par le chagrin.

— Don Julius la veut, poursuit la femme de chambre. Il a dit que comme vous lui aviez volé la mère, il se rattraperait sur la fille. Il veut l'épouser quand elle sera en âge de se marier. Madame Catherine n'y a vu que justice et l'Empereur a donné son consentement. Růzena est la promise de don Julius.

— Et mon consentement à moi, qui l'a demandé ? explose Théogène, indigné. Ma fille n'est pas l'infante d'Espagne, ma fille n'est pas à vendre ! Jamais je n'accepterai pareil outrage ! Ce pervers ne la touchera jamais, jamais !

À genoux, il plante ses yeux dans le regard baissé de la dame aux atours bleus.

— Svétlana, ange de la lune, je t'en supplie, aide-moi, aide ton enfant, murmure-t-il à la toile de Dürer. Que dois-je faire ?

Dans son couffin, Růzena babille. Avec ses cheveux courts et frisés, ses bras et ses jambes potelés, elle ressemble aux angelots du tableau, *Das Rosenkranzfest*, auquel son père s'adresse.

– Inutile de tenter de raisonner don Julius, poursuit ce dernier. Mais peut-être pourrai-je persuader l'Empereur que ce projet de mariage est insensé ?

Épuisé par les querelles entre catholiques et protestants, exaspéré par le comportement de son frère Mathias qui ose contester son autorité, accablé par les tortures que les Turcs infligent à son peuple, en Hongrie, terrorisé par la perspective de la Diète de Ratisbonne qui doit décider de sa succession, Rodolphe s'est écroulé au milieu de ses collections, la nuit dernière, en proie à l'une de ses crises habituelles. Le naufrage impérial de la veille convainc Théogène que cette perspective est tout aussi démente. Il est également vain de se tourner vers Madame Catherine, cette femme fanée qui demeure soumise à chaque désir du souverain ou de ses fils, même les plus extravagants. Quant à Thadée de Hájek, jamais le vieux serviteur ne commettra d'acte susceptible de le faire soupçonner de la moindre déloyauté envers son seigneur. Théogène est seul à pouvoir sauver sa fille des griffes du bâtard royal.

– Paris, chuchote-t-il à la Vierge. La seule issue est Paris…

Le 27 février de cette année 1594, Henri IV a été couronné roi de France à Chartres et le 22 mars, à l'aube, il est entré dans la capitale française. La Ligue catholique est battue et Paris enfin libérée. Lorsque Théogène a appris la nouvelle, il y a quelques jours, il a failli briser ses cornues, ses chaînes invisibles et s'élancer immédiatement sur la route de la France avec sa fille. Mais deux choses l'en ont empêché : d'abord, le Quartier latin ne s'avoue pas vaincu et continue de résister aux troupes d'Henri IV. Ensuite, dans une lettre qu'il a reçue de Hieronymus Aleaume début mars, le libraire lui a promis de lui envoyer un signe, dès que la paix serait revenue et qu'il pourrait rentrer en toute sécurité. Nous sommes en avril et ce signe n'est pas encore arrivé. Jusqu'à aujourd'hui, Théogène a refréné son impatience mais désormais, il ne peut plus attendre.

– Astre d'argent, lumière céleste, tu as raison, dit-il à la toile en se relevant. Le danger est plus grand ici qu'à Paris. Il est temps de fuir ce repaire de fous, d'êtres obscurs et d'assassins ! Je m'en vais immédiatement confectionner la potion qui endormira la garde de l'ancien palais de ton père. Cette nuit, Růzena et moi emprunterons le passage souterrain, sous la Moldau, par lequel nous nous sommes échappés il y a cinq ans, toi et moi... nous nous réfugierons chez Vojtěch Reiner et demain matin nous quitterons, à jamais, cette ville diabolique !

Endolorie, sa jambe bestornée le fait trébucher. Il se rattrape à une petite table de marqueterie, qui choit avec les toiles et les livres qui y étaient posés. Un juron fuse de sa bouche. Il se penche pour ramasser les objets et soudain, il se fige en blêmissant : devant lui, comme un maléfice ou un défi, est tombé le manuscrit de son ancien maître.

– Je rêve, c'est impossible ! s'exclame Théogène en ouvrant le grimoire.

Mais il s'agit bien du livre auquel il a lui-même arraché quarante-deux pages, avant de le confier à Svétlana.

– Que fait cet ouvrage parmi les collections de Rodolphe ? s'interroge-t-il tout haut. Je ne comprends pas...

Il examine minutieusement le traité, à la recherche d'une indication quelconque. Sur le contre-plat du livre, il découvre l'ex-libris de l'Empereur.

– Donc Kelley ne l'a pas volé pour son propre compte, en déduit le teinturier de la lune, mais pour le vendre au souverain et reconquérir son estime ! Il a tué ma femme non pas pour s'emparer du secret de l'immortalité, mais pour l'argent et les honneurs...

Au bord de la nausée, son espoir de retrouver le criminel s'éteint. Le souverain n'a pas permis au Sans-Oreilles de retrouver les fastes de la cour mais grâce à la somme qu'il lui a versée, l'Anglais doit être très loin maintenant. En Amérique, probablement. Si Rodolphe, qui est prêt à tout afin de posséder l'Élixir de la vie éternelle, avait fait enfermer son ancien favori dans un cachot, au secret ? Cela expliquerait la disparition soudaine du charlatan.

Théogène doit en avoir le cœur net. Il décide de reporter son départ et d'interroger Octavio de Strada, le frère de Madame Catherine, surintendant des collections impériales.

Lorsqu'il quitte les sous-sols du bâtiment en portant le panier dans lequel sommeille sa fille, le veuf a oublié Paris. Il ne songe même plus à don Julius, ni à ses desseins ignominieux. Le regard fixe et froid, il ne pense plus qu'à sa vengeance, ce châtiment sanglant qu'il attend depuis vingt mois, l'âge exact de Růzena.

En clopinant, Théogène fait les cent pas dans la bicoque de la ruelle de l'Or, en s'assaillant de reproches qui lui lardent l'âme comme des lames acerbes.

« Ce félon d'Octavio de Strada en sait plus qu'il ne le dit, spécule-t-il. Et j'ai été incapable de lui extorquer la vérité… »

Après l'avoir fait patienter plus de deux semaines, le gestionnaire des collections et conseiller des artistes a enfin daigné le recevoir. Méfiant, il s'est étonné de la démarche de l'alchimiste. Pourquoi le médecin officiel de don Julius se préoccupe-t-il d'un vieux manuscrit en langage crypté ?

— Parce que je crois qu'il contient la clef de la guérison de mon auguste patient, a répondu Théogène.

— Naturellement, puisqu'il recèle le secret de la Pierre philosophale, a répliqué l'Italien en riant. Mais jusqu'à présent, personne n'a su le déchiffrer !

— Comment Sa Majesté impériale l'a-t-elle acquis ? a osé Théogène.

— Qu'insinues-tu, le Boiteux ? a rugi le surintendant. Que le livre serait entré dans les collections par des procédés douteux ? L'Empereur l'a acheté, voici presque deux ans maintenant… Et fort cher, au demeurant : six cents thalers-or !

— D'où vient le traité ? s'est enhardi l'alchimiste.

— D'Angleterre, certainement, puisque bien qu'anonyme, il a été écrit par le grand Roger Bacon.

– C'est ce que le vendeur a affirmé en présentant l'objet à l'Empereur ?

– Pourquoi ? s'est emporté l'Italien. Tu prétends le contester ?

– Je n'aurais pas cette outrecuidance... C'est que... Ma curiosité a été piquée au vif... J'ai eu envie d'en savoir plus sur cet ouvrage magnifique quoique incompréhensible... À commencer par la personne qui possédait ce fabuleux trésor et qui l'a cédé à notre Hermès...

– Ta curiosité ne va malheureusement pas être satisfaite, le Boiteux, a déclaré Octavio de Strada d'un ton cinglant. J'ignore l'identité de cet individu et cela n'a aucune importance. Pas plus que le prix payé pour cette œuvre. Une seule chose importe : que l'Empereur, qui convoitait cette pièce, l'ait acquise. Et que celle-ci, par sa beauté, par son sens caché et profond, résonne dans l'âme de Sa Majesté comme elle dialogue avec l'esprit des autres splendeurs réunies dans le cabinet, ainsi qu'avec les étoiles du macrocosme...

Courroucé, Théogène marche dans la minuscule pièce en se cognant aux murs. Plus de deux semaines d'attente pour récolter de si maigres fruits ! Il ne peut s'ôter du crâne que c'est Kelley qui a vendu le manuscrit à Rodolphe. Comment en avoir la preuve ? Où est passé le meurtrier de Svétlana ? Faire antichambre d'Octavio de Strada ne lui apprendra rien. Il a bêtement perdu du temps.

En écho à son aigreur, la métamorphose du printemps s'accompagne de phénomènes cataclysmiques : la rivière est en crue, le ciel déverse de subits orages de grêle et, chaque soir, des bancs de brume opaque avalent les tours du Hradschin, les toits des maisons et les collines : décapitée par le brouillard, amputée des membres supérieurs, Prague rampe comme une couleuvre de pierre.

L'alchimiste cesse de tourner en rond lorsqu'une idée lui redonne espoir : le surintendant des collections consigne forcément dans des livres les acquisitions de la *Kunst-und Wunderkammer*, leur

471

prix, leur provenance, leur destination. Il lui suffit de pénétrer nuitamment dans le bureau d'Octavio de Strada et de s'emparer des comptes de l'an 1592, avant de s'enfuir par le passage secret avec sa fille, ainsi qu'il l'avait prévu. Certes, il s'apprête à commettre un vol, mais ce forfait lui semble léger face à ceux qu'a commis Kelley.

Un son étrange l'arrache à ses projets de rapine. À quatre pattes sur le sol de terre, Růzena joue avec un mortier de jaspe sanguin. Le pilon cogne contre la coupe de pierre rouge, mais le bruit ne vient pas de l'enfant. Théogène s'avance vers sa fille et lui arrache son jouet. Růzena se met à pleurer. Il la prend aussitôt dans ses bras.

– Růzena, je vais te le rendre, mais laisse-moi entendre, dit-il avec tendresse. Chut ! Écoute !

Il se dirige vers la fenêtre : une pluie dense tombe dans le Fossé aux Cerfs dont les pentes s'affaissent par endroits. Mais le son n'est pas celui de l'eau. C'est le bruit des cloches ! Elles sont lointaines, mais il distingue celles de Notre-Dame-du-Týn, là-bas, dans Staré Město, auxquelles répondent celles des centaines de clochers de la ville. Sonnant à toute volée, les beffrois sont en alerte.

– Le tocsin ! Un danger nous guette… Probablement une inondation de la Moldau… un incendie, ou les Turcs. Les infidèles sont peut-être aux portes de Prague…

Il se précipite vers la porte de la cahute, qu'il ouvre en grand.

La pluie et la brume lui voilent d'abord le spectacle.

Dans une débandade confuse et désordonnée, la population du Château se rue vers les portes des remparts. Une charrette pleine à ras bord manque de le renverser. Aristocrates et serviteurs, chambellans et femmes de chambre fuient dans une atmosphère de panique générale. Théogène aperçoit les alchimistes de la cour qui suivent la marée humaine. Certains croquent de l'ail, d'autres portent sur le visage une poche garnie d'épices ou d'essences odoriférantes. Une grosse cuisinière brandit une statue de saint Roch en adjurant Dieu de les épargner.

– La peste, murmure Théogène à sa fille. Růzena, la peste est à Prague !

Au fond du grenier de la maison d'Ungelt, Théogène est allongé sur de la paille moisie. Dans l'encadrure de la porte, Vojtěch Reiner se tord les mains. Il prend Růzena par les épaules et la place derrière lui, dans un réflexe sain et dérisoire. À quelques coudées de là, Théogène sort à peine du coma. Tout a commencé il y a une semaine, par un malaise subit, une forte fièvre, des bubons à l'aine, des démangeaisons atroces, des boutons rouges qui ont viré au noir. Point n'était besoin d'appeler l'un de ces médecins aux cheveux et à la barbe rasés, à lunettes, chapeau et masque de cire. L'alchimiste sait que les saignées, la fumigation de la maison, l'interdiction des bains, des viandes et des ébats amoureux n'auraient rien changé à son sort. La peste est en lui, ce venin astral, ce poison céleste qui se propage grâce à l'air, à l'imagination morbide et à la peur. Il a disposé autour de lui des amulettes et des pentacles mais le mal progresse, et Théogène en connaît les instigateurs : l'ange noir et son serviteur Athanasius Liber.

Il y a huit jours, il a profité de la panique générée par l'épidémie pour se glisser dans le bureau désert d'Octavio de Strada. Il a compulsé les livres de l'an 1592, mais il n'a rien appris de plus que ce que lui avait dit le surintendant des collections : l'identité du vendeur du manuscrit ne figurait pas dans les colonnes de chiffres.

C'est en consultant, au hasard, la comptabilité générale du Château de 1591 qu'une nouvelle inspiration l'a saisi, à laquelle il s'est maudit de ne pas avoir pensé plus tôt : cette année-là, les biens du mage déchu ont été confisqués par l'administration impériale, mis en vente, mais la lugubre maison du Marché-aux-Bestiaux n'a pas trouvé preneur. Or, quel endroit plus sûr pour se cacher qu'une maison condamnée, jouissant d'une réputation sinistre ?

Il n'a pas eu besoin d'emprunter le passage secret sous la Moldau. Le meilleur remède contre la peste étant la fuite – l'Empereur lui-même s'apprête à se réfugier à Pilsen avec sa suite – il s'est engouffré avec sa fille dans le sauve-qui-peut général et est sorti sans encombre de l'enceinte du Hradschin. Dédaignant le flot qui se ruait à la campagne, il a calmement descendu la Voie royale, traversé le Pont de pierre vide et a pénétré dans Staré Město. Růzena peinait à respirer, à cause du mouchoir qu'il avait noué sur sa nuque après avoir placé sous ses narines un bâton de cannelle, des clous de girofle et une noix de muscade. Près de l'horloge astronomique, en croisant un tombereau chargé des premiers morts de la peste, il s'est souvenu de la dernière fois qu'il a attaché un tissu chargé d'épices autour de son visage : c'était il y a dix ans, lorsqu'il s'était ainsi préservé du remugle du cimetière des Innocents où reposaient sa mère, Brunehilde Castelruber, son père, Arnoul Castelruber, ses frères et ses sœurs. À l'évocation de Paris et de sa famille de sang, il s'est demandé s'il ne mettait pas sa fille en danger en ne quittant pas immédiatement la ville infectée. Mais l'image de Svétlana a bondi devant ses yeux et il a compris que l'âme de sa chère épouse n'accéderait pas à la paix tant qu'il ne l'aurait pas lavée de la souillure infligée par Kelley. Ce n'était qu'une question d'heures... Ce soir, l'immonde assassin aura été châtié, son sang répandu rachètera celui de Svétlana et dès demain, Théogène prendra la route de Paris avec son enfant...

Après s'être assuré que Vojtěch Reiner et sa famille étaient indemnes du fléau, il a confié Růzena à l'orfèvre, barricadé dans sa maison de la cour d'Ungelt. Puis il a boité vers Nové Město et la place du Marché-aux-Bestiaux.

La demeure semblait abandonnée, les scellés étaient intacts. Aucune sentinelle ne la gardait plus et les alentours, déserts, étaient la proie de la brume.

Sans frémir, l'alchimiste a contourné l'imposant bâtiment, à la recherche d'un passage. À l'arrière de la bâtisse grise, près du cloître d'Emmaüs, il a enfoncé son bâton dans la mauvaise jointure de la fenêtre d'un soupirail et cette dernière a cédé. Il s'est glissé dans le trou béant et a pénétré dans une cave.

Galvanisé par la vengeance, il a grimpé à tâtons le petit escalier de pierre, a ouvert la porte de bois vermoulu et s'est engagé dans le couloir sombre qu'il connaissait par cœur. En ouvrant la porte qui donnait accès au large corridor voûté d'arcades, il s'est arrêté un instant, afin de calmer sa respiration. À part sa canne, il n'avait pas d'arme. Il étranglerait le criminel à mains nues. Le bandit avait presque dix ans de plus que lui et, avec sa jambe de bois, il ne courait pas assez vite pour lui échapper... Avec sang-froid, Théogène a continué d'avancer, le plus silencieusement possible afin de surprendre son ennemi.

Lorsqu'il a fait irruption dans la chambre aux fresques peintes par son ancien maître, il a cligné des yeux, ébloui par la lumière des flambeaux et des chandelles. Puis il a distingué le phénix et les phrases rouges en langue des oiseaux, le trou noir dans le plafond, la grande table encombrée d'outils, de fioles et d'instruments, les reliefs d'un repas, un tonneau de vin, l'athanor bourdonnant, l'alambic encore chaud. La pièce était telle que Svétlana et lui l'avaient laissée voilà trois années, lorsqu'ils avaient été chassés de la maison, sauf que le laboratoire montrait les indéniables traces d'une activité récente : il ne s'était pas trompé, le traître s'était réfugié ici, mais où se camouflait-il ?

Théogène s'est rué sur le mur et a appuyé sur une dent du serpent Ourobouros. Son doigt s'est enfoncé dans la cloison et un déclic s'est fait entendre. Mais la trappe, qu'il avait lui-même condamnée jadis, était toujours coincée. Se pouvait-il que Kelley n'ait pas découvert la porte noire ?

Il s'est servi de sa canne comme d'un levier et, suant, grimaçant sous l'effort, il a réussi à dégager l'ouverture du plancher. Puis il a descendu l'échelle de bois menant au laboratoire souterrain.

En bas, tout était noir. Il a souri de la futile ruse du Sans-Oreilles et, muet, il a allumé les bougies plantées dans les chandeliers de bronze. Sont apparus l'immense table sur laquelle étaient posés les livres, la balance, le mortier et le pilon d'agate, le miroir, les ballons de verre, fioles, écuelles, pélicans, creusets et retortes, tous intacts. Au centre de la pièce, l'athanor de briques voisinait avec l'alambic.

Ils étaient éteints et froids. Kelley n'était tapi nulle part : la pièce était vide, et l'air vicié indiquait que personne n'y avait pénétré depuis le lendemain de ses noces avec Svétlana, lorsqu'il avait tout dévoilé à sa femme. Les fioles portaient encore les traces de sang des immondes travaux d'Athanasius Liber.

– Où es-tu, face de rat ? a rugi Théogène, furieux, en remontant dans l'ancienne chambre de son maître.

Pièce par pièce, il a fouillé l'immense maison. Devant le lit à baldaquin, il s'est arrêté, troublé par de merveilleux souvenirs. En larmes, il a passé sa main sur les draps moisis par le temps et l'humidité, qui n'avaient pas été défaits. L'assassin de son épouse n'avait pas eu la vilenie de s'allonger dans leur couche. Face à l'autel où sa femme priait pour le salut d'Adam, il s'est figé : entre deux grands cierges allumés, brillait comme une croix ou un reliquaire, un vase sphérique qui se terminait par un long bec recourbé vers le bas : la cornue contenant le poème palingénésique qu'il avait naguère écrit à Svétlana, et qu'il croyait perdue.

– Qu'est-ce que cela signifie ? s'est-il demandé, interdit. Pourquoi ce geste ?

Cette marque de respect, ou plutôt de remords, a achevé de le mettre en rage. Il s'est emparé du vase soigneusement épousseté, avant de retourner dans la chambre aux fresques. Toute la nuit, armé d'un coutelas laissé par le misérable, il a attendu que l'assassin apparaisse. Il n'a pas touché aux restes de nourriture, mais il a tenté d'étancher sa colère en s'abreuvant au tonneau de vin de Bohême.

À l'aube, totalement ivre d'alcool et de fureur, il a saisi son bâton et il l'a abattu sur tout ce qui se trouvait autour de lui. Le laboratoire de Kelley détruit, il est à nouveau descendu dans la crypte de Liber, d'où il a remonté tous les livres. Il les a jetés dans l'athanor, avec ceux de l'ancien conseiller impérial. Mais les flammes rouges, semblables à celles de l'enfer, ne l'ont pas apaisé. Alors, passant à nouveau la porte noire, il a brisé les instruments de son maître, fendu la cucurbite de l'alambic, cassé les creusets et les mortiers de pierre. Il s'est coupé avec un ballon de verre et lorsque son sang a jailli, il s'est mêlé à celui des victimes de Liber.

– Œil pour œil, sang pour sang, a-t-il murmuré. Au moins mon maître a-t-il été châtié pour ses crimes et je n'ai pas racheté ses fautes. Mais toi, Kelley, qui va te faire payer ?

Calmé d'avoir tout anéanti, il a dissimulé la retorte renfermant sa déclaration d'amour au fond d'un amas de récipients brisés, comme dans une tombe d'éclats de verre. Puis il a soufflé les bougies et a quitté le souterrain, mais il n'en a pas condamné la porte. À moins d'un improbable hasard, personne ne pouvait décrypter les phrases rouges et actionner le mécanisme.

Il était inutile d'attendre Kelley plus longtemps. Le lâche avait fui à l'annonce de la peste et comme les autres, il ne reviendrait qu'à la fin de l'épidémie. À ce moment-là, Théogène saurait le cueillir ! Ses représailles n'étaient que partie remise !

Presque satisfait, il a éteint l'athanor et l'alambic, afin d'écarter tout danger d'explosion. Puis il est sorti comme il était entré.

Place du Marché-aux-Bestiaux, un malaise l'a saisi, qu'il a attribué à la faim et à l'excès de vin.

Une semaine plus tard, il agonise dans le grenier de la maison de l'orfèvre. Bientôt, il sera comme le Golem dans le grenier de la synagogue Vieille-Nouvelle : un tas de glaise morte, boue informe tirée de la berge de la Moldau, façonnée par la magie, devenue incontrôlable et privée de vie, recluse au fond d'une mansarde. Mais contrairement à la créature du rabbi Löw, au cours de sa brève existence Théogène aura connu l'amour. Dans ses délires de pestiféré, l'alchimiste n'a cessé de parler à sa femme et de hurler son nom.

– N'approche pas ! Reste où tu es… Et éloigne Růzena…

La sueur coule dans ses yeux qui ont perdu tout éclat. L'or de ses prunelles s'éteint peu à peu, comme une étoile qui s'éloigne.

— Růzena… murmure-t-il. Ma pauvre Růzena…

Depuis qu'il est sorti du coma, il ne songe qu'à sa fille.

— Vojtěch, je t'en supplie, occupe-toi de mon enfant…

— Ma femme et moi la choierons comme si elle était nôtre, répond l'orfèvre, je te le promets solennellement. Mais tu vas te remettre, mon ami ! Tu es solide ! Encore quelques jours et tu seras sur pied !

— Emmène-la loin d'ici, insiste Théogène. Surtout, qu'elle reste à jamais loin du Château et de ses occupants…

— Je t'en fais le serment ! jure son associé.

— Paris.. Hieronymus Alcaume… Libraire… Grande rue Saint-Jacques… À l'enseigne du château rouge… Un château sur une montagne, ânonne-t-il, pris par la fièvre.

— S'il le faut, j'emmènerai Růzena à Paris, répond l'artisan. Mais d'abord, nous allons nous mettre à l'abri à la campagne, chez des cousins, en Moravie. Le grand fléau n'y est pas, et…

— Pa, pa, pa, gazouille la fillette dans le dos de Vojtěch Reiner.

— Le talisman ! Qu'elle n'ôte jamais son talisman, il la protégera…

— Je te le jure, mon ami.

— Quoi qu'il arrive, apprends-lui à lire et à écrire, exige encore le teinturier de la lune. Hieronymus se chargera de l'instruire.

— Bien sûr, bien sûr…

— J'aimerais tellement l'embrasser une dernière fois, chuchote le malade. Mais dans un instant, je vais serrer sa mère dans mes bras… Svétlana, ma douce Svétlana…

— Pa, pa, pa !

— Partez ! ordonne Théogène en se relevant à demi. Partez sans délai, car le diable gouverne cette ville où j'ai caché son secret ! Liber arrive, je le vois, il vient me chercher… L'ange noir est sur sa croupe… Il l'éperonne… Ah ! Ils viennent se venger !

Ils vont me prendre ! Ils vont voler mon âme ! Non ! Svétlana !
Au secours !

D'un geste tremblant, il tire un petit livre de son pourpoint usé.
C'est son cahier de poèmes, qu'il ouvre et qu'il place sur sa poitrine comme un bouclier.

Lorsqu'il s'affaisse sur le grabat, sans souffle, ses mains serrent
le recueil de vers contre son cœur inerte.

31

— *Garçon en sentinelle sur le fleuve symbole de la fidélité à soi-même...*

Victoire serrait contre son cœur un recueil de vers de Marina Tsvetaïeva, une poétesse russe qui s'était réfugiée à Prague en 1922, avant de partir pour Paris en 1927.

— *J'ai un ami à Prague, un chevalier de pierre qui me ressemble beaucoup,* cita encore Victoire, les yeux sur la trente et unième statue du pont Charles, celle du chevalier Bruncvík.

— *Un pont (pont créant deux mondes. L'autre côté – de la vie),* lut la jeune femme. *Je suis bien, si bien... Vivante, revenue dans le royaume des ombres, ou bien morte – dans le royaume des corps ? Corps dans le royaume des ombres ou bien ombre dans le royaume des corps ?*

La question de la poétesse russe s'adressait à elle-même. Victoire pensait à Théogène, aux fantômes de la cité, à l'âme de Gustave, puis à son corps que la rivière gardait toujours prisonnier.

En ce mardi 14 mars 1939, la Vltava aurait dû amorcer son dégel. Mais l'hiver ne cédait pas. Des patineurs tournoyaient sur les épaisses plaques de glace, qui ne voulaient pas se déchirer. Les pêcheurs, les canards et les mouettes se glissaient dans les interstices comme entre des culs de verre. Au bord de l'île Kampa, Victoire observait les vaguelettes qui battaient contre le muret tel un cœur épuisé. Sous le ciel blanc, l'air sentait la neige. Pourtant, il fallait que cet interminable hiver finisse, que la vie revienne sur l'eau et que l'eau lui rende Gustave, pour qu'elle le rende à la terre.

La police avait rapidement conclu à un accident. Le temps que Victoire prévienne les secours, l'agent de la Gestapo avait repris conscience et s'était enfui. Elle suppliait qu'une ambulance aille attendre Gustave sur la berge, afin de le prendre en charge lorsqu'il émergerait, transi, des flots gelés. Les policiers avaient mis des heures pour la persuader que son ami s'était noyé, que la température de l'eau l'avait tué net, et qu'il était inutile de dépêcher un plongeur pour draguer le fond de la rivière, laquelle avait entraîné le cadavre on ne sait où.

Dans sa version des faits, elle n'avait pas jugé utile de parler de la cornue volée. Elle n'avait aucune envie de s'étendre sur leur visite nocturne de la maison de Faust, ni sur le contenu de la retorte : personne ne l'aurait crue. Mais en racontant l'altercation, sur le pont, elle avait insisté sur les faux ivrognes et l'insigne de la Gestapo. Les policiers ne pouvaient qu'ajouter foi à ses propos : chacun savait que Prague regorgeait d'agents provocateurs du Reich. Ne venaient-ils pas de déclencher une grave crise politique, en encourageant les Slovaques à exiger leur autonomie totale du gouvernement central ? Pourtant, l'inspecteur qui l'interrogeait lui avait répondu qu'il ne voyait pas pourquoi des espions allemands s'en prendraient à deux touristes français et que, d'après leurs renseignements, Gustave passait son temps dans les bars, du matin au soir. Victoire avait failli se prévaloir de sa condition de journaliste et faire appel à Jiři Martoušek, le spécialiste des crimes et des meurtres. Mais le chroniqueur du *České Slovo* lui aurait posé des questions auxquelles elle n'avait pas envie de répondre.

Elle songea aux cendres des corps qu'on jetait jadis dans la Vltava, pour les empêcher de devenir fantômes. Gustave s'était-il transformé en spectre ? Cela ne lui aurait pas déplu… Hélas, il n'était pas un revenant mais un disparu, un être qui avait vécu et qui soudain, s'était évanoui comme s'il n'avait jamais existé, sans trace, sans tombe à son nom.

La douleur qu'éprouvait Victoire se teintait de culpabilité : son ami était mort par sa faute. Si elle n'était pas venue à Prague, si elle l'avait contraint à rentrer à Paris, si elle avait cru ses terreurs de complot, si elle avait été plus prudente cette nuit-là… Mais pourquoi avait-il perdu la vie, à seulement vingt-huit ans ? Pour un flacon tordu ? Pour un message en vieux tchèque signé de Théogène ? C'était idiot et révoltant !

Elle s'était trompée, depuis le début. Gustave avait raison quant aux intentions de l'esprit d'outre-tombe, qui ne s'était pas adressé à elle en vertu d'un anachronique amour, mais pour lui indiquer l'endroit où, avant de trépasser, il avait caché le secret des secrets… Pourtant, son camarade s'était fourvoyé sur ses ennemis : les immortels Rose-Croix de la Renaissance n'existaient que dans son imagination. En revanche, près d'eux se cachaient des espions nazis, bien réels, qui les suivaient depuis longtemps, qui avaient volé le cahier de Théogène à la bibliothèque Mazarine, assassiné Mademoiselle Maïa comme ils avaient éliminé Gustave, car ils voulaient la Pierre philosophale et tuaient pour s'emparer de la formule du philtre d'éternité… L'arcane de la jeunesse perpétuelle et de l'immortalité fascinait Hitler, comme les autres… Qu'adviendrait-il si les nazis réussissaient ? Ils seraient les maîtres du monde, à jamais !

À cette heure, ils avaient ressuscité et traduit le message palingénésique de Théogène… Ils savaient donc où le teinturier de la lune avait dissimulé les pages arrachées au manuscrit de l'énigmatique A. L., ces morceaux de vélin qui dévoilaient la formule de l'Élixir. Ils les avaient trouvées, ici même, à Prague, dans la maison de Faust ou aux environs… En ce moment, à Berlin, les scientifiques allemands travaillaient au décryptage des feuillets. À moins qu'ils ne soient déjà parvenus à les déchiffrer… Comment ? Après le drame, Victoire avait récupéré son cahier de vers, les photos du manuscrit de Voynich et les notes de Gustave que

M. Patera, au café Union, n'avait confiés à personne. Mais outre une copie ou des clichés du vieux grimoire, les nazis possédaient le recueil original de Théogène : grâce à ce dernier et en espionnant Gustave, ils avaient probablement découvert, eux aussi, la clef de déchiffrement de la langue mystérieuse du manuscrit et de ses pages manquantes.

En mémoire de son ami, Victoire aurait dû reprendre le flambeau, se battre et tenter d'empêcher l'inévitable catastrophe. Mais la perte de son camarade lui avait ôté son énergie et sa volonté. Reprenant la version de la rixe entre ivrognes, elle avait téléphoné à Pommereul, afin que ce dernier prévienne la famille Meyer, à Strasbourg. Le rédacteur en chef avait eu la décence de ne pas l'accabler, de ne pas demander de détails, mais il n'était pas dupe. D'une voix douce, il avait supplié Victoire de rentrer immédiatement à Paris, lui promettant un poste de chroniqueur littéraire officiel au *Point du jour*. Mais comme les autres fois, la jeune femme avait refusé. Elle ne pouvait pas laisser Gustave ici, seul dans les bras glacés de la Vltava.

Elle avait eu envie d'appeler Margot, de tout lui raconter, de pleurer avec elle. Mais elle n'en eut pas le courage. Peut-être aussi ne voulait-elle pas de ce deuil, qui lui rappelait celui d'un autre disparu et une douleur muette qu'elle avait subie toute son enfance, pour rien. Elle avait envisagé de se rendre au palais Buquoy et de confier toute l'histoire aux services secrets français. Ils s'étaient emparés du cadavre de Mademoiselle Maïa car ils savaient qu'elle avait découvert quelque chose avant d'être sauvagement assassinée par les nazis, sans doute étaient-ils informés du but poursuivi par le Reich. Ils la croiraient, et ils avaient les moyens de barrer la route aux Allemands ! Mais comment se fier à un pays qui avait trahi la Tchécoslovaquie et s'était déculotté devant Hitler ?

Abandonnant toute velléité de lutte, elle avait erré sans but dans la ville, comme un corps sans âme ou une âme sans corps, transie par le froid, bousculée par le vent, trempée par la neige.

Aujourd'hui, il fallait que le printemps lui rende le cadavre de

Gustave, elle devait lui donner une sépulture, elle qui n'avait pas su, durant sa vie, lui offrir ce qu'il espérait d'elle : son amour… un cercueil de bois, un carré de terre, une stèle de marbre, quelques fleurs. C'était tout ce qu'elle pouvait faire pour lui, désormais. Elle passait ses journées à attendre au bord de la rivière, comme si la dépouille allait soudain surgir des flots, à l'endroit même de sa chute !

À l'image de cette cité extravagante, sa raison s'égarait. À voix basse, elle adjura le chevalier Bruncvík de fendre la glace avec son épée d'or et de remonter son ami. Au-dessus de la statue, sur le pont, roulaient les autos dont Victoire se demandait où elles allaient, cernées par les sculptures noires qui lui tournaient le dos et dont aucune n'avait bougé pour défendre Gustave.

Trois semaines s'étaient écoulées depuis le meurtre, durant lesquelles Victoire avait cherché un coupable. La police secrète allemande ne pouvait surveiller tous les alchimistes d'Europe : quelqu'un l'avait renseignée. Bien avant Prague, quelqu'un, à Paris, avait informé les nazis des étranges nuits de Victoire, des poèmes de Théogène, de ses séances avec Mademoiselle Maïa, des recherches et des travaux de Gustave. Cette personne était fiable, car les agents allemands avaient prêté foi à ses informations. Cet individu, elle en était certaine, ne pouvait être que Mathias Blasko.

Qui d'autre était suffisamment proche de Victoire et Gustave pour ne rien ignorer de leurs agissements ? Qui d'autre avait un passé et des connaissances qui lui permettaient de saisir l'importance de sa découverte, alors même que Victoire refusait de l'admettre ? Qui d'autre se rendait régulièrement à Berlin en tant que membre actif du Comité France-Allemagne, et fréquentait les soirées mondaines d'Otto Abetz, un diplomate allemand affecté à Paris, membre du NSDAP et qui était, de notoriété publique, un espion de Hitler ? Mathias Blasko était le traître qui avait mis la Gestapo sur leur piste. Cela ne faisait aucun doute. Sans oublier qu'il était l'un des seuls à connaître son adresse pragoise.

Ainsi, son sentiment d'être suivie n'était pas une élucubration. Depuis au moins un an, les taupes boches ne l'avaient pas lâchée d'un pas. Pour l'heure, elle ne pouvait rien contre le scélérat. Mais plus tard, elle lui réglerait son compte. Elle le ferait arrêter et pour une fois, même sa mère l'approuverait. Son père était trop mal en point pour qu'elle lui avoue la trahison de son ami de jeunesse et complice de toujours. Pourtant, même s'il ne l'avait pas fait de ses propres mains, Blasko avait tué deux personnes. Au moins. Demain, elle trouverait la force d'écrire à Aurélien Vermont de Narcey. L'ancien combattant, le patriote, l'aristocrate nationaliste ne pourrait tolérer le parjure de Blasko et sa soumission à l'ennemi allemand. Il l'aiderait à dénoncer ses crimes, à faire incarcérer et juger l'assassin, afin que Mademoiselle Maïa et Gustave soient vengés.

En remontant péniblement la rue Nerudova, sous le soir et la neige qui tombaient, elle se dit qu'elle écrirait peut-être après-demain. Tout dépendrait des cauchemars qui l'assaillaient et qui l'épuisaient.

Lorsqu'elle parvint au Château et à la ruelle de l'Or, sous des bourrasques polaires, elle était déjà lasse de ce qu'elle allait y trouver : une bicoque dans un désordre indescriptible, où il faisait soit trop chaud soit un froid glacial, un père désespéré, alcoolique et paranoïaque, qui se terrait chez lui avec des photos de trésors disparus en parlant à Masaryk, à Rodolphe II de Habsbourg et en se lamentant sur l'oracle de sibylles qui auraient naguère prophétisé que Prague serait transformée en colline de fange, de ronces et de décombres grouillant de diables et de reptiles immondes.

À son grand étonnement, elle trouva Karlík Pražský sobre, sagement attablé avec František à côté du poêle ronronnant, en train d'écouter la radio. Victoire ne saisit pas le sens des propos du speaker tchèque mais elle devina que l'émission concernait ce différend avec les Slovaques dont la Française, empreinte de culture jacobine et peu habituée aux subtilités d'un État fédéral, cernait mal l'importance.

Ce matin, mardi 14 mars 1939, après cinq jours d'agitation à Bratislava, de manifestations anti-tchèques fomentées par des agitateurs nazis et de déchaînement de la presse allemande contre Prague, la Diète de la Slovaquie avait proclamé l'indépendance totale de l'État slovaque. Élu chef du nouveau gouvernement, Jozef Tiso avait aussitôt adressé un télégramme à Hitler pour demander la protection du Reich.

Dans la journée, la Wehrmacht avait franchi la frontière et pénétré à Moraska-Ostrava, au nord-est de la Moravie. D'autres troupes allemandes se massaient en territoire sudète, à une soixantaine de kilomètres de Prague.

— Les nazis ne sont heureusement pas entrés en Bohême, haleta Pražský en se détachant du poste de TSF. Mais le président Hácha a été convoqué par Hitler. Le pantin obéit. Il est en route pour Berlin.

— S'il pouvait régler diplomatiquement l'affaire slovaque... espéra la jeune femme.

— Viktorie, ouvre les yeux ! Les carottes sont cuites avec les Slovaques ! Depuis ce matin, la Tchécoslovaquie est enterrée, sans fleurs ni couronnes ! Quant à la diplomatie... À Munich, on a vu à quoi elle servait...

— Il reste donc la République tchèque ! éructa-t-elle. La Bohême-Moravie, l'âme ancestrale de ce pays, la terre et le peuple de la princesse Libuše !

— Un territoire amputé de moitié, répondit-il, enclavé au milieu de l'Allemagne, cerné par un ennemi qui bafoue son intégrité en marchant, en ce moment même, sur le sol morave... Notre âme, nous l'avons perdue... *Finis Bohemiae...*

— Tu es défaitiste, l'accusa sa fille.

— Tu es candide, rétorqua son père.

Épuisée et frigorifiée par sa longue attente près de la rivière, Victoire laissa Pražský et František devant la radio et elle grimpa l'échelle de meunier. Elle se déshabilla à moitié, se réfugia sous l'onctueuse courtepointe de plumes et sombra dans un sommeil lourd.

Des rugissements l'éveillèrent en sursaut. Naturellement, elle avait rêvé de Gustave, qui tombait du pont Charles dans des cris déchirants, pour se perdre dans un gouffre sans fond, un puits tourbillonnant qui l'entraînait aux marges de l'univers. Mais ce n'étaient pas les cris de son ami qu'elle entendait. Elle se frotta les yeux et se rappela qu'elle avait aussi vu un jeune homme au regard doré et aux cheveux blancs, complètement inconnu, qui lui tendait un livre : lorsqu'elle l'ouvrait, toutes les pages étaient blanches. Que signifiait ce songe ? Qui était cet homme ?

Les jurons se répétèrent et elle reconnut la voix de son père. En nage, elle s'extirpa avec difficulté de l'édredon et regarda sa montre : quatre heures quinze du matin. Elle soupira, passa ses vêtements, ses chaussures et descendit. L'infirme et l'adolescent n'avaient pas bougé d'un pouce. Leur angoisse était palpable. Les ténèbres s'insinuaient à travers les rideaux, sous la porte, comme une maladie. Sur la table, autour du poste de TSF, gisaient des restes de charcuterie, de raifort et surtout le cadavre d'une bouteille d'eau-de-vie.

– Des nouvelles de Berlin ? demanda-t-elle en s'asseyant sur le vieux pouf à franges.

– Rien ne filtre sur ce qu'ils trament là-bas ! beugla Pražský en saisissant une bière. Cette vieille carne de Hácha et son ministre des Affaires étrangères, Chvalkovsky, ont reçu les honneurs d'une fanfare puis ils se sont enfermés dans le cabinet de travail du Führer, avec le maréchal Göring et M. von Ribbentrop. Ils en sont sortis à deux heures du matin et ils ont téléphoné à Prague. Il y a vingt minutes, ils sont retournés auprès de Hitler.

– Tu crois que c'est bon signe ? interrogea Victoire.

– Hácha attend peut-être que le chancelier lui chante une berceuse, répondit-il d'une voix pâteuse. On a le sommeil difficile, à son âge... Il n'a apparemment pas réclamé de nourrice, c'est toujours ça...

La jeune femme étouffait dans la moiteur de la minuscule pièce encombrée de vapeurs d'alcool, de leurs souffles, plus celui du poêle brûlant. Elle aurait donné n'importe quoi pour sortir arpenter les rues glacées, mais elle n'eut pas le cœur de laisser son père.

Le journaliste reprit la parole.

— Voilà, il vient de dire que la conférence était finie, traduisit l'éclopé.

— Et alors ? bondit Victoire.

— Alors, ces messieurs vont aller se coucher dans le luxueux hôtel Adlon, sur Unter den Linden[1], bercés par l'odeur des tilleuls… Nous ne saurons rien avant le lever du jour. À moins d'avoir ses entrées au gouvernement, chez Reuter ou dans une autre agence de presse…

Victoire ne se le fit pas dire deux fois. Saisissant l'occasion de se retrouver à l'air libre, elle empoigna le vison envoyé par sa mère, sa chapka de castor, sa besace contenant sa carte de presse et se rua dehors.

La ruelle de l'Or était déserte, noire de nuit et de crasse. Il neigeait dru mais aucune blancheur, aucune lumière ne semblait pouvoir perforer le linceul suffocant de ces heures obscures.

Elle sortit à pas vifs de la venelle. Les gros godillots dépassant de l'élégant manteau de fourrure lui donnaient l'allure d'un ours qui aurait enfilé les croquenots d'un trappeur. Elle se dirigea vers la rue Jiřská. À quatre heures trente du matin, sous la tempête de neige, celle-ci était vide. En sortant du Hradschin par la porte est, Victoire s'arrêta près du vieil escalier du Château, sur la petite terrasse surplombant la ville. Elle s'approcha d'un banc de pierre, déblaya la neige d'un revers de gant et s'y assit. Elle réalisa qu'elle s'était installée à la même place il y a exactement sept mois, le 15 août 1938, le jour de son arrivée à Prague. Sept mois seulement… et tout avait tellement changé ! Les touristes d'alors avaient disparu, comme l'été, le soleil et même le panorama grandiose que les ténèbres tourmentées avaient anéanti. Une pensée

---

1. Le nom de la célèbre artère berlinoise, Unter den Linden, signifie «sous les tilleuls».

terrible la saisit : si elle ne revoyait pas les somptueux jardins en terrasse des palais baroques de Malá Strana, les coupoles, les tours et les dorures de Staré Město et de Nové Město ? Si ne pointaient plus, au loin, les clochers noirs de Vyšehrad, le château de la princesse Libuše ? Dans son âme, elle sentit que tel le printemps, l'aube de cette affreuse nuit ne poindrait jamais, et que Prague pouvait se réveiller sous un ciel de cendre, transformée en ruines fumantes entre lesquelles grouillait une armée de rats.

Victoire alluma une cigarette, tira dessus avec nervosité, puis elle la jeta dans la neige. Elle se leva et agrippa du regard la faible lueur des réverbères du pont Charles. Le cœur de la Voie royale battait encore...

Des vociférations et des bruits de bottes la tirèrent de sa prostration. Il était cinq heures passées. La garde du Château s'agitait en tous sens, au mépris de la discipline la plus élémentaire. Revenant sur ses pas, elle constata que la rue Jiřská était envahie par des gens qui avaient passé un manteau sur leur pyjama, serviteurs, fonctionnaires du Hradschin qui pataugeaient dans la neige en poussant de hauts cris. Alarmée par ces incompréhensibles lamentations, elle se précipita vers la maison de son père.

Malgré le froid, la porte était ouverte. Dès le seuil, des dos sombres, figés comme les statues du pont, lui barrèrent le passage. Elle s'immisça entre les corps et reconnut les voisins. Ils étaient en tenue de nuit, dépenaillés et à moitié nus, debout autour de la radio : le poète Jaroslav Seifert, l'éditeur Otakar Štorch-Marien, l'écrivain autrichien Erwin Weill, les marlous de la Ruelle, et même Madame de Thèbes, vêtue de ses éternels oripeaux noirs, avec son chat sur la tête, posé sur son énorme chignon. Ils étaient tous muets et des larmes silencieuses coulaient sur leurs joues. On aurait dit qu'ils veillaient un mort, dont le cadavre reposait à la place du poste de TSF. Ce dernier exhalait un discours indéchiffrable, sur un ton grave et solennel.

Affaissé sur sa chaise percée, le regard vitreux, Pražský leva les yeux sur sa fille.

– Viktorie, dit-il comme s'il la voyait pour la première fois.

Elle s'approcha. Alors, il eut un geste inédit : il se leva et la prit dans ses bras. Il sanglotait comme un enfant.

– Plus jamais nous n'attendrons, dans la crainte, pour savoir si on va nous couper un bras ou une jambe, chuchota-t-il à son oreille. C'est fini. Les malédictions et les prophéties s'accomplissent. Nous n'existons plus, personne ne peut plus rien pour nous. Pas même saint Venceslas et son épée magique ! Car cette fois, on nous décapite… Nous allons tous mourir, nous sommes déjà morts, et Prague va être rasée. Nos cadavres flotteront sur la Vltava, entre les décombres de la ville. Tu dois partir, tout de suite. Rentre à Paris. Immédiatement.

– Je ne comprends rien, répondit Victoire, aussi troublée par les propos de son père que par son contact physique. Que se passe-t-il ?

– Elle arrive, Viktorie ! hurla-t-il en rompant son étreinte. Elle est là, à nos portes, dans à peine une heure, elle va pénétrer dans Prague !

– Mais qui ?

– La peste ! lui cracha-t-il au visage. La peste brune !

– Conservez votre calme, ordonnaient les haut-parleurs. Attendez des nouvelles. Ce matin, à six heures, l'armée allemande a franchi les frontières de notre État. Vous qui vous réveillez ce matin, vous doutez encore que ces nouvelles soient vraies. Allez tous à votre travail. Envoyez vos enfants dans les écoles. Il est absolument nécessaire que la poste et les chemins de fer fonctionnent sans perturbation. Il faut bien accueillir les Allemands. Il ne faut provoquer en aucun cas d'incidents. Les soldats devront rester dans les casernes et rendre leurs armes à l'armée allemande sans opposer aucune résistance…

Dans les rues et les maisons, on attendait l'arrivée de la Wehrmacht. D'abord incrédules, puis sous le choc, les Tchèques se demandaient comment, en une nuit, en quelques heures seulement, leur destin avait ainsi basculé. La Bohême et la Moravie devenaient des provinces allemandes… Hier soir encore, c'était totalement impensable. La gendarmerie dispersait les groupes qui se formaient sur les trottoirs.

– Restez tranquilles ! adjuraient les pandores. Il n'y a rien à faire. À quoi bon des incidents ? Tout est inutile… Vous entendez les haut-parleurs ? *Il ne restait pas d'autre choix au gouvernement que de se soumettre. Toute résistance serait la perte de la nation…* Allons, rentrez chez vous, allez !

À huit heures du matin, ce mercredi 15 mars, sans que les troupes d'occupation ne soient encore apparues, de longues files d'attente se formèrent devant les banques. Des taxis, des autos, des bicyclettes et des camions chargés de ballots ficelés à la hâte s'enfuyaient, pendant que les haut-parleurs ordonnaient aux automobilistes de changer leur conduite jusque-là en usage, c'est-à-dire à gauche, l'armée allemande circulant sur le côté droit de la route.

Débordant des frontières où elles étaient massées, les troupes du Reich étaient entrées à six heures du matin à Brno, puis à Plzeň et Olomouc, où elles occupaient les édifices publics. Malgré les routes couvertes de verglas et les bourrasques de neige, leur avancée était spectaculaire. Face à la Wehrmacht, les habitants fermaient leurs portes et restaient invisibles ; les militaires allemands désarmaient les soldats tchèques et ordonnaient aux officiers et sous-officiers de ne sortir qu'en civil. Certains se suicidaient pour ne pas capituler.

Place Venceslas, la foule stupéfaite était rassemblée. Il était neuf heures du matin. Le ciel était bas et le jour d'une pâleur grisâtre, plus lugubre que la nuit. De longues files de tramways stationnaient autour de la place, aussi silencieux et immobiles que les gens. La circulation était interrompue. Tout était suspendu.

– C'était un infâme coup monté, dit Pražský, assis dans la caisse du triporteur que František maintenait en équilibre. Hácha s'est fait berner… Hitler n'a jamais eu l'intention de débattre avec lui de la situation en Slovaquie ! D'après ce que m'a dit le secrétaire d'un ministre, le Führer et Göring l'ont tout bonnement menacé de bombarder Prague et de provoquer des milliers de morts s'il refusait l'annexion par l'Allemagne de la Bohême et de la Moravie... Le vieux barbon était terrorisé, au bord de la crise cardiaque. Il a signé le document que les deux autres avaient soigneusement préparé, et qui stipulait qu'il « remettait en pleine confiance le destin du peuple et du pays tchèques entre les mains du Führer du Reich allemand »...

— Je n'arrive toujours pas à y croire, répondit Victoire.

— Tu préfères attendre qu'ils arrivent, rétorqua son père, et que la Gestapo t'arrête ? Il paraît qu'ils ont une liste de dix mille personnes à faire disparaître : communistes, socialistes, démocrates, intellectuels, et en premier lieu journalistes ! Ce matin, à l'aube, des policiers allemands ont commencé leur sinistre chasse... On dit qu'ils ont arrêté l'ancien chef de presse du président Beneš, et le correspondant de l'agence Reuter... De plus, oublies-tu ce qu'ils ont fait à Gustave ? Je t'en supplie, écoute-moi, pars sans délai, prends un avion pour Paris avant qu'il ne soit trop tard !

— Si ce que tu dis est vrai, ils ont déjà dû s'emparer de l'aérodrome de Ruzyně ! répliqua-t-elle.

— Avec une météo pareille ? s'insurgea-t-il. La Luftwaffe ne peut pas s'approcher ! Mais nos avions décollent quand même, coûte que coûte : cette nuit, le général Syrový et des hauts techniciens des usines Škoda se sont envolés pour Londres afin de ne pas tomber entre les sales pattes des Allemands. Je t'en conjure, cessons de perdre du temps, tentons le coup, František va foncer jusqu'à l'aéroport et...

— Les autorités prient la population de conserver un calme courageux, crachaient les haut-parleurs. Chacun doit désormais veiller sur ses gestes et sur ses paroles, une seule parole peut causer des dommages à la nation et peut même menacer son existence. Comprenez que votre avenir et l'existence de notre peuple dépendent de votre conduite. Acceptez courageusement la décision inévitable du destin. Les événements des dernières heures ont provoqué un désarroi dans les esprits. Que chaque citoyen recouvre son calme. Il est inutile de procéder à des achats superflus de vivres. Il y a des provisions en quantité suffisante. D'ailleurs, la vitesse avec laquelle s'opère l'occupation de la Bohême indique que la période actuelle n'est que provisoire et que les communications seront normales, presque sans interruption.

Soudain, un immense bruit de moteur résonna au loin. Il était neuf heures et trente minutes. Puis apparurent les premières automitrailleuses et les chars. Incrédule, Victoire ferma les yeux. Mais elle ne pouvait fuir cette réalité-là. Sur la place, la statue du fondateur de la Bohême observait, impassible, les soldats du Führer qui déployaient le long des maisons leurs bannières rouges à croix gammée.

– *Kde domov můj ?*

Kde domov můj ?

Quelques hommes entonnèrent l'hymne national, tête nue, les larmes aux yeux. D'autres osèrent siffler et huer les soldats du Reich, mais ils furent aussitôt semoncés par des détachements de policiers tchèques postés aux angles de la place. Certains Allemands de la ville levèrent le bras et crièrent un « *heil* » de triomphe. En tenue de campagne, figés, les hommes du Führer défilaient, lourdement casqués, dans des autos couleur de boue et de neige sale, tandis que l'état-major s'installait à l'hôtel des Ambassadeurs, sur la place, dont les abords furent aussitôt bouclés.

– Viktorie, souffla son père en mettant sa main sur le bras de la jeune femme. Tu vois bien que ceci n'est pas un rêve… Je veux que tu vives… je t'en supplie, va-t'en !

Elle fut aveuglée par ses larmes. Comme dans un songe, elle entendit la langue tchèque sortir encore des haut-parleurs. Un reporter de la radio décrivait, en propos ambigus, une grande corneille noire survolant la place, au-dessus des projecteurs de la défense aérienne de l'armée allemande. Mais il fut brutalement interrompu, puis remplacé par les implacables notes du *Deutschland über alles* suivi du *Horst Wessel Lied*.

Victoire fouilla sa besace en quête d'un mouchoir : celle-ci contenait son cahier rempli des vers de Théogène, un carnet, un stylo, sa carte de presse, ses papiers d'identité, son passeport, les notes de Gustave, un peu d'argent et le gros Rolleiflex apporté par son camarade, qu'elle extirpa.

– Que fais-tu ? demanda son père. Tu ne vas pas…

– Je suis toujours grand reporter, répondit-elle en ravalant ses sanglots, envoyée spéciale du *Point du jour*. Ils s'en prennent aux journalistes tchèques, mais ils n'oseront pas arrêter un correspondant français.

– Ta carte de presse est périmée depuis des mois ! s'insurgea Pražský.

– En cas de problème, j'enverrai un télégramme à Pommereul, répondit-elle avec calme. Il ne me laissera pas tomber.

– Une rumeur dit que la Gestapo a coupé toutes les communications des journalistes étrangers…

– C'est une rumeur, dit-elle.

Elle savait que cet écho était sans doute vrai, et que sa nationalité ne la protégerait pas de la police secrète du Reich, qui l'espionnait depuis longtemps. De plus, elle était un témoin gênant, qui avait assisté à l'assassinat de Gustave et détenait des informations capitales sur le dessein caché du Führer… Assurément, elle devait figurer en bonne position sur la liste des personnes à arrêter, voire à supprimer. Mais elle ne pouvait pas, elle ne voulait pas s'enfuir. Il était probablement trop tard de toute façon. Elle était prisonnière de cette ville, dont les griffes s'étaient soudain refermées. Elle partagerait le destin de son père, des poètes et des habitants. Mais il lui était impossible de rester comme eux, tétanisée dans un silence glacial, à regarder l'armée de l'envahisseur se pavaner dans la neige et souiller Prague.

Elle arma l'obturateur, réfugia ses yeux humides dans la chambre de visée, fit la mise au point sur un tank et shoota.

Écran factice entre l'impensable et le réel, le Rolleiflex saisit les automitrailleuses, les chars d'assaut, les side-cars, les camions bâchés pour le transport des troupes, les cuisines roulantes, les motocyclistes vêtus de cirés verts, le fusil et le masque à gaz en bandoulière, les cyclistes avec pelle-bêche et fusil-mitrailleur, le triomphe des partisans de Henlein venus acclamer l'armée du Reich. Sous la neige qui tombait sans trêve, l'appareil captura aussi le visage des Pragois en train d'observer cette manifestation de force : calmes et muets, toujours disciplinés – seul leur regard trahissait leur désespoir. Certains se cachaient les yeux de la main, pour ne pas voir les Allemands ou afin de masquer leurs larmes. D'autres priaient, et semblaient exhorter saint Venceslas à sortir de son tombeau rouge et or de la cathédrale Saint-Guy, à s'emparer de l'épée cachée dans le pont Charles et à décapiter d'un coup tous ces militaires. Dans un dernier signe de révolte, beaucoup se détournaient du cortège, sans bruit, feignant de vaquer à leurs occupations, comme si les soldats vert-de-gris faisaient partie d'une armée fantôme, guère plus périlleuse que les spectres qu'ils côtoyaient chaque nuit. Certains arboraient à la boutonnière un ruban aux couleurs du drapeau national, ou un brassard aux teintes de la Bohême.

Des side-cars armés de mitrailleuses, dont le servant avait le doigt sur la détente, se postèrent à chaque carrefour.

La ville était occupée et en état de siège.

À la fermeture des bureaux, à treize heures, les Pragois désertèrent les cafés et les restaurants, d'ordinaire bondés : ils rasèrent les murs et s'enfermèrent chez eux. En milieu d'après-midi, la ville était sombre et déserte comme en pleine nuit. Les tramways circulaient à nouveau, vides, et très peu d'autos osaient braver le côté droit de la chaussée, sur lequel passaient des voitures remplies de SS en uniforme noir, et des patrouilles avec un conducteur allemand et un soldat tchèque à côté, pour le guider. Sous les bourrasques de neige, la métropole inanimée ne résonnait plus que de ces moteurs menaçants et des bottes des troupes qui gagnaient leurs casernements hâtivement aménagés dans les édifices publics.

Lorsque les haut-parleurs annoncèrent que le Chancelier en personne pénétrerait dans la ville en début de soirée pour s'installer au Château, qu'en conséquence les habitants étaient sommés d'éclairer leurs maisons et de lui faire un accueil triomphal, Victoire parut se réveiller d'un long sommeil.

– Hitler au Hradschin ? murmura-t-elle, interloquée. Hitler chez saint Venceslas, Charles IV, Rodolphe II de Habsbourg, Masaryk et Beneš ?

– L'ogre vient prendre possession de son tribut, humilier les vaincus et avilir leur passé, répliqua son père d'une voix atone. Ce soir, la croix gammée flottera sur le palais. Et un nouvel empereur y régnera...

Au même instant, de l'autre côté de la Vltava, le Château s'illumina. Sa masse énorme brillait de lueurs innombrables : tel l'athanor diabolique d'un alchimiste fou, il semblait avoir explosé. Il brûlait comme une torche gigantesque.

Mais les villes basses ne répondirent pas au rayonnement de la forteresse : terrés chez eux, les Pragois éteignaient les lumières de leur maison. En un premier geste d'insoumission, ils attendaient l'arrivée du Führer dans le noir.

Il était dix-huit heures lorsque le triporteur pénétra dans la cour de l'ambassade de France, sur l'île Kampa. Le chaos y était total : des centaines de juifs pragois, des émigrés ayant fui le nazisme en Allemagne ou le bolchevisme en Russie, des libéraux tchèques, des démocrates des Sudètes, des communistes, des citoyens ayant soutenu l'indépendance tchécoslovaque, tous visés par la terreur de la Gestapo, s'y entassaient.

Ils s'étaient engouffrés au palais Buquoy dès l'ouverture des portes, afin de demander protection et asile. On leur dit qu'à la légation britannique, qui avait accueilli les réfugiés plus tôt dans la journée, la situation était encore pire, et que le docteur Neumark, consul général honoraire de Grande-Bretagne à Prague, avait mis fin à ses jours pour protester contre l'occupation allemande.

– Inutile, constata Victoire face à tous ces gens au regard de bête traquée.

– Viens ! adjura son père en la faisant remonter dans le triporteur.

Elle ignorait où František les emmenait. Il pédalait aussi vite qu'il le pouvait, gêné par la gadoue et la neige. Victoire était insensible au vent et au froid. Les yeux mi-clos, elle volait au milieu d'une ville fantôme. Les cruelles lumières du Hradschin dardaient son dos. Ne plus les voir... Devant elle, apparut la maison de Faust.

– Le laboratoire clandestin de A. L., chuchota-t-elle. Oui... Nous allons nous murer dans l'antre de Kelley et de Théogène, jusqu'à la fin de la maladie... Ici, personne ne nous trouvera... Il faut effacer les fresques, le serpent qui indique le chemin...

Mais l'engin dépassa le manoir, puis la maison du compositeur Antonín Dvořák, et tourna à gauche. Le Musée national se dressait, vide et noir. Ensuite, ils passèrent devant l'Opéra désert. Enfin, l'adolescent stoppa devant la gare Wilson, où une foule incontrôlable courait avec des ballots et des paquets.

– Non, dit Victoire. Je ne veux pas...

Son père la força à descendre et à pénétrer dans la bâtisse Art nouveau. Sous la monumentale coupole ocre, les vitraux et les sculptures féminines exhalaient une élégance décalée : les voix de la valetaille terrorisée qui s'agglutinait aux guichets, l'atmosphère de fin du monde et de panique générale tranchaient avec le calme de la cité.

– Suis-moi ! ordonna son père.

Avec son pilon et sa démarche d'aiguilles à tricoter, il fendit la masse jusqu'aux quais. Il haletait telle une locomotive. Il suait, rouge malgré le courant d'air glacial qui traversait la gare. Il attrapa un cheminot avec ses paluches poilues et engagea avec lui une conversation incompréhensible entrecoupée de grands gestes.

Immobile, détachée des événements, Victoire attendait derrière lui avec František, comme une enfant docile. Sa tête était vide, son sang inerte, gelé par un hiver qui avait transi son ciel intérieur. Elle ne comprenait rien à ce qui se passait autour d'elle. Si seulement cet atroce brouhaha pouvait disparaître… Elle avait mal au crâne, elle avait faim, elle avait soif, elle était si fatiguée…

Soudain, elle se sentit soulevée dans les airs et se retrouva sur le seuil d'un wagon.

— C'est le dernier train pour la Pologne, cria son père, alors que la machine sifflait déjà. De là, tu pourras facilement rallier Paris en avion ou en bateau… Sauve-toi !

— Non ! Venez avec moi ! František, papa ! brailla-t-elle.

— Allons, ne t'inquiète pas pour nous… Nous avons survécu aux Habsbourg, nous survivrons au Troisième Reich et nous nous reverrons bientôt ! Adieu, ma fille, adieu ! Je te fais signe dès que je le peux… Lorsque tu auras passé la frontière, envoie un télégramme à ta mère, qui doit être folle d'inquiétude… Mais pas un mot sur moi, hein ? À bientôt ma chérie, à bientôt ! Prends soin de toi, surtout, continue d'être une femme libre !

Tandis que le train s'ébranlait, elle vit la figure déformée de son père, dont les joues jaunes et barbues étaient inondées de larmes. Elle fut happée par le regard bichrome de František, et elle s'aperçut que l'impavide orphelin sanglotait.

Ensuite, ce fut le trou noir.

Lorsqu'elle reprit conscience, elle était avachie sur un fauteuil de deuxième classe, la chapka de travers, encadrée par d'autres fugitifs entassés dans la voiture, ballottés par les cahots du train. Leurs visages étaient inquiets et fiévreux. Par la fenêtre coulait une nuit opaque, fendue par la fumée blanchâtre de la locomotive.

— Où sommes-nous ? balbutia-t-elle en français.

— Quelque part entre Pardubice, en Bohême orientale, et

Olomouc, en Moravie, répondit une voix familière, dans la même langue. Si le train n'est pas arrêté par la Wehrmacht ou la Gestapo, on peut espérer parvenir à Ostrava demain matin, et passer la frontière polonaise en Silésie...

Elle fixa son interlocuteur assis en face d'elle, et reconnut le visage cerclé de lunettes rondes au regard perçant.

— Max! s'écria-t-elle. Quel soulagement de te voir ici!

— Hélas, nous n'avons guère le choix, nous devons fuir, dit Max Brod en désignant sa femme. Je suis inquiet pour mon frère, qui a refusé de quitter Prague.

— Où allez-vous? interrogea Victoire.

— En Palestine, si Dieu le veut, répondit l'écrivain juif de langue allemande. J'espère que nous y parviendrons et que là-bas, je pourrai poursuivre mon œuvre...

Il montra une grosse valise qu'il gardait entre ses jambes.

— Elle contient mon trésor, poursuivit-il, les manuscrits que mon ami Franz Kafka m'a légués par testament. Contrairement à son vœu, je ne les ai pas détruits à sa mort, et n'aurai de cesse que m'acharner à les faire publier, jusqu'à ce que son génie soit universellement reconnu... Et toi, Viktorie, tu rentres à Paris?

— Si j'y arrive, laissa-t-elle tomber en songeant à la Gestapo.

Son trésor à elle était resté à Prague : son père, ses amis, Gustave, Théogène, et surtout sa propre âme, qui flottait dans les rues de la cité arpentée mille fois. Son unique bagage était la besace qu'elle portait toujours avec elle. Elle s'en saisit et l'ouvrit. Tout était à sa place : le Rolleiflex et les nombreuses pellicules témoignant de l'invasion, pain bénit pour Pommereul, arrêt de mort si les Allemands les saisissaient. Les vers dictés par Théogène. Les notes de Gustave. Carnet, stylo, passeport et autres papiers d'identité, carte de presse, couronnes tchèques.

Quelque chose brilla entre les lettres tracées par son camarade assassiné. Elle fronça les sourcils et tendit la main vers l'objet.

Du sac en toile de jute, elle sortit une pyramide en métal, accrochée à une chaîne d'argent.

Elle ferma les paupières et replia ses doigts sur le talisman, que son père avait subrepticement glissé dans sa besace, à la gare. Elle les serra si fort que les symboles ésotériques s'imprimèrent sur sa paume, et que les angles de l'amulette alchimique lui coupèrent la main jusqu'au sang.

Troisième partie

RUBEDO

Dans le calme des soirs roses
On entend siffler le feuillage de verre
Que des doigts d'alchimistes effleurent
Comme le vent.

Jaroslav Seifert, « Prague »

32

Incapable de se détacher de l'écran de télévision, le regard grossi d'épaisses lunettes happait les images de jeunes gens qui cognaient avec des pioches et des masses sur un mur couvert de graffitis. Ils se prenaient dans les bras, s'embrassaient, sanglotaient sous l'œil impassible des Vopos, hurlaient de joie en se juchant sur la muraille de béton, dansaient dans la nuit, chantaient et buvaient en chœur en s'inondant de champagne.

– Jamais je n'aurais cru voir cela un jour, s'écria Victoire, les larmes aux yeux. C'est incroyable, impensable, merveilleux !

– Mamie, reste calme, ordonna doucement une jeune femme.

Elle avait vingt ans, des yeux gris en amande cernés de khôl, des cheveux de différentes longueurs teints en rouge rubis, cinq boucles à chaque oreille, des jeans lacérés de coups de rasoir et les bras tatoués de corneilles noires.

– Rose, tu ne comprends donc pas ce qui se passe ? s'insurgea tendrement Victoire. C'est inouï, le mur de Berlin est tombé, c'en est fini du « mur de la honte » ! Regarde, la porte de Brandebourg est accessible à tous ! Le « rideau de fer » est déchiré, ils vont enfin être libres !

– Les Allemands de l'Est, oui.

– Les habitants de la RDA, aussi les Polonais, les Hongrois, les Bulgares, les Roumains, les Yougoslaves, les Russes… mais surtout les Tchécoslovaques ! Prague, oh Prague, ma chère âme…

Victoire éclata en sanglots. Interloquée, sa petite-fille observa ce phénomène inédit, avant d'enlacer sa grand-mère de ses longs bras maigres.

– Ça y est, chuchota la vieille dame entre deux flots. La malédiction de Rodolphe est levée, saint Venceslas a entendu leurs prières, il va sortir de sa tombe et saisir l'épée du chevalier Bruncvík ! Il faut qu'ils se soulèvent avec l'armée du fondateur de la Bohême, les chevaliers des monts Blaník ! Ils doivent reconquérir leur liberté !

– Mamie, gronda Rose. Cesse de t'agiter. Tu ferais mieux de te reposer… tu es convalescente. À soixante-quinze ans, un bras cassé n'est pas anodin, pas plus que des vertèbres cervicales abîmées !

Recluse au fond d'un canapé anglais à fleurs encombré de coussins, Victoire portait une minerve et avait le bras gauche dans le plâtre. Ses cheveux étaient blancs, courts et soignés, sa peau nue et ridée. Elle était aussi mince que sa petite-fille, dont le regard gris était identique au sien, y compris dans la jeunesse et l'éclat vif quoiqu'un peu sombre.

– Si ces jeunes d'Avranches en manque de chnouf m'avaient simplement demandé mon porte-monnaie, répondit-elle, je le leur aurais donné, et ils se seraient épargné la peine de me faire tomber pour me voler mon sac… Bah, comme d'habitude, ma chérie, tu t'inquiètes trop. Dans une semaine on m'enlève cette gangue et ce beau collier. En attendant, monte le son de la télé, je ne veux pas perdre une miette de cet événement historique !

Le lendemain, samedi 11 novembre 1989, elle assista en direct au concert improvisé que le transfuge soviétique Mstislav Rostropovitch donna devant un pan de mur béant. Derrière le célèbre violoncelliste, sur le béton, une figure peinte de Mickey côtoyait l'inscription « *Wilkommen in Berlin* ». Quand il commença une suite de Bach, l'émotion garrotta Victoire, Rose, comme la foule massée autour du musicien, comme le monde entier.

– C'est fantastique, mais que se passe-t-il à Prague ? se demanda la vieille dame en soupirant.

– Pourquoi cette ville t'intéresse-t-elle tant, mamie ?

– Va dans ma chambre. Sous mon lit, il y a une cantine en fer. Apporte-la, ma douce.

La jeune femme obéit et posa la malle sur la table basse du salon.

– Je ne l'ai pas ouverte depuis longtemps, dit Victoire dont la main valide tremblait. Depuis le Printemps de Prague et l'invasion des troupes du pacte de Varsovie, en août 1968. L'un des pires moments de ma vie...

– Tu étais à Prague en 68, mamie ?

– Non. Mais j'y étais en 39. J'y vivais, même.

– Tu ne me l'avais jamais dit !

– Regarde...

Elle sortit de la boîte des clichés en noir et blanc.

– Ça, c'était pendant la crise des Sudètes, à l'automne 1938, expliqua-t-elle. Là, c'est le 15 mars 1939 : l'occupation de Prague par les nazis.

– C'est toi qui as pris les photos ?

Victoire hocha la tête et montra à Rose de nombreuses coupures de presse.

– Mon heure de gloire, affirma-t-elle avec ironie. Mes clichés du 15 mars 39 ont fait le tour du monde, j'ai même eu une double page dans le magazine américain *Life*.

– Je savais que tu avais été journaliste comme maman, répondit Rose avec fierté, mais j'ignorais que tu étais carrément reporter de guerre, comme papa ! Quelle trempe, c'est extraordinaire, surtout pour une femme de cette époque !

– Je n'ai eu aucun courage, répliqua Victoire d'une voix grave. Sinon, je serais restée... Et ce n'était pas vraiment la guerre...

Elle fouilla la malle et en sortit d'autres photos.

– Dantzig, mai 1939. La ligne Maginot en janvier 1940, pendant la « drôle de guerre », narra-t-elle. Ici, l'Exode, en mai 40. Lyon, en zone libre, où mon canard s'est replié le 11 juin 40. Tiens, le voilà, *Le Point du jour*, avec mes photos en première page.

– Je ne connais pas ce journal…

– Il n'existe plus depuis longtemps, ma chérie. Il s'est sabordé le 11 novembre 1942, quand les Allemands ont envahi la zone libre. Il n'a pas reparu à la Libération.

Elle se rappela le petit crâne jaune d'Ernest Pommereul et crut sentir la fumée âcre de sa pipe. Elle se souvint de la rue de Richelieu, du fascinant bruit des rotatives, des colères du rédacteur en chef, de sa figure ébahie lorsque « cette tête de mule de Douchevny » était rentrée de Prague, par la Pologne, avec les fameux clichés. Il l'avait aussitôt nommée photoreporter, et l'envoyait sur les sujets brûlants. Mais pour ne pas choquer les lecteurs misogynes, elle continuait à signer « Victor D ». Pommereul avait eu l'idée de passer ses photos en une et dans les pages intérieures, avec très peu de texte, ce qui était rare dans la presse quotidienne. Il avait décrété que le choc émotionnel de certaines images remplaçait parfois les mots, et il caressait le projet de lancer un magazine d'actualité sur le modèle de *Life*, neutre politiquement. Mais c'est son grand rival de *Paris-Soir*, Jean Prouvost, qui lança *Paris Match* après la guerre. Le timonier du *Point du jour* s'était éclipsé. Le 11 novembre 42, il s'était pendu avec sa ceinture dans les toilettes du siège lyonnais du journal, pour disparaître avec l'œuvre de sa vie.

– La suite, je la connais, reprit Rose. C'est à ce moment-là, fin 1942, que tu as rejoint de Gaulle, que tu as écrit pour les journaux de la Résistance et que tu as rencontré grand-père.

– En effet, répondit la vieille femme.

Mais les choses n'avaient pas été aussi simples. Peu après son épique fuite à Londres avec quelques anciens du *Point du jour*, en novembre 42, Victoire avait souffert d'une grave pneumonie. Elle n'avait dû son salut qu'à la pénicilline produite aux États-Unis, médicament alors introuvable en Europe, excepté au Royaume-Uni. Alitée durant des semaines, affaiblie par la maladie, elle avait été contrainte d'abandonner le grand reportage et la photographie. Après sa fluxion de poitrine, elle s'était

506

bornée à des petits papiers de propagande, qu'elle ne signait pas. C'était comme si, en quittant le continent, elle avait abandonné son souffle, ses yeux et son nom. Pourtant, c'est lors de l'une de ces banales interviews à l'état-major britannique qu'elle avait croisé un officier anglais plein de charme, le capitaine Sullivan Fergesson. Elle avait cessé de travailler lorsqu'elle était tombée enceinte. Ils s'étaient mariés à la hâte et Mme Fergesson avait passé le reste de la guerre à attendre le retour de son époux en priant le ciel de ne pas devenir veuve, et de ne pas mettre au monde un orphelin.

– Mamie, qui est-ce ?

Victoire chaussa ses loupes et regarda le cliché que Rose tenait entre ses doigts. Un coup au cœur la paralysa.

– Je n'ai jamais vu pareille trombine, s'extasiait Rose. Quelle dégaine géniale, on dirait un mélange de Frankenstein, d'un gremlin et de Freddy Krueger !

– C'est mon père, répondit sèchement Victoire. C'est tout pour aujourd'hui, remets la cantine à sa place. J'étouffe, j'ai besoin de faire quelques pas…

Navrée d'avoir contrarié sa grand-mère, Rose l'aida à s'extraire du canapé en tenant son bras plâtré. Victoire se dirigea vers la cuisine et sortit par la porte-fenêtre.

– Mamie, mets un châle, tu vas prendre froid !

Elle sourit à la sollicitude de sa petite-fille et ignora l'injonction. En chemise, elle pénétra dans le jardin et respira à pleins poumons. L'air vif, humide et doux à la fois, la rasséréna. Elle adorait cette brise qui tournait parfois en tempête, ce ciel changeant, cette vaste maison de granite gris que son mari et elle avaient acquise en 1947. Par-dessus tout, elle aimait cette terre riche et ce jardin qui faisaient son bonheur depuis plus de quarante ans.

Avec béatitude et fierté, elle contempla les champs, les pépinières et surtout les immenses serres dans lesquelles s'épanouissaient ses trésors : cyclamens, lys, azalées, chrysanthèmes, tulipes, giroflées, clématites, passiflores, hellébores et surtout les roses, qui avaient construit la réputation de l'entreprise Fergesson.

Sullivan rêvait d'être horticulteur. Victoire ne connaissait rien aux fleurs, mais à la fin de la guerre, elle l'avait encouragé à quitter l'armée et à tenter l'expérience.

Elle s'approcha de la baie. La marée était basse mais l'odeur d'iode, d'herbus et de coquillages la rassura, comme chaque fois. Devant elle, des moutons de pré-salé broutaient et au loin, se dressait une énorme pyramide de pierre, dont la puissance magique lui rappelait celle du château de Prague : le Mont-Saint-Michel.

À Genêts, en Normandie, face au Mont, les mains dans la terre avec Sullivan, elle avait tourné la page de son passé. Avec son époux, elle avait cru réussir à oublier. D'ailleurs, durant des années elle avait entendu sonner son nom, Fergesson, comme le verbe allemand *vergessen*[1].

Elle sourit avec tendresse en songeant à son mari, disparu d'un cancer de la prostate cinq ans plus tôt, à l'âge de quatre-vingt-trois ans. Il était calme, doux, drôle, courageux. Avec lui, elle avait été heureuse. Certes, leur métier était exigeant et ils avaient beaucoup travaillé, mais ils avaient réussi. Leurs quatre enfants étaient plutôt épanouis : Karel, l'aîné, né à Londres début 44, puis les jumeaux Gustave et Aurélien, arrivés en 46 dans la capitale britannique, enfin Marguerite, que tout le monde appelait Margot, la benjamine, la mère de Rose, la seule à être née dans cette maison, fin 1948. Aujourd'hui, Victoire avait sept petits-enfants. Mais Rose était la plus proche d'elle.

C'était naturel, puisque au début de son existence, en 1969, Sullivan et Victoire avaient remplacé ses parents. Dépassés par la naissance de la petite, ils s'étaient séparés peu après. Le père couvrait les conflits de la planète avec son appareil photo et ne pouvait pas s'occuper d'elle. La mère, victime d'une intense dépression post-partum, avait été recluse dans une maison de repos durant

---

1. Oublier.

des mois. À soixante-huit et cinquante-six ans, Sullivan et Victoire s'étaient retrouvés avec un nourrisson sur les bras, un petit être qui, sans eux, aurait été perdu. Pourtant, c'était ce bébé qui avait sauvé Victoire.

La maladie couvait depuis trop longtemps. L'amnésie volontaire n'était pas une saine thérapeutique. Le poison avait grandi avec le silence, les remords, le déni. La chape de plomb avait explosé en août 1968, quand elle avait vu les images des chars soviétiques dans Prague. Quelque chose en elle avait subitement éclaté, son âme et son esprit s'étaient comme fendus et tout était remonté à la surface, tout ce que pendant des décennies elle s'était acharnée à oublier.

Telle une immense nausée, le chagrin gardé en elle, les secrets jamais dévoilés, les deuils non faits avaient débordé son cœur pour affluer vers sa bouche. Refusant de les laisser sortir, elle s'était effondrée, hagarde, étrangère à son univers familier. Elle restait prostrée dans son lit, incapable de bouger. Elle ne pouvait même pas pleurer.

D'horribles cauchemars la hantaient jour et nuit : elle déambulait dans un cimetière mais elle ne parvenait pas à lire les pierres tombales, car ses yeux les effaçaient lorsqu'elle les posait sur les épitaphes.

Elle avait subi des batteries d'examens, Sullivan avait appelé à son chevet plusieurs médecins, avant que l'un d'entre eux comprenne que la cause de la pathologie était psychologique.

Trente ans après que son amie Margot avait évoqué Freud et la cure psychanalytique pour évacuer son dibbouk interne, Victoire avait enfin accepté de parler, de libérer défunts et démons qui couvaient en elle, et qu'elle choyait comme des enfants. D'ailleurs, les prénoms qu'elle avait attribués à sa progéniture ne devaient rien au hasard.

En effet, comment parvenir à oublier Gustave jeté dans les eaux glacées de la Vltava et sombrant dans le néant ? Comment se débarrasser du souvenir d'Aurélien Vermont de Narcey, résistant de la première heure qui, après avoir perdu son fils Pierre-Marie durant la bataille de France, s'était engagé dès 1940, avait fui à Londres en laissant sa famille, pour être parachuté à Rennes en 1943 afin d'organiser les réseaux ouest de la Résistance, et qui avait été dénoncé, arrêté, puis décapité à la hache dans la cour de la Gestapo de Nantes ? Comment effacer de sa mémoire l'image de la rouquine Margot Hervieu, arrêtée avec ses parents et ses frères lors de la rafle du Vél' d'Hiv ? Aucun n'était revenu d'Auschwitz.

La guerre n'avait épargné aucun des proches de Victoire. Après avoir mis Laurette en sûreté dans leur maison de la Riviera, pendant l'Exode et la débâcle de juin 1940, son beau-père, le docteur Renaud Jourdan, avait choisi de reprendre du service au Val-de-Grâce alors qu'il aurait pu rester planqué à Nice, et il était mort dans l'explosion de sa voiture alors qu'il rentrait seul à Paris, soufflé par une attaque de Stuka. Quant à sa mère… Jamais Victoire ne s'était pardonné de ne pas avoir tenu sa promesse, de lui avoir raconté que Karel, son demi-dieu, était encore en vie. Avec la mort de Jourdan, cette confidence avait provoqué la démence de Laurette. Sa fille l'avait placée dans un hôpital psychiatrique niçois puis elle avait gagné Londres. Laurette était morte dans cet asile, sans doute de faim, en 1944. Victoire s'était imputé la responsabilité de ce terrible trépas.

Quant à Mathias Blasko… Le traître, l'assassin, n'avait jamais répondu de ses crimes et en conscience, Victoire en avait endossé la faute. Si elle avait jugulé sa colère puérile et échafaudé un plan avec Vermont de Narcey pour le coincer, au lieu de se précipiter seule faubourg Saint-Germain et d'accuser le fourbe sans preuves, comme une furie insane, il ne s'en serait pas tiré en niant puis en se moquant d'elle. Par la suite, il avait montré son vrai visage : en juin 1940, il n'avait pas suivi *Le Point du jour* à Lyon mais était resté dans la capitale où il avait collaboré au journal antisémite *Le Matin* et sévi sur les ondes de Radio-Paris. Pendant ce temps, à Londres, Victoire attendait patiemment : Blasko cumulait les forfaitures mais elle ne doutait pas qu'il les paierait toutes à la

Libération, avec ses amis collabos. Désormais, elle avait les appuis suffisants pour le confondre. Mais sa vengeance ne fut jamais bue. Le scélérat périt de mort naturelle en 1943, dans un banal accident de la route entre Paris et Deauville. Il eut même droit à des funérailles nationales.

Comment ne pas se sentir coupable ? Comment supporter toutes ces morts tragiques et injustes, alors qu'elle-même respirait encore ? La boîte de Pandore était ouverte et les malheurs en sortaient sans fin... Comment oublier tous ces corps sans tombe et museler leurs cris ? Dans ses cauchemars, Victoire revoyait sans cesse le visage de ce réfugié tchécoslovaque inconnu qui, en août 1939, était venu rue Saint-Jacques lui apporter un message de František.

Il avait écrit en français, d'une écriture malhabile et hésitante, sur une feuille de papier-bloc à en-tête du café Slavia. L'adolescent, comme l'exilé, avait pris beaucoup de risques pour faire passer la missive. Celle-ci était laconique : en mai 1939, deux mois à peine après son départ de Prague, la Gestapo avait arrêté Karlík Pražský. Il avait été conduit au palais Petschek, quartier général de la police secrète, et il n'en était jamais ressorti. František pensait qu'il était mort lors d'un interrogatoire. Il était désespéré, il n'avait rien pu faire pour le sauver. Il priait Victoire de ne pas lui répondre. Il lui souhaitait courage, bonheur et longue vie.

Courage... alors qu'elle avait été si lâche. Elle avait décampé face au danger, abandonnant son père, sa mère, Margot, qui était comme sa sœur, et qui se croyait en sécurité à Paris parce que son paternel s'était battu en 14-18. Bonheur... Oui, elle l'avait connu, avec Sullivan et leurs quatre enfants. De quel droit était-elle tranquille et prospère, alors qu'eux avaient été fauchés en plein vol ? Longue vie... Longue, sa vie l'avait été.

– Mamie, tu devrais venir voir...
– Que se passe-t-il, mon ange ?
– Ils se soulèvent, à Prague ! C'est la révolution !

Victoire délaissa le découpage de son rôti de porc et bondit aussi vite qu'elle le pouvait. Son bras gauche, libéré du plâtre, était comme neuf, mais elle avait encore mal aux cervicales.

En ce mercredi 22 novembre 1989, le journal télévisé s'ouvrait sur les événements qui se déroulaient en Tchécoslovaquie. L'envoyé spécial français hurlait dans son micro, mais sa voix avait du mal à couvrir les cris et les slogans des trois cent mille manifestants. Sidérée, Victoire reconnut la silhouette massive du Musée national qui se découpait dans la nuit, la statue équestre et les abords de la place Saint-Venceslas, où une foule gigantesque brandissait le drapeau du pays, des banderoles et hurlait en faveur de la liberté.

– Enfin... murmura Victoire, transportée de joie. La «normalisation» et l'épuration d'après 1968 ont échoué. Ils sont toujours vivants... Un nouveau Printemps de Prague, en plein novembre. Et cette fois, ils réussiront !

La caméra zooma sur un bâtiment bordant la place, et sur les dissidents qui haranguaient la foule depuis le balcon.

– Regarde, c'est l'immeuble Melantrich, celui du *České Slovo* ! s'exclama Victoire. Et c'est Václav Havel qui parle ! Rose, donne-moi une cigarette.

– Mamie, tu as arrêté de fumer il y a quarante ans !

– Je m'en fiche. Ce soir est le plus beau jour de ma vie. On va sabrer le champagne.

Pendant que Victoire tirait sur la cigarette blonde et toussait comme un vieux moteur au bord de l'implosion, les images s'attardèrent sur les milliers de bougies allumées au pied de la statue de saint Venceslas. Dans la nuit, malgré le froid, les visages des Pragois étaient enthousiastes, mais surtout calmes et dignes.

– Ils n'ont pas changé, murmura la vieille dame, au bord des larmes.

En direct, le journaliste tentait, tant bien que mal, d'interviewer quelques manifestants et de procéder à une traduction simultanée.

La caméra capta le regard d'un homme d'une soixantaine d'années, qui refusa de répondre aux questions. Il émanait de lui quelque chose d'étrange : il avait un œil bleu, l'autre noir.
  – František, balbutia Victoire. C'est František, lâcha-t-elle dans un cri sauvage. František !

33

Depuis novembre dernier, c'est à peine si Rose reconnaissait sa
grand-mère : d'ordinaire paisible et sereine, l'aïeule de soixante-
quinze ans ne tenait plus en place. Début décembre 1989, les communistes tchécoslovaques avaient quitté le pouvoir, et les barbelés
avaient été retirés des frontières ouest-allemande et autrichienne.
Pour la première fois depuis le Coup de Prague de 1948, des
élections libres avaient été organisées : le 28 décembre, Alexan-
der Dubček, l'ancien leader du Printemps de Prague, avait été
élu président de l'Assemblée fédérale et le 29, Václav Havel était
devenu président de la République. La liberté et la démocratie
étaient enfin de retour dans cette partie de l'Europe, et Victoire
exultait avec les Pragois de la place Saint-Venceslas, par écran de
télévision interposé. Il avait fallu tout le talent de persuasion de
ses enfants pour qu'elle ne saute pas tout de suite, seule, dans le
premier avion. La négociation avait été âpre mais comme d'habitude, sa fille Margot avait trouvé la solution : Rose accompagne-
rait Victoire en Tchécoslovaquie. Ce qui signifiait qu'elle devait
attendre les prochaines vacances universitaires, en espérant que la
situation là-bas serait plus claire. Cela reportait le voyage, au plus
tôt, au mois de février.

Victoire n'avait consenti à patienter jusqu'aux vacances d'hiver
que pour avoir la joie de partager Prague avec sa chère Rose. Mais
il n'était pas question que sa petite-fille lui serve de nurse ou de

garde-chiourme ! Cette ville, elle la connaissait par cœur. Elle se rappelait chaque rue, chaque maison, chaque jardin. Rose allait voir ce qu'elle allait voir...

– *Morte la ville*
Prague repose comme un sépulcre vide... murmura la vieille femme.

Les vers du poète romantique Karel Hynek Mácha reflétaient l'atmosphère de la cité. Avec stupeur, Victoire découvrit une métropole grise et triste, figée par la neige et le froid, mais surtout par quarante ans d'incurie. Prague était coagulée, sans vie, un beau cadavre congelé par l'Histoire.

Dans Staré Město, les façades décolorées et lépreuses, pissant l'eau sale des gouttières, pelaient comme des fruits pourris. Les boutiques insipides vendaient du néant. Le pont Charles était devenu piétonnier mais la chaussée était endommagée par plusieurs décennies de circulation automobile et déformée par la morsure du sel contre la neige. Sur le parapet, les médiévaux joints à la chaux avaient été remplacés par du vulgaire ciment.

Victoire débuta son pèlerinage en jetant, à l'endroit même où Gustave était tombé, un énorme bouquet d'hellébores noirs et de roses blanches coupés le matin même dans la serre de Genêts. Lorsque les pétales touchèrent les flots, les fleurs se disloquèrent et furent entraînées par le courant. En les regardant s'éloigner, elle espéra que la Vltava avait rendu le corps de son ami, que les autorités avaient réussi à l'identifier et qu'il reposait quelque part, dans la terre, avec une pierre à son nom. Penchée sur l'eau, elle ânonna des mots que sa petite-fille ne put saisir, comme le sens du geste de sa grand-mère.

À Malá Strana, les parcs aristocratiques étaient abandonnés, parfois saccagés. Les palais ternes suintaient la négligence. Vidés de leur mobilier et des toiles de maître, la plupart avaient été divisés en bureaux. Le Hradschin exhalait une morne langueur, comme s'il abritait une princesse endormie. Ses jardins étaient fermés au public, privés d'entretien. Mais les bâtiments décatis étaient ouverts, et deux surprises y attendaient Victoire.

Dans la deuxième cour, sous la Salle espagnole, une galerie exposait au peuple des peintures ayant appartenu aux fabuleuses collections de l'empereur Rodolphe II, que le Conseil idéologique du Château avait découvertes dans les réserves.

Émue, Victoire contemplait le rêve avorté de son père, en se demandant comment *Das Rosenkranzfest* était sorti de sa cachette souterraine, dans un mur de l'ancien cabinet secret de l'Empereur. Elle tenta d'interroger le gardien du petit musée, en allemand, en anglais, en français, avec les quelques mots de tchèque dont elle se souvenait, mais ce dernier, maussade et revêche, lui fit signe qu'il ne comprenait pas.

— *Vous estes la lune enchantée, qui luy dessus mon cœur alangui... La nuit je resve d'estre le soleil, le jour je guette votre apparition...* susurra la vieille femme à la toile de Dürer, se souvenant des mots que Théogène avait chuchotés à son oreille la première fois que son père lui avait montré le tableau.

Rose n'entendit pas. En connaisseuse, l'étudiante des Beaux-Arts admirait les Titien, Véronèse, Rubens, Tintoret, et posait un œil critique sur les œuvres de l'école de peinture fondée par Rodolphe.

— Les pièces exposées sont de première qualité mais elles ne sont pas nombreuses, dit-elle. Je m'attendais à un grand musée national comme le Louvre !

— Hélas, répondit Victoire, le cœur serré. La *Kunst-und Wunderkammer* du lion de Bohême, le talisman géant, n'a pas été reconstituée à temps.

— Talisman ? De quoi parles-tu, mamie ?

— Je t'expliquerai plus tard. Viens, je veux revoir la maison de mon père.

Elle entraîna sa petite-fille vers la ruelle de l'Or. Les jambes tremblantes, Victoire longea la cathédrale Saint-Guy puis descendit la rue Jiřská. La neige collait aux semelles de ses bottines fourrées. Chaque pas exhumait un souvenir, un visage, une odeur qui s'insinuait dans son nez, dans sa bouche, dans son âme qui ressuscitait peu à peu. Elle se revit, seule sous la tempête de neige de cette dernière nuit dans la ville.

Elle entendit les cris terrorisés des habitants du Hradschin à l'annonce de l'arrivée des nazis. Ses narines frémirent des relents de graillon qui s'échappaient des minuscules fenêtres des masures, de la fumée piquante crachée par les cheminées et les poêles chauffés à blanc, des senteurs de savon noir qu'exhalait le linge pendu aux cordes en travers de la venelle, des haleines chargées de bière et d'eau-de-vie. Ses pieds reconnurent le pavé gras et déchaussé, ses mains le remugle des murs sombres et poisseux, ses bras la douleur lorsqu'elle pompait pour tirer l'eau du puits. Elle baissa la tête en imaginant les invectives des petites canailles au foulard crasseux, et elle écouta le bruit des marmites en fer que les matrones entrechoquaient dans un concert dodécaphonique. Elle sourit en sentant entre ses chevilles la caresse du chat noir de Madame de Thèbes, qui filait rejoindre le chignon de sa maîtresse. Elle cligna des yeux face au regard louche des réverbères mais lorsqu'elle les rouvrit, elle poussa un juron de stupeur.

Les bicoques grises avaient été transfigurées par le souffle d'une fée du logis ou d'un clown farfelu. Les toitures branlantes étaient rectilignes et les façades des maisonnettes peintes de couleurs vives. Des fleurs étaient plantées de part et d'autre des perrons, et l'on s'attendait à voir surgir Blanche-Neige et les sept nains des cahutes proprettes.

– Extraordinaire ! s'exclama Rose. Mamie, tu as vécu dans ces maisons de poupées ? Comment faisais-tu pour ne pas te cogner ? C'est mignon comme tout ! Je parie qu'ils vendent des bonbons et du pain d'épices…

La jeune femme entra dans une baraque bleu pervenche, boutique de souvenirs pour touristes étrangers.

– Où sont-ils donc ? se demanda Victoire en se tordant les mains.

Elle pénétra à son tour dans le minuscule magasin et interrogea la commerçante qui s'exprimait parfaitement en allemand, en russe, et possédait des rudiments de hongrois et de bulgare. La vendeuse de cartes postales lui raconta que les derniers habitants de la ruelle étaient partis en 1948, expulsés par l'État communiste. L'endroit avait été restauré et transformé en musée relatant la vie quotidienne du pauvre peuple du Hradschin à travers les âges. L'exposition idéologique était encore visible, même si le nouveau président allait sans doute la supprimer.

Interloquée, Victoire se précipita vers la maison n° 15, dont la façade vert pomme lui arracha une grimace de dégoût. L'intérieur était décoré en style gothique, et un mannequin de cire habillé en hallebardier médiéval montait la garde. Il ne restait rien de son père, de František, de sa jeunesse, pas le moindre objet oublié dans un coin, ni une infime trace sur les murs.

Livide, Victoire sortit et se planta devant la maison n° 16, celle du poète Jaroslav Seifert. Elle n'en reconnut pas même l'extérieur, qui avait été reconstruit puis bariolé de jaune citron. Dans la pièce unique déguisée en antre de la Renaissance, un pantin d'alchimiste était penché sur un mortier de pierre. Furieuse, la septuagénaire décida d'affronter le fantôme de Madame de Thèbes, certaine que le spectre du médium n'avait pas laissé les staliniens transformer sa demeure en gargote typique de la période baroque. Mais la maison n° 14, peinte en rouge, était fermée. Sur la façade, était posée une petite plaque commémorative en tchèque, que Victoire tenta en vain de déchiffrer. Pourtant, elle identifia un mot : *Gestapo*. Elle resta tétanisée dans la neige.

– J'ai rassemblé mes souvenirs des cours d'allemand, dit Rose quelques minutes plus tard. D'après ce que j'ai compris du discours de la marchande de souvenirs, Matylda Průšová, alias Madame de Thèbes, a eu le tort de prédire la chute du Troisième Reich. Elle a été arrêtée et torturée à mort par les nazis. Tu la connaissais ?

Victoire hocha la tête.

– Aujourd'hui, mon cœur revient d'exil, dit-elle. Il est temps que je te raconte tout. Vois-tu, le nom de Prague signifie « le seuil ». Je l'ai franchi le 15 août 1938. J'avais vingt-trois ans, et plus aucune illusion sur la vie. Mais j'étais guidée par un esprit, celui d'un poète de la Renaissance, un alchimiste qui me parlait la nuit, en vers, et qui s'adressait aussi à moi par l'entremise d'un médium, Madeleine Durandet, qu'on appelait Mademoiselle Maïa…

Rose écarquilla ses grands yeux gris bordés de noir. Ses cheveux rouges faillirent se dresser sur son crâne et elle réalisa que sa grand-mère n'avait plus toute sa tête.

– À Prague, poursuivit Victoire, Théogène s'est enfui mais j'ai trouvé mon âme, plus un père que presque tous croyaient mort.

– Mamie…

– Viens t'asseoir, je vais te montrer les poèmes. Mon cahier est très abîmé, mais j'ai soigneusement préservé son contenu…

Elle songea aux pages arrachées au manuscrit de Voynich, que Théogène avait cachées quelque part dans la ville. Ces feuillets étaient la porte magique qui dévoilait le mystère de l'immortalité. La Gestapo avait dérobé la clef qui indiquait l'emplacement de la porte : la cornue palingénésique découverte dans le laboratoire souterrain de la maison de Faust. Pourtant, les nazis n'avaient pas ouvert la porte de l'éternité. Depuis cinquante ans, Victoire se demandait pourquoi. Se pouvait-il qu'ils ne soient pas parvenus à décrypter la langue du vieux grimoire ? Dans ce cas, Théogène et Gustave seraient les seuls à avoir percé cette énigme, puisque le manuscrit, désormais conservé dans la bibliothèque d'une université américaine, se dérobait aux investigations des chercheurs du monde entier, y compris celles des cryptologues de la NASA et de l'US Navy. À moins que Gustave et elle n'aient fait fausse route cette nuit-là, comme les Allemands, et que le message de Théogène en vieux tchèque ne révèle pas l'endroit où l'alchimiste avait dissimulé les pages. Cette éventualité était doublement intolérable pour Victoire. D'une part, elle impliquait que son ami était mort pour rien. D'autre part, elle laissait supposer que son père avait été arrêté et torturé pour qu'il révèle ce qu'il savait sur cette affaire. Depuis que Victoire avait recouvré la mémoire et exhumé ses défunts, il ne se passait pas un jour sans que cette question douloureuse ne la taraude.

Vers dix-huit heures, elle voulut clore son pèlerinage en se recueillant au palais Petschek, ancien quartier général de la Gestapo. Place Venceslas, elle remarqua l'apparition des premiers McDo et boutiques de l'Ouest capitaliste, qui poussaient partout depuis la « révolution de velours ». Les bras chargés d'une gerbe d'amarantes, de chrysanthèmes et de seringas, elle tourna dans la rue Opletanova et nota que l'Opéra et la gare Wilson, désormais baptisée Gare centrale, n'avaient guère changé mis à part la décrépitude. Sur Politických vězňů, elle chercha le numéro 20 et se trouva face à une immense bâtisse grise.

— Des milliers de personnes furent suppliciées ici, expliqua-t-elle à Rose. Le Reichsprotector Reinhard Heydrich, surnommé « le boucher de Prague », y avait même établi une cour martiale, qui décidait sur place du sort des résistants : camp de concentration ou exécution...

Sa voix se brisa.

— Tu n'as jamais su ce qu'il était advenu du corps de ton père ? demanda Rose en prenant la main de sa grand-mère.

— Il a sans doute subi le sort de tous ceux qui mouraient au cours d'un interrogatoire : les cadavres étaient entassés dans des petits wagons et, chaque nuit, incinérés au crématorium de Strašnice. Ma seule consolation est que ses cendres se sont dispersées dans son pays, sur la terre de Bohême, sous le vent de sa patrie... Suis-moi, je veux voir où cela s'est passé, et y déposer ces fleurs.

Mais des gardes leur refusèrent l'accès au palais, qui abritait désormais le ministère de l'Industrie. Victoire perdit son sang-froid et jeta l'énorme bouquet sur les marches du bâtiment.

— Je voudrais que vous compreniez, cria-t-elle aux sentinelles en uniforme. Mais dans un lieu pareil, je me défends de brailler en allemand !

Elle rassembla toutes les grossièretés tchèques dont elle se souvenait, les leur lança à la figure et s'éloigna à grandes enjambées, avant de s'effondrer, en larmes, sur le trottoir de la rue Jindřišská.

– Je suis venue chercher des réponses et je ne trouve que des questions, sanglota-t-elle dans les bras de Rose. Je voulais enterrer mes morts, mais je ne les vois nulle part... Où sont les fantômes ? Où sont les vivants ? Prague est indemne... Pourtant, je ne distingue que des pierres ternes ! Il faut bien qu'il y ait des survivants ! Où se terrent les survivants ?

– František, murmura la jeune femme. Tu as eu la preuve que František était encore en vie.

Victoire émergea de ses larmes.

– František, bien sûr ! Tu as raison, ma chérie. Je dois absolument le retrouver, lui seul pourra me répondre !

– Prague compte plus d'un million d'habitants, mamie. N'as-tu pas son adresse ?

– Non. L'unique fois où il m'a écrit, c'était en août 1939... Mais je sais où le dénicher. Viens !

Il n'était que dix-neuf heures mais il faisait nuit noire lorsque la vieille dame entraîna sa petite-fille dans les cafés que son père fréquentait jadis. Elle n'était pas au bout de sa peine : place Venceslas, le café-concert Rokoko, où dormait Gustave, avait disparu. Victoire garda espoir et courut vers Národní třída, où elle déchanta : le café Louvre avait été remplacé par des bureaux. À l'angle de Na Perštýně et de l'avenue nationale, l'Unionka, quartier général de Gustave, siège de la rédaction du journal des frères Čapek et des revues poétistes, avait été détruit. À la place, se dressait un affreux immeuble de verre fumé, et le souvenir des poètes assassinés.

– Karel Čapek était le numéro trois sur la liste noire de la Gestapo, raconta-t-elle. Mais quand les nazis débarquèrent à Prague, il était déjà mort. Alors, ils ont arrêté son frère Josef, qui a péri à Bergen-Belsen en avril 1945, un mois à peine avant la Libération. Je revois aussi Jiří Orten à sa table... En 1941, il a été renversé par une ambulance allemande sur un quai de la Vltava. Transporté dans une infirmerie, on lui a refusé les soins car il était juif. Il est mort deux jours plus tard, dans un autre hôpital, à seulement vingt-deux ans. Quant à Vladislav Vančura, il a été fusillé par la Gestapo le 1er juin 1942...

– Ne restons pas ici, mamie.

Victoire reprit de l'assurance en songeant au café Slavia, lieu emblématique de l'intelligentsia tchèque et repaire des dissidents.

Il était toujours debout mais il était fermé. Stupéfaite, Victoire en fit le tour, tentant d'apercevoir, à travers les vitres noires, le grand tableau du *Buveur d'absinthe*, au-dessus de la table des poètes où elle avait passé tant d'heures joyeuses et terribles. Incrédule, elle songea que cette fermeture était peut-être exceptionnelle et elle intercepta un passant qui sortait du Théâtre national, juste en face.

– Ils l'ont loué à une firme américaine, dit-elle à Rose, dépitée. Cette dernière s'était engagée à le rouvrir mais jusqu'à présent, la promesse n'a pas été tenue... Je n'en peux plus... Ce n'est pas possible, ils ne les ont pas tous tués !

Elle parlait des cafés comme d'êtres vivants, ce qu'ils étaient en effet avant guerre.

– Le café Arco parlait allemand, expliqua-t-elle en marchant vers la rue Hybernská. Mais il n'était pas nazi. Il était trop cultivé, trop élitiste pour cela. En plus, beaucoup des intellectuels qui le fréquentaient étaient juifs. J'y ai bu mon premier café crème, offert par la splendide, la fascinante, la brillante Milena Jesenská. C'est d'ailleurs à la Kavárna Arco qu'elle avait rencontré Kafka.

– Milena ? bondit Rose, médusée. Tu as connu Milena ?

– J'ai eu cette chance.

Rose n'ignorait pas que l'ancienne compagne de Kafka était entrée dans la Résistance après l'invasion de la Tchécoslovaquie, qu'elle avait été arrêtée en novembre 1939 et qu'elle avait péri en 1944 au camp de Ravensbrück. Elle se tut pour empêcher sa grand-mère de ressasser cette mort tragique.

– Mamie, regarde, c'est ouvert ! jubila Rose. Le café Arco existe toujours ! František est peut-être à l'intérieur, en train de siroter une bière !

Elles se ruèrent dans l'établissement.

Sous des tubes à néon qui avaient remplacé les lustres de cristal Art déco, l'improbable duo avança entre des tables de formica blanc. Des pans entiers des splendides boiseries avaient été arrachés, d'autres s'accrochaient aux murs noircis et craquelés. Un silence pesant les accueillit. Toutes les conversations étaient en suspens, et sous les nuages de fumée bleue, les deux intruses ne distinguèrent que des trognes chafouines et aux aguets. Sans rien dire, elles prirent la porte.

– Le café Arco est mort, lui aussi, constata Victoire. Mon passé n'est que néant et désolation… ils ont tous disparu…

– La tournée des bars est terminée ? s'enquit la jeune femme. Ne t'inquiète pas, j'ai une autre idée pour retrouver le protégé de ton père : si tu mettais une annonce dans la presse locale ?

– Ce n'est pas fini, Rose. Il en reste un. C'est mon seul espoir de retrouver František. Si ce cabaret a péri, je…

– Où est-il, ton ultime troquet ?

La façade du café, jadis peinte de couleurs vives, s'étiolait. Les rideaux étaient tirés, la porte latérale qui permettait d'entrer dans le petit passage donnant accès au caboulot était close. La gargote de la ruelle Řetězová avait subi le même sort que les autres. Seule l'inscription en lettres stylisées, au-dessus des fenêtres, témoignait qu'elle avait existé. On pouvait encore y lire, en caractères noirs sur fond d'un blanc passé : « Montmartre ».

– Mamie, je suis vraiment désolée, dit Rose. J'aurais tellement aimé…

Une faible complainte filtra par-delà les vitres crasseuses. Elles dressèrent l'oreille, cherchèrent à voir à travers les rideaux mais l'épais tissu de velours était opaque. Le son avait disparu.

– Il y a quelqu'un à l'intérieur, chuchota Victoire.

– Mamie, tu vois bien que c'est fermé, et sans doute depuis très longtemps ! Allons, sois raisonnable. Rentrons à l'hôtel.

– Cela fait cinquante ans que je suis raisonnable, répliqua la vieille dame. C'est amplement suffisant. Et je te dis qu'il y a quelqu'un là-dedans.

– Un fantôme, sans doute ! Celui de Théogène, pourquoi pas ? Il t'a reconnue et il te souhaite le bonsoir ! Écoute, il est presque vingt et une heures, j'ai faim, j'ai soif. Allons dîner.

– Chut, ça recommence…

Une voix. Des voix humaines bruissaient en une mélodie sourde et triste.

– Ouvrez ! cria Victoire en martelant les carreaux de la double fenêtre. Je sais que vous êtes là !

Seul le silence de la nuit lui répondit. Aucune lueur ne passait, aucun son n'était perceptible.

– Je ne me suis pas trompée, persista Victoire. Tu as entendu comme moi ! Je ne suis pas encore sénile, ni sourde.

– Certainement pas, approuva Rose. Je pense même que tu as raison : il y a des gens à l'intérieur, probablement du même acabit que les malfrats du café Arco, et si tu insistes, nous allons avoir de sacrés problèmes…

– Je suis Viktorie Duševná ! tambourina-t-elle contre les vitres. Vous comprenez ? Viktorie Duševná, la fille de Karlík Pražský ! Je vous en prie, ouvrez !

– Mamie, si tu continues à faire tant de ramdam, les voisins vont appeler la police…

– Faudrait savoir, Rose. Tu crains la pègre ou les flics ?

– J'en ai assez, mamie. Tu es méchante et injuste ! Je rentre à l'hôtel. Reste plantée ici toute la nuit si tu veux. Demain tu seras malade.

Victoire n'écoutait pas. Mue par une subite inspiration, elle s'agenouilla dans la neige. Ses lèvres asséchées par le froid touchaient presque la vitre.

– *Františku, vychle, pospěšme si na Montmartre!* murmurat-elle, répétant l'ordre envoyé par son père à František dans le triporteur, la première fois qu'il l'avait conduite ici.

La lourde porte de bois donnant sur le passage s'entrebâilla en grinçant. Une main masculine apparut, puis deux jambes de gros drap de laine, une chemise à carreaux, des avant-bras nus plantés de poils clairs.

Victoire ne se releva pas. L'homme marcha lentement vers elle. La ruelle mal éclairée ne permettait pas de distinguer son visage, seulement des traits fins mais marqués. Ses cheveux étaient courts et blancs.

Lorsqu'il la souleva de terre, elle se mit à trembler. Elle planta ses yeux dans l'œil noir, puis dans l'œil bleu, avant de le serrer dans ses bras.

À quelques mètres de là, Rose observait la scène en souriant. Elle s'éloigna doucement dans la neige qui étouffait le bruit de ses pas.

34

Le Montmartre dormait depuis un demi-siècle. Fermé au début de la guerre, il avait été utilisé comme entrepôt de papier. Pendant la « révolution de velours », d'anciens clients s'étaient souvenus du « Montik », ce symbole de la Première République, vilipendée autant par les nazis que par les communistes. Ils y avaient pénétré en douce, moins pour y tenir des réunions clandestines que pour se souvenir du temps béni de la Tchécoslovaquie libre, opulente et indépendante, qui dansait le tango jusqu'à l'aube sous des toiles cubistes, pendant que la bohème artistique débattait en tchèque, en allemand et en yiddish sans danger de se faire arrêter par la police politique.

La chute du régime totalitaire, quelques semaines plus tôt, avait provoqué la fin de la censure et de l'interdiction de la liberté de réunion, mais elle n'avait pas encore entraîné la privatisation des commerces et des industries, ni la restitution des biens confisqués en 1948 : la première loi de privatisation était prévue pour l'automne et en ce début 1990, seuls les églises et les couvents avaient été rouverts.

Le Montmartre reposait dans sa longue nuit d'oubli, comme un sphinx assoupi sur des cendres d'or.

– C'est prodigieux ! s'écria Victoire. Rien n'a changé ! Je n'en crois pas mes yeux. Le piano n'a pas bougé, les péchés capitaux ornent toujours les murs, le moindre petit bibelot est toujours là ! Tout est resté tel que nous l'avons connu...

– La poussière en plus et la fête en moins, répondit František.

– Il n'empêche, c'est le plus beau tombeau de cette ville qui pour moi n'est qu'un cimetière... Un cimetière sans corps...

Ébahie, Victoire s'extasiait devant les miroirs piqués et si sales qu'ils ne réfléchissaient pas son image, mais qui la renvoyaient à tant de soirées révolues. Elle contemplait les tableaux, les photos jaunies des danses extravagantes de l'entre-deux-guerres. L'électricité avait été coupée et elle déambulait sous la lueur faible et vacillante de quelques lampes à pétrole. Elle passa tendrement la main sur la poussière qui recouvrait le bar, bénissant cette poudre grise qui avait préservé le passé. En s'immisçant derrière le comptoir où bouteilles et verres étaient encore alignés, elle remarqua le silence qui hantait ce lieu jadis repaire de tous les bruits. Alors, sa joie s'éteignit : les meubles, les toiles, les tables étaient à leur place. Mais ils étaient muets. La poussière qui les protégeait ne pourrait jamais ressusciter le rire provocateur de Milena, ni les joutes verbales des frères Čapek avec les artistes du Montmartre... Pour eux, seul le silence...

Une ombre insonore tenait Victoire et František éloignés l'un de l'autre, gênés par leur étreinte du premier instant. Recluse derrière le bar, elle finit par extirper un antique flacon au contenu douteux.

– Je... J'avais un message pour toi, bredouilla le Tchèque en s'approchant.

– Il m'a bien été délivré, en août 1939, répondit-elle en essuyant deux verres à son manteau de laine grise, avant d'ôter la pelure.

– Je ne parlais pas de celui-là. Quoique je n'aie jamais su que tu l'avais reçu.

– J'ai failli rater ton émissaire, dit-elle. C'était quelques jours avant l'invasion de la Pologne et la déclaration de guerre... La signature du pacte germano-soviétique provoquait un vif émoi, les nazis de Dantzig venaient de prendre le pouvoir par la force, la France mobilisait ses réservistes et je m'apprêtais à partir en reportage avec les appelés.

– Tu as épousé un militaire ? demanda-t-il brusquement.

– Oui… Enfin, il a quitté l'armée à la fin du conflit. Je suis veuve depuis cinq ans. Nous avons élevé des fleurs…

– Et des enfants ?

– Quatre. Tu as peut-être aperçu Rose, dehors. C'est ma petite-fille. J'ai sept petits-enfants.

– Félicitations !

– Et toi ? s'enquit-elle.

– Pas de femme, aucune progéniture. J'avais trop peur que… qu'on me les prenne, avoua-t-il en servant l'alcool.

– Il est vrai que tu as été deux fois orphelin, murmura Victoire. De ta famille de sang, et…

Elle s'interrompit, n'osant plus prononcer le nom que tout à l'heure elle clamait. Il était là, près d'eux, il les observait et son regard les tétanisait, les changeant en statues de sel parce qu'ils s'étaient retournés vers le passé.

– *Na nzdraví*[1] ! prononça-t-elle en choquant son verre contre celui de son commensal.

– *Na nzdraví*, Viktorie, trinqua le Pragois.

Méconnaissable, l'eau-de-vie avait un goût d'épices, d'ail, et de tourbe moisie.

– Comment as-tu su que j'étais vivant ? demanda-t-il pour dissiper la gêne.

– À la télé, en novembre, place Venceslas. Je t'ai reconnu à tes yeux, naturellement. Nul autre au monde…

– Pourtant, contrairement à cet endroit, j'ai bien changé !

– Tu as cinquante ans de plus, comme ce cabaret, comme moi. Qu'as-tu fait pendant un demi-siècle ? interrogea-t-elle.

Il haussa les épaules.

– En août 1939, j'ai confié le message qui t'était destiné à

_____

1. À ta santé !

Zdeněk, un patriote qui avait résolu de s'enfuir à Paris puis de rejoindre Beneš à Londres. Je n'ai pas voulu quitter le pays et je me suis réfugié dans la forêt. Au bout de quelques semaines, j'ai été pris. Je pensais que les nazis m'exécuteraient ou me déporteraient dans un camp, mais ils m'ont envoyé travailler dans les houillères d'Ostrava, en Moravie. Vois-tu, pour les Allemands, les Tchèques se divisaient en trois catégories : ceux qu'il fallait éliminer, ceux qu'ils pouvaient assimiler car germanisables, et tout le reste, la majorité d'entre nous, qui leur servait de main-d'œuvre... pendant six ans, j'ai donc extrait du charbon. J'en garde quelques séquelles... Mais je mangeais à ma faim, et ce n'est rien par rapport à ce que d'autres ont subi. Et toi, tu as été inquiétée par les nazis sous l'Occupation ?

– Non, car j'étais en zone libre puis à Londres, répondit-elle. J'ai bien connu Pavel Svaty, le porte-parole de la BBC, ancien secrétaire personnel de Beneš au Hradschin... J'ai souvent croisé Edvard Beneš et le gouvernement tchécoslovaque en exil, notamment Jan Masaryk, fils de l'ancien président et ministre des Affaires étrangères... je n'ai jamais cru à la version du suicide, lorsqu'on l'a retrouvé mort, le 10 mars 1948, sous les fenêtres du palais Černín.

– Personne n'y a cru ! Les communistes ont falsifié l'Histoire mais dans cet assassinat, ils sont restés fidèles à la vieille coutume tchèque de la défenestration...

– Maintenant que les démocrates sont à nouveau au pouvoir, répondit Victoire, une enquête va être ouverte sur cette affaire et la vérité sera rétablie.

– La vérité ? protesta František. Tu crois que le pays actuel a soif de vérité ? Les Tchèques d'aujourd'hui n'ont aucune envie de ressasser les heures noires ! Tout ce qu'ils désirent, c'est se gaver de produits de l'Ouest et oublier tout le reste !

– Cette amnésie consumériste est normale, mais elle n'aura qu'un temps, assura la septuagénaire. Désormais, l'avenir a un sens, puisque vous êtes libres de regarder en arrière.

Elle croyait que ces mots engageraient le Pragois à nommer l'ombre qui paralysait leur âme. Il évoqua le fatidique 15 mars 1939, mais c'est un autre spectre qu'il convoqua.

– Tu te souviens de František Kocourek, demanda-t-il, le reporter de la radio tchécoslovaque qui, voyant les troupes nazies défiler place Venceslas, a dit qu'une grande corneille noire survolait Prague ?

– Je ne connaissais pas son nom mais je me rappelle parfaitement cet épisode, répondit-elle. Il a été brutalement interrompu et...

– Il a été arrêté par la Gestapo et déporté à Auschwitz, d'où il n'est jamais revenu.

Elle étouffait, la gorge serrée par l'armée de morts sans tombe. Elle décida de saisir la perche qu'il lui tendait et d'en asséner un coup au silence imposé par le fantôme qui les garrottait.

– Pourquoi ont-ils torturé mon père ? s'enquit-elle. Pourquoi s'en prendre à un vieil infirme sans emploi, indigent et malade, dont la seule conviction politique se limitait au rêve impossible de revenir au temps de Rodolphe II de Habsbourg ? Il n'aimait pas les nazis mais il ne représentait aucun danger pour eux !

František baissa la tête. Ses grosses mains d'ouvrier serrèrent son verre. Ses doigts tremblaient.

– Ils n'ont évidemment rien dit quand ils sont venus le chercher à la maison, indiqua-t-il d'une voix blanche. C'était le 10 mai 1939. Un mercredi, à six heures du matin. Je n'étais même pas là quand cela s'est passé, j'étais parti relever mes collets et tenter de chaparder de la nourriture, nous n'avions plus d'argent et les restrictions alimentaires...

– Ta présence n'aurait rien changé, coupa Victoire avec un regard doux.

– Je sais, mais je m'en suis toujours voulu. J'aurais peut-être pu apercevoir la voiture de la Gestapo, de loin, et le forcer à se cacher... C'est Madame de Thèbes qui m'a averti, lorsque je suis rentré. Elle était dans tous ses états, elle hurlait, elle pleurait, elle se reprochait de ne pas l'avoir vu dans sa boule de cristal... J'ai tout de suite foncé à la prison de Pankrác et là-bas, non seulement personne n'a voulu me renseigner, mais les SS se sont moqués de moi...

– Ils auraient pu t'arrêter !

– Je n'avais personne vers qui me tourner, poursuivit le Tchèque. Nos amis se terraient, eux-mêmes en danger... les fonctionnaires du Château étaient terrorisés par l'administration allemande et je doutais que l'un d'entre eux prenne le risque de s'enquérir d'un ancien collègue déchu... Alors, je me suis souvenu d'un journaliste du *Česke Slovo*, un chroniqueur judiciaire expérimenté qui t'avait aidée lors de ton arrivée ici, je vous avais suivis tous les deux dans les rues de Prague...

– Jiři Martoušek ? s'étonna-t-elle. Tu as fait intervenir Jiři Martoušek ?

– En effet, avoua-t-il, je l'ai fait en ton nom et par là même, j'ai signé son arrêt de mort...

Estomaquée, Victoire fixait le visage du sexagénaire, sans comprendre.

– Ils n'ont même pas pris la peine de le déporter, ajouta František. Ils l'ont guillotiné à Pankrác. Mais avant d'être arrêté, il avait obtenu les renseignements que j'avais sollicités. Il m'a appris que Pražský était incarcéré et interrogé au palais Petschek. Là-bas, impossible d'entrer. J'ai attendu des jours et des nuits, des semaines durant, caché dans la rue, en réfléchissant au moyen de le faire évader. J'aurais dû faire appel au soutien de Milena Jesenská et des réseaux de résistance, mais je n'osais pas quitter mon poste d'observation... J'assistais à toutes les allées et venues, impuissant, désespéré... J'ai vu des centaines de prisonniers entrer dans le bâtiment, mais aucun n'en est jamais sorti... Je n'ai véritablement été fixé sur son sort qu'à la Libération, lorsque j'ai pu quitter Ostrava et revenir à Prague. Je ne me suis jamais pardonné d'avoir échoué à le sauver...

Il avait, lui aussi, la conscience rongée par des assassinés. La

longue liste des disparus venait de s'enrichir d'un nouveau nom :
Jiři Martoušek. Victoire ne comprenait pas pourquoi les nazis
avaient supprimé le fait-diversier, qui jamais ne s'était préoccupé
de politique. C'était forcément pour l'empêcher de parler, et cela
pouvait être lié à son intervention en faveur de son père... Mais
que cherchait donc la Gestapo ? Et si cela avait un rapport avec les
pages manquantes du manuscrit de Voynich ? Elle revit le visage
du journaliste du *Česke Slovo*, son grand front pâle à moitié couvert d'une casquette à carreaux, sa barbiche roussâtre de laquelle
dépassait sa pipe, son regard bleu et franc. Elle fit des efforts
considérables pour ne pas se sentir coupable de son sort. Bouleversée, elle posa sa main ridée sur celle de František. Sa chaleur
était proche de la fièvre.

– Hitler et Göring étaient d'insatiables collectionneurs qui ont
pillé les musées et les collections privées européens, reprit le Pragois. Je crois que les nazis voulaient s'emparer des tableaux du
Hradschin. Ils les convoitaient pour leur valeur artistique, et parce
qu'ils avaient appartenu à l'empereur Rodolphe. J'y ai réfléchi des
milliards de fois et je suis convaincu qu'ils savaient que Pražský
avait caché certaines de ces œuvres. Ils l'ont arrêté pour qu'il
dévoile où il avait dissimulé les toiles, notamment le chef-d'œuvre
de Dürer, *Das Rosenkranzfest*.

– Tu penses qu'il est mort pour un tableau ? murmura la vieille
dame.

– Il est mort pour protéger ce à quoi il avait consacré la dernière partie de sa vie, un idéal auquel il croyait viscéralement et
qui avait un sens à la fois national et spirituel.

– Le talisman géant... chuchota-t-elle.

– En tout cas, il a fait preuve d'un courage exemplaire et il
n'a pas parlé, car c'est moi qui ai sorti *Das Rosenkranzfest* de sa
cachette, en 1946, et qui l'ai remis au président Beneš nouvellement réélu.

– J'ai vu le tableau, ce matin, à la galerie du Château, dit-elle. Je
ne savais pas qu'il était maculé de son sang...

Elle retira sa main et vida son verre d'un trait, avant de prendre une cigarette dans le paquet que le Tchèque avait posé sur le bar. Fallait-il croire l'hypothèse de František ? Bien sûr. Son père ignorait où étaient camouflés les feuillets arrachés au vieux manuscrit, que Théogène avait cachés. En revanche, il était le spécialiste des anciennes collections du lion de Bohême, et il s'estimait responsable de leur sauvegarde. Il avait péri pour elles...

– Qu'as-tu fait après la guerre ? demanda-t-elle pour tenter d'alléger l'atmosphère.

– Bah... Divers petits boulots, pas toujours recommandables... J'avais vingt ans, enfin d'après mon âge approximatif, et j'étais complètement seul. En mémoire des services rendus par Pražský à la nation et pour me remercier d'avoir exhumé le Dürer, Beneš m'a proposé de poursuivre l'œuvre de mon... tuteur, et de mettre sur pied un musée avec les tableaux retrouvés. Ah ah ah ! Moi, conservateur en chef ! Dans la mine, tu penses bien qu'il n'y avait pas de livres et j'avais oublié tout ce que ton père m'avait appris. Je savais à peine lire et écrire. J'ai refusé. Mais j'avais retrouvé la maison de la ruelle de l'Or, et on m'a permis d'y vivre jusqu'en 1948. Après, j'ai été expulsé, avec les autres. Ceux qui restaient.

– Je sais.

– Beneš était un homme très intelligent et très bon, raconta-t-il. Mais il restait obsédé par les Habsbourg, la défaite de Munich, la trahison franco-anglaise et le danger allemand. Il a signé les fameux décrets d'expropriation et d'expulsion des Allemands de Tchécoslovaquie, les yeux rivés sur l'Allemagne vaincue, il a fait confiance à Staline et il n'a pas vu le péril fomenté par l'Est. Quand le putsch communiste a eu lieu, fin février 1948, il était trop tard pour agir. Je pense même que Beneš en est mort de chagrin, à peine sept mois plus tard. J'étais à ses funérailles, en septembre. Nous savions que c'était notre pays qu'on enterrait. La République était décédée. Une fois de plus.

– Comment t'en es-tu sorti, sous la dictature ?

– J'ai filé droit et doux, comme presque tout le monde, répondit-il en haussant les épaules. Ne figurant pas dans la longue liste des «ennemis de classe», j'ai échappé à la terreur stalinienne : pour la première fois de ma vie je suis allé à l'école, en cours d'alphabétisation du peuple, où l'on m'a réappris à lire et à écrire. On m'a même enseigné le russe, devenu obligatoire. Pour le français, c'était mal vu, je me suis débrouillé tout seul, par la suite. J'ai obtenu un poste de machiniste au Rudolfinum, qui avant la guerre était le siège du Parlement, mais qui est redevenu une salle de concert. Je n'y ai pas été malheureux, j'aimais ce métier physique qui me mettait en contact avec l'art... J'ai écouté tant de belles choses... Tu verras, je suis devenu meilleur en musique classique qu'en littérature !

Elle sourit tandis qu'il vidait la bouteille dans leurs verres. Elle ne se sentait pas ivre, juste en dehors du temps.

– En 1968, continua František, comme beaucoup, j'ai cru au «socialisme à visage humain» et j'ai participé aux manifestations du Printemps de Prague. Et puis les chars, à nouveau, dans la ville...

– Tu as été arrêté ? s'inquiéta-t-elle.

– Oui, mais comme je n'étais pas rangé parmi les intellectuels ou les dissidents dangereux, ils m'ont relâché et je n'ai pas perdu mon emploi. J'étais juste surveillé par la StB, la police politique, comme tant d'autres. Il y a cinq ans, on a estimé que j'avais soixante ans et on m'a mis à la retraite. Depuis, je m'occupe comme je peux, entre mes visites à l'hôpital à cause de déficiences respiratoires héritées de la mine.

À nouveau, le silence les entoura de son manteau de peine et de regrets.

– Viens t'asseoir, ordonna-t-il, pendant que j'ouvre une autre bouteille.

Elle obéit. Ses vieilles jambes étaient douloureuses, et ses vertèbres cervicales aussi. Sur la table carrée, la poussière formait une nappe blanche. Elle y posa les verres.

– Je n'ai pas même une photo de Pražský, confessa-t-il en s'installant.

– Je t'en enverrai, promit-elle. Tu sais, tu as le droit de l'appeler «mon père».

– Je n'ose pas devant toi.

– Pourquoi ? Puisqu'il t'avait adopté ! D'ailleurs, tu l'as mieux connu que moi.

– Au début, j'étais jaloux de cette fille légitime qui débarquait à l'improviste dans nos vies, avoua-t-il. Puis je l'ai regardée devenir libre, s'enflammer, s'angoisser pour cette ville, pour nous… et j'ai appris à… à t'aimer.

– Sers-nous donc à boire, frérot !

En rougissant, il s'exécuta. Ils trinquèrent à nouveau. La liqueur était un alcool de genièvre. Son parfum était presque intact.

– Je dois te délivrer le message qu'il m'a confié pour toi, une semaine avant d'être arrêté, souffla-t-il. Il devait s'attendre à une telle éventualité… Il a dit, en me recommandant de ne pas écrire ces mots, ni de chercher à les comprendre et de ne les répéter qu'à toi, les phrases suivantes : *Viktorie, tu dois toujours te rappeler la bataille de la Montagne-Blanche, et prier. Il faut que tu pries la Vierge. Tu dois prier la Vierge Marie et ne jamais oublier la Trinité. Car tout vient de la Trinité et tout sera résolu par la Trinité.*

– C'est tout ?

– C'est tout, dit-il. Je pense qu'il s'agit d'un langage codé propre à vous deux, car je n'ai jamais compris ce message. Mais enfin, cette nuit, tu vas m'éclairer…

– Ce serait mon vœu le plus cher, František. Hélas, je n'entends pas plus que toi ce que ce charabia religieux signifie !

– Tu en es certaine ?

– Absolument. Nous ne sommes jamais convenus d'aucun code, langage secret ou formule étrange… C'est absurde… il n'était pas catholique et ne croyait à rien hormis à des légendes ancestrales, à des fantômes, et au paradis perdu de l'empereur Rodolphe ! N'as-tu pas une idée ?

– Cela fait cinquante ans que j'en cherche, admit le Tchèque.

Mais je peux t'assurer qu'il n'est pas devenu bigot après ton départ.

– Il n'allait pas bien, au demeurant. Sa santé mentale…

– Il n'était pas fou, Viktorie. Juste déprimé et très malheureux. Tu lui manquais énormément.

– Il buvait beaucoup.

– Il n'était jamais soûl.

– Il n'empêche que conjugué à l'épilepsie, l'alcool a pu altérer ses facultés et…

– Il a toujours eu toute sa tête. Les dernières semaines, il avait entrepris de relire toute l'œuvre de Barbey d'Aurevilly.

– Il n'était plus tout jeune, l'âge…

– Voilà maintenant que tu l'accuses de sénilité !

– C'est moi qui ai trop bu, pardonne-moi, dit-elle. Je ne voulais pas ternir sa mémoire, ni…

– Je sais. Je te présente mes excuses, répondit-il, penaud. Je n'aurais pas dû… Mais je t'assure que je dis la vérité. Il n'a pas inventé ces phrases par jeu ou par faiblesse. Il savait parfaitement de quoi il retournait, et c'était vital pour lui que tu connaisses ces mots, tôt ou tard.

Elle réfléchit au sibyllin message. Son père était obnubilé par la catastrophe historique de la Montagne-Blanche ; mais que venaient faire dans sa bouche la Vierge Marie, la Trinité chrétienne du Père, du Fils et du Saint-Esprit, et surtout l'injonction à l'oraison alors qu'il n'avait jamais prié de sa vie ? Décidément, elle n'y comprenait rien.

– Pourquoi n'es-tu pas revenue plus tôt ? demanda-t-il d'une voix douce. Je t'ai attendue à la Libération, dans la maison de la ruelle de l'Or. J'espérais que si tu avais survécu, tu reviendrais, une fois la paix et la démocratie restaurées.

– Tel était mon désir, répondit-elle, mais je n'ai pas pu. En 1946, j'ai mis au monde des jumeaux, mon fils aîné avait à peine deux ans, mon mari avait quitté l'armée et nous cherchions une maison de l'autre côté de la Manche. En 1947, nous l'avons trouvée, en

Normandie, mais les travaux étaient tels que nous ne pouvions nous absenter. L'année suivante, ce fut le coup d'État, et...

– Pendant cinquante ans, j'ai cru que tu avais été tuée pendant la guerre. Et cela m'affligeait profondément. Il n'y a pas eu un jour sans que je pense à toi.

Étonnée par cette déclaration, elle observa son visage qui rougissait, ses doigts qui frémissaient, ses yeux humides. Jamais elle n'aurait pu imaginer une telle affection, qui n'était pas celle qu'un frère cultive à l'égard d'une sœur, même putative.

– Te souviens-tu de la chanson de Marlène Dietrich, *Ich hab' noch einen Koffer in Berlin* ? demanda František.

– « J'ai laissé une valise à Berlin », traduisit Victoire. Bien sûr. Elle est belle et terrible. Elle reflète toute la nostalgie des exilés...

Elle fredonna le refrain, lentement. Elle ne se souvenait plus des paroles.

– Tu pourrais chanter *Ich hab' noch einen Koffer in Praha*, dit-il.

– C'est vrai, convint-elle. J'ai laissé tellement de choses ici, à commencer par mon âme...

– Et aussi une paire de souliers dont l'un des talons est cassé – sans doute une conséquence des pavés pragois – un chapeau de paille en forme de piano renversé, des salomés, une robe de mousseline à pois, un déshabillé de soie blanche, un poudrier en argent et divers effets de toilette, du linge de corps et des bas, un agenda en cuir d'autruche, un béret piqué d'une broche en forme de papillon, des gilets de laine, des jupes, des chemisiers, une veste d'homme, des pantalons sans forme, une casquette, des chemises masculines, des chaussettes trouées, des recueils de poèmes, un gros ceinturon...

– Mais comment sais-tu cela ? s'étonna-t-elle. Je serais incapable d'un tel inventaire !

– Parce que j'ai tout conservé, annonça-t-il avec fierté. Y compris ta valise. Comme tout ce que contenait la maison de la ruelle de l'Or.

– Incroyable ! Comment est-ce possible ?

– Pendant la guerre, les voisins ont veillé à ce que personne ne s'approprie la bicoque, ni ne fauche le moindre objet. Quand je suis rentré, tout était dans son jus. Ça m'a fait mal et en même temps, ces reliques chéries m'ont aidé à surmonter ma douleur, et à continuer. Lorsque nous avons été expulsés, j'ai tout emporté.

– J'imagine que tu as toujours les affaires de mon… de notre père ?

– Jusqu'à son antique chaise percée.

– Où habites-tu, František ?

– Smíchov, Prague cinq, le quartier des brasseries. J'ai une chambre dans un appartement collectif. Tout est entassé là-bas, dans le désordre.

Cette fois, ce fut elle qui rougit lorsqu'elle planta ses yeux dans les siens et lui effleura la main.

– Tu m'emmènes ? murmura-t-elle.

– J'aurais tellement aimé te faire monter sur le triporteur…

– Qu'importe le véhicule, répondit Victoire. Pourvu qu'on ait l'ivresse !

35

— Nom d'un chibbouk, c'est pas croyable ! jura Rose. À soixante-quinze ans, ma grand-mère découche !

— La jeunesse n'a pas l'apanage des nuits blanches, répliqua Victoire en passant sa main dans ses cheveux courts un brin hirsutes.

La jeune femme avait bondi d'un canapé de velours râpé qui trônait dans le hall du Grand Hôtel Paříž, un splendide édifice Art nouveau de Staré Město, dont la gloire passée se devinait encore, malgré le délabrement. Le cuivre jadis rutilant des lustres monumentaux, des rampes et des cariatides Jugendstil était d'un noir verdâtre, les peintures des murs s'écaillaient, le piano à queue avait perdu plusieurs touches d'ivoire, il manquait nombre de carreaux aux mosaïques et les boiseries Belle Époque étaient ternes. Pourtant, un charme indéniable se dégageait de ce monument historique qui semblait attendre, comme les autres survivants endormis, d'être réveillé, nettoyé et fardé de lumière.

— J'étais morte d'inquiétude, je n'ai pas fermé l'œil ! poursuivit Rose. Tu aurais pu prévenir que tu ne rentrais pas ! J'ai failli appeler la police, les hôpitaux…

— Tu savais que j'étais avec František, donc que je ne craignais rien. Tu as cru qu'il m'avait enlevée ? railla la septuagénaire. Tu as craint qu'on te demande une rançon ?

— Mamie, j'ai juste eu peur qu'il te soit arrivé un accident. Mets-toi à ma place un instant…

– Oh que non ! Je l'ai suffisamment tenu, le rôle de mère angois-sée ! Maintenant c'est fini ! Bon, quelle heure est-il ? Dix heures, je vais prendre un bain, mais d'abord, j'ai faim. Naguère, on servait ici les meilleurs petits déjeuners de la capitale. J'ai envie d'une omelette, d'oignons frits, de harengs, pourquoi pas de *Schnitzel*, d'*Apfelstrudel*, de *Knedliky*, de saucisses et d'une bonne chopine de bière brune, pour décrasser. Tu viens ?

Rose observa la bobine fripée de l'aïeule, ses cheveux en bataille, son regard pétillant de malice, et elle éclata de rire.

– C'est le monde à l'envers, constata-t-elle.

– Pas à l'envers, répondit Victoire dans un large sourire, mais à rebours, ma chérie ! Vois-tu, à Prague, tout va à rebours, comme les aiguilles de l'horloge de l'hôtel de ville juif.

La jeune femme fronça les sourcils. Se pouvait-il que cette nuit, avec František, ils aient fait autre chose qu'évoquer leurs souve-nirs ? Choquée et presque dégoûtée, elle s'interdit de poser la question. Après tout, cela ne la regardait pas. Elle suivit Victoire dans la salle de restaurant et elle commanda un thé pendant que la vieille dame dévorait.

– Mamie, je ne sais pas ce que tu as prévu pour aujourd'hui, mais j'irais volontiers visiter le Klementinum, ancien collège jésuite, l'université Charles et quelques églises, qui regorgent d'œuvres d'art. À commencer par Notre-Dame-du-Týn, juste à côté, dit-elle en compulsant un guide touristique. L'astronome et devin du XVIe siècle Tycho Brahe, qui était au service de l'empe-reur Rodolphe II, y est inhumé. Il paraît même que d'une des fenêtres de sa maison de la place de la Vieille-Ville, Franz Kafka pouvait admirer le chœur de l'église gothique…

– Si tu veux, ma douce, acquiesça Victoire, la bouche pleine.

« La Vierge, songea-t-elle. La Vierge évoquée par mon père fait sans doute référence au tableau pour lequel il a donné sa vie : *Das Rosenkranzfest*, « la Vierge de la fête du rosaire ». Il y a for-cément un lien… Il a peut-être caché quelque chose derrière la toile ? Ou dans l'excavation secrète du mur du cabinet ? Non…

car František l'aurait trouvé, lorsqu'il a exhumé le tableau... Si cette œuvre avait une signification occulte ? C'est bien le genre des peintres de cette époque, ainsi que de mon père. C'est la toile elle-même qui reflète le message ! Mais lequel ? Il n'en a jamais parlé... Je me souviens, une fois il a évoqué *Le Printemps* de Botticelli et *La Mélancolie* de Dürer, comme étant des talismans cherchant à attirer la puissance de Vénus pour l'un, de Saturne pour l'autre... oui, de Saturne et des esprits qui régissent l'*Opus Magnum... Das Rosenkranzfest* aurait-elle un sens alchimique ? Je dois retourner à la galerie du Château et l'examiner de plus près... »

– Le monastère de Strahov, derrière le Château, en haut de Malá Strana, a l'air d'être une pure merveille, affirma Rose en continuant de feuilleter son livre.

– Mm...

« Dans ce cas, pensa Victoire, le verbe prier prendrait tout son sens : il ne s'agit pas d'invoquer la Madone mais l'esprit qui gouverne le tableau, l'astre du macrocosme auquel il correspond, et qui influence le microcosme. Dans quel but ? Il croyait à la fameuse malédiction proférée par l'empereur Rodolphe... Ce tableau recèlerait peut-être une clef magique, permettant de lever l'anathème ? La Montagne-Blanche, 8 novembre 1620... pour lui, cet événement était un drame absolu, prélude de la guerre de Trente Ans et présage de toutes les catastrophes nationales... Avait-il trouvé un moyen talismanique de protéger le pays des désastres futurs, de convoquer l'armée mythique de saint Venceslas, à l'aide de cette toile de Dürer ? Quant à la Trinité... Il ne fait pas référence à la Trinité chrétienne mais à la trinité alchimique, les fameux trois éléments, soufre, mercure et sel... À moins qu'il ne s'agisse des trois mondes de la culture ésotérique, terrestre, astral, divin ? Ou des trois phases du Grand Œuvre : *nigredo, albedo, rubedo* ? Voire des trois clefs d'or de Prague ? Et si cela n'avait rien à voir avec l'alchimie ? S'il cherchait à me transmettre un secret de famille, qu'il ne pouvait révéler à nul autre qu'à sa fille biologique ? Une maladie étrange, honteuse et transmissible ? Ou un trésor dissimulé par des ancêtres ? »

– L'église Notre-Dame-de-Lorette vaut aussi le détour, à ce qu'il paraît... Elle est dédiée à Marie. Le carillon de la tour joue toutes les heures un vieil hymne à la Vierge. Et le trésor d'art sacré est unique au monde...

« Pourquoi n'avoir pas tout expliqué à František ? » s'irrita Victoire.

– *Le Jezulátko, l'Enfant Jésus de Prague, est une petite poupée de cire de quarante-sept centimètres qui possède une soixantaine de costumes en provenance du monde entier*, lisait Rose à haute voix. *Je trouve un peu ridicule de vénérer une poupée... Doña Maria Manrique de Lara, une aristocrate espagnole, l'a offerte en 1586 à sa fille, Polyxène de Pernštejn, lors du mariage de cette dernière avec le seigneur Vilém de Romžberk, burgrave de Bohême. En 1628, à la mort de son deuxième époux, le prince catholique Popel de Lobkowitz, Polyxène l'a confiée à l'ordre du Carmel de Prague, et par ce geste, à la Bohême tout entière. Cette statuette miraculeuse, façonnée par un moine dans un couvent situé entre Cordoue et Séville...*

« Je dois ressasser ses mots jusqu'à ce qu'une lueur se fasse jour dans mon esprit : *Viktorie, tu dois toujours te rappeler la bataille de la Montagne-Blanche, et prier. Il faut que tu pries la Vierge. Tu dois prier la Vierge Marie et ne jamais oublier la Trinité. Car tout vient de la Trinité et tout sera résolu par la Trinité...* »

– Répète ! Qu'as-tu dit, Rose ? bondit-elle.

– Quand ?

– À l'instant, relis les dernières phrases de ton guide, s'il te plaît !

– Voyons, où en étais-je ? Ah oui : *Après la bataille de la Montagne-Blanche, l'église de la Sainte-Trinité de Malá Strana est confisquée aux protestants, donnée au Carmel, dédiée à la Vierge Marie et rebaptisée Notre-Dame-de-la-Victoire, ou Sainte-Marie-de-la-Victoire. Elle abrite non seulement le Jezulátko mais un petit tableau qui, d'après la légende, aurait permis à l'armée catholique impériale de gagner la bataille de la Montagne-Blanche, ainsi que des toiles remarquables de...*

– Dépêchons-nous ! ordonna Victoire en se dressant. Vite, rue Karmelitská !

En montant les marches gelées donnant accès à la terrasse et au seuil de l'église Sainte-Marie-de-la-Victoire, la vieille dame songea qu'elle s'était probablement trompée. Elle se précipitait dans un ancien temple luthérien juste parce que l'histoire du lieu réunissait les mots *Montagne-Blanche*, *Trinité* et *Vierge* ! C'était absurde... Combien d'autres églises pragoises avaient cette particularité ? Pourtant aucune, à part celle-ci, ne s'appelait Victoire...

Elle s'efforça de se calmer avant d'entrer dans le lieu saint.

Sans surprise, l'intérieur, de dimensions modestes, était de style baroque flamboyant. Sous le plafond blanc peint de divers blasons, se dressaient des autels noir et or chargés de colonnes, de sculptures et de tableaux. Un peu perdue, Victoire se dirigea vers la massive chaire de bois.

– Pourquoi était-il si urgent de visiter ce sanctuaire, mamie ? Il recèle des morts, mais je doute que tu t'intéresses aux cadavres momifiés des anciens moines qui reposent dans la crypte, tombeau ouvert. Pour ma part, j'irais bien y jeter un œil...

– Non, répondit sèchement la septuagénaire. S'il y a quelque chose, c'est ici, dans l'église. Viens, allons saluer le célèbre « Petit Pragois » !

Rose soupira et sans chercher à comprendre la nouvelle lubie de la vieille dame, elle la suivit devant l'autel de marbre rouge et gris qui abritait le Jezulátko.

Protégée par une niche de cristal, juchée sur un piédestal d'argent incrusté de grenats de Bohême, de cristaux et d'un rubis en forme de cœur, entourée de sculptures d'anges et de rayons d'or, la poupée de cire était vêtue d'une robe de soie mauve et noir richement brodée, le col et les poignets ceints de fraises de dentelle blanche. La petite tête portait une haute couronne d'or sertie de pierres précieuses. La main droite faisait le geste de la bénédiction, sur la gauche était posé un globe d'or surmonté d'une croix de Malte.

– Je sais que le culte de l'Enfant Jésus est une tradition religieuse millénaire, mais je trouve cette chose répugnante, dit Rose avec une grimace de dégoût.

« Mon père n'a pas pu cacher un billet dans cet autel ni dans l'un de ses costumes, songea-t-elle. Peut-être dans la couronne ? Trop risqué... Cette figurine aurait pu être emmenée loin d'ici pour la protéger des nazis, ou bien volée... Puis il m'aurait ordonné de prier Jésus, pas la Vierge. Je dois trouver une représentation de la Vierge... »

L'église n'en manquait pas. Partout triomphait la Madone, patronne du lieu. Victoire scruta la chapelle qui portait une sculpture de sainte Marie des Grâces, tenta d'apercevoir la toile de Marie dans la partie supérieure de l'autel de saint Jean de la Croix, erra près de l'autel principal où trônait l'énorme sculpture blanche de la Vierge, et s'intéressa particulièrement à un petit tableau figurant la Vierge Marie de Mantoue.

– Montagne-Blanche, Vierge, Trinité, répéta-t-elle. Cela ne cadre pas...

Elle parcourait l'église en tous sens, tandis que Rose s'extasiait devant une toile du XVIIIe siècle de Peter Brandl, représentant saint Joachim et sainte Anne en prière.

– Mamie, si tu me disais ce que tu cherches, murmura Rose sans quitter le tableau des yeux.

– Je l'ignore moi-même... Dis-moi, où est la toile qui aurait favorisé la victoire de la Montagne-Blanche ?

Elle se mordit les lèvres. C'était la première fois qu'elle qualifiait cette sinistre bataille de « victoire ». Rose plongea dans son guide et l'entraîna vers l'autel principal.

– Elle est là-haut, répondit la jeune femme en montrant un minuscule tableau perdu dans les dorures massives et perché au sommet du toit de l'autel. Il s'agit d'une copie qui date de 1622. L'original a brûlé dans un incendie, à Rome.

– On ne distingue même pas ce qu'elle représente, pesta Victoire.

– L'adoration du Christ enfant par la Vierge agenouillée, saint Joseph et les apôtres. L'œuvre s'appelle *Sainte-Marie-de-la-Victoire* et son histoire est étonnante, lut la jeune femme dans son guide. *Dominique a Jesu Maria, un moine du carmel d'origine espagnole, se rendait à Prague pour rejoindre l'armée catholique de Tilly, Buquoy et Lobkowitz, en guerre contre les protestants. Dans la ville de Bohême de Strakonice, le carme découvrit ce petit tableau gothique, sur lequel on avait percé les yeux des personnages. Il emporta la toile et parvint sur le lieu de la bataille : la Montagne-Blanche. C'était le 8 novembre 1620. Les combats tournaient à l'avantage des luthériens. Mais Dominique a Jesu Maria bénit les officiers et les soldats sous le tableau de Strakonice. Après ce sacrement, les catholiques attaquèrent et remportèrent la victoire, que l'on attribua à sainte Marie et à la toile magique, qui fut offerte au pape, à Rome. Par la suite, l'empereur Ferdinand II fit ériger sur le tableau une couronne en or, financée par les Pragois défaits et humiliés.*

– Il ne m'a jamais raconté cette légende, s'étonna la vieille femme.

– Qui ça ?

– Mon père. Je suis certaine que ce tableau est la clef ! C'est lui qu'il voulait que je trouve ! La Trinité, la Montagne-Blanche, la Vierge... Cela concorde ! Mais comment a-t-il fait, avec sa patte en bois, pour grimper là-haut ? Et comment vais-je m'y prendre ?

– C'est une plaisanterie ? intervint Rose. Tu ne vas tout de même pas...

Mais Victoire était déjà debout sur l'autel, puis elle se jucha devant le tabernacle contenant le Saint Sacrement, s'interrogeant sur le chemin le moins périlleux pour parvenir au sommet de la porte de la Victoire : par la gauche, en escaladant la sculpture du prophète Élie ou de sainte Thérèse d'Avila, ou par la droite, en gravissant saint Jean de la Croix ou le prophète Élisée ? Les grosses colonnes baroques, dont les spirales dorées s'enroulaient sur elles-mêmes, constitueraient une bonne prise...

– Mamie, descends tout de suite ! s'alarma Rose. Tu veux encore te casser un bras ? Ou une jambe ? Tu es dingue ou ivre ?

Victoire ne répondit pas. Elle avait passé la tête derrière l'immense rideau brun qui barrait l'arrière de l'autel et le fond de l'église. Elle n'en croyait pas ses yeux. Prudemment, elle descendit de son perchoir.

– À la bonne heure ! approuva Rose.

– Viens... On doit pouvoir y arriver en passant par la sacristie..

Il était caché par l'écran de velours. Mais quand elle l'avait aperçu, le message de son père était enfin devenu clair.

Le tableau gigantesque couvrait tout le pan de mur. Au premier plan, sur la gauche, étaient agenouillés l'empereur Ferdinand II de Habsbourg – le successeur de Mathias mort sans descendance – ainsi que Ferdinand III. À droite, le carme Dominique a Jesu Maria tenait à la main le tableau miraculeux de Strakonice. Au second plan, se déroulait la bataille de la Montagne-Blanche, Bílá Hora. Dans la partie supérieure de l'œuvre, Marie priait pour la victoire de la Ligue catholique impériale, avec des saints et la figure de la Trinité.

– *Mohu vám pomoci ? Toto místo je veřejnosti zakázano*[1] *!*

Vêtu d'une coule noire dont le plastron était orné de la croix à huit pointes en émail blanc, le chevalier de Malte semblait si âgé qu'il aurait pu combattre à Jérusalem lors des croisades. Des deux fentes de ses yeux jaillissait une lumière claire et avenante. Victoire bredouilla des excuses en allemand, Rose en français.

– Ah, *deutsch oder* françaises ? demanda-t-il en souriant.

_____

1. Puis-je vous aider ? Cet endroit est interdit au public !

– Françaises, monsieur, euh mon père, répondit Victoire. Je… Nous admirions juste ce chef-d'œuvre… Nous pensions qu'il n'y avait personne…

– Ce fut le cas pendant cinquante ans, mais je viens juste de rentrer, après cinq décennies de par le monde, à soigner les malades… Cela fait partie de l'apostolat de notre ordre, mais je ne vous cache pas que je suis heureux de retrouver mon église ! Quel désastre, toute cette poussière… Je me suis contenté d'épousseter et de changer l'Enfant Jésus, j'attends du renfort pour le reste. Quoi qu'il en soit, vous êtes les bienvenues !

Avec un sourire amusé, il regardait les jeans troués de Rose, ses godillots à la pointe coquée de métal et ses cheveux écarlates. Heureusement, les tatouages en forme de corneille étaient cachés par un pull de laine.

– Vous étiez là avant guerre, mon père ? osa Victoire.

– J'ai débuté la garde de ce lieu saint en 1925, ma fille. J'avais alors vingt-quatre ans, j'en ai quatre-vingt-neuf aujourd'hui, hélas… Quant à ce tableau que vous aimez tant, et qui fut peint par Mathias Mayer en 1673, savez-vous que pour certains, il renferme un maléfice ?

– Un maléfice ? répéta l'étudiante des Beaux-Arts, fascinée.

– Pour les Tchèques patriotes, Bílá Hora n'est pas une victoire, cette église est en quelque sorte le bastion de l'ennemi, le symbole de la chute. Cette toile célèbre la fin des pays tchèques, il est presque naturel qu'elle soit parée de quelque diablerie, un sortilège sans doute jeté par les Jésuites !

Il sourit à nouveau. Victoire restait muette. Le vieux religieux savait-il quelque chose ? Comment l'interroger habilement, puis l'éloigner du tableau, afin qu'elle dévoile le mystère découvert par son père ?

– On m'a jadis raconté, dit-elle, lorsque je vivais dans cette ville, juste avant la guerre, que certains peintres de Bohême dissimulaient des messages dans leurs œuvres. Vous croyez que tel est le cas ici ?

– Vous dites que vous avez vécu naguère à Prague. Puis-je vous demander votre nom ? Peut-être nous sommes-nous déjà rencontrés...

Elle tenta le tout pour le tout.

– Je m'appelle Viktorie Duševná. Je suis la fille de Karlík Pražský, qui travaillait au Hradschin pour le président Masaryk puis pour Beneš. J'ai quitté cette ville, en catastrophe, le 15 mars 1939, à l'arrivée des nazis. Mon père est resté. Il a été arrêté et torturé à mort par ces monstres. Je ne l'ai jamais revu.

Le vieillard soupira et s'assit sur le banc d'un confessionnal.

– Viktorie Duševná... souffla-t-il. Je ne vous attendais plus ! Vous arrivez bien tard...

– Comment savez-vous ? Vous l'avez vu, vous avez vu mon père !

Elle s'agenouilla face à lui dans le confessionnal de bois sombre, de l'autre côté de la grille. Interloquée, Rose se tut et s'assit par terre, devant le tableau de Mathias Mayer.

– C'était fin avril ou début mai 1939, je ne me souviens plus de la date précise, chuchota le prêtre. En tout cas, c'était la nuit. J'étais seul et je dormais. Je fus réveillé par un bruit étrange, comme un son de forge. Puis je perçus des éclats de voix. J'ai craint que des cambrioleurs n'aient pénétré dans l'église pour tenter de voler l'Enfant Jésus ou de le détrousser de ses atours, car c'était déjà arrivé. J'ai bondi dans la nef avec un vulgaire bâton. J'étais encore jeune, alors... Bref, je me retrouve face à un vieil hurluberlu en guenilles et avec une jambe de bois, manifestement ivre, la gueule cassée, qui déambulait dans l'église en engueulant les tableaux !

Victoire ne put réprimer un sourire en imaginant la scène.

– Il s'en prenait tout particulièrement à la copie de la Vierge de Strakonice et à cette toile-là, dit-il en désignant le Mayer. À l'époque, il n'y avait pas ce rideau qui cachait l'œuvre... J'ai tenté de raisonner le bonhomme, je l'ai calmement prié de sortir, mais il continuait à déblatérer ses injures aux deux toiles. Il les accusait d'être sataniques, d'avoir causé le malheur de la Bohême, de la Tchécoslovaquie, de la République, il disait qu'à cause d'elles les nazis étaient les maîtres du pays, qu'ils étaient bien pires que les Habsbourg et que bientôt, il y aurait la guerre. Une autre guerre de Trente Ans.

Il s'interrompit pour reprendre son souffle.

– J'ai vite compris que la haine de cet homme n'obéissait qu'au désespoir… J'ai pensé qu'il m'était envoyé par Dieu pour que je panse ses blessures. C'est ce que j'ai essayé de faire, mais la discussion a pris un tour inattendu.

– C'est-à-dire ? demanda Victoire par-delà la grille.

– Il m'a supplié de lui donner de l'eau-de-vie, répondit le moine.

– Cela ne m'étonne guère !

– Et puis, après avoir bu, il a dit qu'il portait un secret… Un secret si lourd qu'il ne pouvait le dire à personne. Pas même à son fils adoptif. Seulement à sa fille, qui heureusement avait fui le pays. Il avait compris ce secret il y a peu, mais trop tard pour vous le confier. Il a ajouté que de toute façon il ne l'aurait pas fait, pour vous protéger. Il se sentait suivi, épié, menacé de mort…

Victoire fronça ses sourcils blancs.

– J'ignorais, évidemment, qu'il serait arrêté par la Gestapo quelques jours plus tard. J'étais persuadé que j'étais face au délire d'un être rendu paranoïaque par l'alcool, continua le chevalier. J'avais suffisamment d'expérience médicale pour savoir qu'avec ce genre de malades, mieux valait abonder dans leur sens… ce que j'ai fait. Je lui ai proposé de libérer sa conscience et de se confesser.

La septuagénaire se tordit les mains d'angoisse émue.

– Il a déclaré que ce temple du malheur devait être détruit, mais qu'en vertu de mon appartenance à un ordre guerrier, il voulait bien, en tant qu'ancien combattant, ignorer l'insulte que je venais de proférer et «ne pas transformer ma bobèche de curé en toile rondocubiste»…

Il pouffa de rire en même temps que Victoire et Rose.

– Puis, il a décrété que nul ne pouvait rien pour lui et il s'est dirigé vers la sortie.

– Il est parti ? s'inquiéta Victoire.

– Attendez.

Il se moucha bruyamment et reprit son récit.

– Il a trébuché contre un banc et il s'est affalé de tout son long dans la nef. J'ai couru vers lui mais lorsque j'ai voulu l'aider à se relever, il s'est effondré dans mes bras. Il était en larmes… Il parlait de sa fille… de vous… vous lui manquiez cruellement. Il a dit des tas de choses sur vous… ô combien il était fier de ce que vous étiez devenue, son inquiétude pour votre avenir, qu'avec vous, en quelques mois il avait presque rattrapé votre enfance, et la sienne. Il a fini par me supplier de l'aider. J'ai naturellement accepté. Il m'a dit son nom, le vôtre, et il m'a fait promettre sur la tête de la Vierge – mon Dieu pardonnez-moi encore ce parjure – dit-il en se signant, de ne jamais lire la lettre qu'il allait écrire pour vous, et de vous la remettre en mains propres, à votre retour à Prague. Il n'a jamais douté que vous reviendriez, Viktorie Duševná.

– Cette lettre… vous l'avez toujours ? murmura-t-elle.

– Je ne sais pas.

– Comment ça ?

– Nous l'avons cachée ensemble, lui et moi, dans cette église, cette nuit-là. Pour ma part, pardonnez-moi, je croyais toujours à une extravagance d'ivrogne dépressif… Jusqu'à ce que j'apprenne que Karlík Pražský avait été arrêté, et qu'il était probablement mort. Alors, j'ai eu peur.

– C'est humain, mon père. Vous avez détruit le message ?

– En aucun cas ! Mais je ne l'ai plus jamais touché, ni vérifié qu'il était toujours là.

Il se leva avec difficulté.

– Mademoiselle, dit le moine à Rose, nous avons besoin de votre jeunesse.

– À votre service, répondit-elle en se dressant.

– Voyez-vous, nous avons cherché une cachette sûre, pas facile d'accès...

Victoire était à la fois soulagée de ne pas s'être trompée, et terrifiée à l'idée que les derniers mots de son père aient été perdus.

– Cachette que vous pourriez deviner seule, expliqua-t-il en se tournant vers la septuagénaire, avec les indices qu'il vous laisserait par ailleurs, au cas où je ne sois plus là pour vous indiquer l'endroit. Un lieu qui n'aurait pas de valeur pour les nazis, qui n'éveillerait donc pas leur curiosité, ni leur convoitise...

– Ce tableau ! s'écria Victoire en désignant l'immense toile de la bataille de la Montagne-Blanche.

– Exact. Les communistes n'ont rien dérobé dans l'église qui est restée fermée, comme les autres, mais ces gougnafiers se sont emparés des outils, des ustensiles de cuisine et des échelles ! Or, sans escabeau... Jeune fille, pourriez-vous grimper sur ce confessionnal, sainte Marie de la Victoire ne vous en tiendra pas rigueur, et examiner le dos de la toile ? Jadis, sous le regard de cet homme, j'y ai dissimulé l'enveloppe contenant le message en question...

Rose ne se le fit pas dire deux fois. Ses longues jambes fines escaladèrent le confessionnal et elle se jucha dessus. Prudemment, elle regarda l'arrière du tableau, tandis que Victoire se rongeait les sangs.

– Tu vois quelque chose, ma chérie ? s'enquit-elle.

– Non, il fait trop sombre !

– Prenez ça ! dit le moine.

Rose saisit la lampe de poche qu'il avait extraite de sa coule, et balaya le dos du gigantesque tableau.

– Vers le cadre, sur votre droite ! indiqua le chevalier.

– Juste ! rugit la jeune femme. Je distingue une petite enveloppe !

Elle passa très doucement la main derrière la toile et en extirpa l'objet. Elle descendit et tendit fièrement la lettre à sa grand-mère. Cette dernière tremblait de tous ses membres. Elle respira profondément et décacheta l'enveloppe.

Elle reconnut l'écriture hachée de la lettre, qu'elle parcourut plusieurs fois avant de lever ses yeux embués.

– Alors ? demanda Rose. De quoi s'agit-il ?

– Du testament de mon père. Et indirectement, de celui de Théogène.

– Vivante, revenue dans le royaume des ombres, ou bien morte – dans le royaume des corps ? Corps dans le royaume des ombres ou bien ombre dans le royaume des corps ?

Comme cinquante ans auparavant, Victoire murmurait les vers de Marina Tsvetaïeva, le regard rivé sur la trente et unième sculpture du pont Charles, la statue du chevalier Bruncvík.

Elle était seule. Rose se promenait dans la ville, pieds dans la neige et nez au vent. Peut-être sentirait-elle l'odeur des fantômes et le souffle des pierres. Peut-être serait-elle prise par Prague, comme Victoire l'avait été, et l'était encore.

Pourtant, en exécutant le testament de Pražký, la vieille dame s'apprêtait à rompre un charme, à déchirer le voile qui nimbait l'existence de mystère, et permettait la rencontre surnaturelle entre les vivants et les morts, les corps et les ombres. Qu'importe… Elle le devait à son père, qui avait péri pour préserver son secret. *Das Rosenkranzfest* n'était qu'un prétexte, ou un leurre. Ce qu'il avait compris était la clef de la vie… et cette clef se cachait dans ce pont. La fameuse porte qui protégeait l'énigme originelle et donnait accès au palais de verre, au jardin où poussait la Rose mystique, la Pierre philosophale, était là, quelque part, dans les pierres du pont Charles, au cœur de la Voie royale, axe qui reliait les deux rives, les deux mondes, celui d'en haut et celui d'en bas, chemin du couronnement du roi, ultime étape du grand magistère.

Elle commença ses recherches par le contrefort qui portait la statue noire du chevalier. Il était impossible de se hisser jusqu'au guerrier de Bohême, mais elle passa ses doigts dans les joints que venait lécher la Vltava glacée. Il ne se passa rien.

Alors, elle se rendit sous l'ouvrage monumental, dans la partie terrestre correspondant à l'île Kampa. Lentement, elle inspecta les voûtes, les piles, en quête d'un mécanisme actionnant une excavation secrète. Mais l'alternance parfaite de moellons sombres et clairs ne laissait nulle place à une quelconque serrure dissimulée.

Pleine d'espoir, elle emprunta l'escalier néogothique qui conduisait au pont lui-même, en n'omettant pas de scruter chaque marche, chaque pavé de pierre. Son père avait cherché au même endroit, il y a cinquante ans, et il n'avait pas trouvé. Mais ses conclusions théoriques étaient justes, elle n'en doutait pas. Il y avait une cavité quelque part, une niche clandestine dans laquelle Théogène avait enfoui les pages arrachées au manuscrit rédigé par A. L., l'alchimiste des temps anciens qui avait réussi l'*Opus Magnum*.

Après son départ, Pražský s'était plongé dans l'énigme soulevée par Gustave afin de donner un sens à ce qu'il lui restait de vie, et de comprendre la menace qui pesait sur sa fille. À force de labeur et de réflexion, il avait décrypté les codes et éclairci les ténèbres de l'Histoire.

La preuve matérielle qu'il avait vu juste s'était dérobée à lui, mais il savait que Victoire l'exhumerait. Elle seule était capable de le faire. Dans la lettre écrite cette nuit-là, à l'église Sainte-Marie-de-la-Victoire, il dévoilait le résultat de ses investigations. Le message n'était pas tombé entre les mains de l'ennemi. Mais l'ennemi, qui l'espionnait, avait intercepté son auteur.

Aujourd'hui, Victoire devait clore la mort de son père, celle de Gustave, et même la disparition mystérieuse de Théogène. Elle était sur le seuil. Seule l'ouverture de la porte libérerait les esprits qui la hantaient comme ils hantaient la ville. Mais où était le passage?

Fébrile et harassée, elle marchait sur le pont vide, ne sachant, une fois de plus, où chercher. Quand la neige se mit à tomber, en petits flocons presque insignifiants, elle ajusta son bonnet, resserra son écharpe de grosse laine autour de son cou mais elle n'enfila pas ses gants. Elle devait toucher les pierres à mains nues, afin que celles-ci lui parlent et lui ouvrent la porte.

Toute à son inspection, elle ne remarqua pas une forme étrange qui se dirigeait vers elle. Lentement, la silhouette approchait. Elle arrivait de l'autre rive, côté Staré Město, et elle s'arrêta à quelques pas de Victoire, près de la sculpture de saint Nicolas de Tolentino.

Quand Victoire se redressa, elle sentit une présence dans son dos. Elle se tourna vers la Vieille-Ville et sursauta en apercevant la créature qui, immobile, la fixait.

Un instant, elle crut que c'était le Golem qui avait repris forme humaine, et s'était échappé du grenier de la synagogue Vieille-Nouvelle : l'individu n'avait aucun poil, aucune ride. Voûté sur une canne à pommeau d'argent, vêtu d'un manteau noir, un chapeau mou sur la tête, il était sans âge, et paraissait constitué non pas de glaise mais de cire... Un mannequin jaunâtre et lisse, enfui du musée Grévin avant d'être achevé.

– Bonjour, Victoire, dit l'énergumène dans un français sans accent.

Victoire ôta ses lunettes embuées par le froid et tenta de reconnaître l'homme qui s'adressait à elle. À cette distance, les yeux du personnage étaient sans couleur et dénués d'expression. Elle s'approcha, dubitative.

– Cela fait longtemps, ajouta-t-il. Une véritable éternité !

La voix était aussi inconnue que le reste. Qui était-il ? Elle avait dû le rencontrer ici, avant la guerre. Mais avec cinquante ans de distance, elle ne le remettait pas. Une peur diffuse s'empara d'elle et elle fut incapable de répondre au salut de l'individu. Pourquoi cette frayeur instinctive et soudaine ?

– Je suis heureux de te revoir, ma petite Victoire.

Était-ce un ancien compère des cafés de Prague ? Un poète, un peintre, un journaliste ?

– Je sais qu'à cause de moi tu as eu beaucoup de chagrin. J'en suis profondément désolé. Je ne voulais pas... Malgré tout, j'ai toujours essayé de te protéger. De t'aider, même. Mais tu ne m'as pas facilité la tâche.

Cette voix, cependant... L'intonation éveilla quelque chose en Victoire, une vague réminiscence qu'elle n'identifia pas. Toujours muette, elle observa l'homme qui sortait un mouchoir de sa poche, enlevait son chapeau et essuyait la sueur qui inondait son crâne. Sa tête était glabre et comme vernie, mais on devinait des traces de taches brunes.

La septuagénaire plaqua ses mains sur sa bouche. Elle se trompait... C'était totalement inimaginable... Sa mémoire déraillait... Quel âge aurait-il ? Si ses souvenirs étaient exacts, il était né en 1879... Il aurait donc cent dix ou cent onze ans aujourd'hui ! Impensable. Surtout, il était mort en juin 1940 !

– J'ai conscience que ma présence provoque un choc, un grand choc, poursuivit l'homme dans un sourire qui dégagea ses dents gâtées. Mais tu es en âge de l'encaisser. Tu n'es plus une enfant. Et ton cœur est solide, je le sais.

Elle écarquilla les yeux et reconnut la lueur bleu pâle du regard de son interlocuteur. C'était fou et pourtant...

Face à elle se tenait son beau-père, le docteur Renaud Jourdan.

36

Il saisit les mains de sa belle-fille, qu'il pressa avec une affection proche de la tendresse. Ses doigts étaient glacés, comme privés de sang. Victoire retira ses mains.

— N'aie pas peur, chuchota Jourdan. Je ne suis pas un fantôme ! Je suis bien vivant et je ne te ferai aucun mal.

Figée par la surprise et par l'effroi, sous les flocons, Victoire restait plantée sur le pont comme une statue de laine. Il s'adossa à la sculpture de saint Nicolas de Tolentino, alluma un cigare et se tourna à nouveau vers elle.

— Je n'ai pas péri durant l'Exode… J'ai été obligé de simuler ma mort, dit-il. Cela m'a fendu l'âme d'abandonner Laurette, mais je m'étais préalablement assuré qu'elle ne manquerait de rien. Et toi non plus. L'hôtel particulier de la plaine Monceau devait vous mettre à l'abri le restant de vos jours. D'ailleurs, je sais que c'est après l'avoir vendu que tu as pu acquérir ton domaine, en Normandie.

Comment était-il si bien informé ?

— J'ai été contraint de m'éclipser, tu comprends, poursuivit le médecin. Je n'avais pas le choix. Je n'avais plus d'avenir en France… De toute façon, la France elle-même était vaincue, battue par sa propre ignorance, sa fatuité et son arrogance ! Rien n'avait bougé depuis 1918. Le pays se croyait encore la première puissance mondiale ! De l'autre côté du Rhin, le gouvernement dépensait des sommes considérables en faveur de la recherche scientifique et médicale. L'offre était trop belle... Ils m'ont promis un laboratoire, tout le personnel que je voudrais, les appareils et les instruments les plus modernes... Mais ta mère détestait les Allemands. Elle ne voyait en eux que les Boches de la Grande Guerre... Non seulement elle aurait refusé de me suivre, mais elle m'aurait peut-être dénoncé aux autorités françaises. Alors nous avons échafaudé ma fuite. Pendant que, comme convenu, ma voiture explosait sous le feu d'un Stuka, je prenais tranquillement un avion dans le champ voisin, direction Berlin.

Victoire eut un haut-le-cœur en pensant à sa mère, que ses deux maris avaient sacrifiée. Pauvre Laurette... Mariée deux fois, et veuve de deux menteurs... Mais que signifiaient les propos de son beau-père au sujet de la recherche ? Jamais il n'avait eu cette ambition ! Il était médecin, chirurgien plasticien, le meilleur de sa génération, mais pas chercheur en science fondamentale !

– Je devine tes doutes, dit-il comme s'il lisait dans ses pensées. Que crois-tu ? Que j'étais satisfait de passer ma vie à refaire des nez et des seins ? Rendre l'humanité aux gueules cassées, leur redonner un visage, la dignité, une raison de vivre, oui, ça c'était noble, et je me suis dépensé sans compter pour ces pauvres soldats, y compris pour ton père... Mais que m'importaient les rides et les fesses de toutes ces bourgeoises frivoles ? Je l'ai fait pour l'argent, et pour le plaisir de défricher un métier neuf. Ces femelles inutiles me servaient de cobayes pour mon projet secret, le seul qui vaille : la lutte contre le vieillissement, la quête du rajeunissement... Et au-delà, la recherche de la vie éternelle !

Elle se pinça les lèvres. Tout devenait clair, à présent.

– Tu t'es trompée, Victoire, triompha-t-il, en accusant le minable Mathias Blasko. Ce pédéraste mondain, ce lamentable collabo n'était pour rien dans tes mésaventures ! C'est moi qui ai parlé aux nazis, et mes relations dépassaient de loin celles du Comité France-Allemagne d'Otto Abetz.

Elle eut envie de se ruer sur lui et de le balancer par-dessus le parapet. Mais elle devait l'écouter jusqu'au bout.

– Vois-tu, reprit-il avec condescendance, Adolf Hitler et Heinrich Himmler voulaient rendre immortelle la race aryenne. Les nazis ont tout de suite pris au sérieux ce que je leur racontais, alors que je n'étais moi-même pas très à l'aise avec cette histoire de vers codés qu'un obscur poète de la Renaissance te dictait la nuit, rimes qui contenaient peut-être le secret de la Pierre philosophale et de l'Élixir de longue vie… Or, non seulement ils m'ont cru, mais ils ont volé le cahier de Théogène à la bibliothèque Mazarine. Après l'avoir étudié, ils ont déduit que l'auteur du manuscrit connaissait probablement le secret des secrets, et qu'il l'avait caché quelque part, ici, à Prague…

Gustave et Victoire étaient parvenus à la même conclusion mais avec plus de deux ans de retard, en ne possédant que des fragments du texte de Théogène.

– Les premières recherches dans cette ville ayant été infructueuses, poursuivit Jourdan, les agents du Reich ont décidé de t'attirer ici, Victoire. En effet, habitée comme tu l'étais par l'esprit de cet alchimiste, tu trouverais sans doute le nid du mystère, sans même le faire exprès, et tu guiderais nos espions chargés de te surveiller.

La vieille dame sursauta et enfin, put prononcer deux mots :

– Mademoiselle Maïa… murmura-t-elle.

– Exact, Mademoiselle Maïa est celle qui, indirectement, t'a appelée en Tchécoslovaquie, approuva le médecin. Enfin, Mademoiselle Maïa alias Madeleine Durandet, ou de son vrai nom Marleen Kneipp, née non pas à Limoges mais à Erlangen, en Bavière.

Victoire fronça les sourcils, perplexe.

– Oui, elle était allemande. Médium certes, mais surtout agent spécial de la police secrète.

– Mensonges ! hurla Victoire. Je n'en crois rien !

– As-tu déjà entendu parler de l'ordre de Thulé ? répondit-il mielleusement. De la société ariosophique, de Schwarze Sonne[1] et surtout de l'Ahnenerbe Forschungs und Lehrgemeinschaft ?

– Ce sont des sociétés secrètes nazies, qui s'étaient donné pour but de justifier la prétendue supériorité de la race aryenne et qui s'adonnaient à des rites occultes pangermanistes...

– C'est un peu vague, mon petit. L'Ahnenerbe, ou la Société pour la recherche et l'enseignement sur l'héritage ancestral, était un organisme scientifique pluridisciplinaire tout à fait officiel, créé en 1935 par Heinrich Himmler, patron des SS, chef de fait de la Gestapo et de toutes les polices allemandes. Composé d'universitaires de très haut niveau, cet institut finançait des fouilles archéologiques de la Suède au Tibet, des recherches en histoire, anthropologie, linguistique, astronomie, sciences occultes, mais aussi en médecine, génétique, biologie, physique nucléaire, climatologie...

Jourdan aveuglé par les nazis... Jourdan à la solde des plus grands criminels de l'Histoire... Son beau-père au service de Himmler et des SS... Victoire peinait à admettre la vérité, que jamais elle n'avait soupçonnée.

– Mais que venait donc faire Mademoiselle Maïa au milieu de ces fous dangereux ?

– Son don de médium avait été étudié à l'Institut, qui s'intéressait aussi aux phénomènes paranormaux et aux extraterrestres. Imprégné de mysticisme et d'hermétisme, Himmler la consultait pour communiquer avec Henri Ier l'Oiseleur, un roi germanique du Xe siècle dont il pensait être la réincarnation. Subjuguée par cet honneur, elle avait adhéré aux idées nationales-socialistes. Himmler l'a alors chargée d'une mission d'infiltration dans les milieux ésotéristes parisiens et en particulier la librairie Chacornac – sa mère étant belge, elle parlait un français parfait – afin de retrouver Fulcanelli. Je pense que ce nom, ou plutôt ce pseudonyme, ne t'est pas étranger ?

---

1. Soleil Noir.

Fulcanelli... *nomen mysticum* forgé à partir de Vulcain et d'Élie... un teinturier de la lune parisien, qui aurait réussi le Grand Œuvre dans les années 1920, avant de disparaître dans la nature en 1932. En effet, elle s'en souvenait, car Gustave était fasciné par Fulcanelli, qu'il tenait pour un avatar de Nicolas Flamel. Comme les services d'espionnage français et étrangers, lui aussi avait cherché l'adepte, non pour lui voler la Pierre philosophale et l'Élixir d'immortalité, mais pour être son disciple. Or, il ne l'avait jamais trouvé.

– Et alors ? demanda-t-elle avec aigreur. Elle l'a déniché ?

– Non, mais en revanche, suite à mon intervention, elle s'est arrangée pour t'avoir à l'œil et sonder ton esprit. Accessoirement, elle faisait office d'agent de liaison quand j'avais des documents à faire passer à Berlin et qu'il était trop risqué que je m'y rende moi-même.

Ulcérée, Victoire s'accouda au parapet. Mademoiselle Maïa était de mèche avec Jourdan et les Allemands, depuis le début, alors qu'elle la considérait comme une alliée, mieux, une amie ! Elle avait été totalement bernée, comme sa mère qui l'emmenait chez Chacornac en cachette de son mari... les deux fourbes avaient dû bien rire, dans leur dos !

– En juillet 1938, reprit le chirurgien, l'aide de camp de Himmler m'a ordonné de ne plus utiliser les services du médium. Elle avait commis une impardonnable erreur...

Victoire espéra de toutes ses forces que Mademoiselle Maïa avait fini par se détourner des nazis, car elle ne parvenait pas à imaginer la jeune femme servir une telle idéologie. Elle revit son visage si doux, si pâle, ses longs cheveux noirs retenus par un bandeau de satin, ses yeux sombres ; elle se souvint de la sensation de paix et de calme qui émanait d'elle.

– Les femmes sont faibles, continua Jourdan avec mépris. À de rares exceptions près, dit-il en regardant son interlocutrice. Celle-ci s'est laissé tenter par le pire fléau qui soit : l'amour. Elle s'est entichée d'un agent des services secrets français et elle s'apprêtait à trahir l'Allemagne. En plus, cette félonne imprudente était tombée enceinte !

Victoire devina la suite avec dégoût.

– Il fallait l'empêcher d'offrir des renseignements à la France, et surtout la punir. Très déçu par la trahison de son médium favori, Himmler a lui-même décidé de son sort, ricana-t-il. Il a eu l'idée de faire d'une pierre deux coups : éliminer le transfuge, et par là même, t'attirer à Prague !

La nausée envahit Victoire.

– Il a été très facile de la convoquer dans le Fossé aux Cerfs en lui faisant croire que le rendez-vous émanait de son amant français. La pauvre sotte a pris le premier avion et a accouru au Château, elle s'est cachée et laissé enfermer dans les jardins, sûre d'y passer une nuit romantique ! Naturellement, le spectaculaire mode opératoire choisi par Himmler peut sembler cruel, mais c'était une mise en garde à l'attention de ses troupes féminines, un message à celles qui pourraient se laisser séduire par l'adversaire et avoir la velléité de trahir le Reich...

– Vous défendez cette ignominie ! Vous êtes aussi barbare que ces sadiques ! glapit Victoire.

– Oh moi, je n'ai rien fait, sinon écouter le récit rapporté par Himmler lors de l'une de mes visites clandestines à Berlin, sous couvert de conférence internationale de chirurgiens...

– Vous êtes pire que les SS, car non seulement vous êtes un traître à la patrie, un ignoble vendu, mais un criminel qui croit avoir les mains propres parce qu'il s'est déchargé de la sale besogne sur des assassins professionnels !

– Ne me juge pas trop vite, petite fille...

– Je ne suis pas votre fille, je ne l'ai jamais été !

La colère empourprait ses joues transies par le froid. Elle avait envie de l'étrangler, de lui faire ravaler les mots atroces qu'il venait de prononcer. En même temps, elle avait enfin les réponses à des questions qu'elle se posait depuis plus de cinquante ans.

– Bref, soupira-t-il, la tactique des SS a fonctionné, puisque tu as débarqué ici à la vitesse de l'éclair… Certes, le petit ami de Maïa et le contre-espionnage français s'en sont mêlés, mais ces balourds n'ont jamais saisi la véritable raison de la mort du médium… Ils n'ont toujours vu que la partie émergée de l'iceberg, l'élimination d'une taupe ou d'un agent double, un règlement de comptes entre barbouzes, sans jamais s'intéresser à toi, alors que tu étais la clef de l'histoire. Pourtant, je dois te préciser que dans mon contrat moral avec Himmler et l'Ahnenerbe, j'ai toujours exigé qu'il ne te soit fait aucun mal, sous peine de cesser immédiatement ma collaboration scientifique avec le Reich. Je n'ignorais tout de même pas à qui j'avais affaire ! Jamais je n'aurais toléré qu'ils touchent à un seul de tes cheveux…

— Ah bon ? Et Gustave ? rugit-elle. Il ne faisait pas partie du contrat « moral » avec les SS ?

— C'était un accident, geignit-il, un malheureux et regrettable accident, que je déplore encore aujourd'hui. Ils n'auraient pas dû le jeter à l'eau… C'était un allié très précieux – sans lui, jamais nous n'aurions fait le lien avec le manuscrit de Voynich – mais je crains qu'il ne soit mort pour rien. Car vois-tu, la cornue que vous avez trouvée dans la pièce souterraine de la maison de Faust ne contenait rien d'intéressant.

— Comment ?

— Le message palingénésique en vieux tchèque, expliqua-t-il, n'était qu'un banal poème d'amour, dans lequel Théogène déclarait sa flamme et demandait la main d'une certaine Svétlana Mittnacht. Affligeant… Une succession de mièvreries sucrées sans rapport avec le Grand Œuvre… Les spécialistes allemands ont étudié le billet durant des semaines, à la recherche d'un sens caché, avant d'admettre qu'il s'agissait d'une fausse piste. Les historiens de l'Ahnenerbe ont même retrouvé la trace de cette femme, qui a réellement existé et qui n'était autre que la fille illégitime de Vilém de Romžberk, burgrave de Bohême, personnage très puissant de la fin du XVIe siècle. Pour autant, on ignore ce qu'est devenue la bâtarde, et si elle a épousé Théogène.

Victoire roula de grands yeux face à cette révélation. Ainsi, son instinct ne l'avait pas trompée, lorsqu'elle discernait dans les vers du dibbouk une chanson d'amour pour une femme ! Elle avait toujours pressenti que l'amour était la véritable inspiration de ces mots dorés, et la clef de tout. Svétlana Mittnacht... c'était la première fois qu'elle entendait ce nom. *Lumière du milieu de la nuit...* la lune. Quel nom splendide ! Elle avait l'impression de connaître Svétlana depuis de longues années. Avait-elle répondu favorablement à la demande de l'alchimiste ? Que s'était-il passé ensuite ? Jourdan pouvait mépriser l'amour, Victoire n'en avait cure. Car au milieu de toutes les horreurs qu'il venait de confesser, brillait cet astre pur et réconfortant : la passion de Théogène pour Svétlana.

– J'ai été sincèrement navré pour Gustave, insista Jourdan. Ta mère ne l'appréciait guère, je ne l'avais jamais vu, mais outre ses talents d'occultiste et de scientifique, je sentais bien que tu avais un attachement particulier pour ce garçon. Mourir si jeune, lorsqu'on est si doué... S'il ne s'était pas bêtement défendu, il serait toujours en vie ! Cela dit, après cet incident, je suis intervenu auprès de Himmler afin qu'il modère la violence naturelle de ses sbires.

– Et Jiři Martoušek ? Et mon père ? cria-t-elle avec haine.

Il tordit ses mains lisses et essuya à nouveau son crâne luisant de sueur.

– Nous y voilà, répondit-il. Comme je m'y attendais, tu évoques cet épisode délicat. C'est de bonne guerre, après tout... Et je te dois la vérité. Je suis venu pour te la dire, après toutes ces années... Pour le journaliste, je n'étais pas au courant. Je ne savais même pas qui il était. Ils ont agi selon leurs critères et leurs méthodes, estimant qu'il fallait supprimer ce témoin trop curieux. Je n'y suis pour rien.

– Comme c'est pratique, de s'innocenter soi-même !

– Tu peux me haïr, me mépriser, te venger en me tuant, si cela peut soulager ta peine, répondit-il avec douceur. Mais je ne te mentirai pas. J'ai appris son exécution en juin 1940, lorsque j'ai

repris tout le dossier en arrivant à Munich, au siège de l'Ahnenerbe.

– Le «dossier»? demanda-t-elle. Quel dossier?

– Le tien, très chère, le tien. Il contenait les photos des agents
de surveillance, des centaines de rapports y compris ceux écrits
par Mademoiselle Maïa, dessins inclus, les recherches historiques
effectuées sur Théogène, le décryptage du sens alchimique des
vers de son manuscrit, les hypothèses de travail, les comptes rendus des premières expériences, le feuillet du fameux poème palingénésique, des clichés et la traduction du manuscrit de Voynich,
enfin tout ce qui m'a permis de commencer mon travail. Je t'aurais
volontiers offert ce dossier mais il a brûlé, avec d'autres papiers
importants, peu avant la Libération.

Elle saisit l'allusion. C'était Jourdan lui-même qui l'avait détruit.

– J'avais une grande estime pour ton père, reprit-il, qui datait
de notre rencontre au Val-de-Grâce, en 1916. J'admirais son courage, son humour, qualité rare, ainsi que sa volonté de repartir au
combat. En août 1938, lorsque j'ai reçu un télégramme de Berlin m'informant, quelques jours seulement après ta première rencontre avec lui, qu'il était encore en vie, j'en ai été sincèrement
heureux. Pour lui, et aussi pour toi.

– Vous ignoriez qu'il n'était pas mort en Russie?

– Absolument. Sinon, mon code d'honneur m'aurait interdit
d'épouser ta mère.

Voilà maintenant qu'il parlait d'un code d'honneur! C'était un
comble! Victoire faillit s'étouffer de rage, mais elle le laissa poursuivre.

– Contrairement à moi, les nazis se méfiaient de lui, dit-il. Il
est vrai qu'il était démocrate, fidèle partisan de la Première République, proche de Masaryk et de Beneš, des ennemis virulents
de l'Allemagne. De toute façon, les Allemands détestaient les
Tchèques. Je ne partageais pas cette vision des choses.

– Vous allez sans doute m'avouer que vous étiez pacifiste ou
républicain, et que vous admiriez de Gaulle? ironisa-t-elle.

— Je n'irai pas jusque-là, sourit-il, mais tu dois comprendre que ce que j'ai fait, je l'ai fait pour le progrès de la science, non par conviction politique. Si les Américains m'avaient fait la même offre, je serais parti aux États-Unis. Le hasard a voulu que les plus généreux et les plus performants aient été les nazis. Pourtant, je te le jure, je n'ai jamais adhéré à leurs idées tordues.

— C'est aussi par hasard que mon père, votre vieil ami, répondit-elle avec fiel, a bénéficié de la «générosité» et des «performances» de la Gestapo?

— La police secrète l'a arrêté et interrogé car il avait trouvé ce que nous cherchions tous, en vain, depuis trois ans! rugit Jourdan.

— Comment pouvez-vous en être sûr?

— Les rapports étaient formels! s'emporta-t-il. Son comportement, ses travaux : il avait beau fermer à double tour la porte de la maison de la ruelle de l'Or, il y avait des espions qui vivaient là-bas, et il n'était pas difficile de pénétrer dans la bicoque…

— Il n'en sortait jamais, les derniers temps.

— Au contraire! s'enflamma le médecin. Il crapahutait partout, il consultait sans arrêt les archives municipales de Staré Město, il fouillait, il passait des heures sur ce pont, à sonder chaque pierre, exactement comme toi tout à l'heure! Il avait découvert l'endroit où Théogène avait caché les feuillets arrachés au manuscrit de Voynich, ou plutôt de A. L., les pages dévoilant le secret de la jeunesse et de la vie éternelles. La Gestapo en était convaincue. Elle le suivait de près et plusieurs fois, il les a semés. Avec une jambe de bois!

— Pourquoi n'ont-ils pas simplement volé le résultat de ses recherches, dans sa maison, s'enquit-elle, comme les nazis l'avaient fait en dérobant le cahier de Théogène à la Mazarine?

— Parce que, se sachant espionné, Pražský avait tout brûlé dans le poêle. Il n'y avait d'autre choix que de le forcer à parler.

— Et là-dessus, vos amis sont imbattables, si je puis dire…

— Tu te trompes, soupira-t-il. Ton père n'avait rien perdu de son courage et je suis certain qu'ils s'y sont très mal pris…

– Il fallait agir vous-même, pour une fois ! répondit-elle, acerbe.

– Je ne pouvais pas quitter la France, à cette époque-là. Mes travaux occultes, que j'effectuais dans les caves de la clinique, requéraient une présence de chaque instant et Himmler m'avait interdit, en attendant ma fuite définitive, de faire quoi que ce soit qui pût éveiller les soupçons. Cependant, j'ai toujours pensé que moi, j'aurais réussi à le faire avouer, sans violence, par amitié et par égard pour la science… Hélas… au palais Petschek, il n'a rien dit. Rien. Hormis de vieilles légendes tchèques qu'il répétait en boucle. Chapeau bas, Douchevny. Même au sujet des tableaux, il s'est tu.

– Les tableaux ?

– Göring voulait les toiles et les objets des anciennes collections de l'empereur Rodolphe, en particulier *Das Rosenkranzfest*, de Dürer. Au Hradschin, tout le monde savait que ton père les avait cachés. Les agents de la Gestapo et les officiers SS qui l'ont interrogé avaient aussi pour mission de lui faire dire où il avait planqué les œuvres d'art.

Ainsi, František avait raison. Les nazis convoitaient aussi le reliquat du trésor de Rodolphe II.

– C'est étrange que vos amis n'aient jamais interrogé le fils adoptif de mon père, František, dit-elle.

– Les rapports disaient que c'était un faible d'esprit, un garçon débile, analphabète et muet, qui ne savait rien faire à part s'adonner au braconnage et pédaler sur un vélo…

– Ils ont eu tort ! triompha Victoire. Car ce garçon, qui n'était pas du tout muet ni crétin, détenait un indice.

– Quel indice ?

– Un message que mon père lui avait fait apprendre par cœur et qui m'a conduite à une lettre, dans laquelle Pražský explique tout.

– Incroyable ! Après tant d'années ! Je vais enfin savoir ! Donne-moi cette lettre, Victoire !

– Plutôt me jeter dans la Vltava, répondit-elle avec gravité en regardant la rivière glacée.

– Je t'en prie… Je t'en supplie à genoux, j'y ai consacré toute mon existence ! Fais-moi lire ce billet !

Elle le toisa avec une telle froideur qu'il changea de tactique. Il baissa la tête, ralluma son cigare éteint et reprit sa confession.

– Gustave était surveillé jour et nuit et dès sa découverte de la clef de déchiffrement du manuscrit de Voynich, nous en avons été informés. Il avait beau se méfier, se terrer dans les cafés, il n'a pas été difficile à nos agents de rendre compte de ses travaux, au jour le jour. Or, les cryptologues de l'Ahnenerbe, qui ont étudié, vérifié et approuvé sa traduction du livre, sont parvenus à la même conclusion que lui… la nature de la matière première, les détails opératifs du magistère donc la formule précise de la liqueur de la vie éternelle étaient dans les pages qui avaient été arrachées… Malheureusement, les nazis ne les ont jamais trouvées. Il manquait une indication susceptible de nous aiguiller… En 1940, après quelques mois passés sur ce dossier, j'ai abandonné cette quête et j'ai renoncé à l'alchimie, orientant mes recherches vers des voies, disons… plus rationnelles, qui correspondaient mieux à mon tempérament. En 1942, j'ai mené des expériences médicales passionnantes : Dachau, Natzweiler-Struthof puis Majdanek me fournissaient un matériau inépuisable.

– Et vous n'avez jamais été arrêté pour crimes contre l'humanité ? pesta-t-elle, écœurée par l'ignominie de Jourdan.

– En juillet 1944, j'ai été capturé par l'Armée rouge près de Lublin, en Pologne, confia-t-il avec le plus grand naturel. J'ai été emprisonné, jugé et condamné à mort. Mais les Soviétiques ont vite saisi l'intérêt qu'ils avaient non seulement à me garder vivant, mais à financer mes recherches.

– Ne me dites pas que…

– Les Russes aussi rêvent d'être immortels, comme chacun d'entre nous ! J'ai continué mes travaux à Moscou, puis en RDA, près de Leipzig. Néanmoins, je ne me suis jamais compromis dans les affres de la politique. Je ne suis pas devenu marxiste, pas plus que je n'ai été nazi. J'ai même toujours détesté les rouges, tu t'en souviens.

– Une fois de plus, vous vous leurrez vous-même, coupa Victoire, pour ne pas répondre de vos crimes. Vous vous croyez innocent parce que vous n'aviez pas votre carte au Parti ? Foutaises ! Tartuferie de meurtrier ! Vous avez plus servi la dictature nazie, puis le système totalitaire soviétique, que le militant le plus endoctriné !

– C'est faux ! Ma tâche était purement scientifique et médicale, protesta Jourdan. Je devais maintenir en vie, le plus longtemps possible, les dignitaires de l'URSS, les membres du Politburo, ceux du praesidium du Soviet suprême, avec une attention spéciale pour le chef de l'État de l'Union soviétique et les dirigeants des pays satellites. Staline n'était pas un patient facile, il pensait que ses médecins voulaient le tuer. Il s'est toujours méfié de moi et a refusé tous mes traitements, parce que j'étais le produit de «la science bourgeoise et réactionnaire de l'Ouest». Tant pis pour lui ! Son agonie a été longue et affreuse et il est mort comme un chien, à seulement soixante-quatorze ans. Ses successeurs, heureusement, ont été moins sectaires et j'ai testé sur eux greffes, hormones, cryogénisation… J'ai aussi expérimenté pas mal de choses sur moi-même, ce qui m'a permis de tenir jusque-là.

– Quel programme ! persifla Victoire. J'ignorais que l'on vous devait les figures de momie de Brejnev, Andropov et Tchernenko !

– Le problème avec les Russes, répondit-il, c'est le cœur : il est trop fragile, à cause du froid, du tabac de piètre qualité, de la mauvaise graisse qu'ils avalent, des hectolitres d'alcool qu'ils ingurgitent et des colères qui les agitent, sans parler d'une instabilité chronique, voire de symptômes dépressifs liés au culte de la personnalité, aux rivalités et à la lutte pour le pouvoir absolu. Des candidats parfaits à l'infarctus ! J'ai eu plus de succès avec Fidel Castro et surtout avec Erich Honecker, l'ex-président de la RDA, qui avait un cœur à toute épreuve.

– C'est bien connu, coupa-t-elle, particulièrement des pauvres Allemands de l'Est qui ont tenté de franchir le mur de Berlin.

– Avec l'accord de Moscou, continua-t-il, j'ai installé mon laboratoire à Leipzig et en 1975, j'y ai fait une découverte ahurissante, sur l'homme, six ans avant que les scientifiques de l'Ouest ne fassent la même sur la souris : les cellules souches embryonnaires, capables de régénérer toutes les cellules de l'organisme. La réparation universelle du corps humain était enfin envisageable, la jeunesse éternelle devenait une potentialité et bientôt, une réalité ! C'était prodigieux ! Cette longévité nouvelle était issue d'un être même pas né, d'un corps en devenir : l'embryon humain... L'embryon est la source et la matière de l'immortalité !

Victoire frémit. Elle refusa d'imaginer la nature des expériences qui avaient conduit Jourdan à ce résultat. Elle avait lu quelques articles dans la presse au sujet des cellules-souches, sans en comprendre grand-chose.

– C'est alors, reprit-il avec emphase, qu'une vieille image a percuté ma mémoire... trois grosses femmes nues aux cheveux longs et au ventre proéminent, reliées entre elles par des tubes ou des canalisations, qui se baignaient dans des cuves.

– Le manuscrit de Voynich, reconnut immédiatement Victoire.

– Exact. Le manuscrit de Voynich, le dessin du codex que tu avais reproduit sur un bout de papier, dans un état hypnotique, avec les vers de Théogène qui ont permis à Gustave de comprendre la langue mystérieuse du vieux grimoire : *Le sang de Saturne est la clavicule, l'ambroysie du Paradis ressuscité et le breuvage de l'immortalité...*

– C'est juste. Mais je ne vois pas le rapport avec...

– Des femmes enceintes ! s'exclama Jourdan en levant les bras au ciel. Ce croquis représentait des femmes enceintes !

– C'est une hypothèse à laquelle nous avions songé à l'époque, mais...

– Sauf qu'à l'époque, l'interrompit-il, personne, et pour cause, ne connaissait l'existence des cellules souches embryonnaires !

– Vous pensez que l'énigmatique auteur du traité, avait, plusieurs siècles avant vous, fait la même découverte ? demanda Victoire, fascinée.

– Impossible ! répondit-il, sans microscope, imagerie médicale et moyens techniques modernes. Ces cellules pluripotentes sont isolées in vitro sur un embryon au stade de blastocyste, c'est-à-dire, chez l'homme, âgé de seulement cinq à sept jours. Une telle manipulation n'est pas concevable au Moyen Âge ou à la Renaissance. Cependant...

– Cependant ?

– Une puissante intuition me soufflait que non seulement l'auteur du traité avait percé, par un autre biais que le mien, le secret de la régénération universelle mais surtout que la matière première de son Élixir, ce fameux «sang de Saturne», n'était pas minérale, ainsi que nous l'avions toujours cru, mais humaine, et qu'il s'agissait de l'embryon !

Victoire frissonna. L'embryon humain comme *materia prima*... Son père ne l'évoquait pas dans sa lettre, et Gustave ne l'avait jamais envisagé. Cela ne cadrait pas avec sa haute conception de l'alchimie, qui englobait la traditionnelle théorie vitaliste des métaux, voulant que l'Escarboucle soit issue d'un esprit caché dans les pierres souterraines, un métal poussé dans la mine, développé dans le ventre de la terre puis extrait, purifié, transformé par le feu, les astres, la magie et la foi de l'opérateur. L'embryon humain... Cela évoquait les sombres expériences de Gilles de Rais, alias Barbe-Bleue, et d'autres criminels qui s'étaient trompés sur les nobles desseins de l'alchimie... L'embryon humain arraché au ventre de la mère... C'était sordide, barbare, ignoble ! Cela concordait avec le caractère de Jourdan... Mais pas avec celui de Théogène... Ce dernier n'avait pas pu procéder à de telles expériences ! En revanche, cela expliquerait pourquoi l'alchimiste du XVIe siècle avait fait disparaître ces pages, qui dévoilaient la nature immonde de cette matière première et constituaient un appel au meurtre.

Théogène n'était pas un assassin ; il voulait épargner des vies humaines. Dans ce cas, il aurait dû détruire les feuillets. Or, Victoire savait, grâce au billet de son père, que ces derniers existaient probablement toujours, quelque part dans cette ville. Pourquoi les avoir cachés au lieu de les brûler ? Pressé par la mort, n'avait-il pas eu le temps de les réduire à néant ? Ou voulait-il que quelqu'un les retrouve ? Mais dans quel but ?

— En 1976, précisa Jourdan, soit trente-six ans après avoir abandonné la piste alchimique pragoise, j'ai tout repris à zéro.

— Avec quoi, interrogea-t-elle, puisque vous aviez réduit le dossier en cendres ?

— Avec mon instinct, ma force de déduction, mon expérience et ceci, répondit-il.

Il extirpa de son manteau un petit volume de cuir brun, qu'il lui tendit.

— Prends-le, ordonna-t-il avec douceur. Il ne m'aidera plus, désormais. Il est trop tard.

Victoire hésita puis s'avança prudemment. Elle saisit l'opuscule du bout de ses doigts rendus gourds par le gel, et elle l'ouvrit. Elle reconnut aussitôt l'écriture stylisée, légèrement penchée, noire et ancienne. Elle porta le cahier à ses narines. Il exhalait toujours une curieuse senteur de fleurs, mêlée à une odeur de cuir, de bois ciré et de vélin.

— *Je suy le jardinier des estoilles*
Saturne, playse levez le voile
De la robe de cendres enclose
Et Rosarius engendrera la Rose, lut-elle.

— Naturellement, il s'agit de l'original, que j'ai toujours jalousement conservé, avoua Jourdan. Comme un souvenir du passé, un chemin vers la lumière ou… comme un talisman.

Elle leva les yeux du cahier de Théogène.

— Je n'ai pas tardé à comprendre, tu sais, ajouta-t-il. Je peux même deviner le contenu de la fameuse lettre de ton père. Je parie qu'il fait référence à la Trinité, ou à trois clefs indispensables à l'ouverture de la porte derrière laquelle se cache la recette du sérum de jouvence et d'éternité.

– C'est totalement exact.

– Ces trois clefs sont ces poèmes, le manuscrit de Voynich et un troisième objet que j'avais complètement négligé jusqu'en 1976.

– Le talisman de mon père fabriqué par Théogène, qui était probablement notre ancêtre, concéda-t-elle.

– Bravo, Victoire ! Je me demande comment j'ai pu passer à côté de cet élément primordial… J'avais vu le bijou au cou de ton père, au Val-de-Grâce. J'avais reconnu, comme Laurette, les dessins que tu avais tracés lors de tes séances chez Chacornac, dessins absolument identiques à ceux que Théogène avait esquissés dans ce cahier…

– Certes, mais ces croquis ne sont que des ébauches, releva-t-elle. N'y figurent pas des détails fondamentaux, présents uniquement sur le talisman.

– J'en étais sûr ! triompha-t-il. Tu confirmes, enfin, ce que je pressens depuis quatorze ans, quatorze longues années durant lesquelles je n'ai eu de cesse que mettre la main sur ce bijou ! J'avais les deux autres clefs, il ne me manquait que celle-ci pour accéder à l'immortalité…

– Mais vous avez échoué, jubila-t-elle.

– Tu possèdes donc cette amulette, soupira Jourdan. Je l'ai deviné, dès l'instant où j'ai commencé à chercher. Où l'as-tu cachée ? Où l'as-tu mise pour qu'elle se dérobe à toutes nos investigations ?

– «Nos investigations» ? À qui faites-vous allusion ?

Il sourit. Assurément, il avait pratiqué un tas d'expériences sur lui-même, mais il n'avait jamais pris la peine de rajeunir ses dents. La rangée de chicots jaune et noir évoquait la mâchoire d'un vieux squale enfermé dans un aquarium, qui toute sa vie n'aurait dévoré que des poissons morts, sortis d'un seau par un soigneur blasé.

– Aux agents du KGB, qui sont aussi efficaces que ceux de la Gestapo ! ricana-t-il. En quelques semaines, ils t'ont identifiée et

« logée », comme on dit dans la police. J'ai été étonné d'apprendre que tu vivais en province et que tu faisais pousser des fleurs. Je t'imaginais plutôt reporter de guerre, femme politique, ou auteur engagé... une battante, quoi. J'ai été encore plus estomaqué d'entendre que tu avais épousé un Anglais, que tu étais mère de famille, grand-mère et que ton mari et toi éleviez Rose, votre petite-fille.

– Je ne vous permets même pas de chuchoter son prénom, siffla Victoire avec colère.

– Comme tu veux. De toute façon, elle n'a rien à voir dans cette histoire. Bref, on a fait une première tentative pour reprendre le talisman à l'été 1977, lorsque ta petite famille et toi étiez en vacances dans le Sussex.

– La maison a été cambriolée cet été-là, s'exclama Victoire, tout était sens dessus dessous, mais rien n'avait été volé !

– J'avais exigé, comme d'habitude, que tu ne coures aucun risque, et qu'on respecte tes biens autant que ta personne, affirma Jourdan. C'est la Stasi de mon ami Honecker qui a opéré, avec tact et courtoisie.

Elle faillit, à nouveau, se ruer sur lui. Mais elle se contenta de serrer contre son cœur, de toutes ses forces, le manuscrit de Théogène.

– En revanche, j'ai été furieux lorsqu'ils m'ont dit que ces crétins d'Avranches t'avaient cassé le bras, en septembre dernier ! Déléguer à des amateurs... À cette époque, tout partait à vau-l'eau, et quelques semaines avant la chute du Mur, le régime n'était plus que l'ombre de ce qu'il avait été...

Le cynisme de Jourdan n'avait aucune limite ! Il avait tout pensé, tout calculé, de loin, sans jamais se salir les mains. Pour assouvir sa soif d'éternité, il n'avait reculé devant rien...

– Ne l'étreins pas trop fort, dit-il en désignant le cahier, il est vieux et fragile. Sais-tu qu'il provient du fonds d'un libraire du Quartier latin établi rue Saint-Jacques ? Il s'appelait Pépin Aleaume, il était le fils de Hieronymus Aleaume, un imprimeur décédé en mars 1594, à la fin du siège de Paris, lors des derniers combats opposant les troupes d'Henri IV à celles de la Ligue. Malheureusement, on n'a jamais pu établir comment l'ouvrage est arrivé de Prague à Paris, et qui l'a vendu au libraire. La boutique de Pépin Aleaume a fermé vers 1600, le fonds a été dispersé, et ce manuscrit s'est retrouvé, quelques décennies plus tard, dans les collections du cardinal Mazarin. Tu ignorais cela, n'est-ce pas ?

– Je vous assure que je suis toujours en possession du talisman, répondit-elle dans un souffle. Mais jamais je ne vous dirai où il se trouve.

– Il n'est pas sur toi, chez toi ni chez aucun de tes enfants ou petits-enfants, ni même à leur cou, résuma-t-il, pas plus qu'à la banque. Tu l'as enterré dans le jardin, au pied d'un rosier ? Ou bien l'as-tu jeté dans le cercueil de ton mari, le jour des obsèques ?

– Jamais. Je vous le répète : jamais je ne vous le dirai. Je préfère mourir ici, sur ce pont.

– Allons, Victoire, je ne t'ai pas préservée durant toutes ces décennies pour te tuer, maintenant que tu es vieille et que je suis à l'état de fossile !

– Quel âge avez-vous, au juste ? ne put-elle se retenir de demander.

– Celui du dégoût de la vie, répondit-il. Tout s'est écroulé, et je reste seul. Je suis si fatigué… Harassé non pas par mon échec à percer le secret de la Pierre et de la Panacée, mais par une vie trop longue…

Elle baissa la tête et murmura des mots que Karel Čapek avaient écrits en 1922.

– *On ne peut pas aimer trois cents ans. Ni espérer, ni créer, ni observer trois cents ans. On ne le supporte pas. Tout finit par vous ennuyer. Le bien autant que le mal. Le ciel et la terre vous ennuient. Puis on s'aperçoit qu'en réalité il n'y a rien. Rien. Ni péché, ni douleur, ni monde, absolument rien.*

– J'ai déjà lu ce texte, dit-il. Mais je ne me rappelle plus…

– *L'Affaire Makropoulos*, affirma Victoire.

Il restait silencieux, adossé à la sculpture de saint Nicolas de Tolentino, un prêtre italien du XIIIe siècle qui avait consacré sa vie à soigner les malades et les miséreux.

«Ses recherches ne s'adressaient qu'à lui-même, pensa Victoire. Il a vendu sa femme, sa belle-fille, sa dignité, son âme et toute l'humanité pour quelques gouttes de vie supplémentaire... Sa quête insensée de l'éternité n'était que prolongation du corps, au détriment de l'esprit et de l'âme. Sans parler du cœur, cet organe qui, pour être solide, ne doit jamais aimer... Il a sacrifié des dizaines, peut-être des centaines d'individus au sursis de son enveloppe charnelle, une carcasse dénuée d'affect et de conscience... il n'est qu'un mort qui respire. Un fantôme est plus vivant que lui, car il souffre, éprouve, aime ou hait, quand le seul sentiment de cet homme est le mépris d'autrui. La science, l'alchimie, la médecine, ne sont que l'alibi de sa cruauté. Il a échangé l'amour contre l'immortalité... Un tel être n'a rien d'humain...»

Les flocons tombaient en rideau dru. Victoire enveloppa le cahier de Théogène dans son écharpe, qu'elle fourra dans son sac à main. Jourdan ne bougeait pas. Lentement, prudemment, elle s'approcha. Les yeux du vieillard étaient clos, son cigare était tombé dans la neige. Il semblait dormir debout. Elle l'interpella mais il ne répondit pas.

N'osant pas le toucher, elle saisit la canne à pommeau d'argent, avec laquelle elle lui tâta le bras, les côtes. Il s'affaissa contre le piédestal de la sculpture. Il était mort, éteint comme une bougie.

Un long moment, Victoire observa la neige qui, tels des grains de riz, couvrait le chapeau mou, le manteau noir, transformant la dépouille en statue blanche. Elle regarda le visage de cire, aussi figé dans le trépas que dans la vie. Rien de bon, rien de beau ne sortirait de ces graines-là. Aucune fleur, sauf, peut-être, une plante vénéneuse.

Elle décida donc, pour l'avenir, que le docteur Jourdan avait bien disparu en juin 1940, durant l'Exode, soufflé par l'attaque d'un bombardier allemand. La vérité n'était qu'un mauvais rêve. La vengeance d'un revenant malveillant. Ou une légende de plus.

Quand elle se détourna et reprit le chemin de la Vieille-Ville, le pont Charles comptait une sculpture supplémentaire. Une trente-deuxième statue.

37

Rose avait été très contrariée quand sa grand-mère, de retour à l'hôtel après son expédition sur le pont Charles, lui avait demandé d'ôter le talisman qu'elle lui avait donné jadis.

– Tu veux me le reprendre ? s'était-elle étonnée. Après toutes ces années ? J'y tiens beaucoup, tu sais...

– Je te l'emprunte seulement quelques heures, ma chérie. Je te le rends avant la fin de la journée, promis.

Résignée, la jeune femme avait enlevé son gilet noir, son gros pull de laine et son tee-shirt. Sur son ventre, brillait la pyramide qu'elle portait en piercing au nombril.

«Jourdan pouvait continuer à chercher, avait songé la vieille dame en souriant, jamais il n'aurait soupçonné pareille cachette !»

Elle avait offert le bijou à Rose en 1975, lorsque l'enfant était entrée à l'école, au cours préparatoire, à l'âge de six ans. La petite, à qui ils avaient épargné la maternelle, avait tellement peur de se séparer de ses grands-parents que Victoire lui avait accroché le pendentif autour du cou, avec la chaîne d'argent de son père, en lui expliquant qu'il s'agissait d'un objet magique qui protégeait celui ou celle qui le portait de toutes les calamités, même des maîtresses d'école. C'était la première fois, depuis le 15 mars 1939, que Victoire se séparait du talisman, qu'elle avait toujours eu sur la poitrine. Une pensée superstitieuse lui avait soufflé que c'était peut-être grâce à cette amulette, en plus de la pénicilline américaine, qu'elle avait guéri de sa redoutable pneumonie, pendant la guerre, et qu'ensuite elle avait survécu à trois accouchements difficiles.

Jourdan avait pensé à tout mais il avait oublié Rose, car son absence de sentiments l'empêchait d'imaginer le lien particulier qui unissait Victoire à sa petite-fille, comme il avait négligé le fait que Pražský ait pu confier un élément important à son fils adoptif. «Elle n'a rien à voir dans cette histoire», avait-il dit. Alors que Rose détenait la troisième clef de Théogène, la seule qu'il lui manquait, et sans laquelle il était impossible d'ouvrir la porte. Car cette clef indiquait justement où était la porte.

Après avoir récupéré le bijou et exigé de Rose qu'elle désinfectât son nombril, Victoire était descendue rejoindre František qui l'attendait dans le hall du Paříž. De là, ils s'étaient réfugiés au Montmartre où, enfermés à double tour dans la salle vide et poussiéreuse, Victoire avait vérifié que Jourdan ne s'était pas trompé, ni, avant lui, son père.

Dans le hall du Rudolfinum, elle profita de la cohue de la fin d'entracte pour se glisser discrètement jusqu'à la porte qui barrait l'accès aux sous-sols. Elle sortit de la poche de son manteau le trousseau de clefs que son ami lui avait confié tout à l'heure. Quelle chance que František ait travaillé comme machiniste dans cette salle de concert, et que l'administration ne lui ait pas demandé de rendre ses sésames lors de sa mise à la retraite ! Victoire trouva la bonne clef, ouvrit et après avoir vérifié que personne ne la voyait, elle franchit le seuil et referma derrière elle. Elle appuya sur l'interrupteur.

En descendant les marches, elle se remémora certains passages du message laissé par son père.

Prague, le 1er mai 1939.
Ma chère enfant,
Je dois faire vite. Ils sont sur ma piste et ne me lâchent pas d'un pilon. Je crains de ne pas avoir le temps… Je les ai semés ce soir,

578

mais... Je m'arrangerai pour que tu trouves cette lettre, que je confie au chevalier de l'ordre de Malte qui garde cette église maudite. Il n'a pas une tête de canaille, c'est rare pour un cureton. J'espère qu'il ne me trahira pas. Si je réussis, les Fritz te laisseront en paix, et ce billet n'aura plus d'importance. [...]

Le talisman est désormais, je l'espère de tout mon cœur, accroché autour de ton cou. Mais il fut mien si longtemps que je me rappelle chaque détail, chaque mot qui y est gravé. [...]

La quatrième face de la pyramide... «Ce qui est en bas est comme ce qui est en haut ; et ce qui est en haut est comme ce qui est en bas» : la correspondance macrocosme/microcosme, ciel et terre, rive droite et rive gauche. «La pierre est l'os de la terre» : qu'est-ce qui relie les deux mondes, qui, telle une clavicule, maintient unies les chairs et permet le passage entre le haut et le bas ? Le Pont de pierre ! Le pont Charles ! Le pont est le centre de la Voie royale, et c'est la voie humide ou voie royale, à l'athanor, qui permet de fabriquer la Rose ! Les pages sont donc dans le pont, comme l'épée magique du chevalier Bruncvík, l'arme mythique de saint Venceslas. [...]

Adieu, ma chère fille. J'aurais voulu être plus <u>*transparent*</u> *au sujet de la Rose, mais hélas, je ne le puis ici. Pense à la Trinité, et tu comprendras...*

La fin de cette lettre l'avait plongée dans un gouffre de perplexité : pourquoi Pražský avait-il souligné le mot « transparent » ? Que signifiait cette nouvelle allusion à la Trinité ? La réponse se trouvait peut-être dans les archives de la Vieille-Ville que compulsait l'infirme, d'après les révélations de Jourdan. Mais ces documents avaient été malencontreusement incendiés en mai 1945, lors de la Libération de Prague. Tout avait péri par le feu : les plans ancestraux du Pont de pierre, comme les travaux de son père.

Victoire descendit encore et parvint au deuxième sous-sol du Rudolfinum. En s'enfonçant dans les catacombes du bâtiment, elle se rappela le trouble de František lorsqu'elle lui avait montré la lettre, cet après-midi, au Montmartre, et le tour inattendu qu'avait pris la suite des événements.

– Le pont, d'accord, avait-il murmuré au fond de la salle abandonnée. Mais je ne comprends rien à ses dernières phrases.

– La Trinité… S'il s'était inspiré de Théogène ? Si, pour égarer l'adversaire et nous mettre sur la voie, il avait semé, comme son ancêtre alchimiste, trois clefs pour ouvrir la porte ?

– Lesquelles ? avait demandé František.

– Le message oral qu'il t'a confié, cette lettre et un troisième indice, que nous n'avons pas découvert, et qui aurait un lien avec l'adjectif « transparent ».

– Je ne te suis pas…

– Allons fouiller les affaires qui sont chez toi, avait ordonné Victoire.

La chambre qu'occupait František dans le quartier de Smíchov était un énorme bric-à-brac. Autour du lit aux barreaux de fer, s'entassaient, pêle-mêle, meubles, vaisselle, livres, photos de Victoire, vêtements, vieux journaux, bibelots de la maison de la ruelle de l'Or. Si Karlík Pražský avait habité une bicoque moins minuscule, son fils n'aurait jamais pu stocker et conserver toutes ces reliques au parfum de moisi.

– Les seules choses que j'ai jetées, avait précisé František, sont les galetas sur lesquels nous dormions. Ils étaient plein de puces et surtout, les nazis les avaient éventrés…

Ils avaient débuté leurs investigations par les bouteilles, pots, fioles et objets de verre transparent. Sans succès. Alors, ils avaient exploré les malles et le petit buffet qui trônait naguère dans l'unique pièce du bas. Puis ils s'étaient attaqués aux poches et aux doublures des nippes mitées et crasseuses, à la boîte à tabac qui contenait des pipes cassées et des mégots. Ils avaient feuilleté et retourné chaque livre poisseux, ouvert toutes les enveloppes, passé la flamme d'une bougie sur chaque papier, à la recherche d'un message en filigrane, tracé à l'encre sympathique. Victoire avait retrouvé avec émotion les lettres d'Aurélien Vermont de

Narcey et de Mathias Blasko, que son père lui avait montrées lors de leur première rencontre. Elle aurait aimé s'y attarder mais son ami s'était impatienté.

– Nous faisons fausse route, s'était-il exclamé, dépité. Nous ne trouverons rien dans ce fatras que la Gestapo a remué de fond en comble. Il n'a pas laissé de troisième indice ! Il n'en a pas eu le temps...

– Tâchons de reconstituer la scène, avait répondu Victoire sans se décourager. Voyons. Il est six heures du matin et il somnole sur cette table. La voiture arrive par la rue Jiřská et freine brutalement sur la petite place devant la ruelle. La venelle est trop étroite pour qu'une auto puisse y entrer. Les portières claquent. Bruit de pas. Il s'éveille. Les policiers approchent, à pied. Les voisins sont alertés, se mettent à la fenêtre. Il sait qu'on vient le chercher. Des coups contre la porte. Sommations d'usage, en allemand. La Gestapo enfonce la porte.

– Tais-toi, je t'en supplie...

– Il n'a bénéficié que de quelques secondes, une minute au maximum. Il n'a donc pas pu grimper à l'étage, ni...

Elle s'était interrompue, les yeux rivés sur la rustique chaise percée de son père. František avait suivi son regard.

– Bien sûr, s'était-il enflammé. Ce matin-là, comme d'habitude, il s'était endormi sur ce siège !

Ils s'étaient approchés du fauteuil de bois dur, craintifs et presque déférents. Victoire avait d'abord écarté le coussin de velours percé de part en part, sur lequel son père reposait son dos voûté. Puis elle avait soulevé le couvercle de la chaise. Le pot de chambre amovible était vide. Elle l'avait ôté. Elle avait plongé les yeux et les mains dans le trou mais le petit coffre ne contenait rien.

– Crénom du Soviet suprême ! avait-elle pesté, en écho au juron préféré de Pražský. J'étais pourtant certaine...

František n'avait pas répondu. Avec nostalgie, il caressait l'intérieur du couvercle de la chaise d'aisance, lorsque ses doigts avaient rencontré une aspérité. Un clou dépassait, invisible car il avait été peint du même ton verdâtre que le fauteuil. Il avait tiré sur la pointe d'acier. Alors, une mince latte s'était détachée, et un morceau de papier plié était tombé sur le sol.

Stupéfaits, ils étaient restés figés, n'osant se pencher pour saisir le document. La cachette était un simple interstice entre deux lames de bois, que le vieil homme traqué avait dû agencer peu de temps avant d'être arrêté. C'était simple, ingénieux et efficace, puisque la Gestapo n'avait pas repéré la fente.

Sur un signe de tête de František, Victoire avait ramassé le feuillet. En tremblant, elle l'avait déplié : une agrafe rouillée maintenait un calque sur une vieille carte de Staré Město.

– Un calque, un papier *transparent* ! avait-elle exulté. Voici la troisième clef !

C'était tellement simple qu'ils s'étaient complètement fourvoyés.

Par définition, un teinturier de la lune ne pouvait pas être limpide. Il devait voiler la vérité derrière le brouillard de la complexité, accessible aux seuls initiés. Or, Théogène avait usé de simplicité. Et cela les avait tous égarés.

Seul son père avait percé le mystère mais hélas, trop tard. Jourdan aurait peut-être fini par comprendre, s'il avait réussi à dérober le talisman.

Sur la quatrième face de la pyramide, ce qu'ils avaient pris pour une ornementation purement décorative était en fait un plan, une carte littérale de l'emplacement du trésor, ce dernier étant naturellement représenté par la Rose. Certes, le schéma n'était pas aisé à appréhender. Mais si l'on imaginait qu'il s'agissait d'un tracé topographique, tout s'éclairait.

Victoire ne saurait jamais comment son père avait fini par saisir l'intention de l'alchimiste. Quoi qu'il en fût, il n'avait pas été compliqué de poser les arabesques sur un calque, puis le calque sur un plan de Prague du temps de Rodolphe II, dont un spécialiste tel que lui possédait plusieurs spécimens dans la maisonnette de la ruelle de l'Or. Une fois que Pražský avait trouvé celui jadis utilisé par Théogène, ç'avait été un jeu d'enfant que de faire concorder les motifs du talisman avec la carte physique de la ville et de découvrir où était cachée la Rose.

Les volutes tracées au crayon à papier par son père commençaient à s'effacer. Pourtant, en transparence, elles épousaient parfaitement les ruelles tortueuses du ghetto juif. Mais la Rose n'était pas dans la ville du Golem. Elle poussait hors du ghetto, dans la Vltava, au bord d'une ligne qui traversait le cours d'eau.

– Qu'est-ce que cela signifie ? avait demandé Victoire, interloquée et déçue. Le trésor ne peut pas être dans la rivière, puisqu'il est dans le pont ! Regarde, il y a une erreur au sujet du pont Charles, figuré par cette ligne transversale… sur le calque, il est ici, alors que sur la carte, il est là… Cela ne concorde pas du tout ! Mon père s'est trompé, ce n'est pas le plan de référence à partir duquel Théogène a gravé la quatrième face de la pyramide !

František avait doucement pris les deux feuilles, puis il avait froncé les sourcils.

– Il ne s'est pas trompé, avait-il rétorqué d'une voix calme. Pas lui, qui vivait à travers les légendes de Prague. Je crois juste qu'il a découvert la vérité trop tard. C'est toi qui commets une méprise, en croyant que ce trait représente le pont. Il ne s'agit pas du Pont de pierre.

– Je ne comprends pas… Il ne peut pas s'agir du pont Mánesův ou d'un autre, qui n'existaient pas au XVIe siècle ! À l'époque, seul le pont Charles enjambait la rivière et unissait les deux rives…

– *Ce qui est en bas est comme ce qui est en haut ; et ce qui est en haut est comme ce qui est en bas ; la pierre est l'os de la terre…* Victoire, cette ligne, sur le calque, qui traverse la Moldau n'est pas le pont Charles ni un autre pont de Prague. Il s'agit du mythique passage souterrain qui relie le Hradschin à la rive droite et qui passe *sous* la rivière… La formule de l'Élixir d'immortalité est dans ce passage secret, à côté de l'ancien ghetto, à proximité d'une partie de la ville juive qui a été rasée et sur laquelle se dresse aujourd'hui le Rudolfinum !

En descendant dans les profondeurs du bâtiment, Victoire se pelotonna dans le manteau de vison offert par sa mère, qui dormait depuis la fin de la guerre dans un carton, et qu'elle s'était promis de ne revêtir à nouveau que lorsqu'elle reviendrait à Prague. Elle longea les studios de musique où venaient répéter les élèves du conservatoire. À cette heure, personne ne jouait. Elle huma l'air et écouta : elle sentit une vague odeur de vase et perçut un faible clapotis. Elle se dirigea vers la voix aquatique en clignant des yeux. Il faisait de plus en plus sombre et elle craignait de s'égarer. De son petit sac de soirée elle sortit une lampe de poche.

La vieille dame se retrouva face à un mur. Elle soupira, regarda sa montre – elle avait promis à František, qui assistait au concert avec Rose, de ne pas s'acharner et d'être de retour avant la fin du spectacle – puis balaya les alentours avec la torche. Elle colla son oreille contre la paroi et perçut, très faiblement, le murmure de l'onde. La Vltava était tout près…

Elle revint sur ses pas. Qu'avait dit son ami ? Ah oui… tourner à gauche après les studios de musique ; la trappe qui descendait dans les caves était dans un renfoncement. Évidemment, elle était allée à droite.

Son comparse avait rechigné à la laisser seule dans les sous-sols du Rudolfinum. Mais il n'avait pas d'alternative : il aurait été suspect que le retraité se présente à la salle de spectacle en dehors des représentations. L'unique solution pour fouiller en paix les souterrains et découvrir l'accès au passage secret était de profiter d'un concert. Pour cela, il fallait des billets d'entrée et il restait à peine deux heures avant le début du prochain récital. František avait tenté de persuader la septuagénaire de remettre leur expédition au lendemain soir mais Victoire s'y était opposée. Au comble de l'impatience, elle l'avait supplié de faire jouer ses anciennes relations afin d'obtenir des billets. Pendant ce temps, elle irait se changer à l'hôtel, chercher Rose, et ils se retrouveraient devant le Rudolfinum, juste avant le début du concert. Ce soir, l'Orchestre philharmonique tchèque jouait le cycle symphonique de Bedřich Smetana intitulé *Má Vlast*[1], une série de poèmes qui symbolisait l'âme de la nation tchèque, et qui, depuis le XIXe siècle, incarnait l'espoir de la libération. Dans la chambre du Paříž, Victoire avait rangé le manuscrit de Théogène et rendu le talisman à sa petite-fille. Le bijou était à nouveau accroché au nombril de la jeune femme.

Demain, elle lui montrerait le cahier original de l'homme de la Renaissance, leur lointain aïeul, elle lui expliquerait le sens caché du pendentif à l'aide de la lettre et du calque de son père, le grand-père de Rose. Demain, elle lui raconterait tout. Demain. Après une nouvelle nuit au creux des bras de František. Pour l'heure, son seul but était de découvrir l'entrée du tunnel dont Jiri Martoušek, le premier, lui avait parlé, mais dont chaque Pragois avait entendu la légende.

Enfin, elle découvrit la trappe. L'ancien technicien l'avait avertie : les caves étaient souvent inondées et elles étaient inutilisées depuis des décennies.

Elles étaient en si mauvais état qu'elles devenaient dangereuses. Lui-même, au cours de sa carrière, n'y avait pénétré qu'une fois. Elle devait donc être très prudente et ne pas surestimer ses forces.

Victoire sourit et ouvrit l'écoutille de bois. Une odeur de moisi, de limon gras et de vase la prit aux narines. Elle en déduisit qu'elle était sur la bonne voie.

Rongée par l'humidité, l'échelle était complètement vermoulue. Victoire posa délicatement un pied sur la première marche. Elle descendit avec d'infinies précautions.

En bas, tout était noir. Victoire dirigea le faisceau de la lampe autour d'elle et découvrit un long et large couloir percé de niches, dont les portes pendaient sur leurs gonds rongés.

Lentement, elle écarta les portes ballantes et entra dans chaque pièce au plafond voûté. Elles étaient toutes identiques : circulaires, vides, le sol de terre parsemé de flaques, les murs suintant

---

1. *Ma Patrie.*

de traînées vertes et qui, par endroits, s'effritaient comme un rogaton de pain imbibé d'eau. Pourtant, une seule cave disposait d'une bouche d'égout.

Victoire tenta de déplacer la plaque d'acier, avant de s'apercevoir que celle-ci était fermée par un cadenas. Par bonheur, il était totalement rouillé. Elle saisit une pierre d'un mur en ruines et cogna sur le cadenas. Le verrou s'écailla et se désagrégea tel un morceau de sucre brun.

Elle dégagea la lourde plaque et passa la lampe dans le trou. Un conduit étroit et peu profond, muni de barreaux de fer, donnait accès à l'ultime strate du sous-sol. Victoire passa son petit sac à main en bandoulière, retroussa son manteau et s'engagea dans le boyau de briques gorgées d'eau.

Ses pieds furent trempés dès qu'elle toucha le sol. Elle ôta ses souliers de soirée en regrettant les pantalons masculins et les godillots de sa jeunesse, et elle pataugea dans une mare d'eau tiède, stagnante et répugnante, qui lui arrivait jusqu'aux chevilles. Était-elle dans les égouts de la ville ou dans une morte excroissance de la Vltava ?

Elle parvint sur la berge boueuse. Elle entendait couler la rivière toute proche. Elle se retourna, éclaira les alentours : elle se trouvait dans une sorte de grotte percée de multiples ouvertures. Probablement les anciennes carrières de salpêtre…

Elle remit ses escarpins, choisit une brèche au hasard et marcha un long moment avant de se retrouver dans un cul-de-sac. Elle jura en regardant sa montre. Déjà plus de vingt-trois heures ! Le concert était terminé, on en était aux rappels et aux triomphes. Il fallait remonter. Rose devait s'inquiéter. František également. Elle fit demi-tour mais revenue à la caverne, elle ne put s'empêcher d'essayer un autre passage. À nouveau, après des minutes interminables, elle fut stoppée par un mur. Ses chaussures de satin butèrent sur quelque chose de dur, qui fit un bruit métallique. Elle se baissa et ramassa un pistolet rouillé. Elle braqua la lampe, reconnut la croix gammée incrustée dans la crosse du *Polizei*

Pistole Kurz : un Walther PPK, arme de poing préférée des pontes du parti nazi, et surtout de la police du Reich.

« La Gestapo est arrivée jusqu'ici ! pensa-t-elle, alarmée. C'est impossible... mon père n'a pas parlé... Il s'agit d'autre chose... Des résistants se sont sans doute terrés dans ces souterrains, avec des armes dérobées à l'ennemi... C'est le plus plausible... »

Elle laissa le pistolet et retourna à la grotte. Mais sa découverte fortuite l'avait mise en alerte. Et si les nazis, d'une manière ou d'une autre, avaient trouvé le passage et les pages manquantes ? Ils avaient pu se servir de Jourdan comme informateur, et ensuite lui cacher leur découverte... Elle décida d'en avoir le cœur net. Tant pis. Rose et František comprendraient...

Elle avait froid aux pieds dans ses souliers trempés, mais elle s'engagea dans une troisième ouverture. Au bout de quelques mètres, le couloir se scinda en de multiples corridors. Elle bifurqua dans une galerie, dans une autre, tourna, revint, suivit le chemin et bientôt, elle fut complètement perdue. C'était un véritable labyrinthe !

– Oh non ! geignit-elle tout haut. Je ne peux même plus revenir à la grotte !

La peur la fit tressaillir. Mais elle s'efforça de rester calme et de réfléchir. Elle tendit l'oreille. L'eau... l'eau vive s'agitait là-bas, quelque part sur sa gauche. À l'ouïe, elle s'orienta vers la Vltava, en contrôlant sa respiration pour ne pas succomber à la panique. Ses chaussures à talons lui faisaient mal, sa robe serrée l'entravait, ses bas étaient trop fins, elle gelait dans le dédale sinistre en dépit du manteau de fourrure.

Elle se contraignit à avancer. Elle n'avait guère d'autre possibilité. Pourvu que son cher František vienne la chercher ! Mais comment allait-il la retrouver, dans cet inextricable lacis ?

Elle stoppa net. Face à elle, le corridor rétrécissait en ouverture très étroite cerclée de roches brutes. Elle se glissa dans la brèche entre les rochers. Un escalier taillé dans la pierre descendait jusqu'à un corridor qui s'élançait en ligne droite vers l'inconnu. Les murs pleuraient, creusés de rigoles verticales. Le plafond bas était si torturé par l'eau qu'il semblait vouloir s'effondrer. Le bruit de la rivière lui parvenait de tous côtés, dense, régulier, comme une musique ronflante et inquiétante. Elle était dans le passage souterrain qui reliait l'ancien ghetto au Château, sous la Moldau.

Éberluée, elle s'assit quelques instants sur les degrés de pierre mouillée, reprit son souffle et sortit le document de son père du petit sac à main.

« Où peut bien être la Rose ? »

Le dessin de Théogène copié par son père indiquait clairement que le trésor était à l'orée du passage secret, sur la rive droite. Donc tout près. Elle descendit les marches, inspecta les murs qui ruisselaient, mais qui étaient tout à fait lisses. Vu le délabrement du boyau, elle n'avait guère envie de s'y aventurer. Sans compter qu'elle ne savait toujours pas comment retrouver le chemin du retour…

Elle consulta sa montre. Minuit. Rose et František devaient être au comble de l'angoisse. Quant à elle, malgré le vison, elle avait de plus en plus froid. L'humidité malsaine commençait à la ronger comme un acide. Sans parler de l'atmosphère fétide. De surcroît, elle sentait la claustrophobie monter avec la détresse d'être coincée dans ces ténèbres désertes et effrayantes.

Elle se retourna, tendit la lampe en haut, en bas. Puis arrêta le faisceau de lumière sur l'une des roches qui surplombaient le portique. La pierre était disjointe, comme si quelqu'un l'avait enlevée, puis remise en place en la laissant dépasser…

La curiosité fut la plus forte.

Victoire ôta ses chaussures, quitta sa pelisse, puis elle posa la lampe en dirigeant la lueur vers le haut, avant de remonter sa robe et d'escalader le porche. C'était facile, car aucune pierre n'était de la même taille. Le rocher culminant n'était pas gros, mais il semblait très lourd.

En équilibre précaire sur un bloc, elle se hissa, se pencha, s'agrippa à la pierre et tira de toutes ses forces. Le pavé fut arraché mais il lui échappa et se fracassa deux mètres plus bas, contre l'escalier, en passant à quelques centimètres de son crâne.

La vieille dame n'entendit même pas le bruit de la chute.

Cramponnée aux rochers du porche, elle contemplait la modeste cassette de bois qui était cachée dans la petite niche.

La boîte n'avait pas de serrure. Quand Victoire l'ouvrit, assise sur les degrés de pierre, son cœur battait comme la cloche Sigismond de la cathédrale Saint-Guy. Une croix reposait sur un tissu bis, jauni par le temps et à demi moisi. Délicatement, elle s'en empara et le déplia. Il s'agissait d'une chemise de femme, une très vieille chemise de lin, souillée de taches de sang.

– Svétlana, devina-t-elle instinctivement.

Au milieu du linge, était dissimulé un rouleau maintenu par un ruban. Étrangement, il semblait exempt de toute trace de pourriture. Victoire le toucha du bout du doigt, nota les traces d'arrachage, sur le côté, le respira, et reconnut l'odeur caractéristique du vélin de première qualité.

Elle réprima le frémissement de ses mains, détacha le lien et déroula le parchemin.

Elle reconnut immédiatement l'alphabet étrange, l'écriture singulière et la langue mystérieuse, identiques à ceux du manuscrit de Voynich. Fébrile, Victoire dénombra quarante-deux pages. Le compte y était. Son père avait raison, Gustave avait raison : Théogène avait bien déchiré puis dissimulé cette partie du grimoire qui, d'après ce qu'elle avait sous les yeux, ne comportait aucun dessin, contrairement au reste du traité. Si les lettres codées étaient bien de la même main, celle de l'énigmatique A. L., elles semblaient avoir été tracées dans l'urgence, car elles étaient irrégulières, parfois elles avaient même été raturées.

Victoire mit ses grosses lunettes, sa fourrure, prit une profonde inspiration, rassembla ses souvenirs des notes de Gustave et de ses tableaux de concordance – qu'elle connaissait par cœur – puis elle plongea dans le décryptage du texte.

Wissembourg, Saint Empire romain germanique, au mois d'avril de l'an de restitution de l'humain lignage 1584.

Pour Théogène, mon disciple et mon fils.

Vulcanus,

Ceci est mon testament. Je le rédige à la hâte, au mépris de toutes les règles de notre Art, et de l'affection que j'ai pour toi. Mais j'y suis contraint. L'ange déchu revient me chercher. Je suis perdu. J'use mes ultimes forces pour te révéler le Secret des Sages, et le moyen infaillible de parvenir au divin cinabre, unique but de mon existence, et de la tienne. Pour cela, je dois te conter ma vie, cette vie si riche et si longue, que les esprits infernaux vont incessamment me reprendre.

J'ai vu le jour dans la belle cité de Strasbourg, en l'an de l'incarnation 1400... »

Deux heures plus tard, quand Victoire émergea de la confession de l'adepte, elle était aussi épouvantée qu'impressionnée, et elle tremblait de tous ses membres, comme jadis Théogène avait vacillé en découvrant l'odieux secret, la véritable nature de la matière première.

– A. L. Athanasius Liber... murmura-t-elle. Ou plutôt, docteur Johannes Faustus... Faust ! Je comprends tout, à présent : le mythe, le langage des oiseaux, les traces noires dans le plafond de la chambre de *Faustův dům*, les femmes enceintes reliées par des tubes, le sang de Saturne... L'intuition de Jourdan était juste : l'embryon humain... Je n'arrive pas à croire que cet assassin ait vécu cent quatre-vingt-quatre ans, presque deux siècles et sans se faire prendre ! Il a même inventé la transfusion sanguine d'homme à homme ! Ainsi, la légende était vraie : Lucifer et les anges tombés du ciel ont offert aux humains le secret du breuvage d'éternité. Non pour racheter la faute originelle, mais pour causer leur perte. L'immortalité est une prérogative céleste, que des esprits révoltés contre Dieu ont apportée sur terre par jalousie et volonté de vengeance contre la race humaine. Le paradis est définitivement perdu et le chemin alchimique est un piège. Cher Théogène, comme tu as dû souffrir en apprenant la vérité ! Tu as renoncé à cet Élixir diabolique et tu as dérobé ces pages aux humains. Du fond des siècles, tu m'as guidée jusqu'ici. Pour quelle raison ? Que dois-je faire ? Détruire ce texte ? L'emporter avec moi là-haut, si je parviens à remonter un jour ?

Encore une fois, elle regarda sa montre : deux heures et quart du matin. Le halo du lumignon commençait à faiblir. Bientôt, la pile serait morte et Victoire serait enfermée dans l'obscurité. Elle se leva et écouta la nuit dans l'espoir d'entendre un bruit, un cri, son nom, n'importe quel signe qu'on la recherchait et que bientôt, elle serait libérée de cet antre macabre. Le seul son qui lui parvint était celui de la Vltava, ce symbole de l'histoire, de la vie mouvante, qui pouvait être un linceul.

Elle cria, appela au secours, mais réalisa que cette impulsion était aussi superflue que dérisoire.

Sa panique redoubla lorsqu'elle s'aperçut que les ruisselets des murs avaient grossi pendant sa lecture. Le sol du passage souterrain n'était qu'un flot boueux, et l'eau montait.

Victoire roula sommairement les pages, les mit dans la poche de son manteau et, pieds nus, elle se rua vers le labyrinthe. C'est le moment que choisit la lampe de poche pour rendre l'âme. La vieille femme jura, pesta, appela à nouveau. L'écho de sa voix se perdit contre les murailles détrempées.

La nuit était totale. La seule présence était celle de l'onde redoutable, accompagnée du remugle de la mort.

En tâtonnant sur les rochers du portique, Victoire revint sur les marches. Dans les ténèbres, elle n'avait aucune chance de trouver la sortie, seule et sans repère. Son seul espoir était d'emprunter le passage secret et de parvenir de l'autre côté, au Hradschin, avant que le corridor ne s'effondre. L'eau était glacée. Tant pis. Au moins, le chemin était-il rectiligne, facile à suivre dans le noir, et elle n'avait plus rien à perdre.

Elle descendit les degrés de pierre, bras en avant, puis se colla à la paroi. Elle fut aussitôt trempée par les rigoles de plus en plus denses, qui coulaient à la verticale. La température de l'eau lui coupa la respiration. Jamais elle n'y parviendrait. Même si elle ne périssait pas noyée, elle mourrait d'hypothermie, comme Gustave.

Ses dents claquaient, le froid et la peur la paralysaient. Elle parvint pourtant à avancer dans le noir, accrochée au mur, l'eau au niveau des chevilles. Elle pensa à Rose, à František, à ses enfants, à ses petits-enfants, à son défunt mari, et elle gagna encore quelques mètres. Comment Théogène avait-il découvert ce passage ? Question futile, qui ne l'aiderait pas à progresser. Elle arracha ses bas, concentra son esprit sur ses jambes, sur ses pieds sclérosés et elle les fit fonctionner. L'eau parvenait à ses mollets, et elle montait encore, dans un grondement de torrent furieux et inéluctable.

Un bruit effroyable la tétanisa. Qu'est-ce que c'était ? Elle entendit la violence décuplée du cours d'eau qui se déversait, et devina qu'une partie du tunnel avait lâché sous la pression. Elle devait faire vite.

L'eau monta plus rapidement encore. Quand l'onde polaire parvint à son ventre, Victoire fut incapable de continuer à marcher. Son corps ne lui obéissait plus, tétanisé. Au milieu des cataractes diluviennes, seuls ses halètements saccadés lui parvenaient, tels les soupirs d'effroi d'une personne étrangère. Malgré elle, elle se mit à pleurer.

– Allons ma vieille, il y a assez d'eau ici, n'en rajoute pas ! dit-elle.

Mais son humour, comme son courage, l'abandonnait. Elle n'avait plus envie de se battre. Elle était vaincue.

« Théogène n'a pas voulu que j'exhume son secret pour l'offrir au monde, songea-t-elle. Il a décidé de ne le partager qu'avec moi. Puis de me faire disparaître avec la confession de son maître. Pourquoi n'a-t-il pas choisi quelqu'un comme Jourdan ? »

Elle le savait. Confusément, Victoire sentait que l'initié l'avait élue par amour. Elle se força à penser que sa vie avait été belle, puis elle se détacha du mur, transie, fourbue et résignée.

À cet instant elle aperçut une lueur, au bout du tunnel.

C'était František qui arrivait avec les secours ! Dans ce cas, le projecteur aurait dû être dans son dos, côté Staré Město, et pas en face d'elle, côté Malá Strana. Dans sa panique, elle avait peut-être fait demi-tour sans en avoir conscience.

– František ! À l'aide ! Je suis là ! hurla-t-elle.

Personne ne répondit. Mais Victoire recommença à avancer dans l'eau glacée qui submergeait son cœur et transperçait sa poitrine. La lumière était blanche et vive. Victoire fut aveuglée par son intensité. Elle ferma les yeux.

Alors, elle entendit. Ce n'étaient plus les flots infernaux de la Nature. C'était de la musique humaine. Dont elle reconnut les notes, et l'harmonie. Vltava. Moldau. Le poème symphonique de Smetana, tiré du cycle *Má Vlast*. Il n'était plus là-haut, dans la salle de concert du Rudolfinum. Mais en bas. Avec elle. Il coulait autour d'elle, comme une promesse de liberté et de renaissance. Bercée par la mélodie, Victoire se laissa porter par le flux.

Quand elle ouvrit les paupières, elle discerna une forme, là-bas, au loin.

– František, balbutia-t-elle dans un soupir las.

La musique s'intensifia lorsque la silhouette se rapprocha. Elle voguait dans les airs ou sur l'eau, et les deux éléments semblaient indissociables, presque identiques. Victoire distingua une masse grossière, plus claire que les ténèbres mais plus sombre que l'éblouissante clarté.

L'ombre se plaça devant le halo blanc et occulta la lumière, comme la lune masque le soleil en l'embrassant, lors d'une éclipse totale. Le ciel de la galerie s'obscurcit aussi soudainement qu'il s'était enflammé. Victoire se frotta les yeux et agita ses membres : elle n'avait plus pied. Elle observa les rayons blancs qui encerclaient l'astre noir, telle une auréole douce. Du clair-obscur surgirent des oripeaux de chiffon, une jambe de bois, un béret de laine noire, une barbe jaunâtre et un visage biscornu, unique : celui de son père, qui souriait, bouche pendante, face asymétrique, comme un Christ en gloire peint par Picasso ou sculpté par Otto Gutfreund.

À la droite de Pražský, Laurette avait enfin recouvré le visage de ses dix-sept ans et les évanescents vêtements de la déesse Vénus, tels que son mari les avaient immortalisés sur le tableau auquel elle tenait tant. Victoire vit le personnage de la toile s'animer, frémir et tendre vers elle des traits apaisés.

À la gauche du seigneur cubiste, comme un sépulcral double de sa mère, se tenait Madame de Thèbes avec ses habits noirs, ses voiles de deuil et son chat sur la tête. Le félin miaula lorsqu'elle releva son masque de gaze sombre pour adresser un sourire à Victoire.

Victoire lui rendit son sourire, hoqueta et cracha l'eau qui pénétrait dans sa bouche. Ses jambes se raidirent, paralysées. Elle cessa de les faire tricoter, s'allongea sur le dos et se laissa entraîner par le courant de la rivière.

Grelottante, le visage bleu, elle aperçut Aurélien Vermont de Narcey qui planait au-dessus d'elle, et dont les yeux brillaient derrière ses lunettes d'écaille. Il la salua d'un geste. Il était accompagné de Margot et de Gustave, qui se tenaient par la main.

Victoire flottait vers la lumière.

Dans une ultime pensée, elle porta la main droite à sa poche et en sortit le rouleau de parchemin. Elle le déplia sous les rayons incandescents : l'encre noire pleurait. Les mots tracés à la plume d'oie coulaient sur la peau, glissaient vers le bas de la page en de longs sillons sales.

Elle plongea les feuillets dans l'onde glacée, les ressortit : les lettres étranges s'effaçaient, les ratures se noyaient, l'immonde secret disparaissait.

Des clameurs et des cris fendirent l'air fétide. Victoire se retourna et vit qu'une immense table de banquet avait été érigée sur la rivière souterraine.

Tout autour, comme une Cène sans Jésus, étaient assis Milena Jesenská, les frères Čapek, Jiří Orten, Paul Kornfeld, Erwin Weill et tous les poètes assassinés, qui rugissaient de joie. Dans un coin, avec sa pipe et sa casquette à carreaux, Jiři Martoušek les observait en prenant des notes. Ils levèrent leur chopine pour trinquer, mais les pintes contenaient des cendres qui s'éparpillèrent dans l'eau et se transformèrent en feuilles de papier couvertes de mots.

Victoire nagea jusqu'à elles : il s'agissait de poèmes en tchèque, en allemand, en yiddish, en français. Révélés par la palingénésie de la Vltava, les vers prenaient vie à mesure que périssait la recette du philtre d'immortalité. La confession du docteur Faustus n'était plus qu'une empreinte larmoyante, un filigrane à peine perceptible sur le parchemin. Elle replongea le manuscrit dans l'onde turbulente et cette fois, la peau de veau ressortit nue, comme si elle n'avait jamais été écrite. Puis le vélin se flétrit tel un fruit corrompu, avant de se décomposer dans les doigts de Victoire. Elle lâcha l'écorce poisseuse, qui se perdit dans les abîmes de la rivière.

Victoire releva la tête mais les corps sans tombe avaient disparu. Elle était seule, avec les mots qui flottaient autour d'elle. La musique de Smetana s'était tue. La grande lumière s'estompait, déclinait jusqu'à un rai infime.

Brusquement, dans une semi-obscurité, Victoire sentit une vague de chaleur qui baignait son crâne, son cou, et brûla sa poitrine. Le soulagement, le bien-être étaient tels qu'elle faillit suffoquer de bonheur et s'étouffer dans l'eau.

Dans un effort suprême, elle émergea des flots et toussa violemment. Lorsque la quinte s'apaisa, elle aperçut une forme qui allait et venait devant la maigre lueur. Elle ne reconnut pas la silhouette. Mais celle-ci s'immobilisa et la moribonde distingua un pourpoint Renaissance, sombre et poussiéreux, une cape fourrée, un bâton.

Le spectre était jeune, avec des cheveux noirs et bouclés, une courte barbe et des moustaches mal taillées. Ses prunelles avaient la couleur de l'or, un étrange brun doré qui irradia Victoire.

Dans les bras, il portait une gerbe de roses rouges, qu'il tenait près de son cœur, comme s'il berçait un bébé. Il lui sourit et jeta sur elle les fleurs dont les pétales, en tombant, se transformèrent en gouttes d'or.

Victoire sourit à Théogène et tendit les mains vers les perles de soleil, qui avalèrent l'ombre. Quand la pluie d'or la toucha, son sang se figea, son cœur cessa de battre puis elle sombra dans l'onde noire.

DU MÊME AUTEUR

Aux Éditions Albin Michel

LA PROMESSE DE L'ANGE (avec Frédéric Lenoir), roman, 2004, prix des maisons de la presse, 2004. Le Livre de poche, 2006.

LA PAROLE PERDUE (avec Frédéric Lenoir), roman, 2011. Le Livre de poche, 2012.

Chez d'autres éditeurs

SANG COMME NEIGE, roman, Plon, 2003.

www.violettecabesos.com

Composition : IGS-CP
Impression : CPI Firmin-Didot en février 2015
Éditions Albin Michel
22, rue Huyghens, 75014 Paris
www.albin-michel.fr

ISBN : 978-2-226-31473-4
N° d'édition : 21292/01 – N° d'impression : 126127
Dépôt légal : mars 2015
Imprimé en France